외솔 최현배의 문학·논술·논문 전집 3
- 논술 편, 둘: 연구방법과 나라정책에 대하여

외솔 최현배의

문학·논술·논문 전집 3

논술 편, 둘: 연구방법과 나라정책에 대하여

최현배 지음
외솔회 엮고 옮김

채륜

우리 회의 숙원이던 외솔의 '문학·논술·논문 전집'을 여러분께 드리게 되었습니다. 이 책들은, 먼저 나온 《외솔 최현배 전집》이 저서 중심으로 엮어진 것과는 달리 '시·시조·수필'을 묶어 〈문학〉편으로, '논설문·설명문' 등을 묶어 〈논술 1, 2〉편으로, 작은 논문들을 묶어 〈논문〉편으로 엮었습니다. 그렇게 분류한 것은, 단지 방대한 분량을 한 권으로 만들기 어려운 까닭도 있고, 내용이 달라서인 까닭도 있습니다. 그 책임은 오직 우리 외솔회 편집진에 있습니다.

글쓴 이의 생각과 가르침에 흠집이 되지 않도록 하기 위하여, 원래 실려 있던 신문이나 잡지, 책들에 있는 글들을 원래 모습 그대로 살려 옮겼습니다. 단 그 당시 편집이나 인쇄 때문에 나타난 잘못만은 고치고, 원문이 맞춤법이나 표준어 등 제 규정 때문에 달라져서 생긴 것들은, 이해를 돕기 위하여 고친 곳도 있습니다. 글 쓴 시절의 상황 때문에 한자로 쓴 것은 괄호 안에 한글로 바꾸어서 넣었습니다. 시조에 붙어 있는 각주들은 '외솔 최현배 선생 기념사업추진위원회'에서 낸 《외솔 최현배 시조집》에 있는 것을 그대로 옮기고, 없는 것은 보탰습니다.

외솔 최현배 선생님은 1894년(고종31년) 10월 19일, 경남 울산 하상면 동리에서 최병수님의 맏아드님으로 태어나셨습니다. 이 해는 갑오경장이 일어나서, 폐쇄적인 조선 사회에서 새로운 세계로 나아가는 여명이 열리는 때였으니, 외솔의 개척적이고, 개방적이며, 혁명적인 일생이 우연이 아닌 셈입니다.

선생님은 어려서 고향에 있던 서당에서 한문을 배우고, 초등 교육을 마친 후 1910년 관립 한성고등학교에 다니는 한편, 보성학교 '조선어 강습원'에서 주시경 선생의 강의를 들으며, 애국사상을 정립하였고, 평생 국어 연구와 올바른 쓰기에 매진하는 계기를 갖게 되었습니다. 또한 1908년에 만든 '국어연구학회'가 나중에 '한글모'로 이름을 바꾸었는데, 여기에 가입하여, 한국어를 배우고 연구하였으며, 1913년 '조선어 강습원'에서 '높은 말본'의 과정을 이수하였습니다.

1915년 관립 한성고등학교(경성고등보통학교)를 졸업한 선생님은, 관비 유학으로 '히로시마 고등사범학교 연구과'를 거쳐, '교토 제국대학 철학과'를 졸업하고, 대학원에서 공부하는 등 학자로서의 기틀을 갖추어 나갔으며, 1925년에 졸업논문으로 '페스탈로찌의 교육학설'이라는 졸업논문을 썼습니다.

일본 유학 중 교육학을 접하면서, 민족 계몽의 필요성을 깨달아, 1920년에 사립 동래고등보통학교 교원으로 부임하여, 우리말을 가르치며 연구하였고, 1925년부터 1926년까지 '조선 민족 갱생의 도'라는 장편의 논문을 동아일보에 연재하였습니다. 그리고 국어의 문법 체계를 세울 목적으로 《우리말본》의 저술을 계속해 나갔습니다. 또한 1926년 '조선어학회'의 전신인 '조선어연구회'의 회원이 되어, '한글'지를 창간하고, '한글날' 제정에 참여하였습니다. 1926년 연희전문 교수가 되었으며, 《우리말본》을 집필하여 교육하는 한편, 1929년 조선어 사전편찬회의 준비위원 및 집행위원으로 활동하면서, 1933년까지 '한글 맞춤법 통일안'을 이루어 내기 위해 진력하였습니다. 그리고 마침내 1937년 《우리말본》을 출판하는 등 겨레말을 지키기 위해 헌신적인 노력을 하였습니다.

그러나 1938년 이른바 '흥업구락부'사건으로 경찰에 검거되어, 옥고를 치르고, 연희전문학교 교수직에서 강제 퇴직 당하였습니다. 이렇게 실직해 있는 중에도 선생님은 한글을 역사적으로 또 이론적으로 연구한 《한글갈》을 짓기 시작하여, 1942년 출판하였고, 같은 해 10월 다시 '조선어학회 사건'으로 검거되었습니다. 이 사건으로 선생님은 해방이 될 때까지 옥고를 치러야 했습니다. 이러한 노력으로 일제 36년의 지배를 받고도, 우리는 한 국가로서의 위신을 살리고, 우리 언어의 말본 체제를 만드는 데 성공할 수 있었습니다.

선생님은 해방 후 미군청정 편수국장, 대한민국 수립 후 문교부 편수국장을 지냈으며, 이후 연세대학교 교수, 부총장 등을 역임하면서, 연구와 교육활동을 계속하였습니다. 정부는 선생의 공훈을 기려, 1962년 건국훈장 독립장을 서훈하였으며, 1970년 돌아가신 후 국민훈장 무궁화장을 수여하였습니다.

이처럼 선생님은 우리 말·글의 연구에 큰 업적을 남기신 큰 학자이시자, 나라와 겨레의 사랑에 모든 삶을 바친 애국자이십니다. 그러나 이미 돌아가신 지가 오십 여 년이 지나다 보니, 그 분의 가르침과 얼과 학문이 많이 잊혀져 갑니다. 이제 다시 이 전집의 펴냄을 계기로 하여, 많은 분들이 외솔에 대하여 알게 되고, 나라와 겨레와 우리 말·글에 대해서 사랑하는 마음을 가지게 되기를 바랍니다.

2019년 3월
외솔회 회장 성 낙 수 씀

차례

일러두기

- 이 책은 외솔 최현배 선생이 남긴 글 중 '논설문과 설명문'을 묶은 것이다. 특히 3권은 그 중 '연구방법과 나라정책'에 대해 다룬 글을 모아 담았다.
- 원문에 충실함을 글자 옮김의 기본으로 삼았으나, 당시의 편집 혹은 인쇄상의 문제로 생긴 잘못은 고쳐 넣고, 〈한글 맞춤법 통일안〉이 나오기 전에 쓴 글의 띄어쓰기는 읽는 이의 이해를 위하여 될 수 있는 대로 지금의 맞춤법을 따랐다.
- 원문 가운데 단독 한자로 적힌 부분은 한글로 될 수 있는 대로 음을 달아 읽기 쉽게 하였다.

땅이름 조사의 뜻

1

　땅이름[地名]은 그 땅에 사는 사람들이 날마다 날마다 부르는 제 고장의 이름이다. 이 이름은 처음에 어떻게 하여서 지어졌는지 그 까닭과 경과는 일일이 알지 못함이 있겠지마는 그 땅의 사람들이 공통적으로 이를 씀으로 말미암아 사회 생활을 일삼아 온 것이다. 그 이름은 그 땅 사람들의 심정에 말할 수 없는 친밀하고 다정한 말임은 물론이다.

　따라 우리 나라의 곳곳의 이름이 원래 모두 순수한 우리말로 되었을 것은 그 증거를 댈 것 없이 당연 또 자연스런 일이다. 그러하거늘 이제 우리는 우리 나라 모든 땅이름을 거의 전부 한자로 지어 사용하고 있으니, 이것은 우리 나라에서 한자를 숭상하여 한자가 아니면 족히 사람의 이름이나 땅이름으로 사용할 만한 것이 못 된다 하여서 재래의 고유의 순수한 우리말로 된 땅이름을 버리고 모두 한자 이름으로 갈아 지은 것이다. 그리하여 배달겨레가 제 고유 독특의 말과 글이 있으면서 사람이름과 땅이름을 전부 한자로 지어서 소중화(小中華)를 만든 것이다. 이러한 제 허물을 벗어 버리고 남의 허물을 덮어쓰기를 시작하기는 신라 시절이 었다. 나라이름·벼슬이름·사람이름·땅이름을 모두 한자 이름으로 고쳐지었으니, 보기하면 "서라벌"을 "신라(新羅)"로. "머리한, 이사금"을 "왕(王)"으로, "스불한"을 "각간(角干)"으로. "쇠바위"를 "금암(金岩)"으로, "밝은뉘(弗矩內)"를 "혁거세(赫居世)"로, "남내골(南內縣)"을 "여선현(餘善縣)"으로, "닷기(多斯只)"를 "하빈현(河濱縣)"으로 고침과 같다. 이와 같은, 제 문화를 죽여 버리고 남의 문화를 덮어쓰려는 것은 고려의 김 부식과 같은 사대주의자들로 말미암아 끊임없이 진행되어 왔다. 그러나, 한화주의(漢化主義)로써 출세한 특권 계급 밖의 일반 대중은 여전히 제 본래의 언어 의식에서 제 말로써 사람이름·땅이름을 불러 오기를 그치지 아니하였다. 이 자기 보존의 노력과 자기 포기의 작업이 한양 조선의 끝까지 계속되어 왔다.

지난 경술년에 일본이 조선을 잡아먹고 나서부터는 강포 무도한 왜정은 우리의 땅이름을 고치어, 도회지는 물론 시골에까지 왜식 이름을 붙이다가 필경에는 사람이름까지 모두 왜식으로 고치도록 강제하였기 때문에, 아직도 왜놈들이 지어 붙인 왜식 땅이름이 사람들의 입에 오르내리고 있음을 본다. 밖으로 중국과 일본이 침략의 칼날을 휘두름과 아울러 안으론 근대식 국가 체제를 갖춤에 따른 민적(民籍)에서의 기록 소용의 땅이름·사람이름이 오로지 한자로만 쓰게 됨에 억눌리어 순수한 우리말로 된 땅이름·사람이름은 거의 그 자취를 감추려 하는 터에, 그 위에다가 다시 현대식 학교 교육이 한자 지상주의로 되어 왔기 때문으로 해서 오늘 젊은 사람들은 거의 완전히 우리 나라 방방곡곡의 땅이름을 전연 잊어 버리게, 아니 아주 모르게 되어 있음은 지울 수 없는 안타까운 사실이라 아니할 수 없다. 이것을 이대로 내버려 둔다면 한 대만 지나가고 보면 우리말로 된 땅이름은 영영 없어지어 실지에서나 기록에서나 찾아 볼 수 없게 될 것임이 불보다 더 밝다.

한양 조선 오백 년의 구식 교육뿐 아니라 일제 36년의 교육에서 도 우리들의 받은 교육이란 제 스스로를 알기보다 남을 아는 데에 그 목적이 있었다. 그리하여 자기의 겨레가 제 정신 활동으로써 지어 낸 우리 신변의 사물에 관한 것은 학문 연구의 대상이 되지 못하고, 다만 남의 역사, 남의 지리, 남의 사물이 그 관심사가 되어 왔다. 이러한 교육에 대한 근본 전도상은 해방된 오늘에도 완전히 벗어나지 못한 감이 없지 아니하다. 그리하여 오늘의 젊은이들의 관심사는 '세계, 세계'로만 흩어지고, 제 중심은 등한에 붙이고 말려는 형세가 없지 아니하다. 그러나 이는 올바른 뜻함(志向)이 되지 못한 것이다. 새 나라를 세워 완전 자주·독립을 얻고자 하는 우리들은 마땅히 노력의 중심을 자기 충실에 두어야 할 것이다. 남을 알기 전에 먼저 스스로를 알아야 한다.

이 자기 인식, 자기 충실의 노력의 하나로서 우리는 장차 인멸의 위경에 빠져 있는 우리 나라 방방곡곡의, 순수한 우리말로 된 땅이름을 조사하여야 한다. 이 사업은 워낙 큰 것이기 때문에 개인의 힘으로는 이루어지기 지극히 어렵다. 모름지기 많은 사람이 협력하여야만 가능하다.

2

금번 여름 방학으로 고향에 돌아가려는 학생들에게, 여름 휴가 60일을 이용하여 제각기 고향의 땅이름을 조사하여다가 '땅이름

조사 첫째 엮음'으로 찍어 내어 써 연희 학원의 학적 업적의 하나로 삼는 동시에 뒤에 오는 학생으로 하여금 해마다 해마다 계속적으로 이 사업을 추진함으로 말미암아 종당은 빛난 성과를 내어보기를 권고하였다.

이 권고를 듣고 안 듣고는 순전히 그대들 각 개인의 자유이다. 그렇지마는 나는 그대들이 목전의 자유로 해서 근본의 의무—문화 의무를 저버리는 사람이 되지 말기를 바란다. 진정한 자유, 영구한 자유는 제 스스로의 가진 바 의무와 책임을 다함에서만 누릴 수 있는 것임을 그대들은 명념하기를 바란다. 일제 시대에 그 무도한 천대와 포악한 압제 밑에서도 경성 사범학교 학생—중학생들이 시골말(方言)을 캐어 모아 그것을 한 권의 책으로 정리한 일이 있었다. 이러한 자기 문화 보존의 민족적 양심이 젊은이들에게 있었기 때문에 우리는 필경에 해방과 자유를 얻게 된 것이 아닌가? 이제 해방은 얻고, 자유가 있다 하여 이러한 자기 건설, 문화 보존 내지 문화 창조의 근본 의무를 잊어 버리거나 경시한다면 우리 장래는 또다시 어떠한 구렁에 빠질는지 알 수 없는 것이다.

각지에 흩어져 있는 땅이름·산이름·내이름·강이름 들은 저 건축물·옛그릇·옛책·옛그림·옛활자 들과 같이 우리 조상들이 누천년 역사 생활에서 끼쳐 준 문화재이다. 무덤 속에서 나온 옛 장식품들을 우리가 소중이 박물관에 보관하는 것이 뜻이 있는 줄을 아는 사람은 마땅히 언어 문화의 유물인 땅이름을 조사·정리·보존하는 일의 큰 뜻, 큰 소용을 짐작할 것이다.

제 문화를 사랑하여 이를 지키고 이를 빛내기에 힘쓰는 겨레는 영구히 멸망하지 아니한다는 진리를 우리의 젊은 학도들은 깊이 깨치기를 바란다. 그리하여 더운 날에 낮잠으로 세월을 허송하지 말고, 팔을 걷고 이 민족적 문화 사업에 참가하여 한 사람이 오백의 땅이름을 캐어 모아 와서 서로서로 그 성과를 빌리고 정리하여 불멸의 업적을 이루기를 바라 마지 아니한다.   (4288. 7.)

-〈연희춘추〉(1955. 8. 5.)-

말본 용어 시비에 대하여
- 순우리말로 통일함의 당연성을 주장함 -

    한배나라를 도로세운 뒤 문교부는 1949년 7월에 종래 말본(文法)의 한자말 용어에 대하여 순우리말 용어를 제정하여, 얼마 동안 이 두 가지 용어의 병용을 허하였다. 그 뒤로 순우리말로 된 말본 용어가 널리 보급·사용되어 있음을 보고, 한글 학회는 1957년 6월 그 임시 총회에서 별 이의 없이 그 순우리말로 된 말본 용어를 채택하기로 결정하였다. 그래서, 《한글 맞춤범 통일안》, 《중사전》, 《소사전》에서 다 순우리말 용어로써 수정 또는 편찬, 완성하였다.

    그런데, 이즈음 한글만 쓰기 문제가 의논되고 있음에 당하여, 국어국문학회가 금년 1월 9일 임시 총회에서 말본 용어 문제를 논하여, 출석원은 19:19로 동수였으나 서면 투표를 합치어 34:19로 한자말 편을 채택하자는 의견이 가결되었다고 그 현장에서 사회자가 선언하였다고 한다. (그 회의 현장에서 발표된 이 숫자는 그 뒤 조사에서 순우리말 편의 표수가 단 9이라고 밝혔다 한다.) 하여튼, 한자말 편이 다수였음은 틀림없다.

    이제 나는 이 문제의 진상을 세간에 천명할 필요를 느끼고 이에 붓을 들었다.

1. 순우리말 용어와 한자말 용어의 우열 비교

(1)

한자 쓰기에 젖은 사람들은 한자말은 으레 제 자체가 똑똑하고, 다른 것과의 분간도 분명하다고 생각한다. 그래서, 무조건적으로 한자말이 유리한 것으로 생각하는 모양이다. 그러나, 말본 용어가 과연 그러한가를 여기서 몇 낱의 보기를 들어 살펴보기로 하자.

"조사"란 말은 국어사전에, "조사¹, 조사², 조사³, 조사⁴, 조사⁵, 조사⁶, 조사⁷, 조사⁸, 조사⁹, 조사¹⁰, 조사¹¹, 조사¹², 조사¹³, 조사¹⁴, 조사¹⁵, 조사¹⁶, 조사¹⁷, 조사¹⁸, 조사¹⁹, 조사²⁰, 조사²¹"이 있다. 여기에다 한자를 맞대면, 1吊詞, 2措辭, 3助詞, 4助辭, 5朝辭, 6藻思, 7調査, 8早死, 9助師, 10詔使, 11曹司, 12吊使, 13朝仕, 14朝使, 15朝士, 16釣絲, 17繰絲, 18照査, 19造寺, 20助事, 21徂謝로 되어, 그 중 말(언어)에 관한 것만도 다섯이나 된다. 그런 즉, 한자 "助詞"는 얼른 다른 것과 구별한다 하겠지마는, 한글로서는 또는 소리로서는 참 너무도 막연하다 아니할 수가 없다. 물론 낱말의 뜻은 원래 문맥 가운데서 판정되는 것이니, 이래도 무방하다고 할는지 모른다. 그렇지마는, 이렇게 뭇뜻스런(多義的) 말로써 갈말(術語)로 삼는 것은 분간하기에 불리한 것임은 틀림없는 것이다. 말에 관한 다섯 낱말 중에서도 "助詞"와 "助辭"는 아무리 문맥 중이라도 서로 분간하기 어려우니 "조사(助詞)"는 잘된 용어라 하기 어렵다.

"助詞"는 '돕는 말'이란 뜻이니, 그 말 뜻으로 보아도 그 자체가 똑똑하지 못하다. '돕는 말'이 하필 "助詞"뿐이랴? 도움움직씨·도움그림씨도 돕는 말이오, 도움줄기·도움뿌리와 모든 씨가지들도 다 돕는 말인 것이다. 이와 같이 "조사"는 다른 것들과 분간도 잘 안 되며,

또 제 스스로의 말뜻도 잘 나타내지 못한 말이다. 이에 대하여, 순 우리말 "토" 또는 "토씨"는 다른 것과의 분간이 분명하고(klar, 分明), 또 제 자체의 뜻이 똑똑(deutlich, 判明)하다.

"부사"는 사전에 여섯이 있어, 한자로써는 "府使, 副使, 赴使, 副詞, 父師, 浮莎"이다. "副詞"라고 쓰는 "부사"는 일본 말본에서 처음으로 수입된 말로서, 우리말로서는 조금도 친근성이 없는 말일 뿐 아니라, 다른 "부사"와의 분간도 없다. 그러면 "副詞"라고 한자로 적어 놓으면, 그 뜻이 똑똑해지느냐 하면, 그렇지 못하다. "副"는 예사로 '다음'이란 뜻을 가진 것인데, "副詞"가 어째서 '어찌씨'를 뜻하는지 알 수 없는 것인데, 일인이 그렇게 지어서 그렇게 가르치니까, 그렇게 배워서 가지고 있을 뿐이다. 아니, 가지고 있을 뿐 아니라, 그것이 좋다고 맹신할 뿐이다. 이에 대하여 순우리말 용어 "어찌씨"는 '어찌'나 '어떻게'에 해당한 말이란 뜻인즉, 그 얼마나 분명하고 똑똑한가? (다만, "씨"에 관하여는 다음에 말하겠다.)

(2)

어떤 이는 순우리말 말본 용어가 그 말만들기가 잘못되었다고 한다.

(가) "이름씨"의 "씨"는 본래 안옹근이름씨 "ᄉᆞ"인데, 이를 "씨"로 하는 것은 틀렸다고 말한다. 《훈민정음》의 "訓은 ᄀᆞᄅᆞ칠 씨오, ……異는 다룰 씨라"의 "씨"가 본래 "ᄉᆞ"가 ㄹ아래에서 첫소리 ᄉ이 되어지고, "이다"와 잇기 때문에 그 홀소리 "ㆍ"가 사라져서 "씨"로 된 것은 누구나 다 아는 바이다. 이런 "씨"로써 낱말의 갈래 곧 '품사'의 뜻으로 씀은 잘못이다 하는 모양이다.

주 시경 스승이 이런 "씨"를 따 썼는지, 그것은 알 수 없지마는, 만약 그랬다 하더라도, 나는 그것은 잘못된 것이 없다고 생각한다. 어느 나라말이든지 낱말의 뜻과 쓰임이 반드시 그 말밑(語原)에 매여 있지 아니하고 자유롭게 변화·발전하는 것이다. 씨가지가 독립한 낱말로, 낱말이 씨가지로, 움직씨가 토씨로와 같이 변한다. "ㅅ"는 본래 안옹근이름씨이지마는, 그 변형인 "씨"는 위에 적은 보기에서 "말"이나 "글자"와 같은 것으로 쓰였은즉, 그것을 발전적으로 뜻잡아서 '낱말'의 뜻으로 쓸 수도 있을 것이니, 그랬다고 틀렸다 할 것은 없을 것이다.

이제, 나는 일찍부터 "씨"는 '종자, 종류'의 "씨"를 전용한 것으로 뜻잡는다. 말을 다룸에 있어 "줄기"(stem), "뿌리"(root)와 같이 식물의 부분의 이름을 빌어 쓰는 일이 많은데, 이 "씨"도 또한 식물의 "씨"를 빌어 쓴 것이라 한다. "씨"가 식물의 갈래를 나타냄과 같이, 여기서는 말의 갈래를 나타내는 것으로 하였음이 매우 합당한 일이 아닐 수 없다고 생각한다. 이에 견주어, 저 "품사"란 말은 우리에게 아무런 실감을 주지 못하는 말이다. 설령, 한자로 "品詞"로 적어 놓았자, 그것이 '씨 갈래'를 뜻하는 것으로 말만들기(造語)가 잘 되었다 하기 어렵다. 더구나, "명사, 대명사, …"의 "사"에 이르러서는 더욱 그 뜻이 막연함을 부인하지 못할 것이라고 하노라.

"호박씨, 콩씨, 무우씨, …"가 식물의 종류를 나타냄과 같이, "이름씨, 움직씨, 느낌씨, …"가 각각 낱말의 갈래를 나타내는 것이 됨은 매우 자연스럽다 하겠다.

(나) "문장"은 순우리말로는 "글월"이나 "글"이라 함이 옳다고 한다. 그 뜻하는 바는 "월"은 본래 "글발〉글왈"이니, "발"은 뒷가지인즉 낱말이 될 수 없다는 것일 게다.

그러나, 이도 또한 그렇지 아니하다. "월"이 아무리 그 말밑에서는 뒷가지 "발"에서 왔다 하더라도, 그것이 독립한 뜻을 가지고 있음은 분명한 사실이다. "字"를 '글자 자'라 하고 "文"을 '글월문'이라 하니 "글"은 "字"와 "文"에 두루 맞는 말이오, "字"와 "文"과의 차이는 "-자"와 "-월"에 있으니, "문"(sentence)을 "월"이라 하여, 아무 잘못 된 것이 없겠다.

(다) "함께자리"(共同格), "나란히마디"(對等節), "거듭월"(重文)의 "함께, 나란히, 거듭"들은 어찌씨요, "자리, 마디, 월" 들은 이름씨인데, 어찌씨가 이름씨와 어울려서 하나의 이름씨로 되는 것은 불합리하다고 한다.

그렇지 않다. 어찌씨는 흔히 이름씨처럼 쓰이는 성질을 가지고 있기 때문에, 이름씨와 합하여 한 겹씨를 이루는 일은 흔히 있다.

보기: "설렁줄, 덜렁쇠, 촐랑새, 선들바람, 깎아중, 받들어 총".

(라) "안갖은, 갖은"이 "불완전, 완전"에 해당한 말이나, "완전, 불완전"이 귀에 익은 말이라고.

"갖은"은 '구비한'이오 "안갖은"은 '미비한, 不具'이며, "완전하다"의 순우리말은 "옹글다"이니, 그 매김꼴을 쓰면 "옹근"과 "안옹근"이 된다. 그런데, "갖은, 안갖은"을 "완전, 불완전"으로 대역한 것은, 한자 용어로서는 "完全, 不完全"이 흔히 쓰이기 때문이었을 것으로 생각한다. 어느 쪽을 취하든지, 언제나 한자말을 정확하고 좋은 말인 줄로 아는 사람들은 언제나 순우리말보다 한자말을 취하려는 경향이 있음은 사실이다. 그러나, 이는 다 5백 년래 한문 숭상의 여습이오, 36년간 일제의 식민지 교육의 상처인 줄을 알아야 한다. 우리는 될 수 있는 대로 순우리말을 살려 쓰고자 하노니, 이것이 국어·국문을 연구하고 가르치는 이들의 당연의 태도가 되지 않으면 안 된다고 나는 생각한다. "大人"보다 "어른"을, "小人"보다 "어린이"를 "조부, 조모"보다 "할아버지, 할머니"를, "안전한"보다 "옹근"을, "불구"

보다 "안갖은"을 취해야 한다고 나는 세운다.

논란의 맞편인 남 광우 님은 한글 전용을 찬성하며, 또 한글 전용에 따라 한자말을 몰아내야 한다고 주장하면서, 이 말본 술어 문제에 관하여는, 전연 그 반대의 태도를 가지니, 참 이해할 수 없는 자가 모순이라고 생각한다.

(3) 우리 말본에는 남과 다른 독특한 점이 있다. 이 독특한 점을 발견하고서 그것에 순우리말의 용어를 붙이는 것은 당연한 권리이며, 또 자연스런 처사이다. 그래서, 문교부가 제정한 말본 용어는 이러한 독특한 내용에 대하여 새로 붙인 술어가 적지 아니하다. 이를테면, "잡음씨(指定詞), 매김씨(冠形詞), 도움움직씨(補助動詞), 도움그림씨(補助形容詞), 도움줄기(補助語幹)"와 같다. 이러한 새 술어에 한자를 맞댄 것은 한자에 익은 사람들의 이해를 돕고자 함뿐이러니, 세인은 아니, 반대론자들은 이런 것들도 한자말 용어가 좋다 하니, 그런 사람들은 국어학자, 국어 교육자로서 국어 발달은커녕 국어 위축·쇠잔을 원하는 자아 몰락, 자기 모순의 태도 아니할 수 없다. 가탄가탄이다.

2. 순우리말 말본 용어의 발달의 경우

구한국 끝무렵, 곧 20세기 첫머리에 우리 국어 운동의 선구자 주 시경 스승이 처음으로 우리말을 연구하여, 독특한 말본 체계를 세울새, 우리말의 본은 우리말로써 풀이하여야 한다는 대원칙을 세우고 이를 굳게 잡아 실천하였다. 이는 다만 말본에 한한 것이 아니오, 모든 경우에 언제나 순우리말을 사용함으로써 우리말의 발달을 이루며, 그 발달된 우리말로써 겨레의 문화를 높이며, 겨레의 정신을 북돋우며, 겨레의 생활을 향상시키고자 함에 그 주지가 있었다. 직접·간접으로 주 시경 스승의 가르침을 받은 청년들이 스승의 이상(理想)을 본받아, 일제의 악독한 식민지 교육, 동화정책, 배달말 말살 방침에 대항하여, 우리 말글의 연구·정리·보존 및 보급에 충성과 힘을 다하다가, 드디어 경찰의 무법한 고문과 옥중의 지독한 기한과 고통 속에서 목숨까지 배앗긴 동지들도 있었다.

말본에 관하여 보건대, 주 스승이 돌아가신 뒤에는 김 ○○, 이 규영, 권 덕규, 신 명균 들이 중등 학교에서 말본을 가르쳤고, 1926년부터는 연희 전문학교에서 국사와 함께 우리 말본을 가르치고, 최 현배의 지음 1934년의 《중등 조선말본》과 1935년의 《우리 말본》은 나라 안은 물론, 북간도·봉천 등 만주 벌판에까지 널리 퍼지어, 국호 애호와 겨레 정신의 배양에 많은 공헌을 하였다. (《중등 조선말본》 초판이 3개월이 못 되어 다 팔림을 보고 당시 인쇄계는 깜짝 놀랐으며, 전쟁 말기까지 《우리 말본》이 각처에서 요구됨을 본 나의 어느 친구는 민족 정신이 살았으니, 독립이 가능하다고 기뻐하였다.) 일제 말기에 조선어 학회의 회원이 20여년간 고심, 편찬한 《큰사전》 원고와 함께 옥중에 갇힌 바 됨에 미치어, 겨레의 정신은 더욱 심각하게 만인의 가슴에 서리게 되었다. 8·15 해방으로 사람과 사전 원고가 살아나게 되고, 광복된 대한민국의 문교부는 '말본 술어 제정 위원회'를 조직하여, 한자말 용어에 대하여 순우리말 술어를 제정하여 얼마 동안은 그 병용을 하였으니, 이것이 곧 오늘날 학교에서 사용하고 있는 두 가지 말본 술어이다. 이 문교부 제정 순우리말 말본 용어는 어느 개인의 안을 도습한 것도 아니오, 위원들의 토의로써, 혹은 종래의 것을, 혹은 새로이 제정한 것인데, 그것은 다만 우리 말본에만 한하지 않고, 널리 서양 말본의 용어에까지 미치었다. 순우리말 용어가 널리 퍼짐을 보고, 한글 학회는 1957년 6월 임시 총회에서 별 이의 없이 순우리말 용어를 채택하는 결의를 하고서 《한글 맞춤법 통일안》, 《중사전》, 《소사전》에 이를 완전히 사용하여, 널리 세상에 행하고 있다.

5·16 혁명 후 정부는 민족 정신의 발양, 한글 전용의 전반 시행을 꾀하고 있는 이 마당에 즈음하여, 의외에도 한글 동지로 된 국어국문학회가 앞든 바와 같은 결의로써 순우리말 말본 용어 채용의 옳지 못함을 떠드니, 이는 일제 36년간 고난의 항쟁과 피로써 쌓아 올린 겨레 문화의 공탑을 무너뜨리려는 것이라고밖에 볼 수 없다. 이 도대체 무슨 심사인가? 더구나, 그네들의 주장이 이치에도 닿지 않음이 많고, 또 제 스스로가 주장하는 순수한 우리말 애호의 정신에도 모순되는 바 적지 않다. 국어·국문 운동의 도상에서 이런 분열 공작을 본 우리는 슬퍼하지 아니할 수 없다.

3. 말본의 한자 술어의 정체는 무엇인가?

그 대부분이 일본 말본의 술어로서, 그것은 첫째 일인 마에다(前間恭作; 韓語通), 야꾸시지(藥師寺知朧; 韓語 研究法), 가나자와(金澤庄三郎;韓日 兩國語 同系論), 오구라(小創進平; 鄕歌及吏讀の 研究) 무리가 배달말을 설명할 적에 사용하던 것으로서, 조선에 와 있던 일인 관리들이 학교에서 일어를 가르칠 적에 쓰던 것인데, 오늘에 그것을 금옥같이 좋은 것, 내 것으로 믿고 주장하는 사람들은, 그것이 제 마음에 박혀 있는 왜제의 식민 교육의 수치스런 자국인 줄을 모르는 모양 같다. 어떤 똑똑한(?) 사람은 언어과학은 냉철한 것인즉, 이미 이뤄진 말은 그것이 수치이건 영광이건 그대로 승복해야 한다고 세운다. 자, 그렇다면 8·15 해방 후에 일제의 강요로 이뤄졌던 "山下, 田中, 金子" 들의 왜성을 한국 고래의 성으로 돌린 것도 잘못 되었단 말인가? 또 해방 당시 소학교에서 대학에 이르기까지 교원 될 만한 사람들은 교단 용어로서는 모두 배달말보다도 일본말이 능하였음이 예사이었은즉, 그네들에게 국어·국문을 재교육시켜서 우리의 말글로써 교육에 종사하도록 한 것도 잘못 되었단 말인가? 국어 정화란 소용없단 말인가?

또, 그 중 한 이(一人)는 "한자말을 축출한다는 것은 참으로 망상인 것이다. 절대로 한두 언어학자나 시인의 조어보다는 일반 대중이 언어의 소유자요 창조자이다. 이렇게 밑바닥에서 만들어져 나온 말이 정말로 살아 있는 말이다."고 하고서, "명사, 동사, 형용사" 들이 좋은 말이라 하였다. 그러면 "명사, 동사, 형용사" 들이 우리 국민 대중이 만들어 낸 것이란 말인가? 그렇게 말하는 사람이 나이가 겨우 열 대여섯 살이라면 그렇게 생각한다는 것도 용혹 무괴하다고 하겠지마는, 나이가 마흔이 넘었다면 이러한 말은 저 스스로를 속이지 않고는 도저히 입밖에 내놓을 수 없는 것이 아닌가? 왜냐하면, "명사, 조사, 부사, …" 따위의 말본 용어를 그 자신이 일인에게서 배웠을 것이기 때문이다.

또, 그는 언어의 창조자도 일반 대중이오, 언어·문자의 소유권도 절대적으로 국민 전체에게 있다고 강조하고, 학자나 시인 같은 사람은 그 창조와 소유권에 무관계한 것처럼 경시한다. 그러나, 과연 그러할까? 어떤 새말이 통용되려면, 적어도 그 말씨가 먼저 소속한 좁은 사회의 승인을 얻어야 하며, 널리 온 국민에게 통용되려면 그 국민 전체의 승인을 얻어야 함은 사실이다. 그러나, 그 승인이란 무슨 회의에서의 결의 형식의 것이 아니라, 한 사람, 두 사람이 차차 그 말을 배워서 즐겨 씀으로 서로 의사와 지식을 교환함에 있는 것이다. 말씨의 사회적 승인의 과정도 하나에서부터 둘·셋으로 먼저 나가는 것임과 같이, 말의 창조도 결코 여러 사람의 회의나 결의로 말미암아 되는 것이 아니오, 아무리 일상 생활의 대중 사이의 말일지라도 그 시작은 어떤 한 개인의 창조에 있는 것임을 우리는 알아야 한다. 하물며 학술상의 용어는 언제나 그 학문의 전문가가 만들어 내는 것이다(혹 소수인의 회의에서 제정한다 해도 그 발안은 개인에게서 나온다). 이만한 사리는 적이 공부를 한 사람이면 용이히 인식할 만한 것이다. 가까운 보기로, 일본말은 그 '명치 유신' 이후에 새 학문, 새 문물 제도의 발전에 따라, 무수한 새말을 각계 전문가들로 말미암아 만들어내졌다. 다만 일본은 그 말소리가 미비하고 또 그 글자가 불완전하기 때문에, 한자를 빌어서 새말을 만들었다. 그 중 말본 술어를 보면, 화란말 연구자 바바(馬場佐十郞; 訂正 蘭語九品集, 文化 11년)가 화란 말본을 직역하여 "發聲詞(관사), 静詞(명사), 代名詞(대명사), 動詞(동사), 動静詞(分詞), 形動詞(부사), 速屬詞(접속사), 所在詞(전치사), 歎息詞(間投詞)"라 하였고(도림 안은 현재의 이름), 명치 이후에 나까가네(中金正衡; 大倭語學 手引, 명치 4년)가 또한 서양 말본을 직역하여 "實名詞, 形容詞, 代名詞, 動詞, 分詞, 副詞, 接續詞, 感歎詞"의 이름을 썼고, 오오쯔끼(大槻文彦;語法指南→廣日本文典, 言海)에 이르러 오늘의 일본 말본의 술어가 확정되었으니, 이는 오오쯔끼의 말본 책과 사전이 널리 교육에 사용되었기 때문이었다. 이 말본 술어가 일본의 제국주의적 발전의 결과로, 우리 땅 곳곳에 왜 헌병이 주둔하고 금테모자에 긴칼을 찬 일인 교장·교사가 각급 학교의 교단에 서서 망국 노예민에게 강제 위압으로써 가르쳐 넣은 것이다. 이러한 치욕의 인상, 총칼의 여세, 노예 교육의 자국인 왜놈의 말본 용어를 마치 우리 국민 대중의 '밑바닥에서 만들어져 나온 말'인 것처럼 떠들어, 그것이 대중(표준)이 되어야 한다고 하는 것은 너무도 지나친 무식이 아니면 거짓 내지 잘못이 아닐까?

한마디로, 오늘날 우리가 쓰고 있는 말은, 그 하나하나가 맨 처음엔 어느 개인의 입에서 시작되어, 좁은 범위에서 넓은 범위로 차차 승인·통용을 얻게 된 것임이 언어 사실 일반의 진리이다. 이제 순우리말의 말본 용어가 어느 개인이나 소수 위원의 제정한 것이란 까닭으로써 그것을 부인 내지 말살하려 함은 실로 말씨뿐 아니라 문화 일반의 창조 및 발전을 부인하려 함과 같은, 천만부당의 태도라 아니 할 수 없다.

원래 배달말 연구의 태도에 두 가지가 있다. 그 하나는, 배달말을 단순한 제 개인의 지적 흥미의 대상으로 삼아 이를 차디찬 과학적 천명을 함으로써 만족하는 태도이니, 이 표본은 경성 제국대학에서 교편을 잡고 우리말을 연구하던 오구라(小倉進平)이라 하겠다. 그는 배달말의 옛말과 방언의 연구에 큰 업적을 이루어 박사학위를 얻음으로써 만족할 뿐이오, 우리말을 사랑하고 우리말의 발달과 번짐을 기원하지는 아니하였다. 그래서 그는 결코 입으로 우리말을 말하지는 아니하였다. 또 하나는, 우리말을 다만 지적연구의 대상으로만 보지 않고, 그것은 곧 배달겨레의 얼이오 목숨으로 생각하여, 이를 사랑하고, 이를 기르고, 이를 밝히고, 이를 보존하고, 이를 보급시켜서 겨레의 생존과 문화를 유지·발달시키어 자유와 행복을 누리게 하고자 하는 태도, 곧 지적 활동과 정의적 활동이 혼연일체가 되는 태도이니, 저 주 시경 스승을 비롯하여 그 후계자들은 이러한 정신과 태도로써 일제의 악독한 통치 아래에서 목숨을 걸고 불굴의 항쟁을 하여 와서, 해방된 조국에 국어·국문의 융성을 가져온 것임은 앞에 말한 바와 같다.

그런데, 장구한 한글 운동의 도상에서, 저 일인 오구라에게서 배운 사람들과 한글 운동의 선구자 주 시경 스승에게서 배운 사람들 사이에, 순우리말이냐 한자말이냐 하는 문제로 해서 때때로 논란이 있었음은 사실이었지마는, 우리들은 힘써 소이(小異)를 버리고 대동(大同)을 가지어 절충·협동으로써 능히 한글 운동의 목적을 성취하여 왔던 것이다. 그런데, 8·15 해방 후의 서울 대학교는 결코 일인의 경성 제국대학이 아니건마는, 그 국문과 출신들이 당하지도 않게 오구라와 고오노의 유풍을 이어받은 모양이라, 그 인수가 차차 많아 감을 따라, 그 일부의 사람들이 왕왕이 기왕의 한글 운동의 성과를 무너뜨리려는 기세를 보이더니, 요즈음 한글 전용이 전면적으로 실현되려는 형편을 보고서, 그 일부 사람들이 주로 운영하는 국어국문학회의 임시 총회를 열어, 한글 전용과 말본 용어들 문제를 다루어, 그 약간의 차이로 결의된 것을 크게 선전하여, 한글 전용의 즉시 단행을 반대하고, 말본 용어에 한자말 채용을 외치고 있음은 심히 유감스런 일이 아닐 수 없다.

우리로서 본다면, 이미 한글 전용을 찬성한 다음에야, 무슨 맛으로 그 전반적 시행을 늦추어서 급속도로 진전하는 글자 생활에 장애를 주며, 동시에 날로 불어가는 인쇄물로써 자손들에게 알기 어려운 짐을 끼쳐 줄 필요가 무엇인가? 또 국어·국문의 교육자로서 국어·국문의 창조적 발전을 부인하고, 반세기 동안의 겨레 정신의 투쟁으로 길러 놓은 순우리말 말본 용어를 이제 와서 새삼스레 말살하려는가? 나는 그분들의 재삼 숙고를 바라 마지 아니한다. 나는 이제 여기에 그 순우리말 용어를 반대하는 사람들에게, 최근(1962. 1.

2 《週刊 새나라》 이 희승 님이 발표한 수필글 〈焦點〉을 소개한다. 그 가운데 가로되:

　　나 자체 30여 년 교단 생활을 하였다고 하면서 가만히 과거를 회고 반성하여 보니, ……촛점을 벗어난 교단 생활을 한 것이 아닌가 나 자신도 모를 지경이다. 모르지 않고 지금쯤은 잘 알았다손치더라도, 이제는 成服後藥方文 격이라 晩時之嘆이 남을 뿐이다. 나 개인만이 이러한 실수를 하였다 할지라도 우리 사회에 끼친 영향은 이만저만한 것이 아닐 터인데, 만일 나 밖에도 이런 촛점을 벗어난 사람이 많이 있다면 그야말로 여간 큰 문제가 아니다. 왜냐하면, 촛점을 벗어난 일을 해서 국가·사회에 악영향만을 끼치고 말게 될 것이다.

　　촛점을 벗어난다는 것은 많은 경우 자아 응시를 못 한다는 것, 따라 자아 인식을 못 한다는 말이 된다. 여기에 '자아'란 것은 '小我'보다 '大我'를 가리키는 것이다.

　　우리 나라 역사를 통하여 볼 적에 상고 시대는 알 수 없지마는 중고부터 자아를 몰각한 사실이 한두 가지가 아니다. 신라가 백제를 정복하기 위하여, 당 나라 군사를 청해 온 것부터가 그 좋은 표본이오, 고유의 문화 형태를 버리고 성명, 지명, 관직명 등, 문물제도를 모두 중국식으로 바꿔친 것이 얼마나 큰 자아 몰각이냐 말이다.

　　우리 민족이 우리식 성명을 어엿이 가지고 있을 적에는, 수 양제의 백만 대군도 어려움없이 내무찌르고 만주 천지도 우리 강토의 일부분으로 잘 확보하였고 황해의 해상권도 장악하고 있었으며, 도국(島國)에 식민하여 모든 문화와 기술을 전환(轉換)한 일이 있었지마는, 성명을 갈아붙인 후부터는 우리 민족이 기가 죽어 버려서 항상 수세를 취하기에 급급하였고, 침략을 몇 번이나 당하지 않았는가 말이다. 이만저만한 자아 위축이오 자아 몰각이 아니다. …… 무엇을 교육한답시고 했느냐 책임감이 바위처럼 가슴을 누른다.

나는 물론 이 님의 자기 반성의 자책을 시인하는 이는 아니지마는, 그가 말하는 주객 전도 전도의 사고 방식, 자아 몰각의 무기백이 얼마나 자아 위축을 가져오느냐 하는 점에 대하여 동감하는 동시에, 오늘날 어찌 되었든 간에 한자로 된 것이면 다 좋다고 생각하는 사람, 특히 이 님에게서 가르침을 받은 사람들에게 큰 교훈이 될 줄로 생각하노니, 재삼 숙독하고 재삼 숙고하기를 바란다.

4. 우리 말본 용어를 순우리말로 통일해야 하는 이유

우리 말본 용어는 순우리말 용어로 통일해야 한다. 그 이유를 간단히 적으면, 다음과 같다.

(1) 우리말은 우리말로 풀이하여야 하며, 우리말로 가르쳐야 한다. 그 중에도 우리 말본은 순우리말로써 풀이하여야 한다.

(2) 더구나, 우리 말본은 다른 나라의 말본과 다른 독특한 점이 많으니, 그 술어는 마땅히 우리가 우리말로 지어야 한다.

(3) 순우리말 용어는 한자 용어에 견주어, 더 자연스러우며 또 가장 깨치기 쉽다. 보기로, "토"가 "조사"보다, "어찌씨"가 "부사"보다, "씨"가 "사"보다, "줄기"가 "어간"보다, "임자씨"가 "체언"보다, "풀이씨"가 "용언"보다 훨씬 자연스럽고 또 깨치기도 쉽다.

(4) 이제 구악 일소, 인간 개조, 민족 정기의 양양, 문화 혁신, 한글

전용의 혁명 과업 완수의 시기에 있어서, 국어 애호의 겨레정신으로써 일제와 항쟁·고투하여 세운 겨레 문화의 공탑을 전복·말살하고 일제의 식민지 교육의 수치의 유물인 일본 말본 용어를 취한다는 일은, 도저히 있을 수 없는, 천만부당한 일이 아닐 수 없다.

(5) 국어국문학회의 총회에서 설령 절대 다수의 차로써 한자말 용어를 좋다 하였다 하더라도 이보다 먼저 5년 전에 한글 학회가 별 이의 없이 순우리말 용어를 채택하기로 결정, 시행하고 있음을 아울러 생각한다면, 국어학계의 여론이 순우리말 용어 편에 있음은 확실한 사실이다.

5. 말본 용어의 통일 주관자는 문교부이다

(1) 일어식 한자말에 대하여, 순우리말 말본 용어를 제정한 주체자는 문교부이다.

(2) 문교부는 광복 후부터 각 학과목의 용어를 제정하기 위하여, 모두 71분과에 도합 480여 명의 위원을 두어, 이미 근 20가지 학과목의 용어가 제정되었는데, 모두가 될 수 있는 대로 평이한 순우리말로 짓기로써 원칙을 삼고 있다.

(3) 학술상 문제는 학자, 특히 그 전문 학자들이 해결할 것이오, 만인이 쓰는 말이라 해서 만인의 동의를 소용할 것은 아니다. 만약 만인의 동의를 얻고자 공청회 같은 것을 열어서 결정하기로 한다면, 71분과의 학술 용어의 제정한 백년이 걸려도 불가능할 것이다. 또 어떤이는 이 문제를 국어 심의회에 붙이자 한다. 국어 심의회에는 학술 용어 분과가 있음은 사실이지마는, 거기서 71분과의 용

어를 일일이 심의·결정한다는 것은 도저히 불가능한 일이다. 왜냐하면, 국어 심의회의 30명 위원이 모두 71분과의 학문에 정통한 사람이 못 될 뿐 아니라, 또 그리 할 만한 시간적 여유도 각 위원이 가지고 있지 않기 때문이다. 학술 용어 분과가 할 수 있는 일은 기껏해야 학술 용어 제정의 일반스런 원칙을 토의하는 일 정도일 것이다. 그러므로 이미 출판·공포된 16분과의 용어가 있지마는, 그 하나도 국어 심의회를 거친 일이 없다.

(4) 그러한즉, 이러한 혁명 과업 수행 시기에 있어서, 순우리말로 된 말본 용어를 제정·육성한 문교부가 이 말본 용어 통일 문제를 정책적으로 단정함이 마땅하다고 생각한다.

(5) 또, 대학 입시를 국가 고시로 하는 형편에서는, 통일을 강행할 것 없이 그대로 방치하더라도 교육상 문제가 없으며, 수년 내로 절로 통일이 이뤄질 것이라 생각한다.　　　　　　　　　　　　(1962. 1.)

-〈현대문학〉 87(1962. 3.)-

말본 용어 통일 문제의 가는 길

(1)

이제로부터 한 70년 전에 배재 학당에서 영어를 배우다가, 우리말도 이렇게 과학적으로 정리하는 게 좋겠다고 생각낸 학생이 있었으니, 그가 곧 우리 나라의 말본을 처음으로 과학적으로 연구하여 한글 운동의 선구자가 된 주 시경 스승이다. 주 스승은 한 번 세운 뜻을 한결로 지어가아, 드디어 『국어 문법』·『말의 소리』들의 저서를 남기셨으니, 오늘날 말본의 용어도 그 어른에게서 나온 것이다. 그 씨가름은

(임+대임), 엇, 움, 언, 억, 놀, 겻, 잇, 끗의 9가지이며, 그 중 '겻, 잇, 끗'을 둥그리어 '토씨'라 이름하였다. 이 9가지 씨갈래의 이름은 대개 다 예사의 말을 줄여서 한 낱내로 만든 것이다. 나는 『우리 말본』에서 이 이름을 알아보기에 쉽게 하느라고, 도로 예사말로 돌려 놓았다.

곧, 임(〈이르ㅁ〉)이름씨, 대임 〉대이름씨, 움(〈움직씨〉)움직씨, 엇〈〈엇더 하〉〉어떻씨, 언(〈어떠하ㄴ〉)어떤씨, 억(〈어떠하게〉)(=어떠하게) 어찌씨, 놀(〈놀남〉)늑(〈느낌, 金…〉)느낌씨, '겻, 잇, 끗' 〉토씨(대체로) 등으

로 하였다.

1949년 문교부에서 말본 용어를 제정할 적에 여러 위원들이 토의를 하여 어떤씨〉매김씨, 어떻씨〉그림씨로 고치었다. 그리하여 나의 말본에서는 이름씨, 대이름씨, 셈씨, 움직씨, 그림씨, 잡음씨, 매김씨, 어찌씨, 느낌씨, 토씨의 열로 되었으니, 이 중에 '잡음씨'만은 나의 말본 체계에서 내가 처음으로 지은 말일 뿐이요, 그 나머지를 주 스승의 지은 이름을 쉽게 늘인 것이 대부분이요, 다만 매김씨 그림씨 둘만은 문교부에서 위원들이 개선한 것이다.

그러한즉, 말본의 순 우리말 용어가 주 스승에 비롯하여서 역사적으로 개선 발달해 온 것이 분명한 사실이요, 결코 다른 어느 한 사람의 창안이 아님이 확실한 사실이다.

그러나 나의 지은 『우리 말본』이 아직까지는 오직 하나인 방대한 체계적 저작이요, 또 나의 『고등 말본』이 일제 시대부터 조선뿐 아니라 만주에까지 널리 행한 교과서인 데에서, 세인은 흔히 씨이름까지도 나의 창안한 것으로 그릇 생각하는 이가 적지 아니한 모양이다.

그리하여 한글 학회에서 순 우리말 용어를 주장하는 것을 최 현배 개인의 학설이나 주장을 역성하는 것이라고 악평함으로써 일부 사람들의 동조를 구하는 것은, 하나는 그 역사적 사실에 대한 무식의 소치라 하겠고, 또 하나는 뻔히 알고서도 이렇게 치는 편이 세상의 열등 의식 소유자들의 동감을 얻기에 유리하다는 불순한 모략 심리의 소이라 하겠으니, 이 두 경우가 다 좋지 못함은 더 말할 것 없지마는, 특히 뒷것의 경우는 더욱 그 야비성의 폭로로서 나라의 학문 및 문화 발전에서 큰 죄악을 저지르는 것으로 정리하지 않으면 안 된다.

옛말에도 "미친 사람의 말도 성인이 가려 쓴다."는 것이 있거니와 개인의 창안이건 다수인의 공통 창안이건, 그것이 학문에 유조하고 나라와 겨레에 유익한 것이면 마땅히 채용할 것이지 또 무슨 딴 소리가 필요없는 것이 아니겠는가?

더구나 순 우리말로 된 말본 용어는 일제 시대를 통하여 일본의 무도한 동화 정책에 끈덕지게 항쟁하여 우리의 말과 글을 정리 보급하여 이를 애호하고 이를 지켜온 한글 운동의 표현이요, 될 수 있는 대로 배우기 쉽고 익히기 쉬운 우리말, 우리글로써 새 세대의 겨레 문화를 창조 발전시키고자 하는 겨레 만년 발전의 근본 방향을 가리켜 보이는 문화 지침인즉, 만약 이를 폐기한다면 새 나라의 새 문화 건설 도상에 한자 숭상의 낡은 관념이 또다시 살아나아 이 나라의 과학 교육의 진흥과 민주주의 실현에 큰 장애를 줄 것이니 나라의 장래를 걱정하고 겨레의 자유와 행복을 염원하는 심정에 통탄하지 않을 수 없는 것이다.

(2)

문교부는 7월 25일에 국어과 교육 과정 위원회의 통일안을 채택하여, 원래 252개의 말본 용어 중 겨우 27만을 제외하고는 모두 한자말 용어를 채택하였다는 공포를 하였다. 우리는 이러한 결정이 어떠한 근거에서 나온 일인지 참 생각하기 어렵다. 이러한 결정은

1. 서양에서의 문예부흥 이래로, 모든 나라는 각기 제 나라 말로써 제 나라의 학문과 문화를 창조해 가야 한다는 정신이 세계적으로 확인 실현되어가고 있는 시대 정신에 어긋난 일이 되며,

2. 교육상 제 나라의 쉬운 말로써 함이 다른 나라의 어려운 말로

함보다는 월등히 그 효과가 낮다는 세계 공통의 이론과 한국 교육자들의 실제적 경험 내지 실험적 결과를 무시한 것이 되며,

3. 청년 학생들에게 제 나라의 말과 글을 사랑하며 자주스런 겨레 문화를 창조하겠다는 숭고한 정신 배양의 기회를 박탈하는 것이 되며,

4. 두 갈래 용어가 제정된 때로부터 오늘날까지 순 우리말로 된 교과서의 배포가 한자 용어로 된 교과서의 그것의 3배나 된다는 사실을 무시한 것이며,

5. 문교부 장관은 여론을 참작하였다 하였으나, 한자 용어 주장에 동조하는 각계 인사 수 1천 십여 명임에 대하여, 순 우리말 용어로 정해 달라는 건의서는 우리 사회 일류 문인이 79인, 서울 있는 자연 과학자·교수가 143인, 지방 대학 교수가 46인, 각처의 중·고등 학교 국어 교사가 2,164인, 도합 2,432인이었으니 여론의 소재가 과연 어디인가?

말과 글을 다루는 데에 문인의 여론이 무시되고 현대적 교육에 관하여 자연 과학자들의 의견이 무시되고, 중등 학교의 말본 용어를 통일하는 때에 수많은 중등 국어 교사들의 '정성어린' 건의가 전연 묵살되었으니, 이는 도저히 민주 사회의 올바른 처사라 할 수 없는 것이며,

6. 더구나 문교부 장관은 면담의 자리에서 통일을 논하는 위원회의 인적 구성이 편파적으로 되었음을 인정하였음을 명언하였음에도 매히잖고 그 사무 담당자가 사특한 계획으로써 지극히 편파스럽게 구성이 된 위원회(교육 과정 위원 23인 중에 단 3인만이 우리말 용어 주장자)의 무원칙의 방안을 채택하였음은 이랬든 저랬든, 관에서 차린 회의의 형식적 결의는 절대적 정당성을 가진다는 시대 역행의 사

고 방식의 강행인 것이며,

7. 과거에 동화 정책을 강행하던 극악 무도한 왜정도, 제 양심의 견제를 받았음인지 능히 순 우리말 용어로 된 말본 교과서의 사용을 금지하지 아니 하였던 것인데, 이제 자유 대한에서, 통일이란 미명 아래에 모든 사리와 사실과 여론을 무시하고 일본식 한자 용어(일본 서도 요새 그런 용어를 순 일본말로 고치려는 움직임이 현저한데)만을 사용하고 과거 반 세기 이상 끈기있는 연구와 피어린 항쟁의 근본 정신의 표현인 순 우리말 용어의 학교 교육에서의 사용을 금지한다는 것은 한글 운동의 근거를 전복하는 것이 되며, 과거 한글 운동자, 문화 수호자 들을 정신적인 사형에 처함과 다름이 없는 것이 되며,

8. 광복된 조국의 명실 완전한 독립을 누리기 위해서는, 경제적 자립을 꾀함 이상의 절실한 요청은 국민의 정신적 독립이다. 진정한 독립 정신의 요청은 사회의 모든 현상, 국제간의 교섭 문제들에서 날이 갈수록 그 간절의 도를 더하고 있다. 거리마다 일본말 가르친다는 광고가 나붙고, 서울·부산에서는 왜식 요리집이 성황을 이루고 거리에는 병신 같은 왜짚신 '소오리'가 나오기 시작하였고, 여학생들의 이름은 해방된 뒤에도 한결코 왜녀의 이름 '○자'로 하기 때문에 어떤 여자 대학에서 같은 이름 '○자'때문에 혼란의 골치를 앓고 있다 한다.

이 때에 구한국 끄트머리부터 애국자, 국어학자 들이 압박과 희생을 무릅쓰고 다듬어 미뤄 오고 키워 온 학교 말본의 우리말 용어를 말살해 버리고 왜정이 강제로 한인의 마음밭에 심어 놓은 일어 말본에서의 한자 용어를 채택한다는 것은 나라의 영원한 장래를 위하여 심히 통탄스럽고 걱정스런 일이 아닐 수 없는 것이다.

이러한 점들을 생각하면 학교 말본의 한자말 통일의 결정은 겨레

정신 교육적 양식이 있는 사람들이 도저히 동의할 수 없는 것이라 아니할 수 없는 것이라 아니 할 수 없다. 그래서 이러한 이유에서

1. 문예 부흥 이래의 세계적 시대 정신에 순응 병진하기 위하여,

2. 교육적 효과를 올리기 위하여,

3. 청년 학생들로부터 자주 문화의 창조 발달에 관한 높은 이상을 기르는 기회를 박탈하지 않기 위하여,

4. 엄연 사실과 관계 인사들의 여론과에 터잡은 민주주의스런 행정의 실현을 위하여,

5. 모든 불공정과 편파성으로써 국사를 그르치는 일을 시정하기 위하여,

6. 독립 자주 정신의 발양으로써 대한 민국의 영원한 장래의 복리를 위하여 우리는 한자말 용어로써 학교 말본 교육을 통일하는 일에 극력 반대하는 동시에 이 일이 앞으로 반드시 바로잡히지 않으면 안 된다는 것을 주장한다.

돌아보건대, 한글 운동은 한글 그것이 타고난 기구한 운명과도 같이 허다한 난관이 있어 왔다. 일제 시대의 왜정의 압박은 말할 것도 없거니와 왜정 때에 새 맞춤법에 반대하는 개명 구락부의 조선어학 연구회의 방해는 3일간의 공청회와 사회 문인 수십 명의 찬성 성명으로써 저지되었으며, 자유당 시대의 소위 한글 간소화 파동은 온 국민의 항쟁으로써 이겨 내었으니, 이번 최후의 난관에서 좌절될 수는 없다.

우리 전국의 동지들은 어디까지나 이를 바로잡아 이겨 내지 않으면 안 된다. 우리는 언제나 앞날의 광명을 보고 용감히 나아가는 것이 최상의 길이라 믿으며 책임을 다짐한다.

-〈배재〉(1963. 8. 15.)-

문교부의 한글 전용 폐기를 규탄한다

1

옛날의 우리 나라 교육은, 오로지 한자·한문을 배워 사서 삼경 을 읽고 시·부·사·장(詩賦詞章)을 익혀서, 과거에 급제하여 진사가 되고 급제가 되어 등용문에 올라 입신양명하여 부모를 드러내고 가문을 빛내는 것이 그 목적이었다.

이르면 5~6세부터 "하늘 천(天) 따 지(地)"의 《천자문》을 배우기 시작하여, 30~40이 되도록 밤낮으로 한문 한시 따위를 배우고 읽고 익혀도, 훌륭한 선비가 되고 시인·학자가 되는 것은 용이한 일이 아니다. 한자·한문은 근본 우리 글이 아니오 우리말이 아니기 때문에, 우리 사람들이 배우기에 아예 맞지 아니할 뿐더러, 그 글자가 소리글이 아니오, 뜻글이기 때문에, 그 한 자 한 자 각각 일정한 사물을 뜻하는 것이 되어, 세상의 일과 몬이 있는 이만큼, 사람에게 생각이 있는 것만큼 그 글자의 수효가 많아 그 수가 5만이 넘으니, 누구나 능히 다 배워 낼 수가 없으며, 한문은 그 말본이 전연히 우리 말과 달라, 이를 익혀서 완전히 체득하기란 지극히 어렵기 때문이다.

더구나 그 옛책에 실려 있는 지리적·역사적 사실은 다 우리와는 아주 먼 중국의 것이오, 어질고 모진 제왕의 정치 행적과 강호의 아름다운 경치와 인정·풍속의 멋을 읊조리던 가사·시문은 다 우리의 것과는 같지 아니한 중국의 것이었기 때문에, 그것을 애써 배워 진사 계급을 한 사람이라 할지라도, 그는 다만 남의 나라 중국의 지리·역사·풍속·풍월에 관한 지식과 취미를 가졌을 뿐이오, 제 나라의 그것들에는 아는 것이 없으며, 제 몸 둘레 사회의 실사 실무에 관하여는 아무런 지식과 기술과 처리에 관한 높은 식견과 수완이 없고, 지방 군수가 된 자도 치산 치수, 산업 장려 같은 일은 안 하고 오로지 음풍 영월이나 일삼는 일과 백성들의 피땀으로 모은 재물이나 빼앗아 가지는 일뿐이었다.

교육의 내용과 성과가 이러하였으매, 나라가 망하고 백성이 죽는 것밖에 더 기대할 것이 없었음도 또한 당연하다 하겠다.

2

오늘날 한국의 교육은, 서양 근세 이래 고메니우스를 비롯한 수많은 학자들의 교육 학설과 경험에 기대어 이뤄진 현대 세계의 교육 제도, 교과과정의 배열, 교수 및 학습의 방법에 따라 마련된 것이다. 물론 사회 제도, 인도주의, 민주주의, 과학 지식의 발달에 발맞추어 이뤄진 것이다. 여기에 현대 교육의 원리를 갖추 베풀 필요가 없으니, 다만 이 글을 지음에 필요한 몇 가지만을 간단히 적어 보겠다.

첫째, 교육은 개성의 충분한 발달을 꾀하고 인격의 완성을 목적한다. 이를 위하여 필요한 각종의 지식·기술을 가르친다.

둘째, 피교육자의 자발적 활동이 모든 교육적 활동의 근본스런 원천이다. 따라 온갖 교재의 제공은 피교육자의 심신 발달의 정도, 심리 상태에 합치되어야 한다.

셋째, 교육적 활동은 가까운 데서 먼 데로, 내 것에서 남의 것으로, 쉬운 것에서 어려운 것으로, 흥미 많은 것에서 흥미 적은 것으로 나아간다. 그리함으로써 그 활동의 효과를 기대한다.

넷째, 교육은 피교육자로 하여금 그 나라, 그 사회에서 다른 사람들로 더불어 협동 상조하면서 제 본분을 능히 다하는 사람을 기르기를 목적한다. 그러기 위하여, 그 나라의 자연·풍토·역사·지리와 그 사회의 전통·습관·문화·생업에 대한 지식과 사랑을 기른다.

다섯째, 유형한 교육 재료는 다 사람의 둘레와 외부에 있다. 이 외부에 있는 재료를 피교육자의 내부의 마음밭에 받아들이기 위하여 쓰는 가장 기초스런 수단은 오관과 말·글이다. 오관은 외계의 사물의 모양을 잡아들이는 문이오, 말·글은 사람의 아낙에 있는 생각과 느낌을 담아 바깥으로 나타내며, 먼 데로 날라 전달하는 그릇과 같은 것이다. 그러나 말·글은 사람 교육의 수단이오, 결코 목적 그것은 아니다. 수단은 그 목적을 달성함에 크게 유리한 시중을 해바치는 데에 그 본래의 구실이 있는 것이다. 만약 아름답고 쓰기 좋은 그릇을 만드느라고 그 그릇에 담을 농사를 짓지 못하였다면 그 사람은 엄동설한에 빈 그릇을 앞에 놓고서 주려 죽을 수밖에 없을 것이다. 수단과 목적은 명확히 구별하지 않으면 안 된다.

과거 5백 년 동안의 우리 나라 교육은 이 목적과 수단을 구별하지 못하여 수단인 말·글을 목적으로 그릇 잡고 소년·청년을 지나 장년에 이르기까지, 심지어는 노년에 이르기까지 저 어렵고 수많은 한자·한문을 배우기에 허비하고 말았던 것이다. 생각하면 참 어리석은 일을 할아비·아비·아들·손자가 대대로 이어 가면서 되풀이하였으므로 나랏일을 크게 그르쳤도다. 한탄과 통석을 이길 길이 없다. 그러나 이미 깨어진 시루는 다시 어찌할 도리가 없은즉 중요한 일은 앞의 거울로써 뒷길을 비추는 일이다.

3

한글은 쉽고 또 상말을 적는 것이라 하여, 난 지 5백 년 동안에 극도의 천대를 받아 오다가 겨우 교육의 재료로 쓰이기 비롯한 것이 갑오 경장(1894) 이후의 일이다. 그러나 한문 존상의 낡은 사상은 한글의 온전한 날개를 펴기를 허락하지 아니하다가 드디어 나라를 잃고, 왜적에게 36년간의 억압의 통치를 받는 동안 겨우 명맥을 이어 오다가 왜정 말기에 미치어서는 필경 그네의 금압을 당하기 극도에 달하였다.

1945년 8월 15일에 둘쨋번 세계 대전의 결과로, 한글은 배달겨레와 함께 일제의 굴레에서 풀어놓인 바 되었다. 이에 미 군정청 문교부에서는 사회 지도자 70여 인으로 '조선 교육 심의회'를 조직하여 자유민 새 교육의 이상, 제도, 교육 내용 들을 심의 제정 할새 그 제11분과 '교과서 분과'에서는 여러 차례로 신중 토론 끝에, 모든 교과서는 한글만으로 꾸미기로 하되, 한자는 필요를 따라 한글 다음에 도림(괄호) 안에 넣기로 만장 일치 결정하고, 본 회의에 보고하여 다시 신중한 심의를 거쳐, 드디어 한글만 쓰기의 결의를 보았고, 그에 따라 초등·중등 교육의 교과서가 편찬되어 실제로 사용되어 많은 교육적 효과를 거두고 있다.

나는 여기 한글의 교육적 효과를 베풀기 전에 한자가 교육적 효과를 얼마나 감소시키고 있나를 말하겠다.

좀 오랜 조사이지마는, 우리에게는 이만한 조사 통계가 없으니까, 1920년에 발표한 일본의 국어학자 호시나(保料孝一)가 한자와 가나를 섞어 쓰는 일본의 국어 교육과 로마자만을 쓰는 유럽의 국어 교육과를 비교한 조사 통계를 소개하겠다.

소학교에서의 매주 수업 시간 수(6개년 평균)가

한자를 함께 쓰는 일본에서는 11.3시간

소리글만을 쓰는 구미에서는 8.0시간.

이를 총과목의 매주 수업 시간 수에 비교하면,

일본에서는 44%

구미에서는 31%.

이를 배우는 독본의 분량, 곧 낱말의 수(자수는 아니다)로써 비교하면(제3학년 뮌헨 시의 교과서에 기댐),

일본에서는 9,900 낱말

독일에서는 48,000 낱말(일본의 약 5배).

또, 같은 수의 100 낱말을 배우기에 드는 시간의 수를 비교하면,

일본에서는 4시간 20분

독일에서는 단 38분. (곧 일본은 독일의 7배나 시간을 들인다.)

보통의 서적을 읽을 수 있을 때까지의 햇수를 대략 계산해 보면,

일본은(중학 3년쯤으로 보고) 8개년

구미는(소학 2년생이 자유로 넉넉히 읽을 수 있으니까) 1개년 반.

또, 사상과 지식의 내용에 대하여 보면, 일본의 소학 6년 동안에 배우는 독본의 재료는 독일의 소학교에서 같은 연한에 배우는 그것의 겨우 6분의 1에 지나지 못한다.

그러면 일본은 이 어려운 한자를 보통 소학교에서 얼마나 쓰고 있는가 하면, 그 때보다 2~3년 전에 고또오(後藤朝太郎)의 조사한 바에 기대면, 독본의 한자 수가 1,360자, 독본 밖의 것을 합산하여 2,600자이다. 이 2,600의 한자를 섞어 씀으로 해서 교수 시수는 훨씬 많으면서도 그 교육적 효과는 6개년 간의 결과가 독일의 6분의 1에 지나지 못한 결과에 떨어진다는 것은 참 놀랄 만한 일이 아닐 수 없다. 한자 2천여 자 때문에 일본 국민이 입는 정신적 및 물질적 손실과 금보다도 귀중한 생명의 손실을 아울러 생각한다면 가히 무한대라 할 수밖에 없다.

그러면 이 조사가 행해진 당시의 소학생들이 그 비싼 2,600자를 다 기억하여 사용할 수가 있었나 하면, 절대로 그렇지 않았을 것임은 다음의 조사로써 증명할 수 있다.

둘쨋번 세계 대전 뒤에 일본 동경의 몇 개 소학교의 우등 졸업생들에게 한자 지식을 시험한 결과, 평균 479자를 기억하고 있는데, 학교에서 배우기는 1,500자였다 한다. 일본 서울 동경의 학교, 또 그 우등생, 시기도 진학, 취직들 때문에 가장 많이 기억하고 있는 졸업 직후이건마는 한자 교육의 효과는 3분의 1을 차지 못한다. 이 애들이 중학 진학을 아니하고 다른 직업에 종사하게 된다면 그 기억조차 머잖아 아주 사라지고 말 것이 분명하다. 그러면 한자의 본고장인 중국인의 한자 배우기는 과연 어떠한가? 어떤 이가 서울에 있는 중국인 소학교의 선생에게 물은즉 5학년이 되면 아이들이 쉬운 동화책을 겨우 뜯어 보게 되며, 한국의 한글을 가르쳐 본즉 몇 달 안 가서 능히 동화책을 읽게 되더란 대답을 얻었다. 그럴 것이다. 한자가 하필 한국인이나 일본인에게만 어려운 글자가 아니라, 창힐(蒼頡)·사주(史籀)의 자손인 공자·맹자·한 퇴지·두보의 자손에게도 마찬가지로 어렵고 불리한 글자임이 틀림없다. 그러기에 저네들도 역사의 조국을 건지자면 한자를 없이해야 한다고 외치며, 이미 그 폐지에 착수하였다 한다.

한글의 교육적 효과는 어떠한가? 길게 말할 것 없이 책을 다루는 집안의 어린이들은 학교에 입학하기 전에는 이미 동화책을 여러 권씩 읽는 일이 허다하며, 2학년이 채 되기 전에 어른들이 보는 신문을 즐겨 보되, 다만 원수의 한자 때문에 막혀서 못 읽겠다고 불평하는 것을 여러분은 다 경험하였을 것으로 믿는다. 국민학교 아이가 책을 지어 세상을 감동시키는 일조차 없지 않다. 어찌 다 놀랍지 아니한가? 국민 교육의 향상, 겨레 문화의 창조, 국민 생활의 발전에 대한 한글의 위대한 공효성, 촉진력은 실로 무한히 크다 하겠다.

이상은 글자 쓰기의 문제이어니와 다음에 한글이 적어 나타내는 '상말'의 교육적 효과에 대하여 대구의 원화 여자 중·고등 학교의 국어 교사 정 휘창 님의 착실한 연구 실험(그것은 문교부 학교 말본 통일 회의가 있기 전의 일이었다)의 결과를 들어 보기로 하겠다.

국민학교를 마치고 중학에 입학한 240명의 여학생을 4반으로 갈랐는데, 정 교사는 제가 꾸민 말본 교재를 다만 그 용어만을 달리하여 한글 용어 교재로써 두 반을, 한자 용어 교재로써 다른 두 반을 한 학기 동안 가르쳐, 학기 말에 이르러 용어만을 달리한 동일의 문제로써 같은 시간에, 양쪽 한 반씩 두 반을 시험한 그 정답의 비가 한자 용어반은 9%이오, 한글 용어반은 37%이다.

이는 아직 한자 용어와 한글 용어에 다 물들지 않은 백지와 같은 국민학교 졸업생들의 기억 판단의 시험 성적에서 한글 용어의 사용이 한자 용어 그것의 4배 이상이 됨을 명시한 것이다($9 \times 4 + 1 = 37$). 한자어가 그 됨됨이가 간결하고 그 뜻이 명확하여 기억하기에도 유리하다는 생각은 이 한자에 젖어 익은 연로자의 자기 본위의 편견임이 증명되었다. 우리 말글 사용의 위대한 교과를 바로 깨쳐야 한다.

4

그렇건마는 한 쪽에 낡은 관념의 청산, 묵은 버릇의 개정이란 용이한 일이 아닌 모양이라, 해방된 지 이미 20년이오, 한글 전용 법이 반포된 지도 벌써 17년이나 되었음에도 매이잖고, 아직 한자 존상의 낡은 버릇에서 벗어져 나오지 못한 사람이 이 사회에 여기저기 도사리고 앉아 있음은 기막힐 만큼 한심한 형편이라 아니 할 수 없다.

"한글 전용을 하기 위해서 한자를 가르치지 않으면 안 된다."고 야릇한 곡론을 하는 이가 있다. 만약 사실이 그렇다면, 한자만 많이 가르치면 될 일이지 또 무슨 맛으로 한글 전용은 한단 말인가?

"한자를 안 가르치니까 편지 봉투를 못 쓴다. 한자는 꼭 가르쳐야만 한다."는 사람도 있다. 나는 수십 년래로 한글만 가지고 편지를 하는데 내 편지가 되돌아온 적이 없었다. 봉투는 한자로 써야만 하는 이치가 어디에 있는가? 미국, 영국, 독일 사람들은 한자를 안 배웠으니 봉투를 못 써서 어찌하는지? 그뿐 아니다. 도대체 국어 교육의 목적이 편지 봉투 쓰기, 더구나 한자로 쓰기에 있단 말인가? 이러한 부조리한 감정의 충격으로써 일국의 교육을 지도한다면 그 교육에 희생된 국민은 장차 어떻게 한단 말인가? 생각하면 소름이 끼친다.

더욱 해괴 망측한 것은 문교부가 느닷없이 한글 전용을 철폐하고 한자 교육을 시작한 일이다. 지난 가을엔가 국어 교과서 편찬 위원회에서 국민학교 교과서에 한자를 섞어 쓰자는 결정을 하였는데, 장차 국어 심의회에 걸어 그 의결을 얻어 이를 실시할 것이라는 신문 기사를 보았더니, 그 뒤에 아무런 공의에 붙인 일도 없이 슬그머니 삼학년 국어 교과서를 한자를 써서 편찬하여 실시시키고 있는 모양이다. 참 어이가 없는 짓이다. 이것을 용단이란다면 만용이오, 이를 정치란다면 안하무인의 독재 정치이다.

소위 국어 교과서 편찬 위원회는 어떤 사람들로 구성되어 있는가? 해방 직후부터 문교부 교과서 편찬에 전후 두 차례나 한 3년 씩의 충성과 권력을 다해 온 나 같은 사람은 쏙 빼어 버리고, 그뿐인가, 한글 학회의 정통 사람들은 하나도 참가시키지 않고, 사무 담당자의 계략에 적합하다고 생각되는 사람들(나는 그 한 사람도 적확히 누구임을 알지 못한다. 아마도 아무 대학 출신 몇몇 사람들인가 추측할 뿐이다)을 모아서 이런 일을 꾸며 낸 것이겠다. 이것이 어떻게 장관의 결재까지 얻게 되었는가? 그 경과가 궁금하다.

원래 각종 교과서 편찬 위원회란 것은 문교부의 한 자문 기관으로, 거기에 하등의 정책 결정의 권한이 있는 것이 아니다. 더구나 해방 직후 해방된 겨레의 자주·전진·부흥을 위한 교육을 재건하고자 70여 명의 전 사회 지도층을 망라한 '조선 교육 심의회'의 신중한 토의로 결정되어 이래 20년 동안이나 시행해 오는 한글 전용의 교과서 체제의 변혁은 국가 백년 대계상 중대한 개혁인데, 편파하게 음모적으로 선정된 몇 사람의 회의로써 간단히 처리한다는 것은 극히 경솔한 무엄한 짓이라 아니 할 수 없다.

더구나 1948년 제헌 국회에서 제정한 〈한글 전용법〉이 그 '다만' 줄 때문에, 비록 그 완전한 실시에는 미치지 못하였다 하더라도 관청과 군부와 민간이 다같이 이 법의 완전 실행을 목표 삼고 나아가고 있는 때에, 문교부가 한글 전용을 폐기한다는 것은 위법 행위이다.

더구나 한·일 간 새 을사 조약의 조인에 따른, 갑작스리 불어닥치는 '일본 바람'으로 해서 배달겨레의 문화·경제·정치의 자주 독립이 중대한 위기에 처하여 있어 이에 대한 국민의 여론은 흉흉하기 그지없는 현하의 사회 정세를 아울러 생각한다면, 문교부가 먼저는, 가당한 근거도 없이 저 36년 동안 왜정의 동화 정치에 목숨을 걸고 항쟁하여, 겨레의 얼을 살리고, 겨레의 문화를 지켜 온 한글 운동 정신의 핵심적 표현의 기치인 한글(우리말)로 된 말본 용어를 말살하고 왜정이 강제로 심어 놓은 한자로 된 일본의 말본 용어를 강제 사용하게 하는 조처를 취하고, 이제는, 다시 겨레의 자주 문화 창조의 원동력인 한글 전용마저 독단적으로 폐기 하는 거조에 나가고 있으니, 이 무슨 심산인가? 문교부의 구실은 제 나라의 문화 유산을 존중·사용·장려함으로써 독립·자존의 겨레얼과 주체성에 확립한 생활 태도를 올바르게 지도함에 있겠거늘, 오늘의 문교부는 정히 그 반대를 가고 있으니 이 어떤 무사려·비상식의 행정인고!

　그뿐인가? 문교부가 먼저는 4배 이상의 효과를 내는 말본의 한글(우리말) 용어를 교육에서 말살하고, 이제 또 교육상 효과가 극히 미약지지한 까닭에 그 본고장인 중국에서도 폐기하는 한자를 취하고, 그보다 백 배 천 배의 교육적 효과가 있는 한글 전용을 파기하였다. 교육의 본질을 몰각하고 교육적 효과를 도외시하는 문교 행정이 도대체 무엇을 그 목표로 삼는가? 그것은 빈약한 경제에 허덕이는 국민의 생활을 더욱 비참한 구렁에 몰아넣는 반민족적 반민주적 처사가 아니고 무엇이냐? 콩나물 교실에서 내일모레 자살을 할 수밖에 없는 생활고에 허덕이고 있는 교원들이 가냘픈 목소리로 가르치는 교수를 받고 있는, 한 끼 혹은 두 끼를 굶은 어린이들에게 쓸데없는 한자 부담까지 지워서 그 자유 전진의 기세마저 꺾으려는 문교 행정은 도대체 누구를 위한 존재인가? 민주 국가의 정부는 국민의 정부요, 국민으로 말미암은 정부일 뿐 아니라, 또 국민을 위한 정부이다. 이것은 오늘날 세계의 삼척 동자도 아는 바이어늘, 오늘의 우리 정부의 문교부는 도대체 누구의, 누구로 말미암은, 또 누구를 위한 문교부인가? 문교부로 하여금 이렇게 민족주의·민주주의 정부 이념에 배치되도록 책략과 음모를 일삼는 무리는 누구인가? 이 밝은 세상에 버젓이 나서서 말을 좀 해 보아라, 국민의 앞에서. 특히, 차대의 주인공인 어린 국민의 앞에서—.

시월은 단군한배께서 홍익 인간의 이상을 가지고 나라를 세운 달이오, 세종 대왕께서 겨레의 이상, 밝은 누리를 실현하고자 한글을 지어 펴낸 달이다. 시월은 참으로 배달겨레의 '상달'이다. 나라의 이상, 겨레의 이상이 이 달에 성취되었다. 시월은 건국의 달이오, 문화의 달이오, 한글의 달이다. 국민 교육의 이상도 마땅히 여기에 있을 수밖에 없다. 그래서 시월은 또 교육의 달이다. 여기에 교육과 한글이 한 곳으로 나아가고, 자연과 문화가 함께 결실하게 된다.

(1965년 한글날을 기념하면서.)

-〈교육평론〉(1965. 10.)-

문명의 성격과 한글 간이화 문제

(1) 간이화의 요구

사람은 만사에 편하고 쉬움을 원한다. 수고는 적게 하고 수확은 많이 하고자 하며, 어려움과 싸우는 고생은 싫어하고 쉬움을 누리는 쾌락은 좋아하는 것이 사람의 상정이다. 바꿔 말하자면, 사람은 될 수 있는 대로 게으름을 부리면서 편안을 탐하고자 한다. 이러한 욕망은 그 자체로서는 좋은 것이라 할 수 없겠지마는, 그러한 뱃심 좋은 욕망도 좋은 결과를 인간에 가져오게 된 것이 곧 오늘날 모든 문명의 이기(利器)라 할 수 있다. 곧, 기차·전신·라디오 같은 문명의 연모가 다 사람의 안이(安易)를 탐하는 욕망에서 연구·발명된 것이다. 사람이 글자를 발명하게 된 것도 아마 이러한 게으름 부리려는 심리에서일 것이다.

이미 글자를 발명·창조하여서 일상 생활에 사용하게 되면, 그 이미 얻게 된 편리에는 만족하지 않고 다시 한 걸음 더 나아가아 그 글자의 사용을 더욱 편하고 쉽게 하고자, 그 글의 용법을 여러 가지로 연구하고 마련하는 것이 세계 사람의 상례이다. 더구나, 저 수 많고 어려운 남의 글자인 한자를 쓰기에 욕보고 고생하는 한국의 사람들이, 새로 교육의 면에 나타나서 제법 이래 써야 되느니 저래 써야 되느니 하고 내로라 하고 나서는 우리 글, 그것은 더구나 옛날에는 감히 얼굴도 쳐들지도 못하고 한구석에 옴치고 숨어 있던 '언문'이 오늘날에는 '한글'이란 이름을 가지고 오만스럽게 나타난 우리 글에 대하여, 그 간이화(簡易化)를 요구하는 것은 또한 당연한 일이라 할 만하기도 하다.

그러나 사실은 한글의 새 맞춤법을 마련할 한글 학회 회원들도 역시 마찬가지의 사람이기 때문에 글자의 간이에 대한 욕구가 간절함도 또한 마찬가지였던 것이다. 그리하여 새 맞춤법을 규정한 《한글 맞춤법 통일안》의 온 항목 63 중에 글자·소리·말밑·말본의 간이화를 규정한 것이 34이오, 소리글(表音文字)의 뜻글 삼기(表意化)를 위하여 말본의 떳떳한 통칙을 밝힌 항목이 7, 일반스런 말밑(語源)을 밝힌 것이 9, 겹씨(合成語)에서의 본꼴(本形)을 밝힌 것이 9, 도합 35이오, 간이화에 무관계하거나 간이화에의 이해가 상반한 항목이 4이다. 이리하여, 한글 맞춤법은 쓰기(書記)에도 쉬우며, 읽기에도 편하게 되었다. 물론 《통일안》이 사람의 소작이기 때문에 그 된 품이 완전하지 못할 것이매, 거기에는 더 합리화·간이화의 가능성이 없지 아니한 것도 또한 면하지 못할 사정이겠다.

만약, 여기에 사람이 있어, 새 맞춤법의 합리성을 충분히 인식 하면서, 오히려 거기에 남아 있는 불완전성·불합리·불편리를 끄집어내어서 그 개량을 제의한다면, 누구든지 그 제의를 십분의 경의로써 받아들여 그 진일보의 간이화를 꾀함이 양심 있는 학자로서, 민족 문화의 지도자로서, 나라와 겨레를 사랑하는 사람으로서 마땅한 일이라 하겠다. 그러나 오늘날 한글 간이화를 주장하는 사람들을 보건대, 대개가 한글의 새 맞춤법을 알아보겠다고 30분 동안도 잠심하여 배워 보지도, 연구해 보지도, 힘써 보지도 않고, 다만 구식 맞춤법에만 익은 눈에 처음 보는 것, 얼른 그 까닭을 알 수 없는 것은 다 어렵다, 못 쓰겠다 하는 것이다.

이제, 그 심리를 캐어 본다면, 하나는 자만심과 경멸심이 함께 작용함이니, 곧 "내가 이만큼 유식하여 대학 교수도 되고, 정부 고관도 되었는데, 내가 쓴 맞춤법을 틀렸느니 어쩌니 탄함을 당하는 것은 심히 못마땅하다. 영어의 스펠링 같으면 몰라도, 어줍잖은 한글의 맞춤법이 그 무슨 까닭을 피운단 말인가?" 함이오, 또 하나는 봉건 사상과 이름 낚는 심리가 교착하여 작용함이니, 곧 한 쪽에는 "옛것이 이젯것보다 훌륭하다. 새것은 어린애의 장난이다." 하는 수구 사상, 봉건 사상이 바닥이 되어 있고, 다른 한 쪽에는 "간이화가 문제되는 이 때에 한번 나서서 빛난(?) 공명을 세워 볼까?" 하는 이름 낚는 심리, 출세 심리가 작용하는 것이다.

그러나, 이러한 부정당한 불순한 심리에서 나온 한글 간이화의 외침도 다소 사람의 심정을 움직이며, 더구나 구식 사람, 무식한 사람의 심정을 동하게 함은, 그것이 앞에 말한 바와 같이, 원래 사람의 심리적 욕망의 일면을 나타내는 것이기 때문이라 하겠다.

(2) 문명과 간이화와의 관계

앞에 든 바와 같은 틀린 심리에서가 아니라, 일종의 문명관(文明觀)에서 한글의 간이화를 주장하는 이가 있다. 곧, 문명은 모든 연장을 간편하고 용이하게 하는데, 글자란 연장만이 복잡하고 어렵게 되어야만 할 리가 어디 있는가? 한글의 맞춤법은 마땅히 간단하고 평이한 것이 되어야 한다고.

그러면 우리는 먼저 문명의 성격부터 밝히자. 과연, 그것은 간이한 것인가? 인류가 이뤄 놓은 문명이 사람에게 편하고 쉬움을 제공함은 사실이다. 고러나 문명은 간이, 그것은 아니다. 문명의 편리 혹은 간이는 그 실 복잡과 어려움에서 나온 한 소득일 따름이다.

첫째로, 문명 발달의 역사를 보라. 수많은 천재들이 오랜 세월을 허비하여 고심 참담한 연구를 쌓아, 겨우 한 가지 한 가지의 발명과 개량을 거듭하여 온 것이다. 그 결과로 그것은 사람에게 많은 쉬움과 편익을 주기는 하지마는, 그 쉬움과 편익을 받아 누리려면, 반드시 먼저 그 복잡을 헤치고, 그 어려움을 이겨내지 아니하면 안 된다.

그러므로 알고 보면 문명은 힘씀의 소산이다. 사용의 편리는 제작의 곤란을 예상하고, 소비의 쾌락은 생산의 고통을 예상한다. 만약 노고함이 없이 편안만 탐하려 하며, 고통을 겪음이 없이 한갓 향락만 탐하려 하며, 복잡을 거치지 않고 간이에만 나아가려 한다면, 이는 문명의 참된 성격을 오해한 사람의 것이라 아니할 수 없다.

오늘의 문명의 진상을 살펴보라. 그 얼마나 복잡한가? 사람의 생활에 사용되는 집, 입성, 음식, 약품, 교통 기관 들이 쓰기에는 극히 편하고 쉽지마는 그 제작에는 그만큼 더 많은 노고가 든 것임을 우리는 깨달아야 한다. 만약 만들기의 간이만을 위주한다면 옷에서는 일본 옷이 최상의 좋은 옷이 될 것이다. 일본 옷은 피륙을 쩨고 접고 하여 마름할 것 없이, 다만 그 입을 사람의 키에만 맞추어서, 그냥 몸을 둘러싸게만 하면 고만이오, 그 사용도 극히 간이하여 도무지 성가신 일이 없이 기거·동작 어느 것 못할 것이 없다. 이에 대비하여, 오늘날 세계 문명인들이 다 끌려서 이용하는 양복은 그 맨드리가 어찌나 복잡한지, 크고 작은 주머니가 20개나 되며, 소매는 틀리어 있고 모든 선이 굽어 있어, 그것을 짓기에 복잡하고 까닭스럽기 짝이 없다. 그러나, 사람들이 이것을 즐겨 쓰는 것은, 그것이 입고 활동하기에는 극히 편리한 때문이다.

현대의 고도로 발달된 문명을 누려 즐기려면, 반드시 그 누림의 선행 조건으로서 만들기의 노고를 들여야만 한다. 현대식 양옥에 사는 맛이 좋은 줄을 아는 사람은 집짓기에 소용되는 노고의 큼을 달게 여기며, 발달된 의약품의 쓰기가 극히 편리함을 누리려면, 그 만들기에 소용된 노고의 큼을 인정하지 아니하면 안 된다.

온갖 일, 온갖 물건이 다 이러하기에 현대인은 문명의 주인이 되고자 하여, 그 깨치기(理解)와 만들기(製作)에 상당한 노력을 아끼지 아니한다. 새·짐승의 새끼들은 나자마자, 제 혼자 서고 걷고 먹이를 찾아 살아갈 줄을 아는데, 유독 사람의 새끼는 10년, 20년도 부족하여 30년까지 가르쳐야만 겨우 현대 문명의 지도자에 참여할 수가 있게 되니, 이것은 더도 말할 것 없이, 고도로 발달된 현대 문명이, 그 누림(享受)의 쾌락에 앞서서, 그 깨치기·만들기의 노고를 요구하는 때문이다.

이럼에도 매이잖고, 만약 다짜고짜로 간이와 안락만 위주한다면, 자동차를 버리고 인력거나 마차를 탈 것이오, 양복이나 한복을 버리고 일본 옷을 입을 것이오, 양옥을 버리고 삼간 초가를 취할 것이다. 그리하여 교통 사고가 빈발하여 힘들고 위험하기 짝이 없는 도회지 생활을 버리고, 깊은 두메나 외딴섬에 가아 사는 것만 같지 못할 것이다. 한 말로, 복잡 다난한 문명을 버리고 간단 용이한 초매(草昧)로 돌아감만 같지 못할 것이다.—그러나, 실제는 이 길을 취할(잡을) 사람은 없을 것이 아닌가?

⑶ 글자 문명의 제바탕(本質)과 간이와의 관계

글자는 문명의 첫머리요, 또 끄트머리이다. 모든 문명은 글자로 말미암아 높이 피어났으며, 모든 높이 피어난 문명은 다 글자로 말미암아 기록된다. 또 글자는 문명의 발달과 기록의 방편물인 동시에, 그 자체가 곧 일종의 문명, 그것인 것이다. 그리하여, 글자의 성격도 문명 그것의 성격과 마찬가지로, 그 고도로 피어난 노릇(機能)을 하기 위하여서는 그에 알맞는 어려움을 소용한다(要한다).

우리의 한글이 옛날과 같이 규중에 갇혀 사는 부녀자의 사용에만 시중드는 것으로 만족한다면, 편지하기에나 이야기 책에나 기껏해야 한문에 토 달기에나 쓰이는 것으로 만족한다면, 구식 무법한 맞춤법을 구태여 고칠 필요가 없었을 것이다. 그렇지마는 오늘의 한글은 옛날의 '암클'이나 부용(附庸)의 글자로 등장한 것이 아니오, 엄연한 독립 자주의 나라 대한민국의 버젓한 국문으로 나선 것이다.

우리는 이 글자로써, 정밀한 과학적 이론도 기술하여야 하겠고, 섬세한 문학적 표현도 하여야 하겠고, 복잡 미묘한 논리의 전개로써 현묘한 철학적 사상도 베풀어야 하겠고, 엄숙·정확한 외교 문서도 적어 내어야 한다. 이와 같은 고등의 글자 노릇을 감당하려면, 마땅히 고등 글자로서의 조건을 구비해야만 할 것이니, 그러고 보면, 그것은 피할 수 없이 어느 정도의 어려움을 내포하고 있지 않을 수 없게 된다. 이리하여, 글자 문명도, 다른 모든 문명의 그릇과 마찬가지로, 그 사용자·향수자(享受者)에게 대하여, 어느 정도의 노력의 고통을 요구하고서, 그런 연후에 그에게 향수(享受)의 쾌락과 편안을 허여하는 것이다.

이제, 여기에서, 내가 우리 한글이 어느 정도로 어려움이 있어야 한다 함을 크게 부당한 말로 여기고 실망할 사람이 있을는지 모르겠지마는, 사실은 결코 실망할 필요가 없다. 고봉과 태령이 높으면 높을수록, 그 등산자의 쾌미는 더 커짐과 같이, 인간 만사는 괴로움이 있기 때문에 즐거움이 더욱 더 드러남은 사람 심리의 자연이다. 글자살이(文字生活)에 있어서도 마찬가지로, 그 통달하기에 겪은 노고가 있는 것만큼, 그 부리기에 누리는 쾌미도 또한 두드러지게 나타나는 것이다. 우리 나라 사람들이 품고 있는 한문 숭상의 사상도 그 심리를 분석해 본다면, 그 학습상 고난의 고개를 넘고 나서 맛보는 그 표현의 우수성에 매혹을 느끼는 것이다.

이렇게 말한다고, 나를 단순한 한글 어려움을 변호하는 궤변자로는 보지 말라. 한글의 새 맞춤법의 규칙스러움, 통일스러움이 기성 지식인에게는 얼마큼 서투르고 어려움은 사실이겠지마는, 적이 잠심하여 익힌다면, 불과 두어 시간에 완전히 그 묘리를 깨칠 것이오, 그 묘리를 완전히 체득함에는 두어 달의 노력으로 족할 것이니, 한글의 어려움이란 것은 저 중국인에 있어서의 한자의 어려움의 바가 아니다. 요만한 어려움 위에다가 넉넉히 저만한 쉬움을 얻을 수 있다면, 무슨 앙탈할 필요가 있을손가?

어떤이가 잘 말하였다. "시골 사람이 서울 같은 도회지에 처음 와서 보면, 네거리에 교통 순경이 서서, 차나 사람의 자유 진행을 제지하여 일일이 그 지휘를 기다리도록 함을 크게 불편하고 어려운 것으로 불평할 것이지마는, 알고 보면 교통 순경의 지휘를 지키는 불편이 큰 편리를 가져오는 것임을 깨칠 것이다. 한글 새 맞춤법의 어렵다 함도 이와 같은 것에 불과한 것이다." 라고.

과연 그렇다. 한글의 약간의 어려움도 이것을 넘고 나면, 거기에는 쉽고 편리함이 영구히 계속됨을 누릴 것이다.

옛사람이 말하였다. "고(苦)는 낙(樂)의 근본"이라고,

⑷ 글자 간이화의 방향

한글 간이화의 주장은 일반적 표현을 한다면, 글자살이의 간이화이다. 그러나 글자는 과학스러우면서 간단하고 쉬워야 한다. 글자의 간단·편리하고 하지 못함은 그 글자를 쓰는 국민의 문화 및 생활에 막대한 영향을 주는 것이다.

수 백년을 다른 겨레의 아라비아글자를 사용하여 온 터키 국민은 다른 나라 사람에게서 '죽은 병자'란 악평을 받았으며, 수 천년 래에 한자만을 써 온 중국은 '죽은 사자'란 경멸의 별명을 얻었으니, 이는 그네들의 사용하는 글자가 너무도 어려우므로 그 일반 국민이 그것을 배워 내지 못하여, 그 대부분이 글 소경으로 남아 있게 된 결과로, 그 나라가 근대적 나라로서 세계 무대에 버젓한 활동을 할 수 없었기 때문이다.

이런 전례를 거울하여 보더라도, 한배나라를 재건하는 마당에 있는 오늘의 배달겨레가 그 글자살이를 합리화·간이화하는 것은 지극히 필요한 일이다.

이제, 우리 나라 백성들의 글자살이를 간이화하려면, 무엇보다 먼저 한자 안 쓰기(漢字廢止)부터 단행하여야 한다고 주장한다. 오늘 우리가 사용하는 한문의 활자 수는 모두 1,800낱인데, 원자(源字)의 수는 원래는 5만이오, 줄여서 7천 내지 8천, 더 줄여서 4천 이오, 까지껏 줄여서도 한글의 활자 수보다는 많이 쓰게 된다. 한글의 낱내자(音節字=活字字)는 24낱자의 맞춤(組合, 結合)인즉, 그간에 상

통하는 맥락이 밝아서 누구든지 배우기가 아주 쉽지마는, 한자는 비록 그 구성이 여섯 가지 방법(六書)이 있어 약간의 자학상(字學上) 맥락(脈絡)이 없지 아니하지마는, 그 실제의 해독에는 일일이 한 자 한 자씩 배우지 아니하면 안 되게 되어 있으니, 한자 2천 자는 한글 2천 자 배우기에 소용되는 노력의 십 배 이상의 노력이 들게 된다. 이렇듯 어려운 글자 사용으로 말미암아 우리 겨레가 과거에 많은 손실을 측량할 수가 있는데, 이제 또 무슨 맘으로 한자의 노예 노릇을 계속할 것인가?

한자 안 쓰기는 나라를 건지고 겨레를 구원하는 최상의 방도이다. 한자 안 쓰기만이 우리 겨레에게 독립 자주의 정신을 확립하게 되며, 생존 경쟁 장에서 이긴 이(勝者)의 지위를 획득하게 하는 최선의 방도이다.

다음에, 한자를 안 쓰기로 하고 나서도, 한글의 간이화의 필요를 느낄 수도 있을 것이다. 한글 간이화의 방법은 둘 받침을 안 쓴다든지, 아래 ㅏ(·)자를 쓴다든지 하는 데에 있는 것이 아니라, 오늘의 낱내 단위의 글씨를 버리고, 한글 본연의 자태로 돌아 가아 낱자로 풀어서, 낱말 단위로 가로쓰는(橫書하는) 데에 있다.

이렇게 가로글씨로 할 것 같으면, 오늘날 1,800자(활자)나 되는 것이 겨우 24자로 줄어지게 되어, 그 편리와 이익이 말할 수 없을 것이다. 인쇄소의 경영이 쉬워지고, 타이프라이터, 라이노타이프 같은 기계화가 헐하게 되어, 국민의 글자살이가 크게 이롭게 되어 문화의 발전, 생활의 향상에 이바지됨이 놀랄 만한 것이 있을 것이다. 여기에서 우리 겨레의 글자의 간이화는 완성되는 것이다.

글자의 간이화는 누구를 위하여 할 것인가?

첫째, 기성 지식군, 소수의 특권 계급을 위하여 할 것이 아니라,

일반 근로 대중, 국민 전체를 위하여 할 것이니, 여기에 '한자 안 쓰기'로써 글자의 간이화로 요청되는 것이다.

다음에 글자의 간이화는 늙은이보다 젊은이를 위하여, 오늘의 이 나라보다 내일의 이 나라를 위하여 실행해야 하나니, 여기에 '한글 가로쓰기'가 요청되는 것이다.

이리하여 '한자 안 쓰기'와 '한글 가로쓰기'가 오늘날 한배나라 재건의 기초 공사가 되는 동시에, 그 장래의 발전에 서광(瑞光)을 던져 주는 것이 된다.

-⟨신천지⟩(1954. 3.)-

민주주의와 나라 운수

〈 1 〉

대한은 민주주의의 나라이다. 민주주의의 순당한 발달을 이루어서, 만민이 다 한가지로 평등한 권리와 자유와 행복을 누리도록 되어야만 배달 겨레의 조국 광복의 영광이 여기에 있으며, 대한 민국의 빛난 승리와 발전이 여기에 있을 것이다. 우리 겨레는 이제 저 원수의 38선을 끊어 버리고 남북을 통일하는 것이 절대의 소원이며, 또 최대의 사명인 것이다. 남북 통일에는 무엇보다도 가장 먼저 있어야 할 조건은 공산주의에 대한 민주주의의 승리이다. 민주주의의 승리는 무엇으로 가져올 수 있을까? 그것은 무력으로써 공산주의 나라를 쳐부수는 것도 한 방법일 것이다. 그러나, 무력적 승리는 먼저 정신적 승리의 있음을 소용하나니, 각 사람의 마음 가운데에 공산주의보다 민주주의가 낫다, 민주주의가 좋다, 민주주의가 더 가려잡을 만하다, 민주주의가 아니면 인성의 전정한 요구를 채울 수 없다, 민주주의만이 절대로 요구된다— 이러한 정신적 승리를 사람사람의 마음 가운데에 확고히 뺄 수 없이 굳건히 세우는 것이 곧 공산주의에 대한 민주주의의 완전한 승리의 선행 조건이 되는 것이다.

이와 같은 민주주의의 정신적 승리를 잡아 얻으려면 어떻게 하여야 할까? 어떤 이는 공산주의의 나쁜 점을 들어 논박하는 것이 가장 유력하다고 한다. 그것도 일리가 없지 아니하다. 사실로 남한의 우리들은 저 포악무도한 6·25사변으로 인하여, 공산주의의 무자비한 박해를 몸서리나게 몸소 겪었다. 이러한 체험은 천백의 논설보다도 더 힘있게 우리 국민에게 공산주의의 모질고 나쁨을 깨치게 하였다. 이러한 점에서 본다면, 6·25의 북한 꼭두 군사의 남침은 미증유의 겨레스런 불행인 동시에, 또 무쌍의 교훈을 준 것으로 일리(一利)가 없지 않다고 볼 만하다. 만약 꼭두 군사의 남침이 없었더라면 민심은 오늘보다 훨씬 더 많이 조국을 떠나, 이를 배반하는 무리가 생겼을는지도 모른다. 그러나 공산주의의 좋지 못한 점을 들어 침은 민주주의의 정신적 승리를 위한 한 소극적 제이차적 방법에 불과한 것이다. 이는 마치 유행성 감기에 정복되지 않기 위하여 입과 코를 막으며, 다수인이 모이는 곳에 나들지 아니함과 비슷한 방법이다. 그렇지마는 이런다고 해서 유행성 감기를 절대로 막기는 어렵다. 유행성 감기의 균은 공기를 타고 어디에나 횡행할 수 있는 것이기 때문이다. 병균의 침입을 막으려면, 첫째 제 몸을 튼튼히 하여 병균 침입의 틈을 주지 아니함에 그 최선의 방법이 있음과 같이, 공산주의의 침입을 막는 도리도 공산주의의 나쁨을 지적하고 외치기보다는 먼저 제가 가지고자 하는 민주주의의 좋음을 실증적으로 보여 주지 않으면 안 된다. 현 세계가 민주주의 대 공산주의의 두 큰 대립으로 되어, 그 승부를 결하고자 갖은 방법으로 자기의 주의가 우월함을 세우고 있다. 이제 만약 제삼자가 있어서, 이 두 주의의 우월을 갈라 취사(잡고 버림)를 하려면, 그는 반드시 그 이론보다는 그 실제로써 비교할 것이다. 다시 말하면, 만인의 평등한 진리, 참된 모든 자유,

만인의 행복, 사람됨의 고귀함이 그 어느 주의의 나라에 더 많이 실현되어 있는가를 들어 비교할 것이다.

그런데, 이제 우리 대한 민국의 백성들은 그러한 제삼자적 지위에 있는 사람이 아니요, 직접으로 몸소 민주주의 나라 속에 사는 사람들이다. 이 민주주의 나라 대한 민국 국민으로 하여금 민주주의의 우월을 고집하고, 그 승리를 확신하고, 그 승리를 위한 분투에 헌신하도록 하려면, 모름지기 민주주의가 실제로 좋은 것임을 몸겪게 하여야 할 것이요, 민주주의의 좋음을 몸겪게 하려면, 민주주의가 고도로 정당하게 실시되어야 할 것이다. 곧 민주주의의 완전 실현으로 말미암아 그 백성들이 모두 평등한 권리, 정당한 자유, 일반스런 행복, 사람됨의 고귀함을 스스로 누리게 되어야만 민주주의가 정말 좋은 것임을 몸겪게 될 것이니, 그런 연후에는 비로소 민주주의를 존중하고 예찬하고 옹호하여, 이를 침해하려는 모든 어떠한 세력에라도 대항하고 투쟁할 의기와 신념과 용기가 생길 수 있을 것이다. 사람은 저에게 유익하고 마땅한 것이면 이를 두호하고, 불리하고 부당한 것이면 이를 경시하고 포기하기를 주저하지 않는 본성을 가졌다. 그 꼴이 보기에 징그럽고 만지면 쏘는 송충이 같은 것을 좋아하고 소중하여 이를 두호할 사람은 한 이도 없음에, 뒤치어 보기에 아름답고 먹기에 맛좋은 과실은 이를 사랑하여 두호하지 아니할 사람이 없다. 민주주의가 우리 일반 대중에게 유익하고 좋은 것임이 실증된다면, 누가 이를 두호하라고 격려하지 않더라도 만인은 자진하여 이를 두호하고 이를 육성하기 위하여 분투하기를 주저하지 않을 것이요, 이와 반대로, 만약 민주주의가 빛좋은 개살구처럼 이름만 좋았지 실상은 아무런 좋은 점이 없다면, 아무리 권장하더라도 이를 두호하려는 사람이 도무지 없을 것이다. 옛날에 '도리가 말이 없어도 그 아래가 절로 길이 난다'고 함이 있음과 같이, 민주주의가 백성에게 실질적 유익하고 편리하고 합당한 것 같으면, 이를 옹호하고 나설 사람이 부지기수일 것이다.

그러므로, 공산주의에 대한 민주주의의 승리를 획득하려면, 무엇보다도 민주주의의 순당한 발달을 꾀함으로써, 그에 따른 모든 인권과 자유와 행복을 만인이 한가지로 누릴 수 있도록 정치를 운영하여야 할 것이다. 사람은 제 부모의 밑에서도 불평이 있으면 저를 오라고 부르는 곳이 없음에도 매히잖고, 그만 부모의 집을 나가서 정처 없이 떠돌아다니는 일이 흔히 있는 것이다. 오늘날 민주주의와 공산주의가 크게 대립하여 전 세계를 향하여 저 좋음을 선전하여 모든 국민을 제 편으로 끌어들이기에 피눈을 부릅뜨고 다투고 있는 판(時局)인데, 이 때에 대한 민국에서 진정한 민주주의의 실현을 등한시하거나 방해하여 그 결과로 국민의 최대 다수의 일반적 경제 생활의 윤택 대신에, 극소수의 부유한 특권 계급만의 교만과 사치가 넘치며, 만인의 평등한 인권이 보장되지 못하고, 그 대신에 관권 또는 금권의 독재적 횡포가 자행하며, 진실과 호상 부조에 따른 자유와 행복의 대신에 거짓과 우악(暴力)에 따른 불안과 공포가 들어차며, 사회적 정의 대신에 불공평과 불신(不信)이 지배하게 되어, 국민으로 하여금 민주주의의 좋은 보람을 조금도 맛보지 못하게 하고, 제 나라에 대하여, 또 민주주의에 대하여 불만, 불신, 배반을 품게 한다면, 이는 곧 온 국민을 몰아 닥아 적의 편 공산주의에 보내는 것과 조금도 다름이 없을 것이다. 그러므로 입으로 민주주의 진영의 투사로 자처하면서, 민주주의의 실현을 방해하는 자는 실로 조국을 망치는 이적 행위를 하는 자이라 할 것이다. 대한 민국에 진정한 민주주의의 실현을 방해하고서 입으로만 남북 통일을 부르짖는 자는, 그

실은 우리 자유인의 원하는 남북 통일이 아니라, 공산당들이 원하는 남북 통일을 원하는 무리라 함이 마땅할 것이다. 왜 그러냐 하면, 이 시대, 이 세계에서는 민주주의의 진정한 실현이 없는 나라의 백성들은 가슴에 엉킨 불평을 안고서 반드시 공산주의에로 달아나는 길밖에는 딴 길이 없기 때문에, 그것은 끝장은 공산주의의 승리를 가져오게 만들고 말 것이기 때문이다.

우리는 민주주의가 어떤 특정한 나라, 보기로 미국 같은 나라에서 하루 아침에 발명하여 우리 대한에다가 선사물로 갖다 준 것이 아니요, 실로 그것은 전 인류가 오천 년의 긴 역사를 통하여 전취한 인간 생활의 고귀한 이상(理想)임을 확신한다. 그래서, 우리는 어디까지나 민주주의의 우월성을 확신하고, 이의 완전한 실현을 바라는 바이다. 그리고, 또 우리는 36년 간의 노예 상태에서 해방되어 자유를 얻고 조국을 도로 찾아, 다시 세운 대한 민국을 한없이 사랑한다. 따라서, 우리는 대한 민국이 명실 함께 완전한 민주주의의 나라가 되기를 원하여 마지 아니한다. 그래서, 민주주의의 완전한 실현으로 말미암아 만인이 한가지로 민주주 대한을 절대로 사랑하고 옹호하게 되어, 드디어 공산주의에 음습된 북한을 통일할 날이 빨리 오기를 간절히 기다란다. 민주주의가 좋은 것임이 사실로 증명된다면, 남한의 사람은 더 말할 것 없고, 북한의 사람들도 다 마음에서 남한을 그리어, 비록 38선이 군대로 말미암아 억지로 살피선(分界線)이 되어 있다 하더라도, 그 마음만은 먼저 남북 통일이 될 것이니, 만약 마음만 피차 없이 남북 통일이 된다면, 지역상의 양단은 반드시 무력해져서 남북 통일은 머잖아 기대할 수가 있을 것이다.

〈 2 〉

민주주의란 원어의 말뜻은 뭇사람의 힘으로 하는 정치를 가리킨다. 이러한 말밑(語源)을 가진 민주주의가 그 근본 사상에서나, 그 실제적 생활에 있어서나 오늘날에는 정치에 국한한 것이 아니요, 그 배경과 범위가 매우 넓다. 그렇지마는 어느 나라에서든지 민주주의가 실현하는 마당은 다른 들판(分野)보다 정치 들판이 가장 그 첫째 가는 현저한 자리라 할 것이다. 그리고 정치에서의 민주주의는 백성들이 저희 대표를 뽑아서 국정을 의논하게 하는, 이른바 대의 정치의 첫걸음은 그 대의원(국회 의원)을 뽑는 일, 곧 선거이다.

민주주의에서의 선거는 '보통 선거'이니, 모든 사람은 남녀를 막론하고 일정한 나이가 되면, 법률에 의한 특별한 처분을 받은 일이 없는 다음엔(限, 以上) 다 선거권과 피선거권을 가진다. 그러므로, 선거가 민주주의스럽게 잘 되고 못 됨은 국민 모든 사람의 책임이라 할 것이다.

선거가 민주주의스럽게 잘 됨에는, 첫째는 유권자 자신, 둘째는 선거 사무를 관리하는 측, 곧 선거 위원, 기타 국가의 여러 관계 기관들이 각각 민주주의의 정신과 기술을 완전히 깨닫고 실행하여야 한다.

첫째, 국민 특히 유권자가 민주주의스런 선거를 하려면 다음의 일이 필요하다.

(1) 국민 스스로가 이 나라의 주인이요, 따라 나라에서의 모든 권력은 다 국민으로부터 나오는 것임을 알아야 한다.

(2) 선거권은 곧 나라의 주인된 권리이니, 선거는 주인이 제 권리를 행사하여, 제 대신에 나가서 국사를 의논할 사람을 뽑는 것이다.

(3) 선거권은 빈부 귀천을 막론하고 다 평등하여 누구나 한 장의 투표를 행하는 것이니, 그 표 하나가 곧 국민의 최대 최귀의 기본 권리를 뜻한다.

(4) 그러므로, 한 장의 투표를 함에는 반드시 공정한 정신으로써 나라 일을 맡길 만하다고 믿음이 가는 사람(후보선이)에게 던져야 한다.

(5) 만약, 제가 가진 투표권을 정당하게 행사하지 아니하고서, 인아 친척의 사정에 끌리거나, 동네, 면, 군, 기타 지방색을 가리거나 하여 귀중한 표를 던진다면, 이는 도무지 현대의 민주 정치가 무엇임을 알지 못하는 구식 봉건 시대의 사람이라 할 것이다.

(6) 어떤 유권자는 금전에 팔리고, 또는 관권에 눌리어서 제가 꼭 하나만 가진 그 귀중한 표를 부당한 인물에게 던지는 일이 없지 아니하다.

이러한 사람은 참으로 나라를 팔아 먹는 매국노의 행위를 범한 자이다. 구한국을 일본에 팔아 먹은 매국노의 대표적 인물로 흔히 이 완용을 들지마는, 그도 역시 일본의 총칼이 무섭고, 제 목숨과 돈이 좋아서 나라 파는 조약문에 도장을 찍은 사람이다. 오늘날 민주주의 대한의 국민으로서, 혹은 술밥에 팔리고, 혹은 고무신 한 켤레, 광목 몇 자에 팔리고, 혹은 제가 사는 곳의 동장, 면장, 군수, 경찰의 관권에 눌리고, 혹은 땃벌떼, 백골단 따위의 깡패의 우악(暴力)에 겁이 나서, 혹은 제 직장의 고용주, 상관의 직업적 위협에 겁내어서 그 귀중한 한 표를 제 양심 속이고 부당한 입후보에게 던진다면, 이는 더도 말할 것 없이 곧 제 나라를 팔아 먹는 매국노의 행위를 범하는 자이니, 구한국을 팔아 먹던 매국노와 무엇이 다를 것인가? 혹은 나라를 팔아 먹되 외국인에게 팔아 먹는 것보다는 제 나라 사람에게 팔아 먹는 것이 낫다고 변명할는지 모른다. 그러나, 나라는 누구에게 팔든지 간에 결국은 망하여 노예가 되는 것은 일반이니, 망국의 노예는 결코 제 나라 사람의 노예가 되는 것이 아니라, 다른 나라 사람의 노예가 되고 마는 것임을 알아야 한다.

둘째는, 사무에 관련된 관공서 공무원들이 양심을 밝히고서 공평하고 정직하게 모든 일을 처리하여 공정하고 명랑한 선거가 되도록 하여야 한다. 만약 사리 사욕에 끌려 양심을 굽히어, 혹은 제가 소속한 정당에 편벽된 편의를 제공하고 그 반대 정당의 사람에겐 불법적 손실을 더하며, 혹은 관력에 눌리어, 혹은 상관의 부당한 명령에 맹종하여 혹은 상관에 맹종함으로써 제 일신의 영달을 도모하여 진정한 민주주의의 선거를 방해한다면, 이도 또한 민주주의의 발전을 방해하는 자로서, 또한 나라를 망치는 매국적 행위를 범한 자이니, 그 죄가 유권자가 제 한 표를 팔아 먹는 것보다 몇 배나 중한 것이라 하겠다.

끝으로 국회 의원 또는 그 밖의 공무원의 후보로 나선 사람도 공정한 선거가 되도록 함에 책임이 있다. 만약, 주식이나 금전 따위로써 유권자의 표를 사거나, 혹은 허망한 거짓말로써 민심을 속이거나, 혹은 관권을 이용하거나, 혹은 우악패(暴力團)를 이용하여 경쟁자를 해하거나 함으로써 다만 제 당선만을 도모하기에 열중한다면, 그 죄는 더욱 중하다. 왜 그러냐 하면, 이런 사람들은 유권자뿐 아니라 선거 사무 관계자를 단순한 제 개인의 영달과 이익의 수단으로 보는 죄를 범하며, 또 국권을 농단하는 자이며, 더우기 당선된 경우에는 그 옳지 못하게 쓴 돈이나 권력에 갚기 위하여 국민이나 국가로부터 불의의 재물을 긁어모아야 할 것이요, 부당한 뇌물 주기와 아첨으로써 그 관권에 갚아야 할 것이니, 이러한 사람들이 정치를 맡아 하는 나라는 망하는 수밖에는 없을 것이니, 그 죄의 해독이 가장 길며 가장 무겁다.

〈 3 〉

민주주의 나라에서는 모든 권력이 백성으로부터 나오는 동시에, 모든 정치적 책임도 또한 백성에게 있는 것이다. 가령 국회 의원, 시 의회 의원, 공무원이 나라 다스리기를 잘못한다면, 그는 바로 그 개인의 책임인 동시에, 더 근본적으로는 그런 인물을 뽑아 낸 국민 전체의 책임인 것이다.

우리 나라 사람들이 흔히 국회 의원이나 관공리들이 잘못한다고 깎아 말하는 것을 본다. 이렇게 말하는 사람들의 태도를 보면, 그러한 사회적 정치적 죄악의 책임이 다만 그것을 가음아는(司理하는) 공무원에게 있을 뿐이요, 저에게는 조금도 없는 것으로 생각하는 것이 예사이다. 짧게 말하여, 모든 잘못의 책임은 남에게만 있고 저에게 있는 줄은 조금도 생각하려고 들지 않는다. 그러나, 이런 태도는 참 가소로운 것이라 하겠다. 이러한 사람들로는 민주주의 사회를 건설할 수 없다. 왜냐하면, 민주주의란 만인이 다 평등한 권리를 가진 동시에, 그 사회, 그 나라의 흥망성쇠에 대하여 또한 동등의 책임을 지는 것을 뜻하는 것이기 때문이다.

정치학자는 말한다. 〈민주주의 사회에서는 사람들이 제가 벌어 얻은 것이다〉고. 이 말의 뜻은, 현재 네가 받고 있는 정치는 좋거나 궂거나 다 너 스스로가 벌어 언은 것이라 함에 있다. 첫째, 국민 스스로가 진실로 좋은 정치를 원하거든 모름지기 좋은 정치를 할 능력이 있는 사람을 뽑아 내어야 할 것이다. 방금 정치를 하고 있는 사람은 국민이 뽑아 내어 세운 사람인즉, 그 정치의 좋고 나쁨은 국민 스스로가 벌어 얻은 것이니, 아무 앙탈할 것 없이 달게 받아야 할 것이요, 그 책임도 제가 질 수밖에 없다. 만약, 국민의 유권자가 술밥이나 돈이나 권력에 팔리어 되지 못한 아무러한 사람이나를 뽑아 놓고 그 하는 정치의 나쁨을 앙탈한다는 것은 너무도 무책임한 소리다. 또, 설령 유권자가 아무리 양심껏 뽑아 내었다 하더라도 그 뽑힌이(被選者)의 하는 정치가 나쁜 경우에라도, 역시 그 책임은 유권자가 분담하여야 한다. 왜 그러냐 하면, 그 나라, 그 사회가 모두 정도가 미급하여서 훌륭한 정치가가 그 중에 있지 아니하기 때문에, 총명하고 양심스런 유권자라도 능히 훌륭한 인물을 뽑아 내지 못한 것이다. 닭 농장에서는 아무리 가려도 닭뿐이요, 두루미는 없기 때문이다. 닭 농장에서 닭을 뽑아 내어 놓고서 그에게 두루미 노릇을 하라고 바란다는 것은 무책임한 것이다. 이 경우에 그 뽑힌 사람만이 닭인 것이 아니요, 뽑아 낸 사람 자신들도 또한 닭인 것이다. 그러므로, 이런 경우에도 그 정치는 제가 벌어 얻은 정치이요, 제가 질 수밖에 없는 책임인 것이다.

　고래로 흔히 나라를 배에 비하는 일이 있다. 국민이 그 대의원, 공무원을 뽑는 것은 마치 배의 기관사나 선장을 뽑는 셈이다. 그 배를 타고 먼 바다를 건너가고자 하는 사람들이 술밥이나 무슨 사정에 팔려서는 아무 능력도 경험도 없는 사람을 뽑아서 그 배의 운전을 맡긴다면, 이는 제 일신의 목전의 이익을 위하여 제 목숨뿐 아니라 다른 동승자의 목숨과 가진 것을 물 속에 장사하고 말 것이니, 이런 어리석은 일이 어디 있으랴? 제 목숨과 운수를 다 맡기고서 탄 배가 무사히 항행하여 그 목적지에 도달하기를 바라는 것은 배탄이(乘船

者)의 필연의 소원이 아닌가? 이 목숨을 걸은 소원을 성취하려면 제 일신의 이익보다, 사정보다, 무엇보다도 양심과 지혜와 능력이 있는 기관사, 선장을 뽑아야 할 것이니라.

민주 사회의 정치는 그 백성들이 제 스스로 벌어 얻은 정치이다. 국민이 좋은 양심 있고 능력 있는 정치가를 뽑아 낼 것 같으면, 제가 그 훌륭한 정치를 받을 것이요, 이와 반대로 나쁜 사람을 뽑아 낼 것 같으면 그 행하는 나쁜 정치가 국민 저에게 떨어지는 것이다.

사랑하는 대한 민국의 동포 여러분! 우리가 민주주의의 순당한 발전을 원하거든, 광복된 한배 나라의 영구한 자유 발전을 원하거든, 국민의 대중적 행복을 원하거든, 모름지기 항상 양심과 총명을 잃지 말고 국민의 기본 권리인 주권(主權)을 올바르게 행사하여야 하며, 행사하도록 하여야 한다. 여기에 독립 국가의 국민될 감목(資格)이 있으며, 자유 세계의 자유민 될 능력이 있는 것이다.

-〈문수봉〉 창간호(1957)-

믿음을 심자
-나라 사랑하는 청년에게 하소한다-

1

학교에 입학하는 청년이나, 학교를 졸업하는 청년들은 한가지로 다 가슴에 벅찬 희망을 안고 있다. 공부를 잘해서 장차 나라에 소용되는 훌륭한 인재가 되겠다는 것은 입학자의 소원이오, 오랜 동안의 공부를 마쳤으니, 혹은 더 높은 학교에 들어가서 더 깊은 학문을 해야겠다는 것은 진학자의 소망이오, 학업을 마쳤으니 실사회에 나가서, 배운 바를 실지에 응용하여 내 일신과 일가를 일으키고 나라와 겨레에게 많은 섬김의 공을 쌓아올려야겠다는 것은 졸업자의 포부이다.

희망에 차고 포부에 부풀어오름은 청년의 특징이오, 또 특권이기도 하다. 더구나, 우리 사회에는 이러한 이상을 품고 정열에 불타는 청년을 요구함의 극히 간절함이 오늘보다 더한 일이 없었다.

참으로 오늘의 우리 나라에는 할 일이 태산 같고 바다 같다. 이렇게 할 일이 많은 이 나라 이 시대에, 내가 배달겨레의 한 사람으로서 목숨을 타고난 것은 어떻게 생각하면 불행이라 할 것이니, 그 짐은 무겁고, 길은 멀어, 노고가 자심하겠기 때문이다. 그러나 달리 생각한다면 다행하다 할 만하니, 노고가 많으면 쾌락도 또한 따라 많겠기 때문이다. 알프스 산, 백두산 같은 높은 산이 말없이 하늘을 이고 서어 있건마는, 생기가 펄펄한 젊은이들은 그 소리없는 부름에 응하여, 위험을 무릅쓰고, 더구나 무거운 짐을 지고서, 몰아치는 된바람, 쌓인 얼음눈과 싸우면서, 그 상상봉을 올라간다. 이러한 일들을 부질없이 노고를 사는 어리석은 일이라고 냉소할 사람도 있을는지 모르겠다마는, 그 등산가 자신으로 생각한다면, 그 험준을 돌파하고 그 위험을 극복하는 것은 장부의 쾌사요 인생의 자랑이다. 사람은 안락을 원하는 것도 사실이다. 그러나 안락은 고난과 대조되어서 비로소 안락으로 느껴지는 것이오, 안락 그것만으로는 안락을 느껴 얻을 수 없음을 알아야 한다. 사람의 감정의 기본 방향은 쾌와 불쾌의 대립인데, 그 한 쪽이 없으면 그 다른 쪽도 또한 없다는 것은 심리학의 가르치는 바이다.

우리는 큰 안락을 얻기 위하여는 모름지기 큰 고난을 치르지 않으면 안 된다. 그런즉 우리는 화려한 옷차림으로 술에 만취하여 질탕한 풍류에 묻혀 있다가 재가 타고 있는 배의 밑바닥의 구멍으로 모르는 사이에 강물이 새어 들어 침몰, 몰사하는 비극을 원할 것이 아니오, 가시밭을 헤치고 악전고투의 끝에 장쾌한 승리를 거두는 대장부가 되기를 원할 것이 아닌가? 인생의 의의도 여기에 있는 것이 아닌가? 할 일 많은 대한 청년 남녀의 꿈과 자랑도 여기 있는 것이다.

가만히 손을 가슴에 대고 타고난 내 나라의 땅을 살피고 동포를 돌아보면 소망에 찬 여러 가지 조건이 한두 가지 아님을 발견한다.

첫째, 북 온대 지방에 자리잡은 우리 강토의 자연적 조건은 매우 천혜에 젖어 있다. 일반으로 온화한 기후, 그러면서도, 봄·여름·가을·겨울 사이의 갈아듦이 또렷하여, 아름다운 경치가 철철이 다른 데다가, 공기는 언제나 맑고 날씨는 청명하여, 생명의 호흡이 사람에게 무한한 기쁨을 준다. 금수강산 살기 좋은 나라란 말이 결코 어리석은 자만이 아님은, 세계를 돌아다녀 본 사람들이 이구동성으로 다 인정하는 바이다.

이 천혜가 푸진 자연 속에 사는 우리 겨레의 정신과 육체의 형편도 매우 좋아, 세계 어느 국민에게 견주어 보아도 손색이 없다. 남녀 아이들이 다 머리가 좋아, 학교 성적이 매우 좋다. 외국에 나가서 공부하는 학생은 수만 명의 학생 중에서 첫째의 성적을 따는 일이 비일비재이다. 해방 후 외국에서 박사 학위를 받은 이가 50인이 넘으며 미국에서 훌륭한 대학 교수가 되고 혹은 큰 공장의 우수한 기술자 내지 공장장이 된 이도 상당수에 달한다. 그뿐 아니라, 군사 학교에서도 일등의 성적을 얻고, 국제 음악 경연에서도 단연 뛰어난 일등으로 당선되기도 한다. 주산·암산의 경기에서도 우리 중등 학생이 동양 제패를 무난히 획득하여, 비범한 천재적 재간을 발휘한다.

다른 쪽, 체력으로 하는 운동, 마라톤·레슬링에서도 세계 제패의 영광을 누리며 권투 기타의 경기에서도 월등한 성적을 거두고 있으며, 근자에는 태권에서 백인종들의 사범이 되어 활약하는 이가 또한 적지 않은 형편이다. 월남에 파견된 우리의 용사 청룡·맹호 부대의 용감 무쌍한 전투 실력은 공산군의 기세를 꺾어 세계인의 이목을 놀래며, 아시아 동쪽 한국의 존재를 새삼스레 인식하게 하고 있다. 자유 세계의 도움만 받기를 기다리는 무능한 존재가 아니라, 자유 세계를 굳게 지키는 유능한 존재임을 우리 국군 용사들은 증명 과시하고 있다.

자연적·인적 자원에서뿐 아니라 오랜 전통의 문화 유산을 가지고 있으며, 또 현재 해방 이래의 교육열의 팽창함과 같은 것도 또한 유리한 조건이 되어 있다.

이렇듯 유리한 조건이 갖춰 있음에도 매이잖고 우리 나라는 문명 세계의 뒤떨어진 나라로서, 국제 경쟁의 후진에 묻히어서 허덕이고, 헐떡거리고 있으니, 이 무슨 까닭인가?

이에 대하여, 변명의 말이 있을 수도 있다;—국토가 두 쪽 나고, 인심도 또한 두 쪽 나서, 자연 자원이나 인적 자원이나가 반감되었을 뿐 아니라 실로 수화상극으로 인한 상쇄 작용의 결과 거의 힘이 영에 가깝게 되었다고. 그렇다 할지라도, 남한이면 남한만이라도 저 막대한 우방 제국의 끔찍히 푸진 원조를 받았은즉, 20년이란 긴 세월에 아직도 이 모양으로 곤궁하고 어지러운가?

이에 대한 구실을 내어 든다면, 각 방면에서 여러 가지의 긴 말이 있을 수도 있겠지마는 나는 그 근본스런 원인을 하나로 뭉그리어 '믿음의 없음'을 들고자 한다.

오늘의 우리 사회에는 믿음이 없다. 어버이 자식 간에도, 형제 자매 간에도, 부부 사이에도, 벗들 사이에도, 스승과 제자 사이에도, 젊은이와 늙은이 사이에도, 이웃과 이웃 사이에도 길 가는 사람들 사이에도, 관과 민과의 사이에도, 정치인과 정치인 사이에도, 한 기관 속에서도, 한 직장 안에서도, 또 어디에도, 믿음의 씨가 없다.

곳곳에 들어찬 것은 불신뿐이다. 배신뿐이다. 나날이 신문 3면 기사에 허다한 가지가지의 사회악이 어느 하나 이 믿음의 없음에서 생기지 않는 것이 없다. '믿음의 고갈'은 만 가지 악의 원인이오 또 결과이다.—나는 우리 나라 재건의 만년부동의 기초는 이 믿음의 반석임을 가락치는(강조하는) 바이다.

믿음은 만사의 근본이오, 지대(地臺)요, 기초이다. 지대가 굳건하여야 그 위에 서는 건물이 안전히 영구히 부지할 것이지마는 만약 지대가 단단하지 못할 것 같으면 아무리 좋은 재목, 훌륭한 솜씨, 부지런한 노력이 들여졌다 하더라도, 그 지은 집은 튼튼하지 못하여, 세월의 흐름과 풍우의 침식과 천재지변의 타격으로 인하여, 지탱하지 못하고 수이 쓰러짐을 면하지 못할 것이다.

2

믿음의 힘은 참으로 현묘하고 거룩하여, 이루 측량할 수도 없다. 도대체 사람의 살음(生)은 믿음의 위에서만 가능한 것이다. 아무도 백년을 살 수 있다고 장담하는 이는 없으며, 또 제가 언제까지 살 수 있음을 아는 사람도 없다. 그러면서도, 사람은 다 내일도 오늘과 마찬가지로 나의 것일 줄을 믿고 사는 것이다. 만약 내일을 제 것으로 믿지 못한다면, 사람은 불안과 회의와의 소용돌이 속에서 도저히 제 생명을 유지할 수 없을 것이다. 믿음이 없는 곳에 개인의 살음이 있을 수 없을 뿐 아니라, 사회 생활도 당장에 파멸되고 말 것이다. 법은 사회의 질서를 보증하고, 각 개인은 다 법을 존중하고 법을 따라 일정한 질서 아래에서 살음을 누리고 있음을 믿기 때문에, 사회의 생활이 가능하게 된다. 또, 법을 떠나서도 각 개인은 다 어느 정도의 평화스런 인성을 가지고서, 나날의 직업적 활동에 종사하고 있음을 믿기 때문에, 피차가 서로 주고 받고 행위를 하고 산다. 우리가 이발소에서 날카로운 면도에다가 제 목을 내대어 놓고서 태연할 수 있음은, 그 이발사의 칼날이 결코 나의 생명을 해치지 않을 것을 믿기 때문이다. 이 밖에 사람과 사람과의 크고 작은 모든 사회스런 관계는 믿음이 그 주된 노릇을 하는 것이다.

이러한 믿음의 구실은 조직된 단체 특히 국가와 사회 같은 기구에서 더 현저한 것이다. 《논어(論語)》에서 공자(孔子)와 그 제자 자공(子貢)과의 사이에 다음과 같은 문답이 있다.

자공: "선생님, 정치는 어떻게 해야 합니까?"

공자: "밥을 넉넉히 하고, 병비를 넉넉히 하면, 백성이 임금을 믿느니라."

자공: "만약 부득이 그 세 것 중에서 한 것을 버려야 할 때엔, 어느 것을 먼저 버리리까?"

공자: "병비를 버릴 것이니라."

자공: "또 만약 부득이하여, 그 두 것 가운데 한 것을 버려야 할 때엔, 무엇을 먼저 하리까?"

공자: "밥을 버릴 것이다. 예로부터 사람은 다 죽는 것이지마는, 백성이 믿음이 없으면 서지(立하지) 못하느니라."

이 문답에서 공자의 정치 사상을 요약한다면, "양식이 곳간에 차고, 병비가 탄실하면 교화가 행하여 백성이 그 치자(임금)를 믿고 이반하지 아니한다."이다.

이는 정치하는 실제의 선후를 말하는 것이다. 만약, 이 세 것을 다 갖추지 못하는 경우에는, 먼저 병비를, 다음엔 밥을 버릴 수밖에 없다. 밥을 버리면 백성이 굶어 죽을 것이다. 사람은 비록 밥이 아무리 넉넉하더라도 한 번은 죽는 것임은 만고 떳떳한 이치이다.

그렇지마는, 백성이 믿지 않고는 비록 살았으나 무엇으로 설 수가 있으랴? 그러므로, 임금은 죽어도 백성에게 믿음을 잃어서는 안 되며, 백성은 죽을지언정 임금에게 믿음을 잃지는 않도록 하여야 한다. 정치하는 사람(임금)은 마땅히 그 백성을 거느리어, 죽음으로써 지킬 것이오, 위급하다고 버려서는 안 된다.

이와 같이, "정치인이 백성에게 믿음을 얻은 연후에라야 능히 임금 노릇을 할 수 있다." 하는 품이, 오늘날 민주 정치에서의 정치인에게 대한 요구보다도 오히려 더함이 있다고 할 만하다.

유교 사상에서 인·의·예·지·신(仁義禮智信)을 오상(五常)이라 한다. 그 인·의·예·지는 동(木)·서(金)·남(火)·북(水)에 배당하고, 신은 중앙(土)에 배당한다. 곧 오행(五行) 중의 토(土)가 있는 연후에라야, 거기서 나무도, 쇠도, 불도, 물도 날 수 있음과 같이, 믿음(信)이 인·의·예·지의 터전이 되는 것으로 본다. 이와 같이 믿음으로써 도덕적 생활의 근본을 삼는 사상을 우리는 깊이 마음에 새겨야 한다.

한자에서 믿음을 나타내는 글자 "信"은 "人"과 "言"을 합한 것이다. 곧 사람의 말로써 믿음을 상징하였다. 순박하고 진정한 사람의 '말'은 곧 믿음이다. 그것은 말함의 맞편에서 믿음을 주고, 또 믿음을 받는 것이다. 사람의 말이 믿음을 떠났다면, 그것은 사람의 말이 아니다. 사람의 마음속에 있는, 꼴도 냄새도 없는 '생각'을 나타낸 것이 '말'인즉, '말'이 있어 그 무형한 '생각'을 알 수 있게 되고, 또 그것을 앎으로써 믿게 된다. 그러므로, 사람의 '말'이고서 믿음을 속가지지(內包하지) 않은 것은 그것이 말이 아닌 동시에, 또 그 임자가 '사람' 아님을 뜻한다. 사람이 아닌즉, 그런 것이 능히 사회를 이루고 나라를 지니고서 고귀한 자유와 영광을 누릴 수 없는 것은 당연의 귀결이다.

믿음의 근본은 정직과 진실성에 있다. 정직하지 못하고 진실하지 못하고서는 믿음을 이룰 수 없다. 우리 사회에 불신(안 믿음)이 들어찬 것은 곧 모든 사람들이 정직과 진실의 덕을 가지지 못함을 뜻한다. 사람의 신분도, 그 행위도, 가진 것도, 쓰는 것도, 가짜가 많다.

진짜는 새벽 하늘의 별같이 드물고, 가짜는 제주도의 돌같이 흔하다. 사람과 일과 돈이 가짜판인즉, 그런 사회에서 고귀하고 아름답고 정상스럽고 확실한 건설과 전진, 향상과 발전을 기대하기 어렵고, 다만 나타나는, 차마 볼 수 없고, 차마 들을 수 없는 별별 죄악상뿐이다. 해방 이래 우방의 원조를 50억 달러 이상을 받았다는데, 그것을 다 정직하게 올바로 나라와 백성을 위하여 쓰지 아니하였기 때문에, 아직도 정신적 및 경제적 자립의 경계에 이르지 못하고, 부의 소수인에게의 편재에 따른 대중의 극도의 빈한이 사회를 죄악의 구렁으로 만들고 있다. 물론 정신적 불의와 빈곤이 함께 작용하고 있음을 경시해서는 안 된다.

그러면, 이 나라에 불신이 가득찬 것에 대한 책임은 누구가 져야 할 것인가? 우리는 이러한 책임을 남에게만 지우려는 태도를 본다. 첫째, 정치인에서, 야당인은 여당을, 여당인은 야당을, 백성은 정부를, 정부는 백성을 그 책임자로 지적하기 일쑤이다. 그뿐인가? 학교에서는 스승과 제자 사이에, 회사에서는 중역과 사무원 사이에, 친구와 친구 사이에 다 한가지로 나쁜 일의 책임은 항상 저편에 있다는 것이다. 심지어 한 집안에서도, 자녀는 그 부모에게, 부모는 그 자녀에게 잘못의 책임을 지우려는 것이다. 이와 같이 불신·부정의 책임은 언제나 저편에 있고 보니 나는 항상 바르고 깨끗한 사람이 된다. 이 모양으로 이 사회에는 불신·부정에 대한 책임이 없고 다만 깨끗하다고 자처하는 사람들로 충만해 있으니까, 이 사회는 언제나 바로잡힐 가망이 없는 것이다.

3

여러분! 여러분이 정말로 이 사회가 믿음성 있는 사회가 되기를 원하는가? 그리하여, 진정한 독립 자주를 이룩하고, 참된 자유와 행복을 누리기를 원한는가? 그러기를 원하거든, 오늘부터 모든 책임은 나 자신에게 있는 것으로 단정하고, 나 자신부터 믿음의 씨를 심는 사람이 되어야 한다.

믿음의 못자리는 가정이다. 가정에서 믿음의 모가 자라나지 아니하고는 다른 계단의 곳에서 뿌리없는 믿음의 모가 생겨나지 아니한다. 그러므로 가정의 구성원 각자가 그 가정의 다른 이에게 믿음을 받아야 한다. 남편은 아내에게, 아내는 남편에게, 부모는 자식에게, 자식은 부모에게 믿음을 받아야 하는 것이 각인 스스로의 책임이다. 자식으로 부모의 믿음을 받지 못함은 그 부모의 잘못이 아니라, 자식 그 사람의 책임인 줄을 깨쳐야 한다. 사람은 근본 남의 말을 믿고자 하는 심정을 가지고 있다. 그 중에서도 한 가정의 식구는 서로 믿고자 함이 그 본성이다. 그러므로 사람이 그 집안 식구들에게서 믿음을 받는 것은 일생의 첫 의무요 책임이다. 한 집안의 불신의 근본 책임은 마땅히 그 집 어른(家長)에게 있다. 그 가장이 정직하고 올바른 행위로써 의식을 구하고 가족을 부양하여야만, 그 자녀가 그 부모의 올바른 생활을 배워서 저 스스로도 올바른 사람이 될 수 있는 것이다. 가장 자신은 부정한 수단으로 돈을 벌어들이면서, 그 자식은 올바른 사람 되라고 요구하는 것은 아예 안 되는 일이다.

가정의 부모의 생활이 믿음으로 되어 있어, 조금도 의심이 없다면, 그 자녀도 절로 그 생활에 감화되어, 정직하고 믿음성 있는 사람으로 자라나는 것이다. 이러한 정직하고 진실한 가정이 사회 개조의 원동력이 되는 것임을 우리는 깊이 깨치고, 먼저 가정 생활에 거짓과 불의가 없도록 하지 않으면 안 된다. 이러한 믿음의 가정을 이루게 하기 위하여서는, 첫째 각 개인이 올바른 생각과 생활 태도를 가져야 할 것이오, 다음으로는 나라가 그 직분을 올바르게 부지런히 지키어 일하는 사람에게 적어도 넉넉히 일가를 길러 나갈 수 있을 만큼, 노동의 보수를 주도록 마련하여야 하며, 국민 개인은 국가가 그러한 보수를 줄 수 있도록 각자가 부지런히 성실히 일해야만 한다.

왜냐하면, 나라의 힘은 그 국민의 힘의 총화에 불과한 때문이다. 모든 책임은 국민 각자에 있음이 근본상이다. 만약 정부가 올바른 일을 아니한다면, 그 책임의 근본은 그 올바르지 못한 정부를 세운 국민에게 있는 것이다. 국민 각자가 원시 진실하고 올바르다면, 그 뽑는 사람이나 그 뽑히는 사람이나 다 올바른 사람인즉, 부정·불의 정치가 생길 리가 없을 것이다. 그러므로 모든 부정·부패·부도덕의 책임은 결코 남에게 있는 것이 아니오, 나 자신에게 있다. 사회의 개조는 모름지기 나 스스로부터를 개조하는 데에서 시작되지 아니하면 안 된다. 나 자신을 개조하는 일 없이, 남을, 사회를, 국가를, 세계를 개조한다는 것은 허망한 소리에 불과한 것이다.

4

세상의 부형들이여! 교육자들이여! 목사들이여! 정치하는 사람들이여! 나라의 공직자들이여! "나는 바담 뿡 해도, 너는 바람 풍 하라."고 가르치지 말라. 오늘 우리 나라에 부정과 사악이 득실거리고, 믿음이 말라빠진 책임을 첫번째론 당신네 소위 사회 지도자들에게 있다고 나는 단죄한다. 공자의 말에 정치하는 사람은 먼저 그 몸을 바로 가져야 한다. 제 몸이 바르면 시키지 않아도 행하지마는, 그렇잖고, 제 몸이 바르지 못하면 아무리 시켜도 행하지 아니한다고 하였다. 우리 나라의 공무원의 부정 부패를 보라, 근일에 드디어 탄로되어 검거 심문 중에 있는 저 철도청 부정 사건을 보라, 전국 중요 역들의 700여 상하 직원들이 조직적으로 계획하여 여러 해 동안 운임의 부정 액수만이 120억 원이나 된다고 떠들썩하게 보도되고 있다. 그러고서, 철도가 결손이 난다고 운임만 올려 왔잖은가? 어찌 철도청 뿐이랴? 공직·사직을 물론하고, 대개 모든 지키는 직책을 가지고 있는 그 사람이 바로 도둑놈이오, 그 직책들을 감독 사찰하는 그 사람이 또한 도둑놈이다. 그래서, 도둑을 잡는 그 사람이 바로 도둑놈인 것이다.

방금 취조 중에 있는 철도 운임 부정 사건에 관련되었다는 사람이 용인에서부터 주임, 계장, 역장, 청장 내지 감사관 들이다. 참 끔찍하고 비참한 일이다. 누구를 믿고 일을 맡길 수 있나. 이런 일이 어찌 철도청에 한할 뿐이랴? 현재 우리의 실정은 거짓과 부패가 극도에 달하였기 때문에, 어느 누구를 믿을 만한 사람이 없다. 재물이 있는 곳마다 반드시 지키는 사람을 안 둘 수 없고, 지키는 그 사람을 또 믿을 수 없기 때문에, 그를 감독하는 사람을 두고, 그 감독자 위에 또 감독자를 두게 되어, 하나의 재물을 지키는 데에 열 사람을 두어도 안심이 안 되고 믿음이 안 간다. 우리 속담에 '도둑 한 이를 열 이가 지켜도 못 당한다'는 것이 있는데, 이 말이 과연 명언이다. 국민의 부정적·무신은 국비를 불릴 뿐, 적극적인 일은 안 되니, 국력은 소진되고 민심은 불신·불안·궁핍·죄악에 헤맬 수밖에 없다.

부정과 부패에 견디다 견디다 참지 못하여 이를 확청하고자 4·19

혁명이 일어났다. 그 주동 세력은 학생들이었다. 그래서 학생의 구국 운동사상에 큰 탑을 세웠다. 그런데 보라, 4·19 의거가 성공한 뒤에 서울의 각 대학에서 학생회의 임원 선거를 볼작시면 부형의 덕으로 공부하고 있는 학생의 신분으로서 그 선거에 수십 만 원씩의 운동비를 썼음은 지울 수 없는 사실이다. 그래 금시 부정을 격파한 그 사람이 돌아서서는 당장 제가 부정을 행하니, 부정 격파의 목적이 과연 어디에 있었다 할 것인가?

1961년 군사 혁명의 목표는 부정과 부패의 일소에 있었다. 그러나 부정과 부패는 여전히 창궐하여 그 전보다도 더 심하다는 말까지 있다.

이리하여 우리 국민들의 현상으로서는 부정을 혹 격파할 수는 있지마는 그 부정 격파의 보람은 거둘 수 없을 뿐 아니라 도리어 부정과 부패의 방법과 규모와 범위가 달라지고 확대되어 갈 뿐이다. 이는 '사람' 그것을 개조하지 않고는 아무런 외형적 개조는 실효를 거둘 수 없고 다만 부정을 부정으로 갈아대고 불신에 불신을 첨가하는 것밖에는 안 된다. 이러한 악순환이 되풀이 되는 동안에 국력은 자꾸 쇠진해 갈 뿐이다.

그러므로 모든 개조 혁명에 앞서서 사람을 참된 사람으로 만들지 않으면 안 된다. 예로부터 우리 나라의 교육 이념은 사람 만들기에 있었다. 오늘엔 교육학을 공부한 사람은 많지마는 이 사람 만들기의 교육을 실시하고 있는 학교나 교원은 볼 수 없다. 모든 학교, 모든 교원이 다 이익 계산자뿐이다. 이익 이외에 사람이 없고 기술 이외에 사람이 없다. 이러고서 이 나라에 거짓과 부패가 없어지고 믿음과 소망이 솟아나기를 기대할 수는 없다. 이러고서도 나라가, 더구나 빈한해서 남의 나라의 덕택으로 버티어 나가는 우리 나라가 독립 자존의 지위를 지키고 흥왕해 갈 수 있을까? 만백성이 잘사는 나라가 될 수 있을까? 여기 진정한 혁신이 일어나지 않으면 안 된다. 마음의 혁신, 자기 혁신이 일어나지 않으면 안 된다. 외부적 혁명보다 내부적 혁신, 유형한 혁명보다 무형한 혁명으로 국민 각자의 아낙에 숨어 있는 도둑부터를 없애지 않고서는 이 나라를 능히 건져 낼 수는 없다. 50억 달러를 허탕으로 사리로 낭비한 그 마음 그대로 써는 일본의 3억 달러 원조쯤이야 어디에 붙일 거리나 되겠는가? 이런 말이 나오면 읽는 이는 모든 책임이 위정자, 지도자에게 있다고만 자위할는지 모른다.

아니다. 세상의 젊은 자녀들이여! 학생들이여! 평신도들이여! 평민들이여! 이러한 무신, 불신, 배신, 부정, 불의, 부패, 죄악의 책임이 남들에게만 있고, 당신들 자신에는 상관이 없다 하고, 안연해서는 안 된다. 당신네가 정말 사람됨(人格)을 지니고 사는 이상 이 나라는 불신·배신의 현상에 대하여 마땅히 연대적 책임을 가져야 한다. 그리하여, 제 스스로의 심정과 행위를 근본적으로 고치고 새롭히지 않으면 안 된다. 국민 각자가 자기 혁신을 하지 않고는 비록 어떠한 정치 혁명이 성공했다 하더라도, 그것은 다만 거짓과 부패의 반복, 악순환밖에는 아무 것도 아닐 뿐이다. 소금처럼 제 스스로가 썩지 아니할 뿐 아니라, 저와 접촉하는 다른 것들까지도 썩지 아니하고, 또 그것에다가 좋은 맛까지 붙여 주는 사람이 이 사회에 여기 저기 푸뚝푸뚝 생겨나야 한다. 이런 사람들이 기둥이 되어, 혹은 한강 다리가 떠내려가지 않게 하여, 만인의 안전 통행을 보장하고, 혹은 집이 쓰러지지 않도록 버티고 묵묵히 서서 그 집안 식구들이 편히 살도록 하여야 한다. 어느 나라에든지 억만인이 모조리 다 착한 이일 수는 없지마는, 그 나라가 능히 번영 발전하여 가는 것은, 이렇듯 진실하고 믿음성 있는 상당수의 사람들이 그 사회를 버티어 확립 부동하기 때문이다.

남들이 다 나쁘니까 나도 나쁘게 행동할 수밖에 없다고 할 것이 아니라 남들이 무신하더라도 나만은 신의를 지키고 믿음의 씨를 이 황량 혼탁한 사회에 심는 사람이 되어야 하겠고, 바위 밑에 움트는 초목의 생명같이 뻗어 나야 한다. 여기에 청년의 자랑이 있고, 여기에 건국 시대의 참다운 국민의 모습이 빛나는 것이다.—진정히 이 나라를 세우는 자, 구하는 자는 믿음의 씨를 먼저 내 마음에 가지고, 또 남의 마음에 심는 사람임을 우리는 깊이 새겨야 한다. 그 심은 믿음의 씨가 자라고 자라서, 이 사회에 불신과 거짓이 없어지고, 믿음이 들어차서, 정부는 백성을 믿고, 백성은 정부를 믿고, 부부가 서로 믿고, 벗들이 서로 믿고, 선생과 제자가 서로 믿고, 이웃끼리 서로 믿고, 길 가는 사람끼리도 서로 믿게 되는 날이 곧 '밝은 누리'란 겨레의 이상이 실현되어, 자유와 행복이 모든 사람의 것이 될 수 있는 날이다. 이 날이 와야만 남·북 통일이 이뤄질 수 있다. 공산당을 이기고서, 평화적으로 통일의 실현을 원하거든, 우리는 모름지기 자기 개조, 자기 책임감으로써 믿음의 씨를 심고 기르고 또 번지게 하여 믿음의 사회를 만들지 않으면 안 된다.

공부하는 학생들이여! 그대가 스스로 반성해 보라. 나를 믿어 주는 사람이 나의 둘레에 몇 사람이나 있는가! 나는 첫째 나의 부모들에게서 믿음을 받고 있는가? 나의 친구들이 진심으로 나를 믿는가?

정치인들이여! 사회인들이여!

당신네도 스스로 반성해 보라! 나의 말을, 나의 행위를 믿어 주는 사람이 나의 둘레에 몇 사람이나 있는가를.

무릇, 나를 믿어 주는 사람이 없다면, 또는 적다면, 그 책임은 믿지 않는 남에게 있는 것이 아니오, 믿음을 받지 못하는 나 스스로에게 있는 줄을 똑똑히 깨쳐야 한다. 그리고서 오늘부터라도 자기 혁신으로써 믿음의 씨를 사람들의 마음밭에 심기를 힘써야 한다. 이것이 건국하는 국민의 길이오, 또 '사람'의 길이다.

-〈연세춘추〉(1967. 3. 21.)-

새 생활과 한글 전용

1

새 생활과 한글 전용과의 관련을 생각해야 하겠다는데, 그보다 먼저 '새 생활'이란 개념부터 살펴보고자 한다. '새 생활'이란 도대체 어떠한 생활을 뜻하는 것인가? 새 생활의 원리는 무엇일까?

첫째, 새 살림을 종래에 하여 오던 여러 가지의 살림의 양식, 버릇, 풍속 따위를 고쳐서 새로운 살림을 함을 뜻한다. 그리하여 번잡하고, 거추장스럽고, 까다롭고, 어렵고 따라 불편하고 불리한 방식과 절차를 덜어버리고(除去), 간단 편리한 살림 방식을 함이 곧 새 살림인 것이다. 시간, 수고, 비용 따위를 절약하면서 능률을 올릴 수 있는 살림 방식이다. 그러므로, 새 살림은 간단히 말하면, 과학스런 살림, 합리스런 살림, 개량 진보된 살림이다.

둘째, 새 살림은 민주주의스런 살림 방식이다. 민주주의스런 살림이란 어떠한 것인가? 그것은 남을 부리어 제 한 살림에게 시중들기를 요구하는 살림이 아니고, 제 스스로가 움직이어 하는 살림이다. 그것은 평범하고 용이하고 평등하여 누구나 다 쉽사리 할 수 있는 살림이 아니오, 모든 사람이 다 한가지로 같은 살림 방식을 하는 살림이다.

셋째, 새 살림은 독립 자주의 정신으로써 하는 살림이다. 동·서양을 막론하고 구래의 낡은 살림 방식에서는 걸핏하면 하나가 다른 하나의 종속물이 되어 그 독립성·자주성을 잃어 버리게 되는 것이었다. 오랜 역사의 진전, 인류의 발달을 따라, 모든 사람의 생활이 독립성·자주성을 회복하게 되어 가는 형편에 있으니, 이 곧 민주주의스런 살림인 것이다. 이와 같은 새 살림의 이념에 들어맞는 글자살이(文字生活)는 모름지기 '한글 전용'이 아니면 안 된다. 오랜 동안에 갖은 고생과 큰 희생을 하면서 하여 오던 한자를 숭상하는 글자살이를 걷어치우고(止揚하고) 간편하고 쉽고 또 가장 과학스럽고 가장 능률스런 '한글만 쓰기'로 하는 것은 두말없이 새 살림의 가장 합당한 실현이 되는 때문이다. 한글은 그 탄생의 원뜻부터가 겨레 의식의 산물로서 겨레의 독립 자주의 정신의 실현을 목표 삼고, 민주주의스런 문화의 이념을 품고 있는 것이기 때문이다.

2

정치는 나라를 다스리는 일이다. 밖으론 다른 나라와의 관계를 조절하여, 내가 침해를 당하지 않도록 하는 것이 그 하나이고, 안으론 백성들의 무식을 없애고, 그 가난을 이겨 내게 하여, 빛난 문화를 애지어 내고, 푸진 물자를 만들어 내어, 정신적 및 물질적 생활을 넉넉하게 잘 살아 갈 수 있도록 하는 것이 그 하나이다. 무식과 가난은 사람의 자유와 행복을 저해하는 사회적 독소이다. 이 두 가지가 일반 대중들 가운데 버티고 있는 다음에는 그 나라는 발전할 수 없으며, 그 백성은 행복스러울 수가 없는 것이다.

그런데, 무식과 가난은 호상 인과의 관계를 가진다. 무식하기 때문에 가난하고 가난하기 때문에 무식하다. 사람의 지식도 한정이 없고, 재물도 또한 한정이 없는즉, 그 어느 하나를 다 얻은 연후에 그 따로 하나를 얻겠다고 할 수도 없다. 두 가지는 우리의 나날의 생활에서 우리의 노력을 요구하고 있다. 그렇지마는 그 두 가지 가운데 어느 것이 근본적이냐 하면, 태고 미개 사회에서와 갓난아이에게서는 물질적 요구의 충족이 가장 먼저 요구되는 것이지마는, 그래도 어느 정도의 문화가 형성되고, 어느 정도의 발육을 이룬 뒤에는 그 기초 위에서 정신적 요구의 충족을 힘쓰지 않으면 안 된다. 다시 말하면, 무식을 타파하는 것이 나라 살림의 가장 기초가 되는 것인데, 이 무식을 깨뜨리는 연장은 다름아닌 글자인 것이다. 글자는 실로 사람의 지식에의 문이니, 이 문으로 말미암아서만 능히 무식을 깨뜨리고 가난을 극복할 수 있는 것이다. 그러한즉, 무식과 가난을 없이 하는 것으로써 본령을 삼는 정치가 글자 문제를 등한히 할 수는 없는 것이다. 동양에서는 고래로 나라를 일으킨 사람들은 다 그 얻은 나라의 영구한 번영을 위하여, 그 백성들의 경제살이(經濟生活)와 글자살이 문제를 다루었던 것이다.

한양 조선의 이씨의 창업은 그 초기에서 매우 상서롭지 못한 살풍경이 많았던 것이다. 이 태조와 그 아들 사이에 불화가 벌어져서 속칭 '함흥 차사'의 말까지 생기게 되었고 태조의 아들과 아들 사이에도 싸움이 심하여 서로 죽이기를 예사로 하였다. 이와 같은 불상사는 한양 조선의 기초를 모래 위에 쌓는 것 같아, 만약 이뿐으로 그쳤더라면 그 사직은 결코 길이 계속되지 못하였을 것이다. 그렇지마는 넷째임금 세종 대왕이 서서, 한 쪽으로는 전제(田制= 토지 제도)를 개혁하고 다른 한 쪽으론 한글을 창제하여 경제와 문화, 물질과 정신 두 쪽으로 나라의 기초를 든든히 하였기 때문에 능히 5백 년의 사직을 지탱할 수 있었던 것이다.

이제 새로이 세워진 대한민국에서도 초대 국회에서 이 두 가지 사업을 하였다. 그 하나는 농지 개혁법이오, 또 하나는 한글 전용법의 통과이다. 그런데 농지 개혁의 실시와 그 결과가 잘 되었나 하는 점에서도 문제가 있겠지마는 한글 전용법의 실시에 관하여서는 10년 동안에 아무런 볼 만한 조처를 보지 못하고 지나왔음은 우리 한글 운동자들의 심히 안타까워하던 바이었다. 더구나 저 6·25 사변으로 침입한 꼭두군사들이 한글 전용으로써 신문도 내고 모든 사무도 처리함을 본 우리 남한 사람들이 피난 갔다 돌아와서는 한글만 쓰는 사람들을 일종의 공산주의에 물든 사람으로 치는 기색이 생겨나서 한자를 쓰는 것이 가장 대한민국에 충성을 가진 사람의 할 일같이 여기게까지 되어, 그 전에는 도무지 보지 못하던 말씨 "必히"가 일부의 하급 공무원의 손으로 말미암아 쓰이게 됨을 보고, 우리는 쓴웃음을 금할 수 없었던 것이다. 우리 한글 동지들은 이러한 어리석고 딱한 풍조에 대하여, 개탄의 언론을 보내었다. 우리가 공산당을 미워하는 것은 그 주의와 그 행동의 목표를 미워하는 것이지 결코 공산당이 가진 것, 쓰는 것, 행하는 것을 무조건으로 미워하며 배척하는 것은 아니다. 공산당이 한글 전용을 하였다 하여 한글을 배척한다면, 공산당이 썼다 하여 탱크, 대포, 기관총, 비행기, 심지어 쌀밥도 버려야 할 것인가? 그 뿐 아니라, 공산당을 배척한다는 생각에서 한글을 버리고서 한자(漢字)를 숭상한다면 한자는 공맹의 도를 담는 그릇으로써 공산당과는 거리가 먼 것으로 치는 모양이지마는, 사실에서는 우리 나라에 침입하였던 중공 오랑캐가 다 한자를 쓰지 아니하였던가? 한자가 근본 공산주의하고는 상반되는 것이라면, 모택동, 주 은래 무리가 한자를 몰라서 공산당이 되었는가? 무릇 사람의 행위의 착하고 악함, 좋고 궂음은 그 행위의 동기와 목적에 매인 것이지, 방편물에 달린 것은 아니다. 한가지의 칼로써도 모진 범을 잡아서 사람을 편안하게 할 수도 있고, 사람을 찔러 그 생명을 빼앗을 수 도 있다. 모든 사물과 행위를 그 본질에서 살펴 깨칠 줄은 모르고, 다만 그 한 구석을 잡고서 옳으니, 그르니 하는 것은 참 가소로운 것이다.—이러한 말로써, 우리는 한글을 옹호하고 한글 전용을 부르짖어 왔던 것이다.

이 대통령이 원래 독립의 뜻과 한가지로 한글 사랑의 뜻을 품어 오신 터이라, 조국이 광복된 이래로, 수차에 걸쳐 한글 전용을 강조하는 말씀을 발표하여 특히 언론 기관의 결의와 분기를 권유 한 사실은 우리 국민이 다 익히 아는 바이다. 그런 중에도 작년 (4290년) 12월 29일에 발표하신 말씀은 위에 적은 바와 같은 세인의 오해에 대하여 명확한 답변이 되는 동시에 우리의 한글 전용의 근본 뜻을 힘있게 나타낸 것이다. 곧

12월(4290) 10일에 북경에서 로이타 통신이 보도한 것을 보면 중국 공산 정부에서는, 라틴 알파베트를 쓰기로 작정했다는 것이다. 중국 공산당의 최고 회의에서 수년 동안을 두고, 여러 가지로 논의하고, 연구해 오다가 모든 지장을 무릅쓰고 필경에 와서는, 라틴 알파베트를 쓰기로 작정이 되어서 지금 실행해야 된다는 이유를 말했는데, 그것이 유리한 말인 것이다.

중공에서 오억이나 되는 중국 남녀들을 다 가르쳐서 문명 진보의 길로 개명시켜 나아가려면, 한문을 가지고는 결코 될 수 없는 것이다. 그

래서, 라틴 알파베트의 26 자모를 가지고 음을 취해 닮아, 그것으로 무슨 말이든지 쓸 수 있게 되면, 하루 이틀 안에 26 자를 배워서 다 써 나아갈 수 있게 될 것이다. 이렇게 행하자고 공산당이 작정했다는 것은 공산당의 전진 발전하려는 열심을 칭찬 안 할 수 없는 것이다. (중간 생략) 공산당이 라틴 알파베트를 쓴다는 이유를 말한 몇 가지 중에서 한 말과 같이, 라틴 알파베트를 쓰게 되면, 모든 글을 보고 쓰고 하는 데 자기 나라의 사람들이 몇십 년을 한문 글자를 배운 것보다 더 낫게 할 수 있을 것이고, 또 외국인들이 중국을 배우는 데에, 대단히 쉽게 된다는 것이다. 그러므로 외국인들이 공산당을 반대할지라도 그 사람들이 이렇게 진보해 나가는 데에 대해서는 다 칭찬하고 있는 것이다.

고 하여, 문자 개혁으로써 국민의 복리와 나라의 전진을 꾀하는 중공의 처사를 당연한 것임을 인정하는 동시에 이를 칭찬하여 우리의 배척할 것은 공산주의요, 그네들의 취하는 문명 진취의 태도와 용단이 아님을 보이었다. 그리고

우리 나라의 국문은 라틴 알파베트보다 더 단축이 되어서, 24 자모만 가지면, 무엇이든지 다 쓸 수 있게 되어 있는 것이니, 한글을 만든 세종 대왕을 우리가 찬양하는 것이다. 그런데 이 글을 백성이 쓰는 것을 백 가지로 방해해서 될 수 없게 만들고 있는 것을 보면 실로 통곡할 만한 일인 것이다.

고 하여, 세종 대왕의 고마운 생명의 유산 한글을 전용하는 것을 거부하고 있는 우리 나라 식자층의 고루하고 이기적인 심정에 대하여, 통탄의 눈물을 흘릴 만한 노릇이라 하여 이를 경고하고, 다음에

지금 세상에 아직도 전과 같이 부패한 고대 문자를 가지고, 전국에 복리되는 것을 막고 있는 것을, 진시황이 다 삭제해 버렸던 것과 같이 모든 사람들이 다 같이 결심하고 삭제해 버려서, 하루 바삐 국민의 복리가 되는 길로 나아가도록 해야만 되는 것이다. (중간 생략) 한글을 쓰는 것을 반대하는, 높은 학문을 가진 선생님들이나 학생들이나 또는 이전대로 해 나아가자는 사람들은 다 용맹스럽게 작정해서, 국민에게 복리가 되는 것을 하루도 지체 말고 결심해서 해 나아가도록 다시 한번 부탁하는 바이다.

고 하여 한글 전용이 우리 국민의 생존과 문화 향상에 크게 유리함을 강조하고, 이어 한글 전용을 빨리 실현하도록 각층 각인의 협력과 분기를 종용하였다. 이 대통령의 담화 발표와 함께 정부에서는 솔선하여 한글만 쓰기를 결정하여, 실행에 옮기는 동시에, 문교부에서는 관하 각 기관에 통첩하여 한글만 쓰기를 지시하는 동시에 여러 가지의 세칙을 발표하여 다 한가지로 이를 따르기를 종용하고 있다.—한글만 쓰기의 실행은 이 대통령 10년 집정에서의 최대 최선의 정책으로 광복된 조국을 만세 반석 위에 놓는 결정적 조처(措處)이다. 이 나라의 발전과 이 겨레의 행복에 큰 효과를 나타낼 것이니, 후세 국민의 찬양을 길이 길이 받기에 합당한 것이라 하겠다.

3

한글 전용의 실제적 문제에 관하여 몇 가지 설명을 하려고 한다. 물론 이보다도 먼저 한글 전용이 과연 가능한가? 한자를 안 쓰고서도 능히 글자살이 더구나 고등 문화의 글자살이를 할 수가 있을까? 이러한 문제에 대해서는 말하려면 너무도 문제가 많기 때문에 여기서는 줄이기로 하고 다만 한글 전용은 이미 결정적 계단에 도달하였은즉, 다만 그 전용에 다다라 맞아들이는 실제스런 문제들에 대하여 여기에 약간 베풀고자 한다.

  (1) 왜식 용어를 일소해 버려야 한다. 해방 이래로 우리가 왜말 의 군때를 벗어 버리기에 힘써서 문교부에서도 '우리말 도로 찾기'를 공포하여, 세상의 좇을 바를 보이었다. 그렇지마는, 아직 한자를 사용하고 있기 때문에 그 한자의 매력에 끌리어 여전히 왜말 문자를 쓰고 있는 형편이다. 그러기 때문에, 왜식 문자를 한자로 옮긴 "團束"(取締), "移越"(繰越)같은 것들은 비교적 잘 행하지마는, 순우리 말로 옮긴, 따라 한글로만 쓸 수밖에 없는 "다룸", "다룸질, 다루기 (取扱, 取扱方), 다루다"(取扱, 取扱하다) 같은 것들은 잘 쓰이지 아니한다. 그러나, 이제는 한글만 쓰기(한글 전용)로 하였은즉, 이 기회에 왜색 용어를 일소하고, 되도록 순수한 우리말을 찾아 써야만 한다고 생각한다. 이에 그 보기를 약간 들면 다음과 같다.

取締→단속   取締役→ 이사(理事)·유사(有司)
世帶→ 가구(家口)   徐行→ 천천히(길의 패에)
相手→맞편·상대자   曖昧→ 모호
明渡→ 내주기·비어주기   宛先→ 발을이
宛所→ 발을곳   宛名→ 발울이
案內→ 인도   案內人→ 인도자
案內狀→ 청첩·알림   一應→ 대강

一品料理→ 단찬　　　　依命通牒→ 명령 따라 통첩

依賴→ 부탁　　　　　　入口→ 들목·어구

內譯→ 속가름　　　　　賣渡→ 팔아넘김

奧行→ 안기장　　　　　送先→ 보낼데

追記→ 붙임　　　　　　係→ 빈

會計係→회계빈　　　　　係員→빈아치

課稅→세매기(세매다)　　型→골

內申→속사리　　　　　　生菓子→ 무른과자

並木→ 줄나무　　　　　行事→ 지내기

年中行事→ 한해 지내기　拂込→ 치러넣기(치러넣다)

皮肉→ 빈정　　　　　　日步→ 날변

百匁→ 백돈(열냥중)　　　三人分→ 서이 치·서이 몫

假縫→ 시침　　　　　　假綴→ 애매기

假刷→ 애찍음　　　　　見積書→ 발기

看取(움)→ 보잡다　　　看做(움)→ 보삼다·보여기다

見本→ 본·본새·본보기·간색　身元→ 근지

向→ 소용　　　　　　　面識→ 안면·면분

役員→ 임원　　　　　　約婚→ 정혼

結婚→ 혼인　　　　　　結婚式→ 혼인식·혼례

役割→ 구실　　　　　　申込→ 신청

闇市場→ 거먹장　　　　闇値→ 거먹값·거먹시세

闇商賣→ 거먹장사　　　用達→ 바침(-하다)

用達社→ 공물집·심부름집　洋服地→ 양복감·양복천

餘白→ 빈데　　　　　　呼鈴→ 설렁

落書→ 장난 글씨　　　　利息→ 길미·변리·변

旅費→ 노자·노수·노비　　　稟議→ 문의

割當→ 벼름　　　　　　　　割引→ 벗김(벗김하다)

廊下→ 복도·골마루

追越→ 쫓넘기·제치기(쫓넘다·제치다)

行方不明→ 간 데 없음·간 데 모름

入學案內→ 입학 인도·입학 길잡이

一石二鳥(한 돌에 두 새)→ 일거양득

取消→ 무름(무르다·무름하다)·지움(지우다)

乘合(自動車)→ 두루기(차)

合乘(자동차)→ 어우리(차)·얼레(차)

貸切車→ 전세차·독세차

見積(움)→ 머리잡다·발기뽑다·셈잡다

見積→ 머리잡기·발기뽑기·셈잡기

紳士向·學生向→ 신사 소용·학생 소용

用度(係)→ 쓰임·비용·(쓰임빝)

令達→ 알림·통첩·태움(예산 집행의 태움)

(2) 생소한 또는 어려운 한자말을 버리고 평범하고 쉬운 우리말을 쓰기로 하자. 2천 년래로 한문을 숭상하여, 한자는 진서(참글)요, 한글은 언문(상말글)이라 하여 천시하여 온 심리에서는, 한자를 써야만 만족하다고 하고, 또 만약 한글로 쓰는 경우에라도 한자말을 써야만 그 말뜻 잡기와 표현 의도에 딱 들어맞는 것으로 생각하는 이도 있을 것이오, 또 어떤이는 도무지 국어에 대한 견식이 없기 때문에, 한자를 버리고 나면, 그 한자말에 맞는 우리말이 무엇인가고 생각하는 능력을 가지지 못하여, 마구 한자의 음만 따서 말을 만드는 이도

있다. '捕鼠 運動' 대신에 '포서 운동'이 라고만 하고 '쥐 잡기 운동'으로 할 줄을 모르며, '放火 週間'을 '방화 주간'으로만 하고 '불조심 주간'으로 할 줄 모르니 참 한심한 일이 아닐 수 없다. 이들 한자말 대신에 쓸만한 우리말을 적어 보면 다음과 같다.

可及的→ 되도록	故意→일부러
旣히→ 이미	頻繁히→ 자주
期必코→ 꼭	無違히→ 틀림없이
均等히→ 고루	一旦→ 한번·미리
任意로→ 마음대로	往往→ 가끔·이따금
玆에→ 이에	自古로→ 예전부터
自初로→ 처음부터	何故로→ 왜·어째서
恒常→ 늘·언제나	何如間→ 어쨌든
況且→ 하물며	忽然→ 문득
當然→ 마땅히	於焉間→ 어느덧
都是→ 도무지	此後에→ 이 뒤에(어찌씨)
如斯한→ 이와 같은·이 같은	此→ 이
所謂→ 이른바(매김말)	理由→ 까닭
以下同一→ 이하 같다	敬望하나이다→ 바라나이다
務望하나이다→ 바랍니다	鑑하여→비추어
件名→제목	有故時에는 →사고 있을 때에는
○○할 事→ 할 것	有하니→ 있으니
所要→ 소용되는·드는·필요한	設置한다 → 둔다
右와 如히→ 앞에와 같이	
左와 如히→ 다음과 같이·아래와 같이	

首題의 件→ 웃 제목의 일(이른바 '件名'이란 것을 '……件'로 쓰는 대신에 '……일에 관하여'로 쓰고, '首題의 件'을 쓰지 말고 바로 할 말의 내용을 내어 놓음이 좋겠음. 사실로 '首題의 件'은 쓸데없는 군소리이다.)

仰決裁→결재 청함·결재 받기·(또는 단순히) 결재

此限에 不在함→예외로 한다·이 글에 들지 않음

이러한 모양으로, 모든 표현을 평범하게, 쉽게 할 것이오, 괴벽하고 야릇한 표현은 피하여야 한다.

(3) 한자를 개량하여 가로줄에 적합하도록 할 것이다. 또 여러가지 모양으로 만들어서, 내용의 특이성을 따라서 다른 모양의 글자를 쓰도록 함이 필요하다. 국·한문을 섞어 쓰는 경우에는 비록 활자에 큰 고안을 하지 않더라도, 저절로 읽어 내기에 유리한 것이지마는 한글 한 가지로만 하는 경우에는, 너무 일매지기 때문에 읽어 내기가 매우 불편하게 되는 것은 사실이다. 이 불편을 없애기 위하여서는 여러 모양의 활자를 만들 필요가 있는 것이다. 한글만 쓰기의 성공을 위하여 활자의 개량이 절실히 요구되는 것이다.

(4) 한글만 쓰기의 경제적·시간적 이익을 거두기 위하여는, 한글 타자기, 라이노타이프, 텔레타이프, 모노타이프 들의 글찍기 기계를 이용함이 필요하다. 이러한 기계를 이용함으로 말미암아, 한글만 쓰기가 우리 나라의 문화 발전과 우리 겨레의 생활의 행복을 크게 돕게 될 것이다.

(5) 한글만 쓰기의 최대의 이익을 거두려면 모름지기 한글을 가로

풀어쓰기로 하여야 한다. 가로글씨가 타자기 따위의 효과를 더욱 놀랍게, 크게 할 것이며 또 우리 글 읽기의 능률을 올리며 또 우리말의 발달을 더욱 촉진시키는 결과를 가져오게 될 것이다. 이렇게 말만 하면, 별 신통한 것이 아닌듯 하지마는 실지로 우리 국민이 모든 문명의 이기를 이용하여 '한글만 쓰기'를 가장 합리적으로 시행하게 되는 날에는 오늘의 글사람들이 깜짝 놀랄 수밖에 없을 것이다.

4

인간 만사는 다 여러 사람들의 협동으로 말미암아 잘 되어 가는 것이니, 한글만 쓰기의 잘 되어 감에도 마찬가지로 모든 사람 들의 협동이 요청된다.

⑴ 정부가 시행하고 있는 한글만 쓰기의 근원은 국회 의원들 이 제정한 〈한글 전용법〉에 있는 것이다. 그러면, 오늘의 정부의 시책을 성공하게 하여 영구한 국책으로 만들기 위하여서는, 민의원이 〈한글 전용법〉을 개정하여 그 이른바 '다만' 줄을 삭제하고, 한글만 쓰기를 하지 않으면 법에 어긋나는 것으로 만들지 않으면 안 된다. 그뿐 아니라 모든 법률을 순 한글만으로 적어야 하며, 호적법을 개정하여, 땅이름, 사람이름을 한글로 적어야만 법에 맞는 것으로 하여야 한다. 우리 사회의 신식 완고들 가운데는 누구 누구보다도 법률가들이 가장 한글만 쓰기에 주저하지 않는가 싶다. 법률가들은 흔히 법률을 한자로 적어 놓아야만 권위가 서는 것같이 생각하는 사람이 많음을 본다. 이는 다른 편에서 본다면 법률가들은 법의 해석에만 몰두하기 때문에 법률의 밖에서 높은 자리에서 법을 보는

안목이 부족하며 따라 자주적 창의력이 부족한 탓이 아닌가 생각되기도 한다. 법률이 결코 한자하고 필연의 관계가 있는 것이 아니다. 다 한가지로 우리 나라의 문명 발달, 겨레의 생존 발전을 위하여 한글에 대한 근본적 태도를 고치는 것이 마땅하다고 생각한다.

(2) 교육자는 그 일하는 학교의 고하를 막론하고 한가지로 한글만 쓰기로써 제각기, 맡은 바 교육에 종사하여 학생들로 하여금 그 참된 교육적 목적을 달성하기에 매진할 수 있도록 하여야 한다. 한글만 쓰기의 본의를 가장 잘 이해하고 있는 사람은 교육자 인즉 이 점에 대하여 우리는 그 협력을 믿어 의심하지 않는다.

(3) 문필가 및 기자도 한가지 협조를 아끼지 않아야 한다. 도서의 저작, 신문·잡지들의 기사 다루기에 있어서 한글만 쓰기에 협력하여 주기를 바란다.

(4) 언론계의 협조가 요청된다. 신문사 및 통신사의 책임자들은 사설·논설 및 문화란들을 다 한글만으로 적어 내기에 적극적인 협조를 하여야 한다.

(5) 출판사에서는 일반 도서의 출판에 있어서 한글만 쓰기를 여행함으로써 정부의 한글만 쓰기의 방침과 격려에 순응하여 출판 사업의 본의를 더욱 힘차게 달성할 수 있도록 하여야 한다.

(6) 영화인·연극인 및 극장인들도 다 한가지로 이 한글만 쓰기의 획기적 대사업에 협동하여야 한다. 영화·연극의 해독 자막, 광고 해설 들에서 오로지 한글만을 쓸 것이다.

(7) 일반 사회인들도 또한 한가지로 한글만 쓰기에 대하여 관심과 기대를 가지고서 협조하여야 한다. 방송·강연·담화 들을 통하여, 한글만 쓰기의 겨레스런 중대성과 국가스런 긴급성을 적극적 강조 선전하여, 사회, 일반의 이해와 협조를 청하여야 한다. 각종 보람판·문

패·명함·도장 들을 다 한글로 하며 관공서에 제출하는 민원 서류들도 다 한글로 적도록 하여야 한다.

　나의 사랑하는 삼천만 동포여, 우리는 생존의 발전 번영을 원한다. 또 생활의 행복 자유를 원한다. 세종 대왕이 지어 내어 끼쳐준 한글은 실로 우리 겨레의 보배요 자랑이 아닌가? 이렇듯 과학스럽고 쉽고도 편리한 한글을 두고서, 가장 어렵고 불편 불리한 남의 글자 한자를 숭상 사용하는 것은 비하건대 천리 밖의 목적지에 얼른 도달하기를 원하면서 제 집에 있는 자동차를 버리고 거리에 있는 인력거나 소술기를 타는 것과 같으니 어찌 어리석은 일이 아니랴? 우리의 보배 한글만으로써 우리 국민의 글자살이를 차리게 되었으니, 잘살기를 원하고 만족스럽게 되기를 원하는 우리 국민은 즐겁게 적극적 협동을 함으로써 편리한 새 살림, 능률나는 새 살림, 민주주의스런 새 살림, 겨레 문화의 창조의 발달에 이받는 새 살림, 새 시대에 순응하고 함께 나아가는, 아니 앞서 나아가는 새 살림을 차리자. 나라의 소망, 겨레의 영광이 여기에 약속되는 것이다.

(4291. 3.)

-〈국회보〉 18집(1958. 3.)-

새로운 이름을 정하자

19세기 끄트머리에 프랑스 사람이 우리 나라에 와서 「한불자전」과 「불한자전」(1880년 간행)을 꾸미었는데 이 한불자전 머리말에 조선의 서울은 HAN-YANG(漢陽)인데 「SYE-OUL」(SÈOUL)은 수도(CAPITALE)를 뜻한다고 하였다. 이보다 먼저 SÈOUL이 기록된 것이 또 있는지 모르지마는 나 알기에는 이것이 처음이 아닌가? 하여튼 이 무렵 이 사람네로부터 시작되어 우리의 서울을 SEOUL로 적게 되고, 또 이것으로써 따 이름 대신에 쓰게 된 것이라고 생각된다. 그리하여 그것이 서양인에게 널리 사용되어 온 것은 사실이다.

8·15 해방 뒤 미 군정이 서매, 이곳의 따 이름으로 「SEOUL」을 쓰게 됐다. 이때부터 진작 그 부당함을 통감하였지마는 당시 우리 한글 동지들이 한자 폐지·한글 전용을 주창하여 사람이름 따 이름 모든 제도 문물들을 다 우리말 우리글로 하자고 주장하며 선전하는 터이므로, 「서울」이란 순수한 우리말이요 또 우리글로서 어데없이 항상 버젓이 제 얼굴을 세우는 것이 하도 기특해서 아무말 없이 참았다. 세상에는 절대로 나쁜 것은 없다는 말이 있지마는 따 이름으로 잘못 채용된 「서울」이 우리말 우리글의 권위를 높이는 점에서 우리는 그 공덕을 인정함으로써 그 잘못을 기워 용서하였던 것이다.

군정이 가고 새 나라 대한민국이 섬에 다다라 당연히 바로 잡아져야 할 이 뒤바뀐 말씨가 여전히 사용됨에 미쳐서는 우리는 심히 한심한 심사를 금하지 못하였다. 가사 어떤 겨레가 옛날에 특정한 곳(가령 「한양」)에 서울을 정하여 꽤 볼 만한 나라 살림을 차렸었으나, 사방은 전연히 멸망하여 서울의 옛모습을 찾아볼 수 없으리만큼 소조한 빈 터만 남아 있는 처지에 있다 할 것 같으면 외국 사람으로서 여기가 옛날 이 지방 사람들이 나라를 누릴 적에 이곳을 「서울」이라 하였다는 이유 또는 인연으로써 이곳의 따 이름을 그 당시 지방인들이 부르던 말 「서울」로써 정하는 것도 그럴 수도 있으리라고 우리도 수긍하기에 인색하지 않을 것이다. 그러나 이제 우리의 경우는 그 가상적인 경우하고는 딴판으로 다르다. 당당한 찬란한 문화의 역사 나라로써 비록 일시적으로 왜적에게 나라 잃은 액운을 치렀지마는 광복된 오늘날에는 세계에서도 열두째 가는 인구를 가진 당당한 문명 나라이다. 이러한 한배 나라(祖國)를 광복한 영광을 가진 오늘에 나라의 머리되는 대처로 정부의 모든 기관의 중심이 있는 곳 곧 서울과 그 서울로 된 곳의 따 이름과를 분간하지 못하고 이를 혼동한 결과, 드디어 외국인의 그릇된 흉내를 내어 제 나라의 「서울」을 잃어버리고 다만 한 따 이름으로 사용한다는 것은 참 치사스러운 일이 아닐 수 없다. 그리하여 독립국의 국민을 자랑하면서 「首都 서울」이라는 말을 기탄없이 쓰고 있음을 볼 적마다 이 백성의 독립 자존의 정신이 부족하며 시비 곡직의 판단의 모자람을 탄식하지 아니할 수 없었다. 서울 없는 나라가 어데 있단 말인가? 나라를 찾은 다음에는 서울이 있어야 할 것 아닌가?

6·25 사변으로 우리 정부가 임시로 부산으로 피난 가니 부산이 곧 우리 나라의 임시 서울이 되었다. 그러다가 4286년(서기 1953년)

에 육군과 유엔군의 역전으로써 공산군을 내어쫓고 우리의 본 서울을 도로 찾았다고 모두들 서울로 돌아간다(환도한다)고 떠들썩하였다. 그때 나는 생각하였다. 또 친구들에게 말하기도 하였다. 금번에 서울을 도로 찾아 내가 서울로 돌아간 뒤에는 나는 다시 「서울을 도로 찾자」 하는 제목으로 어느 신문에 글을 하나 쓰겠다고. 그러나 나는 항상 바쁜 생활을 하고 있기 때문에 드디어 오늘까지 그런 뜻한 바 기회를 얻지 못하고 지냈더니, 이달 16일에 이 대통령께서 담화를 발표하여 서울은 首都란 말인즉 서울의 새 이름을 따로 정하라 하셨다. 나는 이 쾌심의 담화를 신문에서 읽고 충심으로 감사하며 기쁨을 이기지 못하였다.

옛날에 「정자정야(政者正也)」라 하였으며 「군자필정명(君子必正名)」이라 하였다. 독립 나라의 국민은 모름지기 「서울」과 서울의 따 이름쯤은 구별할 줄 알아야 한다. 이러한 이름조차도 구별하여 바로잡지 못한다면 실로 이는 우리에게 나라할 만한 능력이 없음을 나타냄이니 이것이 나라의 수치가 아니고 무엇일까? 이제 대통령께서 서울의 따 이름을 지으라 하신 말씀은 참으로 우리에게 독립 정신을 가르쳐 주시는 것이다. 진리는 끝장도 드러나는 것이요 일은 반드시 바른데로 돌아가는 것이다(事必歸正). 우리는 쌍수를 들어 찬동하는 동시에 적당한 새로운 따 이름을 정하여야 할 것이다.

대통령의 담화에 「우리 도성이 차차 이름이 세계에 날만치 이것을 고정해서 이 지방 본 이름으로 부르게 하되 부르기 좋을만치 만들어서 모든 사람이 편하게 할 것이다. 본래 우리 수도의 이름은 한양(漢陽) 또 한성(漢城)이라고 불렀는데 이 두 가지 중에서 하나를 택한다면 본 이름은 되겠으나 우리 옛부터 중국 문화를 받아 일본에 전해 주며 그런 문명을 자랑했을 적에는 모두 중국 문자를 많이 쓰게

해서 원래 우리 나라 국어로 부르던 말은 다 잊어버리고 한자음에
흔한 행(ㅇ)음을 넣어서 만들어 우리말이 중국인 말같이 들리게 되
었으니 옛날 우리말이 이렇지 않았고 더 듣기 좋았던 것인 만큼 본
래의 우리말을 찾아서 행(ㅇ)음이 붙지 않은 이름으로 부르도록 민
간에서 많이 토의해서 발표해 주기를 바라며, 만일 다른 이름을 찾
을 수가 없으면 한양(漢陽)으로라도 고쳐서 세계에 공포해야겠으니
생각 있는 분들의 의견을 널리 구하는 바이다」고 하셨다. 이 말씀이
그야말로 지당하외다. 우리 자유 독립의 대한 민족은 그 서울의 따
이름을 마땅히 순 우리말로서 지어서 언제나 우리글로서 적어 삼천
만 삼억만 우리 겨레가 언제나 부르기 좋고 쓰기 좋도록 하여야 할
것이다.

그러면 어떠한 이름으로 할 것인가? 이것이 최종의 문제이다. 이
문제를 해결하기 위하여 우리는 먼저 서울의 옛 따 이름을 간단히
살펴보기로 하자.

백제 때에 한성(漢城;이제 廣州)에 도읍하고 또 북한성(北漢城)에 도
읍했다. 고구려는 북한산주(北漢山州)라 일컫고 그 북한성은 남평양
(南平壤)이라 하였다. 신라가 이곳을 차지하여서는 북한산주 또는 남
천주(南川州)라 하였고 통일 후에는 한산주(漢山州)라 하여 그 군청
은 아래의 광주에 두었다. 뒤에 한주(漢州)라 고쳤다. 그리고 이곳의
근처를 한양군(漢陽郡)이라 했다. 고려 시절에는 한양군을 양주(楊
州)라 고치고 문종(文宗) 때에 이곳에 새 궁궐을 지으니 이에 비로소
이곳이 쓸쓸한 촌락에서 많은 사람이 모여 사는 곳이 되었다. 이를
남경(南京)이라 했다. 충렬왕 때에 남경을 한양부(漢陽府)라 고쳐 일
컬었다.

이씨 조선 태조 때에 한성부(漢城府)라 고치었고 일제 때에는 경성

(京城)이라 했다. 이곳의 옛이름 북한산(北漢山)·북한성(北漢城)·북한산군(北漢山郡)·남평양(南平壤)·신주(新州)·북한산주(北漢山州)·남천주(南川州)·한양군(漢陽郡)·양주(楊州)·남경(南京)·한양부(漢陽府)·한성부(漢城府) 들에서 가장 우리에게 친근할 뿐 아니라 널리 알려진 이름은 한양과 한성이다. 이 두 가지 중에서 하나를 택할 수밖에 없다면 나는 한성을 버리고 한양을 취하겠다. 왜냐하면 한성의 「성」은 뺑 둘러싼 것이므로 그이들의 발전을 상징하기 어려우며 또 발음도 창이 그리 좋지 못하다. 이에 비하여 한양의 「양」은 양지바른 땅이란 뜻이니 산은 남쪽이 양이요 물은 북쪽이 양이 된다. 그리하여 한양은 한수북(漢水北) 곧 한북(漢北) 곧 북한(北漢)으로서 남한(南漢: 廣州)에 대립하는 것이다. 하여튼 한양은 한(漢)의 양지바른 곳으로서 그 부르는 창도 「한성」보다는 낫기 때문이다.

그러나 「한양」의 음창에 대하여도 우리는 만족할 수는 없다. 그리고 한성이나 한양이나 마찬가지로 중국을 모방한 한자로 된 중국식 따 이름이니 새 시대의 대한민국의 서울의 따 이름으로서는 적당하다 할 수 없다. 우리는 마땅히 우리글로 지어야만 될 것인즉 이것 밖에서 새 이름을 찾지 않을 수 없다. 그래서 나는 여기에 두 가지의 이름을 제안하고자 한다.

그 첫째 제안은 「한벌」이다. 「한」은 이곳(서울)의 따 이름(혹은 물이름)으로 확연한 것이다. 북한(北漢)·남한(南漢)·한산(漢山)·한강(漢江)·한양(漢陽)·한성(漢城)에서 한(漢)이 공통되어 있음을 보아 밝게 짐작할 것이다. 다시 말하면 이곳(서울)이 북한과 남한과 한강에 둘러싸인 따 갈피(地域)로서 그 자체는 「한」인 것이다. 그러나 「한」의 범위는 결코 이곳(서울)에만 국한된 것은 아니요 널리 이곳 근방을 통칭하는 따 이름이다. 그리고 「벌」은 원(原)이요 야(野)요 개광지(開

廣地)요 대처(大處) 곧 도회지(都會地)이다. 그런데 옛 기록에 이곳을
원이라 야라 한 것이 있으니 국초에 이곳에 서울 터를 상볼 적에 처
음엔 시방 신촌 근방을 잡았다 하는데, 이제 신촌 연희대학교 앞에
있는 수경원(綏慶園)의 비문에 보면 그곳을 대야동(大野洞)이라 하였
으며 또 고려사(高麗史)에 이제의 서울 동대문 밖을 노원역(盧原驛;갈
벌역)이라 하였으니 이곳이 삼각산(三角山)·남한산(南漢山)·관악산(觀
岳山) 들에 둘러싸인 큰 벌임은 틀림없는 사실이기 때문이라 하겠다.
이러한 이유에서 이곳(서울)을 「한벌」이라 부름이 좋겠다 생각한다.
또 「한벌」은 「한경(韓京)」 또는 「천평(天坪)」의 뜻으로도 해석할 수
있다.

　둘째의 제안은 「삼벌」이니 「벌」의 뜻은 앞에 말한 바와 같고 「삼」
은 「三」이니 삼각산 앞에 열린 벌이란 뜻이요 또는 삼천리를 다스리
는 벌이란 뜻이요 또는 세번째 서울이 되는(① 백제가 남한에 서울하고
② 이씨 조선은 한성에 서울하고 ③ 새 나라 대한 민국은 삼벌에 서울함이 된
다) 서울의 따이란 뜻이다. 나는 이렇게 제안하고 그 취사 선택은 여
론에 맡길 뿐이다. 어떻게 하든지간에 이 기회에 순수한 우리말 우
리글로써 서울의 따 이름을 지어 이 나라의 정치·언어·문화의 독립
성을 널리 세계에 공포함이 좋다고 생각한다.

-〈조선일보〉(1955. 9. 22.~23.)-

세종 대왕의 위업과 민족 문화의 현실

세종 대왕은 한양 조선의 네째 뉘 임금이시다. 세종은 태조 6년 (1397) 5월 15일(음력 4월 10일)에 태종의 세째 아들로 태어나아, 스물 두 살에 임금 자리에 오르사, 쉰 네 살 돌아가실 적(1450. 4. 8) 까지 설흔 두 해 동안 나라를 다스리었다.

세종은 어릴 적부터, 그 용모가 단아하고, 자질이 총명하고, 성질이 돈독 근면하여 공부하기를 좋아하여, 손에서 항상 책을 놓지 아니하고, 병이 나서도 한결같이 글읽기를 그치지 아니하며, 한번 눈에 거친 글은 다 새겨 잊지 아니하였다.

임금 자리에 오른 뒤에도, 나날이 정사를 보살피는 여가에는, 학문과 궁리, 창조와 경륜에 마음을 쏟아 잠시라도 팔짱을 끼고 한가히 앉아 있는 일이 없었다.

이렇듯 빼어난 총명과 뛰어난 궁리와 부지런으로써 동양 문화의 진수에 통달하고서, 가지가지의 새로운 문화를 창조하여 겨레 문화를 빛나게 세워 그 은덕이 길이길이 후세에 전하여 더욱더 겨레의 생존 발전에 다하잖는 힘을 길이었다.

대왕은 바단 동양 역대의 임금들 중에서 뛰어났을 뿐 아니라, 실로 전 인류 역사상에서도 드물게 보는 위대한 제왕임이 틀림없다.

사학가 이 병도 박사의 말을 빈다면 그 지혜와 인덕은 과연 중국인의 이상적 군주로 추앙하는 요순(堯舜)에 견줄 만하며, 그 포부의 웅대함과 그 사려의 주밀함은 저 로마의 유스티니아누스 대제나 청조의 강희 황제와 같이 일컬을 것이요, 또 그 예악을 지어 떨침의 성한 점으로 보아서는 조선의 주공(周公)이라 할 만하였다.

세종 대왕이 왕위에 계시기 설흔 두 해 동안에 이뤄낸 문화 정치의 업적은 가지가지 허다한 가운데서도, 한글 28자의 창제 및 반포 실시는 그 가장 갸륵한 업적이다. 한글의 반포는 1446년 10월 9일에 되었다. 그 때 세계의 정세는 어떠하였던가 하면, 동양에서는 중국의 명나라가 몽고족 통치로부터 겨우 벗어나기는 하였으나, 아직 제 스스로의 국가적 기반이 안정되지 못한 형편에 있었고, 유럽 세계에서는 중세기의 낡은 권위에서 풀려나와 자연과 사람과 겨레를 재발견하여, 각 나라가 제 말로써 문학·학문·예술·종교·정치를 하기 비롯하여, 개성의 자유를 존중하는 새로운 근대 문명을 마련하는 이른바 문예 부흥 운동의 아침에 있었으며, 아메리카 대륙은 태고 이래의 캄캄한 소매 속에 파묻혀 아직 그 발견의 꿈조차 꾸는 사람도 없었던 때였다.

이러한 시절에 우리 세종 대왕은 인류가 가진 글자 중에서도 가장 진보 발달한 낱소리글자 한글을 지어내었다. 그것은 천지인 삼재(三才)의 도리에 터잡아, 홀소리 열 한 자를 만들고, 또 말소리를 내는 몸틀(器官)의 모양과 작용을 본떠서 닿소리 열 일곱 자를 만든 것이다. 오늘날 세계에 가장 널리 행하는 로마자가 현재는 한글과 마찬가지의 낱소리글자이지마는, 그 근본은 이집트의 본뜨기 글자(상형 문자)에 기원하여, 수천 년 동안 여러 겨레 여러 나라의 무수한 지식층 사람들의 정신과 손을 거쳐서, 로마 제국에 이르러서 겨우 오늘의 모양으로 완성된 것임에 대하여, 우리 한글은 5백여 년전에 세종 대왕 한 사람의 손으로 말미암아 당대에 완성된 것임을 생각하면, 세종 대왕의 한글 창제의 업적은 실로 조금의 과장도 없이 분명히 전 인류 글자 역사상 최고 유일의 광휘를 내는 것으로, 배달 겨레의 첫째가는 자랑이 아닐 수 없다.

세종은 '훈민 정음'의 머리말에서,

① 우리 겨레는 중국의 한(漢) 겨레와는 다름을 말하고,

② 겨레가 다르니 말도 또한 달라, 한문 글자를 가지고는 우리 백성을 잘 가르치지 못함을 단정하고,

③ 어리석은 백성이 한자를 모르기 때문에, 하고 싶은 말을, 의사 발표를 하는 자유를 누리지 못하니, 이것은 밝은 정치의 최대의 장애가 됨을 인정하고,

④ 만백성의 나날의 생활의 편익을 도모하기 위하여 우리말 소리에 알맞아 배우기와 쓰기에 아주 쉬운 한글을 지어내었다고 하였다.

이는 확실히 겨레의 독립, 문화의 독립을 선언한 것으로, 신라에서 이루어진 민족 국가(겨레나라)의 외형적 통일에다가, 다시 겨레 의식의 내면적 통일을 더 보태어, 겨레 독립을 완성한 것이었다.

세계에 글자의 종류가 2백이 넘지마는, 그 글자들은 다 그 사회의 통치 계급의 사람들이 대중을 제 마음대로 통치 지배하는 야욕을 채우기에 소용되었던 것이었음을 생각한다면, 우리 한글의 창제 본지가 민족 의식을 통일하고 민중의 생활을 편리 유익하게 만듦에 있었음은 정말로 탄복 찬양하지 않을 수 없는 일이라 하겠다. 여기에 우리는 세종 대왕의 빼어난 과학 정신과 드높은 민주적 정치 이상을 엿볼 수 있는 것이다.

세종은 그 지어낸 한글로써 먼저 '용비어천가(龍飛御天歌)'를 짓

고, 또 '월인천강지곡(月印千江之曲)'을 지었으니, 이 두 저작은 실로 우리글로 된 진정한 국문학의 시작인 것이다. '용비어천가'는 먼저 우리말로 짓고 다음에 한문으로써 이를 뒤치었으며, '월인천강지곡' 은 아예 한자를 약간 섞어서 우리말로 짓고, 한문 뒤침은 도무지 하지 않았다. 이 두 책의 문체는 한문에 한글로 토단 소위 국한문 혼용체가 아니요, 순전히 입말체로 하되 다만 한자로 된 낱말만은 한자를 사용하였을 뿐이다. 그러나, 그 경우에도 단순히 한자를 적지 아니하고 먼저 한글로 크게 적고 그 아래에 한자를 작게 옆쪽으로 붙여썼다. 이 얼마나 놀랄 만한 체재인가? 우리는 여기에서 확실히 우리말 우리글의 독립성을 본보인 세종 대왕의 갸륵한 큰 뜻을 깊이 깨치지 않으면 안 된다.

세종은 궁중에 집현전(集賢殿)을 차리어 학자를 우대하고 학문을 장려하였다. 선비 수십 명을 발탁하여, 그들로 하여금 날마다 여기 출근하여 옛책을 읽고 서로 연구 토론하여 때알이 벼슬아치가 사퇴 시간을 아뢴 뒤가 아니면 물러가지 못하게 하고, 또 맡은 사무 때문에 글 읽은 시간을 얻지 못하는 이에게는 특히 긴 여가를 주어 조용한 곳에서 마음껏 글읽기를 할 수 있게 하였으며, 집현전 숙직을 하는 선비가 글 읽다가 밤이 깊어 쓰러져 자는 이에게는 몸소 돌아다니시다가 어의를 벗어 덮어 주기도 하였다.

집현전 학사들의 학문은 대왕의 특별한 신념 혜택에 힘입어 날로 진보하였다. 그래서, 세종은 이 학사들에게 각자의 장점에 따라 역사·지리·의약·천문·불교·예의·도덕·글자·음운·문학·정치·군사·농사들 각 방면의 책을 짓게 하였다. 그 중에 가장 중요한 것을 들면,

1. 訓民正音解例(이른바 解例本)
2. 高麗史

3. 三綱行實

4. 醫方類聚

5. 龍飛御天歌

6. 八道地理志

7. 農事直說

8. 治平御覽

9. 釋譜詳節

10. 四聲通攷

들들이다. 이러한 책들은 다 우리 나라 5백 년 문화 생활에 막대한 공헌을 한 지침서였으며, 또 무궁한 미래에도 귀중한 참고 자료로서 소중될 것이다. 다만 그 중에는 보존되어 전하지 못한 것이 있음은 큰 유감이 아닐 수 없다. 또 한글의 보급과 인심의 순화를 위하여, 여러 가지 불경의 번역을 시작하여, 그 일이 당대에는 다 이루지 못하였으나, 다음 세조 때에 완성되어 오늘날까지 그 전해진 것만으로도 우리말·우리글의 찾기와 연구에 가장 풍부한 좋은 자료가 되고 있다.

근대 문명의 산모라 할 만한 활자의 창조의 영예는 배달 겨레가 가지고 있는 것이니, 고려의 끝무렵에 벌써 활자짓기와 책찍기를 맡는 관청을 두어 많은 책을 박아내었고, 한양 조선이 서자, 태종 30년에 또 주자소를 차리어 구리 활자 수십만을 지어썼으나, 오히려 그 제작과 사용에 기술상 부족한 점이 있었으므로, 세종은 이 천이란 기사로 하여금 그 활자와 그 활자판 짜는 방법을 개량하여, 인쇄의 효과와 능률을 높이고, 또 네 차례나 활자의 자체(庚子字·甲寅字·丙辰字·庚午字)를 개량하여, 활자 및 인쇄술의 진보에 끊임없는 노력을 기울였다.

세종은 그 취미와 재주가 여러 방면에 걸쳐 거의 어느 것 통하지
못함이 없었고, 또 신하를 부리되, 각각 제 장기를 따라 적당한 자
리에 알맞은 인재를 별러써서 일을 맡기었다. 이에 군신과 상하가
마음이 서로 비치고, 손이 서로 맞아 손댄 것마다 앞사람이 일찍 이
루지 못한 훌륭한 성적을 나타내었으니, 그 결과의 오늘에 길은 것
은 어느 것 하나 끔찍한 국보 아닌 게 없다.

손재주(수교)가 태어난 장 영실(蔣英實)을 지휘하여서 천문·기상에
관한 여러 가지 기계를 만들었으니, 천체 관측기·천체본·해시계·물시
계들이 곧 그것이다. 이러한 것들 중에서 가장 정묘로운 것은 궐내
에 있는 흠경각(欽敬閣 : 경복궁 안 강녕전(康寧殿) 서쪽 뜰에 있었다 함)
의 설비이다. 이 집안에는 높이 7척이 되는 지산(紙山)을 만들어, 그
속에 큰 물시계를 앉혀 놓고, 물힘으로써 시계의 모든 기관을 움직
여 돌아가게 하여 천연의 시각과 조금도 다름이 없었다 한다. 시각을
따라 혹은 12방위의 신상이 나타나고, 혹은 북치는 인상, 혹은 종치
는 인상이 나타났다가 다시 시각을 따라 들어간다. 또 그 새어 떨어
지는 남은 물을 이용하여 '저울그릇(欹器)'에 대니, 그릇이 비면 기울
어지고, 중간쯤 되면 평평하게 바르고, 차면 엎어지도록 하여, 천도
(天道)의 차고 비는 이치를 보게 하였고, 지산의 둘레에는 사철의 경
치를 꾸미고, 나무로 인물·새짐승·풀나무의 형상을 새기어, 이를 절
후에 따라 배치하여 농사짓는 백성의 노고를 알게 하였다.

우의 모든 차림은 실로 세종의 연구 창의에서 나온 것으로, 모든
바치(工人)는 그 뜻을 헤아리지 못하고, 오직 장 영실만이 기이한 재
주로써 능히 이를 얻어살피어 한껏 기교를 다하여 틀림이 없었으므
로, 세종은 매우 그를 사랑하였다 한다. 그리하여, 그 때 사람들은
박 연(朴堧)과 장 영실은 참으로 세종 대왕의 왕성한 창조를 도와 이

루기 위하여 때를 맞추어 난 사람이라 하였다.

세종이 몸소 천문도를 새로 만들어 이를 돌에 새기게 하고, 또 정인지 무리를 시켜 모든 역서(曆書)를 참고하여 '칠정산 내외편(七政算內外篇)'을 편찬하였다. 또 천문 빈아치를 시켜, 삼각산 꼭대기에 올라서 해달의 먹음(日月蝕)을 관측하게 하고, 마니산·한라산·백두산에 윤 사웅(尹土雄) 무리를 보내어 북두의 높이를 측정하게 한 일도 있었다.

세종의 과학스런 연구와 창조는 이에 그친 것이 아니었다. 한글과 함께 세계 문화사상 초창 및 완성의 영예를 득점하는 것이 또 하나 있으니, 그것은 곧 비재개(측우기)를 만들어 낸 일이다. 비재개는 철로 만들어서, 이를 중앙 기상대인 관상감(觀象監)에 차려두고서, 자(周尺)로써 빗물의 깊이를 재어 우량의 많고 적음을 기록하게 하고, 같은 그릇(자기 혹은 질(陶)로도 만들었다)을 각 도 각 읍에 별러주어, 국내 각처의 우량 분포를 명확하게 하였다.

비재개의 발명과 사용은 그 때 유럽에서는 꿈에도 생각지 못한 일이었다. 유럽에서 그릇으로써 비슬을 재기는 1639년에 이탈리아 인 베네데토 가스뗄리(Benedetto Castelli)가 사사로 처음 비롯한 일이었다 한다. 그렇다면, 우리 나라는 이보다 2백 년 전에 비슬 재기의 제도를 전국적으로 실시했던 것이다. 그 비재는 그릇의 만듦새와 그 재는 방법까지도 온전히 세종의 독창에서 나온 것으로 천하에 그 유래가 없었으며, 과학 시대 20세기에서도 이보다 별로 더 진보된 것이 없다. 그것은 최근 서울 모 대학에서 미국으로부터 현행 측우기를 하나 사다 보니, 그 만듦새와 비재는 방법까지가 세종의 그것과 꼭 같았다고 한 사실로써 증명되었다 한다.

또 대왕은 서울의 큰 개천의 빗물 흐름의 분량을 재기 위하여, 개천 복판에 '수표(水標)'를 세웠다. 이도 또한 세계적으로 초창에 속한 일이다.

예악(禮樂)은 예로부터 정치를 맡아하는 동양의 제왕들이 매우 중시하여 왔다. 예는 외형적으로 사람의 행위를 규율하여, 그 내심의 바름을 가져 오는 것으로 중시하고, 악은 사람의 마음을 화하게 하며 즐겁게 하여 써 임금과 백성, 백성 서로 사이를 연결하여 협동 일치의 미풍을 일으켜서, 나라를 태평의 지경으로 인도하는 것으로 생각하였기 때문이다. 백성을 사랑하여 어진 정사를 하시는 세종 대왕이 예악에 깊은 관심을 가진 것은 필연 또 당연의 일이 아닐 수 없다.

세종은 중국 송나라 채 원정(蔡元定)의 '율려신서(律呂新書)'를 깊이 연구하고, 조선의 구악(舊樂)을 크게 개혁하기를 꾀하였는데, 이 계획에 적극 협조한 이는 악율(樂律)에 정통한 박 연이었다. 박 연은 남양(南陽)서 나는 돌로써 새경쇠 두줄(二架)을 만들어, 세종께 바쳤더니 세종은 새경쇠와 중국의 경쇠와를 비교해 들으시고,

"중국의 경쇠는 맞지 아니하되 새경쇠는 바로 되고, 그 소리도 맑고 아름답다. 그러나, 다만 '夷則' 두 장의 소리가 맞지 아니함은 무슨 까닭이냐?"

라고 물으셨다. 박 연이 곧 살펴본즉, 그것이 먹줄 친 데까지 완전히 다 갈리지 아니한지라, 즉시 이를 갈아 먹줄이 없어지매, 그 소리가 비로소 맞게 되었다 한다. 이로써 보건대, 세종의 음악에 대한 소양과 재분이 얼마나 높았던가를 짐작할 수 있다.

이에 세종은 박 연으로 하여금 국악 정비의 중책을 맡겨, 천여 년 간 전래하는 아악(雅樂)·당악(唐樂)·향악(鄕樂)의 모든 악기·악곡·악보를 개량하게 하여, 세종 15년에는 처음으로 궁중 제사에 아악을

쓰게 되었다. 세종의 아악에 대한 업적은 다만 그것을 개량 정비함에만 그친 것이 아니라, 그 아악이 참으로 우리의 아악이 되게 함에 있었다. 곧 세종은 궁중 제례 때 쓰는 악곡이 중국식이라 하여, 이를 순 조선스런 곡조로 만들게 하였다. 여기 아악에서도 세종의 문화 독립의 정신을 엿볼 수 있다.

세종 대왕은 이와 같이 글자·글월·역사·정치들 학문과 음악 같은 예술과 과학·기술의 방면에만 그 공적이 큰 것이 아니라, 군사·외교의 방면에도 크게 공적을 길이었다. 왜국의 대마도(對馬島)를 쳐서 항복받고, 그 도주를 봉하여 그 땅을 다스리게 하였다. 대마도는 일본말로 '두시마'라 하는데, 이는 곧 우리말 '두섬'을 그대로 부르는 것이니, 그 땅됨이 두 섬이 서로 마주 대하여 있으므로 이름지은 것이다.

신라가 당나라 힘을 얻어서, 백제와 고구려를 멸하고, 삼국 통일을 이루기는 하였지마는, 고구려 옛땅은 거의 다 당나라의 차지한 바가 되어, 신라의 국경은 고작해야 동북으론 함흥 황초령을 넘지 못하고, 서북으로 평안도 청천강을 넘지 못하였다. 고려 시절에 다소 북진하기는 하였으나, 오히려 능히 압록강과 두만강에 사무치지 못하였다. 한양 조선에 이르러, 태종 때에 서북 방면의 여진족을 쳐 물리치어 강계부를 차리더니, 세종 때에 두어 차례 이를 칠새, 먼저는 평안도 도절제사 최 윤덕(崔潤德) 무리가 군사 1만 5천여를 거느리고, 뒤에는 평안도 도절제사 이 천(李蕆)이 군병 8천을 거느리고, 각각 압록강을 건너가아, 적의 소굴을 분탕하고 큰 승리를 거두었다.

그래서 선후는 다르나, 동에서 서로, 무창(茂昌)·여연(閭延)·우예(虞芮)·자성(慈城)을 차리어 서북 네 고을을 완성하니, 여기에 우리 나라의 살피(境界)가 압록강에 미치게 되었다.

동북에도 여진족이 항상 침노해 와서 괴롭게 하매 고려 때에 윤관(尹瓘)의 정벌에 있어, 일시는 아홉 성(九城)의 설치까지 본 바 있었으나 그 뒤에도 진퇴가 반복되더니, 세종 15년에 마침 여진에 내란이 있음을 타서, 황 희·맹 사성 이하 여러 신하들과 의논하고, 김종서(金宗瑞)로 함경도 도절제사(都節制使)를 삼아 이를 정벌 대승하여, 드디어, 종성(鍾城)·경원(慶源)·회령(會寧)·경흥(慶興)·온성(穩城)·부령(富寧)의 육진(六鎭)을 완성하니, 이에 나라의 살피가 두만강에 이르게 되었다.

이와 같이 세종 대왕의 위대한 경륜으로 말미암아, 우리 나라의 북쪽 국경이 완전히 압록강·두만강에 닿게 되었으니, 우리 삼천리 강토의 완성도 세종 대왕의 은덕임을 명념하여야 한다.

세종 대왕의 정치 이상은 겨레 문화의 독립과 백성 생활의 안락을 꾀함에 있었다. 끊임없는 독서와 궁리가 각 방면의 문화를 창조함에 있고, 모든 경륜과 처리가 백성을 행복과 자유의 지경으로 인도함에 있었다. 밖으로 국토를 개척함도 이를 위함이요, 안으로 한글을 창제하기에 온 정성과 슬기를 다하고 이를 반포하기에 신념과 용단을 발휘하고, 이를 보급하기에 갖은 시책을 다하였음도 이를 위함이요, 외적의 침략을 막고, 국토를 넓힘도 이를 위함이었다. 대궐문 밖에 북(신문고)을 달아 두어, 백성이 임금께 아뢰고 싶은 일이 있으면 누구나 자유로 그 북을 쳐서 알리게 하였다. 대왕은 자신이 깊이 궁중에 계시기 때문에, 백성들의 어려운 사정을 잘 살피지 못함을 항상 근심하였다.

세종 대왕의 이렇듯 거룩한 마음씨와 위대한 업적은, 다만 우리 나라 역사에서뿐 아니라, 온 세계 인류의 역사에서도 거의 그 유례를 찾지 못할 만큼 뛰어난 것이다. 세종은 실로 겨레 의식의 통일자요 문화 창조의 시범자이며, 학문의 대왕이요 발명의 대왕이며, 국토를 광개한 위무의 대왕이요, 민생을 애육한 인덕의 대왕이다. 우리가 문화 겨레로서, 영구히 꺼지지 않는 겨레의 정신을 가지고서 세계의 문명 나라의 반열에 참가할 수 있게 됨은, 오로지 오백여 년 전에 이 겨레의 무궁한 생존 발전과 이 나라의 영구한 독립 자유를 위하여, 온 정성과 슬기와 힘을 기울인 세종 대왕의 위업의 덕이라 하겠다.

조선의 창업 초기에 있어, 왕실의 형제간에, 또 부자간에 극단의 참극과 심각한 갈등이 끊이지 않아 새 나라의 기초가 자못 위태하더니, 그 네째 뒤 세종 대왕의 어질고 밝은 정치로 말미암아, 비로소 5백 년간 뻗어 나갈 사직의 안정을 얻게 되고, 찬란한 겨레 문화는 나라의 무궁한 독립 발전의 터전을 마련하게 되었던 것이다.

만약, 우리 국민이 능히 세종의 이상과 사업을 이해하고서, 이를 계승 발전시켜 왔더라면 배달 겨레의 영광은 세계 역사에 빛났을 것이어늘, 안타깝고도 애석한 것은 국민의 어리석음이 너무나 심하였기 때문에 제 앞에 놓인 행운의 열쇠를 스스로 쓸 줄을 몰랐다. 한글이 너무 쉽다 하여 이를 무가치한 것으로 멸시하고, 한글이 제것이라고 천대하여 이로써 교육을 하고 문화를 창조하는 일을 도무지 하지 않았다. 일반 민중은 무식과 가난에 허덕이고 질병과 전란에 부대끼는 일뿐이라, 사회는 점점 활기를 잃고 나라는 점점 쇠잔하여, 드디어 멸망에까지 이르고 말았었다.

한글이 반포된 그 때에 비로소 낡은 권위를 벗어나아, 사람사람의 자유스런 개성을 발휘시키기 시작하던 유럽 세계의 새 문명이 저렇듯 찬란하고, 또 한글 반포 당년에 애애소리로 이 세상에 태어난 콜롬부스가 사오십 살로 자라나서, 꿈을 안고 신념으로 항행하여 발견한 아메리카가 유럽 각지의 이민을 흡수하여, 독립 전쟁으로 나라를 세우고 남북 전쟁으로 검둥이를 풀어놓아 인류 평등의 이상을 실현하고, 서부적 개척 진취의 정신으로써 빛난 문화를 창조하여 세계 지도의 영광스런 자리에 오른 것을 생각한다면, 한글 활자 같은 빛난 유산을 받은 배달 겨레가 스스로를 멸시 천대하고 남만을 존중함으로써 보내 버린 5백 년 세월이 너무나 허황함을 통감하지 않을 수 없다.

때는 이미 늦었으니, 한번 지나간 세월은 다시 만날 수 없음을 한탄하지 않을 수 없다. 그러나 때는 아직도 시간이 있다. 늦은 것을 한탄하지 말고, 만난 때를 잘 이용하여야 할 것이 아닌가?

배달 겨레가 섬나라 딴 겨레에게 노예의 생활을 하기 설흔 여섯 해 동안에 갖은 설움과 학대와 착취를 당하다가, 그야말로 '천운이 순환이라.' 할까, 해방을 얻고 조국의 광복을 이루었다. 그 암흑을 벗어나 이 광명 천지를 만났으니, 뼈저린 각성으로써 과거의 과오를 깨끗이 밝혀야 할 때가 아닌가?

그러나, 오늘의 현실은 어떠한가? 겨레 문화는 사대주의스런 사상 밑에 눌리어, 탄탄한 한길을 나아가지 못하고 있다. 한글은 비문화적이라 하며, 한글만 쓰기는 무식쟁이를 만들자는 것이라는 최 만리 아류가 여전히 큰 소리치고 있으며, 일본인이 강제로 찍어 놓은 낙인을 그대로 보존 유지하는 것이 옳다고 뻑뻑이 세우는 친일파가 아직도 발호하고 있으며, 서양말 잘하는 것으로써, 그리고 한글 맞춤법 같은 것 모르는 것으로 제 잘난 자랑을 삼는 신판 사대주의자가 사회 각 방면에 들어갔으며, 자기의 낡은 버릇만을 끔직히 소중히 여기고, 아니 한자 몇 자 아는 것을 제 이권으로 알고서, 이를 될 수 있는 데까지 유지해 보겠다는 사욕적 심산으로써, 조금도 조국의 장래를 위하고, 미래의 주인공인 청소년의 차대를 위하여 대아를 위하여 소아를 희생하는 나라사랑의 심정을 가지지 못하고서, 입을 열면 가로되, 한글이 좋기는 하지마는, 한글만 쓰기가 좋기는 하지마는, 시기가 아주 이르다 하는 약삭빠른 이기주의자들이 각계 각층의 머리에 들어찼다. 세종 대왕의 문화 독립, 겨레 자존의 정신이 언제나 이 땅에 실현됨을 볼 것인가? 심히 한심스럽기 짝이 없구나!

임진왜란 8년의 분탕은 몸소 겪지 않았다 해서 잊어버렸다 하더라도, 제 몸소 겪은 36년간의 설움과 고통이야 잊으려 해야 잊을 수 없겠거늘, 일본인이라면 국궁재배하고 갖은 아첨과 비굴을 염치 없이 연출하는 상리주의자들이 정계·학계·실업계에 들어찼다. 일본인이 내까린 소설이라면 다투어 뒤치어서, 갖은 찬사로써 민중을 기만하고 왜인 숭배의 정신을 고취하는 모리배가 여기저기 번식 창궐하고 있다. 세종 대왕의 독립 자존의 겨레 정신이 언제 이 나라에 실현될 것인가?

5백 년간이나 중국 숭배로써 내 글과 내 말을 헌신짝같이 내버렸고, 일제 36년 동안엔 일본 숭배로써 왜식의 사물과 말 글을 극단적으로 애용하였고, 광복된 오늘날에는 서양말, 특히 영어라면 무조건 남용함으로써 자랑을 삼는 이 겨레, 이 백성은 장차 어디로 갈 것인고! 사대주의를 깨끗이 버리고, 독립 자존의 겨레 문화를 건설할 날이 언제나 올 것인가?

-〈국회보〉 72집(1969. 10.)-

세종대왕과 훈민정음

오늘 521돌 한글날을 맞이하여 우리는 세종대왕의 성덕과 위업을 추모함으로써 감사의 정을 깊이는 동시에 배달 겨레의 앞날을 위하여 세종대왕의 위업, 그중에서도 특히 훈민정음 곧 한글을 높여 쓰기를 다짐하자.

한글이 창제 반포된 것은 서기 1446년이다. 이때는 서양 세계 '유럽'에서는 문예부흥 운동이 시작되었다. '이탈리아'를 비롯하여 프랑스·영국·독일 등 각 나라에서 중세기의 '라틴'말의 낡은 권위를 타파하고 각 겨레가 제 고유의 말을 사용하여 문예·학문·정치·종교 등 각 방면에 새로운 문화 활동을 하였다. 때마침 발명된 활자 인쇄술을 이용하여 많은 책들을 찍어내어 헐값으로 일반 사회 대중에게 보급시켜 근대 문명의 단서를 지었으며 '아메리카' 대륙은 아직 캄캄한 소매 속에 파묻히어 이의 발견을 꿈꾸는 사람조차 없었다.

이 시기에 우리나라에서는 세종대왕의 위대한 경륜과 빼어난 지혜로써 훈민정음을 지어내셨다. 그 머리말에 가로되,

"나라 말씀이 중국과 달라 그 글자가 서로 유통하지 아니한다. 그 때문에 어리석은 백성이 말하고자 할 바가 있어도 마침내 그 뜻을 펴지 못할 이가 많다. 내가 이를 민망히 여겨 새로 스물여덟 자를

만들어 내노니 사람사람이 쉽게 익혀 날마다 쓰기에 편하게 하고자 할 따름이다.”

고 하였다.

이 말이 극히 간단하지마는 그 뜻인즉 실로 무한히 크다.

첫째, 배달 겨레가 중국 겨레와 달라 그 말이 다르고 또 그 한자가 우리에게는 맞지 아니하여 백성들이 어려운 한자를 배우지 못하여서 제 의사를 자유로이 발표할 수가 없으니, 이것은 참으로 딱한 일이 아닐 수 없다고 하였다.

우리는 여기에서 우리 겨레 의식의 독특함을 인정하고 우리에게 우리 말소리에 알맞는 소리글자가 있어야 한다 하였다. 겨레 의식의 독자성과 민중의 자유와 행복을 주안으로 하는 정치 이념을 보 잡을 수 있다.

다시 말하면 이는 겨레 의식, 겨레 문화의 독립을 선언한 것이라고 확인할 수 있다.

다음에 신문화의 지배 밑에서 신음하는 국민을 건져내려면 먼저 배우기 쉽고 쓰기 쉬운 소리글을 만들어 내어 백성에게 펴어 주는 것이 가장 긴요한 것으로 생각하고서, 한글 스물여덟 자를 새로 지어내셨다.

이렇듯 훌륭한 선언에 이어 새로 지은 글자 스물여덟 자를 벌여 적고 그 소리값을 표시하고 맨끝에는 이 스물여덟 자의 맞춤법과 운용법을 풀이하였으니 『훈민정음』의 온통이 다 이렇게 해서 지은 한글 스물여덟 자는 그 착상과 원리와 조직과 자형이 모두 온 인류의 역사적 업적을 뛰어넘어 훌륭하게 되었다.

그러나 당시 한자 문화에 중독된 조정의 한학자들은 갖은 방법으로써 그 창제 반포를 저해하였고 후세의 사람들도 이 한글의 과학성, 우수성을 인식하지 못하였을 뿐 아니라 도리어 이를 천시하였으니 그 이유인즉 한글이 우리나라 것이니 귀하지 못한 것이요, 너무 쉬우니 배울 만한 가치가 없는 것이요, 우리 사람이 나날이 쓰는 상말을 적어내니 무가치한 것이요, 한자와 같은 비할 수 없을 만큼 훌륭한 글자가 있는데 이따위 말소리를 적어 내는 글자는 중국 문화에 벗어나며 사대주의에 위반된다는 것들이었다.

오늘의 우리로서 본다면 참으로 가소롭고 어리석기 짝없고 우물 안 개구리 같은 심리의 소치일 따름이라, 그 어리석은 사대 사상의 노예가 되어 스스로 백성을 가르치고 나라를 길러 갈 줄을 모르고서 오백여 년이나 헛되이 지나다가 필경 나라조차 잃어버리고 온 국민을 남의 나라의 노예가 되게 하였으니 어찌 어리석고 통탄스럽지 아니한가? 생각하면 생각할수록 분하고 원통하다.

해방을 얻고 조국을 광복하였으니 우리나라의 나아갈 바르고 큰 길을 올바로 찾아야 할 것이다. 그 길은 먼데에 있지 않고 바로 가까운 데에 있으니 곧 사대주의의 심리를 완전히 씻어 버리고 독립 자존의 정신으로써 먼저 '나'를 세우고 '내것'을 만들어 내고 내 문화를 사랑하지 않으면 안 된다. 오늘 한글날을 맞이하여 우리 국민이 '한글만 쓰기'로써 겨레 중흥의 근본길을 삼자고 외친다.

우리의 독립 정신·국민 교육·경제 진흥·부국 강병 들들이 다 이로 좇아 나올 것임을 가르친다.

-제521돌 한글날-

-1967. 10. 9.-

언어 문화로 본 한·일 관계

한국은 아시아 맨 동쪽에 있는 반도나라이오, 일본은 그 동쪽에 길게 널린 네 개의 큰 섬으로 되어 있는 섬나라이다. 그러나, 태고 시절에는 한국의 동남단과 일본의 서남단과는 연륙이 되어 있었을 것이라 한다. 이렇게 연륙되어 있었을 적의 일은 너무도 아득한 일 이기 때문에 무엇이라 논하기 어렵지마는, 그 연륙이 떨어진 뒤 역 사의 시초 시기에서는 그 간의 왕래가 어렵지 않았을 것이오, 현재 에도 조그만 배로도 용이히 그 사이를 왕래할 수 있는 형편이다.

나는 고고학자도 아니오, 또 역사가도 아니다. 주장 말씨(言語)와 글자의 방면에서 고대의 한·일 관계를 살펴보려 한다.

1. 일본의 건국

겨레의 옮음[이동]을 살피건대, 몽고겨레·만주겨레 및 배달겨레 [韓民族]가 한 가지로 북에서 남쪽으로 옮아온 것이라 각각 그 말 씨에 나타나 있다.

뜻	몽고말	만주말	배달말
'前'	ŏmunŏ	julŏrki	앞(《앒)
'南'	ŏmunŏ	julŏrki	앞(《앒)
'後'	hoitu	amarki	뒤
'北'	hoitu	amarki	뒤

이 세 겨레의 말에서 '前'과 '南'이 한가지 말로 되고 '後'와 '北'이 또한 한가지 말로 되었으니, 이는 그 겨레들이 한가지로 북쪽에서 남쪽으로 향하여 옮아온 것임을 뜻하는 것이다. 배달반도〔韓半島〕에는 옛적부터 여러 종족들이 있었는데, 다 한가지로 북쪽에서 남쪽으로 옮아간 것이다.

배달겨레의 남쪽으로의 이동은 반도 남단에 이르러 멈춘 것은 아니다. 다시 바닷골〔海峽〕을 건너 일본 열도〔列島〕로 옮아갔으니 그 일은 두 가지가 있어, 하나는 일본의 규슈(九州) 지방이오, 또 하나는 일본의 본토의 서남단이 북쪽으로 동해를 면한 이즈모(出雲; 지금 한국의 경주와 바다를 격하여 바라보고 있는 일본의 땅) 지방이다. 이리하여 일본 열도로 건너간 사람들은 동쪽으로 보고 나아가서 이 지방의 나라현(奈良縣)의 '야마토'(大和)에 이르러 당시에는 큰 부족 나라〔部族國家〕를 세워 드디어 각 지방에 산재한 근 백 개의 작은 나라들을 통합한 것이 오늘의 일본인 것이다. 이에 나는 말씨 문화의 흔적을 더듬어 가면서 이러한 고대의 한·일 양국의 관계를 풀이하여 보고자 한다.

일본의 옛 역사책에 따르면, 일본 황족의 원주지는 '다가마가바라'(高天原)이었다. 처음에 그 시조(始祖) '이사나기'(伊奘諾, 남)와 '이사나미'(伊奘册, 여)가 혼인하여 첫딸 아마데라스 오오미가미(天照大

神)와 아들 '스사노오 미고도'(素盞嗚尊)와를 낳았다. 아들 '스사노오'는 심술궂다 하여, 이즈모로 내쫓기었는데, 신라에 가서 배뭇는〔造船하는〕 재목의 모종을 가지고 와서 수풀짓기〔造林〕의 길을 가르쳤다. 아마데라스는 그의 부모와 함께 다가마가바라에서 지내다가, 그 아들 니니기노 미고도(瓊瓊杵尊)를 도요아시바라(豊葦原)란 나라(곧 일본)에 보내어 대대로 그 땅에서 임금 노릇하게 할새, 거울(八咫鏡)·큰칼(叢雲劍)·곱구슬(八阪瓊曲玉)을 보물로 주었다. '니니기'는 이 세 가지 물건을 받아 가지고 히우가(日向; 日本의 九州이니, 이 땅을 그네들은 '天孫降臨地'라 함)에 도착하여, 그 곳을 다스리다가 그 뒤 두 대(代)를 지나아, 진무 천왕(神武天皇) 때에 동쪽으로 쳐들어가서 야마토에 나라를 잡았다 한다.

(1) 그러면, 일본 황족의 원주지(原住地)라는 '다가마가바라(高天原)'란 곳은 대체 어데인가?

나의 연구에 따르면, 이는 우리 나라 곧 배달반도를 가리킴이다. 왜냐하면, 그 이른바 '다가마가바라'는 곧 우리 한국의 '가마벌'(蓋馬原 또는 蓋馬高原)인 것이기 때문이다. 한국의 건국신화에서도 시조 단군이 태백산에 강림하여 나라를 세웠다 하는데, 그 '태백산'은 곧 '가마벌=蓋馬原'의 최고의 산인 것이다. 한자 '蓋馬'는 우리말 '가마하다·가맣다'의 '가마'이니, '높은'을 뜻하며, '原'은 곧 '벌'이니, '넓은 땅'을 가리킨다. 일본의 'ハラ'(原)의 'ハ'는 오늘날에는 '하'로 읽히지마는 옛날에는 '바'(pa)로 읽은 것임은 학자들이 이미 천명한 바이다. '다가마가바라'에서 '다'는 '멀리'를 가리키는 앞가지(prefix)로서 배달말 '저'(《뎌)와 일치한다. 원말 '뎌'가 우리말에서는 이붕소리되어(palatalize) '저'로 되고, /ㅓ/ 음이 없는 일본말에서는 '다'로

된 것이다. 규슈 어느 지방에서는 아직도 '다'란 매김씨가 쓰이고 있다 한다. '가'는 이름씨와 이름씨와를 잇맺는 속가지(infix) 또는 토씨〔助辭〕인 것이다. 그리하여 '다가마가바라'에서 앞가지 '다'와 속가지 '가'와를 빼고 남은 '가마바라'는 곧 그대로 '가마벌'임이 확연하다. 그러면, 그네들의 '다가마가바라'라는 말은 '저 멀리 있는 가마벌'이라는 뜻이다.

일본 규슈 어느 해안 지방에서는, 그 주민이 음력 시월 상달에는 바닷가에 큰 놀이를 차리고 멀리 북쪽('다가마가바라'가 있는 쪽, 곧 한국쪽)을 바라보고서, 먼절〔遙拜〕을 행하면서 온종일 노래와 춤으로써 즐긴다는 신문 기사를, 30여 년 전 내가 일본서 공부하던 때에 읽은 기억이 아직도 생생하다. 이것은 고국을 생각하는 기념 행사인 동시에, 고국 곧 고구려·백제의 풍속의 되익힘〔溫習〕이라고도 볼 것이다.

(2) 다음에, 일본 황족의 신화적 태초의 인물 '이사나기'(伊弉諾尊)와 '이사나미'(伊弉冊尊)는 어디 사람인가? 그 사는 땅 '다가마가바라'가 이미 한국이었음이 증명된 다음에는, 그 시조도 역시 한국사람이었을 것임은 두말할 것조차 없겠다. 그렇지마는 이제 말씨로써 그 관계를 밝히고 있는 이 마당에는, 역시 그러한 풀이가 한 차례는 필요한 것이라 하겠다.

일본의 이 방면의 권위학자 가자나와(金澤庄三郞) 님의 소견에 따르면,[1] 이 두 사람은 신라의 사람이라 한다. 곧 '이사나기'는 '이사+아기'이니, '이사'는 신라의 땅이름이오, '아기'는 배달말 '아기'(男子) 그대로이다. 그리하여, '이사나기'는 'イサノアギ' 곧 '이사에서 난 남자'란 뜻이다. 또 '이사나미'는 '이사+아미'이니, '이사'는 마찬가지로 땅이름이오, '아미'는 오늘의 배달말 '어미'(母, 女子)이니, 함경도에서는 여자를 '어미네'라 함이 곧 한뜻이다. 그래서 '이사나미'는 'ｲサノアミ' 곧 '이사에서 사는 여자'란 뜻임이 틀림없다고 하였다.

나까다(中田薫) 님은 '이사'란 땅은 경상도 청도군이 옛적에 '伊西國'이었음을 밝히고서, 이른바 하늘에서 내려왔다는 '하늘 손자'의 원주지라는 '天國'은 한반도 특히 신라의 '伊西小國'이었던 것으로 보고, 그래서 그들이 낙동강을 구시배〔獨木舟〕로써 저어내려와 남쪽 기슭 평온한 다도해를 지나 탐라(耽羅, 濟州島)로 가서, 거기서 규슈(九州)로 용이히 건너갔을 것이라고 하였다.[2]

(3) 위에 적은 큰칼·거울·까분옥(곱구슬)은 저네들이 황실의 '세 가지 검그릇'〔三種神器〕이라 하여 임금자리〔王位〕의 표적을 삼아, 천하에 무쌍한 신그러운〔神妙한〕 물건으로 귀중히 여기는 바가 되어왔다. 그 큰칼과 거울은 실물을 보지 못하였으니, 그것과 우리에게 짙어있는 고물(古物)과의 비교를 할 수 없기 때문에, 무엇이라고 말하기 어렵지마는, 그 중의 까분옥〔勾玉, 曲玉〕은 한 20년 전에 파내인 경주의 고총 금관총(金冠塚)·서봉총(瑞鳳塚)의 왕관에는 어느 게나 참으로 아름다운 까분옥이 57개씩 주렁주렁 달렸으며, 그 밖에도 다른 고총에서 파내인 목걸이〔頸飾〕에는, 반드시 커다란 까분옥이 중심이 되어 있다. 그뿐 아니라, "반도(半島=韓國)의 사람들은 오늘에도 그 복장의 일부에 구슬을 차는 유풍을 흔히 지니고 있어, 우리로 하여금 그 조상의 당시의 풍습을 정답게 회억시켜 주는 것은 감사하여 마지 아니하는 바이다."고까지 어느 양심 있는 일인은 솔직히 고백함을 본다.[3]

(4) 일본의 한 고서(古書)에 따르면, 일본 시조의 이사나기의 아들 스사노오노 미고도(素盞嗚尊, 須佐之男命)가 그 아들 이다께루노가미(五十猛神)를 거느리고 다가마가바라(高天原)에서 여러 검[神]들에게 쫓겨나서 '시라기'(新羅國)의 '소시모리'(曾尸茂梨)란 곳에 이르렀다고 명기되어 있다.

이에 관한 가나자와 님의 소견에 기대어, 이를 풀이하면 다음과 같다. 이것을 도꾸가와(德川家康) 막부 시대의 여러 학자들이 '스사노오'가 일본에서 신라로 건너갔다고 억지로 주장한 것은, 일본의 원시 조상들이 아시아 대륙의 배달반도를 거쳐서 일본에 건너왔다는 결론이 될 것을 시원찮이 여겨서, 극력 이를 회피한 데 지나지 아니한다.

그러면, 이른바 '소시모리'란 어디일까? '소시모리'는 또 '소시보루'(蘇之保留)라 하는데, 그 '시'는 속가지(사이ㅅ)이며, '모'와 '보', '리'와 '루'는 서로 통음이다. 그런즉 '시'를 빼내고 난 '소모리'는 '소보루'와 함께 '서벌'(徐伐)을 뜻한다. '서벌·서불'의 '서'는 본음이 'ᄉ'이니, 'ᄉ'는 '시' 또는 '새'로서, '東'을 뜻하며, 또 '신라'의 국호로도 되어 있다. 곧 가나자와 님의 고증에 따르건대,[4] 《삼국유사》 권두(卷頭) 왕력(王曆; 이 왕력은 다만 今西龍 박사의 가진 책 《삼국유사》에만 있고 다른 책에는 떨어져 버리어 볼 수 없음) 제1에 "국호는 서라벌(徐羅伐), 또는 서벌(徐伐), 혹은 斯(ᄉ) 혹은 鷄林(계림)이라."고 하였다. 곧 '신라'의 본명은 'ᄉ'이니, 이것이 '서·시'로 되고, 이에 다시 '나라 땅'의 뜻인 '羅'(뇌·나), '마을'의 뜻인 '伐'(벌·불)이 더하여서 '新羅(신라)' 또는 '徐伐(서벌)'로 된 것이니, '徐羅(서라)'는 '徐國(서국)', '徐伐(서벌)'은 '徐村(서촌)'의 뜻에 다름없는 것이다. '徐羅(서라)'는 뒤에 '新羅(신라)'로 되었으니 이도 또한 '시나' 또는 '시라'로 발음되는 것으로서, 또 한자

식 국명으로 전용된 것이며, '徐伐(서벌)'은 '서벌·서불·서울'로 전하
여, 드디어 오늘의 '首都(수도)'를 뜻하게까지 되었다. 이리하여, '소시
모리·소시보루'는 '소모리·소보루'내지 '서불·서벌'로서 '신라의 마을
(村), 대처(大處)'를 뜻한다. 요약하면, 스사노오가 가마벌(高天原)에
서 쫓겨나서 신라의 대처인 경주로 옮아온 것이다. 그리하여, 그는 드
디어 일본의 이즈모(出雲) 지방으로 건너가게 된 것이다.

'소시모리'에 관한 전부터의〔從前의〕일본 학자들의 소견은 '소=
牛, 시=사이스, 모리=머리'로 보아 '牛頭山'이라 한다. 한국에 '牛頭
山'이 두 군데 있으니, 하나는 춘천에 있다. 장 지연(張志淵)은 그 지
음《대한 강역고》상 '樂浪考(낙랑고)'에서 "《한서 지리지》에 昭明縣
(소명현)이란 것이 곧 춘천이다. 또 춘천은 牛頭山(우두산), 牛首州(우
수주)라 하였는데, 昭(소)는 '소'〔牛〕, 明은 '머리'〔頭〕의 略(약)이니,
昭明(소명)은 牛頭(우두)이다."고 하였다. 그 둘째는 합천군의 '伽倻
山(가야산) 一名(일명) 牛頭山(우두산)'(東國輿地勝覽 卷30)이다. 그런
데, 일본 학자 간에서 '소시모리'가 전에는 춘천의 우두산이라 하였
고, 나까다 님은 춘천은 바다에서 먼 강원도 구석땅으로, 스사노오
시절에는 아직 신라의 판도 안에 들지 아니한 낙랑의 땅이었기 때문
에 스사노오가 갔다는 '소시모리'는 가야산이라는 와다(和田)의 소
견에 찬동하였다.[5] 하여튼 '소시모리'는 신라의 서울이 아니면 가야
산이오, 거기도 아니면 춘천이다. 이러나 저러나 그것은 한국의 땅
이었음은 틀림없는 것이다.

(5) 일변, 일본 시조 이사나기의 손자 니니기가 하늘로부터 처음으
로, 일본의 국토에 내려왔다는 곳은 규슈의 "히우가(日向)의 다가지
호(高千穗)의 '구시부루 다께'(久土布流多氣; '다께'는 山峯을 뜻함), 또

는 히우가의 다가지호 '소보리'(高千穗添) 山峰"이라 하였는데, 이 '소
보리'는 곧 '서불'(斯夫里, 徐伐, 新羅, 서울)과 한 뜻이오, '구시부루'의
'구'는 '大(대)'의 뜻이오, '시부루'는 역시 '소모리·소보리'와 한가지
로 '서불'을 뜻한다. 다시 말하면, 니니기가 일본에 처음 건너가서 자
리잡은 곳을 역시 신라에서의 땅이름을 옮겨다가 '서불'이라 한 것
임을 알겠다.

(6) 중국의 역사책에 기대면, 서기전 1세기 경에 북규슈(北九州)지
방에 왜인 왕국이 한반도의 낙랑(樂浪)과 중국(後漢)에 조공하는 것
이 백여 나라가 있었다. 서기후 1세기(서기57년)에는 후한의 광무제
(光武帝)에게서 '委奴王國'이란 인끈[冊封]을 받은 한 나라가 있었
고, 서기후 2세기에는 '邪馬臺國'(耶馬臺, ャマト)[6]의 여왕 '卑彌呼'가
서른 나라를 항복받아 제법 큰 나라가 되고, 신라(아달라왕 20년, 서
기 173년)에 사자를 보내어 예물을 드렸다 한다.

왜족은 한국, 특히 마한족(馬韓族)의 옮아 사는 것임을 나까다 님
은 다음의 이유를 들어 주장하였다.[7]

㉠ 狗耶(구야)와 耶奴(야노) : 마한족 작은 나라 이름에 '狗盧(구
로)'(狗羅·狗邪)가 있고, 《후한서(後漢書)》에 낙랑 서북에 '狗耶韓國
(구야한국)'(남쪽 馬韓族이 나라 망한 후 북쪽으로 옮아서 세운 나라라고
본다고)이 있다 하고, 남규슈에 왜종 '狗奴國(구노국)'의 이름이 있으
니, 이 '狗(구)'는 저네들의 조상이 '狗耶韓國(구야한국)'임을 똥기는
것이다.

㉡ 天君(천군)과 倭女王(왜왕녀) : 마한의 풍속에 천신을 제사하는
데, 그 주재자를 특히 '天君(천군)'이라 하였는데(그 성별은 미상) 이
'卑彌呼(비미호)'가 귀신을 섬기고 요술이 있어 뭇사람이 세워서 임

금을 삼았다 하니, 그것이 저 어미나라 마한의 '천군'과 같은 것임을 상상함도 부당하다 할 수 없을 것이다.

ⓒ 蘇塗(소도)와 賢木(현목) : 마한에서 큰 나무(蘇塗)를 세워 거기에 방울과 북을 달아서 귀신을 섬긴다 하고 구마소(熊襲)·두지구모(土蜘蛛)들도 칼·거울과 구슬을 달은 나무(賢木)를 세워 꾸미는 일이 있다 하니, 이 두 가지 풍습이 공통되다.

ⓔ 체력의 비슷함 : 《후한서》'마한전'에 마한의 젊은이는 집을 짓고 성곽을 쌓아 올리는 데에 비범한 기술과 건강한 체력으로써 즐겨서 역작에 종사한다 하였고, 당시 왜인이 북규슈에 한성에 펼친수[延數] 4만 1천인을 소용하는 대규모의 성을 일곱 군데나 쌓아 지은 사실을 보면, 왜인도 마한인과 마찬가지로 건강한 신체나 훌륭한 토목 기술을 가졌던 것임을 알 수 있다.

(7) 나까다 님은 다시 왜인(일본인)이란 것은 한겨레[韓族]의 이민(移民)인 것을 다음의 사실로써 추정할 수 있다고 더 보태었다.[8]

ⓐ 누에치기 : 일본의 신대 역사책에 따르면, 스사노오가 다가마벌에서 쫓겨나서 이즈모로 가는 길에 죽인 아무의 "머리에서 누에가 나왔다" 하고, 아마데라스가 입에 구슬을 머금어서 실을 뽑아내니, 이것이 일본의 누에치기의 비롯[始作]이 되었다 하니, 이는 다다가마벌에서 일어난 일이오; 《후한서》에 따르면, 마한 사람이 누에를 치고 밭농사를 하며 무명베를 만든다 하고, 진한사람도 뽕심기·누에치기·베짜기를 잘한다 하였으니, 두 것[二者]의 상통을 알겠다.

ⓑ 베짜기 : 일본 겨레는, 오오진(應神) 임금 때 오(吳)나라로부터 베 짜는 여인, 옷 깁는 여인이 오기 전에는, 비단과 무명 따위는 한국으로부터의 교역품을 수입하였을 뿐이다. 그런데, 신대 역사에,

아마데라스가 베를 짜고 있는 데에 스사노오가 얼룩망아지의 가죽을 벗겨서 들이던지니, 아마데라스가 크게 놀라서 북[梭]으로써 몸을 다치었다 한다. 이는 다 다가마벌 곧 한국 안에서 된 일이다.

ⓒ 창(矛, 鉾, 鉤戟) 쓰기 : 《후한서》에 따르면, 예(濊)·부여(夫餘)·동옥저(東沃沮)가 각각 창 쓰기에 능하였다 하였고, 고구려·마한·진한에 대해서는 그런 기록이 없으나 응당 그 주위의 족속들에게 배웠으리라 생각된다. 그런데, 일본의 신대 역사에도 이사나기·이사나미가 다리 위에서 창으로써 물을 저었더니 그 창끝에 떨어진 물방울이 섬[島]이 되었다 하며, 그 밖에도 여러 신대 인물들이 창을 가졌다 하되 이를 병기로보다 지배권 내지 정벌권(征伐權)의 상징으로 사용하였음을 본다. 그런데, 《후한서》 위서(魏書)의 '왜인전'에는 왜인이 활·창·방패·쇠활촉 들의 병기를 사용하였다 하니, 이는 마한족이 일본으로 가지고 와서 그 제작 기술과 사용 방법을 전한 것임을 보임이다.

(8) 규슈에는 왜인족 이외에 구마소(熊襲)라는 족속이 있었다. 가나자와 님의 소견에 따르면, 이 '구마소'의 '소'는 '新羅'의 '新'(신), '斯盧'의 '斯'와 같은 말로서 구마소족은 신라족과 한가지이라 한다.

'熊襲'(구마소)는 《고사기(古事記)》에는 '熊曾國'(구마소국)이라 하였고, 또 다른 역사책에는 다만 '襲國'(소국)이라 하고, 또 '大隅國贈唹郡'(소오)가 잇고, 또 옛사람이 "阿蘇(아소)는 熊襲(구마소)이겠다."고 하였고, 또 '熊襲(구마소)·蝦夷(에소)·木曾(기소)'의 '소'는 '夷(이)'이겠다 하였고, 또 하늘 손자의 강림지를

日向襲之高千穗峰, 日向曾之高千穗峰 (소)

라 하였다. 이 밖에

曾縣主(소노 아가다 누시), 曾公(소노 가미), 園韓神(소노 가라 가미), 園神(소노 가미), 曾富利神(소부리노 가미), 苑縣(소노 아가다), 苑人(소노 비도), 伊蘇國(이소노 구니), 伊勢國(이세노 구니)

따위 말씨에서 두루 찾아 볼 수 있는 '소'는 다 한가지로 '구마소'의 '소'와 관련이 있는 것으로, 다시 신라의 '斯羅(신라)'의 '斯(사)'와 통하는 것이다. 그리고 '구마소'의 '구마'는 용맹스럽고 무섭다는 뜻을 나타낸 것이다.

요컨대, 규슈의 구마소족도 한국의 이주민으로서, 용기가 있었을 뿐 아니라, 그 문화의 정도가 상당히 나아갔었기 때문에, '景行天皇(경행천황)'부터 이후에 자주 그 땅으로부터 황비(皇妣)를 불렀다는 역사적 사실이 있다.[9]

(9) 중국의 《송서(宋書)》에 따르면, 5세기 끝 무렵에 왜국의 무왕(武王)이 남송(南宋)에 글을 보내어, 제 나라의 몇 대 전의 임금이 몸소 갑주를 입고 동으론 털사람〔毛人〕 55국을 치고 서쪽으로 뭇오랑캐〔衆夷〕 66국을 쳤다고 자랑하고 있다. 이는 전국 통일의 과정을 희미하게나마 전하는 자료이겠다. 그러면, 야마토 나라(일본 나라)는 5세기 초에, 일러야 4세기 말에는 전국 통일을 한 차례 다 이루었던 것이겠다. 이것이 일본사람들이 종래에 '진무(神武) 천황 동정(東征)'이라 한 것인가?

이리하여, 그 통일을 이룬 야마토 나라(大和國)는 그 왕가의 궁전을 세운 곳이 긴끼(近畿) 지방 奈良縣(나라현)의 '可之婆良能 宇禰備乃宮'(가시바라노 우네비노 미야) 혹은 '橿原宮'(가시바라노 미야)라 하는데, 이 '가시바라'는 곧 '구시부루·소보리'와 한가지 말로서, 신라의 '서불'을 옮겨 쓴 것이다. 이리하여, 규슈의 다가지호의 '구시부루'와 대비하여, 야마토의 우네비의 '가시바라'라고 한 것이라고 본다.

이상은 일본의 건국 신화에서 나오는 주요한 땅이름·사람이름들이 다 한국의 그것들임을 밝히었다. 이로써 살피건대, 일본의 황족의 시조는 한국의 땅(가마벌)에서 큰칼과 거울과 까분옥의 세 가지 보물을 가지고 일본으로 건너가서 일본의 나라를 세웠는데, 맨처음에는 규슈(九州)에서 '야마토'(倭人王國)를 세웠다가 당시 동쪽으로 쳐들어가서 나라 세운 자리가 곧 '나라' 지방(奈良縣)의 '가시바라'(서벌·서불)이다. 다시 말하면, 일본사람들이 처음으로 세운 집단 생활의 체제 '國'의 이름을 '나라'라 한 것이니, 이도 또한 한국의 말 '나라'(國) 그대로인 것이다. 이에 우리는 일본의 건국에서 그 주요한 땅이름·사람이름뿐 아니라 끝내 '나라(國家)'란 말까지 다 한국의 이름을 그대로 덮어쓴 것임을 알겠다.

2. 문화의 전파

위에서 본 바와 같이 일본의 건국은 대륙에서 섬으로 건너간 사람들로 말미암아 이뤄진 것이다. 그러면, 대륙으로부터의 세력은 다만 나라란 공동체의 구성으로 끝났느냐 하면, 결코 그렇지 아니하다. 나라를 이룩할 만한 능력과 용기를 가진 반도 사람들은 끊임없이 그 새 땅에 문화의 씨뿌리기를 게을리하지 아니하였다. 당시 우리의 고구려·신라·백제의 세 나라 가운데 일본에 문화의 씨뿌리기에 가장 많은 공적을 이룬 것은 백제이었다.

(1) 유학(儒學)에서는, 고이(古爾) 대왕 시대에 오경 박사(五經博士) 왕인(王仁)이 《천자문》《논어》를 처음으로 일본에 가지고 가서 가르쳤으며, 무령(武寧) 대왕 시대에는 오경 박사 단양이(段楊爾)가, 성왕(聖王) 시대에는 오경 박사 왕유귀(王柳貴)와 마정안(馬丁安)이 일본에 가서 유학을 가르쳤다.

(2) 불학(佛學)에서는 성왕 시대에 담혜(曇惠)·도심(道深)이, 위덕(威德) 대왕 시대에는 혜륵(惠勤)·혜총(惠聰)이 당시 유명한 불학자(佛學者)로서 일본에 가서 불학을 가르쳤으며, 그 밖에도 수많은 이름난 중들이 일본에 가서 불교를 전하였다.

(3) 역서·천문·지리·둔갑술(遁甲術)에 정통한 학자 관륵(觀勒)이 일본에 가서 그 학술을 가르쳤다.

(4) 미술·공예·음악에서는, 백제의 아좌 태자(阿佐太子; 위덕 왕의 아들)의 그린 왜 왕자 성덕(聖德)의 화상은 일본의 끔찍한 국보로 되어 있다. 또 백제의 음악은 매우 발달하여, 그 악공(樂工)·악기(樂器)·악사(樂師)들이 많이 일본에 가서 크게 가르쳤다.

(5) 백제의 고이 대왕이 옷짓는 바치〔縫衣女工〕 진모진(眞毛津), 야쟁이〔鍛治工〕 탁소(卓素), 옷마름바치〔裁縫工〕 서소(西素), 술빚는 바치〔釀酒人〕 인번(仁番)을 일본에 보내어 일인들을 가르치고, 개로(蓋鹵) 대왕 시대에는 질바치〔陶工〕를 일본에 보내어 일인들을 가르쳤다.

(6) 일본 교화의 공적은 다만 백제의 독차지가 아니었다. 고구려도 그 공적이 또한 크다.

고구려 평원(平原) 대왕 시대에, 학문이 고명한 중 혜편(惠便)과 학문이 있는 여승 법명(法明)이 함께 일본에 가서 불학을 가르쳤고, 영양(榮陽) 대왕 시대에 혜자(惠慈)는 불학·유학·도교(道敎)·천문·지리를 널리 통한 큰 학자로서 일본에 가서 왜 왕자 성덕(聖德)을 가르쳤

다. 또 한시대에 중 담징(曇徵)이 불학에 정통할 뿐 아니라 또 유학과
그림과 글씨와 맷돌의 제법에 통달하여, 일본에 가서 종교와 학문
을 가르치고, 또 예술까지 가르쳤으니, 그 나라(奈良)현의 호오류우
절(法隆寺) '곤도오(金堂)'의 유명한 벽화는 담징의 그린 바이라 한다.
영류(榮留) 대왕 시대에 혜관(惠灌), 보장(寶藏)왕 시대에 대법사(大
法師) 복량(福亮)과 혜운(惠雲)·상안(常安)·영운(靈雲)·혜지(惠至)·승민
(僧旻)·도등(道登)·혜린(惠隣)·혜묘(惠妙)·혜은(惠隱)은 다 학문이 높은
이로서 일본에 가서 불학을 가르쳤다.

(7) 위에 든 백제·고구려가 일본을 가르친 사실들 밖에도 토목·건
축·뚝쌓기·정원만들기·배만들기·수레만들기·누에치기·실뽑기·베짜
기·염색·자수·질굽기[陶窯]·가죽다루기[熟皮]·안장만들기·쇠부리
[錬鐵]·지음하기[鎔鑄]·옥갈기[攻玉] 따위의 재주[技術]가 다 우
리 사람으로 말미암아 왜국에 전한 것이다. 서기 5세기 무렵에는 반
도로부터 일본에 들어간 사람 가운데 비단바치[絹織工]가 2만인에
달하였다 한다.

(8) 일본 문화의 창시기(創始期)인 아스카(飛鳥) 시대(推古王~文武
王, 서기 593~707년)에 가장 훌륭한 존재로서 그 많은 업적이 길이
일본 역사상에 빛나는 이른바 쇼오도꾸(聖德) 태자는 일찍이 우리
고구려의 대법사(大法師) 혜자(惠慈)의 가르침을 받았으며, 그의 사
업 가운데 가장 빛난 것은 나라현의 호오류우 절이다. 이 절은 백제
의 위덕 대왕 시대에 백제의 건축가 태량말태(太良末太)·문가고자(文
賈古子), 조각[鏤盤] 박사 장덕백매순(將德白昧淳), 기와(瓦) 박사 마
나부노(麻奈父奴)·능귀문(陵貴文)·석마제미(昔麻帝彌)의 무리가 건축
한 것이오, 그 '곤도오' 안에 앉힌 백제 관음보살상은 백제 조각가의
만듦이오, 그 벽화(四佛淨土圖)는 고구려 중 담징의 그림이다. 다시

말하면 호오류우 절은 실로 배달겨레의 고대의 공예 미술관으로서 널리 세계에 자랑할 만한 것이다. 내가 일본 유학 시대에 이 절을 가보고 깊은 감흥을 얻었고, 그 감흥을 적으려고 벼르다가 종래 이루지 못하였다. 이 절이 일본의 국보로서 일찍 완전한 불 끄는 시설까지 되었다더니, 어찌 된 셈인지 수년 전(1949년)에 그만 불이 나서 대부분이 타아 버렸다 한다. 저를 위하여서보다 차라리 우리를 위하여서 참 아까운 일이다.

(9) 백제의 사람들이 한적(漢籍)을 가지고 건너가서 일인에게 한자와 한문학을 가르쳤음은 앞에 이미 말한 바이다. 신라 사람들은 한자를 다만 한자 본연의 뜻글자로서 사용함에 만족하지 아니하고 이를 소리글자로 사용하여 우리말 소리를 적어 나타내기에 사용하였으니, 이것이 '이두(吏讀)'란 것이다. 신라 사람들은 이 한자를 소리글자 삼아서[音聲文字化해서] 말소리를 적어 나타내는 방법을 일본에 전수하였으니, 일본의 '가나[假名]'가 곧 그것이다.

'이두'와 '가나'가 혹은 한자의 음을 취하고 혹은 한자의 새김[訓]을 취하되, 더러는 한자의 일부를 따고 더러는 한자의 전부를 따서 글자를 만든 점에서 서로 방법적 일치가 있을 뿐 아니라, 한 가지 한자에서 한 가지 모양을 취하여 한 가지 음을 나타내는 것조차 없지 아니하니 곧 다음과 같다.

한자	이두(소리값)	가나(소리값)
伊	イ(이)	イ(이)
乎	乎(오)	ㅋ(오)
於	仒(어)	オ(오)
也	一(야)	ヤ(야)
奴	又(노)	ヌ(누)

한자	이두(소리값)	가나(소리값)
多	夕(다)	夕(다)
爲	ソ(하, 하야)	ソ(シテ)

가나자와 님의 말을 그대로 빌면, "이러한 것들은 아무래도 우연의 부합이라고는 생각되지 않는다. 이두의 발명이 서기 600년대 (신라 신문왕 경)이고 일본의《고사기(古事記)》책이 된 것이 서기 712년(和銅 5년) 이니까, 이두와 만뇨오 가나(萬葉假名) 및 가다가나(片假名)와의 사이에는 아무래도 관계가 있는 듯이 생각된다. 그렇지마는 조선에서는 십분의 발달을 이루지 못하고, 중도에 쭈그러지고 말았다. 이는 배달말의 음운이 복잡하여 도저히 이러한 글자로서는 소용에 닿지 못하였기 때문이니, 이것이 곧 한글의 발명을 최촉한 것이다. 그런데 일본의 말소리는 그 조직이 비교적 간단하기 때문에 드디어 홀림글씨까지 발달하였다."[10] 고 과연 학자적 양심은 일본인으로서도 이러한 문자상 사제의 관계를 철저히 인정 하지 아니할 수가 없는 것이다.

(10) 고대 일본인의 글자 생활이 전연히 반도 사람들의 가르쳐 줌에서 성립되고, 모든 학문과 기술이 다 고구려·신라·백제의 대륙 삼국의 혜택으로 배운 것이매, 그 말씨 그것도 또한 공통함이 많았을 것임을 우리는 추측하기에 주저하지 아니한다. 일본의 가나자와 님은 일찍이 〈일·한어 동계론〉이란 논문으로써 박사 학위를 얻은 것이었었고, 그 뒤에도 그는 끊임없는 연구를 이 방면에 하였으며, 또 일본의 니이무라(新村出) 박사는 한국과 일본의 셈씨[數詞]의 고대에서의 일치를 논하였으며, 그 밖에도 우리 나라 사람들도 이 방면의 연구가 적지 아니하다. 그러나 이제 언어학적 견지에서 착실하게 이

문제를 다루는 것은 또한 간단·용이한 일 이 아니기 때문에 여기서는 간단히 이 방면에서도 두 나라의 문화적 공통성을 확인할 수 있음만을 말하여 두고, 그 정식적 논술은 다른 기회로 미루는 바이다.

이상을 요약하건대, 배달겨레가 일본을 가르친 것은 한자와 가나에 이어 학문과 종교와 미술과 공예와 음악뿐이 아니었다. 그밖에 농사꾼은 가서 농사짓기를, 지위〔건축가〕는 가서 집짓기를, 바느질바치는 가서 옷짓기를, 질바치는 가서 질그릇 만들기를, 음식 만드는 숙수는 가서 음식 만들기를 가르쳤다. 이러고 보니, 옛날의 역사에 있어서는, 일본은 순전히 우리 배달겨레의 제자이었다. 그네들이 집을 짓고, 옷을 입고, 농사를 지어 음식을 만들어 먹고, 다시 그 위에 글을 배우고, 학문을 닦고, 종교를 믿고, 예술을 즐기고, 나라를 운영하는 모든 문화적 활동이 어느 것 하나가 우리 배달겨레의 가르침에서 우러나온 것 아님이 없다 하여도 과언이 아니겠다. 그러매라 이러한 활동에 관한 말씨가 한국말 그대로인 것은 결코 우연의 일치가 아님이 분명하다. 보기하면,

(ㄱ) 깃들기〔住居〕에 있어서, '家'를 'イベ(이베)'라 함은 한국말 '입'(戶=입 호)과 한가지며,

(ㄴ) 입기〔衣服〕에서 袴를 'バチ'라 함은 우리의 '바지' 그대로이며, 妻를 'ツマ'라 함은 여자가 항상 입는 '裳'의 우리말 '치마'에서 굴러된 것이며,

(ㄷ) 농사짓기에 있어서 '田'을 'ハタ(바다)'라 함은 우리말 '밭'과 맞으며,

(ㄹ) 먹기〔食事〕에 있어서 아직 찧지 않은 곡식을 'ウケ'(萬葉集에서)라 함은 우리의 오늘의 옛말 '우게'(未春滔)[11]에서 간 것이오, '食'을

'メシ'라 함은 우리의 '밥'의 특수 용어 '메'에서 간 것이오, 그의 'コメ'(米)도 우리의 '메'(食)와 서로 통하여 된장[土醬]을 'シソ'라 함은 우리의 고려 시절 옛말 '미조'(蜜祖, 오늘의 '메주')[12]에서 간 것이오, '汁'을 'シル'라 함은 우리말 '술'(酒)과 한가지오, '餠'을 'シトキ'(粢)라 함은 우리의 '떡'(《시더구(산삼 채취인 은어)》)에서 간 것 이며,

(ㅁ) 일용 연모[諸具]에서는 '鎌'을 'ナタ'라 함은 우리 옛말 '낟'(이제는 '낫')과 일치하며, '筆'을 'フデ(부데)'라 함은 우리의 붇(이제는 '붓')과 맞으며, 새나 짚으로 엮은 자리 '苫'를 'シトミ' 또는 'トマ'라 함은 우리의 '뜸'에서 간 것이오, 우물물을 들어올리는 그릇을 'ツルベ(드루베)'라 함은 '드레박' 또는 '드레'에서 간 것이며,

(ㅂ) 종교에서 神을 'カム·カミ'라 함은 우리의 '검'과 맞고, '寺'를 'テラ'라 함은 우리의 '절'(《뎔》)과 맞으며,

(ㅅ) 정치에서 '君'을 'キミ'라 함은 우리의 '임검'의 '검'과 통하고, '郡'을 'コオリ'라 함은 우리의 '고올·고을'과 맞고, '國'을 'クニ' 또는 'ナラ'라 함은 우리의 '나라'와 맞는다.

이는 다 일본의 생활 문화가 옷·밥에서부터 글자·농사·종교·정치에 이르기까지, 순전히 배달겨레의 교화(敎化)의 은덕(恩德)으로 좇아 나온 것임을 증명하는 것이라 하겠다.

3. 옛적 일본인의 한국 봄

옛적의 일본인이 한국을 어떻게 보았을까? 나는 이제 일본의 진정한 학적 양심의 소유자요, 또 이 방면의 권위자적 학자 가나자와 박사에 의하여, 옛적 일본인의 한국 봄[韓國觀]을 극히 간단히 소

개하고자 한다.

(1) "한국은 문명국이다.", "한국은 금은(金銀)의 나라이다.", "한국은 온갖 보배가 많은 나라이다.", "한국은 풍성풍성한 나라[豐國]이다."—가나자와 님은, 일본의 고서 여러 가지(神代紀一書, 古事記, 播磨國風土記, 和字正監紗, 日本靈異記, 萬葉集, ……)에서 원말을 따다가, 옛날에 일본인들이 한국을 이렇게 보았음을 그 지음(日·韓 同祖論)의 첫머리에서 이를 증명하고 있다.[13]

(2) "한국은 검[神]의 나라이다."—이것이 또한 옛적 일본인의 한국 봄이다. 우리의 역사책에는 단군의 탄생, 고구려 신과 가락국의 시조 왕의 탄생에 관한 신화가 있고; 또 고구려와 신라에서 각각 그 시조 왕을 제사하는 신궁(神宮)을 짓고 그 검을 제사 하는 풍습이 있었다. 일본으로 건너간 '스사노오'와 '니니기'는 다 한국에서 온 검[神]으로서 높이고 제사 지내어졌으며, 또 일본의 임금(雄略天皇)은 백제의 건국 신을 제사하였다. 그뿐 아니라 신라·고구려에서 와서 일본에 공덕을 끼친 사람들의 영혼을 검(園神 = 소노 가미, 園韓神 = 소노 가라 가미)으로 하여 화려한 신궁을 지어 모시고 제사하였으니, 가령 신라의 천일창(天日槍)[14]을 일본의 다시마 지방(但馬國) 이두시 고을(出石郡)에 큰 신사(大社)를 지어 제사 하였으며, 백제의 성명왕(聖明王)을 제사하는 히라노 신사(平野神社), 백제의 검을 제사하는 구다라 신사(百濟神社), 고구려의 검을 제사하는 고마 신사(高麗神社)는 그 대표스런 것이다.

(3) 옛적 일본인은 건너오는 한국인을 귀한 손님, 좋은 손님으로 극히 후대하였다. 보기로, 덴무(天武)천황 원년(서기 673년, 신라 문무왕 13년)에는 신라의 손을 대접하기 위하여 사람을 쯔꾸시(筑紫=九川)의

절(川原寺)에 보내어 백제의 악사 미마지(味摩之)가 일본에다가 전해 가르친 음악(吳樂)을 데려갔다 하며, 센까(宣化) 천황(서기 536년, 신라 법흥왕 23년)은 한국의 귀빈(良客)을 후히 대접함이 나라를 편안하게 하는 상책이라고 말하였다. 도꾸가와 시절에는 한국서 오는 학자를 영접하기 위하여 정부에서 굉장한 차림으로써 수십 리에 뻗친 도열(堵列)을 지었으며, 그 맞은 손님을 에도(江戸, 東京)의 좋은 곳, 좋은 집에 모시고서, 그에게 벼슬자리 와 먹이땅[食邑]까지 뒤되, 그 지세 조차 없이하여 우대하였다. 이와 같이 한국의 학자를 위하고 섬기어 그 가르침을 받은 결과로 명치 유신 뒤에 저 유명한 교육 칙어(教育勅語)의 사상 내용은 주로 한국의 큰 선비 이 퇴계 선생의 학설을 전습한 것으로부터 지어 졌음은 식자들의 다 아는 바이다.

이상에 본 바와 같이, 한국의 배달겨레는 일본 건국의 주동자로서, 배달 문화의 전파자로서, 또 나라의 귀빈으로서 내지 본국의 전란에 부대낀 고달픔의 피난처, 새 발전지의 탐구자로서 세월과 함께 끊임없이 일본으로 건너가게 되었다. 일본 학자의 기술에 따라 보건대, 서기 3세기 쯤에 한국으로부터 127고을(縣)의 인민이 한꺼번에 건너갔고(이리하여, 3세기 후반에 비로소 북규슈에 대왜국(大倭國)이 섰음), 5세기 무렵에는 일본으로 건너간 한국사람 가운데 비단바치만의 수가 2만 인에 달하고(이리하여 5세기 끝 무렵에 왜왕이 국가가 크게 통일되었음을 알리는 글을 남송(南宋)에 보내었다), 6세기 무렵에는 건너간 한국인 호수(戸數)가 7500호에 달하였다 하며, 백제·고구려가 신라에 망하고 나서는 그 망국의 백성들이 떼를 지어 건너간 것은 지금까지 역력한 흔적이 있다(간토(關東) 지방의 高麗神社는 그 유적의 하나이다). 그리하여, 오늘날 일본 사회의 지도자 층의 3분의 2는 대략 한국에서 건너온 사람들의 후손이라고 일본의 역사학자들이 공인하는 것을 나는 일찍 일본의 대학 교실에서 들었다.

일본의 역사책에 기대건대, 일본으로 건너간 한국사람들은 사회의 각 방면에서 지도자적 지위를 가졌으며, 그 중에는 그 임금의 황후가 된 이도 있고(桓武天皇의 皇太后), 신사(神社)의 주신(主神)이 되기도 하여, '비고, 다께루'란 경칭으로 널리 존경을 받고 있었다. 그래서, 일본사람들이 한국의 나라이름·사람이름을 따서 그 이름을 지음(옛사람이 이름을 중시함은 한국이나 일본이나 한가지였음을 생각하라)으로써 영광을 삼는 일까지 많이 있었던 것이다. 일본 여성이 한인 남성을 연모하여 혼인하기를 좋아하는 일은 아마 이 옛적부터 있는 일로서, 최근 일본이 한국을 통치하던 당시에도, 일본 위정가의 장려함에도 매이잖고 한·일 간의 잡혼은 한녀(韓女)와 일남(日男)의 짝짓기는 거의 없다 할 만큼 극히 드물음에 뒤치어, 한남과 일녀와의 짝짓기는 비교적 많았기 때문에, 그 정치가는 실망하고, 그 학자는 이 정치 세력과 배치되는 혼인 현상의 설명에 궁하여, 다만 일반적 원칙(우세 민족의 남성과 약세 민족의 여성과의 혼인)의 특별한 예외라고 할 수밖에 없었던 것이다.

이와 같이, 그 종족의 본가이오, 그 문화의 은인인 한국인에 대한 일본인의 존경과 친(親仰)의 감정은 당연하고 또 자연스런 현상이어늘, 일본이 그 국가적 체제가 제법 뚜렷하게 정비됨에 따라, 그러한 사실을 스스로 불만하게 생각하여, 이를 은폐·부인하려는 태도로 나오기 비롯하였으니, 이를테면, 간무(桓武) 천황(서기 782~806년) 때에는 한국 관계의 기록을 태워 버렸음도 간무의 황태후가 백제인의 딸임을 감추고자 함이었다. 그러나 이러한 비겁한 행동이 그 전체의 당연 또 자연의 감정과 태도를 아주 변할 수는 없었던 것이러니, 최근 일본이 한국을 병탄 통치하는 기간에는 그 제국주의적 악정치는 한국 민족의 본시 열등 미개인인 것을 널리 세계에 선전함으로써 제 스스로의 병탄과 통치의 정당 또 호의적임을 가장 기만하기에 급급하였다. 은덕을 잊고 제잘난 듯이 교만하는 자는 길지 못하다는 말이 옳도다.

잡이(註)

1)   일본 옛말의 사람이름과 땅이름에 '이사'가 머리 된 것이 매우 많다. 보기: 伊奢沙和氣神=이사사와께노 가미, 伊邪能眞若神=이사노 마와까노 가미, 伊邪本別命=이사호와께노 미고도(이상은 사람이름), 伊讚鄕=이사노 구니, 狹國=사노 구니, 伊邪河=이사노 가와(이상은 땅이름). 사람이름 머리의 '이사'도 대개는 땅이름에 유래한 것이다. 그래서 '이사'란 땅은 일본 신화 속에도 있고 한국에도 있고 일본 섬 자체에도 있다. 그러한즉, '이사나기·이사나미'란 이름은 이를 각각 '이사 노 아기' 곧 '이사 國의 남자(男神)', '이사 노 아미' 곧 '이사 國의 여자(女神)'로 해석하였다. ―가나자와(金澤庄三郎), 《日·鮮 同祖論》, 昭和 15년, 204쪽.

나는 한 걸음 더 나아가아 생각하건대, 일본말에는 '이'가 다른 생각씨〔觀念詞〕 위에 더하여 어조를 고르고 또는 뜻을 세후는 [강하게 하는] 앞가지인데, 이 '이'를 붙이기도 하고 떼기도 하나니 '伊讚鄕'와 '狹國'에서와 같다. 그렇다면, 이 '이사'에서 '이'를 떼어 버리고 '사' 만으로 본다면 이는 바로 신라의 본이름 '斯'(ᄉ·사·시·서·새)와 맞으니, '이사'는 곧 '신라'의 '斯·斯盧·徐伐'을 가리키는 것이라 할 수 있다고 한다. 또 설령 이런 해석이 온전하지〔十全하지〕 못하다 하더라도, '이사'는 반도 특히 신라의 땅이름일 것이니, 가나자와 님은 속으로 환하면서 당시 사회 정세에 절리어서 감히 신라의 땅이름이라고 명백히는 지적 안 하였으나, 암시한 것임은 적확하다.

2) 대전 뒤에 나온 일본의 나까다(中田憲) 지은 《古代 日·韓交涉史 斷片考》 185~186쪽에는 대담스러이 적확한 고증을 들어 'イサ國'은 오늘의 경북 청도군임을 말하였다. 곧

慶尙道地理志 四四頁,「淸道郡本 伊西國地也, 新羅爲 伊西國郡 後改大城郡, 在高麗太祖統合三韓時 合烏岳縣本烏山縣也……伊山城茄山縣……爲淸道郡」

東國輿地勝覽 卷26,「淸道郡本 伊西小國, 新羅儒理王 伐取之」

大韓地誌 122頁,「淸道郡 古銶道州伊山」

으로 살피건대, '伊西國'은 '이사', '이사나〉이산'임이 분명하다.

3) 大阪六村 《趣味の慶州》, 昭和 14년, ㅉ207.

4) 金澤庄三郎, 한책, ㅉ171~174.

5) 中田薰 한책, ㅉ128~9.

6) '邪馬臺'는 '牙馬臺'로 통하여, '盡馬原' '蓋馬高原, 蓋馬高臺, 蓋馬臺'하고 무슨 관련이 있는 듯하나, 아직 의심만 머물러 둠에 그침. 일인은 'ヤマト'의 음역이라 함. 그리고, 'ヤマト'의 소재에 관하여는 北九州說과 近畿大和說과의 두 가지가 있으나 北九州 '山門(ヤマト)'으로 보는 설이 유력하다.

7) 金澤庄三郎, 한책. ㅉ87~91.

8) 中田薰, 한책. ㅉ91~95.

9) 金澤庄三郎, 한책, ㅉ177~204.

10) 金澤庄三郎, 《日本文法 新論》, ㅉ22~23.

11) 《訓民正音 解例》의 用字例에 "鎌=낟, 未舂稻=우케(경상도에서 현용)", 《訓蒙字會》에 "筆=붇 필."

12) 宋의 孫穆이 《鷄林類事》에 '醫曰密祖'라 하였으니, 일본말의 '미소'가 '密祖' 그대로임을 보겠다.

13) 金澤庄三郎, 한책, ㄸ7~10.

14) 中田薰, 한책, ㄸ1~10의 해석에 기대면, 新羅王子 天日槍(アマノヒホコ)의 'アマ'(天)은 일본의 '天孫 民族'의 고향을 가리키는 것으로, 사실은 韓半島 특히 新羅를 가리키는 것이다. '天日槍'은 신라에서 온 '日槍'이다. 그리고, '日槍'(또는 日矛·日桙)은 일본식으로 댄 맞댄자(宛字)이니 그 본명은 아니다. '日槍'(ヒホコ=비보고)는 《三國史記》卷 45에 눌지왕 2년 春正 月條에 나오는 '王弟 卜好'와 한사람인데, 그 'ㅂ'(비)은 한국의 옛말로서 '아이'를 뜻한다. 그래서 '天日槍'은 '하늘의 아들 卜好'이란 것이다 하였다.―《日本 書記》垂仁紀 三年條에 新羅 王子 '天日槍'이 가지가지의 보물을 가지고 일본 하리마(播摩) 해안에 떠댔다〔漂着〕는 기사가 있다.

―〈현대문학〉 52(1959. 4.)―

우리말과 세계 말과의 관련에서 생긴 문제를 해결하는 길

한글 학회에서, 외국의 홀로 이름씨 따위의 발음을, 그대로 적어 우리말 속에 섞어쓸 필요가 있는 경우에 이를 어떠하게 소리를 옮길 것인가? 하는 문제에 대하여, 일제 시대부터 퍽 많은 논란을 하여 왔으며, 해방 후 문교부에서도 여러 번 이 문제에 관하여 토론 심의 가 있었다. 그리하여, 한글 학회에서는 "외래어 표기법"이란 것이 발 표되었고, 문교부에서는 "들온말 적는 법"이란 것이 발표되었다.

그러나 문제는 아직 완전히 해결된 것은 아니다. 왜냐 하면, 외국 말 소리의 옮김에 관하여, 영어나 좀 배워 본 사람들은 제각기 일가 의 견해를 가지고 있어, 제각기 제 견해가 바르다고 생각하고 주장 하고 있기 때문이다. 원래 무엇이든지 두 가지의 것을 서로 견주어서 그 같고 다름, 낫고 못함, 그 세고 여림, 그 밝고 어두움, 그 맑고 흐 림 들을 판단하려면, 먼저 그 두가지에 대하여, 각각 정확한 지식을 가지고 있지 않으면 안 된다. 그렇거늘, 우리 사회에는 흔히 이러한 예비적 지식을 가지지 못한 채, 그 비교론에 열중하는 흠이 없지 아 니하다고 보아 지는 일이 흔히 있음을 본다. 제스스로가 한국 사람 이란 것으로써, 무조건적으로 제스스로가 한국말의 소리의 본질을 잘 알고 있다고 생각함도 틀렸거니와, 또 가령 영어 국민이라고 으레 영어의 발음을 정확히 알고 있다고 단언하는 것도 잘못이다. 사람치고 어느 누구가 생리 작용을 일삼지 않는 이가 있으리요마는, 그 사람마다 일삼고 있는 생리 작용 그것에 관한 정확한 과학적 인식은 생리학을 공부한 생리학자가 아니면 도저히 얻어 가질 수가 없는 것이다. 국민마다 각각 제 나라말을 하고 살지마는, 그 날마다 쓰고 있는 말소리에 관한 정확한 과학적 지식은 그것을 전문으로 하는 학자가 아니고는 가질 수 없는 것이다. 이러한 이치는 오늘날은 평범한 일이라 할 만한 것이건마는, 나남없이 걸핏하면 선입의 편견을 가지고 있기 때문에, 그 진리의 해명은 용이하지 아니하다.

나는 이러한 편견에 사로잡힌 우리들의 잘못을 바로잡아, 진리의 소개를 설명하는 한 방법으로서, 우리 문제를 널리 세계의 학자들에게 하소하여 그에 관한 그네들의 과학적 견해를 얻어 보기로 하였다. 곧 외국말이 우리말 가운데에 들어와서 섞여 쓰이는 것의 소리남을 우리 말소리로 어떻게 옮겨적을 것인가 하는 문제에 관하여, 미국의 미국 언어학회의 회장 로만 짜곱슨 교수와 영국에 있는 "나라사이 소리길회"의 회장 따니엘 쪼온스 교수에게 다음과 같은 질문서를 보내었다. (그네들에게서 어떠한 회답이 오는가 우리는 목을 빼어 기다리기로 하자).

본 문(영 어)

September 22, 1956

Dr. Roman Jakobson

President

Linguistic Society of America

Box 7790 University Station

Austin 12, Texas

U. S. A.

Dear Sir :

It is our honor and pleasure to express our goodwill to all members of the Linguistic Society of America.

We have been making a study of ways of transcribing foreign proper names using the Korean alphabet. During the course of this study, we have met some problems for which we need your assistance. It is our earnest desire to have your opinion and suggestions concerning the problems written on an attached paper. Your assistance in solving those problems will be appreciated as a mutual cooperation in drder to push ahead the rehabilitation of culture and linguistic studies in this part of the world.

Yours sincerely,

Hyon Pai Choi

President

The Korean Language

Research Society

LIST OF PROBLEMS

1. When we transcribe proper nouns of foreign origin with the Ko-

rean alphabetical system, we make an effort to represent as exactly as possible the original sound pronouned by the respectve frreigners, except those proper nouns which have already become Koreanized.

2. To transcribe the foreign proper nouns with the Korean alphabetic letters(Hankúl), we are solely dependent on the International phonetic Alphabet(IPA)(or Signs) which represents the particular sound. The reason for applying this method is that Koreans have had little chance to hear the sound pronounced by the resective foreigners. Even when they have a chance to hear the sounds directly from the original speakers, they may not hear the correct sound partly because their ears have not been properly traineel, partly because their hearing may be distorted by personal subjective prejudices, Is it. therefore, proper to say that we should rely on the IPA transciptions which have been done by eminent linguists all over the world or by those who speak the language as native speakers? Would this method this method be acceptable or not?

3. In transcribing foreign sounds with the Korean alphabet according to the IPA transcription, we do net recognize that there is some aspirated elements in the sounds of [K], [T], and [P]
Note : [ ] refers the IPA transcription not alphabet itself.

4. It is a well recognized fact that English k, t and p have slightly aspirated elements when they are in strong syllables. Since Kore-

ans are very much keen about discrimination between the aspirated sounds and the unaspirated sounds, it is natural for the Korean linguists to raise the following four questions.

a. In the position of strong syllables, is it necessary to transcribe k, t and p as aspirated sounds in any case?

b. In the position of weak syllables and after s or sh, Is it necessary to transcribe k, t and p as aspirated sounds?

c. In the case of French, Italian, Russian, where there never occurs any aspiration in the sounds of k, t and p, is it necessary to transcribe those sounds as aspirated sounds?

d. In proper nouns of [k], [t] and [p] which are transcribed for any language in the world, should we recognize the aspirated elements in them?

e. If the above-mentioned items (a, b, c and d) do not have to be recognized. would ths method be acceptable?

5. All the linguists who have studied the sounds of the Korean letters have already agreed on the following facts :

ㄱ (Hankul) = k (in some cases, g)

ㄷ (Hankul) = t (in some cases, d)

ㅂ (Hnakul) = p (in some cases, b)

Note : above letters indicate alphabets not IPA

If the above-mentioned formulas are reversed, the following formulascan be expected :

k = ㄱ   t = ㄷ   p = ㅂ

(In the cases mentioned-above g, d and b may also be made to corresponded with their rispective Korean letters ㄱ, ㄷ and ㅂ.)

Is this attitude acceptable or not?

6. The original sounds of ㄱ, ㄷ and ㅂ were classified as voiceless sounds in various phonetic dictionaries in Korea which based on the principles of old Chinese Phonetic system. At the same time, foreign scholars of Korean language have also proved that these sounds be recognized ass veiceless sounds. All linguists have agreed that these sounds are pronounced ad voiceless sounds when they are in initial and final positions or after veiceless sounds (k, p and t), and that they are pronounced as voiced sounds (g, d, and b) when they are between voiced sounds, as a result of assimilation. Would the following assumption ba acceptable-these sounds (ㄱ, ㄷ and ㅂ) correspond to voiced sounds (g, d and b)?

번 역(국 문)

미국 언어학회 회장님

우리 한글 학회는 세계 각국어를 한국말로 음역함에 따라여 다음과 같은 여러 의문이 있읍니다. 귀회에서 우리의 의문에 대하여 친절하게 간명한 대답을 회보하여 주시면 재건 도상에 있는 대한 민국의 교육 및 문화에 큰 도움이 되겠읍니다.

1. 각국에서 그 나라말의 발음을 international phonetic signs 로써

나타내어 적어 놓은 것을 보고, 그것을 우리글(Korean alphabetic letter Hankul)로 옮기어 적기로 한다.

우리 한국인이 직접으로 모든 나라 말의 소리냄을 일일이 직접으로 들을 수는 없거니와, 설명 들을 수 있는 경우에는, 거기에는 주관적 요소의 혼입이 있기 쉽다고 생각하고서 이 직접적 방법을 취하지 아니하고, 그 나라 사람 또는 세계의 언어 학자들이 그 나라 말의 소리를 과학적 정확성을 가지고 phonetic signs으로 옮겨 놓은 것을 기준하여, 그것을 한국말 소리로 옮기기로 하였다. 이것이 옳은가?

2. 외국의 홀로 이름씨가 우리말 가운데에 들어와 섞여쓰이는 것들 가운데 이미 일정한 발음으로 옮기어 써 비롯한 지 오래 된 것을 제하고는, 다 그 나라 사람들의 실제적 발음에 될 수 있는 대로 일치하도록 소리옮기기(音譯)로 한다. 이것에 대한 귀회의 의견 여하(如何)

3. 나라사이 소리표(international phonetic signs)를 한글삼기(Koreanization)에 있어서 [K] [T] [P]에는 aspirate 요소가 혼입되었다고 인정하지 아니한다. 이것이 바른가 아닌가?

(Nate) [ ]표는 그 안의 글자가 alphabet가 아니요, 소리표임을 특히 보입니다.

4. 영어에서의 K T P가 센낱내(strong syllable)에서는 aspirate를 띤다 함은 확실한 언어 사실이다. 그런데 유기음에 대한 음감이 극히 예민한 우리 한국 사람들은 이것을 이유삼아,

　(a) 그 경우에 꼭 aspirate로 음역하여야 할 것인가?

　(b) 또 그뿐 아니라, 다음 경우 (weak syllable, after s, sh)의 모든 K T

P는 언제나 항상 aspirate로 음역하여야 할 것인가?

ⓒ 더 널리, 전연 aspirate 화하는 일이 아예 없는 말씨 (보기 : French, Italian, Russian)의 K T P 까지도 다 aspirate 화하여 음역함이 옳은 것인가?

ⓓ 바꿔 말하면, 소리표 [K] [T] [P]로 적힌 세계 모든 언어의 발음을 aspirate 혼입된 것으로 음역하여야 할 것인가?

이 a, b, c, d의 경우가 다 불필요한 일이라고 본다면 그것이 틀렸다 할 것인가.

5. 한국말의 소리를 연구한 세계 각국의 어학자들은 다 일치하여,

ㄱ (Hankul) = K(어떤 경우엔 G)(alphabet)

ㄷ (Hankul) = T(　　 ″ 　　D)(　 ″ 　)

ㅂ (Hankul) = P(　　 ″ 　　B)(　 ″ 　)

이렇게 대조하였다. 이제 이것을 뒤집어서,

K = ㄱ, T = ㄷ, P = ㅂ

으로 대조한다면, 거기에 무슨 틀림이 있는가?

(물론 어떤 경우에는 G, D, B에 역시 각각 ㄱ, ㄷ, ㅂ으로 대조함)

6. 한글 ㄱ, ㄷ, ㅂ은 훈민정음에서부터 역대의 운서를 통하여 다 청음으로 규정되었고, 한국어를 연구해 본 외국 학자들도 다 청음으로 인정하였을 뿐 아니라, 현재의 언어에서도 첫소리 및 끝소리로 쓰일 적과 맑은소리(K T P) 아래에서는 틀림없이 항상 청음으로 발음되나, 다만 흐린소리 사이에 올 적에는 그에 동화되어 흐린소리(g, d, b)로 나는 것입니다. 이 탁음동화를 이유삼아 그 소리 (ㄱ, ㄷ, ㅂ) 자체를 흐린 소리로 규정할 수 있겠습니까?

1926 년 9 월 17 일

최   현   배

한 국   서 울

한글 학회 이사장

Hyon Pai Choi

President

Korean Language Research Society

-〈한글〉 119호(1956)-

정신 생활의 근대화

　근래에 우리 나라에 근대화란 말이 매우 힘차게 사람의 마음을 움직이고 있다. 가난을 이겨 내고 고생을 내어쫓고서 잘 살아 보자는 것이다. 사실로 우리 나라는 국민 모두가 오랜 동안 가난에 몰리고, 고생에 쪼들리어 왔다. 이제 가난과 고생을 벗어 버리고 잘 살아 보자는 데에, 어느 누구가 이의할 리가 만무하다.

　우리 나라는 고래로 농업으로써 국민의 주장된 생업을 삼아 왔다. 농사는 양식을 만드는 일인즉, 살기 위해서 무엇보다 요긴한 일이다. 그러나 우리의 농업은 가난의 근원이 되기도 했다. 첫째, 산악이 많고 평야가 적은 이 나라에서 넓은 농토를 가다루기가 쉽지 않다. 보통은 3천 평 미만의 작은 농지를 가지고, 더구나 백 년 한 모양의 농사 방법으로써 해서 날로 달로 개선해 나갈 줄을 모르고, 그 할아비, 아비의 방식을 그 손자, 그 아들이 이어받아 춘풍 춘우 변함 없이 앞들 뒷들의 논밭을 부치니, 그 소출이 많지 못한 데에다가 때때로 한재와 수재가 거퍼 들어, 지어 놓은 농사도 온전히 거둬들여 누리지 못하기가 일쑤이다. 그나마 거둬들인 것은, 애쓰고 지은 농민들이 마음 놓고 제 마음대로 쓰지도 못하는 수가 많으니, 그것은 지방 관리의 횡포 착취와 양반 계급의 터무니없는 방자와 탐욕이 그 원인이었다. 농사 짓는 이는 쌀밥을 먹지 못하고, 비단 짜는 이는 비단 옷을 입지 못하는 세상이었다. 내 볏섬을 버젓이 가려 놓지도 못하였고, 내 돈으로 내 집을 버젓이 잘 지어 살 수도 없었다. 가난과 고생의 원인은 이뿐이 아니었다. 적이 자식을 가르칠 만한 집의 자손들은 손에 흙을 묻히지 않고 팔짱을 가만히 끼고 앉아서, 사서 삼경이나 당·송의 시문이나 읽고 외다가, 모처럼의 과거에 응시하기는 하지마는, 그 과거에 장원 급제할 놈은 글 잘 하는 선비가 아니요, 문벌 좋고 세도하는 아무아무의 집 자손으로서, 과거 보기도 전에 이미 정해 있었던 것이었다. 이러한 과거에 등룡문의 꿈을 꾸고 순직하게 글만 읽노라고 앞들 논의 물이 다 마르는 것도 모르고, 심지어는 마당에 널어 놓은 우케가 소낙비에 다 떠내려 가는 줄도 모른 경우가 한 둘이 아니었다. 이리하여, 국민의 대다수가 이마에 땀을 내어 먹을 줄을 모르고, 도리어 이마에 땀 흘리지 않는 자가 더 잘 살아 가는 형편이었으니, 이 나라 국민이 가난을 벗어 버리고 잘 산다는 꿈을 이뤄 볼 가망이 있었을 리가 없었다. 그래서, 가난은 우리의 숙명적으로 처매어 놓은 질곡이었다.

이제 이 가난의 멍에를 벗어나기 위해서는, 농업의 모든 수단 방법을 개선하는 동시에, 기계화를 실현함으로 말미암아 경작 면적을 넓히어서 한 농가의 수익을 높이며, 또 그 남은 노동력과 일반적 인구 증가에 따른 남은 노동력은 모두 공업 생산에 쓰이도록 함이 매우 필요하다.

일반으로 공업의 생산력은 농업에 비하여 월등히 크다. 전 세계 선진국의 인구가 전 세계 인구의 15%인데, 그 생산량은 전 세계 생산량의 95%에 달한다는데, 이는 신진국의 생산이 주장 공업에 기대고 있기 때문이다. 우리도 잘 살기 위하여서는 공업을 크게 일으키어 힘찬 수출국의 대열에 참여하지 않으면 안 된다. 여기에 현 정권의 제2차 5개년 계획이 공업 입국을 목표함의 의의가 있는 것이다.

그러나, 여기 우리가 깊이 생각해야 할 문제가 있다. 사람이 잘 산다는 것은 과연 어떻게 사는 것일까? 돼지같이 욕심껏 배불리 먹고, 털옷·비단옷을 의장마다 꽉꽉 채워 두고서 하루 동안에 댓번씩 갈아 입고, 자동차나 비행기를 타고 돌아다니는 것이 곧 잘 산다는 것일까? 다시 말하면, 풍부한 물질 속에 파묻혀 사는 것이 곧 잘 산다는 것일까? 조금만 생각하더라도 생활에 필요한 물질의 푸짐보다도, 행복스럽게 사는 것이 곧 잘 사는 것이라 할 것이다. 이렇게만 생각하여도 행복스런 생활에는 물질도 필요하겠지마는, 그보다도 정신적 만족이 절대로 필요한 것이다. 한 걸음 더 내켜서, 잘 산다는 것은 다만 행복감에만 있는 것이라기보다는 사람답게—사람의 존엄성과 평등의 권리를 누리면서 자유스럽게 사는 것이 곧 잘 사는 것임을 우리는 깨치지 않으면 안 된다.

이상은 '잘 산다는 것'의 개념적 내용의 분석에서, 우리는 물질 밖에 정신이 고려되어야 함을 보았다. 이제는 방향을 좀 바꿔서 잘 살기에 합당한 나라를 만드는 방법으로 보아, 정신의 작용을 무시해서는 절대로 안 된다는 것을 깨쳐야 한다.—경제 생활의 자립이 필요하다. 그러나 정신 생활의 자립이 또한, 아니, 더 필요하지 아니할까? 자립 정신이 있어야만 능히 경제적 자립을 이뤄 낼 수 있는 것이 아닐까? 정신의 뒷받침 없는 경제 자립이란 결국 사상 누각이 아닐까? 공장의 연돌은 외형적 자립 현상이기도 하다. 그러나, 그 속에 정신이 들어 있쟎으면, 그 연돌은 능히 영속하지 못할 것이 아닐까? 몇 사람의 정치 능력으로 세운 연돌이 영속적으로 경제 자립의 구실을 하려면, 일반 대중에게 왕성한 자립 정신이 용솟음하고 있어야 할 것이다. 그러므로, 우리는 우리 나라의 경제 생활의 자립을 위하여는, 먼저 정신 생활의 자립을 고취하지 않으면 안 된다고 주장한다.

서양의 근대화의 역사를 보더라도, 거기에는 가장 먼저 자아의 발견, 자립의 정신이 유럽 각 민족에게 일어나서, 모든 전래의 낡은 권위를 벗어 버리고, 제각기의 말씨와 창의로써 문예와 학문을 시작함에 그 근원이 비롯하였다. 다시 말하면, 근대적 정신이 근대 학예를 낳았고, 근대 사회를 형성하고 근대 문명을 성취시키었다. 〈물질이 만사를 지배한다〉가 공산 세계의 이론이라면, 〈정신이 만사를 지배한다〉는 것이 자유 세계의 이론이다. '자유 세계'로 이름하는 '자유'도 그 실은 정신의 별명에 지나지 않는 것이다. 잘 살기 위하면 근대화를 해야 하고, 근대화를 하려면 공업을 일으켜야 한다고 하지마는, 근대적 공업이 결코 '정신'의 본질적 작용 없이 된 것은 아니다. 과학 기술이 다 정신의 산물임을 잊어서는 안 된다.

근대화를 위한 5개년 계획을 마련한다면서, 정신 생활 자립의 5개년 계획은 왜 도무지 감감한가? 겨레 문화의 진로에 관한 아무런 정책이 없지 아니한가? 도대체 문화 정책을 담당한 부문이 어디인가? 해방 20년이나 계속하여 오던 한글 전용 방향의 교과서가 아무 공식적 토의 절차도 없이 일조에 번복되었고, 거리의 순 한글 간판도 하나둘 한자 간판으로 바뀌고 있으며, 간판·상품명·신문·잡지에 외국말이 범람하고 있다. 이것이 어찌 근대화일까? 근대화는 결코 서양화가 아니다. 조국의 근대화에는 먼저 근대 정신의 본질이 무엇임을 밝혀야 한다. 우리는 서양의 근대 역사상, 서양 시민 계급의 근대화 활동에서 그 정신을 본잡을 수가 있다.

첫째로, 사람은 이성적 존재임을 자각하였다. 수백 년 간 중세기 이래의 낡은 권위의 굴레를 벗어 버리고, 오직 제 스스로의 이성에 따라 모든 사고와 생활을 오로지 합리적으로 불살았다. 불합리한 교설과 제도를 배제하고 합리적인 새 건설을 힘썼다.

둘째로, 자주적 개성의 자각이 강하였다. 제 스스로를 높이고, 제 것을 존중하였으며, 제 스스로가 관찰 실험하고 연구 발견하는 데에 개성의 창의력을 발휘하였다.

세째로, 왕성한 생활 의지로써 고난을 무릅쓰고 자연을 정복하고, 환경을 지배하고 앞길을 개척하여 전진에 전진을 거듭하여 마지 아니했다.

네째로, 겨레 독립의 정신이 강렬하였다. 유럽 각 겨레는 과거의 로마 대제국의 정치적 및 문화적 굴레를 완전히 벗어 버리고, 제각기의 문화와 나라의 독립을 이룩하였다. 곧 개성 존중의 근대 정신은 단순한 개인에 그치지 않고 겨레에까지 미침으로써 크게 각 겨레의 근대 국가의 발전을 보이었다.

유럽인은 투철한 합리적 정신, 자주 정신, 왕성한 개척 정신, 겨레 독립의 정신으로써 위대한 근대 문명을 이룩하였다.—이제 우리도 참된 근대화를 섭취하려면 이러한 근대 정신의 구현을 위한 정신 근대화의 착실한 계획을 세우지 아니하면 안 된다.

-〈정경연구〉 1967년 8월호-

정음 자체 개량론
- 횡서를 제창하노라 -

유사 4천 년 이래 우리 두뇌로 안출하고 우리의 손으로 창제한 문화적 위업은 거의 매거(枚擧)에 불황(不遑)하다. 해저와 창공을 정복하는 이기도 우리가 먼저 발명하였고, 현대 문화에 공헌이 많은 주자(籌字)의 발명주도 우리이오, 공업 문명이 극도에 달한 금일에도 감히 모방도 못하는 고려자기의 주인공이 우리가 아니냐. 그러나, 우리는 현대의 찬연한 문화적 시설이 하나도 우리 것인 것은 없다 하여도 그에 대답할 말이 없다. 이 어찐 모순이냐? 그 것은 누구더러 물어 볼 것이 아니다. 각기 자아를 돌아보면 알 것이다.

그런데 금일에 있어서 두뇌 명석한 우리 선조가 남겨 놓은 한 가지 국보만이 영성(零星)한 중에 우리에게 남아 있을 뿐이다. 그것은 세계에 자랑하여 부끄럽지 않은 우리 글 훈민정음이다. 만일 이것조차 잃어 버렸던들 우리는 무슨 입으로 우리 선조의 명석한 두뇌를 남에게 자랑할 수가 있을까? 훈민정음이야말로 우리 전민족의 생명이 아니고 무엇이랴!

그 훈민정음은 일용 사물상(日用事物上)에 편리할 뿐이 아니라 문자학상으로 보아 남이 가지지 못한 우월한 무엇을 가진 것이다. 그 것은 문자를 만든 정신이 타에 보지 못할 특징을 품은 까닭이다. 문자나 지식을 치자 계급 또는 어떤 특수 계급의 전유물로 되어 비장되는 데 반하여, 훈민정음은 민중의 요구에 응하여 탄생한 것이 어느 문자의 역사에도 그 유를 볼 수 없는 것이다. 자기를 옹호하기 위하여 분서(焚書)의 우행(愚行)을 감히 한 진시황과, 각고 노심으로 평이한 문자를 창제하여 서민 교화를 목적한 세종 대왕의 그 지업(志業)의 우·열과 현·우(賢·愚)의 차에 놀라지 않을 수 없는 것이다. 그리고 그 문자 자체가, 타국의 상형문자의 변화 한 데 비하여, 우리의 그것은 처음부터 정연한 자모음으로 된 것이 문자로서의 중요한 요소를 잃지 않은 것이다. 이 중보(重寶)는 반포 이후 여러 가지 파란으로 천대도 몹시 받고, 따라서 우리는 그것을 계승하여 연마하지 않은 관계로 이토(泥土)에 뒹구는 감이 불무(不無)하더니, 이제 우리 국보를 연마·활용하기 위하여 이런 민중적 운동을 일으키게 되었으니까 머지않은 장래에 그 가치를 발휘할 때가 올 것이라고 확신한다.

그런데 나는, 이같이 좋은 문자를 더 한층 활용에 편하게 하여 문자로써의 사명을 다하여 유감없게 하기 위하여, 우리 문자도 횡서를 하자고 주장하는 것이다. 이것은 결코 맹목적으로 양풍(洋風)을 좇기 위한 경거(輕擧)가 아님을 나는 먼저 여기에 말하여 두는 것이다. 나는 8년 전부터 우리 글을 횡서로 변체(變體)시키려는 연구를 거듭하여왔다. 현금 세계의 문자를 소유한 민족치고 조선·일본·중국·몽고 이외에는 전부가 횡으로 쓰는 것이니, 이것은 유행도 아니고 아무 것도 아니라 그것이 편리한 이유뿐이다. 그 이유는 한두 가지로 꼽을 수 없으니; 첫째, 쓰는 데 손의 작용이 내려쓰고 올라가고 하는 것보다 가로쓰고 돌아오고 하는 것이 실험상 자유롭고, 따라서 시간상으로 경제가 되는 것은 거부하지 못 할 일이고; 또는, 보기에 편한 것이니, 사람의 눈이 좌우로 있는 것이라든지 눈알이 상하로 굴리는 것보다 좌우로 굴리기에 맞도록 되어 있는 것, 더 좀 자세히 말하자면, 우리의 동공은 원형도 아니오 삼각 또는 사각도 아니오 좌우로 조금씩 더 나온 타원형으로 그 시야가 좌우로 넓은 것이니, 이같이 생리적으로 글을 보는 데는 횡으로 보아 나가는 것이 편리하게 되었다. 그래서 남들이 횡서하는 이유도 알게 되는 동시에 우리 글도 횡서함의 필요를 느끼지 않을 수 없는 것이다.

그리고 우리 글을 횡서함에 자체(字體) 그대로 두고는 썩 불편 한 점이 있다. 우리 글은 그 자체를 꼭 사각형 안에다 집어넣도록 쓰게 된 것이니, 다시 말하면 아래로 길게 처지지도 않고 가로 퍼지지도 않도록 쓰기에만 노력한 자형으로, 예를 들자면, "닭" 자를 쓰는 데는 먼저 'ㄷ'이라는 자음을 좌편에 쓰고 'ㅏ'라는 모음을 우편에 붙여 쓰고 'ㄹ'이라는 받침을 다시 하좌편(下左便)에 쓰고 'ㄱ'이라는 받침을 하우(下右)에 붙여서 정사각으로 글자를 만드는 것이다. 이런 글자를 그대로 횡서를 하기는 불편하다는 것이다. 그래서 될 수 있는 대로 원형을 과히 변치 않는 정도로써 변체를 하여 횡서에 편하도록 하여야 할 것이다. 그리고 우리 정음 문자 는 곡선이 너무 없이 직선만으로 조성되었으므로 미감을 끌지 못하여, 쓰는 이나 보는 이가 아울러 취미가 적은 것이 유감이다. 그러므로 우리 문자를 쓰는 데도 좀 곡선미를 가할 필요가 있다고 생각한다.

그리고 우리 글이 좋다 좋다 하니 좋은 것 같기는 하나, 어떤 때는 덜 좋은 경우도 많다. 우리가 우리말로 쓴 우리 글을 읽으면서도 속이 답답한 때가 많다. "장비가말을타고간다." 하고 쓴 것을 "장비 가마를 타고 간다." 하는 골계(滑稽)를 연출하게 되는 것이다. 가령 일례를 들어 글 가운데 "진달래꽃"이라는 구절이 있다 하고, 이 말을 아는 우리는 '진달래꽃'이라 곧 읽고 만다 치고, 만 일 이 말을 모르는 외국인이 읽는다면 '진 달래꽃' 하고 읽어 보아 말이 안 되면, 다시 '진달 내꽃(래꽃)' 하고 읽고 나서 "옳지 「진달」은 서산에 진 달이란 말이고 「내꽃」은 나의 꽃이란 말이구나!" 하고 멋없이 해석을 하고 나서 단념을 하고 만다면, 그야말로 모르는 줄 모르는 답답한 일인 것이다. 사실 말이지 좋다 좋다 하는 우리 글이지마는, 그 자(字)가 그 자 같고 그 자가 그 자 같은 자를 구절도 안 떼고 가득 써 놓거나 박아 놓은 것을 손에 들면 참말 답답한 것은 누구나 부인하지 못할 것이다. 횡서를 실행 하는 동시에 이 불편도 없애도록 하여 우리 문자로 하여금 완전 무결하게 하여야 할 것이다.

그리하는 것이 활용에 편하며 음조에 맞으며 또는 인쇄에 편할 것이다. 지금 인쇄용 활자는, 마치 한자(漢字) 모양으로, '가' 자, '나' 자, …, 그리고 받침이 있는 자면 받침 있는 자대로 모두 구비 하여야 되게 되었으므로, 모처럼 자모음(子母音) 정확히 조직된 문자이지마는 채자(採字)하는 것을 보면, 『'갓' 자에 된시옷 한 자(갓) 가져오너라!』, 『'다' 자에 ㄹ 하고 또 ㄱ 한 자(닭) 가져오너라!』 하고 야단을 치게 되는 것이다.

전기(前記)와 같이 개량 보급한다면 인쇄의 능률과 경제상에도 유조(有助)할 것을 보증한다. 횡서하는 자체(字體)와 기타 방식은 다음 쪽의 고안도(考案圖)에 의하여 참고하여 주기를 바란다. 물론 나의 이 고안이 완전하다고 생각한다는 바는 아니다. 여러 가지로 더 생각하여 보아야 할 것이나 나의 지금까지 연구·고찰한 것을 이 기회에 발표하여서 제가(諸家)와 함께 이에 대한 연구를 거듭하여 우리 글의 일층 더 완전을 기하자는 것이다.

-〈한빛〉 제20호(1926. 12.)-

제 나라말을 가진 겨레와 갖지 않은 겨레의 문화

　어떤 사람이 미국에 갔더니, 거기서 만난 미국사람이 "당신은 당신 자신의 말을 가지고 있습니까?" 하는 물음을 받고서 매우 불쾌하게 생각하였다 함을 들은 일이 있다. 이 세계에는 과연 제 나라 말을 가지지 아니한 겨레가 있는 모양이지. 아프리카 토인들 중에는. 그러나 다시 생각하면, 사람치고서 제 스스로의 말을 가지지 않은 사람이 있을까? 금수도 저희끼리 의사 소통의 말 같은 무슨 신호가 있을 터인데, 사람으로서 제 말을 가지지 아니한 이가 있을 수 없을 것이다. 다만 그 발달의 정도에 고하의 차가 있을 뿐이겠다.

　그런데, 세계에는 겨레로서 제 스스로의 말을 가지지 않은 것이 없지 아니하니, 그것은 겨레가 제 말을 잃어 버린 경우이다. 가령 '만주겨레'가 중국을 통치한 지 300년만에 거의 완전히 제 고유의 말씨를 잃고, 다만 한족말〔漢族語〕만을 사용하게 되었음과 같은 경우이다. 이 경우에서 만주겨레가 제 스스로의 말을 잃은 동시에 제 스스로조차 잃어 버린 것이 된다. 다시 말하면, 만주겨레는 그 통치하에 있는 '한(漢)겨레'의 문화에 정복되어, 그 말씨와 함께 없어지고 말은 것이다.

　'겨레'로서 제 말씨는 가지고 있기는 하지마는, 제 '나라말'을 가지지 못한 것이 있다. 이는 한 겨레가 나라를 갖지 못하였기 때문에 그렇다고도 할 수 있겠거니와, 그렇잖고 나라를 가지고 있으면서 제 나라말을 가지지 못한 것도 또한 없지 아니하다고 할 수가 있다. 가령 필리핀이 미개한 겨레로서 오랜 동안 스페인(1521~1898)과 미국(1898~1941)의 통치 아래에 있어, 다른 나라 말로써 교육도 받고 생활도 일삼아 왔기 때문에, 이제 해방이 되어 독립국가(1946년)가 되었건마는, 완전한 제 나라말을 가지지 못한 상태에 있다. 곧 필리핀은 국토가 7,000여 개의 섬들로 되어 있어 그 말씨의 가지 수도 87개나 된다. 그 87가지나 되는 말가지 중에 어느 한 가지(다가로지 섬 말씨)로써 나라의 대중말로 잡기는 하였다 하지마는, 현재의 형편으로는 인구의 4분의 1밖에 모르고 있어 그것이 도저히 대중말 노릇을 하지 못하는 상태에 있다.

인구가 4억이나 되는 인도가 시방 파키스탄과 인도로 크게 갈라지고, 또 세리온과 같은 작은 덩어리의 떨어져 나간 것들도 있는데, 그 나라만의 형편은 수백 가지의 다름이 있어, 하나 뚜렷한 대중말이 완전히 서지 못하였다 한다. 이것도 역시 300년 동안의 영국의 통치 아래에서 영어 생활을 하여 왔기 때문이라 하겠다.

중국은 세계 역사상 최고의 나라로서 5천 년의 문화를 가졌음은 인류 사회의 한 자랑이라 할 것이다. 그러나, 이렇듯 오랜 문화의 나라이면서 중국은 버젓한 나라말을 가졌다 하기 어려운 점이 있으니, 그것은 그 나라가 북경말로써 대중말을 삼고 있기는 하지마는, 그 말씨는 아직 온 나라 안을 두루 통할 만한 대중말 노릇을 하지 못하고 있어, 지방의 다름을 따라 말이 또한 같지 아니하기 때문에, 나라사람들이 서로 만나도 제 의사를 서로 통하지 못하는 경우가 허다하다. 일본으로 국비 유학을 온 중국 대학생들끼리가 서로 전연 말을 통하지 못하여 일본말로써 교제하는 것을 보았으며, 한국사람이 중국인과 중국인과의 사이에서 통역을 해주었다는 이 얘기는 거의 신기하달 것 없을 정도로 있는 일이다. 이는 중국이 뜻글자인 한자를 사용하기 때문에, 일반 국민이 수천년 동안에 한 번도 청각과 시각을 통하여 제 나라의 대중말을 배워 보지 못한 때문이라 하겠다.

말(馬)도 가르치면 여덟까지 배워 낸다. 그래서 사람이 말하는 대로 셈을 발로써 두드린다고 한다. 그런데 어떤 야만인은 셈을 여덟까지 하지 못하는 것이 있다고 함을 들었다. 이러한 겨레들이 제 나라 말을 가지지 못하였다는 것은 참 불행이라 하겠다.

말에는 소리말과 글자말이 있다. 위에서 베풀어 온 것은 소리말에 관한 것이다. 진정한 통일된 나라말이란 것은 소리말과 글자말이 한 가지로 통일된 것이어야 한다. 중국과 같이 뜻글을 쓰는 나라에서는 아무리 글자말은 통일되었다 하더라도, 소리말은 또 따로 통일됨을 소용하게 된다. 그래서, 이런 나라에서는 말살이가 2겹으로 되어 그 학습의 불리와 실용의 불편이 적지 아니하다. 그렇기 때문에, 소리말과 글자말이 한 가지로 통일되려면, 반드시 뜻글자를 버리고 소리글자를 쓰지 않으면 안 된다.

그런데, 세계에는 비록 소리말은 통일되어 있다 하더라도 제 말씨에 알맞는 소리글자를 가지지 아니한 나라도 적지 아니하며, 설령 소리글자를 가지고 있는 경우에라도, 그 글자가 너무나 불완전 할 것 같으면, 도저히 그것으로써 국민의 일반 지식은 향상시킬 수 없으며, 더구나 고등의 문화를 만들어 낼 수가 없는 것이다. 저 터키 같은 나라에서는 제 고유의 글자를 버리고 로마자를 채용하게 되었다. 이러한 글자의 혁명을 이뤄 낸 결과로, 일반 국민의 지식은 갑자기 올라갔고 그 나라의 실력은 매우 튼튼하게 되었다.

중국은 5천 년의 문화 나라이지마는 그 글자의 됨이 소리글이 아니고 뜻을 가지기 때문에, 일반 국민의 지식 수준은 지극히 저열하고, 그 생활 상태는 말할 수 없이 비참한 지경에 있다. 무릇 한 겨레의 문화의 향상 발전에는 첫째로 소리말이 상당한 발달 계단에 속한 것이라 하겠지마는, 진실로 높고 훌륭한 문화의 꽃을 피우려면, 모름지기 글자말의 높은 발달과 쉬운 이용이 없잖으면 안 된다.

인도에는 옛적부터 소리글자가 있었지마는, 그것이 일반 대중의 이용에 이바지하기에는 부적당하고 또 대중 교육이 발전되지 못하였기 때문에, 그 국민 일반의 문화는 지극히 낮은 처지에 있다. 어떤 이는 인도에 가아 보고 와서 말하였다. "우리가 신문지상으로 보면 인도의 '네루'가 무엇 대단한 존재인 것같이 큰소리를 탕탕 하지마는, 한번 나라에 가아 볼 것 같으면, 일반 국민의 생활과 문화가 보잘것 없이 비참하고 허무한 형편에 있음을 실감하게 된다."고. 나라의 힘이란 그 국민 개개인의 힘의 총합인즉, 각개의 국민이 우매·빈약하고서는 어디에서 그 나라의 힘이 솟아날 리가 없는 것이다.

이제 우리는 좋은 소리말과 글자말을 가졌으니, 이것이 곧 배달 겨레의 소망인 것이다. 우리는 과거 역사에서 이미 높은 문화를 지어 내었거니와, 이 앞으로는 더욱더 높이 또 많이 새 문화를 창조하여야 할 것이며 또 할 수 있는 것이다. 어떤 미국의 교육가는 예언하였다. "한국은 장차 감옥이 소용없을 것이다. 왜냐하면, 이렇듯 과학스럽고 쉬운 글자를 가졌으니, 이로써 온 백성을 교육하여 놓으면, 다 제 구실을 하고서 행복스럽게 살아갈 수가 있을 터이니, 무엇 때문에 죄를 짓고 감옥을 찾아 올 리가 있겠나?"고. 이 말이 우리에게 큰 소망을 주는 격려가 되는 것이다.　　(4290. 10.)

-〈연희춘추〉(1957. 10. 9.)-

페스탈로찌의 교육 사상

대체 페스탈로찌에게 조직 있는 교육학이 있느냐? 물론 그 스스로가 그의 교육 사상에 한 조직을 주어서 이를 한 책자로 만들어 낸것이 없다. 그뿐 아니라 동서양 많은 교육학자들 가운데에서도 아직페스탈로찌의 교육 사상을 한 교육학으로까지 조직한 것은 없는 모양이다(물론 다소의 체계화의 선인(先人)의 노력은 많지마는). 나는 인류사상에 영원한 교육자의 생명의 원천인 페스탈로찌를 경모하는 충심에서 나의 지식의 천열(淺劣)과 겸하여 두뇌의 소잡(疎雜)을 불고하고 감히 「페스탈로찌 교육학」의 조직을 뜻하였다. 그러나 이 일이원래 용이한 것이 아니라, 그 완성에는 아직도 오랜 세월과 많은 노력을 요한다. 여기에는 나의 적은 노력의 일부분을 매우 통속화하여서 적어 볼까 한다.

페스탈로찌 교육학의 기초

그에게는 체계화한 교육학서가 없었다. 그러나 그의 사상에는 본시 한 체계가 있었다. 그리하여 그는 과학적으로 기초 놓인 교육학을 건설함으로써 자기의 목적을 삼았다.

그는 말하되,

〈교육학은 본질적으로 인성에 관한 가장 깊은 지식상에 터잡은 과학이 되어야 한다〉 하였고, 교육의 연구에는 〈어떻게 해서 교육을 그 경제적 모순의 혼란에서 구출하여 모순 없는 기초 위에 선 과학을 만들 수 있을까〉가 문제가 되었다. 이 모순 없는 원리를 페스탈로찌는 인성(人性)의 영원한 법칙에서 찾아 내었다.

그런데 이 발견에 힘입었던 것은 경험과 실험이었다. 그 수단을 찾아 내기, 인간 교육에 관한 2, 3의 중요한 생각을 계속적으로 정세(精細)한 경험에 의하여 시험하기가 저 뿔그돌프에 세운 학교의 목적이었다.

또, 그는 이펠덴의 학교를 분명히 '실험 학교'라고 이름지었다. 거기에서는 교육 사항의 현존의 결함을 새 연구와 관찰에 따라 충완(充完)하며, 아울러 기정한 방법과 형식을 일일(日日)의 경험에 따라 시험하였다.

참으로 페스탈로찌의 노력은 확실히 교육학의 이론을 경험 위에 기초 놓기에 있었다. 그리하여 그의 교육 이론이 오로지 관찰·실험·귀납, 즉 학습 과정으로의 심리적 원리상에 입각한 것은 학자의 공인하는 바이다.

그러면 그에게는 다만 경험이 있었을 뿐이요, 다른 아무 이론 혹은 철학이 없었나? 우리는 이 문제에 관하여는 특히 파을·나톨프에게 들어야 한다.

나톨프는 실로 페스탈로찌의 복잡 풍부한 전 사상을 어떠한 점을 중심으로 하여 종합 통일, 그에 철학적 기초를 줌으로써 자기의 교육론상의 일대 사업을 삼아 이를 성취하였다. 19세기 중엽 이래 제왕(帝王) 전제적으로 교육계를 풍미하던 헬발트가 물러가고 페스탈로찌가 20세기의 교육 사상계를 지배하게 된 것은 실로 나톨프의 공적이다.

나톨프에 의하면, 대저 철학적인가? 경험적인가? 하는 문제는 아예 잘못된 문제이다. 철학적임이 결코 경험적임을 배제하지 아니한다. 칸트도 인식은 경험과 함께 비롯한다고 한다. 그런고로 페스탈로찌 교육학이 경험적 기초를 가짐이 결코 철학적 기초의 존재를 막지 아니한다. 페스탈로찌는 차라리 그 경험적 진행이 철학적으로 기초 놓이기를 바랐다.

고래로 많은 교육사가가 페스탈로찌 교육설이 철학적 기초를 가지지 아니하였다고 보기에 일치한 모양이다. 그러나 이는 철학을 다만 논리적 분석적인 것으로 해석하는 때문이다. 페스탈로찌 교육설이 논리를 결하고 분석적이 아닌 것은 사실이다. 그러나 그에게는 경험적 종합적인 철학이 있다. 그는 그의 저 《혹가(鵠歌)》에서, 즉 그가 죽기 일 년전에 교육학을 철저한 철학적 원리상에 인성(人性)의 영원한 법칙상에 기초 놓기를 힘썼으며, 또 모든 개개의 교육적 노력에 서로 의뢰하고 격려하는 내적 연락의 근저를 주는 교육 이론이 점점 명료하여지기를 기대하였다.

페스탈로찌의 일생에는 그의 사상이 철학적 세례를 받지 아니할 수 없는 많은 기회가 있었다. 1은 취리히 대학에서 받은 뽈프의 철학이요, 2는 라이프치히에 있는 독일 이상주의적 사상가(괴테, 헬델 등)와의 교제이요, 3은 간담이 상조(相照)한 피히테와의 접촉이요, 4는 페스탈로찌의 부하인 니더러의 충언이다.

그러면 경험에 터잡은 페스탈로찌의 교육설의 철학적 기초는 무엇인가. 나톨프에 의하면, 그것은 독일 철학의 본래의 이상주의적 인식 개념이라 한다. 이 철학적 기초는 페스탈로찌의 전 사상을 꿰는 주류이다. 다만 페스탈로찌의 성격에 의하여 그것이 분석적 비판적 선험(先驗) 철학적이 아니고 종합적 직각적(直覺的) 심리적이었다. 그러면서도 그가 전연히 딴 길로 나아가서 칸트의 이상주의 철학과 일치한 결과에 도달한 것은 피히테의 명증(明證)한 바이다.

18세기 후반의 신(新) 인문주의의 일반적 영향을 받아서 페스탈로찌는 인간 의식을 따라 또 인간화의 근본을 이상주의적 인식의 가운데 구하였다. 그가 그의 처녀작 《은자(隱者)의 석모(夕暮)》에서 벌써 진리의 문제를 다루었는데, 진리로써 인간의 내부에서 잠재하여 아무도 부정할 수 없는 진리심의 창조한 것이라 하였다. 그런데 이 진리심이란 것은 페스탈로찌 스스로의 설명에 의하여도 환함과 같이 진리 인식의 능력이다.

그는 진리 문제를 인식의 내적 기초 위에 세웠을 뿐 아니라, 인간 제(諸) 행위의 근원인 신념 내지 종교의 본질까지도 근원적 인식 개념에 의하여 설파하였다. 신념이 단순한 인식이 아닌 것은 물론이지마는, 그렇다고 또 인식이 아니라고도 할 수가 없다. 대저 신념의 내용은 이를 믿는 자에게서는 움직일 수 없는 진리라는 의미에서 신념은 또한 결국 한 인식—근원적인 인식이다. 종교의 본질은 일종의 내부 판단이라고 본다. 즉, 종교 생활의 핵자(核子)는 자기가 자기에 대하여 죄를 선고하며 또 방면하려 하는 하나의 내부의 판단 작용이라고 페스탈로찌는 본다.

이리하여 사람의 정신의 제상(諸相)에 인식적 기초를 인(認)한 페스탈로찌는 동시에 일체 인식의 최후의 근원을 자아의 내부에 잡았다. 원시(元是) 이상주의적 사상은 최후의 내적 근저를 결(缺)한 인식을 용허치 아니한다. 이 내적 기초는 즉 자아의 능동적 의지의 작용이다. 자아는 일체의 또 영원의 생산자이다 하는 것이 독일 이상주의의 중핵(中核)이다. 시대적 경향인 이상주의를 호흡하고 체험하여 이를 지반으로 하여 교육설을 얽맨 이가 즉 우리 페스탈로찌이다.

세상의 많은 사람들은 페스탈로찌는 위대하다고 한다. 그러나 그 뜻은 〈그가 빈자(貧者)의 동무가 되어 물질적, 정신적으로 가난한 사람에게 대하여 사랑의 일생을 시종하였으니, 그는 실로 우리의 거울이다〉함에 있다.

그러나 페스탈로찌가 잡은 사상의 내용, 그것이 얼마나 귀중한 것인지는 세인의 다수는 알지 못한다. 이는 유감이다. 우리는 그의 일생의 아름다움과 끔찍함을 인(認)하는 동시에, 그가 독특한 길을 말미암아 잡아 얻은 사상의 내용 그것에 대해서도 참으로 큰 경의를 표하노라.

페스탈로찌는 실로 〈사랑의 교육자일 뿐 아니라, 퍼도 다하지 아니하며 맛보아도 다하지 아니하는 인간 교육의 근원이다〉 이는 나톨프의 찬사인데 나의 한 재창(再唱)하는 바이다.

교육의 의의와 목적

페스탈로찌에 의하면, 사람은 고고의 성(聲)을 내자마자 온갖 정력을 집중하여 그 개성의 발전을 열망하는 것이다. 사람의 교육이란 것은 결국 차등(此等) 각개의 발전을 요망하는 자연을 방조(幇助)하는 기술이다.

그러면 인성(人性)의 스스로 발전하려 하는 내적 제(諸) 세력은 어떠한 것이냐. 이는 그가 《혹가(鵠歌)》에서 생각하기·느끼기·행하기,

즉 머리의 힘·마음의 힘·손의 힘 또는 지적·도덕적·신체적 세력이라고 명언하였다. 그러나 이 근본력은 그 본질에서 서로 떠나지 못할 관계를 가지고 사람의 내면성에 깊은 통일을 이루어 있는 것인즉, 교육은 마땅히 아동을 1전체로 생각하여서 그 어느 한쪽에 치우치지 말고 '조화적으로' 발달시켜야만 된다.

그는 말하였다.

〈사람의 교육은 제(諸) 능력 및 소질의 조화적 발달 이외에 아무 다른 목적은 가지지 아니하였다〉

또 가로되,

〈이 사람의 본성의 내적 제력(諸力)을 일반적으로 향상시켜서 순수한 지혜로 만드는 것이 어떠한 낮은 사람에게서라도 교육의 일반적 목적이다〉

이렇게 교육은 전체로의 사람을 도야함으로 말미암아 '순전한 사람다움'이 얻게 된다. 그리하여,

〈인류의 특수한 경우 및 사정에서 그 역(力)과 지혜를 수련하며 사용하며 응용하는 것은 직업 교육, 계급 교육이니 이는 항상 인류 교육의 일반적 목적의 하위에 서야 할 것이다. 정당히 있어야 할 학교는 작문 학교도 아니요, 습자 학교도 아니요, 문답 학교도 아니요, 반드시 인간 학교라야만 한다〉

그러면 이 조화적 발달, 인간 교육의 극치는 무엇인가? 사람의 안에 있는 모든 힘의 조화적 발달은 필경 페스탈로찌 교육 목적의 형식적 방면이다. 그런고로 페스탈로찌는 저의 《은자의 석모》의 후반에서 이 형식에 내용을 주었다. 신에 대한 신앙이 그것이다. 그이에 의하면 인생의 구하는 바는 생활의 미득(味得)과 존재의 축복이다. 그런데, 이것은 내심의 정평(靜平)에 의하여 얻어지며, 이 내심의 정

평은 신의 신앙에 의하여 얻어진다 하였다.

페스탈로찌에 있어서는 〈신에 대한 신앙은 모든 지혜와 모든 축복의 원인이요, 또 인류의 순수한 교육 때문에의 자연의 길〉이다. 그런데 〈신에 대한 신앙은 인류 교육의 기초로 우리의 본성의 내부에 있는 것이요, 교육 받은 지혜의 결과〉가 아니다. 사람은 이 '내심의 감(感)' 즉 '자기 자신'을 신(信)함을 인하여 신(神)과 불사(不死)와의 신앙을 얻는다. 페스탈로찌의 신은 자아 활동에 의하여 자아의 본질에서 찾아낸 것인고로 신은 결국 인류의 도덕적 이상의 최정점, 최고 통일자에 불외(不外)하다.

페스탈로찌에 있어서는 종교는 즉 도덕의 완성이다. 도덕은 종교를 떠나지 않고, 종교는 도덕을 떠나지 않고 이상일체(二相一體)가 되어서 '도덕적 종교', '종교적 도덕'은 실로 페스탈로찌의 교육 사상의 중심 관념이며, 또 그 종국의 목적이다.

교육의 가능 및 한계

페스탈로찌에 의하면, 교육은 인성(人性)의 내부에서의 발전을 보도(補導)하는 것인데, 이 보도는 가능하다. 그가 교육법에 원천을 찾기에 고심한 것은 이 교육의 가능을 믿었기 때문이다. 만약 교육 그것이 불가능한 것이라 하면, 어디에 그 방법의 원천을 찾아 얻을 것인가. 그는 그의 주저(主著) 《게르트루트는 어떻게 해서 그 아이를 가르치느냐》에서

〈나는 국민 교육을 심리적 기초 위에 확립하기가 가능하며, 이 기초에 서면 직관을 말미암아 얻은 확실한 지식을 부여할 수가

있음을 단언하노라〉

고 선언하였다.

또 그는 동 서(同書)에서,

〈인성은 선하다. 선을 욕구한다. 그러나 자금(自今)의 인심은 이
에 반하여 선한 것을 구하지 아니하는 것이 일반이다. 그렇지마
는 나는 인성의 선함을 영구히 믿고 돌진하려 하는 자이로라〉

하였다. 그가 개인의 교육에 심혈을 경진(傾盡)하게 된 것은 이에 의
하여 그 사회를 개조하려는 동기에서 나온 것이다. 그는 인류의 개
선의 가능성에 대한 확신을 가지고 교육의 개조에 종사하였다.

그의 일생은 고심참담의 해(海)이며 실의상혼(失意喪魂)의 연속이
다. 그러나 그는 조금도 퇴축(退縮)하지 아니하며 후회하지 아니하
고, 일심으로 전진하며 또 만족하였다. 이것은 더도 말할 것 없이 그
가 교육의 가능, 사회 개조의 가능을 깊이 또 굳이 믿었음에 인할 것
이다.

그렇지마는 페스탈로찌는 결코 교육으로써 전능하다고는 생각하
지 아니하였다. 그러므로, 말로 교육을 해석하여 인성의 내부에서의
발전의 보도(補導)이라고 하였다. 그는 보도이기 때문에 보도될 인
성 그것에 대하여는 제 2차이다. 따라 교육은 개성 그것을 존중하
여 그에 적종(適從)할 것이요, 그것을 무제한으로 변경하지 못할 것
이다.

교육의 필요

페스탈로찌의 교육의 필요에 관한 사상은 사회와 개인의 두 방면

으로 볼 수가 있다.

먼저, 사회적 견지에서.

사회는 개인의 대집단인즉 그 각 개인을 높이는 것이 사회를 높이는 유일의 수단이다. 만약 사람을 자연대로 방임하여 두면 저절로 태타(怠惰), 무지(無知), 무선견(無先見), 무사려, 부주의, 억병(憶病), 탐람(貪婪)할 것이다. 그리하여 그가 위험과 장애를 조우(遭遇)하면 고통 조포(粗暴) 잔인하여지며, 그의 요구가 권리가 되며, 욕망이 권리의 기(基)가 되어, 그의 청구는 제한을 모르게 된다. 그러므로 사회는 각 성원에게 사회적 교양을 주어야 한다. 그리하여 사람사람이 장래 사회에 있을 것, 할 것을 준비시켜서 유용한 사람이 되도록 하는 것이 교육의 목적이다.

교육은 나쁘게 생각하면 사회 죄악의 근원이요, 좋게 생각하면 사회 개선의 유일의 수단이다. 페스탈로찌의 교육의 사상 및 노력의 근본 동기는 실로 여기에 있는 것이다.

다음에는 개인적 견지에서.

페스탈로찌에 따르면 사람에로의 교육, 즉 사람의 본성의 전 범위에 인적 제(諸) 세력의 발전은 각인의 권리이며, 아무리 천한 사람들이라도 그의 권리이다.

그는《은자의 석모》에 가로되,

〈사람은 무엇인가. 그는 무엇을 필요로 하며, 무엇이 그를 향상시키며, 또 무엇이 그를 비하시키며, 무엇이 그를 굳게 서게 하며, 무엇이 그의 힘을 빼앗는가? 이런 것은 인민의 목자에게 필요한 것인 동시에 가장 천한 움집에 사는 사람에게도 필요한 일이다〉

옥좌의 위에 있으나 모옥(茅屋)의 속에 있으나, 그 본질에서는 한 가지 사람이니, 그 만족을 위하여서는 오직 한 길이 있을 뿐이다. 인성의 내적 제(諸) 세력을 순전한 인류 예지에까지 일반적으로 향상시키는 것은 아무리 천한 사람에게서라도 교육의 일반 목적이다.

여기에 인문주의의 교육 목적과 페스탈로찌의 그것과의 사이에 기본적 상이가 있다. 인도파는 고귀한 사람에게 주의하고, 페스탈로찌는 어려운 사람에게 착목(着目)하였다. 전자는 행운한 소수인의 고등 도야를 힘쓰고, 후자는 일반적 국민 도야를 힘썼다. 전자는 19세기의 귀족 학교, 즉 낌나주움(人文中學校)을 설립하고, 후자는 국민 학교의 창설자가 되었다. 페스탈로찌 이전에도 빈민의 교육에 주의한 왕후가 있었지마는, 그러나 인류의 일반 도야를 근본으로 하여 빈민 교육을 비롯은 것은 페스탈로찌로써 제일인자이라 아니 할 수 없다.

이리하여 교육은 사회의 의무이며, 만인의 권리이다.

교육의 처소

제1. 가 정

페스탈로찌는 《은자의 석모》에서

〈사람의 가정적 관계는 제1의, 또 가장 현저한 자연적 관계이라〉
고 하고, 《혹가(鵠歌)》에서는

〈가정 생활의 정신은 온갖 참 인간 도야와 온갖 참 교육의 영원의 기초이니, 아동의 제1기는 어머니가 없고서는 아주 기초적 자연이 아니라〉
고 베풀었다. 또, 《은자의 석모》에서는 순수한 가정의 축복을 고요히 누리는 것이 인간 교육의 구의(究意) 목적이요, 직업과 계급 때문의

인간 교육은 이 구의 목적의 하위에 서야만 된다고 말하고, 다음에

〈아버지의 집이여, 너는 인간의 모든 자연적 교육의 기초이다. 아
버지의 집이여, 네가 정말 도덕과 국가의 교육소이다〉

고 단언하였다. 그는 거실(居室)로써 교육의 중심을 삼아,

〈거기에서 인성의 가소력(可塑力)의 중에 있는 모든 신적(神的)의
것이 일치 융합한다〉

고 하고,

〈초보 교육은 거실 교육의 단순함에로의 높여진 복귀에 불과한다〉

고 하였다. 이것이 페스탈로찌가 교육 활동의 출발점을 모자간의 애
정에 구하며, 또 생활이 도야한다는 교육적 원리를 생각함에 인함
이다.

그는 어머니로써 초보 교육의 제1의, 또 가장 주요한 주체로 잡고,
「게르트루트」제1신(第1信)에서 국민의 개선도 어머니의 손으로 가
능하다고 단언하고, 「린할드와 게르트루트」에서는 한 사람의 어머
니로써 가정 및 사회 교육의 가장 유능한 교육자로 하였다.

제2. 학 교

페스탈로찌는 〈초보 교육 이상〉이란 논문에서 학교의 의의에 대
하여 진술하였다.

〈가정은 관립 및 사립 학교보다도 초보 교육의 원리를 적용할 만
한 가장 유리한 방법이다. 그렇지만 불행히 최하급의 가정은 타
락하였고, 중등 계급에서도 편견과 나약이 들어차고, 상류 계급
에서는 순전한 가정 생활의 온갖 기초가 되는 힘(力)과 참(眞)이
결여하다. 그런 때문에 초보 교육의 방법을 적용하기에 큰 장애
가 있다. 소수 아동의 가정 생활이 대체 자연적 조자(調子)를 지

니기에 막대의 이익이 있는 것처럼, 다수의 아동이 함께 영위하는 공동생활은 좁은 가정 생활에서 좀처럼 얻지 못하는 생활의 힘과 참이 발달하는 점에서 많은 이익이 있다. 좋은 기숙 학교는 이 2자를 결합함으로써 그 목적을 삼아야 한다. 이는 용이한 일은 아니다. 그러나 나는 그 가능함을 믿는다. 아버지 같은 마음으로 인도하며, 아들 같은 마음으로 행하는 기숙 학교는 실제의 가정 생활에서 일어나는 타락을 감하고 사람사람의 사이에 가정적 정신의 결핍을 갱신하는 최량의 수단의 하나이다〉

페스탈로찌는 또 동 서(同書)에서 학교가 갖출 조건에 취(就)하여 말하였다.

〈학교는 도덕적 견지에서는 아이가 그 어머니의 주의 아래에서 인도된 도덕 생활의 연속이 될 것이요, 지적 견지에서는 자연에 대한 자유스러운 산 관찰을 이어 확장할 것이요, 신체적 견지에서는 어머니의 방법의 연속일 것이다.

학교가 이런 조건을 대부분 구비할 것 같으면 아이를 거기에 보낼 만하다. 만약 학교가 이런 조건을 하나도 구비하지 아니하고 그 방법과 그 연습이 아동이 가정에서 받은 자연적 교육에 정반대가 되어서 가정이 질서 차린 것을 혼란케 하며, 가정이 움직인 것을 그치게 하며, 깨운 것을 재우며, 재촉한 것을 죽일 것 같으면, 그런 학교는 아동에게 그 요구하는 바를 줄 수가 없다〉

페스탈로찌는 그 당시의 학교를 평하여,

〈금일의 학교는 전혀 무실(無實)의 허식에 달아나며, 무용의 지식을 힘쓰어, 이른바 고등 수양은 인생을 약하게 만드는 수단으로 되어 버리고 조금도 인생의 자유 독립의 능력을 참으로 발전시키지 못한다. 우리는 도처에 습자 학교, 문답 학교는 가지고 있

지마는 인간 학교는 가지지 못하였다〉

고 하여, 그혁신의 필요를 부르짖었다. 저 '교육 학교'란 개념은 전혀 페스탈로찌의 것이다. 그는 교육 전체가 학교의 임무이라 하였다.

제3. 사 회

사회를 광의(廣義)로 해석하면 가족도 학교도 사회이지마는, 여기 말하는 사회는 협의(狹義)의 사회이니, 외면적인 사회적 질서 그것을 가르치는 것이다. 페스탈로찌는 이 외면적 사회를 교육의 처소로 보았다.

〈사람은 사회에서 그 생활 의무를 수행함을 말미암아 교육된다. 즉, 생활이 도야한다는 교육적 원리는 이 외면적 사회에서 가장 잘 실현된다. 그 환경이 사람에게 미치는 힘이 큰 것을 인(認)하고, 사회적 질서가 청년 교육에 적당하도록 조직되어야만 한다〉고 역설하였다.

〈불행의 이소(泥沼) 중에 있어서는 사람은 사람될 수가 없다〉

그런고로 무엇보다도 먼저 민중의 경제적 생활이 건전한 질서로 발달하지 않으면 안 된다. 그리하여 국가의 정치는 항상 국민의 경우의 개선을 도(圖)하며, 또 고아의 교육을 담당하여야만 한다고 주장하였다.

교육의 원리

이상에 나는 페스탈로찌 교육학의 이론적 방면을 계통적으로 조직해 왔다. 여기에 그의 실제에서의 교육의 내용과 방법론에 들어가기 전에 그의 교육학 일반에서의 원리를 간결히 해설할 필요가 있다고 생각한다. 물론 그의 원리는 그 일반 사상에 긍(亘)한 것이기 때문에 상술한 이론도 어느 것이 이에서 나오지 아니한 것이 없으며, 또 뒤에 말할 교육의 내용 및 그 방법론(이 글에서는 약함)도 이에 터 잡지 아니한 것이 없다. 그러므로 이 원이론(原理論)은 페스탈로찌 교육학의 골자이라고도 할 만한 것이다.

페스탈로찌 교육학에 한 조직이 있다 하면 거기에는 한 최후 유일의 원리가 있어야 할 것이다. 그 최고의 원리를 그는 저 룻소의 책 표어 '자연'으로써 들이대었다. '자연의 길', '자연의 책'(이것은 바로 룻소의 말), '교육의 합자연성(合自然性)'은 그의 최초의 작 《은자의 석모》에서 최후의 작 《혹가(鵠歌)》를 통하여 드러나는 자연을 존중하는 말이다.

그러면 이 '자연'이란 것은 무엇을 뜻하느냐? 나톨프에 따르면, 페스탈로찌의 자연은 사람의 자연(人性)에 불과하다. 즉, 《은자의 석모》에서 예시함과 같이 저 '이중(二重)의' 감성적 도덕적 자연이다고 하고, 다시 논(論)을 진(進)하여 가로되,

〈그러나 자세히 이를 음미하여 보면 페스탈로찌가 사람의 '자연'에서 구별한 것은 둘이 아니고, 세 근본 요소이다. 그 제1의 요소는 동물인 조야한 감성적 충동이니, 따라 전(前) 사회적, 전 도덕적인 전혀 룻소의 '자연'이다. 그 2는 사람의 내면적, 이성적, 도덕적 본성이다. 그리하여 그 중간의 것으로(그 제3) 외면적, 사회적 질이 있나니, 이것은 아직 룻소의 자연의 범위를 벗어나지 아니한 것이요, 따라 전연 타율적의 것이다. 그리하여 페스탈로찌가 본 사람은 동물도 아니요, 또한 신(神)도 아니요, 이 양면을 구비한 존재이다. 저 동물과 신은 양극단이다. 하나는 최초의 유래이요, 하나는 최후의 도달을 보이는 것이다〉

그러므로 전자는 추억에 의하여, 후자는 갈망에 의하여 이를 인지할 뿐이요, 사람의 진로상의 실점(實點)을 이루는 것은 아니다. 그리하여 순수한 감각적 만족은 이를테면 영점(零點)이요, 저 도덕성의 완성은 무한히 멀리 우리의 앞에 있다.

그런고로 우리 인류가 동물에서 신에게로 나아가려는 노력도 또한 무한하다. 부단의 전투와 무한의 노력, 이것이 정히 참 인생이다. 이리하여 페스탈로찌의 자연은 자율적 자연이요, 영원의 자기 갱신의 힘을 가진 자연이다. 이것이 페스탈로찌의 자연이 룻소에서 나와서 룻소를 초월한 것이니, 페스탈로찌의 위대함도 또한 여기에 있다고 할 것이다.

그러면 그 최고 원리 합자연성(合自然性)에 도출(導出)되는 제 원리는 어떠한 것인가. 나톨프는 이를 페스탈로찌 자신의 진술에 의하여 다음의 5원리로 하였다.

제1, 인식의 근원은 자아이다. 즉, 사람은 저 스스로의 소산이다. 저의 영원성의 자기 창조이다. 이것이 곧 자연이다. 고로 자발성의 교리가 합자연성에서 도출되는 것은 당연 명료한 일이다. 교육은 교육받은 사람의 자아에서 출발하지 아니하면 안 된다. 즉, 자발성의 원리는 영원의 법칙을 따라서 발달하는 오인(吾人)의 제 세력의 도야의 출발점이 된다.

제2, 인식의 근원인 자아의 '발전의 진행', 즉 '사람의 영원성의 자기 창조'의 합법적 진행의 원리로 하여 '방법'의 원리가 도출된다.

제3, 인식 일반의 근원(自發性) 또는 인식을 발전시키는 합법성(방법) 같은 추상적 원리가 아니요, 참으로 자기 활동의 직접성에서의, 참 구상화의 원리로 해서의 '직관'이다. 이에 의하여 낱낱의 인식은 온전한 개성을 받아 최고의 행동성을 구비하게 된다.

이 3원리는 온갖 교육에 응용되는 그 구상성으로써 보면 직관이 첫째이요, 방법과 방법의 기초로의 자발성과는 그 원시적 구성 요소가 되어서 직관의 가운데에서 일한다. 이리하여 직관은 페스탈로찌에 있어서는 인식 교화의 원리이다. 논리상으로 보면 자발성이 첫째이요, 방법과 직관은 그 다음 가는 것이다. 이리하여 페스탈로찌에 있어서는 자발성은 인식 생산 과정의 결정적 원리이다.

이제 다시 교육적 활동이 각 방면으로 분화함에 대하여 한 요구가 드러난다. 그 분화되는 분화 내용은 페스탈로찌의 이른바 두(頭)·심(心)·수(手), 즉 사유·의지·행동의 세 가지인데, 우리의 의식은 필연적으로 차등 분화 내용으로의 사유·의지·행동의 조화적 발전을 요구한다. 나톨프는 이를 '제력(諸力) 평형(平衡)의 원리'라고 하였다.

제4, 사회는 실로 인류 교화의 내용인 사유·의지·행동 3자의 가장 밀절(密切)히 관계한 가장 구체적 존재인고로, 인류 교화는 사회에서 비로소 구체적으로 최후의 목적을 도달할 수 있는 것이다. 이에 최후에 원리로 해서 '사회'가 성립된다.

우리는 이제 다시 나아가 나톨프의 가르침을 따라 이 다섯 가지 원리의 낱낱에 취(就)하여 생각해 감으로 말미암아 그 필연적 관계, 호상적 보족(補足)을 훨씬 밝히는 것이 좋겠다. 그러나 너무 장황하여 한 있는 지면을 남비(濫費)할 수가 없으니 이번에는 그만두기로 한다.

제목은 크게 걸어 놓고서 내용이 너무 빈약하여 이른바 양두구육(羊頭狗肉)의 비방을 면키 어렵게 된 것을 부끄러워합니다.

-〈현대평론〉 1927년 3월호

학교말본 통일 문제
- 특히, 용어 통일에 관한 나의 주장 -

1

우리 배달말을 과학적으로 연구하기 시작한 이는 주 시경 선생이 었다. 선생은 구한국 끄트머리 융회 2년(1908년)에 우리 말본의 강습회를 상동 예배당에서 열었고, 융회 3년에는 박동 보성중학교에 '조선어 강습원'을 차리어 일요일 강습을 돌아가실 때(1914년)까지 말본을 가르치셨다. 선생은 우리말의 말본은 우리말로써 풀이하여 야 한다는 주의에서, 말본 용어는 우리말로 함으로써 근본주의를 삼았으니, 그 뒤를 잇는 제자들도 그 정신을 본받아, 말본연구를 하였고 또 한글 운동을 하였다. 다시 말하면, 우리말을 사랑하고 기르고 정리하고 부리어서 그 발달을 꾀하는 것이 말본 연구, 한글 운동의 근본 정신이 되었다. 한글 학회가 일제의 강압 밑에서도 꾸준히 연구·정리·보존·보급의 사업을 계속하여, 말본의 연구, 맞춤법의 통일, 표준말의 사정, 사전의 편찬, 기관 잡지 《한글》의 발행, 강습회, 지방 순회 강좌 들을 하였기 때문에, 1945년 해방이 되자, 국어 교육, 아니 일반 교육이 지장없이 실시될 수 있었음은 천하 공인의 사실이다.

주 선생이 가신 뒤에 김 ○○이 《조선말본》으로, 이 규영이 《現今 조선어 문전》으로, 신 명균이 《조선어 문법》으로 중등 학교에서 가르쳤고, 1934년 최 현배의 《중등 조선말본》이 나온 뒤에는 전 조선 뿐 아니라 만주의 북간도, 봉천에서까지 널리 사용되었다. 물론, 주 시경 선생 제자 밖에도 말본을 지은 이가 더러 있기는 있었지마는, 그것은 한 학교, 또 한 동안에 행하고 말았으며, 최 현배의 《중등 조선말본》이 거의 독판을 치다시피 하였다. 그래서, 일제 말기 조선어 교육이 일시 아주 중단되었다가, 1945년 해방이 되자, 북한 각처 특히 함경북도 회령·종성 등지에서도 《중등 조선말본》을 등사판으로 찍어내어 열심히 익히었다 함을 그 지방 사람에게 들었다. 남한에서는 나의 《중등 말본》이 더욱 성히 보급·사용되어, 수년 동안에 아무 문제가 없었다.

1948년에 대한민국이 서고, 그 다음해부터 검인정 교과서 제도를 세움에 미쳐, 약삭빠른 출판사의 종용도 있고 하여, 여러 사람들이 말본 교과서를 쓰게 되니, 새로 나오는 책이 그 전의 것과는 좀 다른 점이 있어야 하겠다는 생각에서, 씨가름을 조금씩 달리하기 시작하여, 여러 가지 체계의 말본 교과서가 생기었다. 1949년에는 문교부에서 말본 용어 제정 위원회를 구성하여, 회의를 할 새, 대다수의 위원들이 다 종래 써 오던 순우리말 용어를 사용하자 함에 대하여, 서울 대학의 이 희승, 이 숭녕 두 분이 극력 한자말 사용을 주장하여 장차는 순우리말로 되겠지마는 한자가 아직 사용되는 데까지 한자말을 전폐함은 불가하다고 하였기 때문에, 드디어 순우리말 용어와 한자말 용어의 두 갈래로 정하고, 얼마동안 그 병행을 허하였다.

이 때에 정했다는, 한자말 용어란 것은 순전히 일본 말본에서 쓰는 것이오, 순우리말 용어란 것은 종래에 써 오던 《중등 조선말본》의 용어를 개정하였으니, "그림씨, 매김씨, 매인이름씨" 따위는 다 그 때에 여러 위원의 합의로 정한 것이다. 이제 어떤이는 "이름씨, 움직씨"가 다 최 현배 개인이 지은 것이라 하지마는, 이는 모르는 소리이다. 주 선생이 본디 "임, 움"하던 것을 내가 쉽게 하노라고 "이름씨, 움직씨, …"로 하였고, 또 그것은 위의 위원들이 다시 정한 것이다. 물론 나의 창안인 말본 체계에서 새로 발견된 것에 대한 새 이름을 붙인 것이 없지 아니하니 : "잡음씨, 도움줄기, 끝바꿈, 마침법, 감목법, 이음법, 이름꼴, 매김꼴, 어찌꼴, …"들과 같은 것들이다.

순우리말 용어가 널리 퍼짐을 본 한글 학회에서는 1957년 6월 총회에서 순우리말로 된 말본 용어를 아무 이의 없이 채택하기로 결의하여, 각종 사전과 〈한글 맞춤법 통일안〉 들의 용어를 모두 순우리말 용어로 고치었다. 그래서, 이 사전들과 〈통일안〉이 또 우리 교육계와 일반 사회에 널리 사용되고 있다. 1961년 5·16 군사 혁명이 된 뒤 한글 학회는 혁명 정부에 대하여, 한글 전용의 전반적 실시를 건의한 바 있었더니, 1962년 1월 국어국문학회는, 그 총회에서 한글 전용의 전반적 실시의 불가함과 말본 용어의 한자말 채택을 결의하였다. 다 같은 국어학도로서 한글과 우리말의 발전에 못을 박자는 저의는 무엇일까? 해방 후의 '국립 서울 대학교'는 결코 일인의 '경성 제국대학'의 후신이 아니건마는, 왜정 시대의 경성 제국대학에서 오구라(小倉進平), 다까하시(高橋亭), 고오노(河野六郎) 무리에게 배운 몇몇 사람들이 서대에서 교편을 잡으면서, 은연히 한 문벌을 이루어 그 출신들로 하여금 국어국문학회를 조직하게 하여 사회적 활동의 기반을 삼고, 또 관학(官學)을 높이 치는 우리 사회의 인심을 이용하여, 국어학과 국어 운동의 패권을 잡아야 하겠다는 야망에서, 항상 한자·한자말을 옹호 견지함으로써, 주 시경 선생 이래 한글과 우리 말 애호로써 근본 정신을 삼아 반세기 이상 검질긴 항쟁과 인내, 피와 생명의 한글 운동의 성과, 겨레 문화의 공탑을 깨뜨려 보겠다는 심산의 발로이라고 볼 수밖에 없다. 만약, 그렇지 않다면, 무엇 때문에 다 같은 국어 관계자로서 한글 학회의 기성 공적을 헐어치기에 생각을 태울 필요가 있으랴? 한심스런 일이다. 딴은 우리도 서울 대학 출신의 젊은이들이 국어학에 빼어난 공적을 쌓기를 바라는 바이다. 그러나, 남을 깎아내려야만 내가 높아지겠다는 생각은 극히 해로운 묵은 편당 심리가 아닐까? 문화의 향상, 겨레의 발전을 바라는 다 같은 마음에서, 서로 협력함이 좋지 아니할까? 남의 공적은 비록 적은 것이라도 인정해 주고서 그 위에 내가 올라서서, 더 높고 더 큰 공적을 세우는 것으로 새 나라 사람들의 생활 원리를 삼아야 할 것이 아닌가?

근자에 문교부 내부에까지 저편의 세력이 침투되어 있어 야릇한 처사를 꾀함은 지울 수 없는 사실이다. 1961년 10월경 교과과정 개편의 의논이 끝난 자리에서, 말본의 통일을 필요로 하는 말이 있어, 여러 의견 교환 끝에, 이 문제는 말본 전문가들이 협의·성안하는 것이 좋겠다는 결론이 났다. 얼마 후 그 해 연말에 문교부에 말본 문제를 의논한다고 오라기에 갔더니, 출석인이 이 회승, 이 숭녕, 김 윤경, 정 인승, 나, 모두 5인이었다. 그러나, 무슨 까닭인지(뒤에 가서 추측하니, 그 5인의 성분이 저편의 승산에 불리하다고 깨친 때문이었던가 한다) 아무런 회의도 하지 않아, 한담만 하다가 흩어져 가고 말았다. 그랬더니, 그 이듬해 2월(?)에 귓결에 들리는 소리에, 문교부에서 말본 통일의 소위원회를 하고 있는데, 그 위원이 거의 전부 저편의 사람들이오, 오직 아무 님이 단독으로 한글 학회의 견해를 대변하기에 세궁역진의 형편이라 하기로, 깜짝 놀라서 문교 차관과 장관의 고문관을 찾아보고, 그 소위원회의 부당함을 맹렬히 설명하였더니, 그 뒤에 그 회는 흐지부지 끝나고 말았다는 소식이 있었다.

금년(1963년) 3월 18일에 교과과정 위원회가 있다는 통지를 받았으나, 마침 병석에 있었기 때문에 출석 못하였더니, 학교 말본의 통일을 의논하여, 즉일에 9가지 씨가름을 정했다는 소리가 들리었다. 그 다음 회의에는 나갔으나, 성원 미달로 유회되고, 그 다음 회의(4월 3일)는 성립되었는데, 그 전의 회의에서 김 형규 님이 전년 소위원회 성안이라 하여, 9씨를 제안하여 대강 가결하고, 오늘은 그 각 씨갈래에 딸린 낱말들을 정할 차례라는 설명이 있었다. 나는 이 자리에서,

> 원래 교육과정 위원회는 교육학적 견지에서 각 교과목의 배정상의 문제를 논하는 것이 제 구실이오, 각 학과목의 교육 내용 자체를 토의·결정하는 것이 아닐뿐더러, 그 구성 위원이 극히 불합리하다. 첫째, 학교 말본의 통일을 논하는 회의가 검인정 교과서를 낸 사람이 반수 이상이 참가하지 않았고, 또 현재의 구성 인원은 극히 편파적이며, 또 전연 말본과 무관계한 사람도 있다. 나는 이러한 회의에 참석하여 말본 통일의 논할 심정이 우러나지 않는다.

고 퇴장하고 말았다. 그 뒤에 그 회원 구성을 의논하겠다는 통지를 받고 회의에 나가서, 여러 충절을 거쳐 소위 '학교 문법 통일 전문 위원회'란 것을 따로 구성하게 되었으니, 그 사람은 8가지 말본 교과서의 지은이 8인에다가, 저자 아닌 사람으로서 의장(이 회승)의 자백한 전형 위원 3인이 추천한 8인을 더하여 되었다. 지은이 8인은 그

교과서에서 우리말 용어를 쓴 이가 4, 한자 용어를 쓴 이가 4으로 상반씩이오, 가외인 8인은 저편 5, 이편 3으로 되었다. 그래서 저편 은 3(1인은 외국 가서 미참)+5=8이오, 이편은 4+3=7이다.

내가 처음에 교과과정 위원회는 부당하니, 따로 합당한 위원회를 마련해야 한다고 주장할 적에, ① 지은이들이 각기 학설을 주장하 더라도, 각자가 허심 탄회로 남의 이론을 경청하고, 제가 미처 못 깨 달은 것이 있으면 그것에 동의할 아량을 가지는 태도를 가지고, ② 학교 교육을 위하는 충정에서, 서로 가까운 바로 좇아 통일할 수 있 는 것이오, ③ 또 만약 그렇지 못하는 경우에는 지은이 아닌 8인이 이를 냉정하게 비판함으로써, 그 합리적인 통일을 성취할 수도 있을 것이라고 하였더니, 토의를 진행하고 보니, 이 예상은 중요한 문제에 이르러서는 완전히 뒤집히고 말았다. 그래서, 이론은 어떻든지 간에 이편은 언제나 한 점 차로 지기로 마련이다.

보기하면, "이다"가 낱말이냐 아니냐 하는 문제로 이틀 동안이나 토론을 한 끝에, 인제 투표 결정할 계단에 이르렀다. 이론의 교환에 서 불리의 입장에 선 저편의 김 형규 님은 결정은 다음 회로 미루자 고 주장하였다. 아마도 이는 그 편에 두 사람의 결석이 있음을 걱정 한 때문이었겠으나, 사실은 이편에도 두 사람의 결석이 있었다. 미 루기가 성립되지 않으니까, 그는 다시 투표가 3분의 2로 결정되거든 참 결정으로 하고, 그 이하의 차이면 미결로 하자고 제안하였으나, 투표할 적마다 그런 규칙을 새로 달리 정할 수 없다는 반대로, 그 제 안은 성립되지 않았다. 그래서, 하는 수 없이, 투표로 들어갔다. 웬 걸! 5:6의 여전한 한 표 차로써 저편의 승리에 돌아가서, "이다"는 낱 말이 아니라는 결과로 되어 버리었다. 학문의 진리를 투표로 결정한 다는 것이 근본 틀린 일임은 더 말할 것 없거니와, 더구나 이와 같은, 진리의 있는 데를 따르려는 학문적 성실성이 없고, 다만 정실적으로 결정된, 요지부동의 표수란 것은 그 위원회의 토의 자체를 완전히 무의미·무소용의 것으로 만들고 말았다 하겠다.

2

이 위원회에 내어 건 문제가 둘이니, ① 씨가름의 통일, ② 말본 용어의 통일이다. 첫째 문제에 관한 토론의 결과는 아홉 씨 갈래로 되었으니, 곧

이름씨, 대이름씨, 셈씨, 움직씨, 그림씨, 어찌씨, 매김씨, 느낌씨, 토씨

의 아홉 가지이다. "이다"는 낱말이 아니라 하여 씨가름에 참예하지 못하였다. 이는 매우 불합리한 처리이다. 그러나, 이 씨가름에 관한 자세한 경위와 그 이론에 관한 것은 다른 기회로 미루고 여기서는 다만 용어 문제에 대해서만 말하고자 한다.

말본 용어에 관하여는, 우리는 순우리말 용어와 한자말 용어의 두 갈래 가운데서 한 갈래를 가려 잡자고 주장하였으나, 저편에서 절충식으로 하자고 주장했기 때문에, 한 표 차로 절충식으로 하기로 결정되었다. 그래서, 먼저 우리 말본에만 있는 것은 순우리말 용어로 하고, 외국 말본에만 있는 것은 한자말 용어로 하기로 결정하였다. 다음에 우리 말본과 외국 말본에 공통의 것(이것이 가장 중요한 핵심적인 것이다)은 ① 소리와 글자, ② 씨가름, ③ 씨가지따위, ④ 월의 구성 부분, ⑤ 월점의 다섯 가지로 갈라서 하나씩 정하기로 되어, 먼

저 ② 씨가름의 용어를 투표하니, 여전히 8:7로 저편의 주장대로 한자말로 하게 되었다. 그래서 이에 더 참을 수 없어 네 사람이 퇴장하고 말았는데, 남은 사람들끼리 그 나머지를 투표하여, ① 소리와 글자, ③ 씨가지 따위, ⑤ 월점은 순우리말 용어로, ④ 월의 구성 부분은 한자말로 하기로 결정하였음을 뒤에 들어 알았다. 이제 이를 말본 내용의 순서를 좇아서 두 갈래로 갈라보면 다음과 같다.

순서	①	②	③	④	⑤
순우리말 용어	소리, 글자		씨가지		월점
한자말 용어		씨가름		월조각	

다만, 이 표로만 본다면, 순우리말 용어로 된 것이 3가지이오, 한자말 용어로 된 것이 2가지인즉, 앞것이 더 우세인 것 같지마는, 사실은 전연 달라, 한자말로 된 씨가름과 월조각이 말본 내용의 중심 부분이 되는 것이오, 순우리말로 되었다는 세 가지는 말본 교과서에서는 극히 경미한 것으로서, 그 교수 내용에 나타난다 하더라도 그 말수는 얼마 되지 않는 것이다.

하여튼, 이와 같이 된 것을 실제로 교수하자면, 순우리말 용어와 한자말 용어가 차례바꿈으로 나타나게 되고, 이 밖에 또 우리 말본에만 있는 것은 순우리말 용어로 하고, 외국 말본에만 있는 것은 한자말 용어로 하게 되었으니, 이 두 갈래의 섞바뀜은 더욱 혼란을 더하여, 선생은 통일성 있는 교수를 할 수 없고 학생은 일관성 있는 이해와 기억을 하지 못하게 되었다. 이것이 한 표의 차로써 우겨댄 소위 '절충식 통일'이란 것이니, 이러한 통일이 통일이 아니라 혼란이며, 개량이 아니라 개악이 되어 버린 것이다. 교육상 무슨 효과를 기대하기는커녕 해독을 가져올 뿐임이 분명하다.

3

만약, 이 위원회의 결정을 시행하기로 한다면, 씨가름(品詞分類)에 있어서, 여러 가지 쓸데없는 다양성의 혼란이 없어졌으니 배우는 학생에게는 유리할 것이다. 다만 토씨는 인정하면서, 꼴풀이 씨(形式用言)인 잡음씨 "이다"를 낱말로서 치지 않았기 때문에, 그것이 씨가름에 들지 않았으니, 그 설명과 이해에 큰 결함이 있을 것은 불보다 더 환한 일이다. 이는 학문의 진보, 교수의 향상, 연구 토의의 계속적 발전으로 말미암아, 뒷날에 반드시 개정되지 않을 수 없겠음을 확신한다. 이 문제 결정의 형식적 경위를 앞에서 베풀었거니와, 6:5 투표인 밖에 4인이 결석했었는데, 삿적으로 알아본 결과는 그 중 3인은 "이다"가 낱말임에 찬성함이 밝아졌다.

그러나, 용어는 여태까지는 '세로의 통일'은 있었기 때문에, 각 교과서는 그 자체로서는 한 갈래의 용어로써 되어 있어, 교수와 학습에는 혼란이 없었다 할 수 있지마는, 금번 전문 위원회의 결정대로 한다면 '세로의 통일'은 완전히 깨어지고, '가로의 혼잡'만이 생겼기 때문에, 말본 교과서마다가 이중 용어를 섞바꿔 쓰게 되어, 교수와 학습에 혼잡과 혼란을 가중함으로써, 피교육자에게 말본 공부의 취미와 의욕을 막심하게 저상시키는 결과를 가져오게 할 것이다. 그러므로, 우리는 용어만은 일시적이나마 그 위원회의 결정을 채용할 수 없음을 단언하고, 반드시 한 갈래의 용어, 특히 순우리말 용어를 채택하기를 주장하는 바이다.

(1) 전문 위원회 구성이 타당하지 못하다.

위에 적은 '학교문법 통일 전문 위원회'가 합리적인 씨가름과 용어의 통일을 연구·논증함으로 그 임무를 삼을진대, 그 구성 위원은 마땅히 말본 전문가이어야 하며, 공정한 입장의 인사이어야 할 것인데, 그 중에는 전문가도 아닌 사람이 여럿이가 들었으니, 전문 위원회라는 명칭에 부합되지 않으며, 더구나 전문가도 아닌 문교부의 사무 담당 관리로서 위원의 자격을 가지고 투표권을 행사함으로 인하여 5:6, 7:8들과 같은 한 표 차로써 중대한 판가름을 짓는 결과들을 낸다는 것은 언어도단이다. 막중한 국가 교육 정책의 문제가 무책임한 한 사람의 투표 한 장으로 좌우된대서야 어찌 이를 묵과할 수 있으랴?

(2) 한글 운동의 역사적 정신을 파괴해서는 안 된다.

우리 말본의 용어는 우리말로 해야 한다는 주 시경 스승의 세운 대원칙은 한글 운동의 정신으로서, 한글 운동자들이 이를 받들고서, 우리말 수호·발전에 몸을 바치어, 극악한 일제의 동화 정책에 결사적인 항쟁으로써, 맞춤법의 통일, 표준말의 사정, 계몽 잡지의 간행, 사전 사업의 결행, 등등 국어 부흥의 기반 사업을 굳게 쌓아 올린 것은 오로지 민족 정신의 앙양과 자주 문화의 재건을 기하기 위한 것이다.

이 순진하고도 힘찬 피와 땀, 눈물과 목숨으로 이룩해 온, 보람 있고 귀중한 문화 발판을 이제 와서 '용어 통일'의 환상 아래에 경솔히 무너뜨리어 짓밟아 버리고, 식민지 교육의 강행으로 습득한 일본식 용어를 되살려 쓰고 우리말 용어를 교육에서 금지하게 된다면, 이는 너무나 본의 아닌 비극적 자살 행위라 아니할 수 없을 것이다. 광복된 조국, 자유 대한에서는 도저히 있을 수 없는 일이다.

(3) 두 갈래 용어를 보급 현황이 고려되어야 한다.

현행 각종 학과의 국정 교과서는 거의 다 우리말 용어를 우선적으로 사용하고 있고, 검인정 교과서 중의 말본 교과서는 우리말 용어로 된 것과 한자말 용어로 된 것이 각각 4가지, 모두 8가지가 있는데, 그 보급 상황을 대체로 종합해 보면, 순우리말 용어의 말본 교과서가 전수의 75% 이상의 절대 우월의 비율로 사용되고 있는 현상이다.

이런 현실을 눈감고서, 이번 전문 위원회에 참석한 문교부 실무자는 재석한 다른 위원으로부터의 교과서 분포 상황에 대한 물음에 대하여, 이 현실을 비밀이란 핑계로 고의로 은폐하고 도리어 문교부에서 조사했다는 것을 각 위원에게 배부하고서, 한자말 용어를 찬성하는 수가 더 많다고 설명했다. 나는 그 자리에서 그 여론 조사에 서울에만 국한한 점과 서울 시내에서도 모모 중·고등학교에는 그런 조사 용지가 아예 오지도 아니하였다는 것을 힐문하고, 또 어떤 위원은, 그 찬성 이유라 하여 두 갈래로 열거해 놓은 것이 한자말 편이 조목 수는 우리말 편보다 훨씬 많으나, 이를 개념적으로 분석하여 비교한즉, 우리말 편의이유가 더 많음을 설명하였더니, 그 사무 담당자뿐 아니라 다른 모든 위원들도 다 그 통계의 확실성 없음을 시인하였다. 우리는 이러한 통계를 통계라 하여 배포한 문교부 사무 당국자의 저의를 의심하지 않을 수 없다.

저편 사람들은 한자말도 우리말이니, 부당함이 없다고 세운다. 우리도 이제 한자말을 전부 쫓아내어 없애고자 하는 것은 아니다. 다만 말본 용어로서는 될 수 있는 대로 순우리말을 쓰기로 하자는 것이다. 그러나, 이것도 현재 한자말을 사용하고 있는 것을 새로 순우리말 용어로 갈아대자는 것이 아니오, 반세기 이상이나 순우리말 용어로써 말본 교육이 되어 오던 터에 광복 후 검인정 교과서 제도로 인하여, 일본식 한자말 용어가 교과서에 나타나기 시작하여, 두 갈래의 혼란을 일으켜 놓은 것을 이제 통일을 위하여, 그 가윗것인 한자말 용어를 없이 하고 순우리말 용어로 통일하자는 것이다.

(4) 국어과는 가장 기초적이며 정신적인 교과목이다.

각종 중등 교육에서의 교과목은 아마도 수백으로 셀 것이겠지마는, 이 모든 교과목 중에서 국사와 국어는 가장 기초적 중심적 정신적 과목이다. 특히 국어과에서 말본 용어를 순우리말로 하여, 가르침으로 말미암아, 여남은 살 시절의 아이들에게 겨레 문화의 기초인 우리의 말글을 사랑하고 존중하는 심정을 기르며, 문화 창조의 의욕을 북돋우며, 자주 문화 건설의 포부를 품게 하는 것이 교육적으로 큰 뜻이 있는 것이며, 동시에 나라의 장래에 큰 힘이 되는 것이다.

우리말 우리 글을 애중하는 한글 운동의 핵심의 정신인 우리말 말본 용어를 이제 폐지하고 왜식의 한자말 용어를 채택한다면, 이는 반세기 이상 길러 온 정신적 유산을 파괴하고, 그렇잖아도 외세와 외화에만 쏠려 가기 쉬운 청년의 마음에 아무런 자기 독립의 정신적 기반을 쌓아 주지 못하게 되어, 더욱 되는 대로 외국 문화의 추종자 내지 사대주의의 노예가 될 염려가 농후해지는 결과를 가져올 것이니 어찌 두렵지 아니한가?

(5) 순우리말 용어는 한자말 용어보다 훨씬 자연스러우며, 또 가장 깨치기 쉽다.

한자말 "조사"는 사전에 21개의 낱말이 실려 있다. 그 중에 말에 관한 것만도 5가지나 된다. 막상 말본 용어로서도 "조사"란 무슨 뜻인가? 이를 '돕는 낱말'이라고 생각하기 거의 불가능하다. 그뿐 아니라, 설령 '돕는 낱말'로 해석했다 치더라도 그것이 반드시 "토씨"를 뜻하는 것이 되지 못한다. 이에 비하여 순우리말 용어 "토씨"는 누구나 듣기만 하면 곧 바로 이해할 수가 있다. 또 "부사"란 말도 여섯이 있는데, 이를 일반 사람들이 말본에서의 "부사"로 생각하기는 거의 불가능하다. 말본 책에서 나온 "부사"도 그 뜻을 잡기에는 극히 곤란하다. "매우, 잘, 빨리, …"가 "부사"란 것이라고 가르쳤자, 그 까닭은 가르치는 선생도 모르고 학생은 더구나 알 리가 만무하다. 한자말 주장자는 한번 설명을 해 보아 주기를 바란다. "품사"의 "품"이 무엇이며, "사"가 무엇인가, "부사"의 "부"가 무엇이길래 "잘, 매우" 따위가 소위 "부사"에 딸린 말인가?

한자말 주장자들은 한자말은 한자로 적으면 그 뜻이 자명한 것으로 생각하지마는, "조사"를 "助辭" 또는 "助詞"로 적어 놓았자, 그 뜻이 자명하지 아니하며, 더구나 "부사"를 "副詞"로 적었다고 그 뜻이 '절로'는커녕, 아무리 애쓰더라도 알아질 리가 없다. 그뿐인가, 우리는 우리 자손만대의 행복과 번영을 위하여, 한글 전용은 반드시 실현시켜야만 한다. 그렇고 보면, 이제 한자로 적으면 그 뜻이 환해진다는 소리는 근본부터 무의미한 것이다. 하물며, 한자로 써 놓아도 그 뜻이 들어맞지 않는 것이 얼마든지 있다. 첫째 "詞"의 뜻은 '詩'나 '노래'의 뜻이지, '낱말'이란 뜻은 근본 없다. 이를 '낱말' 또

'씨'의 뜻으로 쓴 것은 일본인의 착오이다. 중국에서는 "字"를 쓴다. 또 설령 일본서 역수입하여, 중국인이 사용한다 하더라도, 그것이 우리조차가 뜻도 틀리고 통하지 않는 "사"를 써야 할 이유는 조금도 없지 아니한가? 김 형규 님은 신문 지상에다 "詞"는 "祝詞, 開會詞, 紀念詞" 들에서 그 뜻을 알 수 있다 했지마는, 우리는 이런 한자말을 본 적이 없다. "祝辭, 開會辭, 紀念辭"로만 보고 읽었다. 따라 그를 근거로 하여 "品詞"의 어렵지 않음을 변호하는 것은, 전연 그 근거가 없음을 자백한 것이 되고 말았다. 우리가 흔히 한자 아니면 못 살겠다고 엄살 피우는 사람들 가운데 왕왕이 한자 그것에 대한 엄청난 무식을 폭로하는 일이 있음을 보거니와 김 교수의 경우는 실로 천만 뜻밖이다. 근거없는 이론은 공허하며, 그 신념은 맹신이며 미신이 되고 만다. 또 김교수는 "이름씨·움직씨 등의 述語는 造語에 不過하다"란 제목을 붙였다. 여기의 "述語"는 마땅히 "術語"가 되어야 할 것인데, 이는 혹 오식인가 하고 살펴보니, 그 행문 가운데도 한결로 "述語"로써 "術語"를 대용하고 있다. 한자 내지 한자말에 대한 과신은 시대가 이미 지나가지 아니하였는가?

또, 김 님은 "씨"는 말밑조차 불명하다고 앙탈한다. 그러나 우리는 생각한다. 《훈민정음》에 "訓은 ㄱㄹ칠 씨오…… 異는 다룰씨라"의 "씨"이라 할 수도 있고(그 "씨"는 안옹근이름씨 'ㅅ'의 변형이라 할는지 모르지마는, 말은 제 본자리에 머물러 있지 않고 늘 변하는 것이니까, 이 "씨"를 '낱말' 또는 '종류로 가른 낱말'의 뜻으로 채용해도 무방하다), 또 이적말 "씨"(種)로 보아도 좋다. 모든 말은 그 원말의 꼴과 뜻에 고착 불변하는 것이 아니오, 생성·변화·발전하는 것임을 우리는 잊어서는 안 된다. 모든 말을 현시적으로 또 평판적으로 이해되고 사용되는 것임은 언어학상 진리이다. 요컨대, "부사"보다 "어찌씨"가, "조사"보다 "토씨"가, "관형사, 명사" 따위보다 "매김씨, 이름씨"가 훨씬 친근하고 쉬운 것은 지울 수 없는 사실이다. 따라, 순우리말 용어가 한자말 용어보다 젊은 새 세대 사람에게 더 널리 보급되어 있다. 이 사실에 전연 눈감고서 '통할 리가 만무하다'고 억보소리를 하는 김 님은 그 뱃심은 흑장하다 할 수 있을지언정, 사실과 진리에 충실하려는 학자적 심정은 조금도 있다 하기 어렵다.

(6) 순우리말 용어는 교육적 효과가 월등히 크다.

생물학자 최 기철 님이 충주 사범학교 교장으로 계실 적에, 1학년 생물 과목을 30분 동안에 50낱말을, ㄱ과ㄴ 두 반에 꼭 같은 방법으로 가르치되, ㄱ반에서는 "엽신(葉身), 엽병(葉柄), 거치(鋸齒), 화악(花萼), 웅예(雄蕊), 자예(雌蕊), ……" 모양으로 한자말로 하고, ㄴ반에서는 "잎몸, 잎자루, 톱니, 꽃받침, 수술, 암술, ……" 모양으로 순우리말로 하여 놓고, 얼마 뒤에 동시에 그 두 반을 각각 제 교실에 앉게 하여 식물의 그림을 그려 주고 그 각 부분의 이름을 적으라 하였더니, 그 시험의 결과가 한자말로 배운 ㄱ반 아이들은 한이(1인) 평균 18낱말이오, 순우리말로 배운 ㄴ반 아이들은 한이 평균 48낱말을 적어 내었다 하였다. 이 밖에 인천시 창영 초등학교에서도 이와 같은 시험을 하여, 또한 비슷한 결과를 얻었다 한다.

이로써 본다면, 한자말 용어는 이미 수십 년 동안 한자 사용에 버릇되고, 한자말 존상에 중독된 낡은 사람들에게는 편리함은 일변의 사실이기는 하지마는, 백지와 같은 새 세대 젊은 마음에는 극히 생소하고 어려운 것임이 틀림없음이 증명되었다. 이런 사실과 사리를 우리는 깊이 깨치고, 겨레 문화의 창조적 발달을 위하여, 장래의 자손의 발전과 행복을 위하여 마땅히 모든 학과에서 될 수 있는 대로 순 우리말을 용어로 채택함이 마땅하다. 이는 시대의 양심과 겨레의 충정의 절실한 요구이다.

(7) 용어 문제는 국가가 정책적으로 결정해야 한다.

과거 500년래로 중국식 한자말에 침해를 당하고 근 반세기 동안 일본식 한자말에 짓눌리어, 극도로 위축과 쇠퇴를 거듭해 왔던 우리말을 되살리고 북돋우어 그 자연스런 신장력과 광범위한 응용력을 길러 올림으로써 참다운 겨레 문화의 활기있는 발전을 기하기 위하여, 현재 초등학교의 무든 교과과정과 일반 사회의 모든 실용 방면에, 우리말의 장려·보급을 적극 노력하고 있음은 건국 이래 국시의 지상 명령이며, 동시에 제 나라 국민의 알기 쉬운 용어를 사용함으로써 제 나라의 교육 발전을 꾀함은 유럽의 근대 정신의 각성, 문예 부흥 이래 줄기찬 시대적 조류이며, 세계적 대세로서, 오늘날 민주주의 시대의 기본스런 대원칙이 되어 있다. 이제 국민 교육의 기초적 중심적 학과목인 국어과 교육 문제를 직접 다루는 전문 위원회 자체로서, 도리어 이 우리 나라의 국시와 세계의 대원칙에 역행하는 일이 있어서는 그보다 더 불행한 일은 없을 것이다.

국어 발전의 학술적인 토의는 그 전문가에게 맡길 일이지마는, 오래 전부터 써 오고 있는 순우리말과 한자말의 두 갈래 용어는, 이미 당초부터 전문가들 난상회의를 거쳐, 정부가 이를 확정·공포하여 오늘까지 써버릇해 오는 것이매, 이를 한 갈래로 통일하는 일은 의당히 정부가 적당한 시기를 살피어 국시를 밑바탕으로 한 국책으로서 결정지을 따름이오, 부질없이 몇몇 소수인에게 새삼스럽게 논의시킬 일이 아니다. 더구나 그 회의 결과가 전문가도 아닌 사람들의 한 표의 차로써 다시 회복할 수 없는 큰 과오를 저지르게 된다면, 이는 한 대의 불평·불행에 그치는 일이 아니고, 겨레 만 대의 불행을 남기는 일이라 아니할 수 없다.

4

이 희승 님이

> 말은 자연 발생의 것이다. 새 말은 자연 발생으로 생겨나야만 한다. 가령 연극장 앞 같은 곳에서 노는 아이들이 흔히 '어럽시오'라 함과 같은 말은 자연 발생적이니, 좋다. 그러나 보통의 말, 더구나 학술적, 고상한 말을 사람이 힘들여서 만든다는 것은 안 된다. 우리는 한자말은 써도 좋지마는, 새 말을 만들어 쓰는 것은 옳지 못하다고 한다.

이렇게 말함을 수십 년 전에 일제시대에 듣고서, 나는 그렇지 않음을 역설한 일이 있었더니, 어쩐 셈일까? 수십 년이 지난 오늘날에 이르러서도 여전히 꼭 같은 생각을 가지고 있을 뿐 아니라 이를 진리라고 주장하고 있다. 참 사람의 마음에 첫 번으로 들어박힌 관념은 뽑아 버리기 쉽지 않음을 알겠다. 그러나, 우리는 이렇게만 인정하고서 가만 있을 수 없다. 다른 기회에 말한 것과 반복되지 않는 한도에서 두어 말만 더하겠다.

사람이 자연적 존재인 새·짐승과 다른 점은 문화를 가진 까닭이다. 문화는 자연의 반대이다. 자연적 존재로서의 사람은 새·짐승과 같은 야만이다. 사람은 야만의 경계 야만의 경계를 벗어나기 위하여, 자연에 인력을 더하여 문화를 만든다. 문화의 첫걸음은 말이오, 의식이오, 다음은 글이다. 말과 글은 문화이기 때문에 이는 본질적으로 사람의 이상과 그 이상을 실현하는 노력으로 말미암아 만들어진 것이다. 이는 현대 교육받은 사람의 기본스런 지식의 초보이다. 다시 말하면, 말은 사람이 만들어 낸 것이다. 따라 사람이 다르고, 그 사는 곳이 다르고, 생각이 다르고, 또 노력이 다르기 때문에, 인류의 말씨는 가지가지의 차이를 가지고 있다. 우리가 가만히 앉아서 얻어먹는 아메리카의 밀이나 깡통이 인력의 더함 없이 저절로 된 것이 아님과 같이, 우리가 앉아서 받아 쓰는 한자·한자말도 다 중국이나 일본 또는 간혹 우리 나라에서 만들어진 것이다. 우리가 현재 쓰고 있는 온갖 말은 다 우리의 조상들이 만들고 다듬고 갈아서 우리에게 전해 준 문화적 유산인 것이다. 이 사리를 깨쳤다면, 우리는 말을 만드는 문화적 활동이 빈약함을 한탄할 것이오, 결코 말 만드는 일을 조롱·배격하려 함과 같은 짓은 아니할 것이다. 남은, 말 기타의 문화를 자꾸 많이 만들어 내는데, 우리만은 만들어서는 못쓴다 하고, 남의 만든 것을 자연히 생긴 것으로 알고 받아 쓰기만 해야 한다는 이론이 어디서 나올 수 있으랴? 김 형규 님은 "이름씨·움직씨들은 인조어(人造語)이니까 불가하다."고 하였다. 한자말 주장의 소견은 어찌 이렇게도 꼭 같은가? 참 이상한 일이다. 사물을 그 본질에서 관찰하고 평가할 줄 아는 일이 학문의 근본이며 교육의 목적이기도 하다.

말이 사람의 만든 것이라 하여, 그 만들어 낸 말마다 다 널리 채용되는 것은 아니다. 말은 대개는 개인의 창의로 만들어지고, 사회 사람들의 점차적 채용으로 말미암아 번져나고 확립한다. 같은 물건을 만들어 내는데, ㄱ집의 물건은 널리 퍼져서 성공하고, ㄴ집의 것은 써 주는 사람이 없어서 그만 실패하고 마는 일이 있다. 만들어진 말이나 물건이 널리 쓰이게 됨에 이르기에는 적어도 두 가지 조건이 있다. 하나는 그 만들어진 것의 됨됨이의 좋음이오, 하나는 그것을 채용하는 이의 밝고 올바른 심정과 판단이다. 긴 말은 줄이고, 대체로 우리 나라 사람들은 고래로 제 것, 제가 만든 것은 천시하고, 남의 것, 타국인의 만든 것은 높이 값치는 잘못된 버릇이 있다. 보기하면, 한글도 처음엔 숱한 천시를 당하였으며 《춘향전》도, 청기와도 다 천시해 버림을 당하였었다. 외국인이 만든 것이라면 무엇이든지 좋다고 가지고자 한다. 그래서, 한국인의 제품도 외국의 이름과 상표(라벨)을 붙이면 곧잘 팔린다.

이제, 한자말 주장자들의 심리도 조금도 이와 다름이 없다. 한자말은 무턱대 놓고서 '천조(天造)'다 '자연(自然)'이다 하여 열복낙종을 당연시하고, 순우리말로 된 것은 '인조(人造)'다 괴팍하다 하여, 낱낱이 무슨 탈을 끄집어 내기에 급급하니, 가소롭기 그지없다. 순우리말로 된 말본 용어가 널리 행한 지 벌써 반 세기 이상이오, 보급의 비율이 75% 이상인 이 때에 와서, 새삼 그 따위의 트집을 한다는 것은 때늦은 자기 멸시의 심리밖에 아무것도 아니다. 이를 증명하고자 한두 보기를 들건대, 내가 "매김씨"(그 당시는 "어떤씨")를 처음엔 "連體詞"로 한역하다가, 일본 냄새가 싫어서 "冠形詞"로 고치었고, "도움줄기"를 "補助語幹"이라 한역하였더니, 다 같이 내가 지은 말이건마는, 한자말은 다 저네의 낙종하는 바가 되고 우리말만은 트집의 대상이 되고 있으니, 우스운 심리라 아니할 수 없다. 바깥의 애인에게 정신빠진 사람이 제 집사람에게 생트집을 하면서 열거하는 이유에 귀를 기울일 필요조차 없다고 생각한다.

또, 그네들은 외국말 가르치는 사람들이 다 한자말을 쓰니까 국어에서도 한자말을 써야 한다고 주장한다.—이 점도 근본스럽게 깨쳐야 한다. 오늘날 영어·독일어같은 외국말을 가르치는 사람들이 국어 말본을 배운 지식 위에 국어로써 외국말을 배운 것이 아니오, 일인에게 일본말로 배웠기 때문에, 제가 익힌 대로 관습대로 한자말을 쓰는 것뿐이오, 한자말과 서양말과가 근본적으로 아무런 관련성이 있는 것은 아니다. 이는 다만 우리 겨레의 역사적 사정에 인하여 그리 된 것일 뿐이니, 금후에 독립 국가의 문명국인으로서 올바른 교육을 받게 된다면 제 나라 말(순우리말이건 한자말이건)이 근본이 되어 외국어를 제 말로써 설명하고 이해하는 것이 당연할 것이 아닌가? 일시적 우연적 현상을 이유로 삼아, 본말을 전도한 귀결을 내려는 것은 현명한 일이 아니다.

또 이 희승 님은 한글 학회의 《큰사전》의 울림말이 52%가 한자말이니까 한자말을 써야 한다고 한다. 그러나, 이것도 바로 생각해야 한다. 첫째, 《큰사전》의 그 백분비는 진정한 우리말의 사실이라 하기 어렵다. 《큰사전》의 편찬 사업이 어려운 역경 속에서 되었기 때문에 한자 적발(문헌, 기록)에서 말을 캠이 많았음에 견주어, 실제 사용의 말씨의 캐기는 힘이 부족하였다. 그래서, 순우리말의 비율은 실제 사실보다 떨어졌다. 둘째, 한자말이 하여튼 그렇게도 많다는 것은 한자말의 침략이 극심한 탓으로 우리말이 많이 부당하게 쭈그러지고 죽고 없어진 때문이다. 이제 자유 세계의 대한민국에서 과거의 불행과 모욕을 이유삼아 금후에도 그 불행, 그 침해를 당함에 마땅하다고 주장하는 것은 자주 문화의 창조가 겨레 발전의 큰 터전이 되는 줄을 몰각한 소치가 아닐까? 독립 자유의 정신으로 나라를 세워 가는 우리는 부당한 침입자인 한자·한자말을 될 수 있는 대로 몰아내고 우리글·우리말을 되찾고 되살려 쓰지 않으면 안 된다. 주 시경 스승이 지은 "한글"이란 말은 "諺文"·"反切"을 정복하였고, 나와 정 인보 님이 되살린 "겨레"는 "民族"을 이겨 가는 판이오, 해방 후 내무부에서 새로 마련한 말들이 많은 왜식 용어를 쫓아내었고, 국방부의 제정한 군대 용어가 새로운 활기를 띠고 있다. 요컨대, 각종 문화의 성쇠는 그 겨레의 생활력, 창조력, 자주력의 있고없음에 터잡는 것임을 우리는 깊이 깨달아야 한다. 프랑스에서는 대전 뒤에 해부학 용어를 전부 프랑스말로 고쳐 놓았더라고 파리에 갔다 온 윤 일선 님은 말하였다.

사람의 말은 변한다. 이미 한자말의 침입·사용의 사실을 인정함과 마찬가지로, 순수한 우리말의 되일어남과 침입자의 격퇴의 가능성도 인정하지 않으면 안 된다. 다만, 피차 마찬가지로 상당한 시간과 정신적 추진을 소용할 뿐이다. 우리는 다만 과거 반세기 동안 중등 학교 국어 말본에서 세워 온 자주 문화 창조의 정신을 계속적으로 지키고 발전시키자는 것이오, 결코 당장에 또 일시에 한자말을 다 없애자, 들온말을 다 쫓아내자는 것은 아니다. 다만, 논쟁을 일삼는 사람들은 우리를 극단의 배타주의로 몰아넣고서, 이런 한자말도 없애겠는가, 저런 들온말도 없애겠는가고 들이대는 것을 보는데, 이는 논적을 제 마음대로 치기 좋도록 만들어 놓고서 제멋대로 치고 받고 하는 게나 다름이 없는 것이라, 다만 읽는 이의 냉정한 판단을 흐리게 하려는 연막 전술에 불과한 것이오, 핵심적 문제의 해명에는 아무런 논리적, 타당한 가치가 없는 다변(多辯)일 뿐이다. 그래서, 우리가 우리말을 세워 쓰자는 것을 국수주의(國粹主義)라고 배격한다. 그러면, 그네는 '국수적 사상'은 아니고 '일수적(日粹的) 사상'인가? 일본인의 말글에 대한 사상과 태도도 대전 이전과는 아주 달라

졌음을 알아야 한다. 일인들이 "대전 끝난 뒤에 한껏 한자를 제한하고, 가나 전용의 순일본말로써 각종의 말을 만들어 쓰기로 하여, 오랜 세월에 위축되었던 일본말의 생산력을 왕성히 회복하고 있다."고 교토대학 조교수 사까구라(阪倉篤義)는 증언하면서, "ワタリ音, アリサマ動詞, タキアワセ販賣" 같은 말들을 보기로 들었다. 일본 문부성에서는 "人間改造"란 낡은 투의 말을 버리고서 "ヒトヅクリ"(사람 만들기)를 대대적으로 선전하고 있다. 우리 정부는 일인이 쓰다 버린 "인간 개조"를 한참 금과옥조같이 쓰고 있는 판이 아닌가? 일수적 사상에 젖은 사람들은 다시 현해탄을 건너가서 새로운 일본을 배워 왔으면 좋겠다.   (1963. 6. 6)

-〈신사조〉 2권 6호(1963. 7.)-

학교말본 통일 문제를 다룸

1. 용어문제

이 희승 님은 《주간(週間) 새나라》(1962. 1. 22.)에 실린 〈촛점〉이란 글에서 다음과 같이 베풀었다.

나 자신과 30여년 교단 생활을 하였다고 하면서 가만히 과거를 회고 반성하여 보니, ……촛점을 벗어난 교단 생활을 한 것이 아닌가 나 자신도 모를 지경이다. 모르지 않고 지금쯤은 잘 알았다손치더라도, 이제는 '성복후 약방문(成服後藥方文)' 격이라 만시지탄만이 남을 뿐이다. 나 개인만이 이러한 실수를 하였다 할지라도 우선 사회에 끼친 영향은 이만저만한 것이 아닐 터인데, 만일 나밖에도 이런 촛점을 벗어난 사람이 있다면 여간 큰 문제가 아니다. 왜냐하면, 촛점을 벗어난 일을 해서 국가 사회에 악영향만을 끼치고 말게 될 것이다.

촛점을 벗어난다는 것은 많은 경우 자아 응시를 못한다는 것, 따라서 자아 인식을 못한다는 말이 된다. 여기 '자아'란 것은 소아(小我)보다 대아(大我)를 가리키는 것이다.

우리 나라 역사를 통하여 볼 적에 상세 시대는 알 수 없지마는, 중고부터 자아를 몰각한 사실이 한두 가지가 아니다. 신라가 백제를 정복하기 위하여, 당나라 군사를 청해 온 것부터 그 좋은 표본이오, 고유의 문화 형태를 버리고 성명, 지명, 관직명 등 문물 제도를 모두 중국식으로 바꿔 놓은 것이 얼마나 큰 자아 몰각이냐 말이다.

우리 민족이 우리식 성명을 어엿이 가지고 있을 적에는, 수 양제의 백만 대군도 어려움 없이 내무찌르고 만주 천지도 우리 강토의 일부분으로 잘 확보하였고 황해의 해상권도 장악하고 있었으며, 도국(島國)에 식민하여 모든 문화와 기술을 전파한 일이 있었지마는, 성명을 갈아붙인 후부터는 우리 민족이 기가 죽어 버려서 항상 수세를 취하기에 급급하였고, 침략을 몇 번이나 당하지 않았는가 말이다. 이만저만한 자아 위축이오 자아 몰각이 아니다. ……무엇을 교육한답시고 했느냐. 책임감이 바위처럼 가슴을 누른다.

이 글을 나는 깊은 동감으로써 읽었다. 순수한 배달말에 대한 알뜰한 사랑, 나라의 흥성과 겨레의 발전에 대한 간절한 소원이 온 글자에 나타나 있다. 이 글을 읽고 그 정신과 견해에 대하여 아무도 이의를 제기할 이는 없었다. 이제 나는 이 글의 정신을 더 똑똑히 드러내기 위하여, 그 정신을 분석·기술하여 보려고 한다.

① 제 말의 성쇠는 곧 그 겨레의 성쇠와 관련된다. (이 님은 다른 곳에서 말과 겨레와의 상관성을 강조하되, 말의 운명은 겨레의 운명과 동행한다. 겨레는 그 말과의 관계를 끊으려 해도 끊을 수 없으며, 만약 끊는 날에는 저 스스로도 존립을 유지할 수 없는 것이다. 제 말을 잃은 겨레가 멸망해 버린 예가 적지 아니 하였다.)

② 제 말을 육성·발달시키어, 그 융성을 이룬 겨레는 흥왕한다. 옛날의

우리 겨레가 제 말을 사랑하고 높이어, 나라 이름, 벼슬 이름, 따 이름, 사람 이름들을 다 순우리말로 지어 쓸 적에는, 나라의 위세를 날비치고 잘살았다.

③ 그런데, 한자 문화가 수입됨으로부터 우리 겨레가 한자·한문에 심취하여 나라·벼슬·땅·사람의 이름들을 전부 한자로 짓고, 또 나아가아 중국의 한학을 숭상하기에 시간과 정력을 허비하고 모든 활동 성사의 기회를 잃어버리고 쇠퇴를 거듭하다가 드디어 나라까지 다른 겨레에게 빼앗기고 노예가 되었던 것이다.

④ 그러한즉, 겨레의 생영을 바라고 나라의 흥성을 바라는 교육은 마땅히 제 스스로의 교육의 말씨를 사랑하고 기르고 늘이어서, 그 흥성·발전을 꾀하지 아니하면 안 된다.

⑤ 그러한데, 나(이 님)는 수십 년 동안이나 교육에 종사하였건마는, 나의 교단에서의 생활은 전연 올바른 초점(焦點)을 잃었으니, 나의 교육 생활에서의 과오는 이만저만이 아니다. 이러한 교육 생활의 촛점을 벗어난 나의 과거를 돌아볼 적에 나는 무거운 바윗돌이 가슴 위를 누른 것 같아, 괴로운 정을 견디기 어렵다.

이와 같은 생각을 베푼 이 님의 글은 다만 술회를 위한 술회, 반성을 위한 반성이 아니오, 첫째는 자기의 앞날의 방향을 바로잡기 위하여 한 것일 것이오, 또 자기가 잘못 가르친(이것은 필자의 말이 아니오 이 님 스스로의 생각이오 말이다) 제자들에게 나의 촛점을 잃은 가르침에만 머무르지 말고, 그대들만이라도 올바른 방향으로 나아가기를 바라서 한 것이라고 나는 믿는다. 왜냐하면, 이러한 공개된 글은 언제나 이러한 의미가 있는 것이오, 더구나 교육자로서의 이러한 회의의 글은 반드시 이러한 의의를 지니는 것이 아닐 수 없기 때문이다.

필자의 이 말을 의심하는 이가 있을는지도 모르겠다. 만약 의심하거든, 모름지기 앞의《주간 새나라》를 자세히 읽고 찬찬히 새겨 보기를 권한다.

웬일일까, 이제 이 희승 님과 그 제자의 일부 사람들은 기를 쓰고, 학교말본 용어에서 순우리말로 된 '한글용어'를 삭제·금지하고서, 일본사람이 지어서 식민지 교육에서 강제 주입한 '한자 용어'만을 내세우고자 하니, 앞의 이 님의 글을 읽은 우리로서는 도저히 그 심사를 이해할 도리가 없도다. 나는, 진심으로써, 다시, 다음과 같은 사실을 간단히 베풀어서 이 님과 그 제자들 및 독자 여러분의 숙고와 비판을 바라는 바이다.

⑴ 가을에 나뭇잎이 떨어진 자리에 곧바로 싹눈이 돋아 있음과도 같이, 구한국이 멸망한 무렵에 바로 주 시경 스승이 순우리말로써 말본 용어를 삼고, 우리의 말본을 과학적으로 연구하는 길을 열었다. 그것이 자라고 번지어서, 오늘날의 말본 용어가 된 것이다. 곧 순우리말로 된 한글 용어는 멸망에 대비하여 광복과 흥왕을 지향하는 상징이었다 할 수 있는 것이다.

⑵ 한글 용어는 위와 같은 겨레 갱생의 도화선임에 대하여, 한자 용어는 일본 제국주의자가 한국을 잡아먹고서 그 백성들에게 가정·학교·사회에서 일어 상용을 강요함과 함께, 학교 교육에서 일본 문법으로써 우리에게 강제 주입한 것이다. 그러므로, 우리가 가진 일어 지식과 한가지로 말본의 한자 용어 지식도 다 동화 정책, 한국민족 멸절의 기도 밑에서 강제로 배워 얻게 된 것이다.

⑶ 한글 용어는 일제 36년을 통하여, 또 해방 후에도 한결같은 한글 운동의 정신의 핵심적 표현이 되었다. 우리가 이것을 살리고

육성하기 위하여, 갖은 압박과 싸우다가 드디어 옥고 3년에, 옥중의 이슬로 사라진 동지들도 둘이나 있었고, 또 총살을 3일 앞두고서, 천행으로 해방의 덕택에 목숨을 지니고 옥을 나오게 된 이도 있었다. 이리하여 한글 용어로 된 《큰사전》이 다시 살아난 것이다.

(4) 한글 용어는 순우리말인 만큼, 일본사람이 중국 글자로써 서양말을 뒤쳐서 지어낸 한자 용어보다 훨씬 쉽게 잘 되었다. "부사"가 우리말로서는 "동래 부사, 진주 부사"의 "부사"로만이 이해될 뿐이오, "조사"가 사전에 22개나 있으니, 그 뜻잡기가 극히 어렵고, 설령 한자로 적어 놓는다 하더라도, "부사", "조사"가 아무런 뜻을 똑똑히 가리켜 보이지 못한다.

(5) 일선의 국어 교사의 충실한 과학스런 교단 실험의 결과에 따르건대, 학생의 이해와 기억에 터잡은 바른 답의 비율이 한자 용어 반은 겨우 9%임에 대하여, 한글 용어 반은 37%나 된다. 곧 한글 용어의 교육적 효과가 한자 용어의 그것보다 4배가 넘는다. 이 교육적 효과의 월등한 점은 실로 우리 겨레 장래를 광명으로 이끄는 중대한 이익으로서, 이 문제의 결정적 요건이 아닐 수 없다.

이러한 점들을 생각한다면, 망국서부터 해방까지, 해방서부터 광복 재건까지, 반세기 이상의 동안에, 압박과 설움 밑에서 천신만고, 악전 고투, 생명을 희생해 가면서 오직 민족의 부흥을 목표삼고 쌓아 올린 한글 학회의 문화 공탑을 이제 와서 파괴하려는 것은 민족의 양심에서 용인할 수 없는 일이 아닐 수 없다. 더구나, 그 자리에다가, 저 악독한 일본 정부도 강요하지 않았던, 저네들 자신의 지은 한자 용어를 심으려고 하는 것은 민족의 정기에서 허락할 수가 없다. 일본제의 물품만을 즐겨 쓰는 우리에게는 경제의 자립이 올 수 없고, 일본제 용어만을 숭상·애용하는 우리에게는 문화의 독립을 이룰 수가 없을 것이다. 제 겨레의 창작보다 남의 겨레의 창작을 높이고 사랑할 이유가 어데 있을까? 이것은 '자아 몰각'이 아닌가?

이 님의 깊은 밤, 고요한 서재에서 과거 반생을 돌아보면서 적은 글 〈촛점〉을 저렇게 적어 놓고서, 요란한 시가, 분주한 사무실에서는 이러한 순우리말 용어의 파멸·금지를 억지쓰니, 참 이해하기 곤란하다 아니 할 수 없다. 대저 '속사람'은 사람 본연의 자태인 '명덕(明德)'과 '양지(良志)'에서 살고, '겉사람'은 외부와의 관련에서 띠끌과 물욕에서 살고 있는 것이라 한다면, 나는 이 님과 그 제자들이 겉사람을 버리고 속사람으로 돌아가기를 간절히 바라는 바이다.

2. "이다"의 처리 문제

학교 말본 통일 문제는 형식에서 늘 그 용어를 순우리말로 된 것(한글 용어)을 취하느냐, 한자말로 된 것(한자 용어)을 취하느냐에 있다. 나는 앞에서 용어 문제를 다루었은즉, 이제는 내용 문제를 다루어야 하겠다. 그런데, 내용 문제는 씨가름에 한하였는데, 그 회의에서, 이 "이다"를 낱말로 잡지 않았기 때문에, "이다"가 씨갈래(品詞)에 들지 못하고 말았다. 그리고, 씨가름은 부분부분으로 다루었는데, 우연히 나의 아홉 가지 씨가름과 일치한 결과에 떨어졌으며, 또 여기에 대해서는 아무도 크게 문제삼는 일이 없다. 그래서, 나는 여기서 다만, "이다"문제만을 다루고자 한다.

그 회의에서 "이다"는 낱말이 아니오, 끝(語尾)이라고 6:5의 한표차로 규정되어, 이 희승 님의 주장이 성립되었다. 그러나, 이 성립은 순전한 학리 위에 서서 한 것이 아니오, 이론의 여하엔 매이잖고, 그

저 파벌 심리에서 된 것이다. 이에 나는 이 희승 님의 이에 관한 견해를 들어, 비평함으로써 "이다"가 끝(어미)이 아니오, 독립한 낱말임을 증거대고자 한다.

⑴ "이다"의 "이"는 고룸소리(調音素)가 아니라, 자존(自存)한 줄기(經幹)요 "–다"는 씨끝이다.

① 이 님은 "이다"의 "이"는 닿소리 아래에서 소리 고루는 것이라고 주장한다.—그러나, 이 님은 그 주장을 베푼 그의 주저《국어학개설》바로 그것의 첫줄에서부터 쪽(面)마다 홀소리 아래에 "이다"를 사용하여(보기 : 言語이어야 한다), 자설을 자파하고 있다. 나는 이 따위의 보기들을 자(尺) 반 길이의 종이에 적어 가지고, 그 회의석에 나가서 질문하였더니, 그분은 그런 것을 자 반은커녕 한 발을 적어 가지고 왔다 해도, 그것은 진정한 언어 사실이 아니기 때문에 아무 소용이 없다고 뱃심좋게 한말로 부인해버렸다. 그 때 나는 그의 이렇듯 억센 뱃심에는 놀라지 않을 수 없었다. 그렇지만, 학문은 뱃심으로 하는 것도 아니오, 할 것도 아닌 게 아닌가? 냉정한 자세에서의 자기자신을 부정하는 뱃심은 이론만으로써 진행·결정되어야 하는 학문의 세계에는 용허될 수 없는 것이다.

이 숭녕 님도 또한 똑같은 자설 자파의 괴현상을 노출시켰다(이 숭녕:《고등 국어 문법》ㅉ 116~117, ㅉ5, 얼마나 가까운 사이인가;《古典》ㅉ 111, 한 文體이다). 그리고, 그는 이 달 23~26일 나흘 저녁의 동아 방송에서 나와의 대담에서, 말본이란 것은 입으로 하는 말을 가지고 논할 것이지, 붓으로 적은 말로써는 해서 안 된다고 변호하였다. 그러나, 만약 그의 말과 같이 한다면, 말본은 입으로 가르칠 것이오,

글로 적은 교과서로 만든 것은 부당하다는 귀결이 되고 마는 것이 아닌가?

② 이 희승 님의 설에 대한 결정적 타격은,

그미(彼女)가 소설가임을 나는 몰랐다.
소설가인 그미는 훌륭한 역작을 많이 내었다.

와 같은 보기에서는 "이다"의 이름꼴 "임"과 매김꼴 "인"의 "이"는 줄이는 일이 없으며, 또

그가 장수였다(《이었).
그는 식물학자였다.
국어는 언어이어야 한다.

와 같은 경우에서는 결코 "이"를 생략할 수가 없다.

(2) 가령 "사람이다"가 하나의 낱말이 아니다.

이 희승 님은 "이다"는 임자씨 밑에 붙어서 그와 함께 임시로 하나의 풀이씨(用言)가 된다 하였다. 그러나, 이 말세움은 허다한 불합리한 난점을 내포하고 있다.

① "사람이다" 사이에 독립한 하나의 낱말, 보기로 "만"이 끼여 들어가서,

사람만이다.
　　　　‾‾

로 되어, 아무런 파탄을 일으키지 아니한다. 이는

　　사람이―사람만이
　　　‾　　　‾
　　사람을―사람만을
　　　‾　　　‾

에서, "이"와 "을"(토)이 "싸람"과는 별개의 낱말임과 마찬가지로, "이다"도 또한 하나의 낱말임이 분명함을 보인 것이다. "사람만이…" 의 "이"를 독립한 하나의 낱말로 결정해 놓았으면서, "사람만이다"의 "이다"는 낱말이 아니라 함은 바르지 않다.
　　② "사람이다"가 하나의 낱말 풀이씨라면, 그 위에는 어찌씨 가 와야 할 터인데, 실제에는 어찌씨가 오지 않고, 매김씨가 온다. 곧 "착하게 사람이다.", "빨리 사람이다."라 하지 않고, "착한 사람 이다.", "빠른 사람이다."고 한다. 이는 곧 "사람이다"가 하나의 낱말 이 아니오, 두 낱말이기 때문에, 매김꼴 "착한", "빠른"이 임자씨 "사 람"만을 꾸민 것임을 보임이다.
　　③ 만약, "이다"가 이름시 "사람"의 끝이라면, "사람이다", "사람이 겠다", "사람이었겠다", … 따위가 다 각각 하나의 이름씨가 될 것이 다. 도대체, 이 세계에 이러한 몰골(形態)의 이름씨가 있을 수 있나? 있거든, 그 보기를 보여 주기를 바란다. 이름씨가 끝바꿈(Conjuga-tion, 活用)을 하여, 시간의 표시를 하는 일은 어느 말씨에서도 절대 로 없다고 단언한다.

　　(3) "사람이다"의 "이다"는 씨끝(語尾)이 아니오, 독립한 하나의 낱말이다.

① 만약, "이다"가 씨끝이라면, "사람만이다"에서는 "이다"가 토씨 "만"의 씨끝이 된다. 그러면, 이름씨뿐 아니라, 토씨도 씨끝 "이다"를 붙여서 끝바꿈을 한다 해야 하겠으니, 이런 일이 이 세상에 있을 수 있겠는가? 더욱 기괴하지 아니한가?

② 또 만약 "이다"가 씨끝이라면, "사람이었다"에사, 그 몰골의 얽이를 합리적으로 설명할 도리가 없게 된다. 곧

"사람 이 었 다"
 ── ── ── ──
 | | | |
줄기 씨끝 도움줄기 씨끝

이것은 20세기 과학 시대에 다시 볼 수 없는 '괴물 명사'이다.

으로 되어, 끝과 끝과의 사이에 도움줄기가 끼여들었고, 줄기와 도움줄기의 사이에 씨끝이 끼여들었으니, 이러한 괴상한 학술로써 통일한다면 이는 세계의 언어학자들의 비웃음 살 것이 분명하니, 뱃심만 부릴 것이 아니라, 학리도 생각해야 하지 않겠는가? 또 우리 나라 학계 체면도 생각해야 할 것이 아닌가? 철모르는 학생들에게 죄짓는 '교육'이 되지 않겠는가?

③ 무릇 사람의 생각을 나타내는 판단, 곧 월에는 세 가지가 있다.

(ㄱ) 무엇이 어찌한다
(ㄴ) 무엇이 어떠하다
(ㄷ) 무엇이 무엇이다.

이 (ㄷ) 월에서, 임자 개념 "무엇"과 풀이 개념 "무엇"과는 각각 독

립의 낱말로 존재한 것이다. 이 따로 존재한 두 개념을 "이다"가 잡아매어서 그 걸림을 이뤄서, 비로소 "무엇이 무엇이다"란 판단이 성립한다. 곧 "이다"는 잡아매는 말, linking verb, 또는 copulation verb 이다. 이 두 개념을 잡아매는 "이다"는 결코 그 어느 쪽 개념에도 부속되지 않는 독립한 낱말인 것이다.

그러므로, 세계 모든 말씨〔言語〕에서 그 말씨의 구조는 천차만별이었지마는, 잡아매는 말, 곧 잡음씨(copuative verb)에 맞는 말은 다 하나의 독립한 낱말로 다루고 있다. 보기로 우리말과 그 구조가 가장 가까운 일본말에서, "コレハ 人ナリ", "コレハ 人デス"의 "ナリ"와 "デ ス"가 각각 하나의 독립한 낱말로 그 말본에서 다루어지고 있다.

그뿐 아니라, 배달말을 연구하여 혹은 말본을 혹은 사전을 지은 동·서양 외국 사람들이 모두 "이다"를 하나의 낱말로 보았다. 1880년에 된 《한·불 자전》에서, 1939년의 람스테드(G.J.Ramstedt)의 *Korean Grammar*와 *Korean Etymology*에 이르기까지 다 그러하였고, 일본인 학자들도 다 그러하여, "이다"를 '조동사'로 보았다.

지난번 동아 방송 대담에서 이 숭녕 님은, "나의 스승 오구라(小倉 進平) 님은 「이다」를 독립한 낱말이라고 말하지 않았으며, 우랄 알타이 언어학자 람스테드도 「이다」를 독립한 낱말로 보지 않았다."고 단정하였다. 그러나, 과연 그러한가?

오구라 지은 《조선어 방언 연구》 상권에

(지정) pus-i-we-da   筆デゴザイマス (2,476)

(지정) pus-i-ui-da   筆デゴザイマス (2,476)

(지정) pus-i-ju   筆デス   (2,477)

와 같이, 똑똑히 "이다"를 '지정 조동사'(그 책인 20)로 하였다. 이 님은 이러한 설명 시간에는 결석을 했던 것이겠지요.

또 람스테드는 그 지은 *Korean Grammar*(1939)에서 "이다"를 "이시다", "하다"와 같은 독립한 움직씨로 보았다. 그는 다음과 같이 설명하였다.

> "ida"의 "i"는 줄기, "-다"는 끝이다. 이 짧은 "i"는 그 앞선 홀소리 뒤에는 흔히 줄어진다. 그래서, 사람들은 흔히 이름씨·대이름씨·셈씨가 뒤에 바로 씨끝이 붙음을 보게 된다. 그래서, 마치 이름씨 따위가 끝바꿈 (conjugation)을 하는 것 같은 인상을 받게 된다. 보기로
> mur ida
> namu-da(〈ida)
> so-da (소다)
> so-dẹn-zi mar-iden-zi (소던지 말이던지)
> so-m-jẹ-n〉somjẹn (소면)
> 에서와 같다. 그러나, 이는 이름씨가 끝바꿈한 것이 아니오, 다만 "이다"의 "이"가 생략되었을 뿐이다. (2,141)

이다지 똑똑하고 알뜰하게 "이다"의 낱말됨을 인정하는 동시에, 그것에 대한 오해가 있어서는 안 된다고 경고까지 하였다. 이 희승, 이 숭녕 두 분은 람스테드의 경고를 모르고서 그 과오를 범하고서 그 과오를 깨치지 못하고 있을 뿐 아니라, 이 숭녕 님은 앞든 대담에서 람스테드도 "이다"를 낱말로 보잖았다고 장담을 하였다. 그가 람스테드의 *Korean Grammar* 와 *Studies in Korean Etymology* 도 읽지 않고서, 그의 저서에서 람스테드를 "세계 최고 수준의 우랄 알타이 언어학자"

라 추앙하였으니, 더욱 이상스럽다 아니할 수 있겠는가?

요컨대, "이다"는 동·서양 언어학자들로부터 한가지로 독립한 낱말로 보아져 온 것이 틀림없는 사실이오, 또 그것이 하나의 독립한 낱말이어야 한다는 우리들의 견해도 한 점의 어두움이 없는 것이다.—이러한 명백·정확한 학리를 무시하고서, 획책에 기인한 위원의 한 표의 차로써 그 좌우가 결정되었다 하여, 관력을 힘입어, 이를 실제의 교육에 강행하려 함은 천만 무모하고 위험한 짓이 아닐 수 없다.

3. 문제 해결의 방도

문교부에서는 이 문제를 해결하기 위하여, 중앙 교육 연구소에 지시하여, 여론 조사를 하고 있다. 한글 학회는 이 여론 조사에 대하여,

> (1) 조사 대상은 중등 학교 국어 교사가 되어야 할 것인데, 엉뚱하게 외국어 교사까지를 대상으로 삼은 것은 마치 국내 문제를 국제 회의에 붙인 것과 같으며,
> (2) 조사의 취지 설명에서 한글 용어 때문에 혼란이 심하다는 말을 하고, 또 문교부 통일안이 절충식으로 된 것 같이 하여, 조사가 아니라, 한자 용어의 찬성 회답을 요구하는 것이라

는 이유를 들어, 그 부당함을 설명하고, 그러한 조사의 결과가 아무런 가치가 없음을 강조하였다.

이제, 나로서 말하게 한다면, 학교말본 통일은, 문교부 장관이 누차 말한 바와 같이, 순전히 중등 국어 교육을 위한 것이오, 대학에

가서는 각 학자가 자기의 학설을 얼마든지 세울 수 있는 것이라 한다면, 그 대상은 중등 학교 국어 교사에 한할 것이오, 만약 그 이상 넓히는 경우에는 대학 국문학 선생보다도 국민학교의 교사가 그 대상자가 되어야 한다고 하겠다. 왜냐하면, 중등 학교의 보통교육은 국민학교의 보통교육의 기초 위에 세워지는 것인만큼, 말본의 용어와 내용이 국민학교 졸업생의 심리와 지성 위에 어떠한 모양으로 작용할까를 고려하지 않으면 안 되기 때문이다. 이러한 점들로 보아, 이번 여론조사는, 오로지 중립적 입장에 서서, 문제 해결의 태도·방법·대상 들을 결정해야 할 문교부가, 잘못 결정된, 또 잘못 공포된 소위 통일안을 굳이 강행하려는 구실을 얻고자 함게 그 저의가 있는 것이라 할 수밖에 없다.

원래 여론 조사가 이 문제 해결의 정당하고 신중한 방법이 될 수는 없는 것이다. 국어의 말본 문제는 그 내용과 용어가 한가지로 학술의 문제요, 또 학교의 교과서 문제는 곧 교육의 문제이다. 학술 문제는 학리의 천명으로써 결정한 것이오, 교육의 문제는 교육적 원리와 실제로써 결정해야 할 것이다. 그뿐 아니라, 국어 문제는 민족 정신, 국민 정신에도 뻗쳐서는 국가의 흥망 성쇠와도 관계 깊은 문제인즉, 모름지기 또 민족과 국가의 입장에서도 고려되어야 할 문제이다. 그렇거늘, 문교부가 작년에 이 문제를 조급하고도 경솔하게, 또 사무 담당자의 획책에 의한 극히 편파하게 선정된 위원—더구나 소수 인원의 기계적인 투표(1표 차)로써 결정함부터가 잘못된 처사인데, 이제 또 이 문제를 단순히 계획적으로 진행하는 부정당한 방법으로써 투표의 다소로써만 결정하려 함은, 갈수록 문제의 본질을 망각한 어리석은 처사라 아니 할 수 없다고 생각한다.

수의 많음에 진리가 있는 것은 절대로 아니다. 코페르니쿠스가 처음으로 지동설을 주장했을 적에 몇 사람이나 찬성했을 건가? 아이 슈타인이 상대성 원리를 제창하니, 전세계에 알아듣는 사람이 겨우 셋뿐이었다 한다. 수의 다과에 진리가 매인 것이라면, 수학시간에 답의 정부(正否)는 그 반 학생들의 거수로써 결정되어야 할 것이 아닌가? 이러한 결정에 학생의 지성이 달갑게 복종할 성 싶은가? 만약 복종한다면 그 나라는 장래의 소망이 없을 것이 아닌가?

중등 학교 국어 교사에게 공평한 방법으로 조사한다면, 물론 한글 학회의 주장에 대한 찬성이 절대적으로 더 많을 것을 나는 믿어 의심하지 않지마는 원칙적으로 말해서, 여론 조사는 결코 한글 문제의 올바른 해결 방법이 될 수는 없다.

공평히 또 냉정히 생각해서, 이 말본 통일 문제는 ① 학술적 연구와 토론, ② 교육적 실험, ③ 민족문화, 국가 운명의 정책의 견지에서 다루어지고 해결되어야 한다고 나는 주장한다.

첫째, 나는 개인으로서 또 한글 학회의 대표자로서 문교부에 대하여, 학교말본 통일 문제에 관한 공개 학술 토론회 개최를 청하였으나, 문교부로부터 아무런 반응을 보지 못하였으며, 또 동아 방송 대담에서 이 숭녕 님에게 이를 청하였더니, 그는 즉석에서 이를 거부하였다. 그 이유로는

(1) 토론이 이미 충분히 다 되었다. 왜냐하면, 각인의 견해는 이미 논문으로 발표되었고,

(2) 토론회를 한다 해도 청중이 30명 가량이나 모일 것이오,

(3) 우리 나라에는 문법학자가 적으니, 공개 토론을 한다 해도 이를 정당히 시비를 판단할 사람이 없다는 것이었다.

이에 대하여 나는 논박하였다.

　　⑴ 토론을 한 번도 하지 않고서, 이미 충분히 토론되었다 하니, 억설이오,

　　⑵ 토론회의 청중이 얼마가 될지는, 해 보아야만 알 것이다. 만약 당신
　　　이 굳이 30명쯤 온다고 한다면, 나는 3,000명은 온다고 주장하겠다.

　　⑶ 우리 나라에는 학자가 적기 (아니, 없기) 때문에 그 토론의 시비를 판
　　　단할 사람이 없겠다마는 말은 너무나 무례 방자한 말이다.

　　나는 중등 학생이라도 앞에 놓고서, 그 시비를 판단할 수 있도록
설명할 수 있다. 원래 이 말본 문제는 다 중등 학생을 가르치는 교과
서 문제가 아닌가? 또 당신이 공개 토론회를 회피하는 것은, 만약 공
개 토론을 한다면 당신네들 주장의 그릇된 이론이 다 드러나고 말
것이니, 그보다는 요행히 계획대로, 한 표 차로 이겼은즉, 그대로 관
권으로써 밀고 나감이 상책이겠다고 함에 그 회피의 이유가 있다고
할밖에 없잖겠나? 만약 그렇다면, 이는 학문을 존중하고, 국어를
사랑하고, 교육을 중시하는 학자적·국민적 양심을 저버린 것이 아니
겠는가?

　　이에 대하여, 이 님은 그런 토론회에 이제 배우는 중에 있는 중학
생을 상대로 한다는 것은 옳지 못하다고 엉뚱한 대답을 하였다. 누
가 중학생 상대로 토론하자고 하였나? 판단할 사람이 없다기에, 내
가 그렇게 말한 것뿐이 아닌가?—나는 주장한다. 공개 학술 토론회
는 꼭 필요하다.

　　⑴ 이것이 학문의 문제요,

　　⑵ 각각 제가 옳다고 그럴듯하게 글만 써 내어서는 읽는 사람이
　　　그 글낯에 현혹되어 바로 판단하기 어려우니, 마주앉아 토론함

으로 말미암아 토론하는 당자들도 제(自己)의 부족한 점을 깨칠 수가 있고, 듣는 이도 쉽게 분명히 그 시비를 판단할 수가 있다.

(3) 국어·겨레·나라를 사랑하는 심정은 다만 제 의견의 주장이 목적이 아닌즉, 반드시 진정할 진리가 천명, 시행되기를 바라야만 하는 것이 그 이유다.

국가의 장래를 위하여 교육 행정의 책임을 가진 문교부가 왜 이 토론회 주최를 주저하고 있는지, 나는 그 뜻을 알 수 없다. 일제 시대에, 한글 학회의 새 맞춤법에 대하여 반기를 드는 일파의 사람들과 3일간의 공개 토론 회의 뒤에, 《동아 일보》가 그 국문 활자를 개조하였고, 당시 총독부가 〈보통학교 언문 철자법〉의 시행을 단행하였다는 과거의 경험에 비추어 보아서, 박수도 거수도 금지된 순수한 토론회는 학술의 진보에 유익한 것임을 믿어 의심하지 않는 바이다. '문법파'는 어떻게 생각하는가? 알고 싶구나!

다음에, 문교부는 이 문제의 올바른 해결의 방법으로서, 교육적 실험을 충실히 해 보아야 한다. 나는 대구의 원화 여자 중·고등학교의 국어 교사 정 휘창 님이 국민학교를 마치고 여자 중학교에 입학한 백지와도 같은 여학생들로써 정확히 말본 용어의 교육 효과를 실험한 결과에 따르면, 그 정답의 비율이 한자 용어 반의 평균이 겨우 9%임에 대하여, 한글 용어 반은 그 4배가 넘는 37%임을 문교부 장관님에게 말한즉, 장관은 그와 반대의 논문도 있다고 답변하였다. 나는 그 논문을 보고 싶음을 말하고서, 그와 같은 반대의 논문이 있다면, 그럴수록 더 두고서 정확히 실험·측정할 필요가 있는 것이 아닌가 반문한즉, 장관은 아무런 말씀도 없었다. 동아 방송 대담에서 이 숭녕 님도 이러한 나의 말에 대하여, 우리 편에도 그와 반대의 논문이 있는데, 다만 발표되지 않았을 뿐이라고 답변하였다.

이러한 따위의 답변은 결코 국어 교육에 대한 성의있는 태도라고는 할 수 없는 것이다. 이런 답변으로써 한자 용어의 4배 이상의 교육적 효과가 나는 한글 용어를 금지하고서 한자 용어를 사용함으로써 4분의 1 이하의 교육을 하겠다고 고집하는 태도와 심정은 한국민의 상식으로는 도저히 이해할 수 없는 것이다.

끝으로, 말본 용어 문제는 겨레 문화의 방향과 나라 운수의 흥왕을 위하는 정책적 견지에서 다뤄지고 결정되어야 한다.

친근하고 쉬운 제나라 말로써 무든 문화 활동을 일삼아야 한다는 생각은 20세기 전세계 인류를 지배하는 요청이다. 재작년에 세계 공의회에서, 수천년래 라틴말의 낡은 권위에서 해방되어, 각 나라 사람들은 제나라 말로써 가톨릭 예식을 거행하여도 좋다는 선언이 있었고, 근일의 신문 보도에 따르면, 영국에서 수천 년의 전통적 라틴말의 권위를 물리치고, 영어로써 미사를 올렸다 한다. 한국에서도 내년 1월부터 반드시 배달말로써 미사를 지내게 되어, 만약 라틴말로써 예식을 올리려면 그 이유를 갖추어서 허락을 받아야 한다고 규정되었다 한다. 이 사조는 문예부흥 이래 전세계적으로 차츰차츰 실현되어 오던 터인데, 이제 그 죽은 말(라틴말) 권위의 최후의 보루였던 가톨릭 교회의 예식에서의 그 용어마저 드디어 붕괴됨에 이른 것이다. 이것은 서양 문명인의 근대 정신의 역사적 승리인 동시에, 세계 각처의 뒤떨어진 겨레들의 문화의 나아갈 방향을 명확히 보여 준 것이다. 우리의 지도자들은 이러한 세계적 중대 변혁에 눈감아서는 안 된다.

한국의 한글은 유럽의 근대 정신의 각성에 따른 소위 '근대말'의 일어남과 동시에 탄생된 우수한 과학스런 문화의 연장이어늘, 우리 국민의 일반적 정신이 낡은 꿈에서 깨어나지 못하였기 때문에, 이 글자와 제 말로써 제 겨레 독특의 문화를 창조·발전시키지 못하고, 도리어 남의 말·글만을 존상 복응하였음은 천추의 유한이 아닐 수 없다. 36년간이나 망국의 쓰라린 경험을 겪고서, 광복의 영광을 누린 겨레의 조국 대한민국은, 마땅히 친하고 쉬운 우리말 우리 글로써 모든 생활을 일삼으며, 장래 민주주의적 번영을 벼르지 않으면 안 된다. 이는 우리의 겨레스런 요구인 동시에 세계 전인류의 공통의 이상인 것이다. 이 세계사적 조류를 모르고 한자를 되살리며, 일제의 말본 용어를 되살리려는 것은 시대를 역행하고 민족을 반역하는 우매한 행동이라 이니할 수 없다. 교육이 진보되고, 과학이 발달되어, 우리의 장래에 영광과 행복의 결과를 가져오려면, 시대에 순응하고 자존심을 고취하여, 내 것으로써 내일을 이루지 아니하면 안 된다. 정치·경제·사회·학문·교육이 다 이 방향으로 나아가지 않으면 안 된다. 문교 정책도 이에서 벗어날 수 없음은 말할 나위도 없다. 나라의 백년대계를 베푸는 교육이야말로 이 미래상의 계획 밑에서 실시되지 않아서는 안 된다고 나는 통절히 외친다. 국어 교육, 말본의 용어 문제도 당연히 이 방향, 이 노선 위에서 결정되어야 한다. 우리는 이 나라의 정치 이념의 빈곤을 한탄한 지 이미 오래이거니와, 이제 말본 통일 문제 파동에 즈음하여, 더욱 바르고 밝은 문교 정책의 확립을 요구하는 마음의 간절함을 이길 수 없도다.

이상 베풀어 온 바와 같이, 이 학교말본 통일 문제는, 그 내용과 형식이 다 한가지로 학술의 문제이오, 교육의 문제이오, 또 정책의 문제이다. 이렇듯 중대한 문제를 문교부 안의, 편견과 사심에 사로잡힌 몇 사람의 초조한 관리 심리에 맡겨서, 하루아침에 졸속하게 해치워 버릴 것이 못 된다. 학술의 존엄, 교육의 중대성, 문화 정책의 근본성을 위하여, 시일의 여유를 두고서, 학술의 진보를 촉구하며,

교육의 실험적 성과를 거둬 가며, 겨레 문화의 영원한 자주적 발전을 꾀하는 현명한 문교 정책을 마련함으로써, 그 올바른 해결을 구하지 않으면 안 된다.

이웃 나라 일본을 보라. 명치 유신 이래 근 백년이 되도록, '가나 맞춤법', '가나의 로마자 삼기(romanization)', 말본의 내용 들이 통일되지 못하다가, 패전 후에야 겨우 그 통일의 방향이 잡혀가고 있는 중이다. 학문을 관권으로 통일한다거나, 거수의 다소로써 결정한다는 것은 다른 나라 사람이 들으면 웃을 일이 아닌가? 우리도 좀 소국민적 근성을 청산하고 독립 자존의 대국민적 검도를 가지고서, 이 말본 문제를 처리해야 한다. 말본 문제의 처리는 다만 한 학과목의 처리에 그치는 것이 아니오, 그것이 곧 국어 교육의 근본 문제이며 또 국민의 창의적 활동의 포폄의 문제이며, 겨레의 자존심·성장 쇠퇴의 문제이며, 나아가서는 나라의 흥망 성쇠를 결정하는 국민 정신의 문제임을 깊이 깨쳐야 한다. 전국의 양심 있는 교육자, 정치인은 이를 강 건너 불로 앉아서 구경만 할 것이 아니라고 나는 힘껏 부르짖는다.

-〈새교육〉 123호(1965. 1.)-

학교말본 통일 위원회의 경과
- 씨가름을 중심한 보고와 비평 -

1

문교부의 교육과정 심의 위원회는 그 임무가 각 교과목의 배치를 교육적으로 함에 있다. 각급 학교의 교육에 필요한 교과목의 결정, 그 배치의 학년, 시간 수 들을 결정하는 것이 그 할 일이다. 각 교과목의 내용은 그 전문가가 할 일이다. 그런데, 중등학교의 국어과에는, 일반 국어 밖에 국문학·말본뿐 아니라, 또 한문까지 들어 있다. 그런 관계로, 국어과 교육과정 위원회에는 국어학·국문학·말본의 전문가 밖에 한문 전문가도 들어 있고, 또 국민학교 교육과정을 정하기 위하여 국민학교 교사·교장도 들어 있다. 이렇게 구성된 국어과 교육과정 위원회가 제 본래의 임무를 잊어 버리고, 말본의 내용 및 그에 따른 용어의 통일을 논정한다는 것은 탈선적 행동이 아닐 수 없다. 그뿐 아니라, 문교부 그 사무 담당의 편수관이 일종의 사심을 가지고, 아예 그 사심을 이뤄내기에 편리하도록 그 위원회 인선조차 극히 편파스럽게 하여, 그 위원적수 23인 중에 말본 용어의 순우리말 용어를 주장할 것이 분명한 사람으로는 오직 최 현배 한 사람뿐이었다. (회의 결과로 판명되기는 나까지 모두 세 사람이었는데, 한 이는 그네가 중립·공정한 사람이라고 뽑은 둘 이 중의 한 이고, 또 한 사람은 한자 용어 교과서의 공저자 중의 한 이로서, 그네의 예측을 벗어나 순우리말 용어를 찬성하였다.)

교육과정 위원회의 성격상 그 위원 구성이 대학의 국문학·말본· 한문학 전문가와 중등 학교의 국어 교사와 국민학교의 교사로 된 것만은 마땅한 것이 틀림없다. 그러나, 그 임무 밖의 말본의 내용과 용어를 논정함에 있어서는 그 다섯 갈래 사람들 중 오직 말본 전문 가 이외의 네 갈래 사람들은 무관계한 사람들인즉, 이러한 성격의 위원회로써 학교말본을 통일하고 의논하게 한다는 것부터가 근본 틀린 일인 데다가, 더구나 그 인선조차 고의적으로 사심 행사에 유 리하도록 편파스럽게 해 놓았으니, 말본 문제의 토의·결정, 더구나 투표의 좋다수 결정이란 것은 천만 부당한 노릇이 아닐 수 없다. 이 런 성격, 이런 인선의 교육과정 위원회로써 기어코 학교말본 통일을 강행하려는 문교부 사무 담당자의 심리가 정당한 문교 행정의 수행 에 있지 않고, 딴 사심 달성의 욕망에 사로잡혀 있음은 누구나가 간 파할 수 있는 일이다.

그러매라, 3월 18일 초차 회의에서 단번에 씨가름을 아홉 가지로 결정하였다는(나는 병석에서 그 소식을 들었을 적에, 그 허무맹랑한 느낌 을 금할 수 없었다) 것은 이 음모적 획책을 증명하는 바이다. 사심스런 어떤 안(案)의 전격적 통과가 아니고 무엇이냐?

4월 3일 둘째번 교육과정 위원회에 나가서 전번의 아홉 씨갈래 결 정의 경과를 들으니, 작년 봄에 가위 비밀리에 저희끼리만 모아서 말 본 토의회(그것은, 내가 당시 그 소식을 들고서 문교부 차관, 고문관에게 엄 정히 항의하여 중단시킨 것)를 해서 결정한 안을 김 형규 님이 제안 설 명함으로써 이의 없이 채택되었다는 것이다. 나는 교육과정 위원회의 성격과 그 위원의 구성이 편파적이며, 더구나 말본 통일을 논하는 회의에 말본 교과서 저자도 대부분 빼어 놓고서 한다는 것은 상식에 벗어난 부당한 처사인즉, 나는 이런 회의에서 의논할 수 없음을 역설하였으나, 그네들은 기어코 그 회로써 밀어나가겠다 하므로, 나는 단연 퇴장하고 말았다.

수일 후에 문교부로부터 말본 통일을 논할 기구를 개편하겠으니 참석하라는 통지가 왔기에, 4월 8일 회합에 나갔더니, 여러 곡절을 거쳐 겨우 말본 교과서 지은이 8인과 안 지은이 8인으로써, '학교말본 통일 전문 위원회'를 구성하기로 하고, 의장 이 희승 님의 자백으로 전형 위원 3인을 선정하여, 안 지은이 8인을 추천하게 되니 이 회의의 판가름은 벌써 여기서 결정된 셈이다. 왜냐하면, 회장이 자백한 전형 위원 3인 중 2인은 '문법파'요, '말본파'는 1인뿐이었기 때문에, 그 추천된 위원이 문법파 5인에 말본파 3인으로, 이것은 언제나 부동의 표수를 예시함이 되었다. 그래서, 전문 위원회의 구성 위원은

　　교과서 지은이 8인
　　　　김 윤경, 정 인승, 장 하일, 최 현배 〈우리말 용어를 채택한 이들〉,
　　　　이 희승, 이 숭녕, 최 태호, 김 민수(네 사람 공저의 대표자) 〈한자말
　　　　용어를 채택한 이들〉
　　교과서 안 지은이 8인
　　　　박 해창, 강 윤호, 유 제한 〈우리말 용어파〉
　　　　김 형규, 이 희복, 이 응백, 윤 태영, 이 훈종 〈한자 용어 파〉

의 16인으로, 한자말 파 9인, 우리말 파 7인에, 차가 2인이다. 다만 지은이 이 숭녕 님이 미국 가고 없기 때문에, 그 대신 이 기문 님

이 출석하여 발언권은 있었으나, 표결권이 허락되지 않았으므로, 표
수의 차는 항상 1표로 고정되어, 저네들이 통과시켜야 한다고 생각
하는 문제에서는 언제나 한 표 차로 결정되게 마련이다.

2

전문 위원회의 첫 번 회의는 4월 15일에 열렸는데, 이 희승 님이
의장으로 뽑히고, 모든 사람이 각기 통일 방안에 관한 의견을 교환
하였다.

4월 19일 둘째번 회의에서, 씨가름에 들어가기 전에 먼저 '낱말'
규정을 하기로 하고, 토와 씨끝(어미)이 단어이냐 아니냐 하는 데에
대하여, 각각 제 소견을 발표하였다. 그 소견들은 다음의 세 갈래로
나뉘었다.

① 토는 독립한 씨갈래(品詞)로 보고, 씨끝(어미)은 독립한 씨갈래로 보
  지 않는다.

② 토와 씨끝을 다 독립한 씨갈래로 본다.

③ 토와 씨끝을 다 독립한 씨갈래로 보지 않는다.

4월 20일 셋째번 회의(12명 참가)에서 이를 표결에 붙인 결과, ①
안이 8표, ②안이 0표, ③안이 1표, 기권이 1표 (재석10인). 이리하
여, ①안이 절대적 우세로 채택되었다. 곧 토는 독립한 씨갈래로 보
고, 씨끝은 씨갈래의 독립한 것으로 보지 않는다는 결정이다.

셋째번 회의와 넷째번 회의(4월 24일) 이틀 동안은 "이다"가 낱말

이냐 아니냐 하는 문제로 열렬한 토론을 하였다. 그 두 가지 이론의
요지는 대략 다음과 같다.

1. 월은 임자말과 풀이말과의 두 부분으로 성립하는데, 임자씨는 임자
말이 되고, 풀이씨는 풀이말이 된다. 그러나,

　　"배움은 귀하다."
에서, "배움"이 임시로 임자씨가 되어 임자말이 된 것과 마찬가지로,

　　"저것이 산이다."
에서는, "산"이 "이다"를 더불어 풀이말이 된다. 곧 "산"이 "이다"란 씨
끝을 가지로 활용하여, 임시적으로 풀이씨가 된다. 임시적 풀이씨이기
때문에, 그 위에 어찌씨가 붙지 아니한다.—이는 우리말의 철칙이다.

2. "이다"의 "이"는 고룸소리이므로, 홀소리로 끝진 임자씨 아래에서는
소리고룸을 할 필요가 없기 때문에 절대로 "이"가 붙지 않는다. 보기로

　　"저것이 소다."
에서와 같다. 이는 엄연한 사회적 언어 사실이다. 언어학은 규범과학에
서 사회과학으로 가야 한다. 이러한 사회스런 사실을 무시하고서 "소이
다"로 보는 것은 불합리한 일이다.

3. 최 현배 님은 "이다"를 독립씨로 보는 동시에, "저것이 소다."에서는
"이다"의 "이"가 생략되었다 하지마는, 말이 생략됨에는 무게가 적은
부분, 씨끝이나 되는 것인데, 그 중요한 줄기가 생략된다는 것은 불합리
하며, 또 어떤 말씨에서도 찾아볼 수 없는 것이다.

4. "이다"와 "아니다"가 말본 노릇이 서로 다름이 있다. 보기로

　　"ㄱ. 저것이 범이 아니다."

　　"ㄴ. 저것이 범이다."
에서, "아니다"와 그 앞의 임자씨 "범"과의 사이에 "이"가 끼여드는데,

"이다"와 그 앞의"범"과의 사이에는 "이"가 끼여들지 않는다. 이는 "아니다"는 독립씨이지마는, "이다"는 독립씨가 아님을 보임이 된다. 그러니까, "산이다"의 "이"는 단순한 닿소리로 끝진 임자씨의 고룸소리에 지나지 않는 것이다. "산이다"의 "이"는 임자씨의 고룸소리요, "먹으면"의 "으"는 풀이씨의 고룸소리이다.―이리하여, "(이)다"는 임자씨의 '어미'(씨끝)인 것이다.

이 희승 님의 소견에 대하여, 나는 조목적으로 따지었다.

2.1.

(가) 현재 우리 사회의 모든 문인들이 한가지로 다 받침 없는 임자씨 아래에도 "이"를 생략하지 않고, "이다"를 쓰고 있음은 일찍 이 인모 님이 《국학》 제15호에 조사·발표한 바이니, 이는 말씨 사실이 아닌가?

(나) 더구나, "이다"의 "이"를 단순한 고룸소리에 불과하다고 주장하는 이 님 자신이, 그가 지은 《국어학 개설》에서 그 첫째 쪽 첫줄에서부터 "언어이어야 한다."와 같이, 홀소리 아래에도 "이"를 생략하지 않고 "이다"를 썼다. 여기 이것(한 자 반 길이의 베낀 종이를 보이면서)은 그 책 일부에서 따온 보기로서, 이렇게 많다. 이는 자기의 설이 말씨 사실에 어긋난 것임을 스스로 반증하는 것이 아니고 무엇인가?

(다) 유 목상 님(중앙 대학교 《어문 논집》 제2집)의 조사에 의하면, 국정 교과서의 글에서 이름꼴(보기: 소임, 개임)과 매김꼴(보기 : 소인, 개인)의 경우에는 홀소리 아래에서도 "이다"의 "이"가 절대로 주는 일이 없다 하였다. 이는 모든 문필인의 "이다"의 "이"의 존재와 구실을

한결로 확인하고 있음이 분명함을 증거댄다.

(라) "나무였다, 떡보였다"의 경우에는 "이"를 절대로 줄일 수가 없으며, 또 어떤 임자말 아래에서도 "이"를 줄이는 일이 없으니 "하는 터이다, 하는 바이다"와 같은 것이다.

2.2.

이 님은, "이다"의 줄기라는 "이"가 준다는 것은 불합리하다, 이는 그 "이"가 줄기가 아니기 때문이라 하였다. 그러나, 우리는 줄기가 주는 보기는 얼마든지 있음을 알고 있다. 보기로

　그 사람이 오다ㄴ다.
　그미(彼女)가 간다는 말이다.

에서 "ㄴ다"와 "는"은 각각 움직씨 "하다"의 베풂꼴 "하ㄴ다"와 매김꼴 "하는"의 "하"가 준 것인데, 이는 나날의 말섞음(會話)에서 남녀 노소를 물론하고 다 쓰는 바이다. 이러한 보기는 다른 나라의 말에도 얼마든지 있다.

2.3.

　저것이 범이 아니다.
　저것이 범이다.

의 "아니다" 위에서는 "범" 아래에 "이"가 있는데, "이다"와 "범"과의

사이에는 "이"가 안 들어감은 사실이다. 이것이야말로 말씨 사실이다. 이렇다고 해서, "이다"가 독립 낱말이 되지 못한다는 이론은 성립되지 않는다. "사람이 책을 …"의 "이"나 "을"은 임자씨 아래에 바로 딱 들러붙었건마는, 우리가 이미 "토"를 독립한 낱말이라고 논정해 놓지 않았는가? "이" 토가 이미 낱말로 규정되었는데, "이"보다는 그 몰골(形態)과 노릇(機能)이 훨씬 더 분명한 "이다"가 독립 낱말이 아닐 수 있는가? "이다"는 토씨 "이" 이상으로 낱말의 감목(資格)을 가지고 있는 것이다. ("범이다, 범이 아니다"에서의 토 "이"의 없고있음의 말씨 사실의 유래에 관한 설명은 지면 관계로 여기서는 줄이기로 한다.)

2.4.

이 님은 "(이)다"는 임자씨에 붙어서 활용하는 씨끝이라 하였다. 도대체 이름씨에 씨끝이 붙어서 끝바꿈(활용)하는 말이 세계 말 어디에 있는가? 이를테면, 영어에서 "eye, hand"가 이름씨인데, 또 "eyed, handed, hading"이 있다. 그러나, 이는 이름씨 "eye(눈), hand(손)"에 씨끝이 붙어서 끝바꿈한 것이 아니오, "eye(보다), hand(손건네다)"란 움직씨에 끝이 붙어서 끝바꿈한 것이다. 배달말에서도 "띠"(帶), "신"(履)이 있는데, 또 "띠고, 띠면, 띠어, …", "신고, 신으면, 신어, …"의 꼴이 있다. 그러나, 이는 이름씨 "띠"와 "신"에 씨끝이 붙어서 끝바꿈한 것이 아니오, "띠다"와 "신다"라는 움직씨가 끝바꿈한 것이다. 일본말에서 "人ナリ, 人ナラバ, …"의 "ナリ"를 이름씨 "人"의 씨끝으로 보는 사람은 없으며, 한문의 "吉日也"의 "也"를 씨끝으로 보지 않음은 말할 필요조차 없으며, 인도-유럽 말씨의 한 보기로, 영어의 "It is a dog."의 "is"가 다른 이름씨의 씨끝이 아니다.

배달말을 배워 안 세계 모든 나라 사람들은 누구나 다 "이다"를 한 독립한 낱말(서양식으로 움직씨)로 보았다. 80년 전에 《한·불 자전》, 《한어 문법》을 지은 프랑스 선교사로부터 최근 우랄 알타이 언어학자 람스테드, 현재 미국의 마틴, 루코프 같은 언어학자들도 한결로 "이다"를 독립한 낱말로 보고 있다.

만약, "이다"가 씨끝이라면, "사람이다, 사람이었다, 사람이었었지마는, …"이 각각 하나의 이름씨인 동시에, 그 "이다, 이었다, 이었었지마는, …"도 이름씨의 일부분이 아니면 안 된다(소의 꼬리도 소 일부분임과 같이). 이 세계에 이러한 이름씨 몰골(形態)이 있을 수 있나? 이러한 보기가 있으면 보여 주기를 바란다. 또 만약, "사람이다"가 풀이씨가 되었다면, "좋게 사람이다", "빨리 사람이다"와 같이, 그 위에는 어찌말(부사스런 말)이 와야 할 터인데, 실제에는 "착한 사람이다, 빠른 사람이다"에서와 같이 여전히 매김말(매김씨, 매김꼴, …)만 갓하니(冠加하니), 이는 그것(사람이다)이 풀이씨로 되지 아니한 것을 반증하는 것이 아닌가?

또 만약 임자씨가 "이다"를 얻어 끝바꿈하는 것이라면,

음악회의 시작은 그 때부터이었다.
개인으로서가 아니라, 국민으로서이다.

에서, "때이었다", "국민이다"란 낱말 속에 "부터", "으로서"의 낱말이 끼여든 꼴이 되었다. 그리고, "이었다"가 "그 때"의 씨끝인가, 또는 토씨 "부터"의 씨끝인가? 다시 말하면, 그 "이었다"가 "때"와 함께 하나의 낱말을 이루는가, 혹은 토씨 "부터"와 함께 하나의 낱말을 이루는 것인가? "부터"와 한 낱말이 된다면, 토씨도 씨끝을 가지

고 끝바꿈을 하는 것인가? 또 "이었다"의 "이"와 "다"가 다 씨끝인즉, 도움줄기 "었"이 씨끝과 씨끝 사이에 들었으니, 이상하지 아니한가? 또 이 때의 도움줄기 "었"에 대한 원줄기는 어느 것인가? "때"인가, "부터"인가? 어느 것이든간에, 그 원줄기와 도움줄기 사이에 씨끝 "이"가 끼여들었으니, 괴상하지 아니한가? 이렇게 보나, 저렇게 보나, 마찬가지로 그 설명이 바로 되지 아니함은 일반이다. 요컨대, "이다"를 독립한 낱말로 보지 않고, 임자씨의 씨끝으로 잡는 것은 근본 이론에서 틀렸을 뿐 아니라, 그 몰골에서 또한 파탄을 면하지 못한다.

다른 분들의 반박도 있었으나, 대개는 같은 생각이오, 또 장황을 피하여 낱낱이 여기 베풀지 않는다.
이 님은 이러한 반박에 대해서 변호를 해보기는 하였다. 그렇지마는 그 변호가 과연 이론에 맞는 것일까?

(1) 『나의 책에서 홀소리 아래에 "이"를 생략하지 않은 보기를 '한자(尺) 반' 커녕 한 발 길이로 따왔다 해도, 그것은 다 소용없다. 사회적 '언어 사실'은 그 경우에 "이"를 생략하는 것이다.』—이런 변명, 아니, 뱃심좋은 고집에는 기막히게 놀라지 않을 수 없는 것은 나뿐이 아니었다. 이 토론 석상의 이 님은 서재에 홀로 앉아 연구 저서하던 이 님 자신을 한 푼의 값어치도 없이 부인해 버리었다. 그리고, 그는 "소임을 몰랐다", "학자인 김선비는 그 말을 듣고…"의 "임", "인"은 각각 "이다",의 "이"에 "ㅁ"이나 "ㄴ"이 붙은 것이 아니오, "임"은 그 전체로써 이름꼴이오, "인"은 매김꼴이라고, 변명하였다기보다는 억지만을 놓았다. 이때에 그의 "이다" 씨끝설 추종자인 이 응백

님은 혼자말로 "그보다는 「임, 인」의 「이」가 「이다」의 「이」이라 함이 순당하지 않은가?"고 말하였다. 그분의 변호가 끝난 뒤에, 우리는 문법파의 아장인 김 형규 님에게 "당신은 그 「이」가 「다」 위에 있는 것으로 보는가 안 보는가?"고 질문한즉, 그는 "나는 있다고 본다. 없는 것은 경우를 따라 줄어진 것이다."라고 대답하였다.

(2) 『"착한 사람이다"에서 "착한"의 매김말이 붙은 것은 "사람"이 임시적으로 풀이씨가 되었기 때문이다.』—그러나, "사람"이 여전히 이름씨로 있기 때문에 그 위에 매김말이 붙은 것이라고 해석함이 십 배 백배의 타당성이 있음을 누가 의심하랴?

(3) 줄기의 생각이 따로 있음에 대하여는 다시 트집잡는 말이 없었다.

(4) 임자씨가 씨끝을 얻어 임시적으로 풀이씨가 되는 보기를 다른 나라말을 가지고 변명하지 아니하였다. 더구나, 그 몰골스런 파탄에 대해서 더 말할 수가 없었음은 어쩔 수 없는 사세이었다고 본다.

이 토론은 이틀을 계속하였다. 주장 이 희승 님의 설명과 변명이 철저하지 못하였을 뿐 아니라, 그 편의 사람들조차 승복하지 않는 기색을 보였기 때문에, 사세는 '문법' 편에게 매우 불리한 형편에 빠지고 말았다.

김 형규 님은 이론에서 제 편이 약세임을 인정함이었는지, 또는 제 편의 두 사람이 결석하였음을 보았기 때문이었는지, 투표는 내일로 미루자고 하였으나, 이미 이 문제로 이틀 동안이나 충분히 의견 교환을 하였으므로, 인제는 새말이 나오지 않고 이미 한 말의 반복만 하게 된다 하여, 드디어 투표에 들어가게 되었다. 사실은 이편에도 두 사람의 결석이 있었다. 막상 투표한 것을 계산하니, 웬걸 6대

5로, 여전히 한 표 차로 저편의 승리이었다. 아마도 우리보다 저편 사람들이 더 놀랐을 것이다. 하여튼 이론이고 무엇이고 없다. 있는 것은 다만 수(數)로써 이편의 진리를 깨뜨려 보자는 데에 파당적 심리가 굳었던 것이라 하겠다. 그 뒤에 그 날 결석한 저쪽 둘이 중 한 이는 "이"토를 독립 낱말로 본 이상 "이다"는 당연히 낱말이 되어야 한다고 말하면서, 그렇게 저편 사람들이 나간 것은 『만약, "이다"를 낱말로 인정해 놓고 보면, 최 현배 씨의 잡음씨로 될까 봐서 그런 것이다.』고 하였다 함을 그 때 들었다. 사실 8가지 교과서 중에 "이다" 를 씨끝으로 본 사람은 둘이 뿐이오, 그 나머지는 다 독립한 낱말로 보았는데, 씨끝으로 본 둘 이 중에 한 이는 미국 가고 참석 아니하였 으니, 오직 이 희승 님 한 사람뿐이었음에도 매이잖고, 저편 사람 전 수가 거수기식으로, 예정 계획대로 '씨끝' 편에 찬성 투표를 하였으 니, 그 심리가 진리를 찾아, 진리를 가르치겠다는 학문적 교육적 양 심에 있는 것이 아니라, 오로지 맞은편의 체계의 아성을 깨뜨리고서 제편의 승리(?)를 거두겠다는 데에 있음을 역력히 드러낸 것이라 하 겠다. 이것이 교육을 맡은 문교부의 위원회의 정당한 태도라 할 수 있겠는가? 나는 대한민국의 교육을 위하여 심히 통탄함을 금하지 못하겠다.

3

잘되었든 못되었든, '낱말'의 규정은 끝났으니, 인제 씨가름으로 들어가게 되었다.

솔직히 사실대로 말해서, 해방 전에는 학교의 말본 교과서로는 오직 나의 《중등 조선말본》만이 전국에 행하였더니, 해방 후 국어교육과 출판 기구의 확장에 따라, 말본 교과서가 여럿이 새로 나왔다. 새로 나온 교과서는 먼저 것들과는 조금은 달라야만 제 교과서 내는 의미가 있는 것으로 생각하였음인지, 씨가름도 8가지 교과서 중에 서로 같은 교과서는 하나도 없어, 그야말로 가지각색이다. 그러니까, 일선 국어교사들이 말본의 통일을 요구함도 당연하다 하겠다. 이에 그 개황을 틀로 보이면, 다음과 같다.

최 현배	이름씨 대이름씨 셈씨	움직씨 그림씨	잡음씨	토씨	매김씨	어찌씨	느낌씨	10
장 하일	임자씨	풀이씨	(토)	(토)	매김씨	어찌씨	느낌씨	5
김 윤경	이름씨	움직씨 그림씨	겻씨 이음씨 맺음씨	겻씨 이음씨 맺음씨	매김씨	어찌씨	느낌씨	9
정 인승	이름씨	움직씨 그림씨	토씨	토씨	매김씨	어찌씨	느낌씨	7
이 희승	명사 대명사	동사 형용사 존재사	(어미)	조사	관형사	부사 접속사	감탄사	10
이 숭녕	명사 대명사 수사	동사 형용사	(어미)	(어미)	관형사	부사	감탄사	8
최 태호	명사 대명사	동사 형용사	(토)	(토)	관형사	부사	감탄사	7
김 민수 (외 3인)	명사	동사 형용사	(토)	(토)	관형사	부사 접속사	감탄사	7

이 보기틀에서, 먼저 낱말로 규정되지 않은 내용을 빼고, 각 교과

서에 공통한 씨갈래를 논할 필요가 없으니, 다만 같은 내용을 달리 씨가름한 것만을 문제삼기로 하니, 문제는 다음의 세 가지이다.

① 임자씨에 해당한 내용을 어떻게 씨가름하느냐?
② 존재사를 인정할 것인가?
③ 이음씨(接續詞)를 둘 것인가?

이 세 가지 문제를 차례로 토의·결정하였다.

3.1
임자씨의 씨가름 문제는 다음의 세 가지 안이 되었다.

⑴ 이름씨만 두고, 셈씨·대이름씨는 아랫질 갈래로 한다.
⑵ 이름씨·대이름씨만을 두고, 셈씨는 대이름씨의 아랫질 갈래로 한다.
⑶ 이름씨·대이름씨·셈씨를 각각 독립한 씨갈래로 한다.

이 문제의 토론에 있어서 중요한 의견을 들면, 다음과 같다.
⑴ 임자씨 또는 이름씨 하나로만 하면 간단한 듯하지마는, 말본을 풀이하려면 반드시 그 아랫질의 이름씨·대이름씨·셈씨의 세 가지에 갈라서 말하지 않고는 안 되니, 이해와 설명에 도리어 더 불편하다.
⑵ 셈씨는 대이름씨하고는 그 성질이 아주 다르다. 대이름씨는 반드시 일·몬을 가리키는 말임에 대하여, 셈씨는 가리키는 성격의 말이 아니다. 셈씨를 대이름씨에 넣어서는 대이름씨에 관한 말본을 풀이할 수가 없게 된다. 어느 나라 말에서나 셈씨를 대이름씨 속에 넣는 일은 없다.

(3) 이름씨·대이름씨·셈씨는 각각 그 성질이 다르고 그 말본스런 운용도 또한 같지 아니하다. 이를테면, 이름씨에는 두루 이르는 것과 어느 하나에만 국한되어 이르는 것의 다름이 있으며, 대이름씨에는 사람에 관해서는 '첫째·둘째·셋째 가리킴'(Person, 人稱)의 구별이 있고, 일·몬에 관해서는 '가까움·떨어짐·멀음'의 구별이 있으며, 셈씨는 시간적 헤아림의 동작으로 말미암아 성립하는 독특한 바탈이 있을 뿐 아니라, 그것이 매김씨 되는 일에 관하여, 다른 임자씨에서 보지 못할 특별한 규칙도 있다. 그러한즉, 이들을 하나 또는 둘로 뭉뚱그릴 수가 없다.

토론 뒤에 표결에 붙인 결과는(재석 10) "⑴안 3표, ⑵안 3표, ⑶안 4표"였다. 다시 ⑴안과 ⑵안을 놓고 표결하니, "⑴안 5표, ⑵안 4표, 기권 1표." 이에 ⑴안과 ⑶안을 재투표에 붙이니, "⑴안 4표, ⑶안 6표"로써, ⑶안이 채택되어, "이름씨·대이름씨·셈씨"를 각각 독립 씨갈래로 잡았다.

3.2.

존재사 문제에 관하여, 먼저 그 주창자인 이 희승 님의 설명이 있었으나, 동감하는 이가 별로 없고 해서 크게 토론이 벌어지지 않았다. 표결의 결과(재석9) "⑴ 존재사를 인정한다(가) 2표, ⑵ 존재사를 인정하지 않는다(부) 7표"로 ⑵안이 결정되어, 존재사는 인정하지 않게 되었다.

3.3.

이음씨(접속사)문제에 관한 토론의 요지는 대략 다음과 같다.

⑴ 접속사는 다른 나라의 말본에도 두어 있으니, 우리 말본에도 이것을 두는 것이 학생들이 외국말 배우는 데에 유리하다.

⑵ 접속사의 낱말은 다른 어찌씨하고는 다름이 있어, 앞의 말을 받아서, 다음의 월을 일으킨다.

⑶ 접속사는 생각의 내용이 있어, 다른 토와는 다르다.

이상이 이음씨 주장자의 소견이었다. 이에 대하여, 접속사를 부인하는 이들의 소견은 대략 다음과 같다.

1. 우리말에서는 '잇는' 노릇을 하는 씨가 여러 가지가 있다. "와, 하고, …" 같은 토도 있고, "으니, 으며, …" 같은 씨끝도 있고, "및"과 같은 낱말과 낱말을 잇는 것도 있고, "그러나, 그렇지마는, …"과 같은 그림씨의 이음법 꼴(따라, 이를 접속사로 인정할 수 없다고 한 이도 있었음)도 있다. 그 중에서 한두 가지만을 접속사로 하여 독립한 씨갈래로 잡아 놓았다 하더라도, 그것을 다른 이음의 뜻을 가진 말들하고 구별해야만 하는 성가심은 여전하다. 더구나, "그러나, 그렇지마는" 따위를 독립한 낱말로 잡는다 하더라도, 그것은 '이음씨'란 생각보다 차라리 어찌씨로 생각되는 편이 많으며, "및"은 다른 이음토하고 구별하기가 어렵다. 보기로 "사람과 말"과 "사람 및 말"에서 "및"이 "와"와 다른 씨갈래스런 성격이 그리 똑똑하고 이해하기 쉬운 것이 못 된다. 그러한즉, '접속사'로서 따로 세워 놓고서 또 여전히 그 분간에 헤매는 이보다는 아예 그런 씨갈래를 세우지 말고, 어찌씨의 아랫질 가름(下位分類)으로 함이 간편하다.

2. 외국 말본에 이음씨를 따로 두니까, 우리도 두는 것이 학생들의 외국어 학습에 유조하다는 이론은 근본적으로 틀렸다. 국어 말본이 국어를 이해하기에 필요 유조한 것이 되기를 요하는 것이 그 전일 최상의 목적이다. 국어를 다른 나라말 배우는 보조 과목으로 보려는 태도는 근본 옳지 못하다. 외국어는 그 나라의 말본을 배우면 되는 것이다.

3. 소위 이음씨(접속사)란 것들은 어찌씨에 넣어서, 그 아랫질구분으로 가르면 족하니, 이를 따로 한 씨갈래로 세울 필요가 없다.

이리하여, 표결에 붙인 결과(참석15명) "(1) 이음씨(접속사)를 두지 않는다 8표, (2) 둔다 6표"로, (1)안이 통과되어, 이음씨는 두지 않기로 결정되었다.

이 세 가지 문제를 처리함으로써 씨가름을 끝마치었다. 곧 씨가름은 "이름씨, 대이름씨, 셈씨, 움직씨, 그림씨, 매김씨, 어찌씨, 느낌씨, 토씨"의 9가지로 귀결된 셈이다.

돌아보건대, 이 아홉 가지 씨가름은 나의 《중등 조선말본》에서의 씨가름과 일치한 것이니, 해방 후 여러 사람들이 제각기 그 앞에 난 다른이의 교과서하고 좀 달리해야 하겠다 생각하고서 딴 씨가름을 한 것들은 이에 깨끗이 정리된 셈이 되었다. 이는 결코 어느 누구의 안을 채택하자는 문제로 다룬 것이 아니오, 순전히 여러 불일치한 것들에 관한 문제 구성을 비교적 허심적으로 하여서, 그것을 토의·표결한 결과인 것이다. 만약 부분적이라도 '누구의 안?', '누구의 안?' 식으로 내어걸어 놓고서 토의하였더라면, 편당스런 심리가 작용하여서 이상과 같이 되지는 않았을는지 모른다. 이 결정은 비교적 심사없는 토론의 결과이었다고 그 회의 참석자는 누구나 인정하지 않을 수 없을 것이다.—씨가름은 비교적 양심적 토론으로 끝내었다. 그러나, 그 먼저 "이다"를 낱말아닌 것으로 해 놓았기 때문에, "이다"는 씨가름에 들지 못하였으니, 이는 천만 불합리한 것이니, 반드시 개정되어야 한다.

4

5월 1일, 7번째 회의에서, 월조각보다 앞서 말본 용어를 먼저 토의하기로 결정하고, 용어 선택의 방식으로서, 순우리말 용어와 한자 용어 중에서, "(1) 양자 택일한다 6표, (2) 양자 절충한다 7표"로써, '문법파'의 절충안이 결정되었다.

용어 문제는 여기 간단히 그 요령만을 적기로 하겠다.

5월 3일 이후에 8째, 9째, 10째 회의에서, 용어 절충의 심의 방법을 다음과 같이 정하였다.

(ㄱ) 통일된 용어는 계통성을 유지한다.

(ㄴ) 일반 용어는 정하지 않는다.

(ㄷ) 세부 용어는 정하지 않는다.

(ㄹ) 주로 외국 말본에만 쓰이는 용어는 한자말 원칙으로 한다.

(ㅁ) 주로 국어 말본에만 쓰이는 용어는 우리말 원칙으로 한다.

(ㅂ) 공통 용어는 다음에 토의한다.

5월 10일, 11번째 회의에서, 먼저 국어와 외국어의 공통 술어의 절충 방법으로서 "씨(품사), 말소리, 씨가지(접사) 및 기타, 월, 월점의 다섯 가지로 분류하여, 표결·택일한다."는 안이 "찬 8표, 부 7표"로 문법파의 주장이 결정되었다.

⑴ 먼저 씨갈(품사)의 용어를 투표에 붙인 바, 또한 8대 7의 한 표 차로 한자 용어가 결정되자 김 윤경, 정 인승, 유 제한, 최 현배, 네 위원은 분격 퇴장하였다. 네 명의 퇴장 뒤에, 11명의 위원이 일사천 리식으로 다음과 같이 표결하였다 한다.

⑵ 말소리의 용어 "한자말 1표, 우리말 7표, 기권 3표"로 우리말 용어 채택

⑶ 씨가지와 그 밖은 제1차 투표에서 "한자말 4표, 우리말 5표, 기권 2표". 재투표한 결과 "한자말 3표, 우리말 6표, 기권 2표"로, 우리말 용어 채택.

⑷ 월조각은 "한자말 6표, 우리말 3표, 기권 2표"로 한자말 용어 채택.

⑸ 월점은 "한자말 1표, 우리말 7표, 기권 3표"로 우리말 용어 채택.

이 말본 용어의 결정이란 것을 뭉그려 보면, 다음과 같다.

우리말 용어	⑴ 말소리		⑶ 씨가지 따위		⑸ 월 점
한자말 용어		⑵ 씨		⑷ 월	

이와 같이 말본 용어가 한결로 '계통성 있게' 되지 못하고, 교과서 마다 우리말 용어와 한자말 용어가 차례바꿈으로 나타나게 되었다. 이것이 그네들이 주장하는 '절충적 통일'이란 것이다. 이것은 용어 의 체계로 보아 '통일'이 아니라 '불통일'이다.

하여튼, 전문 위원회는 끝났다. 그 결과는, 예정대로, 더욱 부당한

성격의 저 교육과정 위원회로 넘어갔다. 거기서는 '문법'파의 독무대이다. 더구나, 세 사람의 '말본'파의 출석도 없고 보니, 모든 것이 아무런 귀찮음도 없이 편리하게 되었다. 저희 마음대로 멋대로 뜯어 고쳤다. 원칙도 없고 조리도 없고, 다만 있는 것은 저희들의 구미작량뿐이다. 모두 252개 용어 중 겨우 27개 낱말만 우리말을 취하고, 그 나머지는 전부 한자말을 취하였다고 신문에 보도되었다(1963. 7. 25). 또 이 밖에 1949년 문교부 제정의 용어 중에서 이미 국정 교과서에도, 또 사회에도 널리 쓰이는 순우리말 용어의 취소하기 곤란한 말(보기: 닿소리, 홀소리, 말본, 대중말 같은) 30낱은 이미 '일반 용어'라 하여 규제 밖에 두었으므로, 저네들이 마음대로 한자 용어를 쓸 수 있는 길을 열어 놓은 셈이다.

이러한 경과로 성립되었다는 소위 '학교말본 통일'이란 것은, 그 주간자인 교육과정 심의 위원회의 성격상 부당성으로 보나, 그 구성 인원의 5분의 4가 말본과 무관계한 점으로 보나, 그 인선이 극도로 편파스럽게 된 점으로 보나, 그 이론에 틀린 점으로 보나, 또 그 용어의 보급과 여론의 현저한 차이로 보나, 한글 운동의 역사적 정신으로 보나, 겨레의 자주 문화 창조의 기운과 방향으로 보나, 마땅히 시정되어야 한다. 이런 것이 바로잡히지 않는다면, 이 나라의 장래는 파당과 비리, 사심과 가면이 횡행하여 제 천지로 날뛸 터이니, 어찌 우국의 걱정을 금할 수 있으랴? 이 문교부 장관은 그 회의 인선이 극히 편파스럽게 되었음을 확인하였으니 그대로 결정하지 않겠다고 다짐하여 놓고서, 이를 결재·공포하였음은 심히 유감스런 일이 아닐 수 없다. (1973. 10. 13.)

-〈현대문학〉(1963. 12.)-

학교말본 통일 시비
- 말은 자연발생 아니다 -

　우리는 이조 5백년동안, 한문과 한자말을 절대 존숭하여 온 까닭에, 우리 말과 글은 극도로 위축·쇠잔하였고, 따라 겨레의 생기와 나라의 형편이 쇠퇴에 쇠퇴를 거듭하다가 드디어 나라 그것을 잃었다. 그 위에다가 일제 통치 36년간에는 일본식 한자말조차 덮치어, 강제적 식민지 교육으로 인하여 우리의 말글은 거의 사멸의 구렁에 떨어졌다가, 다행히 8·15 해방으로 겨레와 함께 말글(語文)도 살아남을 얻었다. 그러나, 또 우리말의 대적이 우리 내부에서 일어날 줄이야 누가 생각했으랴? —구한국 말 주 시경 스승이 국어 말본의 연구를 개척하고 한글 운동을 시작한 때로부터 일제의 악독한 동화 정책 밑에서도 우리 말본과 교과서는 우리말 용어로 된 것이 전행하다시피 40년이나 계속하였더니, 해방 후에 너도 나도 말본 교과서 지은 것 가운데는 일제에게 배운 한자말 용어로써 한 것이 생기었으니, 말본의 혼란, 학생의 골탕은 여기서 시작된 것이다. 더구나, 서울대학교 입학 시험 문제에서 "限定詞"와 같은 어떤이의 교과서에만 있는 것 (이것도 일인들이 쓰는 말이다)을 냄으로 말미암아, 응시 하는 또는 하려는 전국 고등학교 학생들에게 기막히는 충격을 주었다. 문교부는 이런 식의 문제를 내지 말라는 공문까지 각 대학으로 낸 일이 있었다. 18년 간 학생을 골탕먹인 사람은 과연 누구인가?

　이 희승님은, "말은 자연 발생이어야 한다. 새 말을 지어내는 것은 잘못이다. 우리말로 된 용어는 사람이 지은 것이기 때문에 부당하다."고 한다. 이는 그의 지론이요, 일전 모 신문 지상에도 실려 있었다. ―그러나, 사람의 말이 과연 자연 발생의 것일가? 논밭에 풍성히 자란 곡식들도 자연 발생이 아니다. 거기에는 가다루는(耕耘) 인력이 들어있다. Culture(文化)의 원말 Kultus는 이러한 '가다루기'를 뜻한다. 인류의 모든 문화는 다 사람의 이상과 노력의 소산이다. 문화의 근본인 말이 자연 발생일 수는 없다. 이를 자연발생으로 본다는 것은 논밭의 곡식·풀을 자연 발생으로 보는 것보다 더 심한 천견이요 편견이다. 그러면, 그가 주장하는 한자말 용어는 자연 발생이기 때문에 좋다는 말인가? 일제가 배달겨레의 문화 의식을 말살하고자 우리에게 강제적으로 배우게 하여, 오늘날 우리 사회의 지도층 사람들이 쓰고 있는 일본의 한자 용어가 자연발생이란 말인가?

　말본의 용어는 순우리말로 해야 한다는 것은 한글운동의 기본정신이다. 우리 한글 운동자들은 이런 정신으로써 일제의 압박에 항쟁하면서, 맞춤법의 통일, 표준말 사정, 사전 편찬, 기관 잡지 발행, 지방 순회 강좌 등 부단의 활동으로써 상당한 성과를 거둠과 함께, 민족정신, 자주문화의 창의욕을 배양하여 왔다. 그 결과로 해방후 우리 사회의 한글전용, 친근하고 쉬운 우리말을 살려쓰기가 왕성히 행하고 있는 이때에, 국어학자·교육자 가운데에 왜식 한자음 용어를 완강히 주장하는 것은 천만 의와라 아니할 수 없다. 국어는 모든 학과중 가장 근본스럽고 중심스런 과목이다. 여남은 살의 중등 학생이 국어과목에서 제 겨레, 제 나라의 말글을 사랑하여, 그 애호·육성으로 자주 문화를 창조·발전시키겠다는 자각과 포부를 가지도록 되어야만, 학교 교육이 진실로 그 정당한 효과를 낸 것이라 하겠다. 이제 만약 반세기 이상 써 오던 우리 말로된 말본 용어를 왜식 한자음 용어로 바꾸고, 통일의 미명 아래에 우리말 용어를 학교 교육에서 금지한다면, 이는 학생의 우리말 애호의 정신과 문화 창조의 의욕을 파괴하는 것이니, 폭악무도한 왜정보다도 더 심한 기혹비참한 행정이라 아니 할 수 없겠다. 이 희승님은 《주간 새나라》에 〈촛점〉이란 글에서 자기의 40년 교육생활의 촛점을 잃었기 때문에 책임감의 회오로 바윗돌이 가슴을 눌린 것 같다고 했다. 거기서는 인명·지명·과거제도의 우리말을 등한시 멸실한 것을 한탄하더니, 여기서는 왜식 한자말을 극력 주장하니, 그 촛점은 과연 무엇이란 말인가? 알다가도 모를 일이다.

한글 학회안에도 이견이 있으니, 그 성명도 중의가 아니라 했다. ─그렇다. 소수의 이견이 있다. 그러나 총회에서는 반대 거수는 없다. 옛날이나 이제나 제자가 그 선생을 배반하고, 이단자가 그 집단을 반공하는 일은 좀처럼 근절되지 않음은 사실이다. 그러나, 그렇다고 해서, 공자와, 그리스도의 교가 무너지지 않았고, 사람의 사회가 부서지지 않았으니 우리는 큰일로 생각하지 않는다. 다만 전도의 광명을 보고 용왕매진할 따름이다.

-〈한국일보〉(1963. 5. 23.)-

한국 기독교와 한글
- 민족 문화 발전의 선구 -

첫째, 기독교의 전래와 한글

1. 구교의 전래

  기독교가 우리 나라에 들어온 것은 상당히 오래된 일로 구교는 당나라 때에 들어왔으며 천주교는 일본과 중국의 두 가지 길로 전래되었는데, 일본에 와 있던 예수회 신부 세스베테스가 선조 26년 임진란 때 진해에서 선교하였다 하며, 돌아가서는 포로가 된 우리 나라 사람을 가르쳐 여러 신도를 얻었다 한다.

  1601년에 중국에 온 최초의 선교사 마테오 리치(Mateo Ricci)가 북경에 천주당을 세웠는데 조선의 사신이 북경에 가면 반드시 그 천주당에 들려 천주교 교리에 관한 책이나 서양 과학에 관한 책을 가져와 우리 나라에서 천주학을 연구하게 되었다.

  정조 때 이승훈이 세례를 받고 왔고 중국인 주문모가 여기 와서 교회를 설립하여 많은 신도를 얻었는데, 고종·헌종·순조의 3대 사이에 4번이나 박해를 해서 수만의 순교자를 냈다.

  대체로 보아서 주교의 전래에는 한글에 관한 것이 별로 없다.

2. 구교의 전래와 한글

한글은 신교의 전래와 처음부터 관련을 갖게 된다. 인조(1927년)·효종 때 화란인이 두 차례나 표류해서 영주하게 되는데 최초에 우리나라에 온 선교사도 역시 화란인의 구트글래이프(Gutglaff)이며 순조(1833년) 때 중국에서 황해를 거쳐 전라도 해안에 와서 한문 성경을 가르쳤으며 주기도문을 번역했으니 성경 한글 번역의 선구자이다.

1873년 만주에 와 있던 영국 스코틀랜드 연합장로회 선교사 존 로스(Rev. John Ross) 박사와 맥킨타이어(Mcintyre)가 1882년에 누가·요한 두 복음의 번역을 완성하여 당시 외국 종교 서류가 조선에 들어오는 것을 금하고 있었으므로 휴지처럼 해서 조선에 보냈다.

1887년 신약전서 한글 번역을 완성하여 이것을 예수성교전서라 하고 재작년에 성서공회에서 고전의 하나로 영인하였다.

1883년 대한성서공회가 한국의 선교를 맡기로 하고 북중국 목사 브리안트 목사가 누가·요한의 두 복음을 개역하고 마태·마가 두 복음과 사도행전을 새로 번역하여 서상용으로 하여금 한국에 복음을 전파하기로 했으며, 1886년까지에는 15,000여 권을 전파하였다.

또 일본에서도 성경 번역 사업이 시작되어 1881년 일본 동경에 유학생을 다리고 간 이수정이 요꼬하마에서 미국성서공회 총무 루미스(Loomis) 목사의 영향으로 신자가 되어 4 복음서를 번역했다.

1885년 4월 5일 부활절 날 장로교 선교사 언더우드(Underwood), 감리교 선교사 아펜젤러(Appenzeller)가 최초의 한국 주재 선교사로 제물포에 도착했는데, 이들은 요꼬하마에서 이수정이 번역한 마가복음 수십 권을 갖고 왔다. 말하자면 개척 선교사가 선교지에 도착할 때 그 나라의 글로 번역된 성경을 갖고 들어왔으며 세례를 받을 신도가 있었다는 것은 세계 선교 사상 드문 일이다.

1889년에는 장로교가 이 나라에 들어와 전도·의료·교육·자선 사업 등을 본격적으로 하게 되었으며 한글이 다 전도 상의 중요한 표현 수단으로 쓰게 되었다.

이상에서 본 바와 같이 기독교가 한국에 들어오기 전에 중국과 일본에서 성경이 번역되었으며 한국에 올 때 한글로 된 성경을 갖고 왔으니, 기독교는 한글을 타고 한국에 들어왔다고 할 수 있다.

둘째, 기독교의 사업과 한글

이렇게 하여 모든 교회가 한국에 들어오게 되고 특히 장로교와 감리교가 많은 일을 했는데 ① 성경 번역, ② 찬송가 번역, ③ 기독교 서적의 번역 및 편집 저술, ④ 신문 내기, ⑤ 잡지 내기, ⑥ 배달말과 한글 연구, ⑦ 천주교 관계 서류 발간, 이러한 일이 기독교의 제사업으로 되어 있었다.

첫번째 신약전서의 개역(改譯)은 1900년(고종 3년)으로 언더우드, 아펜젤러의 노력이 컸다. 둘째 책으로 성서 번역은 한 번만 있었지만 「강의 책자 신약전서」가 1902년에 발행되었는데, 이것은 당시의 책자를 좀더 간단히 해서 쉬운 맞춤법으로 통일하여 낸 것인데, 평안도 사람들이 그곳 말과 틀린다고 반대하여 폐지해 버렸으니 성서 번역의 어려운 점이 여기에 있었다.

1910년에 세번째로 구약성서가 번역국에서 1911년에 발간되었는데, 이 책이 구약으론 제일 처음 나온 것이다.

다음 두번째의 신약전서는 1906년에 나왔고, 구약성서가 2차적으로 개역되어 1936년에 나왔는데 이 번역에는 게일 박사도 끼어 있었으나 의견이 맞지 않아 탈퇴하고 자기가 번역한 것을 출판했다. 그러나 번역국으로서는 여러 위원이 번역한 구약성서를 1936년에 완성 간행하였다.

세번째 번역의 신약전서는 1937년에 되었는데 한글학회의 한글 맞춤법 통일안은 1933년에 발표되었으므로 이윤재 씨가 누차 성서 번역에 한글 맞춤법 통일안을 적용해 달라고 제의를 했으나 통과되지 않았다.

1939년에 조선 기독교 장로회 총회에서 한글학회의 한글 맞춤법 통일안을 채용하기로 결의되었으나 즉시 실행을 보지 못하였다가 1952년 부산 피난시 개역 한글판 성경전서가 나왔다. 이렇게 해서 우리가 사용하는 성경은 1936년의 두번째 고친 구약과 1937년 세번째 고친 신약을 사용한다.

복음동지회의 성서번역위원회에서 「새로 옮긴 신약전서」로서 마태복음서가 금년 정월에 나왔다. 이 성서번역위원회는 본 대학교 지동식 목사 외에 10분으로 되어 있다.

성서공회에서도 성서위원회가 1960년에 개역위원회를 두고 현재 마태·마가 두 복음이 다 되고 요한복음이 거의 다 되어가고 있다.

기독교 관계 서류의 번역에 있어서도 3단계로 나눌 수 있는데 ① 선교사가 서기나 같이 일하는 사람을 시켜서 번역하게 하는 것으로 이것은 초기의 일이다. ② 한국인이 직접 번역하던 시기 ③ 한국인이 스스로 개역·번역·저술하여서 여러 가지 책을 내는 시기이다.

1889년에 아펜젤러가 창간한 「교회」는 기독교계의 최초의 잡지일 뿐만 아니라 한국 월간 잡지의 효시였다. 즉 잡지의 모범이 된 것이다.

전도하는 데에는 전도사가 직접 우리말을 하는 것이 더욱 효과적이므로 전도사들은 우리말과 글을 연구하여 그 업적이 많았다. 즉 불란서 선교사에 의해서 1880년에 한글 사전이 나왔으니, 우리 나라 사전의 처음으로 말본과 지리 사전이 부록되어 있다. 또 이것으로 부족하여 1881년에 「한국의 말본」을 따로 냈으니 배달말의 말본을 한 권의 커다란 책으로 낸 것도 이것이 처음이다. 이리하여 제나라 말본과 사전을 모두 외국인이 먼저 만들었다.

다음은 언더우드 박사의 「한영문법」·「한영사전」·「영한사전」이 나왔다. 「노한사전」·「나한사전」 등이 모두 이때 나온 것이다.

대한기독교서회의 1959년 말까지의 통계를 보면 출판 서적 종류는 1,013종이며 발행 총부수는 5,077만 부라 한다. 또한 대한성서공회의 통계를 보면 1883년에서 작년까지 78년간에 번역된 성서의 수효는 무려 3,000만 부가 된다고 한다.

1960년은 성서 번역 완성의 50주년이고 성서 반포 총수 3,000만 권에 달한 해로써 우리 나라 사람이 한 사람씩 성서를 받았다 하여 작년에 그 기념 행사를 가졌다.

셋째, 기독교와 한글

이 부분은 크게 둘로 나눌 수 있으니 첫째는 한글이 기독교에 미친 영향이요, 둘째는 기독교가 한글에 끼친 영향이라고 할 수 있다.

지면 관계로 간단히 끼친 영향만 요약하고 이 글을 끝맺겠다.

한글이 기독교에 미친 영향은 무엇보다 먼저, 선교사보다도 먼저 한글이 기독교의 진리를 전하였고 선교사에게 전도 사업의 편의와 홍성을 주었다는 점이다. 다시 말하면 우리 민족 고래의 가드(God)

인 「하느님」·「하나님」은 유일신을 상징키 위한 것으로 우리말의 풍부한 내용이 기독교의 선교에 많은 도움을 준 것이다.

다음 기독교가 한글에 끼친 영향은 다대한 것으로 즉 주일 학교를 설치하여 한글을 민중 사이에 보급하는데 힘썼고, 한글 존중의 생각을 품게 했으며, 교회 학교 중에서 한글학자가 나와 한글의 수호와 연구 발달에 큰 힘이 되었으며, 한글의 과학적 가치와 권위를 인정하게 하였으며, 한글 전용의 기운을 조성하고 선교사를 통하여 한글을 전세계에 널리 전파하였으며, 교회 자체가 한글을 수호하였으니 일제의 압박하에서도 한글 성경과 찬송을 우리말로 불러서 한글 운동에 힘썼으며, 이 모든 것을 통하여 독립·자유의 정신과 평등 사상을 고취한 것이다.

이와같이 기독교는 한글을 타고 들어와 한글과 같이 민중 사이로 파고들어가 독립·자유의 정신을 고취하며 하나님의 거룩한 사업에 봉사하는 한편 민족 투쟁과 발달에 크게 기여한 것이다.

-〈연세춘추〉(1961. 12. 4.)-

한글 문제를 어떻게 해결하여 갈 것인가

1

조선에는 당면한 문제가 많다. 첫째, 조선은 세계의 조선이다. 그리하여 조선은 전세계의 문제를 분유(分有)하고 있다. 오늘의 조선 사람은 세계의 사람이다. 따라 세계의 전인류의 문제를 공동으로 해결할 책무를 가진 것이다. 그리하여 이 옛나라 잔약한 백성들에게 말할 수 없이 무겁고도 긴절한 여러 가지의 문제가 그 당연한 해결을 박구(迫求)하여 말지 아니한다. 그리하여 목숨이 있고 피가 뛰는 우리 조선 젊은 사람들은, 여러 방면에서 제각기 이 여러 가지 문제 중 저에게 가장 적절하고 긴요한 대로 그를 해결하고자, 피로 싸우며 목숨으로 다투며 기운으로 버티며 맘껏 힘껏 '할 것은 하여 보자!' 하는 기운이 온 조선에 들어찬 것을 본다. 그리하여 우리는 전민중의 철저한 노력과 용감한 분투에는 성공의 복과(福果)가 종당은 오고 말 것을 굳이 믿어 의심하지 아니한다.

이제 여기에 제시한 한글 문제는 우리 온 조선 민족에게 부과된 문제 중 하나인데, 이것은 우리 민족에게 특별한 과제이다. 그리하여 우리 민족의 총명한 지혜와 성근(誠勤)한 노력이 이 문제의 해결에 관하여 요구됨이 심히 많다. 우리는 세계인이라 세계적 문제의 해결에 참여할 지당한 의무와 정당한 권리를 가지었다. 그리고 우리는 또 조선인이라 조선적 문제의 해결에 노력할 독특한 재능과 무비(無比)한 성곤(誠梱)을 가지었다. 이 재능과 성곤을 다하여 이 조선적 문제―한글의 정리와 발양의 공을 수(收)함이 조선인인 우리의 위로 조선 문화를 만들어 내며 빛내며 기르어서 우리에게 끼쳐 준 조선을 대하며, 아래로 우리의 조선 생명을 천지가 다하도록 잇고 잇고 다시 이어 가며 뻗치고 뻗치고 다시 뻗치어 갈 영겁의 자손에게 대하여 당연히 이행할 의무이다. 그뿐 아니라 다시 생각하면, 세계 각 민족의 제각기의 고유한 언어를 수정(修整)하며 특유한 문화를 배양하여 찬란한 인류 문화의 동산에 한 가락 노래를 더하며 한 줄기 화초를 보탬이 제각기의 분유한 인류적 임무인즉, 우리의 제거(提擧)한 한글 문제가 비단 조선 민족적만이 아니라 세계적이며 조선 민족적만이 아니라 편시(便是) 세계 인류적임을 긍정하지 아니하지 못할 것이다.

과연 그러하다. 현금 우리 조선사람에게는 민족적 자각과 인류적 각성이 병존함을 본다.

2

그러나 이 두 가지 의식의 역사와 이론의 토구(討究) 같은 것은 여기가 그 적처(適處)가 아니며, 또 필요도 그리 있지 아니하다. 다만 여기서는 이 두 가지 의식의 엄연한 존재만을 시인하자. 그리하여 이 두 가지 의식이 서로 관련되지 아니하지 못함만 알아두자. 그리하여 이 두 가지 의식이 조선을 연마하며 조탁하며 개선하며 혁신하여 가는 것이 현하의 조선사람의 활동과 노력이다.

세종 대왕께서 이 민족의 영원한 장래의 문화와 행복을 위하여 세계에 비류(比類)가 없는 보배 한글―훈민정음을 반포하신 민족적 경일(慶日)인 병인 9월 29일이 어느덧 육갑을 8주(八周)하매 "가갸날"이란 이름으로 전민족의 문화적 의식을 환기하며 창조적 충동을 자극한 기념 축하가 각지에서 성대히 거행된 것이 또한 1주년이다. 이제 다시 이 민족적 경일―"가갸날"을 맞음에 당하여 연년세세로 더 새로와지며, 더 깊어 가는 향상·발달의 욕망과 창조·개척의 충동을 금하지 못하겠도다. 우리는 이 날을 더욱 뜻있게 맞으며, 이 날에 더욱 뜻있게 경륜(經綸)하려는 충동을 온 조선사람의 가슴에 북치고 싶어한다 그리하여 조선 청년의 개개 분자(分子)의 혈관이 온전히 이 문화적 충동과 창조적 환희로써 약동함을 기대하고자 한다.

한글 문제는 원래 고립적으로 부과된 것이 아니다. 그러므로 이 문제를 완전히 또 순조(順調)로 해결하려면 모름지기 다른 근본적 문제를 선결하여야 할 것이다. 그러나 이것은 그리 용이한 일이 아니다. 그렇지마는 우리는 이 문제가 해결을 고(告)하지 아니한 채로 이 한글 문제를 등기(等棄)할 수가 없는 것이다. 우리는 평상 부단의 노력을 이 방면에 주가(注加)하여 일보 일보의 수정과 개선을 가하여 써 완전한 해결의 날이 오기를 기다릴 뿐이다. 작년 가갸날을 지냄으로 말미암아 한글 문제가 일층 뚜렷한 형체로 일반인의 의식에 오른 것은 현저한 사실이라 아니할 수 없다.

그 중에도 한글 문제의 연구와 해결로써 기임(己任)을 삼는 '조선어 연구회'의 활동이 새로와졌으며, 그 회의 후원 아래에 《조선일보》가 솔선하여 '한글란'을 특설하여서 천하 만민의 눈앞에 바로잡힌 한글을 제공하여 써 민중 교화의 본지(本旨)를 다해 오는 것은 실로 조선 신문사상에 대자특서할 사실로, 조선 문화사상에 또한 빠지지 못할 일건의 공적임을 부인하지 못할 것이다. 우리가 깊이 감격하기를 마지 아니하는 바이다.

4

이렇게 말하면 혹 무어라고 핑계를 할는지 모른다. 그러나 어떠한 핑계를 하더라도 당연히 할 일을 하지 못함만이 수치일 따름이다. 우리는 어떻게 해서라도 이 한글 운동에 참가하여야 할 의무를 가졌다. 우리는 먼저 자기의 의무를 힘 미치는 데까지 행하고서 남을 책할 것이다. 더구나 민중 계발로써 기임(己任)을 삼는 신문지 및 잡지이겠다. 우리는 교육 당국자를 향하여 교수 용어에 관한 의견이 각 신문지에 자주 나오는 것을 본다. 그 이론인즉 다 옳다. 그러나 이 옳은 이론은 그것을 실현할 권능을 삼은 교육 당국자의 귀에는 들어가지 아니함을 보고 항상 집병자(執柄者)의 전횡을 통절히 느끼지 아니하지 못한다. 그러나 이것을 담아듣지 아니하는 그네들에게는 또한 핑계가 없지 아니한다. 요한건대, 일의 대소를 물론하고 그 일의 집병자에게는 핑계없는 법이 없다. 그네는 이 핑계를 가지고 자기네의 행사를 변호하는 것이다. 조선에서 문필을 잡고서 민중 교화의 임(任)에 당하는 인사는 누구든지 아무 핑계를 하지 말고 용감히 이 신성한 한글 운동에 참가하기를 바라는 바이다. 그리하여 현재의 활동을 훨씬 더 심각화하며, 철저화하며, 보편화하며, 세력화하기를 바란다.

한글 운동자 우리로서 조선 교육행정 당국자에게 향하여 요구할 것은 참 많다. 첫째, 소·중학 교수 용어를 우리 조선말로 해 달라는 것이오, 둘째는 각과 교과서를 다 바로잡힌 조선 글로 써 달라는 것이다. 그러나 이 두 가지에 대하여서 당국자에게는 당국자 일류(一流)의 불긍(不肯)의 이유가 있음을 안다. 그러나 그런 이유로 불긍하는 것이 공명하게 생각하여 과연 정당하며 또 득책(得策)일까? 우리는 여기에 그것을 논란하고자 아니하거니와, 다만 여기서 말하고자하는 것은 (심히 구구한 노릇이지마는) 현 제도에서의 조선어 교과서나마 바로잡힌 철자법과 문법에 의한 글을 써 달라는 것이다. 바로 조선어란 것을 어디까지라도 철저히 박멸할 교정(敎政)을 취한다면 모르지마는, 그렇지 않아서 이미 보통학교와 고등 보통학교에 명색이나마 '조선어'란 학과를 배치한 이상에는 그것을 얼마큼이라도 연구하며 수정하며 합리화하여서 글이 글답고, 말이 말답고, 교과가 교과다와야 할 것이 아닌가! 이제 우리의 눈으로 볼 것 같으면, 오늘의 조선어 교과서는 정말 법칙없고 조리 없어 전후가 상좌(相左)하며 어문이 상지(相支)하여서, 다른 학과에서 모두 합리적으로 교육을 받았으며, 또 방장 교육을 주는 학교 교원으로서는 도저히 학적양심과 사적(師的) 본의에 위반됨을 느끼지 아니하고서는, 그 교과를 그대로 저 순진한 아동의 흉리에 교주(敎注)할 수가 없다는 탄성을 발하지 아니하는 이가 없는 것이 현하의 실상이다. 교정(敎政) 당국자로서 아무리 조선어 교육에 대하여서 냉락(冷落)하다 할지라도 이 이상은 더 방치할 수 없는 것이라고 단언하고자 한다.

우리의 한글 문제를 완전히 해결하려면 어찌 2~3 신문·잡지의 자발 맹진(猛進)과 조선어 교과서의 합리적 수정으로만 만족하리오마는, 우선 이런 것이라도 실현되지 아니하여서는 안 될 것이다. 이는 만인의 다 공인·공감하는 바이오, 결코 나의 사견이 아니다. 만약 나의 미언(微言)이 여전히 대수롭지 않게 여기는 액운을 입어서 그냥 난마(亂麻) 그대로 방치되며 모순 그대로 자적하게 된다면 이는 한글 문제의 해결을 위하여—아니 조선 민족의 교육을 위하여 깊이 태식(太息)할 바이라 한다. 우리의 간절히 바라는 바는 "일반 조선인이 다 그렇게 규칙적으로 글 쓰게 되거든 교과서를 고쳐 주마."라는 너무도 교육의 본의를 전도한 말을 교정자가 회수하여 가기와, "신문이란 것은 일반 민중을 상대로 삼고 해 가는 것이니까 솔선하여 정리할 수는 없다."는 너무도 상고적(商賈的)이오 문화적 지도의 사명을 둔연불고(頓然不顧) 하는 말을 신문사나 잡지사들은 철회해 가기이다. 그리하여 선두가 되어서 민중을 교육하며 지도할 것이다.

그러나 이런 것은 다 구구한 말이다. 이 구구한 말이 집병자에게 놀라운 충격을 주지 못할 줄을 잘 안다. 물론 주는 효과를 일으키게 된다면 다행이지마는, 그러나 그러하다고 낙심할 것은 없다. 조선 말과 글이 어찌 저 수 권의 조선어 교과서와 수종의 신문·잡지에만 한하리오. 적어도 2천만 사람이 입으로 손으로 이를 활용하며 표리(表裏)하는 것이다. 그러한즉 이것을 쓰는 이도 조선 사람 전체이오, 이것을 바로잡을 이도 또한 조선사람 모두이다. 요는 조선사람 모두가 우리의 말과 글을 살피며 바로잡으며 기르며 표현하기에 노력할 깊은 각오를 가지고 안 가지는 데에 한글 문제의 해결 여부가 달린 것이다.

그런데 우리는 조선 민족의 총명을 믿는다. 따라 한글 문제의 정명한 해결이 부원(不遠)한 장래에 우리의 눈앞에 드러날 줄을 믿는다. 한글의 기념일을 당하여 이 믿음의 기쁨을 천하 동지에게 전한다.

(1927. 10. 24.)

-〈조선일보〉(1927. 10. 24.~27.)-

한글 운동의 바른 길은 과연 어떠한 것인가

1

한글은 15세기 중엽에 창제되었다. 때는 남북 아메리카는 깜깜한 초매 속에 있었으며―아니, 있는 줄도 몰랐으며, 유럽에서는 근세화의 첫새벽이 동트고 있었다. 유럽 각 겨레가 중세기 라틴말의 낡은 권위를 벗어나서, 제각기 입으로 쓰고 있는 제 고장의 산 말을 높여써서 새로운 문명을 창조하는 새 기운을 일으켰으니, 이것이 소위 서양의 문예 부흥으로서, 서양 근대 문명의 시작인 것이다. 이탈리아의 단테는 이탈리아말로써 저 유명한 『신곡』을 짓고, 독일의 루터는 독일말로써 성경을 번역하고, 영국의 시인 초오서는 영어로써 시를 짓고, 프랑스의 빼레이는 프랑스말이 결코 야만말이 아닌즉, 프랑스말로써 글짓기를 부끄러워하지 말라고 외쳤다. 그래서, 서양의 각국이 제 나라의 쉬운 말로써 책을 짓고 인쇄물을 내어 널리 전파해, 일반 대중의 지식 수준을 높이었기 때문에, 평등·자유의 사상이 각 방면에서 일어나 드디어 종교 개혁, 정치 혁명, 사회 혁명 내지 산업 혁명까지 일어나 근대 과학, 근대 생활의 급속한 진보를 가져왔다.

현재 우리 나라에 '근대화'란 말이 행하고 있거니와 동양인의 '근대화'의 첫 걸음은 모름지기 한자·한문의 낡은 권위를 물리치고 제 나라의 말글을 높여 쓰는 데만 있다. 한국뿐 아니라 일본도 그러하며, 한자의 본고장인 중국도 또한 그러하다. 한자 사용의 폐지는 동양인 공통의 과제이다.

한글은 15세기 중엽에 창제되었다. 또 우리에게는 구텐베르크보다 200년이나 앞서서 활자의 발명 및 사용이 있었다. 만약 최 만리 무리 같은 완고한 한문화 숭배의 사상에 저해되지 않고, 이 과학스럽고 쉬운 한글과 구리·쇠 활자로써 우리 문화의 근대화 작업을 벌였던들, 우리 겨레가 세계의 선진국으로서 큰 광휘를 피웠을 것이어늘, 아깝게도 숭외 사대의 비루한 사상에 사로잡혀, 나라의 보배인 한글을 여지없이 멸시 천대하였기 때문에, 필경에 섬나라 딴 겨레의 굴레를 쓰고 종살이를 36년간이나 하였으니, 어찌 통탄스럽지 아니한가?

하늘의 도움인지, 세계 인류의 양심의 발동인지, 배달 겨레가 다시 자유 독립의 국민이 되었다.

그렇듯한 박해와 천대 밑에서 지긋지긋한 고생을 하다가, 인제 좋은 세상을 만났으니, 마땅히 심각한 반성과 과감한 용단으로써 제 스스로를 편달하지 아니하면 안 된다. 만약 이 때에도 어물어물 구태의연한 태도로써 아까운 시일을 허송하고 좋은 기회를 놓쳐버리고 만다면, 이는 후세에 영구한 죄를 저지르는 것이 될 것이다. 우리 겨레는 마땅히 용기를 진작하여 전도의 광명을 바라보고 나아가지 아니하면 안 된다. 우리말을 깨끗이 하기와 한글만 쓰기의 단행은 이 때에 이루어내어야 한다.

2

    한글 운동이란 곧 우리말, 우리글을 높여 쓰자 하는 운동이다. 과거 일제의 통치 아래에서는 이로써 우리의 말글을 연구하며 지키었고, 자유 천지의 오늘날에서는 그 최종의 목표인 한글만 쓰기와 우리말을 깨끗이 하기를 이루어내어야 한다. 그러나, 슬픈 일은 오늘에도 옛적 최 만리 무리 같은 사대 숭외의 신판 완고가 있어, 갖은 수단으로써 배달 겨레의 근대적 갱생을 방해하는 것이다. 그네들은 흔히,

    “한글 운동은 천천히 해야 한다.”

고 입버릇처럼 말한다. 그래, 도대체 오백 년이나 뒤진 것이 아직도 부족해서 천천히 뒤로 미루어두자는 것인가? 왜놈의 굴레를 쓰기 36년이 오히려 부족해서, 천천히 미루어두었다가 그런 봉변 치욕을 한 번 더 치러야 한다는 것인가? 8·15 해방이 벌써 22해나 되어, 그때 낳은 아이가 총을 메고 전장으로 나가서 조국을 위해서 싸우게 되었는데, 아직도 이르니 천천히 하자는 것인가? 그렇잖으면 한자 한문에 심취한 나 같은 사람이 죽고 나거든 너희들은 한자를 폐지하든지, 한글만 쓰기로 하든지 하라는 셈 인가? 도대체 무엇이 이르다는 것인가? 이네들이 흔히,

    “한글 전용은 해야지만 너무 급히 서둘지 말고 천천히 해야 한다.”

    고 말하는 마음 속은 따로 있다고 나는 간파했다. 그 증거 하나를 대겠다. 1949년 가을에 문교부에서 말본 용어를 제정할 적에, 그 자리에 모인 20여 명의 위원 중 이 희승, 이 숭녕 두 사람만 빼놓고는 전부 순 한글 용어를 쓰자고 주장하였는데, 두 이씨만은

    “장차는 한글 용어로만 될 것은 환하지마는, 그래도 아직 한자 폐

지도 되지 않았는데, 한자말 말본 용어의 전폐는 너무하지 않은가? 한글 용어와 한자 용어를 얼마 동안은 병용해야 한다."

고 맹렬히 주장하였다. 그 나머지 위원들은 이 두 사람의 반대를 수효로써 꺾느니보다는 두 가지로 병용하기로 해 두면, 저절로 한글 용어 하나로 통일될 것이다. 구태여 이 좋은 세상에 저 두 분을 다수결로써 꺾을 것까지는 없겠다고 생각하여서, 필경 두 가지 병용으로 낙착되고 말았었다. 웬걸 우리는 그들의 간계에 빠지고 만 것이 되었다. 이 희승, 이 숭녕 두 분이 관립 서울 대학 교수인 직위를 이용하고, 또 전국 학생들이 관존 민비의 낡은 관념에서 서울 대학 입학 지원을 맹렬히 경쟁함을 이용하여, 20년 세월에 한자 숭배의 사상을 불어넣고, 서울 대학 출신이 전국 패권을 잡아야 한다는 학벌 의식을 은근히 고취하여 오다가, 지난번 5·16 혁명 이후 무엇이든지 통일해야 한다는 시퍼런 관권을 이용하여, 문교부 안의 어떤 이와 긴밀히 짜고서 불공정한 인선으로써 소위 학교 말본 통일 위원회를 소집하여 그 토론석상에서는 이론으로 굴복해 놓고도, 그 투표만은 예정대로 하여 필경 6:5, 8:7의 차로써 그네들의 획책이 성공하였다고 하는 것이다. 그것도 중앙 교육 연구소의 광범위한 여론 조사의 결과로 완전히 전복되었기 때문에 문교부가 부득이 시정하지 않을 수가 없어서, 드디어 내용의 '이다'가 낱말로 인정되고, 말본 용어도 한글 용어가 살아났다. 그러나 용어 문제는 아직도 완전한 해결이 못 되었은즉, 반드시 바로잡혀야 한다고 우리는 주장하고 있는 터이다.

그러한즉, 그들이 한글 운동은 천천히 해야 한다는 말은 그들이 진심으로 한글 운동의 방법을 말하는 것이 아니요, 도리어 한글만 쓰기와 우리말을 깨끗이 하기의 실현을 무한정 늦춰서, 필경엔 그를 불가능한 지경에까지 끌고 가려는 속임수에 불과한 것임을 우리는 분명히 깨쳐야 한다.

우리는 주장한다. 한글만 쓰기는 시급히 실현되어야 한다. 하루가 빠르면 빠를수록 국민에게 이익이 되는 것이요, 반대로 하루가 늦으면 그만큼 국민에게 불리하게 되는 것이다.

여기서, 나는 신판 사대주의자들의 심중에 있는 그른 판단을 시정함의 필요를 느낀다. 그것은 그네들의 정신상 '대국' 일본과 중국의 일이다. 일본이 명치유신(1868)서부터 한자 폐지론이 일어났으나, 꼭 백 년이 되는 오늘까지 능히 실현하지 못하였고, 중국이 신해혁명(1911) 때부터 한자 망국론이 일어났으나, 반 세기가 지나도록 아직 실현하지 못하고 있음을 보고는 저것 봐라, 한자는 위대한 매력이 있는 거야! 일본 같은 모든 점에서 우리보다 위대한 나라가 한자 폐지를 못하는데, 어디 한국이 감히 단행할 수 있겠느냐? 한자 폐지란 망론이다고 생각함이 틀림없다.—이것이 사대주의자들의 속셈이다. 만약, 일본이 한자 폐지를 단행했더라면 신판 사대주의자들이 감히 딴소리를 하지 못했을 것임이 틀림없다.

그러나, 나는 여기에 중국과 일본이 한자 폐지, 소리글쓰기가 어려운 점이 있음을 들어 저네들 및 그 밖의 사람들의 오해를 풀어 주고자 한다.

중국은 그 말씨가 홀낱내 말(單音節語, Monosyllabic Language)이기 때문에 홀낱내의 수는 한정이 있는데(우리말의 경우에서는 약 일만쯤), 모든 생각의 단위 곧 낱말의 수는 가위 무한하기(우리말에서 대략 20만쯤) 때문에, 낱말 발음의 청각적 차이를 나타내기 위하여, 한 가지 소리에 네 가지 발음(四聲)을 구별한다. 그렇지마는, 한 낱내마다에 네 가지 구별을 한다 해도, 그것으로써는 도저히 저 무한수의 낱말을 일일이 구별지을 수는 없다. 그래서, 그네들은 시각적으로 구별하는 뜻글자 한자를 쓸 수밖에 없는 운명에 놓여 있다. 듣건대, 그들은 한 가지 '스'로 된 낱말이 마흔이 넘는다니, 이를 소리글자로는 도저히 나타내지 못하는 형편이다.

일본의 낱내글자(音節文字) '카나'는 50음이라 하지마는, 그 글자됨이 그 이상 더 다양성을 나타낼 수가 없다. 그래서, 그 '카나'만으로써 가위 무수한 낱말을 나타내어 적어서는, 서로 잘 구별이 나타나지 않게 되어, 결국은 글자가 글자 노릇을 못하게 된다.

이와 같이 중국은 말이 병신이기 때문에(일본은 글이 병신이기 때문에) 한자가 망국의 글자인 줄을 번연히 알면서도 능히 이를 폐지하지 못하고 있음임을 모르고서, 그저 저 '대국 사람들'이 능히 폐지를 단행하지 못함은 한자에 불가사의의 위력이 있다고 오판하고서, 우리의 한자 폐지, 한글 전용의 주장에 반대하고 또는 그 지연책을 베푸는 것이다.

그런데, 배달나라의 말씨는 여러 낱내말(多音節語, Polysyllabic Language)로서, 그 소리를 구별있게 나타내기에 아무런 불편이 없으며, 그 글자는 세계에서 유례가 드문 과학스런 낱소리 글자(音素文字, Alphabetic Lettes)로서, 그 맞춤이 얼마든지 다양스럽기 때문에 무수한 생각을 구별스럽게 나타내기에 아무 불편이 없다. 이렇듯 훌륭한 말과 글을 가지고 있으면서 한자 폐지를 주저하고 있는 것은 신체가 성한 사람이 병신을 따라 병신 노릇을 함과 다름이 없다. 어찌 어리석지 아니한가? 한글만 쓰기는 하루 바삐 실현되어야 한다. 여기서 반대해야 할 이유는 절대로 없다.

3

　다음에, 이 희승 님이, 이름씨 같은 한글 용어는 50년이 되어도 그 힘이 마약한데, 명사(名詞) 같은 한자 용어는 그 사용이 갈수록 넓어지고, 그 힘어 세어져 간다는 말에 대하여 종이 관계로 간단히 몇 말을 하겠다. '명사'가 힘이 더 세다는 것은 사대주의자들의 심리를 바로 나타낸 것이겠다. '명사'는 '名詞'의 소리뒤침인즉, 그 배경이 일본의 '名詞'에 있음이 분명하다. 일본은 '대국'이라 '名詞'를 사용하는 사람 수가 일억에 가깝다. '이름씨'를 사용할 수 있는 사람 수는 기껏해야 삼천만 정도임에 비긴다면, '名詞'에 큰 힘이 있다고 느껴짐이 신판 사대주의자의 심리의 사실일는지 모르겠다. 그러나, 우리는 이러한 그릇된 사대 심리의 소유자의 말에 귀를 기울일 필요가 조금도 없다. '이름'은 '명'보다 우리의 귀와 마음에 똑똑한 인상을 줌이 사실이요, '이름씨'가 '명사'보다 우리의 폐간에 훨씬 힘있게 인상됨이 과학스런 교육 실험에서 증명된 바이니, 다시 더 세설할 필요가 없겠다.

　또 그는 말은 부지불식 중에 자연히 생기는 것인즉, 새로 의식적으로 말을 만들어서는 안된다고 하였다. 그러면 긴말을 그만두고 영어의 '에이어로 플레인(비행기)', '미사일' 같은 말이 부지불식 중에 자연히 생겼다고 생각하는가? 말이 자연히 생긴다는 유치한 소리는, 말씨에 대한 근본 인식이 부족한 소리일 뿐이요, '대국사람'이 만들어서 주는 것을 마치 자연히 생긴 말같이 받아들이는 사대주의자의 심리를 고백한 것에 불과한 것이다. 사실은 모든 낱말은 그 말 임자들의 무한한 노력의 결과임을 깨쳐야 한다. 입만 벌리고 앉아, '대국사람'이 갖다 주는 것만 받아 먹는 사대주의자들의 안이한 사고 방식을 우리는 배격하지 않으면 안 된다.

　종이가 다되어 간다만은, 나는 그의 말 하나를 더 잡아 말하지 않을 수 없는 것이 있다.

　"한자말이 국어가 되어 있는데, 순 우리말을 쓰기 시작한다면, 국어의 이중 생활을 한없이 계속하게 된다."

고 그는 말한다. 도대체 생각해 보라. 우리의 말씨 생활에서 이중 생활이 어째서 생겼는가를. 우리 조상들이 애써서 지어 끼쳐준 말씨가 번연히 있는데, 옛날 사대주의자들이 '대국'의 말씨를 쓸데없이 수입 사용함으로써 양반 자랑을 일삼은 결과가 아니고 무엇인가? '하늘땅'이 있는데 공연히 '천지'를 수입하였고, '아버지'에 父親(부친)을 더하고, '아우'에 '弟'를, '안해'에 '妻(처)'를, '임금'에 '君主(군주)'를, 이렇게 무제한으로 '대국' 말을 공걸로 알고서 마구 수입 사용한 결과로, 우리의 말씨 생활이 이중이 된 것이 아니고 무엇이냐? 신판 사대주의자들은 또 '씨·공' 대신에 '미스터'를, '아가씨·아씨' 대신에 '미스'를, 이런 생소한 외국말을 '대국'의 배경만 믿고서 '훨씬 힘 있는 말'로 생각하고서 뻔뻔스럽게 사용함으로써, 신식 양반임을 자랑스럽게 뻐기고 있지 아니한가? 만약 이님의 걱정하는 무한 말씨의 이중 생활을 아니하려면, 모름지기 '아버지'를 아주 없애고 '父親(부친)'만을, 한 걸음 더 내켜서는 '학교' 같은 구식 한자말도 없애고 'school'만을 사용해야 할 것이니 사대주의자의 궤변도 여기에 오면, 그 극치에 도달하였다 하겠구나!

　이제 붓을 놓음에 다다라, 나는 또 다음의 사실을 마음깊이 새겨야 한다고 부탁하고자 한다. 18세기 독일의 계몽 철학자 그리스찬 볼프(Christian Wolff: 1679~1754)가 라이프찌히 대학, 할레 대학에서 처음으로 라틴말을 치우고 독일말로써 철학 강의를 하였는데, 괴벽스런 일이라고 구경꾼이 모여들어 교실 창 밖에 꽉 찼었다 하며, 그 뒤 독일의 대철학가 칸트(Immanuel Kant : 1724~1804)는 평생 일념으로 독일말로써 자기 철학을 건설하였기 때문에, 19세기에서 20세기까지 철학을 하기 위해서는 독일어를 알아야 한다고 하게 되었으며, 두 번째 세계 대전 뒤의 독일은 어미말(Mutter Sprache) 운동이 일어나, 독일 정신에 터잡지 아니한 말씨는 모조리 없애버려야 한다고 주장하고서, 모든 학문의 용어를 순 독일말로 새로 지었으며, 프랑스에서도 라틴말에 기대던 학문을 집어치우고 순 프랑스말로써 해부학까지 뒤쳤다 한다. 그리고 일본에서도 순 일본말로써 학술 용어를 고치려는 운동이 근래에 싹트고 있다.

우리 배달의 아들 딸은 신판 사대주의를 물리치고, 독립 자존의 정신으로써 겨레 문화를 창조해 나가지 않으면 안 된다.

-〈한글문학〉 5집(1967. 5. 28.)-

한글 전용 및 약자 제정에 대한 소견
- 신판 사대주의자들의 각성을 촉구하며 -

    8·15 해방 바로 뒤에, 사회 지도층 인사 70여 명으로 구성된 조선 교육심의회에서 분과회 및 총회의 장시일간 신중한 토의로써 교과서는 한글만으로 편찬하기를 결정하였다. 미 군정 및 우리 정부는 이 결정에 따른 한글 교과서로써 초·중등학교 교육을 실시해 온 터이라 이미 한글만으로 교육을 받고 교문을 나와 사회로 진출한 청년 남녀가 수백만 명에 달하여 있고, 수많은 국군이 한글만의 교육을 받아, 세계적으로 그 강병됨을 과시하고 있다. 이 수삼 년 동안에, 문교부의 문교 행정은 그 방향을 잃어버리고, 몇몇 반동분자의 음모스런 장난에 휘몰려 들음인지, 아무런 공의에 부치지도 않고, 오로지 그 몇 사람의 장난 같은 사안을 바로 그대로 어린이 교육에 실시하는 거조에 나가더니, 인제는 한걸음 더 낮우어 그 한자의 약자 542자를 제정하여, 이를 교육에 실시하고 나아가서는 일반 사회에도 강요하려 한다. 우리는 이 무모하고 어리석은 방책에 대하여 절대 불가의 의견으로써 반대하지 않을 수 없다.

    그렇잖아도 오늘날 우리 나라의 초등학교의 학생들이 입학 시험 부담의 과중으로 인하여, 그 체위가 해마다 떨어지고 있는데, 20년래의 일관한 문교 정책을 포기하고 불법적으로 한자 교육을 재개하여 한창 발육기에 있는 어린이들로 하여금 형언할 수 없는 수험 지옥에서 또 하나의 악마의 채찍을 더 받게 하니, 이러한 무자비한 교육 행정이 어데 또 있을소냐?

「교육」의 본의는 가르침과 함께 기르는 데에 있다. 기르기만 하고 가르치지 않으면 금수가 될 것이요, 가르치기만 하고 기르지 못하면 그 겨레와 나라를 쇠잔 멸망으로 이끄는 것이 된다. 옛날 악독한 일제가 배달 겨레를 통치할 적에 전국의 보통학교장회의를 소집하여 놓고는, 조선인 교육 방침을 지시하되 「날마다 과중한 숙제를 매워 주어서, 그 애들이 집에 돌아가더라도 조금도 마음놓고 쉴 틈이 없어, 죽자살자 숙제만 하도록 명령하라. 그래서 그 이튿날 아침에 그 성과를 검열하여, 잘한 놈은 상을 주고 못한 놈은 벌을 주라」고 하였다. 이는 겉으로 얼른 보면 공부를 장려하는 것 같지마는 그 실은 그 저의가 공부 장려하는 것이 아니요, 오로지 우리 겨레의 심신의 건전한 성장을 해치어, 기운차고 용기 있고 강철 같은 의지가 있는 인재가 우리 겨레에서 나는 것을 순막아서 쇠잔 멸망으로 몰아 저이들의 교만한 횡행과 번영을 도모함에 있었던 것이었다.

그런데 오늘날 해방된 자유국 자유민으로서 일제의 악정 때보다도 더 심한 과제로써 어린이들을 괴롭혀서 그 신체 발육이 나빠져 감이 실지 조사의 결과에 명백히 드러나고 있으니, 신체의 발육과 병행하는 정신 발육의 저해됨이 마찬가지일 것은 틀림없다. 교육은 백년대계라 한다. 만약 이런 식으로 우리의 어린이들의 체위와 심위가 해마다 떨어져 간다면 백년 뒤에는 과연 어떻게 될 것인가? 상상만 해도 몸서리치지 않을 수 없다.―이것은 확실히 교육 행정의 적신호임이 틀림없다. 이렇듯 중대한 적신호의 경고에도 눈을 뜨지 못하고 몇몇 반동분자의 책략에 몰려들어 엎친 데 덮친 격으로 한자 교육을 재개함은 확실히 문교 행정의 극도의 빈곤을 드러냄이 아니고 무엇일까?

이제 또 소위 상용 한자 1,300자(이것은 정식적으로 결정된 일은 없었다. 상용 한자 제정을 위한 문교부회의는 이승만 대통령의 명령으로 중단되었었다)에서 542자의 약자를 제정하고자 하니, 이것은 더욱 교육적 무견식과 사리상 어두움을 더할 뿐이요, 아무런 이익도 없는 헛것에 지나지 않는 것이다.

이 약자 제정을 기도하는 사람의 생각은 아마도 틀림없이 이러할 것이다. 중국과 일본이 능히 한자를 버리지 못하니 이는 한자에는 버릴 수 없는 무슨 깊은 이유가 있을 것이다. 더구나 우리보다는 월등하게 나은 일본이 명치유신과 함께 한자폐지론을 주장해 왔지마는 아직도 이를 버리지 못하는 것은 더욱 한자의 위력을 짐작할 수 있다. 그러니 옛날에는 중국의 소국이었고, 얼마 전에는 일본의 식민지였던 우리 나라가 무슨 기벽과 재능으로써 감히 한자 폐지를 단행할 수 있으랴? 한자 폐지는 시기상조이다. 중국과 일본이 한자를 폐지하거든 그제야 우리도 해도 늦지 않을 것이다. 그뿐 아니라, 중국과 일본의 사이에 끼어 있는 작은 우리 나라 한국이 홀로 먼저 이를 단행할 수 없다. 만약 단행한다면 우리 나라는 국제적 고립에 빠지어 문화적으로 큰 손실을 볼 것이다.―이것이 한자의 존속을 고집하는 사람의 신판 사대주의스런 심리이다. 나는 여기서 특별히 제창하고자 하는 바가 있다. 우리는 모든 문제를 생각할 적에는 반드시 사물을, 그 밑바닥(근저)으로부터 고찰해야 할 것이요, 결코 수박 겉 핥는 식으로 그 겉꼴만을 보고서 뒤따라갈 것은 아니라 함이다. 한자 문제에 있어서도 중국과 일본이 백년 전부터 이를 폐지하려고 애써 왔지마는, 여태껏 이를 단행하지 못하는 것은 그 원인이 한자의 폐할 수 없는 특이성에 있는 것이 아니요, 딴데에 있는 것임을 알아야 한다. 곧 중국은 말이 병신이기 때문에, 일본은 제 글자 「가나」가 병신이기 때문에 한자 폐지를 꼭 해야 할 것임은 뻔히 알면서도 능히 단행하지 못하고 있는 것이다.

중국의 말은 「홑낱내 말」(Monosylabic language)이다. 사상을 발표하는 말 수는 수십만이 넘는데, 낱내(sylable ; 음절)의 수는 일만 내외에 지나지 않는다. 그래서 일만 정도의 낱내로써 수십만의 낱말을 나타내려니, 한 낱내의 발음을 여러 모양으로 할 수밖에 없다. 보통으로 한 낱말의 발음을 네 가지(사성 ; 四聲)로 가른다. 그러나 네 가지씩만으로써도 어림없이 부족함을 면하지 못한다. 그래서, 여러 모양의 변태가 생긴 모양이다. 어느 전문가의 말을 따르면 중국말에서 「스」 소리 하나로 42가지의 낱말을 구별한다고 한다. 이렇기 때문에 수억의 인구가 오천 년의 문화를 누려 왔고, 현재는 6억의 인구를 가지고 있으면서, 그래서 그 중에는 핵물리학을 배워 원자탄 따위를 만들어 내면서도, 제 나라 말을 적을 만한 소리글자를 만들어 내지 못하고 있다. 중국 5억의 인구 중에는 한 사람의 「세종대왕」을 내지 못하고 있다. 그래서 그네들은 「주음자모」를 지었다가 실패로 돌아가고, 「로마자」 채용을 결정하고서도 아직 이를 본격적으로 단행하지도 못하고 있는 딱한 형편이다.

일본은 그 글자 「가나」가 극히 불완전하여 그것만으로는 글노릇을 하기 어렵다. 왜냐하면 그 자획이 극히 간단하고(이 점은 글자 깨치기에는 쉽다) 그 맞춤이 50에도 미만하여 그것만을 벌려 놓으면, 맞춤의 변화가 너무 없어서 시각적으로 그 뜻잡기가 아주 어렵다. 그 글은 단순히 낱내(음절) 소리의 나열에 불과하여 고등 글자 노릇을 할 수 없다. 이에 대하여 한글은 낱낱의 자는 더 간단하지마는 그 낱소리 글자로써 이룬 낱내의 꼴은 다양스럽고 그 수(실제 사용되는)는 2,500에 달하며 낱내와 낱내의 연결도 또한 다양스럽기 때문에 그 글자(낱내)를 깨치기는 약간 힘들겠지마는 그것은 큰 힘이 드는 것도 아니요, 그것만으로 적어 놓은 글은 매우 다양스런 변화를 지니고 있어, 천만 가지의 뜻을 적어 나타내기에 아무런 부족함이 없다. 다시 말하면 글자는 간단하여 배우기 쉬운 것만이 능사가 아니라, 그 맞춤이 어느 정도 다양성을 띠어야만 고등 글자의 노릇(기능)을 할 수 있게 되는 것이다. 짧게, 일본의 「가나」 글자는 이러한 조건을 갖추지 못하였기 때문에, 그것만으로는 고등 글자 노릇을 하지 못하는 것이다. 이것을 증거대는 것은, 명치 이래 일본의 문학책들이 하나도 「가나」만으로 적힌 것이 없고, 모두 한자와 혼용되어 있는 일이다. 그렇기 때문에 일본의 유식자들은 일찍부터 한자 폐지를 수장해 왔지마는 아직도 이를 성취하지 못하는 것은, 그 한자에 갈음할 만한 글자가 없기 때문이다. 물론 한자의 갈음으로 「로마자」 사용을 주장하는 일파가 있지마는 한자와 가나와를 한목에 다 내버리기에는 얼른 승낙이 가지 않기 때문에 아직 성공의 지경에 이르지 못하고, 또 다른 한쪽에는 가나만 쓰기를 주장하는 사람들도 상당히 많지마는 역시 만만히 성공하지 못하고 있는 형편이다.

이에 대하여 우리 한국은 그 말이 「여러 낱내말」(Polysylabic language)이요, 그 글자가 가장 발달한 낱소리 글자이기 때문에 중국의 불리와 일본의 불편이 도무지 없다. 그러매라 옛날부터 우리에게는 순한글로 적힌 책이 많았으며, 신문학책에 한자 혼용을 하는 사람은 한 이도 없다.—그러하니까 외국의 식자가 해방된 한국을 시찰하고는 「한국에는 장차 감옥이 필요없을 것이다. 왜냐하면, 이렇게 좋은 말과 좋은 글을 가진 겨레가 이 말글로써 좋은 교육을 만들 것 같으면, 다 좋은 직업을 가지고 잘살아 갈 것인데, 무슨 맛으로 구태여 감옥을 찾아갈 리가 있겠느냐?」고 극구 칭찬하였다. 이렇듯 외국의 식자들조차 다 칭찬하는 말과 글을 가지고 있으면서, 무슨 맛으로 병신말의 중국과 병신글의 일본의 고통을 덩달아 겪자 할 것인가? 오늘날 우리 중에서 한자 폐지를 반대하는 사람은 다 한글의 우수성을 올바로 깨치지 못하였거나, 사대주의에 사로잡혔거나 한 것이다. 만약 일본이 앞서 한자 폐지를 단행했더라면 한국에 한자 존속, 또는 한자 폐지의 시기상조론을 주장하는 사람이 있지 않았을 것이다.

이 신판 사대주의자들은 오직 중국과 일본의 눈치만 보고서 한자 폐지의 시기상조론, 한글만 쓰기의 지연책을 꿈꾸고 있다. 글쎄, 온 사지가 멀쩡한 성한 사람이 이웃 사람의 병신을 흉내내어 쩔룩쩔룩 절고 다니는 우스꽝스런 희극을 부려 제 생활을 궁지로 몰아넣을 필요가 무엇일까? 참 어리석은 짓이라 하겠다.

이 이웃 병신들의 흉내냄으로 자랑을 삼는 사람들은 한자 사용을 획책하여 놓고는, 또 다시 더 들어간 흉내를 내려 하니 그것은 곧 한자의 약자 제정을 기도하는 일이다. 그 한자 1,300자 중에서 542자의 약자를 만들었다는 것이다. 그네의 머릿속에는 이러한 까닭을 가지고 있을 것이다.

1. 중공과 일본이 약자를 만들어 쓰니, 우리도 그것을 만들어야겠다.
2. 획수가 많아서 배우기도 쓰기도 어려운 것을 간략히 해서 쓰면, 학동이나 일반 사회인이나 다 부담이 경감될 것이다.

참 한 치를 내다보지 못하는 눈이요, 생각이다. 첫째, 남이 하니까 우리도 해야 한다는 사대사상의 부당함은 이미 말하였다.

둘째로, 자획을 간단히 함으로써 편리하게 만들겠다는 것은 얼핏 생각하면 그럴 듯하기도 하다. 그러나 이러한 생각조차도 그실은 사대주의스런 모방 사고에 불과한 것이다. 부담의 경감, 실용의 편리를 취하려면 우리 한글로 쓰면 될 것이지 또 딴 자를 만들어 댈 필요가 어데 있을까? 앞에서 베푼 바와 같이 방금 입시 지옥에서 형언할 수 없는 고통을 당하고 있는 가련한 어린이들에게 어렵고도 아무런 소용도 되지 않는 한자 1,300자를 더 지워서 무자비한 가중의 고초를 더하고도 오히려 부족해서 542자를 약자란 이름으로써 새로 더 메우고자 하니, 이런 비교육적 비인도적 처사가 또 어데 있을 것인가? 더구나 그 이유로서는 아이들의 짐을 가볍게 함이라 하니, 더욱 그 어리석음을 개탄하지 않을 수 없도다.

혹은 대답할 것이다. 542 약자만 가르치고 그 본자는 안 가르친다고. 과연 그런다면 이는 그네들의 한자 교육의 근본뜻을 전연 떠난 것이 된다. 원래 한자 교육을 주장하는 사람의 취미는 그 역사성과 국제성에 있다. 한자를 알아야 동양 일반의 옛책을 읽을 수 있으며 이웃 나라와 의사소통하기에 편리하다는 것이다. 그런데 이제 한자의 본래의 정자는 가르치지 않고 우리가 제정한 약자만을 가르친다면, 그런 한자 지식으로써는 절대로 오늘까지의 한자 기록을 읽지 못할 것이요, 또 이웃 한자 나라들의 사람들과 의사소통을 할 수가 없을 것이기 때문이다. 그러므로 한자 교육의 본지를 조금이라도 달성하려면 약자를 가르치고도 또 본자를 가르치지 않으면 안 될 것이니, 이것이 설상가상의 잔인한 어리석은 일이 아니고 무엇일까?

그뿐인가? 만약 사회인의 입장에 서서 본다면 더욱 기괴하다. 한자에 유식한 사람들도 다시 그 한자를 배워야 할 것이요, 만약 배우지 않는 경우에는 도로 한자무식꾼이 되어, 집안의 학동들과 딴 세상에 살게 될 것이다. 부자·형제가 서로 막히니, 부형은 안 배워서 불통이요, 자제는 배워서 불통이 되고 만다. 이 어�쩐 희비극인고!

가뜩이나 세계에서 가장 많은 활자를 사용하기 때문에, 우리 나라의 인쇄소 경영 및 출판사 내지 독서자의 부담이 심한 터인데, 약자 542자의 활자를 첨가해야 하겠으니 이 무슨 어리석은 일인고?

짧게, 한자 교육 내지 그 약자 제정은 아이나 어른 할 것 없이 모조리 손발을 얽어매고 무거운 짐을 지워서 굼벵이처럼 꿈적꿈적하다가 죽어 버리라, 하는 것밖에는 아무것도 아니다. 우리 정부는 바야흐로 제2차 5개년계획에 들어서어, 조국의 근대화를 성취하고자 갖은 방법을 강구하고 있는 줄로 안다.

그런데, 유독 문교부만은 내 말을 버리고 남의 말을 취하며 내 글을 버리고 남의 글을 취하여 교육적 효과를 1/4 내지 1/6로 저하화, 반자주독립의 교육 정책을 취하여 그칠 줄을 모르니 이 무슨 일인고? 우리 같은 평범 심상한 머리로써는 정말 이해하기 곤란하다. 우리는 주장한다. 문교 행정의 당면 목표는,

1. 가련한 어린이들을 그 가혹한 업시 경쟁 지옥에서 건져내어야 하며,
2. 유형 무형의 내 문화재를 남의 것보다 존중하여야 하며(그 존중의 방법은 다름아닌 내 것을 사용함에 있다),
3. 마음밭 개발의 최대 최선의 시기에 있는 국민학교 아이들에게 기억을 강요하는 교육 방법을 피하고 어디까지나 그 마음을 열어 끌어내는 교육을 해야 하나니, 한자 교육은 맘밭 개발에 가장 유해한

것임을 알아야 하며,

4. 모든 교육 재료와 방법은 그 능률 증진—특히 생산성 능률의 증진을 꾀하여 조국의 근대화 달성에 끊임없는 추진력이 되도록 해야 한다.

이래야만 그 교육이 사람 죽이는 교육, 나라 망치는 교육이 되지 않고 사람 만드는 교육, 나라 건지는 교육이 될 수가 있는 것이니, 여기에 망국의 설움에서 광복의 영광을 맛본, 온 국민의 폐간의 소원이 있는 것이다.

-1967. 11.-

한글 전용에 대해서

한글은 지금으로 511년 전에, 세종대왕의 높으신 성덕으로 배달 겨레의 민주주의 문화 건설의 위대한 사명을 띠고 세상에 나왔지만, 시대적 각성이 이에 미치지 못하고, 대중적 자각이 이를 따르지 않아, 진토에 파묻힌 옥같이 되고 말았다. 본시, 좋은 일에는 마가 많다는 속담과 같이, 한글의 길도 순풍에 돛단 평탄한 길이 아니었으니, 한글 배척과 반대 운동은, 그것이 반포되기 2년 전인 세종 26년에 맹목적인, 사대 사상에 절은 고루한 한학자 최 만리 무리로부터 시작된 것이다.

대체로 이조 500년의 학문 예술은 세종 때에 싹이 나서, 중종 때에 줄기가 자라고, 선조, 숙종간에 그 꽃이 피어, 영정 때에 이르러 열음을 맺었나니, 한글의 번짐(普及)도 대개는 이와 같으나 세종·세조가 가신 뒤 400년 동안의 우리 조상들의 그릇된 사상과 한문의 전통적인 세력 때문에 한글은 다만 언문으로 천대받아, 여자의 글이요, 종의 글로 여겨져 오다가, 고종 31년의 갑오 경장으로 말미암아, 처음으로 자국 문화에 대한 각성이 생기어, 한글이 제 본래의 사명을 찾게 되었다.

이같이, 사회를 혁신하고 새 문명을 흡수·발전하게 하려는 시대적 요구에 따라, 신문, 잡지, 저술에 한글이 쓰이게 되었으니, 신문으로 는 서 재필 님의 〈독립신문〉이 나오고, 뒤를 이어 〈황성신문〉, 〈뎨국 신문〉 들이 나왔으며, 잡지로는 〈조양보〉를 비롯해서 많은 가지가 나왔으며, 저술에 있어서는 유 길준 님의 《서유 견문》이 나왔으며, 한편 학교 교육에선 우리 말 우리 글을 정당한 학과로 삼았으며, 예 수교 선교 사업에서는 성경은 한글로 번역하였으니, 이들이 모두 한 글의 번짐에 큰 공을 이룬 것이다.

그러나, 한편으로는 수천 년래의 한자의 구세력이 완강히 버티고 있고, 다른 한편으로는 새 문화, 새 문명을 받아들이려는 신 세력이 있어, 뒤엣것이 앞엣것을 완전히 물리치지 못한 때문에, 한글도 활 발한 제 본래의 사명을 다하지 못하고 오던 중, 일제의 침략으로 우 리는 식민지 백성이 되고, 한글은 우리말과 함께 억압 내지는 말살 의 액운을 면하지 못했다.

1945년 해방이 되어, 겨레와 함께 우리 말 우리 글이 소생하여, 그 교육이 활발히 진전하기 시작하였다. 대한 민국 정부가 서매, 초대 국회에서는 1948, 10, 1 한글 전용법을 통과시켰으며, 10월 9일 한 글날에 정부는 이를 공포하여, 이로써 우리는 500년 동안 길이 뻗 어 온 한글의 액운은 다 간 것으로 생각했으나, 한글은 언제나 형극 의 길을 걸어야 함인지, 그 뒤에도 국회나 정부에서 말썽이 일어났 나니, 같은 해 11월 5일, 25명의 긴급 결의안으로 한자 사용 건의안 이 제출되었으며, 심지어는 우리의 교육을 한글로써 함은 이 극노주 의라고 기괴망상한 소리를 한 의원도 있었으며, 한글 간소화 파동은 1953년 4월 27일 백 두진 국무 총리의 훈령 제8호로 비롯했다.

그러나, 우리 대통령 이 박사는 국가 독립 정신의 굳건한 소유자 로, 그의 문화 독립에 대한 정성과 공적 또한 누구에게도 지지 않아,

그간 한글 전용 실현에 대해서 시대를 역행하는 여러 가지 모순되고 불합리한 방해를 참고 참아 보고 계시다가, 드디어 작년 12월에 최종적으로 한글 전용법을 실현해야 한다는 담화를 발표하고 국무회의에서 그 실행을 결의하였다.

이같은 국무 회의의 결정에 따라, 문교부가 맨 선두에 서고, 내무부를 비롯해서 그 밖에 각 부가 협동하여 한글 전용의 실행을 재촉하고 있으니, 이는 우리 민족 문화 발달을 위하여, 겨레 살림의 자유와 행복을 위하여 실로 경하하지 않을 수 없는 기쁜 일이요, 영구히 기념할 만한 위대한 일이다.

그러나, 이 문화 혁신의 위대한 사업이 관공서에만 그 실현을 맡겨서는 안 된다. 3,000만 우리 겨레의 한 사람 한 사람이 이에 협력해야 할 것이다. 다시 말하면, 관공서 사무, 교육에서는 물론, 매일매일의 모든 사생활에도 그 전용을 실천 노력해야 할 것이다. 한글 전용이 나라 다스리는 특수한 기관이나 학교 교육에 그친다면, 이는 형식적인 한글 전용이요, 참된 한글 전용은 아니다. 왜냐 하면, 한글은 본디 그것이 특수한 계급에 있는 사람, 나라 다스리는 소수 사람의 글자로서 태어난 것이 아니고, 백성을 위해서, 백성의 무식과 가난을 없애기 위해서 생겨난 것이기 때문에, 그 전용은 마땅히 국민 각자의 노력을 요구하는 것이며, 그래서 국민은 또한 행복할 수 있는 것이다.

금년 봄부터 서울 거리의 보람판(着板)이 한글로 바뀌었는데, 이는 서울뿐 아니라, 멀리는 제주도까지, 깊이는 산간 벽촌에까지, 안으로는 우리들 살림살이에까지 미치고 파고들어야 할 것이다.

외국 사람이 서울이나 부산에 도착하여 보면, 이것이 마치 저 중국의 한 작은 도시인가 하는 인상을 받는다 하는데, 이제는 독특한 문자와 문화를 가진 한국이란 인상을 받게 되었다. 가령, 우리가 미국이나 영국에 갔을 때, 런던이나 뉴욕의 번화한 거리에 즐비한 보람판이 모두 한자로 되어 있는 것을 본다면, 20세기의 가장 문명한 나라로, 가장 강한 나라로 뽐내는 그들이지만, 제 나라 제 겨레의 문화의 그릇인 글자를 가지지 못한 점에 얼마나 그들을 멸시하고 무시할 것인가?

20세기의 문화 사회에 있어서, 한 나라가 다른 나라로 하여금 나라스런 인정을 받게 되는 근거는 그 나라의 문화 생활에 있나니, 배달 문화의 밑뿌리가 되는 우리 한글을 모든 가지 방면에 씀으로 해서, 문화생활을 꾀하고 나라스런 면목을 세워야 할 것이다.

한글을 전용함은 모든 한자어를 다 배척하는 것은 아니며, 우리가 들어서 이해할 수 있는 한자어는 그 음을 우리 글로 적자는 것이다.

본디, 사람의 말의 이해는 그 말이 가지고 있는 말밑(語原)을 깨친 데서 이루어지는 것은 아니며, 그 말밑은 조금도 몰라도, 그 말소리와 그 소리가 가리키는 사물과를 연결시킬 수만 있으면, 이로써 족한 것이다. 다시 말하면, 말의 이해는 글자에 있는 것이 아니요, 소리를 사물에 연결시키는 데 있는 것이다. 그러나, 소리글이 아닌 뜻글인 한자는 말을 이해하는 데 이중적인 노력이 필요하므로 소리글인 한글로 적자는 것이다. "사람"이란 말은 그 말밑을 아는 때문에 그 말을 이해하는 것이 아니요, 그 말소리가 실지의 산물과 연결되기 때문에 이해하는 것이다. 한 보기로, "시계"란 말은 한자의 "時", "計"란 말밑을 아는 때문에 이해하는 것은 아니다. 만일, 그렇다면 한자를 배우지 않은 어린이는 "시계"가 무엇인지 몰라야 할 것이 아닌가? 그런데 그들은 한자를 배운 우리와 똑같이, 똑 같은 정도로 "시계"란 말을 알고 있는 것이다.

그러나, 한자로 된 말을 그대로 다 우리글로 적어 놓는다 해서, 그것이 다 말이 되는 것은 아니다. 왜냐 하면, 말이란 소리를 통해서 이루어진 일종 사회적 약속인 때문에, 어떤 사회에 사는 한 사람이 어떤 말을 했을 때, 그 사회에 사는 다른 사람이 이해할 수 있어야 하는 것이다. 말하는 이만 알고, 듣는 이는 모를진대, 이는 말이 아니다. 이같이, 말은 사회성을 가져야 한다. 그런데, 요새 시내의 보람판을 보면 "홍문 의원", "동구장"이라 쓰인 것이 보이는데, 이는 항문 의원(肛門醫院), 당구장(撞球場)의 잘못으로, 한자음 자체가 틀렸으니, 말이 안 될 것이며, 또 한자음이 바로 되었다 할지라도 우리에게 친밀감을 주지 못할 것이니, 다른 쉬운 우리말로 갈아야 할 것이다.

얼마 전에 뚝섬을 간 일이 있는데, 그 곳 국민 학교 보람판이 "뚝도"로 되어 있는 것을 보았다. "뚝도"란 아마 한자어 「纛島」를 음역한 것이다. 그렇지마는 누가 "뚝도"란 말을 한 번이라도 했을까? 「纛島」란 자어를 "뚝섬"으로 옮기지 못하니, 이는 완전히 한자의 포로가 된 심리에서 온 것으로, 한탄하지 않을 수 없다. 또, 오늘날 공문서는 일본식 문자를 그대로 한글로 옮겨 쓴 것으로 가령, "수제의 건에 관하여(首題之件에 關하여)", "무루히(無漏히)", "사료하와(思料하와)", "좌기와 여히(左記와 如히)", "우와 여히 상위 무함(右와 如히 相違無함)", 들 따위는 지극히 구각을 벗어나지 못한 증거이니, 마땅히 쉬운, 또, 누구나 읽어서 알 수 있는 우리 말로 고쳐 적어야 할 것이다. 만일, 위와 같은 꼴로 쓴다면 그것을 알기 위해서 우리는 다시 한자를 배워야 하게 된다. 왜냐 하면, 위의 말들은 그 소리가 바로 사물에 연결되지 못하는 때문에 부득이 그 소리가 뜻하는 한자를 알아야 하는 것이기 때문이다.

그러므로, 우리가 한자어를 한글로 소리옮겨(音譯) 적는 한계는,

그 말소리가 뜻의 이해에 불편을 느끼지 않는 범위에서 해야 한다. 그 소리옮김만으로써는 그 뜻을 잡기 어려운 것은, 쉬운 우리말로 바꿔야 하나니, 이는 한자어가 본시 눈으로 보는 뜻글이요, 우리 글은 귀로 듣는 소리글인 때문이다.

한글 전용은 일상 생활의 말을 한글로 적는 것이니, 읽기 쉽고 깨치기 쉬우므로 그 본령을 삼는다. 그럼으로써 한글이 본래 타고난 민주 문화 건설의 목적을 달성할 수 있을 것이다. 이런 목적을 위해서 한글학회에선 어려운 한자어에 대하여, 우리에게 알맞고, 쉽고, 편리한 우리말을 연구하고 있으니 그 성과가 머지 않아 나타날 터이지만, 국민 각 개인이 다같이 쉬운 말을 쉬운 글자로 적어 나타내어, 누구나 쉽게 읽고, 쉽게 알도록 힘쓰지 않으면 안 된다.

이같이 하여, 한글 전용은 실로 관공서만의 한글 전용이 아니며, 학교만의 한글 전용이 아니라, 그 교육의 정도나, 그 지위의 높낮이나, 그 정당이나 단체의 소속의 다름에는 아무 관계할 것 없이 온 겨레의 한글 전용이 되어야 한다.　　　　　　　　　　　(1958. 9.20)

-〈절영(絶影)〉(1958. 10. 1.)-

한글 전용은 왜 필요한가

나는 계레를 위하여 또 나라를 위하여 한글만 쓰기로 하는 것이 절대로 필요한 일임을 느끼고 또 주장하여 온다. 한글은 원래 민중의 교화를 목표로 하여 생겨난 글이다.

옛날에는 글을 아는 유식자는 다 상류 계급의 사람으로써 남을 다스리는 일이나 하였고, 그 밑에서 농사나 제조업에 종사하는 사람은 글자도 배울 수 없고, 따라서 글의 혜택을 받지 못하고 살아 왔다. 때문에 무식하니까 못나고 가난하니까 더욱 무식하게 되어 일반 민중은 가난과 무식과 질고 가운데에 허덕이고 살아 왔다. 우리 세종 대왕은 5백여 년 전에 임금님으로서 이러한 무식한 대중을 어떻게 해야 구제할 수 있을까 하는 생각을 하였다.

국민 대중의 생활을 향상시킴에는 무엇보다도 쉽고 편리한 글자를 그에게 주는 것이 가장 근본되는 방법임을 생각하고 우리 나라 말에 알맞는 소리 글자 더구나 가장 잘되고 조직적이요, 과학스런 소리 글자를 지어내어서 나라 안에 반포한 것이다.

우리가 만약 5백여 년 전에 세종 대왕의 깊은 참 뜻을 깨닫고서 한글을 충분히 사용하였다면 우리 나라는 동양에서 아니 세계에서도 선진 문명국으로 남의 모범이 되었을 것인데 불행히도 우리 사회의 식자들이 한자 중독에 정신을 차리지 못하였기 때문에 한글은 그 훌륭한 성능을 발휘하지 못하고 다만 천대와 멸시 가운데에 버림을 당하고 있었다.

한글이 버림을 당했다 함은, 곧 국민 대중이 버림을 당한 것이요, 국민 대중이 버림당한 것은, 곧 나라의 허다한 일들이 이루어지지 아니하고 그대로 내버려둠을 당한 것이 되어 드디어 나라 힘은 쇠잔하고 백성은 용기를 얻지 못하여 새 사업을 이르키지 못하였고 다만 아무 일도 하지 않는 게으름과 새 희망과 용기를 얻지 못하는 쇠잔 가운데에 떨어져 버렸다. 그래서 끝장에는 나라가 남의 손에 망하고 백성이 다른 겨레의 종이 되고만 비참한 지경에 빠졌던 것이다. 세계 대전의 결과로 우리는 다행히 해방을 얻고 독립을 회복하였다.

이 해방된 겨레 광복한 조국의 영구한 번영을 위하여 우리는 다시 한글을 멸시하고 대중을 무시하는 과오를 범해서는 안 된다.

글은 인류 문명의 시작이요 지식은 나라 흥왕의 원동력이다. 쉬운 한글 과학스런 한글만으로써 광복된 겨레의 나라 살림을 운영하여 가는 것은, 곧 영구 흥왕의 가장 근본된 길인 것이다.

이러한 평범한 사리를 아직도 깨치지 못한 사람이 있는 것은 참 한심한 일이다. 우리 사회의 나이 많은 식자층은 대개가 다 한자 중독증에 걸려 있기 때문에 한자가 아니고는 무엇이든지 될 수 없다고 생각한다. 곧 한자가 아니면 교육도 안되고 윤리 도덕도 파괴되고 그래서 나라 일이 안 되는 걸로 생각하는 모양이다.

그래서 여러 가지의 반대론을 내 놓기도 한다. 그러나 근본적으로 그 사리를 따져보면 한글이 글자 중에서도 세계에서 가장 진보된 글자로서 배달 겨레의 우상의 자랑이 됨은 세계 식자들이 다 공인하는 바인데 가장 진보된 글자가 어째서 국가 생활에 또 문명 발달에 불리할 수가 있겠나 말이다.

한글이 훌륭한 글이라고 칭찬은 하면서 한글만 쓰기를 반대하는 사람은 자가 모순이 아닐 수 없다.

다음에 이 문제를 나는 기독교 신자로서 생각해 보고자 한다.

기독교는 가난한 사람, 비천한 사람, 눌린 사람을 위하여 특별한 은혜로서 베풀어진 종교이다. 이 점에서 기독교는 우리 한글과 불가분의 관련이 있는 것이다. 무식한 사람들에게 교리를 선포하려면 쉬운 말, 쉬운 글이 절대로 필요한 것이다.

우리 나라의 선교 역사를 살펴보면 기독교 신자들의 선교 사업은 다 한글로 시작하고 한글로 사용해 왔다. 우리 나라에 처음으로 온 선교사들이 만주에서 성경을 한글로 번역한 것을 가지고 들어왔으며, 혹은 일본에서 한글로 번역된 성경을 가지고 들어왔다.

이 한글로 번역된 성경이 농촌 대중에게 전달되었을 적에 무식한 남녀들이 기독교를 받아들이는 동시에 한글의 지식도 얻고 한글의 지식과 함께 기독교를 받아들이게 되어 기독교는 우리 나라에서 가장 훌륭한 선교의 실적을 올리었다. 그래서 세계에서도 기독교 국민의 한 모범이 되고 있는 것이다.

이것을 저 불교에 비교해 보자.

불교는 우리 나라에 들어온 지가 이미 천 년이 지났고 국가적으로 이를 장려하기도 하였건마는 불교 신도의 불교에 관한 지식은 소수의 고승을 제하고는 심히 박약하다. 이는 불교에서는 우리 좋은 한글로서 그 교리를 번역하여 한글 경전을 반포할 줄 몰랐기 때문이다.

사실은 세종 대왕이 한글을 창제하여 놓고는, 곧 그 실용의 효과를 보이기 위하여 여러 가지 불경을 한글로 번역한 것이 오늘에도 많이 남아 있지만 그 뒤의 우리 사람들이 세종 대왕의 본보임을 본

받지 아니하였기 때문에 불교는 흥황하지 못하고 나라는 쇠잔하고 말았던 것이다.

이에 비하여 우리의 기독교는 처음부터 한글을 타고 들어왔다고 할 만하니 이는 서양에서의 선교 경험이 그렇게 만든 것이라고 생각한다.

기독교는 어느 나라 어느 땅에 들어 가든지 항상 그 나라 그 땅의 글자와 말로서 성경을 번역하여 그 나라 사람들이 누구나 다 알아보기 쉽고 깨치기 쉽도록 함으로써 선교의 효과를 거두어 온 것이다.

한자 사용을 주장하는 사람들은 한자가 아니면 문학도 예술도 종교도 그 깊은 진리, 깊은 경지에 이르지 못할 것으로 생각하지마는 이는 심히 완고한 편견에 지나지 못한 것이다.

성경이 세계의 1,151개의 방언으로 번역되었기 때문에 기독교 교리가 전 세계의 인류에게 복된 소식을 주고 희망과 믿음으로써 인생을 가장 의미있게 살아갈 수 있게 하고 있다. 그래서 오늘날은 전 세계가 기독교 정신에 문명을 누리고 있는 것이다.

쉬운 말, 쉬운 글은 국민의 생활에 겨레의 발전에 근본의 길이며 학문, 도덕, 예술, 종교에 고도의 발달, 발전을 가져오게 하는 근본의 원동력이 되는 것임을 우리는 깊이 깨달아야 한다.

한글만 쓰기로써 겨레 중흥의 역사적 사명을 다하자!

기독교인은 다 한글만 쓰기의 주장이다. 한글만 쓰기로써 믿음과 소망과 사랑의 진리를 우리 겨레의 마음 속에 깊이 심자.

-〈신앙계〉 1970년 4월호-

한글 전용의 시기 문제

한글 전용을 반대하는 사람 가운데는 그 시기가 아직 아르다는 의견을 말하는 이가 더러 있다. 이런 사람은 하필 1968년 오늘이 이르다고만 하는 것은 아니요, 1945년 해방 그 때부터도 마찬가지의 시기가 아직 이르다는 소리를 하였던 것이다. 그러니, 20년이 지나가도 그 의견에는 변함이 없다.

그러면 이런 사람은 자기가 살아 있을 동안은 언제나 시기 상조론을 되풀이하면서 한글 전용을 반대하겠다는 것이라고밖에 볼 수가 없다. 우리는 이 시기 문제에 대해서 올바른 견해를 가질 필요가 있다.

한글은 실로 배달 겨레 4천 년의 역사 생활에서 최대 최선의 창조적 문화재이다. 이렇듯 전인류 역사에서도 고금에 일찍 찾아 볼 수 없는 위대한 놀라운 문화 창조를 하게 된 것이 결코 우연한 일이 아니었다. 고려 5백 년간에 북방 외적으로부터 끊임없는 침노를 받다가 그 말기에 이르러서는 몽고에게 끔찍한 곤욕까지 당하였다.

새 나라를 세운 이씨 조정에서 세종 대왕이란 희세의 성군이 나서, 역사 겨레의 빼어난 얼을 한몸에 모아가져 먼저 배달 겨레의 독자성을 인식하고 또 문화 생활의 기본인 말의 중국과 다름을 살피고, 다음엔 우리말에 딱 들어맞는 글자 한글을 만들어 내었다.

중국의 글자가 사람의 말이 나타내고자 하는 대상물을 여러 모양으로 그려 냄으로써 원리를 삼은 뜻글자임에 대하여, 사람의 말소리를 구별하여 적음으로써 원리를 삼는 소리글 한글을 창제해내었다.

이와 같이 유형 무형의 대상을 그려 낸 한자는 그 수가 끔찍히도 많음에 뒤치어, 말소리의 요소를 그려 낸 한글은 그 수가 고작 28이건마는, 그 나타내는 속살은 무궁 무진하여 겨레 문화 발달에 가장 좋은 수단이 된 것이다. 다시 말하면, 배달 겨레의 정기(精氣)가 서리고 뭉치어 한글이란 꽃송이가 피어난 것이다.

여기에서, 우리는 한글은 곧 배달 겨레의 목숨힘, 사는 힘에서 생겨난 것임을 깨칠 수 있으며, 나아가서는 한글의 기구한 역사적 운명은 겨레의 운명으로 더불어 동무한 것임을 깨달을 수 있다. 겨레의 목숨힘이 돌아서면 한글도 따라 돌아서고, 겨레의 목숨힘이 가라앉으면 한글도 또한 가라앉았다.

보라! 임진왜란으로 나라힘이 쇠잔하니 한글도 따라 쇠잔하였고, 영정 시대에 겨레얼이 생기를 회복하니 한글도 또한 생기를 회복하였으며, 갑오경장으로 겨레힘이 돌아서매 한글도 또한 돌아서서 처음으로 학교 교육의 교과서에 오르게 되고, 신문에 온전히 쓰이게 되었고, 구한말에 일본 제국주의의 침략을 받으며 한글과 배달말도 따라 극도의 탄압을 받았던 것이었다.

1945년 해방을 얻어 겨레의 새 힘은 한글 전용으로써 교과서를 꾸미게 되고 나라가 다시 서매, 새 생명의 국회 의원들은 한글 전용법을 제정하여 다시 한글이 돌아서게 되었다. 그러나 광복된 조국의 발걸음이 순조롭지 못한 탓으로, 한글은 또 뜻밖의 파괴와 파동을 치르기도 하였지마는, 국민의 검질긴 인내와 용감한 투쟁으로 한글은 다시 그 생기를 회복하였고, 도시의 간판들이 모조리 한글로 되기도 하였다.

그런데, 현 정부의 정치로 말미암아 겨레의 생기는 크게 진작되어, 국민은 모두 겨레 중흥의 사명감을 띠고서 정치·경제·군사·사회·문화의 각 부면에서 크게 그 목숨힘을 떨치고 있다.

첫째 5만의 국군이 다른 나라의 자유를 돕고자 그 나라에 출전하여 혁혁한 전과를 올려 세계인의 이목을 놀래고 있으며, 도시에는 고층 건물이 촘촘히 서고, 각처에는 공장의 굴뚝이 높이 솟아, 우리의 제품이 세계 각처에 놀랄 만큼 공급되고 있으며, 우리의 원양 어선이 북방 남양에서 고기잡이를 하고 있으니, 이는 다 우리 나라 역사에 일찍 보지 못한 놀라운 현상으로서 배달 겨레의 생활력의 왕성함의 증거하는 것임이 틀림없다.

이러한 겨레의 목숨힘의 왕성 활발한 시기에 있어서, 한글이 또한 가만있을 리가 없다. 우리 삼천만 겨레는 한글의 크게 일어남을 기대하여 마지않았다. 현명하신 박 정희 대통령은 11월에 한글 전용을 단계적으로 실현할 것을 지시하셨고, 금년 한글날에는 다시 한글 전용을 2년 앞당겨서 70년 초부터는 그 실천을 지시하셨다.

그래서 현 정부는 각 부면으로 한글 전용의 실천을 연구 계획하고 있다. 이러한 정치적 조처는 가까이는 해방 후 제헌 국회의 한글 전용법을 발효케 함이 되고, 멀리는 5백 년 전 세종 대왕의 한글 창제의 본의를 실현함이 되는 것이다.

이렇게 한글 전용이 온 국민으로 말미암아 완전히 실현된다면 우리는 조국의 근대화, 겨레의 중흥을 어김없이 기약할 수 있겠다. 첫째 국민 교육이 육비 이상의 효과를 거둘 것이요, 과학과 기술이 크게 진보할 것이요, 국민의 생활이 능률화할 것이요, 나라의 소비와 생산의 경제가 크게 이롭게 될 것이요, 글소경이 없는 사회가 높이 민주화할 것이요, 겨레스런 새 문화가 크게 창조 발전할 것이요, 겨레의 자존 독립의 정신이 확호히 설 것이요, 따라 나라의 위신이 크게 세계에 떨칠 것이니, 이 어찌 나라의 경사, 겨레의 행운이 아니랴?

물론 이러한 결과가 한글 전용에서 저절로 흘러 나온다는 것으로 곡해할 것은 아니니, 한글 전용으로 인하여 국민의 생활 노력이 더 능률화·고도화함을 전제하여야 할 것은 말할 것도 없다.

다시 말하면, 겨레의 목숨힘이 한없이 크게 떨치는 이 때에 한글 전용의 단행은 가장 적절한 때를 맞은 것이니, 삼천만 국민은 아무 주저할 것이 없으며 기탄할 것이 없다.

한글만 쓰기는 실로 배달 겨레의 국민적 시대적 요구이다. 겨레의 얼, 겨레의 양심은 이 시기를 놓칠 수는 없다.

배달 겨레의 목숨힘이 잠(沉)으면 한글도 따라 잠고, 겨레의 목숨힘이 뜨면 한글도 또한 뜬다.—겨레와 한글은 그 삼고 뜨는 운명을 같이 한다. 거꾸로, 한글이 뜨면 겨레도 따라 뜨고, 한글이 잠으면 겨레도 또한 잠는다.—한글과 겨레는 잠으락 뜨락 그 운명을 같이한다.

삼천만 배달 겨레여! 우리는 역사의 흐름에서 뜨고자 하는가? 또는 잠고자 하는가? 겨레 중흥의 역사적 사명을 자각한 우리는 아무 주저할 것 없이 '한글만 쓰기'로 줄달음질하여야 할 것이 아닌가?

우리 이미 5백 년을 늦추었고, 또 거기에다가 20년을 더 늦추었다. 20세기 후반기 우주 시대, 과학 시대에 처한 우리는 천천한 늦춤이 자기를 파멸에 떨어뜨리는 죄악임을 깨달아야 한다.

-〈현대문학〉(1969. 1.)-

한글 전용의 필요와 실천
- 오백열번째 돌을 맞아 민족 각성을 촉구함 -

오늘은 세종대왕께서 훈민정음을 지어 반포하신 지 꼭 오백열번째 돌인 「한글날」이다. 그리고 우리가 일제 시대에 민족 문화를 보존하며 민족 의식을 북돋우기 위하여 「한글날」을 처음으로 기념하기 비롯한 지가 이제 만 30년이 되는 것이다. 우리가 해마다 한글날을 기념해 왔지만 오늘의 「한글날」은 또한 특별한 의의와 감회가 없지 않다.

우리가 이 민족적 경절인 이 「한글날」에 새로이 인식하고 각성하지 아니하면 안 될 것이 세 가지 있다고 본다.

첫째는 세종대왕께서 한글을 지어 내신 이상(理想)에 대한 인식이요, 둘째는 한글의 과학성에 대한 각성이요, 세째는 우리가 한글의 위대성을 발휘함에 대한 결심이다.

첫째 한글은 위대한 사명을 가지고 있다. 인류 사회가 글자를 만들어낸 것은 여기저기에서 시작된 일이다. 그러나 글자라는 것은 원래는 다 치자 계급(治者階級)들이 피치자(被治者)를 통치하는 방편으로 사용했던 것이다. 서민들에게는 문자를 가르치지 아니하고 정치를 하는 특권 계급만이 글자를 가르치고 배워 글자로써 통치에 대한 방술을 기록하여 두고 그것을 이용하여 자기 계급의 지배욕을 만족시켜 왔던 것이다. 글자가 대중의 사이에 채용된 것은 오랜 역사의 민중의 투쟁의 역사라고 할 수 있다. 그런데 우리 한글은 처음부터 그러한 특권 계급의 이익을 위하여 만들어진 것은 아니다. 훈민정음 서문에 세종대왕은 이를 밝에 간단하게 표현하였다.

「우리 나라가 중국과 다르고 우리 나라 말이 중국말과 다르니 중국의 말을 그대로 사용하는 것은 이 백성을 더욱 어리석고 답답하게 만드는 것이다. 그뿐만 아니라 백성들이 하고져 하는 말을 못 쓰니, 이른바 아랫정이 우로 사못치지 못하는 것임에 민의에 따른 정치를 할 수 없다. 내가 이것을 매우 어엽히 생각하여 스물 여덟 자를 만드노니, 사람마다 이것을 익혀 씀으로 말미암아 일상 생활에 편의를 얻도록 함에 있다」고 하셨다.

오늘날 우리들의 머리로써 본다면 삼삼한 말 같지만 시방부터 510년 전에 이러한 대중 교화, 대중의 행복을 위한 목적에서 문자를 창제하였다는 것은 다른 나라에서는 그러한 예를 볼 수 없는 것이다. 곧 세종대왕은 우리에게 민족 문화의 독립 선언을 하여주신 것이요, 민주주의의 이상을 이 글자로써 실현하기 위하여 지어 내신 것이라고 하겠다.

다음에 우리 한글이 과학적 조직을 가지고 있어 오늘날 20세기 과학 시대에도 조금도 손색이 없는 훌륭한 글자라는 것은 온 세상 사람들이 인정하는 것이다. 오랫동안 이 글의 기원에 대하여 여러 사람이 여러 가지로 추측하여 보기도 했다.

이렇게 훌륭한 글자가 어떻게 갑자기 한 사람의 손으로 되었을까? 어디에 그 모방의 근원이 있지 않을까 하고 여러 사람들이 그 모방의 근원을 찾았지만 혹은 인도의 범자를 모방하고, 혹은 한문을 모방하고, 혹은 몽고자 같은 것을 모방하지나 않았나 하고 생각했지만 그러나 그 진정한 모방의 근원을 찾아내지 못하고 왔었는데 시방부터 10여년 전에 훈민정음 원본이 요행히도 발견되어 세종대왕의 창의에서 나온 것임이 증명되었다.

물론 이러한 창의에서 나온 이 글자가 일조 일석에 이루어진 것이 아니요, 세종대왕과 그를 보좌하는 집현전 학자들의 무한한 노력의 결정으로 된 것이다. 우리는 여기에서 우리 배달 겨레의 창작력이 얼마나 위대한가를 자인하지 아니하면 안 된다.

한글에 대한 찬사가 고금 내외의 학자들로서 여러 모양으로 나타났다. 나는 그중에서 가장 훌륭한 말로 생각되어 여기에 소개하고자 하는 것은 해방 후 미국 모 대학 교수가 조선(당시는 조선임)의 교육을 시찰하기 위하여 여기 와서 2주간 체류하다가 돌아갔는데 그가 말하고 간 것은 「한국은 나중에 감옥이 없어지겠다. 왜냐하면 한국에는 훌륭한 말이 있고 훌륭한 과학스런 글자가 있어 극히 간단하고 쉬워 모든 사람이 다 배우고 쓰기에 편하기 때문에 만약 이 글로써 국민을 교육하면 국민의 지식이 날로 나아가서 다 좋은 생활을 할 수 있을 것이니, 무엇이 괴로워서 구태여 감옥문을 찾아갈 필요가 있겠는가」라고 하였다. 나는 이 말이 우리 한글의 과학성에 따른 위대한 공헌을 기리는 것의 최상의 것으로 생각한다.

다시 말하면 이는 곧 한글의 과학성을 100%로 활용할 것 같으면 지상에서 천국을 건설할 수 있다고 본다. 감옥이 없는 나라는 이상국이요, 곧 지상의 천국이 아니고 무엇인가? 우리는 세계 학자 특히 이 교육학자가 남기고 간 이 말을 깊이 인식하여야 할 것이다.

끝으로 한글은 훌륭한 글자라고 한 것은 앞에서 말한 바와 같거니와 우리는 이 훌륭한 글자를 물려받은 자손으로 그 위대한 공헌성을 충분히 발휘하여야 할 의무를 가지고 있는 것이다. 우리 사람들의 나날의 노력이 결국은 사람답게 잘살아 보겠다고 하는 데 있는 것은 만인 공통의 사실이다. 이제 우리가 한글의 공헌을 100%로 발휘시킨다면 우리에게는 감옥이 없는 훌륭한 나라를 건설하여 만민의 자유와 행복을 느낄 수 있다는 것을 세계인이 인정하는 바이요, 우리들이 흔히 입을 열어 말하면 이구 동성으로 한글은 훌륭한 글자며 우리 겨레의 지상 보배라고 한다. 그러면서도 한편에서는 한글을 찬양하고 한편에서는 한자를 안 쓰면 문화가 퇴보한다고 하니 도대체 이러한 모순이 어디 있는가? 왜 한글이 훌륭한데 이것만으로 쓸 수 없는가? 이것은 다만 한문에 중독된 사람들의 생각이다. 모든 중독 현상은 그 당자에게 있어서는 진정한 사실이다. 가령 아편 중독자는 아편이 아니면 못 살겠다고 하며 담배 중독자는 담배가 밥보다 더 맛나다고 생각한다. ××사건으로 일제 시대에 경찰에 가서 서너 달 고생한 일이 있다. 한 방안에 사람이 콩나물같이 들어 있는 비오는 어느 날 밤에 또 흉악한 사람을 잡아넣음에 온 방안 사람들이 모두 두려워했던 일이 있다. 그 사람은 과연 아편 중독자로 아편이 아니면 죽는다고 하고 사실 죽어감에, 살리려고 침을 주니 살더라. 과연 아편이 아니면 못 산다는 것은 사실이다. 그러나 중독되지 아니한 사람에게는 절대로 상관이 없다. 그러므로 오늘날 우리 사회에 있는 사람들의 뜻을 모르겠다. 눈에 잘 안 들어온다고 여러 가지 불평을 말하는 것은 사실이다. 그러므로 나이 많은 노인은 아이들이 학교에서 공부하는 것이 한자가 아니고 한글임에 우리 문화가 후퇴된다고 함은 사실이다. 그러나 중독되지 아니한 사람에게는 객관적 사실이 절대로 그렇지 않다. 한글만 가지고 쓰면 빠르게 읽고 더구나 인쇄술의 개량으로 몇백 배의 편리로써 활용할 수 있다. 따라서 한글 전용은 문화의 퇴보는커녕 민족 문화의 고속도적 발전을 확실히 기대할 수 있는 것이다. 나는 젊은 사람들에게 이르노니 그대들의 아버지나 할아버지의 진정에서 나온 말임을 인정하되 그러한 걱정은 할 것 없다는 신념을 가져야 한다. 나이 든 사람들의 숨이 10년, 20년 동안에 다 서산으로 넘어가고 나면 이 땅에는 그런 걱정을 하는 사람이 없어진다는 것을 확신해야 한다. 그러한 확신으로써 이 나라 민족을 인도하여 나가야 할 것이다. 다시 한번 생각해 보자. 세계에서 훌륭한 글자로 생활하는데 어찌해서 부족함이 있겠느냐. 만약 부족함이 있다면 그 문자는 훌륭한 글이 아니거나, 그렇지 아니하면 그 글자의 소유자가 변변치 못한 것이 아니겠느냐? 사실은 우리 나라 사람들은 이 글자에 비해서 저열한 사람이라 할 수 있다. 세종대왕체서 이렇듯 훌륭한 글자를 지어 주셨거늘 이것을 받은 자손들이 좋은 줄을 모르고 이것을 천대하여 온 것은 제가 똑똑하지 못하고 어리석은 탓이다. 부자가 재물을 많이 벌어서 금은 보화를 광에 많이 싸두고 죽었는데 그 광에 둔 금은 보화를 좋은 줄 모르고 허랑 방탕하여 필경에는 남의 집에 가서 밥과 옷을 구걸할 것 같으면 그 허물이 어디에 있을까? 금은 보화가 나쁜 것이 아니라 그 사람이 나쁜 것이 아닌가? 우리 나라 사람들이 500년 전에 이렇듯 훌륭한 글을 받고 그 값어치를 모르고 온 것은 금은 보화를 모르는 자보다 더 어리석은 것이다. 금은 보화가 아무리 많다고 하여도 그것은 일정한 분량 이상의 것은 아니며 그것은 쓰면 반드시 다 하는 것이다. 이제 한글이란 정신적 보화는 분량은 보기에 적은 듯하나 쓰면 쓸수록 불어나서 천만 인 억만 인이 쓰면 그만큼 더 불어나서 한정이 없는 보배이다. 이를 모르고 가난한 살림과 어려운 생활을 하다가 필경에는 나라마저 잃고 이민족의 굴레를 쓰고 종노릇까지 아니했는가?

이제 세계 대전의 정당한 기회로 말미암아 우리들이 해방이 되었는데 이때가 매운 반성과 깊은 정해를 할 시기라고 본다. 이 겨레의 장래의 성쇠는 오로지 한자를 폐지하고 한글을 전용하고 아니함에 있다. 젊은 학도들은 이 점에 관하여 깊은 인식과 각오가 있어야 한다. 이것이 우리가 한글날을 맞이하는 참뜻이 되는 것이다.

-〈연희춘추〉(1956. 10. 15.)-

한글 전용화 문제는 시비가 될 수 없다

우리 한글 동지들은 한글만 쓰기를 주창한다. 우리 국민의 나날의 생활에서 쓰는 글자는 우리의 글자 한글만을 쓰자는 것이다. 물론 이는 외국 글자는 모조리 쫓아내어 버리고, 내 글만 가지고 살자는 것은 아니다. 우리의 필요에 따라 영어, 독일어, 에스파냐 말 따위도 가르치고 배워야 할 것이다. 옛적부터 오로지 숭상하여 우리의 글자 생활 전면에 샅샅이 침투되어 있는 한자는 도무지 가르치지도 배우지도 말아야 한다는 것도 아니다. 이러한 외국말, 외국글은 각 개인의 필요에 따라 배우고 익혀서 경우에 따라 이를 적절히 사용하여도 무방할 뿐 아니라, 반드시 사용하여야 할 것이다. 수많은 국민, 각 개인의 활동의 학문적 분야와 사업적 분야와 지역 분야는 극히 다양한 것인즉, 제각기의 필요에 따라 어느 특정의 외국의 말글을 깊이, 또 능숙히 통달하여 능률적으로 사용할 수 있어야 할 것이다. 그러므로 우리 한글만 쓰기 주장자들도 한자 한문의 교육도 소수의 분야에서는 현재보다도 더 철저히 가르쳐야 한다고 주장하는 바이다. 이는 한글학회의 「우리의 주장」에 이미 밝게 발표하여 세인의 오해를 풀고자 한 바 있었다.

한글만 쓰기를 주장하는 까닭은 무엇일까? 필자는 여기에서 간단히 조목적으로 들어 밝히고자 한다.

1. 독립 국가의 국민으로서 제 나라의 글자로써 국민 생활을 일삼는 것은 가장 근본스런 권리인 동시에 이익이다

자연스런 겨레가 제 말씨를 가지고, 또 제 글자를 사용한다는 것은 곧 문명의 지경에 이른 것을 뜻함이 되며, 또 제 말글을 가지고 나라일을 처리해 나간다는 것은 이미 문명의 경지에 이른 것임을 뜻한다. 제 스스로의 말글로써 나라일을 해 간다는 것은 곧 국민으로서의 권리인 동시에 영예이다. 망국의 백성들은 이러한 권리와 영예를 누리지 못한다. 배달 겨레가 과거 36년 동안 남의 겨레의 굴레를 쓰고 그 모진 채찍 아래 제 말글을 자유로 쓰지 못하던 쓰라린 경험을 회상한다면, 제 겨레의 말글을 자유로 쓸 수 있는 오늘날이 얼마나 우리의 영예인가를 깨우칠 것이다.

그렇다고 해서 우리는 무턱대어 놓고 한글이 우리 겨레의 것이니까 이를 전용하자, 이 글만을 쓰기로 하자는 것은 아니다. 아무리 조상 전래의 것이라도 현대 및 장래의 국민 생활에 해로운 것, 불리한 것이라면 우리는 국가의 영구한 장래를 위하여 모름지기 이를 배제해야 할 것이다. 마치 중국의 새 머리의 학자들이 「만약 한자가 살려면 중국이 망하게 될 것이요, 또 만약 중국이 살려면 한자가 망해야 한다. 한자는 반만년 역사에서 우리 조상들이 우리들 자손에게 물려준 귀중한 재물임은 틀림없다. 그러나 우리 4억의 자손들은 더 소중한 존재로서, 도저히 한자의 존재를 위하여, 제 스스로를 망하게 할 수는 없다. 한자는 진실로 지나간 오천년 동안 우리 한족의 문화의 연장으로서 귀중한 구실을 다해 왔음을 우리는 시인한다. 그렇지마는 우리 한족의 무궁한 장래를 위하여서는 반드시 없애지 않으면 안 된다」고 갈파한 바와 같은 것은 생각할 줄 아는 지식인의 올바른 판단이라 하겠다.

우리 한글은 전인류의 역사에서 둘도 없는 오직 하나인 훌륭한 글자로서 온 국민이 모든 생활에서 이것만으로 살아간다면 나라의 발전, 겨레의 번영에 막대한 이익이 있을 것임이 분명한 사리인즉, 우리는 겨레 번영과 나라의 발전을 위하여 이를 전면적으로 사용하기로 하지 않으면 안 된다.

2. 배달 겨레의 겨레 의식은 세종대왕의 한글 반포로 말미암아 완전히 이루어진 것인즉, 이제 한글만 쓰기로 함으로써 겨레 의식을 북돋우고, 겨레의 넋을 일깨워 자주·자립·독립의 생활 원리를 체득하게 한다

말과 글은 그 겨레의 정신적 산물인 동시에, 그것은 또 겨레 의식을 북돋아 주는 근본스런 수단인 것이다. 그뿐 아니라, 말과 글은 그 겨레정신으로 더불어 함께 살고, 함께 죽는, 이르자면 운명을 같이하는 것이라 생각한다. 아직도 한글의 귀중함을 깨치지 못한 사대주의자가 버티고 있음은 실로 개탄할 일이 아닐 수 없다.

우리 한글 동지들은 과거 일제의 침략 아래에서, 그 무도한 동화 정책에 대항하여 우리말, 우리글을 지키기에 갖은 정성과 노력을 아끼지 아니한 것은 겨레정신의 인멸을 방지함으로써 겨레의 갱생을 바랐던 때문이다. 이제 우리는 자유 국민이 되었다. 자유 국민으로서 제 말글을 십분 살려 쓰는 것은 당연한 의무인 동시에 또 무한한 영예이다.

3. 배달 겨레의 우수한 독창력으로 이루어진 한글을 전적으로 숭

상, 사용함으로 말미암아 겨레 문화를 사랑하며 창의력을 발휘시켜, 겨레의 문화 생활의 향상 발전을 꾀한다

한글이 세종대왕의 위대한 포부와 이지로 말미암아 아주 과학적 조직을 가지고 창조되었건마는, 5백년대로 우리 조상들은 이를 천시하였다. 왜냐하면 그것은 너무 쉽기 때문이요, 또 그것은 우리 것이기 때문이었다. 한문은 참글(眞書)이요 한글은 언문, 곧 상스런 글이라 하여 이 글을 사용하는 사람은 무식한 상민 또는 부녀자에 한하고, 유식한 사람, 양반의 사람은 이를 멸시 천대하여, 이를 배우려고도 아니하였다. 집안 어른에게 한글로 편지를 올리면 꾸중을 들었다. 이 얼마나 어리석고 무식한 일이었나.

이제 대한민국이 온통 한글만 쓰기를 실천한다면 교육·군사·산업들에서 막대한 이익을 가져오는 효과를 거둘 것이요, 국민의 자존심을 길러서 독립 나라로서 크게 발전할 수 있을 것이다.

4. 국가 발전의 기초인 국민 교육의 능률과 효과를 재빨리 거두어 현재의 뒤떨어짐(후진성)을 이겨내고, 세계의 앞선 나라들과 더불어 어깨를 겨누고 함께 나아갈 수가 있게 된다

우리 사회의 지도층 사람들 가운데는, 한자 한문에 중독된 사람이 많다. 그래서 한자를 안 가르치면 교육의 효과가 오르지 아니하며, 국민의 지식 수준이 떨어진다고 헛걱정하는 사람이 없지 아니하다. 그래서 무슨 단체를 모아서 말글 교육의 바로잡기를 뜻하고, 떠들썩하게 정부에 건의를 하느니 어쩌니 하는 모양이지마는 이는 참 낡은 습관에 사로잡힌 우물 안 개구리의 소견에 불과한 것이다.

배우기와 쓰기에 어려운 한자가 교육의 효과를 올린다는 이치가 어디서 나올 수가 있으랴? 왕년에 일본의 국어학자 호시나(保料孝

一)의 조사 연구에 기대면 일본에서 그 국어 교육의 시간 수가 독일의 그것보다도 훨씬 많은데, 같은 연한에 일본에서는 9,900 낱말을 배우는데, 독일에서는 48,000 낱말을 배우며, 또 같은 수의 100 낱말을 배우기에 드는 시간의 수를 비교하면 일본에서는 4시간 20분, 독일에서는 단 38분, 곧 일본은 독일의 7배나 시간을 들인다. 이러한 현격한 차이를 나타내게 되는 원인은 일본은 당시 2,600자 가량을 가르치고 있기 때문이라 하였다. 이 조사는 1920년에 된 것이다.

이에 대하여, 한글만 쓰기에 반대하는 어떤 이는 왜 이렇게 오래된 통계를 가지고 근거를 삼느냐고 꼬집는 사람이 있음을 본다. 과연 이러한 통계가 해가 바뀜을 따라 그렇게 많이 달라질 성질의 것일까? 아니다. 한자의 어려움과 소리글의 쉬움은 그리 만만히 큰 변경이 생길 것이 아니라고 필자는 본다.

그러면 근년의 통계적 비교를 찾아보자. 일본 문부성 조사국 국어과 사무관 시오다(鹽田紀和)의 國語政策史槪說(1955년)에는 다음과 같이 풀어 있다. 「일본은 의무 교육 6개년 동안에 한자 수는 대략 1,360자이다. 그런데 어린이가 글자를 쓸 수 있는 수는 평균해서 대략 500자, 모범적 소학교 졸업생의 평균이 약 600자, 세상에서 보통으로 쓰고 있는 한자수는 대략 3,000~4,000자이다.

1949년 國立敎育硏究所(국립교육연구소)의 『일본인의 읽기, 쓰기 능력의 조사』에서는 일본에서는 의무 교육의 보급률은 97%의 높은 비율을 보이고 있는데, 상식적인 어구 문장을 이해할 수 있는 것은 국민의 6.2%로서, 대략 구제도 고등학교 졸업자의 수에 맞을 뿐임을 보이고 있다. 곧 이 조사는 일본인은 취학률은 매우 높음에도 매이잖고, 실제에는 대부분이 반문맹이다. 많은 수의 한자가 쓰이고 있는 다음엔, 실질상으로 일반 교양의 향상은 바랄 수 없음을 경고

하고 있는 것이다. 교육 시간의 수에서 이 사실을 외국과 비교한다면 소학교 입학 후에 대강 국어의 읽기, 쓰기를 할 수 있게 되는 시간은,

이탈리아에서는 900시간, 독일에서는 1,300시간,

영국에서는 2,300시간,   일본에서는 10년 이상

으로 되어 있다. 이 때문에 일본 정부는 많은 고심을 하여 오다가 대전이 끝난 뒤에 「교육 한자」 881자가 소학 6년간에 순서 좋게 지도되고, 중학교를 마칠 때까지는 대부분의 국민이 읽기, 쓰기의 능력이 붙을 것을 기대하고 있다」고 하였음을 본다.

이러한 각국의 국어 교육의 성과의 비교는 그 나라글의 맞춤법이 쉽고, 어려움과 그 글자의 바탕의 다름에서 온 것임에 틀림없는데, 특히 일본의 국어 교육의 성적이 저렇듯 저열함은 일본이 한자를 가르치고 있는 데에 원인한 것임을 우리는 확인하지 않을 수 없다.

생각하건대, 한자 교육은 그 나라 국어 교육에 불리를 가져올 뿐 아니라 그것이 과학 교육, 생산 교육, 창의적 교육에도 막대한 불리를 가져올 것은 자명의 이치이다. 여기에서 우리는 세계적으로 훌륭한 과학스런 한글만으로써 모든 교육, 생활을 일삼는다면 그 얼마나 현저한 성과를 거둘 수 있겠는가? 이 과학 시대에 살면서, 원시적 글자인 한자를 교육해야만 교육의 효과가 좋겠다고 떠드는 사람은 그 심리가 어디 병든 데가 있기 때문인 것이다.

5. 과학 교육, 생산 교육을 효과적으로 할 수 있음으로 말미암아 소비의 국민에서 생산의 국민으로, 가난의 국민에서 부유의 국민으

로 만들 수가 있다

경제적 자립 없이는 정치적 독립은 허영에 지나지 않는다. 나라의 독립, 국민의 자유와 행복을 실질적으로 실현하려면 자립 경제의 건설이 그 기초가 될 것이요, 국가의 자립 경제의 기초는 그 국민의 과학적 지식과 기술적 능력에 있는 것이요, 이러한 과학·기술의 기초는 쉽고 편리한 과학스런 글자로써 교육의 근본 수단을 삼음에 있는 것이다. 불편하고 불리한 한자 교육으로써는 도저히 이러한 국가적 긴급한 요구에 부응할 수는 없음을 우리는 깨달아야 한다.

6. 서로 인과적 관계를 가지고 있는 가난과 무식을 없이하여서 국민 대중의 자유와 행복을 증진시킬 수 있다

한자 수천 자를 일반 간행물에 사용하고서는, 일반 국민이 빠짐없이 지식을 얻고 자유를 누릴 수는 도저히 없다.

7. 민주주의의 참된 실현을 기대하기 위하여 한글만 쓰기는 반드시 선행되어야 한다

한자를 마구 섞어 쓴 신문, 잡지를 읽지 못하는 국민으로써는 참된 민주주의는 실현될 소망이 없는 것이다. 작대기 선거를 하고서는 민주주의스런 정치를 바랄 수가 없다. 민주주의는 그 나라의 헌법에 민주주의 나라라고 적어 놓았다고만 해서 민주주의 나라가 되는 것은 아니다. 참된 민주주의는 국민 각자의 마음에서 시작된다. 모든 신문과 책들을 자유로 읽을 수 있어, 사회적 정치적 식견이 서고, 또 나라 사랑의 올바른 길을 깨치고, 나는 우리 나라의 주권의 소유자임을 자각하고, 따라서 나라의 현재 및 장래는 나의 투표권 하나의 사용의 방도에 따라 결정되는 것임을 깊이 깨치고서 정치에 참여함에 있다. 자기의 소중한 투표권을 막걸리 석 잔이나 고무신 한 켤레에나 돈 몇 푼에, 또는 개인 이권 획득의 수단으로서 경경히 팔아넘기는 국민으로서는 도저히 진정한 민주주의의 실현을 기대할 수는 없다. 요컨대, 민주주의의 기초는 국민 개개인의 견식과 양심에 있는 것임을 생각한다면, 한글만 쓰기로 단행함으로 말미암아 국민의 지식과 양심을 개발하지 않으면 안 된다.

8. 타자기·텔레타이프·라이노타이프 등 문명 이기를 효과적으로 사용할 수 있으므로써 문화의 발달, 생활의 향상뿐 아니라, 국가 수호의 군사적 활동까지도 가장 빠르고 힘있게 할 수 있다

타자기·텔레타이프·라이노타이프들이 현대 생활에서 얼마나 큰 구실을 하고 있는가는 그것을 십분 사용하고 있는 나라에 가보지 않고는 잘 알지 못한다. 우리 나라 안에서 갇혀 있어, 다만 편협한 선입견을 가지고, 한글만 쓰기를 반대 혹은 의심하던 사람들 가운데 미국을 가 보고는 완연히 자각하여 한글만 쓰기에 대한 제 스스로의 종래 반대하던 태도로 일변하여, 우리 좋은 글 한글을 전용해야 한다고 열심히 주장하는 사람이 드물지 않음을 본다. 백번 듣기보다 한번 보는 것이 그 편벽되게 닫혀 있는 문을 여는 터에 더 힘이 있는 것이다.

오늘날 우리 국군이 월남전에 참가하여 혁혁한 전공을 세워, 그 용맹을 세계에 날리게 된 원인의 근본을 캐어 보면, 그것은 우리 군부에서 일찍부터 한글만 쓰기를 실천한 때문이라 하겠다.

교육도 한글만으로, 호령도 한글의 쉬운 말로 한 때문이다. 만약 군대 교육에서 한자와 한글을 섞어 쓰기로 하였더라면, 농촌·어촌 출신의 중등교육을 받지 못한 청년들을 징집해다 놓고서 한자 교육을 무슨 방법으로 가르친 연후에 또 군대 훈련을 할 수 있겠느냐? 좋은 군대는 도저히 기대할 수 없었을 것이다. 오늘날 우리 국군의 혁혁한 전과는 알고 보면, 한글만으로써 군사 교육을 하였기 때문임이 틀림없다.

9. 종래의 한자 숭상이 국민의 정력을 낭비하고, 실무를 경시하고, 계급 의식을 조장함으로써, 나라를 쇠잔 부패로 이끌어 가던 「구악」의 근본스런 「구악」이니, 이를 제거하고 한글만 쓰기로 하는 것은 겨레와 나라의 영구한 발전과 번영의 불멸의 기초를 놓는 것이 된다

흔히들 말한다. 배달말의 태반이 한자로 되어 있는데 한자를 전폐한다면, 그 말뜻을 잡지 못할 것이니 한글 전용은 사람을 암흑의 천지에 내어던지는 것과 다름이 없다고 한다.

그러나 이는 말 배우기의 심리를 전연 모르는 소리일 뿐이다. 그 반대자의 소견은 이러한 모양이다. 한자를 전연 모르면, 그 한자음으로 된 말(낱말)의 말밑(어원)을 모르기 때문에 그 말뜻을 깨칠 수가 없을 것이라고 하는 것이다. 그러나 실상은 그렇지 않다. 한자를 몰라도 그 한자음으로 된 낱말의 뜻을 넉넉히 깨치는 것이다. 가령 「學校」란 한자를 몰라도 「학교」란 말은 넉넉히 알 수 있는 것이다. 말은 그 소리와 그 대상과 연결되는 데에 성립되는 것일 따름이요, 결코 그 말의 소종래를 앎으로 말미암아 그 말뜻을 깨치는 것은 아니다. 만약 한자만으로써 말뜻을 잡는다면 「先生」은 나보다 먼저 난 「언니(兄)」가 될 것이요. 「弟子」는 「아우의 아들」이 될 것이다. 누가 「모자」를 사모(帽)의 아들로 뜻잡는가? 「장부」(丈夫)는 한 말의 사나이로 뜻잡는가? 우리는 「밥」, 「쌀」, 「물」, 「돌」의 말밑을 몰라도 그 말뜻은 똑똑히 알고 있잖느냐? 간혹 한자를 아는 것이 그 한자만의 뜻잡기에 편리한 일이 언짢은 것은 그 한자말이 아직 우리말로 덜 익은 때문일 뿐이다. 옛사람이 한자로 적어 놓은 책에 나온 모든 한자말을 다 우리말로 생각하는 버릇이 있으니 이는 잘못이다. 같은 로마자로 적은 말이 영어도 되고, 또 독일말도 되지마는, 영어가 아닌 말은 영어 국민에게 낯선 미지의 것이 됨은 당연한 결과임과 마찬가지다.

-〈월간교육〉 창간호(1969. 11.)-

한글과 문화 혁명

1

문화란 무엇인가? 자연을 그대로 두지 않고, 거기에다가 사람의 생각과 힘을 더하여 사람의 살림에 유익하고 편리하고 고상하고 값 있게 만드는 일이다. 집짐승을 기르며, 사냥을 하고, 농사를 지으며, 고기잡이를 하는 일이 다 문화이다. 또 연장을 만들며, 불을 만들며, 옷감을 마련하며, 집을 지으며, 내뚝을 막으며 길을 닦는 일도 문화이다. 그리고, 또 사람들이 사는 방식—풍속, 습관, 예절, 노래 하기, 춤추기, 그림그리기, 물형만들기로부터 교육, 도덕, 종교, 정치, 제도 내지 관념의 체계, 사고의 방식, 생각과 느낌의 재간스런 표현 에 이르기까지 다 문화라는 것이다.

다시 말하면, 사람은 일변에서는 자연스런 존재이지마는, 다른 쪽 에서는 문화스런 존재이다.

사람이 써 사람된 바는 문화 활동이 있기 때문이다. 말을 할 줄 알고, 글자를 만들어 내고, 사회를 조직하고, 불과 연장으로써 다른 동물, 식물들을 다스리고 이용하여, 훌륭한 생활, 사람다운 생활을 할 수 있게 된 것은 사람이 문화스런 존재임을 나타내는 것이다.

그러나, 사람 갈래는 때와 곳을 따라, 그가 이뤄 놓은 문화가 같지 아니하다.

첫째, 그 모습과 바탕이 서로 다르며, 다음엔 그 분량과 정도가 또한 서로 다르다. 이러한 문화 발달의 고하를 결정짓는 요소는 대개 세 가지가 있으니, 생물학스런 유전, 자연스런 환경, 문화스런 유산이 곧 그것이다. 이 세 가지 요소가 문화의 발달을 좌우하는 이치를 일일이 여기에 가늘게 풀어 말하기는 어렵지마는 간단히 몇 말을 허비하기로 하겠다. 신체의 조직과 정신의 힘이 문화의 창조 및 육성에 있어서 사람 활동의 근본 조건이 됨은 누구나 쉽사리 알 것이다. 지리적 위치, 그 토질, 그 땅에서 나는 각종 동식물과 광물들이 그 지방의 사람들의 문화 활동을 제약함은 명료한 사실이요, 그 아비, 할아바들로부터 받은 문화적 유산이란 것이 또한 그 사람들의 문화 활동에 중대한 구실을 할 섯은 말할 것 없이 뻔한 일이 아닐 수 없다.

사람은 그 타고난 슬기로써 한쪽에서는 제가 살고 있는 땅에서 나는 자연물을 이용하여 편리한 유형의 연장을 만들어 내고, 다른 한쪽에서는 사람의 생각 그것을 나타낼 뿐 아니라, 생각하는 일 그것을 더욱 편리하게 하는 무형의 연장인 말과 글자를 만들어 내었다.

사람은 처음에는 돌로써 연장을 만들어 내었고(석기 시대), 다음에는 청동(靑銅)으로써 연장을 만들어 내었고(청동기 시대), 끝으로 드디어 쇠로써 연장을 만들어 내어 쓰게 되었다(철기 시대). 이와 같이, 그 연장을 만드는 자료가 정묘롭고 이로운 연장을 만들기에 적합하고 유리한 것이 사용되어 감을 따라, 사람의 문화도 점점 높이 발달되어 갔다. 쇠를 그 자료로 쓰는 철기 시대에 들어서도 그 철 만드는 법이 진보됨을 따라, 연장과 기계의 제작이 또한 정묘하게 되고, 따라 문화도 더욱 나아가게 되었다.

그 쉬운 보기로는 19세기에 과학의 발달에 기대어 기계 혁명이 생기고, 기계의 혁명은 선업 혁명을 불러일으키고, 산업의 혁명은 드디어 모든 문화의 영역에서 많은 새로운 발달을 이루었으며, 두째 번 세계 대전에서 발달된 원자탄에 관련된 물리학은 드디어 모든 방면에 큰 변동을 가져오게 되어 가고 있었다.

사람의 말과 글은 무형한 연장이다. 말은 사람의 문화 창조 활동의 최초의 성과인 동시에, 이것이 모든 문화 활동의 가장 근본스런 연장이니, 사람의 유형 무형의 문화는 다 말로 말미암아 이뤄지는 것이다. 말은 최초의 문화 연장인 동시에 또 최후의 연장이기도 하다. 말이 이러한 노릇을 다하기 위해서는, 귀로 듣는 소리말 밖에 또 눈으로 보는 글자말이 필요한 것이다. 곧 글자의 발명은 인류 사회의 문화를 높이고 넓히는 데에 막대한 효과를 가져오게 된 것이다.

서양 문명의 발달 역사를 살펴보건대, 14세기에 들어서, 유럽 각 국민의 종래 절대적 권위를 휘두르던 고전말인 그리이스 라틴말의 압박에 대항하여, 각 국민이 제각기의 방언을 존중하고 육성하고 연마하여, 부랴부랴 훌륭한 대중말(標準語)을 이뤄내었으니, 대중 이탈리아말, 대중 영어, 대중 프랑스말, 대중 스페인말, 조금 뒤에 대중 독일말이 그것이다. 그 중 대중 이탈리아말은 단테에서 비롯하고 (1300), 대중 영어는 초오서(Chaucer)와 위클리프(Wycliffe)에서 비롯하고(1830), 대중 독일말은 루우터(1520)에서 비롯한 것이다. 이렇게 대두한 서양 근대말(近代語)들이 제각기의 나라의 글자말이 되고 문학말이 되어, 그 사용의 도가니 속에서 다뤄지고 갈아져서 차차로 정확하고 굳센 말씨로 되어, 드디어 과학과 철학의 이론을 나타내는 구실을 할 수 있게 되었다. 이렇게 연마 성립된 대중 근대말은 제각기 그 나라의 진정한 문학을 일으키고, 철학과 과학의 발달을 가져오게 하였으니, 서양 근대 문명은 이 새로 일어난 근대말의 보람이라 할 것이다.

다시 이와 같이, 그리이스·라틴의 고전말에 가름하는 근대말의 발달은 그 원인의 하나는 글자 쓰기의 방법의 발달, 곧 인쇄술의 발달에 있는 것임을 우리는 잊어서는 안 된다. 유럽에서의 활자의 발명은 1446년쯤에 네덜란드의 고스텔(Coster)은 하알렘에서, 독일의 구텐베르크(Gutenberg)는 마인쯔에서 활자로써 인쇄를 비롯하였고, 1465년에는 이탈리아에서, 1477년에는 영국에서 인쇄업이 비롯되었으며, 헝가리아에서는 1473년에 맨 처음 인쇄된 책이 나온 것이었으나, 인쇄술 자체는 그보다 훨씬 전에 비롯되었다 한다.

다시 이 인쇄술 발달의 원인을 생각하면 종이 만들기의 시작이라 한다. 종이 만들기는 기원전 2세기에 중국에서 비롯되어, 이것이 먼저 아라비아로 선하고, 다시 그리이스, 스페인을 거쳐, 13세기 끝에는 기독교 세계에 들어가고, 14세기에 이르러 독일에서 종이 만들기가 시작됨에 미치어, 바탈이 좋은 종이가 많이 생산되게 되어, 이로써 책을 찍어내어서 강사가 셈이 맞을 정도로 발달되었다. 이 종이 만들기가 발달되었기 때문에 인쇄술이 이에 따라 발달하게 된 것이다.

푼푼한 종이에 활자로 인쇄하는 일이 활발히 행함에 기대어, 세계의 지적 생활은 인제 급작스런 활기를 띠게 된 새 시대가 펼쳐진 것이다. 벌써 그것은 한 사람의 마음에서 다른 이의 마음으로 가는 새는 물(漏水)이 아니요, 그것은 폭이 넓은 가람(江)이 되었다. 몇천의, 그리고 문득 몇십만, 몇백만의 사람사람의 마음이 이에 합류하는 큰 가람(大河)이 되었다.

인쇄술 성공이 당장 눈앞의 결과의 하나로 드러난 것은, 구텐베르

크가 1450년쯤에 라틴말로 된 성경을 찍어냄으로부러 기독교의 성경이 서양 세계에 엄청나게 많이 넘친 것이다. 또 하나는 학교 소용의 교과서가 싼 값으로 많이 나오게 된 일이다. 글읽기가 자꾸자꾸 퍼졌다. 책이 많이 세상에 불었을 뿐 아니라, 그 책은 종전보다는 글자가 훨씬 똑똑하게 찍혀 있기 때문에, 읽기 따라 이해하기에 얼마나 쉽고 편하였는지 알 수 없다. 여태까지 모양으로 그 거칠은 글씨를 알아보기에, 그 뜻을 잡아 가지기에 고생하는 일이 없어지고, 인제는 읽는 이는 별로 떠듬떠듬 걸리는 일이 없어, 술술 읽어 내려가면서 그 뜻을 쉽사리 잡아 가질 수가 있었다. 읽기가 쉽고 편하게 됨에 따라 읽는 이의 테가 커지고, 읽는 이의 테가 커짐에 따라 책에 찍혀 나오는 수가 더욱더욱 불어 갔다. 책은 벌써 어마어마한 장식물도 아니요 학자의 비장물도 아니게 되었다. 책은 다만 일반 사람에게 보아 달라기뿐만 아니라 읽어 달라기 위하여, 이를 짓고 쓰게 되었다.

종이의 전래 발달에 따른 인쇄술의 발달은 여러 세기 동안 중세기의 캄캄한 속에서 죽어 있던 서양인의 마음을 훨쩍 열어제쳐 놓았다. 사람은 제 스스로 생각하기를 비롯하였다. 그래서, 새로운 빛 아래에서 사람과 자연을 발견하여 문예 부흥(Renaissance)을 이루고, 종교 개혁(Reformation)을 이루어내었다. 그리고, 다시 나아가 학문 연구의 새 방법 귀납법을 생각해 내어, 근세 과학의 실마리를 찾아 내고, 땅덩이가 구슬꼴임과 그 땅구슬이 움직임을 생각해 내고, 드디어 아메리카 새 대륙을 발견해 내니, 여기에 서양 천지에 근대 문화가 널리 꽃피게 된 것이다.

이상에서 내가 말해 온 바를 다시 뭉그리건대, 말과 글은 사람 생활에서 문화 창조의 첫 싹인 동시에, 또 그것은 문화 창조의 가장 근본스런 연장이다. 그 잘 만들어진 정교한 연장은 생산물의 품질과 수량을 높이는 것은 지극히 평이한 이치임과 같이, 좋은 말과 좋은 글은 그 겨레의 문화 창조를 매우 유리하게 하는 것임이 말하지 않아도 절로 뻔한 일이다. 그런데, 유럽 사람들은 중세기 오랜 동안에, 그리이스·라틴의 고전말의 학습과 사용의 거북한 굴레를 쓰고서 침체와 쇠잔에 기식이 천천하다가, 14~5세기로부터 각 국민은 게각기의 고유의 말, 곧 이른바 근대말을 높여쓰기를 비롯하는 한편, 또 인쇄술의 발달로 말미암아 글자 사용의 분량과 효과가 현저히 혁신되었기 때문에 유럽 천지에 근대 문명의 문이 열리게 된 것이다.

'세계 문화사'의 지은이 H.G. 웰즈는 인쇄술 발달의 원인이 종이 만들기의 발달에 있음을 인정하고, 동양에서 전해온 종이가 서양인의 마음밭을 풀어 놓았다 하였다. 여기에 우리가 극히 안타깝게 생각하는 바는, 구덴베르크보다 2백 년이나 먼저 발명 사용한 우리나라의 활자 인쇄술이 서양인에게 혜택을 입히지 못한 점이다. 만약, 우리 고려조의 활자가 진작 서양으로 전해 갔더라면, 서양의 근대 문명의 어머니인 종이와 활자가 다 동양에서 건너간 것이 되었을 것이니, 그 때에는 완전히 동양의 문명이 서양의 문명을 일으켰다는 정당한 주장이 되었을 뻔하였다. 생각하면 할수록 애석한 일이다.

2

이제 우리 배달 겨레는 문화 창조의 연장으로서 훌륭한 한글을 가지고 있음은 큰 소망과 행복을 약속한다. 성명하신 세종 대왕께서 한글을 새로 지어 반포하시는 동시에 이 글자로써 여러 불경을 뒤지게 하며, 또 몸소 '용비어천가'·'월인천강지곡' 같은 순수한 국문학의 첫머리를 지으셨다. 다시 말하면 한글이 남으로 말미암아, 우리말이 비로소 글자말 노릇을 하게 되었으며, 참된 우리 문학이 시작된 것이다. 때는 15세기 중엽, 유럽에서는 겨우 근대의 새벽이 먼 동트기 시작하였고, 아메리카 새 대륙은 아직 발견의 꿈을 품는 사람조차 없었다. 아메리카 새 대륙 발견자 콜럼부스는 한글과 같이 1460년에 이 세상에 났던 것이다. 만약, 우리의 조상들이 진작부터 높은 이상을 체득하고 한글로써 문화 혁명을 일으켰다면 삼천리 반도 강산에 찬란한 한글 문화가 무르녹아, 온 겨레가 행복과 자유 속에서, 세계 일등의 나라 살림을 하게 되었을 터인데, 이게 뒤떨어진 나라로서 남의 원조가 아니면 도저히 살아 갈 수 없는 형편에 놓여 있으니, 어찌 통탄스럽지 아니할소냐?

그러나, 이제 지나간 5백 년을 돌아보면 때늦은 탄식을 금할 수 없지마는, 앞으로 무궁한 장래를 내어다 본다면, 아직도 늦지 아니하다고 할 수도 있다.

5백 년을 허송한 탓을 앞에 간 조상들에만 미루지 말고, 뒤에 오는 무궁무수한 자손들에게 대하여 오늘의 우리 자신이 또 어리석은 조상이 되지 않기 위하여, 지난 적의 잃음을 올 적에 도로 찾기 위하여, 현재의 한국의 국민문은 분연히 일어나서, 한글만 쓰기를 단행함으로써 문화 혁명을 이뤄내지 않으면 안 된다.

무릇 무슨 종류의 혁명이든지 간에 반드시 낡은 세력의 유형 무형의 반항이 있는 것은 피할 수 없는 사태이다. 이제 글자의 혁명, 문화의 혁명에 대해서도, 그 반항의 소리가 여기저기서 들려오고 있다. 혹은 극심한 반항으로 한글만 쓰기의 부당함을 외치고, 혹은 뜻글로서의 한자의 이익점을 논하고, 혹은 동양 고전 문화를 버릴까를 근심하고, 혹은 아까운 한자를 다 버리기는 어려우니 천여 자만이라도 제한하여 쓰자 하며, 혹은 한자말을 다 순 우리말로 고쳐 놓은 뒤에 하자 하며, 혹은 하기는 해야 하겠지마는, 시기가 아직 이르다고 하며, 혹은 후세의 자손들에게 원망을 듣지 않기 위하여 신중히 하여야 한다는 최 만리 식의 신중론을 늘어놓기도 함을 본다. 이는 다 한자 사용에 젖어 버린 나이 많은 식자들의 심리에 어쩔 수 없이 일어나는 반항 또는 걱정인 것이다. 이러한 걱정들이 그네들에게 있어서는 제딴은 실정일 것이다.

그러나 이 따위 걱정들이 아무리 그네들 낡은 세력의 진정한 심리의 걱정이라 할지라도, 그것은 일부분 일방면의 걱정이 아니면, 또는 자기 중심의 편의주의, 이기주의가 아니면, 저도 모르게 뼈에 젖어 있는 사대 사상의 넋두리에 불과한 것이다. 여기에 그러한 소견에 대하여 일일이 변명할 겨를이 없는즉, 그 중 몇 가지에만 대하여, 약간 밝혀 놓기로 하겠다.

요즈음 ㄷ신문 사설에는 한글 전용에 대한 의견을 들어 놓았다.─한글은 모두 24자, 이를 배우기 쉬움은 한자에 비길 것이 아니다. 그러나, 배우기 쉽다는 것만 생각하지 말고, 한번 그 활용의 편리를 생각한다면, 한글은 도저히 한자에 미치지 못한다. 한자는 배우기는 힘들지마는, 한번 배워 놓으면, 그 활용의 편리가 막대하다. 왜냐 하면, 한자는 뜻글자이기 때문에, 읽는 수고도 할 것 없이 보기만 하면 반사적으로 그 뜻을 깨치는 잇점이 있다는 것이다.

이런 한자 맹신자의 소리가 우리 나라 큰 신문의 사설로 나타내어지고, 또 그것에 대한 아무런 반박이 없으니까, 아마도 매우 글쓴이는 만족하고 있을는지 모르겠다. 다른 이론을 길게 할 것 없이, 단도직입격으로 다음에 한자말 몇 개를 적는다.

倫敦, 林鍾, 王舍城, 黃鍾, 輪精, 輪生, 輪台, 麟台, 相殿, 方程式, 雪濃湯, 天婦羅

이들 한자말을 낱자를 배웠다고 보기만 하면 반사적으로 그 뜻을 알 수 있는가고, 나는 그 글쓴이에게 묻고 싶다. 중국의 최근 철학자 유월(兪樾)은 일본인 학자가 쓴 '유월(兪樾)의 철학'이란 논문을 보고, 나는 이 글을 읽고서 내가 '철학'을 하고 있었다는 것을 알았다고 말하였다. 중국의 학자도 이러하거든, 한자를 배웠다고 한자로 적힌 말은 읽을 나위도 없이 반사적으로 그 뜻을 안다고, 이런 어처구니 없는 망설이 어디 있단 말인가?

자, 그렇다고 가정해 놓고라도, 한자 1,000자 내지 2,000자쯤 배우는 일은 얼마나 어려운 일이며, 얼마나 많은 정력, 시간, 경제 등의 희생을 온 국민에게 요구하고 있는 것인지를 모르는가? 일본은 한자 교육을 적극적으로 시행하고 있을 뿐 아니라, 그 교수 방법도 우리보다는 철저하다고 하겠는데, 금번 대전 직후에 조사한 동경 맥아더 사령부 교육 공보관 해군 소령 호울(Ltr. Commander Hall)의 보고를 보면, 동경 시 소학교를 우수한 성적으로 졸업한 아이들에게 시험한즉, 그들이 소학교 6년 동안에 한자 1,500여 자를 배웠는데, 졸업시에는 겨우 479자만을 기억하고 있었다고 하였다. 그뿐 아니라, 일본에서 금번 전쟁 기록을 만들어서 네 현(縣)의 도시에 있는 공장 직공 1,458명에게 읽혀 본 결과, 그 83%는 어려운 부분을 읽지 못하고, 69%는 쉬운 부분조차 읽지 못하였다. 그런데, 이 직공들은 다 6개년 동안 의무 교육을 받은 사람들이다. 다시 말하면, 일본에서는 국민이 의무 교육을 6개년 동안이나 다 받고서도, 오히려 능히 쉬운 전쟁 기사를 읽지 못하니, 일본의 의무 교육이 한자 때문에 얼마나 큰 제한을 받고 있는가가 드러난 것이라 하겠다.

그런데 또 그 신문에서 아무님은 한글 전용 교육의 폐해를 논하여 가로되 "국한문 혼용 교육을 한다면, 국민 학교만 졸업하고라도 능히 신문을 볼 수 있다는 것은 과거 경험에서 알 수 있다. 그런데, 오늘은 대학을 졸업하고서도 신문을 제대로 보는 자가 적다⋯⋯. 그래서 청년들이 너도 나도 다투어서 대학에 다니려고 하고 있다."라고 하였으니, 우리 아이들이 일인 아이보다도 그렇게 한자 배우는 힘이 월등하게 많을 수 있을까? 그가 과거의 경험을 말하니, 이는 더욱 부당한 말이다. 과거의 신문일수록 한자 사용의 수가 많았는데, 국민 학교만 나오면 능히 신문을 읽었다 함은, 마치 내가 젊을 적에는 맨손으로 범을 잡았다는 풍머리와 무엇이 다를 것인가? "한자 만능의 선입견은 하나의 신앙은 될지언정 과학은 될 수 없다."는 말투를 나는 그에게 돌리고 싶다.

ㄷ신문 사설(나는 편의상 그 글을 쓴 사람을 ㄷ이란 악호를 붙이겠다)은 한자의 활용의 편리를 제 형편 좋도록만 마음대로 논하고서는, 어쩔 수 없이 타자기 문제를 끄어내기는 하였으나, 그 내심에도 타자기로서의 글자의 '활용'에는 한자가 한글보다 크게 불리함을 자인함인지, "(한자가 타자기 사용에) 불편한 것은 사실이나, 불가능한 것은 아니며, 타이프라이터의 용도 자체에도 한계가 있다. 뿐만 아니라, 기계를 위해서 문자 체계를 고친다는 것은 구두를 위해서 발의 크기를 고친다는 것과 다름이 없는 이야기다."라고 엉뚱한 비유를 만들어, 도망길을 열었다, ㄷ님은 오늘날 타자기, 라이노타이프, 무슨 타이프, 무슨 타이프들 기계로 말미암아 글자의 활용이 얼마나 사람의 생활에 이받고 있는가를 모르는 모양인가? 나는 이런 사람에게는 한국의 큰 신문으로 자처하고 있는 ㄷ신문에만 갇혀 있지 말고, 좀 서양 여러 나라를 널리 둘러보고, 동시에 런던 타임즈니 뉴욕 타

임즈 같은 큰 신문사도 좀 견학하는 기회를 가지기를 바란다.

내가 앞에서 말한 바와 같이, 서양 근대 문명은 인쇄술의 발달로 말미암아 글자의 사용이 크게 편리하게 된 것에 기인한 것이다. '글자의 활용의 편익'을 논하는 사람으로서 한자도 타이프라이터가 가능하느니, 타자기의 이용도 한계가 있느니 하면서, 한자의 활용의 효과성만 고조하니, 도대체 한자만을 쓰는 중국과 소리글만을 쓰는 영국, 미국을 견주어 볼 생각은 없는가? 그 국민이 그 글자의 활용의 덕택을 어느 나라가 많이 받고 있는가?

그리고, 그러한 엉뚱한 비유는 논리학에서 대기하는 바인즉, 그런 비유는 그 스스로의 논리를 흐리게 하여 파괴하는 것밖에는 아무것도 아닌 것임을 알아야 한다.

다음에 ㅈ신문의 아무님(나는 ㅈ이라 기호한다)은 '한글 전용 교육의 폐해'를 논하여, 한자 교육을 안 하기 때문에 대학을 나와도 국어를 충분히 이해하지 못하니, 다른 학과도 어렵게 된다. 한자 교육을 할 것 같으면 국민 학교만 나와도 신문을 능히 읽을 힘이 있어 유식한 사람이 될 터인데 한글 전용 교육은 청년들을 무식쟁이로 만든다고 통탄한다.

나는 ㅈ님에게 묻고자 한다. 도대체 '무식'과 '유식'의 구별은 어디에 있는가? 한자를 알아야만 유식하지, 한글만 알아서는 무식을 면하지 못한다는 당신의 생각은 19세기나 15세기의 케케묵은 관념이다.

우리의 생각에서는 '유식'은 한자를 깨치는 데에 있지 않고, 온갖 사물의 이치—그 생산, 구조, 성질, 이용 방법들을 아는 데에 있는 것이지, 글자를 아는 것을 가리킴은 아니다. 글자를 아는 것은 지식을 얻는 방편에 관한 것 뿐이니, 이로 말미암아 글로 적혀 있는 지식을 얻을 수 있을 따름이다.

글자는 하나의 지식을 찾는 수단이요, 지식 그것은 아니다. 옛날과 달라서, 오늘날 20세기에서는 설령 한문으로 된 '사서'·'삼경'을 다 읽었다 하더라도 그의 일반적으로 '유식함'을 허락할 수는 없는 것이다. 한자를 하나도 모르더라도 가령 전기 기계에 관하여 잘 아는 사람은 그 방면에서 유식한 사람이 될 것이요, 아무리 한자 한문을 잘 안다 하더라도 전기 기계에 관하여 아무것도 모른다면, 그는 그 방면에 전연 무식한 사람인 것이다.

동양에서도 옛사람은 글자를 깨치는 것은 지식의 입문일 뿐이요, 진정한 지식은 실사 실물을 연구해야 얻어지는 것이라 하였다. 이른바 '격물치지(格物致知)'란 것이 이것이다.

또 하나 ㅈ님에게 말하고자 하는 바는 신문의 제 구실에 관한 것이다. ㅈ뿐 아니라, 일반으로 신문인은 자기네의 하는 신문이 천하의 표준인 양 과대 평가를 하고 있지나 아니한가 싶다. 신문은 사회의 구의스런 그릇으로서, 국민에게 나라 안, 나라 밖의 소식을 전하는 것이 첫째가는 구실인 것이다.

한 말로, 신문은 대중에게 섬김을 드리는 데에 본 구실이 있는 것이요, 결코 국민 대중으로 하여금 제 스스로를 섬기고 높이게 하는 데에 그 노릇이 있는 것은 아니다. 그러므로, 시대가 달라지면 신문 자체도 달라져 서 그에 순응하지 않으면 안 된다.

보라, 우리 나라 '광무'·'융희'시절의 신문에는 한자투성이요, 사설이라면 으례 '공자왈'이 나왔었지마는 오늘의 신문에는 그런 일은 전연 없어졌고, 또 한자도 많이 줄어졌지 아니한가? 한자를 예전과 같이 사용하다가는 신문이 아주 안 팔리겠으니까, 어쩔 수 없이 그리 되었는가? 또는 시대를 따라 신문도 변해야만 민중에게 섬김을 할 수 있다고 생각해서 그리 하였는가?

이제에 있어서도 한국에서 모든 신문들이 그 일요판 어린이 차지에서는 다 순 한글 가로줄을 하고 있는데, 유독 ㄷ신문 하나만은 구태 그대로 내리줄을 하고 있으니, 이것을 보면 자각적으.로 시대에 순응하려는 겸손한 봉사적 태도가 아니요, 도리어 오만하게 시대를 역행하면서 국민 교육의 효과를 감쇄하며 문자 사용의 국가적 조처에도 역행하며, 나아가서는 세계인의 문자 생활에도 두 눈을 꽉 감고 제 스스로의 권위만 자랑하고자 하는 모양이니, 참 가소 가증의 처사라 아니 할 수 없도다. 이러한 20세기의 과학 정신을 무시하고, 한배 나라의 재건으로써 국가의 발전, 국민의 행복을 증진시키고자 목숨건 노력을 하고 있는 이 때에, 이러한 신문 제작의 무지한 용기와 교만한 태도는 반드시 바로잡아져야만 한다는 것을 나는 시대의 이름으로, 또 국민의 이름으로 요구하는 바이다.

우리 신문이 한자를 사용하고 있으니, 세상 사람들도 한자를 열심으로 가르치고 배우고 사용하라. 한자를 알아야만 유식자가 될 수 있고, 한자를 사용하여야 민족 문화가 발달한다고 신문인은 소리치니, 이것이 신문의 제 구실을 잊어버린, 어처구니 없는 교만이 아니고 무엇이냐? 우리 국민 대중은 한자보다 한글을 쓰기를 원한다. 한자 쓰다가 가난뱅이 무식쟁이 되는 것보다는, 과학스런 한글로써 문화의 발달, 생활의 향상을 원하고 있는 것을 알아야 한다.

또 ㅈ신문에는 서울 거리의 건널목에 통행 기호 '가시오'·'서시오'를 '行(행)'·'立(입)'으로 할 것 같으면, 일목 명료한 것이라 하니, 참 기막힐 망발이다. 이런 한자 중독자는 한자의 본고장인 중국으로 쫓아 보내는 것이 마땅하겠다.

세째로, ㄷ님은 말 문제를 다룬다.—인위적으로 말을 만드는 것은 좋지 못하다. 말이란 것은 자연 발생적으로 생긴 것이다. 보기로, '방공(防共)'은 자연 발생적인 것이며 때문에 좋은 말이지마는, '공산주의 막기'는 인위적으로 만든 말이기 때문에 좋지 못하다는 것이다.

그러나, 우리의 보는 바에 기대면, 말은 결코 자연 발생적의 것이 아니다. 말은 그 하나하나가 다 사람사람의 궁구와 노력의 결과로 된 것이다. 이는 어린 아이가 말을 배우는 것만 보아도 넉넉히 깨칠 일이다. 교육받은 이와 교육 안 받은 이와의 가진 말수가 다르며, 문명인과 미개인의 말수가 큰 차이가 있으나 이는 그네들의 말 만드는 노력의 차에 터잡은 것이다. 한 겨레가 한 개인이나 창조적 활동이 왕성한 이는 유형 무형의 많은 사물과 그에 관한 말수를 가지고 있음에 대하여, 그러한 힘씀이 미약한 이는 소수의 말수밖에 가지지 못한다.

우리 나라 사람들은 그대로 남이 만들어 놓은 물건과 말씨를 앉아서 얻어쓰기만 해버릇했기 때문에, 그 말마다나 나 사람의 창조적 노력의 결과인 줄을 모르고, 그저 저절로 생긴 것을 제에게 보내어 주는 줄로만 알고 있는 형편이었다. 옛적에는 중국 사람들이 보내어 주는 것을 편안히 앉아서 그저 받아썼고, 일제 36년간에는 일인으로부터, 또 해방 후 오늘날에는 서양인이 그저 갖다 주는 것을 그대로 받아쓰기에 버릇되어 있기 때문에, 그 말 하나하나가 다 그 나라 사람들의 창의적 노력으로 만들어 낸 것임을 생각하지 못하고, 그저 다만 말이란 것은 편안히 앉아 있으면, 남이 그저 갖다 주는 것, 따라 말은 자연히 생겨나는 것으로 오인하고 있는 모양이다.

그러나, 이는 열매가 많이 열린 과수를 보고 그 열매가 자연 발생적으로 된 것이라 함과 비슷하다. 열매가 자연히 된 것이라 함은 첫째번으로 옳은 말이기도 하다. 그러나, 한 걸음 더 들어가아 본다면, 그 과실의 하나 하나가 그 과수원 주인의 무한한 노력의 결과임을 깨칠 것이다. 일본이 명치유신 이래로 새로운 말수가 무던히 늘은 것은 명백한 사실인데, 이러한 새 문명 수입에 따른 일본 말수의 불어남은 절대로 자연 발생의 것은 아님을 알아야 한다. 이를테면, '사회(社會)'·'동기(動機)'란 말을 만들기에 중국의 옛책 '근사록(近思錄)'에서 따다가 오늘의 뜻으로 쓰게 한 '인위적' 노력이 필요하였던 것임을 알아야 한다. 말은 하늘에서 절로 떨어진 것도 아니요, 땅에서 절로 솟은 것도 아니다. 그것은 다 사람의 힘으로써 만들어 낸 것이다.

모든 바깥에서 오는 말은 자연 발생적인 것이라 하여 이를 달게 받아 복종 사용하기를 힘쓰되, 오히려 미치지 못할까를 근심하면서 제 스스로가 말을 만드는 것은 '인위적'이라 하여 부자연스럽고 불합당한 무가치한 것으로 멸시하려는 오늘의 우리 '식자'님네의 생각의 천박함을 개탄하지 아니할 수 없다.

또 그네는 '연초(煙草)' 대신에 순 배달말 '담배'를 쓰게 되면 '煙草'와 같은 한자 말수(語彙)가 줄어진다고 걱정한다. 실제로 글자말로서는 '煙草'란 한자 그대로가 흔히 쓰이고 있지마는, 입말로서는 '연초'가 별로 쓰이고 있지도 아니하는 형편인즉, 이러한 말수는 한글 전용에 따라 당연히 없어져야 할 것이어늘, 무엇때문에 '煙草'를 보존 사용해야 한다고 하는지 그 심리를 알기 어렵다. 그보다도 허다한 우리말이 바깥으로부터 오는 한자말 따위로 말미암아 쭈그러지고 쓰러지고 사라지는 것들에 대하여는 그 자기 보존의 관심을 일으킨 일은 없으면서 다만 한글만 쓰기 때문에 한자같이 없어질까 봐 걱정과 항의를 하기에 열이 나니, 이러한 본말이 뒤바뀐 생각과 말은 참 무어라고 비평하기 어렵구나. 내가 죽는 것은 모른 듯이 있으면서 남이 상하는 것은 죽을까 봐 대 걱정을 하는 모양이니, 이런 사람들의 마음은 과연 '애타심'에 불타는 성자의 마음이라고나 할까?

나는 이 밖에 여러 문제를 일일이 여기에 논파할 겨를이 없다. 우리는 자립 정신으로써 문화 혁신을 꾀하지 않으면 안 된다.

이제 대한 민국은 작년의 5.16 군사 혁명으로 인하여, 나라 살림을 근본적으로 재건하기에 용왕매진하고 있다. 무릇 정치의 근본 목표는 가난과 무식을 없이하고 사람됨과 문화 가치를 높임에 있는 것이니, 한글만 쓰기는 이러한 모든 요구를 달성하기에 최선의 근본 방도임을 나는 외쳐 말지 아니한다. 한글만 쓰기로써 문화의 혁명을 이루고 나면, 우리 나라에 어떠한 좋은 결과가 나타날까를 간단간단히 벌려 들면, 대략 다음과 같다.

1. 온 국민이 다 글자눈을 뜨게 된다. '눈 뜨고도 글 못 보는 글소경'이 없어진다.

2. 국민 교육의 나아삼이 빠르며, 식식의 일반 수준이 높다.

3. 모든 신문이 진정한 국민 대중의 공기가 되어, 국민에게 정말로 나라 안 나라 밖의 소식과 지식을 이받는 기관이 된다.

4. 과학 기술의 교육을 효과스럽게 실시할 수 있어, 각종 산업의 생산 증가를 누리게 된다.

5. 한글의 기계삼기(機械化)가 잘 되어서, 국민의 문화 생활에 막대한 이익과 편리가 얻어진다.

이러한 글자 사용의 혁신이 없이는 도저히 뒤떨어진 이 나라 이 사회를 남과 비견할 수 있는 경지에 올려 놓을 수가 없겠다.

6. 모든 방면에서 참된 민주주의의 살림을 일삼을(營爲) 수 있게 된다.

이제 우리 나라는 혁명의 시기에 처해 있으며, 근본스런 재건의 시기에 놓여 있다. 한글만 쓰기를 단행하는 밝은 슬기와 과단스런 용기를 가짐으로 말미암아서만, 우리의 앞에는 광명과 소망이 있는 것이다.

어물어물과 지척지척은 전진하는 국민의 대적임을 우리는 깊이 깨쳐야 한다.

-〈현대문학〉 1962년 8월호-

한글만 쓰기가 왜 실행되지 않는가?
● 젊은이들에게 부치는 글 ●

세종 대왕이 당대에 지어내시어 국민에게 펴어 주신 한글은 과학스런 조직을 갖추었을 뿐 아니라, 그 자형이 극히 정제하고 아름다우며, 또 배우기와 쓰기에도 아주 편하다. 36년간의 원통한 식민지 노예생활에서 풀려 나와서, 광복된 조국, 독립 나라의 국민으로서 자유로이 모든 경륜을 차리는 이 마당에 있어서, 왜 우리는 여전히 어려운 한자의 교육과 사용을 국민에게 강요함으로써, 그 시간과 정력을 낭비시키고, 전정한 민족교육, 사람교육, 생산교육, 실무교육 내지 민주교육을 가로막고 있는가? 근대화, 근대화하지마는, 쉬운 글, 쉬운 말은 실상 근대화의 근본스런 기초 조건이어늘, 글자와 말씨의 사용을 구태의연하게 버려 두고서는 실력에 의한 근대화는 이뤄낼 수 없으며, 남의 자본, 남의 기술로써 약간 이뤄 놓은 근대화의 산업도 능히 줄기차게 길러 갈 수 없을 것이 아닌가? 근대의 근본 특징은 각 개인의 자유를 존중하며, 대중의 지식 수준을 높임에 있는 것이다. 어려운 글자와 말은 개인의 자유와 대중의 지식을 막는 근본스런 원인이 되는 것이다. 좋고 쉬운 글과 말의 사용은 나라와 겨레의 자유와 번영을 가져오는 절대적 조건이다.

광복된 조국의 초대 국회에서는, 1948년 10월 1일에 한글 전용법

을 제정하여,

대한민국의 공용 문서는 다 한글로 한다.

다만 얼마 동안 필요에 따라 한자를 섞어 쓸 수 있다.

고 공포하였다. 이는 확실히 나라의 독립을 기뻐하는 동시에, 그 영구한 향상 발전을 원하는 마음에서 이뤄진 것이다.

이러한 법까지 제정되었는데, 20년이 지나도록 아직도 그것을 실시하지 못하고, 정부나 국민이 그저 어물어물하고만 지나는 것은 무슨 까닭일까?—나는 그 원인을 간단히 다음과 같이 벌여 들고서 약간의 풀이를 하고자 한다.

1. 사대주의의 사상을 벗어나지 못하고 있는 때문이다. 세계 각 겨레가 독립 나라를 세우고 있는 20세기 후반에서도 이네들은 아직도 여전히 사대주의의 노예심리를 품고 있다. 중국의 한문화에서 받은 영향이 얼마나 끔찍한데, 그것을 어떻게 일조에 다 벗어날 수가 있느냐? 그뿐 아니라, 중국이나 일본이 다 한자를 버리지 못하고 있는데, 그 사이에 끼인 우리 한국만이 능히 한자를 폐기할 수 있느냐?고. 곧 이네의 사대주의는 최 만리 무리의 사대주의에 한 가닥을 더한 것이니, 그것은 곧 「大日本帝國(대일본제국)」을 섬기는 충성이다. 오늘날 일본이 만약 한자를 폐지하고 말았다면, 이네들은 감히 한자 주장을 하지 못하였을 것이 뻔하다. 실상은 일본은 「가나」가 불완전한 때문에, 중국은 말소리가 지나치게 복잡하여 분간해 표기하기 지극히 어렵고, 또 그 말 자체가 홑낱내 말이기 때문에, 뜻글자 한자를 만만히 폐기하지 못하고 고민하고 있는 터이다. 아무리 사대주의자라 하더라도 이것쯤은 똑똑히 식별해야 할 것이며, 또 중국과 일본도 필경에는 한자 폐지를 단행하지 않을 수 없을 것임을 통찰하

여야 한다. 아무리 사대주의자라도 큰 놈이 병으로 고통을 겪는다 해서 저도 덩달아서 꿍꿍 앓을 필요가 없을 것이 아닌가? 사대수의 중독증은 참 딱하기도 하다 하겠다.

2. 사리사욕의 개인주의 때문이다. 한글 전용 반대론자들은 거개가 제가 가진 그 잘난 한자 지식을 제가 오늘의 지위—교수, 신문기자, 주필 등등—를 벌어 얻은 밑천으로 생각하고 있기 때문에, 만약 이 밑천을 털어 버리고 날 것 같으면, 심리적으로 허전하고 사회적으로 이권을 잃어버릴 것만 같게 생각되는 모양이다.

어린이들도 「나」 모양으로 한자 한문을 배워서 교수도, 변호사도, 신문 주필도, 장관도, 국회의원도 되면 좋잖으냐?고. 이런 식으로 제가 가진 낡은 지식, 현재의 지위에 대한 보전책 들들로 해서, 다시 말하면 겨레나 나라의 운명이야 어디로 가든지 간에, 이 이권, 이 자랑은 놓칠 수 없다는 이기주의스런 심리의 노예 상태에 있기 때문이다.

3. 나라의 독립은 국민의 독립정신에서 이뤄지고, 국민의 독립정신은 그 문화생활 특히 말·글 생활의 독립성, 자주성에서 오는 것이어늘, 우리가 과거 반천년 이래로 독립정신을 잃은 지 이미 오래이기 때문에, 제 스스로가 독립정신을 잃은 병신인 줄도 모르고 있는 형편이다. 세계적 형세로 해서, 해방과 독립을 얻기는 하였으나, 아직 독립정신의 진수가 무엇이며 어디에 나타나는 것임을 모르기 때문이다. 입으로는 독립을 찬미하면서, 진심으로는 독립이 무엇임을 잘 체득하지 못하고 있기 때문이다.

4. 민주주의의 근본 뜻을 잘 이해하지 못하고 있기 때문이다. 한

글만 쓰기의 반대론자는, 「모든 권력은 백성으로부터 나온다」란 조문을 헌법에 적어 넣고, 작대기 선거를 해서 국회만 형성하고 나면 민주주의는 다 된 것으로 알고 있다. 온 백성의 글 소경을 퇴치하고, 일반적 지식을 넓히고 높이어, 신문, 잡지, 책 들을 많이 읽어, 새 시대의 시민으로서 모든 제도 문물에 대한 올바른 행동과 처리를 할 줄 알아야만, 거기에 비로소 전정한 민주주의, 전정한 근대화가 실현될 수 있게 되는 것임을 모르고 있다. 한자 쓰기를 고집하는 우리 나라의 신문들은 그실 민주주의스런 문화생활을 저해하고 있는, 자살 기관인 것이다.

5. 투철한 반성과 자각이 부족한 때문이다. 36년간 종살이를 겨우 다행히 벗어난 아때에도, 아직 그에 대한 자기 반성과 각성이 투철하지 못한 때문이다. 이러한 좋은 시기에 독립 자존의 정신으로써 겨레 문화와 나라 정치를 바로 세우고 낫우어서, 자손 만대에 영광의 씨를 전해 줄 줄을 모른다면, 이야말로 지극히도 어리석은 백성, 못난 백성의 낙인을 면하지 못할 것이 아닌가?

6. 정말로 한글의 우수성을 깨치지 못한 때문이다. 남들이 다 한글이 훌륭한 글자라 하니까, 제 혼자만 그렇잖다고 할 수도 없고 해서, 저도 덩달아 한글이 훌륭한 글이라고는 하지마는, 그 실은 한글의 어떤 점들이 가장 과학스러우며, 어떠한 점들이 가장 효과적으로 우리 나라의 문명 발달과 국민의 자유와 번영에 유조할 것인가를 모르고 있기 때문이다. 만약 진정으로 한글의 우수성을 깨쳤다면, 감히 제 입으로써 한글만 쓰기로 해서는 안 된다는 말이 안 나올 것이다. 사실 나는 우리 사회의 지도층에 있는 분으로서 한자 폐지 불

가론을 고집하는 분으로부터 이런 말을 들었다. 나는 한글 전용을 반대하지 않는다, 그런데 한글 전용을 위해서는 한자 지식이 필요한 것이다, 한자는 한글을 이해하기에 필요불가결한 것임을 나는 주장한다고. 이 유식한 분은 그실은 한글 전용이 무엇임을 알지 못한 사람이다. 그는 「세상」은 「世上」이 아니면, 「학교」는 「學校」가 아니면 절대로 이해할 수 없는 것이라고 생각하고 있는

모양이다. 우리는 「世上·學校」의 한자가 없어도 이해할 수 있는 것인즉, 한자가 아예 필요없다고 생각하는 것을 그이는 도저히 깨치지 못한다. 그의 머리 골수에는 한자만이 박혀 있는 것이요, 한글은 다 그 그림자에 불과하다고 생각하고서, 본체인 한자를 떠나서는 그 그림자인 한글을 이해할 수 없다고 생각하고 있음이 틀림없다. 그러나, 오늘날의 언어과학은 「말의 소리와 실물, 또는 대상과가 직접적으로 연결되는 데에 말이 성립된다」는 진리를 일러줄 뿐이요, 결코 「그 소리와 어떤 기호와가 일치되어야만 말이 성립된다고 가르쳐 주지 않는다」 이러한 간단한 근본 원리를 깨치지 못한 답답한 노릇밖에는 아무 것도 아닌 억지 주장임을 어찌하랴!

여기에 나는 신통한 실례를 하나 들어서 한글 전용 반대론자가 그 머릿속에 먼저 들어박힌 한자의 영상 때문에 잠꼬대같은 주장을 뇌고 있는 것임을 증명하려고 한다. 해방 후 우리 사람들 중에서 서양 가서 한 해 이상 지내고 온 사람이 많은데, 그중에는, 지식인들은, 서양인들이 한자 한 자도 안 쓰고서도 한자 쓰는 우리보다 몇 배로 훌륭한 문화활동을 하고 지내는 것을 익게 보고 와서는, 대개 다 한글 전용을 찬성하게 됨을 본다. 이는 1년 이상의 서양 생활 속에서 과거 한자에 사로잡혔던 그릇된 관념의 머리를 말끔히 씻어 버렸기 때문이라고 밖에는 달리 말할 수는 없을 것이다. 그렇다면, 그 이

전까지는 그 지식인도 한글의 우수한 기능을 완전히 깨치지 못한 것이었음이 틀림없을 것이다. 「지행합일(앎과 행함은 일치하다)」을 주장한 왕 양명의 학설에 일리가 있다 하겠다.

그렇다면 우리 나라에 껍데기 지식만 가지고 잘난 체하는 「유식자」들이 너무 많은 모양이다. 이러한 병자들이 세상의 전진을 방해하고 있으니, 이거야말로 참 사회적 병이로다.

7. 기계문명의 위력을 깨치지 못한 때문이다. 한자로써는 기계화가 불가능한데, 한글이라야 가능함을 깨치지 못한다. 한자를 섞어 써도 타자기, 모노타이프같은 기계화가 가능하다고 뻗대는 사람이 없지 않지마는, 이런 사람은 기계화의 진의를 이해하지 못하는 것이다. 한글로써 여러 가지의 기계를 부릴 수 있게 된다면, 우리 나라의 문명 발달이 얼마나 능률적으로 나아갈 것인가를 생각해 보지도 않은 때문이다.

8. 간혹은 한글만 쓰기를 「한자말 전폐」로 오해하는 사람도 있고, 또 간혹은 고의적으로, 한글만 쓰기를 모략중상하여 저지하고자 그렇게 허위 날조로써 선전을 일삼는 사람도 없지 않으니, 이 따위 사람은 나라와 겨레를 망쳐 놓고도 쾌하다고 할 나쁜 심정의 소유자이다.

9. 혁신의 용기가 부족한 때문이다. 해방으로 자유민이 된 지 벌써 20년이 지났는데, 아직도 한글만 쓰기가 실현되지 않고 있는 원인은, 모두가 그 참지식의 부족에만 있다고는 속단하기 어렵다. 명민하기로 세계에서도 이름난, 한글같은 글자를 만들어 내기까지 한

배달 겨레가 한글 그것의 우수성을 바로 이해한 사람도 상당히 많을 터인데, 왜 이렇게도 그 우수한 것을 잡아쓰는 일이 늦어지고 있는가? 이는 우리가 혁신의 정신, 진취성, 적극성이 부족한 때문이다. 우리 사람들이 정과지에서는 우수하지마는, 의지·행동에서는 약한 때문이라 하겠다. 무력적 혁명에만 용기가 필요한 것이 아니라 문화 혁명에는 더 검질긴 용기가 필요한 것이다. 광복된 조국의 무궁한 발전을 위하여, 해방된 겨레의 영구한 행복과 자유를 위하여 글자의 혁명이 절대로 요청되는 이 진리를 실천할 용기가 이 사회에 부족한 때문이다. 국회의원은 오늘의 의원으로 만족하고, 높은 벼슬아치, 낮은 벼슬아치, 대학 교수, 중등·초등의 교사, 신문인, 실업가, 공장인, 재산가, 권력자 들들이 모두 오늘의 제 자리에 만족하고서, 만년 대계를 위하여 혁신적 행동을 결단할 용기가 없기 때문이다. 무사 안일주의로 오늘의 지위에 스스로 만족하고 스스로 뻐기고 있기 때문이 아닐까? 공자는 지혜와 인과 용기는 천하의 훌륭한 덕이라 하였다. 세상의 혁신·개량·전진에는 항상 용기를 소용한다. 이러한 용기는 오늘의 소성에 만족하고 있는 기성 세대에게는 기대하기 어려우니, 나는 이를 생기 발랄하여 장래의 꿈을 안고 전진하려는 젊은 세대에게 기대할 수밖에 없다,

젊은이들이여! 그대들이 과연 이 겨레스런 큰 사명에 응답할 용기 있는 차림이 되어 있는가?

한글만 쓰기로 하자

1

지난 왜정하 삼십 육 년 식민지 생활은 우리 겨레 역사 있은 지 반 만년에 가장 슬프고도 쓰라린 큰 경험이었다. 우리는 세계 전쟁의 결과로 민족의 해방을 입었다. 저 끔찍한 경험에 이어, 이 위대한 자유의 세기를 만났으니, 동서 고금 인류의 역사에 이러한 사례는 극히 드문 것이라 아니할 수 없는 바이다. 이 역사적 중대 변혁기에 처한 우리 겨레가 과거의 경험을 가장 유효하게 살리고 현재의 이성(理性)을 가장 밝게 발휘하여 민족 만년의 번영과 행복을 위하여 혁신의 정신으로써, 모든 새로운 경륜을 세우지 아니하면 안 될 것으로 생각한다.

파리채로써 밥풀에 모인 파리떼를 치면 너댓 마리는 당장에 죽고, 나머지의 파리들은 훌쩍 날았다가 다시 내려앉는다. 그러나, 아까 모양으로 밀집하여 앉지는 않고 듬성듬성 흩어져 앉는다. 파리채로 다시 치면 이제는 한 마리쯤은 잡히고 그 나머지의 파리들은 다 목숨을 보존하게 된다. 이는 여름날에 우리가 날마다 겪는 일이다.

이로써 보건대, 저 미물 파리도 생존을 위하여 그 앞의 경험을 헛

되게 버리지 아니하고 새로운 방식으로 그 생활—물론 임시적이나마—을 경영하는 것임을 알겠다. 이제 우리가 반만년 문화 민족으로서 저렇듯 끔찍한 경험을 겪고 나서도 또 여전히 낡은 방식의 생활을 되풀이하고 새로운 혁명스런 경륜을 할 줄을 모른다면, 이는 참 부끄럽기 짝이 없으며 장래하는 자손을 위하여 한심하기 짝이 없는 일이라 아니할 수 없다. 아닌게 아니라, 해방 직후에 충청도 어떤 시골에서는 이제 독립이 되었으니 상투 짜고 망건과 갓을 쓰고 서당을 차리고 한문 공부를 시작한 곳이 더러 있었다 하니, 이 어떤 지각 없고 사려 없음의 심함인고? 이런 일은 하필 한 시골만의 일이 아니다. 오늘날 대한 민국의 공사 경영의 각 방면에서 이러한 예(古)로 돌아가기에 급급한 움직임이 적지 아니함을 볼 적에, 우리는 깊은 한숨을 이기지 못하는 바가 있다.

어떤 우리 역사가는 말한다. 우리 겨레의 사상의 밑가락에는 천박한 낙천성(樂天性)이 있다. 그 역사적 인연으로 그 지리적 약속으로 배달 겨레처럼 기구하고 험한 운명에 희롱된 놈이 없건마는, 아프고 깊고 간절하고 돈독한 반성·참회·발분·격려를 보지 못함은 무엇보다도 정당한 감격 기능(感激機能)이 천박한 낙천성에 눌리고 막힌 때문으로 볼 것이다. 아무러한 고통과 분원(憤怨)이라도 그 당장만 지내뜨리고 나면, 그만 잊어버리고 단념하여 그 경험과 느낌이 정당한 가치를 발휘하지 못함이 다 그릇된 낙천성에 말미암은 것이다. 그리하여, 우리의 역사는 의식적 계획적 추진의 역사가 아니다. 어지러움을 잡아 바름으로 돌이키며, 흐림을 헤치고 맑음을 올리며, 혁명적으로 깨끗이 하며, 비약적으로 방향을 전환함과 같은 일이 없고, 그저 미지근하고 탐탁지근하고 하품나고 졸음까지 오는 기록의 연속이 조선 역사의 겉꼴(外形)이다. 구차히 편하고자 하는 병, 무관심증·불철저증·건망증 들은 다 우리 사람들의 국민적 고질이다고—
과연 그렇다. 우리가 이때 이 고비에 처하여서도 아무 깨침이 없이,
물에 물을 탄 듯이 여전히 아무 일 없는 듯이 아무런 혁명적 조처가
없이 그저 낡은 탈을 도로 쓰고 옛모습으로 돌아가기만 원하니, 이
어찌 기막힐 일이 아닐까보냐!

사람은 말하는 동물이다. 말을 가졌음으로 하여 여늬 동물과는
다른 「사람」이 되었으며, 다시 글자를 발명하여 이를 씀으로 말미암
아 한층 더 진보된 사람의 노릇을 하게 되었다. 그리하여, 글자의 쓰
기(使用)가 많으면 많을수록 편리하면 편리할수록 사람의 물화는 더
욱 발달하고 그 생활은 더욱 풍부하게 되는 것이니, 근대 문명은 실
로 인쇄술의 발달로 말미암아 글자의 쓰기가 극히 편리해지고 많아
진 까닭으로 이루어진 것이다. 그래서 현대 문화인의 생활에는 글자
는 거의 밥과 같은 정도로 빠질 수 없는 중요한 요소가 되어 있는 것
이다. 밥을 먹지 않고는 살 수 없음과 마찬가지로 글을 쓰지 않고는
살 수가 없다. 밥은 우리 육체의 양식이요, 글은 정신의 양식이다. 자
양분이 많고 소화가 잘 되는 좋은 음식물을 먹고 잘 삭이는 튼튼한
신체를 가지고 있음과 같이 과학스럽고 쉽고 편리한 글을 많이 사
용하는 겨레는 슬기로운 정신을 가질 수 있다. 좋은 글은 훌륭한 문
화를 낳고 푼푼한 행복을 가져온다.

눈을 높이 들어 온 세계를 불러보라. 개인적으로 또 사회적으로
글자의 부림(使用)의 분량이 많은 겨레는 그 문화가 발달되고 그 생
활이 행복스러움에 대하여, 글자 부림의 분량이 적은 겨레는 그 문
화가 저열하고, 그 생활이 곤궁함을 발견하리라. 이에 우리는, 글자
부리는 분량이 많고 적음은 그 사회의 문화와 행복의 정도를 나타
낸다는 한 법칙을 발견할 수 있다고 생각한다.

다시 눈을 낮추어 가까이 중국을 살피라. 중국 민족이 오천 년의 문화의 역사를 지속하여 왔음은 세계 역사상에 거의 유래가 없는 일이다. 그 역사의 첫머리에서부터 글자의 창작을 말하였으며, 시대의 진전을 따라 글자의 사용이 잇따라 발달하여 당송에 이르러서는 그 고도의 발달을 이루었으며 청조에 와서는 대집성을 하였다. 세계에 중국의 역사처럼 그 문자를 소중히 여긴 나라가 없다고 하여도 과언이 아닐 것이다. 그렇지마는 중국의 현실을 보라. 사억만 민중 가운데 글자를 깨친 이가 과연 얼마나 되는가? 의외에도 대다수의 민중이 글자와는 상관이 없이 살아가지 아니하는가? 주역·시전을 읽고, 논어·맹자를 외고, 이태백·두자미의 시를 읊어 고상한 도리와 진정한 취미를 누리는 자는 겨우 생활의 쪼들림을 받지 아니하는 소수의 특권 계급 뿐이요, 나날의 살이에 골몰하는 일반 사억만 대중은 글이 우리에게 무슨 상관이 있는가 하는 태도로 대대로 살아왔음은 역사적 사질이자 또 목하의 현실이다. 공자의 도덕적 가르침이 민중의 마음에 스며들지 못하고, 두자미의 예술적 취미가 일반의 감정을 정화시키지 못하였다. 누구가 말하되 세상에 글자있는 나라는 중국이요, 글자 없는 나라도 또한 중국이라 하니, 참 적절한 표현이라 하겠다. 글자의 사회적 사용이 이렇듯 미약하니, 그 민중의 행복이 저열함은 당연의 결과라 할 것이다.

중국의 고래로 글자를 숭상함이 저렇듯 꾸준하였건만, 오늘날 그 국민의 대부분이 눈 뜨고도 글 못 보는 글소경으로 있음은 무슨 때문일까? 그것은 한자란 중국의 글자가 너무 어렵기 때문에 일반 대중이 이를 배워 얻을 수 없기 때문이다. 또 중국의 강토가 실로 아시아의 염통 부분으로써 땅 위 땅속의 거리밑이 저렇듯 풍부하지만, 저 국민의 생활이 저렇듯 빈한함은 그 원인이 무엇일까? 그것은 백성이 글자를 깨치지 못하고 지식과 기술을 배우지 못한 때문이다. 곧 중국의 국민은 세상에서도 드물게 보는 부지런한 국민이로되, 봉건적인 한문자가 대중 생활의 소용이 되지 못한 탓으로 무지(無知)의 구렁을 벗어나지 못하여 빈궁의 굴레를 쓰고 허덕이는 것이다. 다시 말하면 비민주주의적인 한문자는 실로 중국 국민 사억만 대중의 일반적 개화와 행복의 대적이니, 이 한문자의 제재를 벗어나지 못하고는 중국은 민주주의 국가로 발전할 도리가 절대로 없는 것이다.

이제 고개를 숙이고 눈을 감고 우리의 조국을 생각하라. 우리가 사십 년 전에 반만년의 국권을 송두리채 왜족에게 빼앗겼던 원인이 무엇일까? 그 원인은 물론 한두 가지가 아닐 것이로되, 그중에서 가장 근본스런 원인은 백성—그중에서도 가장 우수한 분자들이 저 어려운 한자(漢字), 더구나 외국의 글을 배우기에 정력과 시간을 허비하고 실제 생활에 필요한 사물의 지식을 닦지 아니하며, 물건의 생산을 등한히 하며, 사회적 활동을 게을리한 것이라고 생각한다. 원래 글자란 것은 사람 생활에 소용되는 그릇이요 연장이니, 글자란 수단은 그 생활이란 목적을 달성하는 때에 그 값어치가 있는 것이요, 그 자체에 값어치가 있는 것은 아니다. 이 목적과 수단의 논리를 깨치지 못하고, 글 배우는 것으로 목적을 삼아, 글 그것에다가 절대의 가치를 주었기 때문에 전국민이 이 거꾸로 된 생각의 희생이 되어, 저 수 많고 어려운 한자를 배우기에 먼저 개인의 생명을 허비하고, 나중에는 국가의 생명까지 잃었던 것이다. 그러한즉 이제 해방의 덕택으로 구원한 조국을 광복하였은즉, 이 광복된 조국을 만세반성의 위에 세우기 위하여 과학 기술의 지식을 재빨리 배워 얻어, 낙오된 국민 생활의 수준을 향상시키기 위하여 민주주의스런 발전을 이루어 만인의 행복과 만인의 자유를 증진하기 위하여, 뒤에 오는 자손으로 하여금 다시는 망국의 수치를 맛보지 않고, 영구히 독립과 자유를 지니며 행복과 번영을 누리게 하기 위하여, 오늘의 우리가 투철한 반성과 혁명적 용기와 뼛골에 사무치는 결심으로써 새 문화의 바른 길을 닦지 아니하면 안 된다. 새 문화의 바른길이란 무엇일까? 한글로써 온전한 나라글자(國字)로 삼아 초등 교육으로부터 대학 교육에 이르기까지 한가지로 한글로써 하며, 장사꾼의 사무적 치부에서부터 학자의 고원 정밀한 논문에 이르기까지, 사인의 편지에서 국가의 관보·공문에 이르기까지 모든 글자 생활은 전부 한글로만 하는 일이 곧 그것이다.

2

한글은 근본적으로 과학적 조직을 가지고, 애초부터 민중 교화의 사명을 띠고 난, 세계 유일의 민주주의스런 글자이다. 그러나, 세종대왕의 5백 년을 일보는(早達觀) 높으신 큰뜻을 진작 세인의 이해가 미치지 못하였기 때문에 때로는 과거의 과목에 들기도 하였지마는, 대체로 천대를 받아 혹은 금압을 당하고 혹은 다른 나라 말의 해석의 보조 수단으로 쓰이고, 혹은 규중 부녀의 전유의 글자로 대접받다가 또렷하게 제 스스로 독립적 글자 노릇을 하게 된 것은 대체로 일정 전쟁의 결과로 우리 나라에 갑오 경장이 일어난 때로부터라 하겠다. 고종 32년 을미(乙未)에 「법률(法律) 명령(命令)은 다 국문(國文)으로써 본(本)을 삼고, 한역(漢譯)을 부(附)하며, 혹(或) 국한문(國漢文)을 혼용(混)함」이란 칙령이 내리었으니, 이는 곧 세종대왕의 솜씨를 본받고 이상을 실현하려는 국가적 처단이었다. 그러나, 오백 년래로 한자 문화에 젖어 온 일반 사회의 낡은 습관이 굳고, 새 시대에 대한 민중의 각성이 부족하였기 때문에 이 시기긋는(劃期的) 칙령도 드디어 그 완전한 성과를 거두지 못하고 겨우 국한 혼용(國漢混用) 정도의 발전을 봄에 그치었으니, 당시의 각종 교과서 신문 잡지가 대개 이러한 문체로 진전하였다. 그 뒤에 쉬지 않는 시대의 진전을 따라 강화도에 이상스런 배가 나타나고, 삼천리 국토의 남북을 꿰어뚫어 쇠 말이 달음질치는 바람에 한글의 지위가 차차 높아지며 그 쓰임의 범위가 점점 넓어져 갔음은 사실이지마는, 아직도 완전한 독립적 사명을 다하지 못하고 항상 한자의 보조를 입어 혹은 한자를 도와 그 글자스런 구실(文字的 職責)을 해 가는 데에 그치었던 것이다. 이러한 불충분한 한글의 활동도 경술년 망국으로 쭉지가 꺾이고, 일제의 혹독한 탄압 아래에 겨우 생명을 보존하다가, 기미년 독립 운동의 끝에 적이 활개를 펴다가 둘째번 세계 대전의 종조리 판에 이르러서는, 일제의 최후적 발악으로 국토의 말살을 당하게 되었다. 엄동 설한의 뒤에는 양춘의 가절이 오며, 침침 철야 그믐의 뒤에는 단단 명월의 보름이 오는 것은 천지 진행의 대원칙이라, 일제의 가혹한 탄압에 잠기었던 캄캄한 철야는 쉬지 않고 돌아가는 역사와 수레바퀴를 따라 환하게 새고 해방의 태양이 뚜렷이 돌아왔다. 식민지 노예 교육이 가고 해방국의 자유 교육이 시작될 때, 조선 교육 심의회에서 결정된 한자 폐지의 안을 채용하여 한글로써 교육의 기초를 놓은 지 삼년 만에, 작년 10월 1일에는 대한 민국의 국회에서 다음과 같은 한글 전용법을 통과시키었다.

대한 민국의 공용 문서는 한글로 쓴다. 다만 얼마 동안 필요한 때에는 한자를 병용할 수 있다.

부칙. 본 법은 공포한 날부터 시행한다.

그래서, 대한 민국 정부에서는, 작년 10월 9일 한글날에 이 법을 일반에게 공포하여 실시하게 되었다.

금번 이 전용법은 저 을미년의 칙령과 그 내용이 비슷하지마는, 그 주문에서 한문 번역을 붙인다는 말이 없음이 다소의 진보라고 볼 수 있다. 그리고, 저 을미 칙령은 내각의 한두 분의 선각자로 말미암아 내려진 것임에 대하여 이 전용법은 이천만 민중으로부터 민중이 선출한 대표자 이백 명으로 조직된 국회에서 신중 토의한 끝에 결정한 것이다. 하나는 위에서 비오듯 내려온 것이며 민중의 각성이 이에 따르지 아니하였으며, 다른 하나는 아래에서 풀나듯 솟아난 것이니, 대중적 지반과 시대적 각성이 동무하였다. 오십 년 전의 칙령이 온전히 실행되지 못하고, 그 다만 줄만이 겨우 실현되었음에 대하여, 오십 년 뒤에 오늘날의 전용법은 대중스런 지반을 가졌으니만큼 이 온전한 실현을 기뻐하지 아니할 수 없다. 세상에는 아직도 이렇듯 시대긋는 법의 성립을 몰각하고 여전히 구태 의연하게 한자를 섞어야만 공문서가 되는 줄로 아는 이가 없지 아니하나, 이러한 시대 의식과 민족 정신과 새 문화 의욕의 자각이 없는 사람들은 광복된 조국의 지도자가 될 수 없는 사람들이니, 우리 새 문화 건설의 역군들은 요만한 작은 장애, 서산에 걸려 있는 존재에 큰 관심을 갖지 않고, 다만 새로 나는 청소년으로 더불어 전도의 광명으로 달음질할 것이라 하노라.

3

한글만 쓰기로 하자! 한자의 주권을 도로 빼앗고, 또 한자의 보조적 시중도 거절하고, 깨끗이 한글 한 가지만으로 우리 겨레의 문화 생활의 글자로 삼자. 한글만 쓰기의 완전한 설행 위에서만 우리 겨레의 생활에 광명이 비치며 행복이 약속되는 것이다. 그러면, 한글 삼기(한글化)의 첫 계단으로써,

삼천만 겨레의 각 개인이 다 글자를 깨치게 하자.
집집의 문패, 거리의 보람판을 다 한글로만 쓰자.
전차·기차·정거장의 글자는 다 한글로 하자.
관에서 내는 포고문, 고지서 따위도 다 한글만을 쓰자.
관청의 증명서, 학교의 졸업장 같은 것들도 한글로 하자.
사사 편지도, 계약서도, 받음표도 다 한글로 하자.

그리고 둘째 계단으로써,

정부의 공문서, 민적도 한글로 하자.
신문·잡지·저서도 일체로 한글로 하자.
헌법의 원문이 한글로 되었음과 같이, 모든 명령도 한글로 하자.

나라 안 각 지방에 흩어져 있는 새 문화의 일꾼, 한글 동지 여러분! 제각기 제 동네, 제 고을부터 한글삼자(한글化하자)! 그리하면, 우리의 외치고자 하는 새로운 한글 문화는 삼천리 강산에 새봄을 가져오리라. 그리하면, 우리가 애써서 광복한 조국에 흥성과 행복이 열

매 맺으리라.—여기에 오늘날 우리들의 역사적 사명이 있는 것이다.

-〈우리말과 글 바로쓰기〉(1949. 9. 10.)-

한글만 쓰기를 단행하자

작년(4290년) 12월 6일 국무 회의에서 「한글 전용 적극 추진에 관한 계획」을 결의하고 이에 따른 「한글 전용안」과 「한글 전용에 관한 개정 법률안」의 두 가지를 마련하기로 하였다.

그 「한글 전용안」과 「한글 전용에 관한 법률 개정안」의 내용은 아직 자세하지는 않으나 그 요지는 정부 각 기관에서 모든 공문서에 한글을 전용하고 또 그 감독 아래에 있는 각 기관 및 사사 단체에 대하여도 한글 전용을 권장하기로 하되 한글만으로는 쉽게 그 뜻을 잡기 어려운 것은 도림(括弧) 안에 한자를 써 넣어도 좋다는 것이다.

이 대통령은 한글만 쓰는 것이 나라의 문명 발달에 크게 유익하니 속히 실행하는 것이 필요하다는 취지의 담화를 종래 여러 차례 발표하였고 지난 12월 29일에는 공보실을 통하여 중공이 한문을 폐지하고 「라틴 알파벳」을 사용하기로 정했다는 외신 보도를 인용하여 우리도 어려운 한자를 쓰지 말고 한글만을 사용함으로써 문명 발전과 민족 복리의 증진에 힘쓰기를 바란다는 강력한 담화를 발표하였다.

앞의 국무 회의의 결정이 있은 뒤 문교부에서는 각 학교에 지시를 하여 학교의 문패와 학생들의 이름패를 다 한글로 하라고 하였으며, 서울시에서는 새해부터는 모든 민원 서류는 한글만으로 할(도림 안에 한자 넣는 것은 무방함) 것이요, 만약 한자를 섞어 쓰면 그런 서류는 받지 않기로 하였다 한다. 이와같이 국무 회의에서의 결정이 있었고 대통령의 가장 강력한 담화가 발표되었고 이에 따라 문교부와 서울시가 가장 선두에 서서 한글 전용으로 들어가고 있으니 그 나머지의 정부의 각 부처와 각 지방의 시·군·면·동이 한가지로 이러한 한글의 한길로 나아가게 될 것으로 믿는다.

우리 국어 학자들이 8·15 해방 이래로 한자를 없이하고 한글만 쓰기로 하자고 외쳐 온 지가 벌써 열두 해가 넘었다. 그간에 대한민국이 서자 국회에서 4281년 10월 1일에 「한글 전용법」을 제정하고 정부에서는 그 달 9일 한글날에 이를 국민 일반에게 공포하여 이를 실시하게 되었다. 그런데 그 한글 전용법의 속살(內容)을 보면,

대한민국의 공용 문서는 한글로 쓴다.
다만 얼마 동안 필요할 때에는 한자를 병용할 수 있다.
부칙. 본 법은 공포한 날부터 시행한다.

로 되어 있어 그 다만 줄이 있기 때문에 또 그 다만 줄의 해석을 세인의 형편에 좋도록만 해석하기 때문에 한글 전용이 활발한 진전을 보지 못하고 극히 미미하게 거의 「법」이 없다시피 되어 오늘에 이른 것이다.

그러나 우리는 그간에 있어서 「한글 전용 촉진회」를 조직하여 각 지방에 지회를 두고서 항상 한글 전용의 필요성을 선전하고 모든 사람의 국민적 자각을 재촉하여 왔다. 그런데 그사이에 6·25 사변이

란 뜻밖의 동란이 터지어 북한 꼭두 군사들이 남한의 태반을 차지하여 한글 전용을 하였기 때문에 그 침략을 완전히 쳐물리치고 서울 수복을 한 뒤에도 세인들이 공산당이 미운 바람에 공산당이 즐겨서 전용하던 한글조차 미워하는 엉뚱한 심리에서 한자를 쓰는 것으로써 제가 공산당이 아님을 표방하는 것이 된다고 하는 반면에 한글만 쓰기를 여행하는 사람은 공산당에 대응하는 사람이나 아닌가고 의심하는 심적 태도를 가지게 되어 한글 전용의 기세가 얼마큼 꺾인 바 없지 아니하였다.

그러나 공산당이 한글 전용을 한다 해서 한글 전용을 나쁜 일로 생각했다는 것은 너무도 지각없는 망상이라 아니할 수 없는 것이다. 우리는 이러한 착각 상태에 빠진 사람들을 향하여 탱크·비행기 같은 것도 공산당이 쓰던 것이라 해서 우리는 쓰지 않기로 하여야 한다고 할 것인가고 논박한 일이 있었던 것이다.

금번 이 대통령의 한글 전용 강조의 담화는 이 점에 관하여 국민의 의혹을 일소한 것으로 진실로 우리 나라의 문화의 발달, 국력의 증진을 위한 한길 바른길을 가르쳐 보인 것이다. 중국 공산당 정권이 5억의 국민의 무식을 열고 가난을 이기어 문화와 자유와 복리를 누리게 하려면 아무리 반만년 동안 조상 전래의 글자이지마는 이를 폐기하고 쉬운 소리글 로마자를 채용하지 아니할 수 없다고 생각하여 오랜 주저와 연구의 끝에 드디어 이를 단행하기로 결정하였다 하니, 아무리 미운 공산당이라도 제 백성을 잘 살도록 하겠다고 바른길로 취한 데에 대하여서는 누구나 다 칭찬하지 아니할 수 없는 바이다. 중국 민족이 동양 최고 최대의 문명국으로서 제 나라 고유의 문자를 버리고 엉뚱한 서양의 글자를 채용함에 이른 것은 그네들의 자존심이 만만히 허락하지 아니하였을 것이다. 그렇지마는 사람이 글자를 위하여 사는 것이 아니요, 글자가 사람을 위하여 있는 것이며 5억 사람 및 그 자자 손손이 잘 살아가기 위하여서는 어려운 고유의 문자를 버리고서 쉽고 편리한 외국의 글자를 채용하지 아니할 수 없다고 생각한 때문일 것이다.

그런데 이제 우리 대한민국에게는 한자는 원시 남의 글자일 뿐 아니라 그 어렵고 불편 불리한 분수가 중국인에게보다 수 배 수십 배나 더한 것이어서 이 어려운 글자를 수입 숭상한 결과는 국민을 무식의 구렁에 떨어뜨리고 대중을 가난의 고통에 빠뜨리다가 드디어 나라까지 망하게 되고 말았던 것이다. 이제 우리 겨레가 잃었던 조국을 광복한 지 이미 십 년이 되었으니 이 광복된 조국의 무궁한 발전과 흥륭을 위하여 이 겨레의 영구한 번영과 행복을 위하여 지독히도 어려운 남의 글자 한자를 버려야 할 때가 있었고, 더구나 우리에게는 세종대왕의 거룩한 덕으로 창제 반포된 가장 쉽고 편리한 24자의 한글이 있으니까 이 고마운 한글을 십분 이용하여야 할 때가 무르녹았다 하겠으니, 한글 전용을 추진하는 정부의 시책은 온 국민이 쌍수를 들어 환영하지 아니하면 안 된다고 생각한다. 더욱이 민국이 세워진 때부터 잇따라 집권하기 십 년이 된 이 대통령이 오랜 「인내」끝에 이러한 영단을 내린 것은 영구 불멸의 치적으로써 만대의 치하를 받기에 합당하다고 생각하고 온 국민으로 더불어 함께 감사하여 마지 아니하는 바이다.

동서 고금을 막론하고 현명한 정치의 주된 목표는 국민의 무식과 가난을 퇴치함으로써 자유와 행복을 얻게 함에 있다. 그러므로 건국의 위인들은 다 그 나라의 글자를 짓기·정리하기·가르치기에 힘을 쓰는 동시에 백성들의 생업을 장려하기에 큰 힘을 쓰는 것이 통례로 되어 있다. 사실로 이 씨가 한양 조선을 창건하는 첫머리는 그리 향기롭지 못한 점이 많았지마는 인차 세종대왕이란 불출세의 성군이 나와서 한글을 만들어 내고 전제를 개혁하고 국토를 넓히는 등 건국 기초를 잘 놓았기 때문에 오백 년이란 긴 세월의 사직을 보존할 수 있었던 것이다.

이제 광복된 대한민국은 군주국이 아니요 민주국이긴 하지마는 이 건국의 초두에 있어서 그 기초를 올바로 놓는 일의 중요함은 옛날의 군주국에서나 다름없는 것이다. 더구나 인류 사회의 과학 지식의 발달의 걸음이 재빠르고 사회적 변천이 초속도적으로 빠른 이십세기 후반기에 처하여 있는 신생 대한이 세계 진운에 발맞추어 나아가기 위하여는 쉽고 편리하고 과학스런 제 나라 글자로써 완전한 나라글자로 삼아 모든 백성으로 하여금 하나 빼지 않고 다 글자를 깨치어 나라안 나라밖의 시대적 움직임을 짐작할 줄 알게 하는 것이 가장 근본되는 정책이 아닐 수 없다.

이제 우리 나라가 완전한 한글 전용을 실현하여 공문서에서 사문서에 이르기까지, 관청 고지에서 모든 법령에 이르기까지 모두 한글만으로 쓰게 된다면 이것이 진실로 국리 민복의 첫길이 될 것임은 틀림없는 바이다. 이러한 의미에서 한글은 다만 과거의 조상이 끼쳐준 문화적 업적의 자랑일 뿐 아니라 실로 현재 및 장래의 배달 겨레의 생존 발전의 크나큰 힘이요 소망인 것이다. 이러한 말을 우리와 같은 국어학자들의 자기 만족의 자랑으로 알지 말지니, 해방 후 우리 나라를 시찰한 세계의 학자·군인·정치가들이 다 이구 동성으로 우리의 한글이 한국의 소망이요 힘이요 자랑임을 감탄하였다. 이러한 외국의 견식 높은 사람들의 평가와 격려를 우리는 범연히 들어서는 안 될 것이 아닌가? 저에게 있는 힘의 원천을 아직도 발견하지 못하여 구태 의연하게 이를 경시하고 다만 제 본고장에서도 버림받는 한자만 연연히 숭배하고 연모한다면 이는 너무도 어리석은 짓이 아닐까?

-〈경향신문〉(1958. 1. 21.~23.)-

한글만 쓰기에 따른 문제들

대한 변호사 협회에서는 지난 12월 27일에, 국가 재건 최고 회의의 방침에 따라 신년도부터 실시하게 될 법원 공문서 및 소송 관계 서류를 일체 '한글만 쓰기'로 함에 대하여, '전국 대의원회'를 열고, 한글만 쓰기의 조처를 철회할 것을 관계 당국에 건의하였다. 동시에, 그 회는 사법부뿐 아니라, 신문·잡지 들 언론 기관에 까지 한글만 쓰기의 조처를 보류해 달라고 아울러 건의하였다.

1

⑴ "법률 술어는 한자로만 되어 있어서, 이것을 한글로 풀어쓸 수 없고"라고 하였다.

"법률 술어는 한글로 풀어쓸 수 없다."는 것은 그대로 '전칭 판단'으로 본다면, 이는 부당하다. 세상에 한글만 쓰기의 반대론자들 가운데는, 흔히 양극단의 오해가 있음을 본다. 그 하나는 모든 한자말을 우리말로 풀어써야만, 곧 보기로 : "이화 여자 대학교" 는 "배꽃 계집 큰배움집"으로 해야만 전용이 되는 줄로 알며, 또 하나는 모든 한자말은 꼭 그대로 음역하여야만, 곧 보기로: "右와 如히 相違 無함"을 "우와 여히 상위 무함"으로, "引火質物 持込 嚴禁"을 "인화 질물 지입 엄금"으로 적는 것이 곧 한글 전용 인줄로 아니, 이 두 가지는 다 틀림이다. '한글만 쓰기'의 본뜻은 입으로 하는 소리말(音聲言語)과 붓으로 쓰는 글자말(文字言語)과의 일치함을 꾀함에 있다. 그러므로, 글자말이 소리말과 일치하여서 알아듣기 쉬운 것은 구태여 순우리말로 뒤칠 필요가 없는 것(學校=학교, 父母=부모) 이오, 다만 그것이 실제의 소리말과 일치하지 않는 것은 알아듣기 쉬운 우리말로 고치자는 것(보기: 役割→ 구실, 取扱하다→ 다루다) 이오, 또 그 한자말이 알아들을 수 있더라도 그 보다는 더 친근한 우리말이 있는 것은 그것으로 뒤치자는 것(보기: 道具→ 연장, 水車→ 물레방아)이다. 물론 어떤 경우에는 한자말과 순우리말이 함께 행하는 것도 있겠으며, 간혹은 알아듣기 쉬운 우리말을 새로 지어내는 일도 없잖을 것이로되, 순전한 새 말은 될 수 있는 대로 부득이한 경우에 한할 것이다.

이제 "법률 술어는 한글로 풀어쓸 수가 없다."고 전칭 명제로 단언하는 것은 다만 법률가들의 편견을 드러낸 것이 될 뿐이다. 우리의 보는 바로는, 법률 공부하는 사람들, 특히 일제 때 법률 학생들은 육법 전서의 수많은 조문들을 모조리 통으로 삼키고 외어서, 그 뜻을 풀이하고 그 적용을 연습함에 골몰할 뿐이오, 그 일본식 용어를 우리말로 어떻게 고쳐야 되겠다는 생각은 조금도 해 보려고 하지 않았다. 그래서 법률의 조문은 그 자자 구구가 신성 불가침의 권위와 부동성을 가지고, 그 법률인의 두뇌의 한 구석을 차지하고 있게 된 것이다. 그래서, 다만 법령의 조문뿐 아니라, 모든 사법상의 서식의 용어조차도 감히 고치고 다듬고 해서 우리에게 더 쉽고 더 명확한 것으로 만들려는 생각은 아예 조금 도 없는 것이 예사이다. 그러므로, 한글 전용이 구식 지식인의 구미에 덜 맞게 보이는 중에서도, 특히 법률인에게는 가장 못마땅한 것으로 생각하고 있는 듯하다.

그러나, 우리는 법률어 가운데도 우리말로 뒤쳐야만 진정한 대 한민국의 법률어답게 될 수 있는 것들이 상당히 있는 것으로 본다. 보기하면, "差押, 差出, 控訴, …" 같은 것들이다. "控訴"의 "控" 의 원뜻은 '告'일 뿐이니, 재심 또는 복심(覆審)을 청구하는 고소를 반드시 "控告" 또 "控訴"라 해야만 할 필요성은 없으며, 더구나 "控訴" 는 "公訴"와 비슷한 음이기 때문에 혼동의 근심도 없지 않다. 그리고 또 '控'자는 한국식 한문 더구나 한자말에서는 쓰이는 글자가 아닌즉, 왜식말 "控除, 控所, …" 따위와 함께 "控訴"도 없이하고, 그 대신에 이를테면 "再訴~覆訴"로 하여 "再告(覆告~更告), 上告, 抗告"의 셋을 구별함도 한 방안이 될 것이라 하노라.

(2) 그 건의서에 "법률 용어를 음역하는 것은 무의미한 것일 뿐만 아니라, 어의가 불분명하여 해득하기 곤란하다." 하였다.

도대체, 한자 술어를 한글로 음역하는 것은 무의미하다는 말이 무슨 뜻인가? "法律"을 "법률"로, "民事 訴訟"을 "민사 소송"으로, "判決"을 "판결"로 음역한다고 그 뜻이 없어질 리가 만무하다. 또 그렇잖고, "法律"을 "법률"로 적는다고 해서 아무런 특별한 새 의미가 나지 않는다는 것이라면, 그 말은 옳기도 하고 또 옳잖기도 하다. 왜냐하면, 우리 '한글만 쓰기'의 주장자도 "법률"이 "法律" 보다 새 뜻이 더 붙는다고 생각하지는 아니하는 동시에, "法律"보다 "법률"이, 다시 말하면 한자를 안 쓰고 한글만으로 쓰는 것이 국민 생활에 중대한 의미를 가져온다고 생각하기 때문이다.

또 한자 법률어를 음역하면 "어의가 불명확하여 해득하기 곤란하다."고 하나, 이는 다만 현재 일본의 법학을 일본말로 공부한 사람들의 주관적 사정과 감정일 뿐이니, 아무런 객관적 진리가 될 수 없는 말이다. 우리도 물론 왜식 법률 용어(한자로 된)를 전부 음역해도 다 명확하다는 것은 아니다. 간혹 불명확한 것이 있는 것은 우리 국민에게 명확한 느낌을 줄 수 있는 말(순수 우리말 또는 한자말)로 고치면 될 것이니, 무슨 걱정이 필요할 것인가?

(3) 필요하면, 한자를 괄호 안에 끼어 넣을 수 있다면, "거의 전부 한자를 끼어 넣게 되어, 한 낱말을 거의 다 한글과 한자와의 두 가지로 적는 결과가 되어, 그 작성과 해독에 필요없는 시간과 노력을 요하게 된다."고 걱정한다. 그러나, 이는 헛걱정이다. 만약 그것이 걱정이 된다면 아예 한자를 끼어 넣지 않도록 하면 그만이 아니겠나? 한자에 익은 낡은 버릇에 사로잡힌 생각을 좀 대담스럽게 버려야 한다.

(4) 한글로만 쓰기로 하면, 법원 검찰 관계의 문서가 더욱 방대해지기 때문에, 오독 오해의 위험이 그만큼 더 많아진다고 걱정한다. 이에 대해서는 나는 다음과 같이 대답한다.

(ㄱ) 한글로 적는다고 국·한문 혼용체보다 그 분량이 꽹장히 많아지지 아니한다.

(ㄴ) 나의 일제 시대에 취조받아 본 경험에 비추어 보면, 그 취조 서류를 일부러 방대하게 꾸미어서, 대사건을 다루었다는 공로를 자랑하려는 버릇을 보았다. 그러므로, 국어 교육을 올바로 잘하여서 같은 내용을 간단한 문서로 꾸미는 방법을 강구하는 것이 좋을 것이오, 같은 문장이라도 그것을 적는 방법도 연구 개선함이 필요할 뿐이다.

(5) 그네는 '한글만 쓰기'는 시간과 정력의 소모를 배가하여 능률을 저하시켜 사무가 적체될 것을 근심하였다. 이것은 그네들의 진정한 근심이기도 하겠다. 그러나, 일제시에 일본글만 읽어 버릇 하던 변호사들이 조국의 광복에 적응하고자 각자의 능률 저하에 불구하고, 국·한문의 법률글을 읽게 되었음과 같이, 조국의 민주적 발전을 위하여 이제 다시 한번 더 순 한글 쓰기에 적응하고자 그 태도를 고치고, 그에 따른 새 노력을 하기를 아끼지 아니해야 할 것이다. 당신네의 각 가정의 자녀가 국민학교 4~5학년생이면, 그 글 읽는 능률이 당신네의 국·한문 법원 서류 읽는 것보다 더 빠름을 발견할 것이니, 읽기 능률은 오로지 그 노력과 버릇에 매인 것이다. 우리 사람들은 고래로 제 글과 말에 대하여는 단 30분 간의 잠심 노력도 하지 않고서, 공연히 그 맞춤법이 어려우니, 그 알아보기가 어려우니 하는 것은 진실로 자기 멸시밖에는 아무 것도 아니라 하겠다. 시험으로, 하루 소설책 한 권씩만 읽어 보면, 제 스스로의 한글 읽는 능률이 일취월장함을 자각할 것이니, 여기에 문화 민족의 독립 자존의 길이 열리는 것이다.

2

그 변호사 협회는 다시 한걸음 더 나아가, '한글만 쓰기' 전반에 대하여 반대하였다.

(1) 그네는 한글만 쓰기를 한자말은 전폐하고 모든 용어는 한 글로 풀어쓰는 것으로 생각하고 있으니, 이것은 근본스런 오해이다.

(2) "한자를 전폐하면 지식의 습득을 곤란하게 하고, 학술과 문화의 발전을 저해한다."고 하였다.—이는 문화와 학술에 대한 정당한 견해를 가지지 못함의 자백이오, 지식 습득이 무엇임을 모르는 말이다. 가령, 자동차에 관한 지식을 익혀 보자면, 그 실물을 앞에 놓고서 말로만 해도 능히 되는 것인데, 무슨 글자로 그 지식의 내용을 적는 것은 그 지식을 익히고 기억하는 한 보조 방편인 것이다. 그런즉, 그 글은 과학스런 좋은 글자로써 그 말과 일치하게 적을 수 있으면, 가장 그 보조의 구실을 능률적으로 하게 된다. 한국인에게는 한글로 적는 것이 가장 유리함은 더 말할 필요조차 없이 자명한 이치이다. 2천 년래로 한문만 쓰던 시대에서는, 한문이 곧 학술이요, 한문의 발전이 곧 문화의 발전으로 간주되었기도 했다 할 수 있을 것이다. 그러나, 그 시대에서도, 가령 고려 자기의 문화는 그것이 한자 문화와 전통이 되는 것은 아니다. 문자는 문화의 일종일 뿐인즉, 아무리 한문을 숭상한다 할지라도, 한문이 바로 곧 문화(전체)일 수는 없다. 이러한 점에 관하여, 법률인들은 좀 깨침이 있기를 바란다.

그리고, 한글 전용은 '한자 전폐'가 아님을 일러 드리고 싶다. 한글 전용은 다만 국민의 일상 생활에서 한자는 쓰지 말고 한글만을 쓰자는 것일 따름이다. 그러므로, 한글만 쓴다고서, 우리의, 한자로 기록된 옛 글말(文獻)들을 일거에 무가치한 것으로 본다는 것은 아니다. 우리는 동양, 좁게는 한국의 옛 글말을 이해하여, 그 역사적 사실과 정신 문화의 계승을 위하여, 그것을 읽고 또는 뒤칠 수 있도록 한자, 한문의 교육을 하여야 한다. 다만 그렇다고 해서 온 국민을 다 한자 배우기에 정력과 시간을 낭비하게 할 필요는 없고, 고등학교에서부터 한문을 가르쳐서, 대학에서는 그 전공 부분을 따라 능히 한문 읽는 힘을 얻도록 하여야 할 것이다. 그리고, 학술 논문에서는 그 인용문으로써 순 한문을 따다가 적어도 물론 무방할 것이다.

(3) "한자를 음역하여 사용한다면, 어원과 어의가 불분명하여 한글 전용의 의의가 없다." 하였다.—이렇게 말하는 심리를 따져 본다면, 모든 말은 그 어원을 알아야만 그 말뜻이 분명해지는 것인즉, 한자말은 그 한자를 떠나서는 그 말뜻을 분명히 알지 못한다는 생각이다. 그러나, 이는 말씨 생활에 대한 언어학적 지식이 부족함에 기인한 속견(俗見)에 불과한 것이다. 보기로, 우리가 "아버지, 어머니, 밥, 물"의 어원을 몰라도 그 말뜻을 분명히 깨침에는 아무 지장이 없음과 같이, "조부, 조모, 자동차, 주전자"의 한자를 몰라도 그 뜻을 깨침에는 아무 상관이 없는 것이다. 한자 중 독자들은 모든 말은 한자로 적어야만 그 말뜻이 분명해진다는 그릇된 생각을 가지고서, 순수한 우리말인 "마감, 생각하다, 생기다, ……"를 "磨勘, 生覺하다, 生起다, ……"로 적고서 만족함을 종종 신문지상에서 보는데, 우리는 이런 중독자의 심리와 행위를 가련한 것으로 탄식하여 마지 않는 바이다.

(4) "한글 전용은 국민 문화와 생활에 관한 중대한 문제일 뿐 아니라, 국가 백년 대계를 위하여 조급히 단행할 성질의 것이 아니다. 여론을 듣고 국민 투표에까지 붙여야 될 문제이다."고 하였다. 나는 이 글을 읽으매 곧 세종 대왕의 한글 창제를 극력 반대 하던 최 만리 무리의 반대 상소를 연상하게 된다. 그 글에 가로되:

> 우리 조정에서 조종 이래로 지성으로 중화를 섬기어 왔다. …이
> 제 동문동괘의 때를 당하여, …소리로써 글자를 적음은 옛법에

어그러진 엉터리이다. …만약 27자의 언문만으로 족히 출세하게 된다면, 뉘가 노심초사하여, 성리(性理)의 학을 궁구하리오. … 설령, 언문을 부득이 하게 되는 경우에라도, 이것이 풍속을 바꿈이 크니, 마땅히 재상 및 백관에게 문의할 것이오, 그래서 나랏사람이 다 옳다 하더라도, 오히려 세 번 생각을 더하여, 이를 …중국에 상고하여, 부끄러움이 없고, 백세에 성인을 기다려서 의혹함이 없는 연후에 가히 행할 것이어늘, 이제 갑자기 …널리 천하에 펴고자 하시니, 후세의 공정한 의논이 과연 어떠할까?

고 하였다. 만약 세종 대왕의 슬기와 덕이 모자람이 있어, 최 만리의 상소로 '신중'을 기하여, 당대에 한글을 지어 펴지 않으셨더라면, 우리 배달겨레가 과연 그간에 어떻게 되었겠는가? 이제 법률인들이 5백 년 전의 최 만리의 언사를 그대로 뇌까리니, 사대주의자, 한자 중독자의 심리와 언사는 고금이 한가지임은 신기하기도 하거니와 통탄스럽기도 그지없다. 그래, 해방된 지 이미 17년이 되었는데도, 아직 한글에도 눈뜨지 못한 까막눈이 온 국민의 22.1%나 되니 한자를 능통한 사람의 수는 아마도 22%나 될는지? 이제 당신네들의 제의대로 국민 투표에 붙인다면, 한자 잘 모르는 70%의 국민이 한자를 써야만 한다고 투표할 성싶다는 말인가? 또, 오늘날 국민 투표로써 겨레 만년의 문화 정책을 정하려는, 비슷하나 아닌 민주주의스런 사고의 저속성을 개탄하지 않을 수 없도다. 한글이 반포된 지 이미 500년이 지나도록, 우리 국민이 이를 경시하다가, 그 벌로 겪은 고난이 얼마나 중첩하였던가? 한글의 우수한 문자적 기능을 백퍼센트로 활용하여, 겨레의 전도에 광명을 던지려는, 이 중대한 혁명기에 처하여, 아직도 시기 상조론, 신중론을 들고 나와서, 이 최후의 자조·자립의 기회를 놓쳐 버리려는 것은 그야말로 '국가 백년 대계를 위하여' 완고하고 우매한 실수가 아닐 수 없다.

　나는 법률인 여러분이 다시 한번 생각해 보시기를 바란다.

(1962. 1. 6.)

-〈연세춘추〉 276호(1962. 1. 15.)-

한글만 쓰기
- 한글만 쓰기는 국민 운동의 기초적 목표이어야 한다 -

옛날 봉건 시대에는 어진 임금이나 어진 재상이 있으면 그 나라는 잘 되어 간다고 생각했고, 또 그렇게 되기도 하였던 것이다. 그러나, 오늘날 민주주의 시대에서는 정치를 맡아 하는 대통령 한 사람이나 장관 몇 사람이 훌륭하다고 곧 그 나라가 잘 되어 갈 수는 없다. 훌륭한 지도자는 오늘에도 필요하기는 하지만 그 훌륭한 지도자의 지도를 이해하고 따르고 협력할 줄 아는 국민이어야만 소기의 성과를 거둘 수 있는 것이다. 그러므로 모든 일은 온 국민들이 서로 더불어 같이 하지 않으면 안 된다.

산업의 진흥, 생산의 증가, 부지런히 일하는 버릇, 제 겨레의 유형·무형의 문화재를 소중히 여기고 보존하기, 공공시설을 내 것같이 아끼고 보호하기, 생기를 떨쳐 일으켜 용기와 신념을 가지기, 들려면 한정이 없겠지마는 이러한 일들이 다 국민 전체가 한 가지로 힘씀으로써 능히 이루어지는 것이다.

국민 운동은 국민 스스로가 새로운 깨달음과 결심으로써 하는 운동인 동시에 또 국민 전체가 다 함께 하는 운동이며, 국민 전체의 잘 살기를 꾀하는 운동임과 함께 국민 각 개인의 잘 살기를 꾀하는 운동이다.

국민 운동의 주요한 목표는 셋이 있다고 나는 생각한다. 가난을 이겨내기, 무식을 없이하기, 믿음을 심기가 그것이다. 가난은 사람에게 정신적 여유를 허여하지 않기 때문에 사람은 노상 옷과 밥의 종이 됨을 면하지 못한다. 무식은 사람에게 자연을 이용하는 힘을 허락하지 아니하며, 사회생활을 질서있게 차려 나가지 못한다. 그뿐 아니라, 가난과 무식은 서로 원인 결과 하는 관계를 가지고 있다. 가난하면 무식하게 되고 무식하면 가난하게 된다. 국민이 사람답게 잘 살려면 이 두 가지 악, 가난과 무식을 쫓아버리고서 부유하고 유식한 국민이 되지 아니하면 안 된다. 그리고 이 둘을 동시에 이겨내고 자유를 얻어야 한다.

그런데 이제 다행으로 우리 국민이 가난과 무식에서 해방되었다고 가정하더라도, 부도덕에서 해방되지 아니하면 안 된다. 왜냐 하면 아무리 살림살이가 넉넉하여 옷·밥이 광에 들어찼다 하더라도, 또 아무리 유식하여 온갖 사물의 이치와 이용을 잘 안다 하더라도, 그 사람이 도덕적 심정과 행위를 가지지 못한다면 그는 사람다운 사람이 될 수가 없을 것이니, 그 부함과 유식함이 무슨 가치를 가졌다 하지 못할 것이다. 그러므로 국민 운동은 가난과 무식을 없이하기를 목적함과 같이, 또 부도덕을 없이하기를 목표로 삼지 않으면 안 된다. 그러한 부도덕의 내용은 여러 가지로 많겠지마는 나는 불신(不信)으로써 그 대표스런, 근본스런 것이라고 보고자 한다.

바꿔 말하면 모든 부도덕스런 행위는 거짓에서 생긴다. 거짓은 불신을 낳고, 불신은 사회 생활을 파괴한다.

이를 적극적 표현을 한다면 진실한 말과 행위를 함으로써 우리 사회에 믿음성이 충만하도록 하자. 짧게 '믿음을 심기'로써 국민 운동의 세 목표의 하나로 삼아야 한다. 믿음이 없으면 가난과 무식에서 해방될 수도 없다. 가난과 무식은 서로 인과하고, 불신이 성하고는 가난과 무식을 이겨낼 수도 없다. 그러므로 믿음은 실로 모든 성사 (成事)의 근본이라고 할 수가 있다. 여기에 '각종 사회 생활에 믿음을 심자'로써 국민 운동의 구호를 삼음이 옳다고 나는 생각한다.

글자를 깨치는 것은 지식에의 들어감(入門)이다. 오늘의 문명 시대에 글자는 사람 노릇하는 데에 필요 불가결의 연장이다. 여기 우리가 주의해야 할 바는 글자는 축적하고, 전달하고, 받아들이는 데에 필요한 연장이요 그릇일 따름이요, 실지로 사람에게 소용되는 것은 그 그릇 속에 담기어 사람의 소용에 이받는 지식의 내용이다. 그러므로 글자를 깨치는 것은 다만 지식을 배우고 보존하는 연장이나 그릇을 마련함일 뿐이요, 소용스런 지식 그것은 아니다. 따라 글자 깨우침은 곧 유식함을 뜻하지는 않는다. 때문에 우리는 글자 깨침으로써 만족하지 말고, 나아가 그 글자로 말미암아 지식을 얻어서 무식을 면하고 유식의 경지에 이르지 않으면 안 된다.

오늘에서는, 국민의 개개인이 하나 빠짐없이 글자를 알고 지식을 얻어 가지지 않고는, 문명한 국민으로서 모든 일을 해갈 수가 없다. 여기에 온 국민이 먼저 한글 깨치기로써 국민 운동의 기초스런 목표를 삼지 않으면 안 되는 까닭이 있는 것이다.

거룩한 세종 대왕이 지어 기리신 한글은 그 조직이 과학스럽고 그 깨치기가 극히 쉬워, 사람 사람이 이를 깨쳐 민주주의 사회를 건설하고 나라의 발전과 겨레의 번영을 벌어가지기에 가장 적합한 글자이다. 민중 교화, 민생의 편익을 목표 삼아 창제된 한글은 참으로 우리의 자랑이요, 영광이요, 힘인 것이다. 그렇거늘, 이게 해방된 지 근 20년이 다 되어 가는데 우리 국민의 상당수의 사람들이 아직도 24자의 한글도 깨치지 못하고 있는 상태에 있다.

1960년 문교부에서 공식 발표한 중앙 교육 연구소의 조사에 따르면, 전국의 문맹자 수는 345만 4천 명으로서, 12세 이상 전 인구의 22.1%라 한다. 지극히도 배우기 쉬운 한글을 깨치지 못한 사람이 이렇게 많고서는, 그래서 작대기 선거를 하고서는, 참된 민주주의 사회를 차린다는 것은 도저히 바랄 수 없는 일이다. 무식, 더구나 글 소경은 민주 사회의 큰 병이요 적이다.

재건 국민 운동은 각 개인이 한글 깨치기로써 첫 공과(課題)를 삼을 것이요, 지도자는 한 사람의 글 소경도 없도록 온 국민의 각성을 촉구하여야 한다.

한 걸음 나아가 생각하건대, 국민 각자가 한글을 깨침만으로 만족할 수는 없다. 글자를 깨쳤다면 그 글자로써 책을 읽고, 신문·잡지를 읽어 새 지식을 얻지 않으면 안 된다. 그런데 만약 오늘과 같이 신문·잡지·책들이 한글만으로 되어 있지 않고 어려운 한자를 섞어 쓰고 있으므로, 한글만 깨쳤다고 해서 그 신문·잡지·책을 읽지 못하니 글자가 지식 얻기의 연장 노릇을 하지 못한다. 이러고 보면 한글 깨침은 그 효과가 지극히 미미한 것이다. 그렇다고 해서 온 국민에게 오늘날 무제한으로 사용하고 있는 한자를 가르쳐낼 수는 도저히 바라기 어렵다.

1945년 해방부터 오늘까지 한글만 쓰기로써 초등·중등 교육을 실시해 왔음에도 매히잖고, 한글 모르는 글 소경이 아직도 이렇듯 많으니, 이는 나라의 교육 행정의 힘과 국민 각자의 글자 깨침에 대한 각성의 힘이 철저하지 못하고 만족스럽지 못함을 증명하는 것이라 하겠다. 그런데 근자에 문교부에서는 한자 가르치기를 새삼스리 시작한다는 소문이 있으니 우리는 이것이 진정한 소식이 아니기를 바라거니와, 만약 참으로 그런다면 국민을 영원 무식의 구렁에 쳐

넣는 것과 다름이 없다 하여도 조금도 지나친 말이 아니겠다.

'한글만 쓰기'는 우리 대한의 국민에게 내려진 지상 명령이다. 이 명령에 위반·역행하는 자는 개인이거나, 정부의 기관이거나 그것은 겨레에게서 광명을 빼앗고, 소망을 빼앗고, 무지와 가난의 괴로운 무거운 짐을 지우는 어리석음이 아닐 수 없다.

또 하나 말해 두고자 하는 것은 '한글만 쓰기'는 결코 일반 대중에게만 요구하는 것이 아니요, 지식의 높낮이, 지위의 차이, 남녀의 다름을 막론하고 누구에게나 다 한 가지로 요구하는 것이다. 우리 사회에는 '한글만 쓰기'를 원칙적으로는 찬성한다면서 제 스스로같이 유식한 사람, 지체 높은 사람들은 한자를 섞어씀이 당연한 양으로 알고 있는 사람이 허다하게 많다. 이런 이들은 머리 속 한 구석에 여전히 봉건 사상, 사대주의, 자기 멸시의 누습이 절어 있는 때문이라 하겠다. 더구나 국민 운동의 지도자로서, 국민에게 향해서는 '한글만 쓰기'를 외치면서 제 스스로는 어려운 한자를 사용함으로써 만족하고 있다면, 이는 진정한 지도자의 노릇을 모르는 것이라 아니할 수 없겠다.

내가 믿는 바로는 민중의 지도자는 즐겨서 제 스스로를 민중의 대열에 몰입하여, 민중으로 더불어 작고 큰 일들을 함께 하지 않으면 안 된다. 이리하여야만 민중이 그 지도자를 믿고, 따라서 나라의 재건에 힘차게 나아갈 것이 아닌가?

'한글만 쓰기'는 국민 운동의 가장 기초스런 목표이다. 이것의 달성만이 우리 국민을 소망과 광명으로 인도하는 바른길이 되는 것이다.

-〈국민신문〉(1964. 10. 14.)-

한글만 쓰자

한글은 우리 겨레의 자랑이다.

가장 과학적으로 되었을 뿐 아니라, 배우기 쉽고 쓰기 쉬워 민중의 일상 생활에 편익을 주며, 대중 문화의 사명을 띠고 나온 글자이다.

세계 인류의 창안한 글자의 수효가 수백이나 되지마는 우리 한글처럼 훌륭한 과학성·대중성을 가지고 있는 글은 없다 할만 하다. 대한 사람은 누구든지 입만 열면 우리의 한글이 훌륭한 글이라고 자랑은 하면서 이것을 숭상하여 쓰지 아니하니 참 우스운 노릇이다.

대중의 목탁, 사회의 이목으로 자처하는 신문들이 한자—더구나 일인들이 제 신문에 즐겨 쓰던 한문 문자를 쓰니 이것은 온 겨레의 열에 두쪽밖에 못 되는 특수 계급만 보란 셈인가?

모처럼 온갖 지혜와 노력을 들여서 내는 신문이 시대성을 몰각하고 대중을 망각하니, 이 어찌 우리 사회의 지도자들의 깊은 생각, 먼 포부가 없음의 심함인고!

더구나 국민 교육을 받고 새 시대를 호흡하여 자유스런 생장을 하려는 청년 소년들에게, 꽉 막혀 틔지 아니하는 신문을 내고서 마음이 편안할 수 있을까?

상점의 간판이 거의 다 한문자로 되었으니 이것은 누구가 보란 뜻인가? 서양 사람이 우리 따에 처음 오면 중국이나 일본의 한 부분인가 하는 인상을 받을 것이요, 훌륭한 문화를 가진 민족의 나라라고 생각되지 않을 것이 아닌가?

한글만 쓰기로 하자!

그리하여 대중의 문화를 건설하여 민주주의의 나라를 이루자. 사십 년 노예 생활에서 해방된 우리 민족이 이만한 개혁을 단행하지 못한다면 참 한심하고 가엾은 무능한 민족이란 비평을 면하지 못할 것이다.

-〈부산 대중신문〉(1949. 8. 14.)-

한글은 겨레 갱생의 근본 길

오늘은 505째의 한글날이다. 우리가 이 한글날을 기념하는 뜻은 무엇인가?

첫째, 한글이 세계에서도 가장 뛰어난 문자의 한 가지임을 밝게 인식할 기회를 삼음이요,

둘째, 온 국민으로 하여금 우리 겨레의 보배인 한글을 사랑하고 존중하는 심정을 돋우게 함이요,

세째, 한글을 만들어 주신 세종대왕의 거룩한 덕을 칭송하고자 함이요,

네째, 한글이 우리 겨레의 문화의 터전, 민주의 근본 내지 생활의 무기임을 깨치게 하여 이 앞으로 한글만으로써 우리 겨레의 문자 생활의 전면을 덮고자 함이요,

다섯째, 한글의 공효를 더욱 드러나게 하기 위하여 혹은 풀어쓰기 또는 가로쓰기와 한글의 기계화를 촉진시키고자 함이요,

여섯째, 우리 겨레의 문화 창조의 역량을 살펴 깨치어 이 앞으로 더욱 더욱 그 물려 받은 창조적 소질을 발휘시키어 신속한 문화 재건 생활의 향상을 도모하고자 함이다.

이 여섯 가지의 목표 아래에 이 한글날을 기념하는 것이다. 한글

은 실로 역사 있은 지 수천 년에 최대의 겨레 문화적 업적이다. 우리는 이 물려 받은 보물을 잠시도 쉬지 않고 날마다 날마다 그 생활의 무기로 이용하여 그 능률을 백 퍼센트로 발휘시키지 않으면 안 된다. 이십 세기는 과학의 시대이다.

더구나 둘째 번 세계 대전이 가져온 과학의 발달은 참 놀랄 만한 원자력 시대의 출현을 보게 되었다.

저 천하에 제 홀로 있는 것처럼 교만을 피우던 일본도 저희들이 과학에 졌다고 자백을 하였다.

과학은 전쟁의 승리를 결정할 뿐만 아니라 인류 생활의 전반을 결정하는 것이다. 과학의 진리를 연구하고 그 진리에 따라 생활을 일삼는 겨레는 흥하고, 과학을 모르고 무시하고 그것에 역행하는 나라는 망하지 않을 수 없다.

이제 우리 겨레는 말할 수 없는 전화에 모든 생활이 파괴되어 이것의 재건, 그리고 행복과 자유를 회복하려면 전도가 아득한데 그 방도는 오로지 과학의 진리 기술의 작용에 매이어 있다.

그런데, 글자는 인류의 문화 생활의 기초이요, 한글은 우리 겨레의 생활 재건의 기초 수단이다. 한글이 한자에 견주어 훨씬 과학적이요 훨씬 능률적인 것은 세계 학자들의 공인하는 바이 아닌가. 그렇거늘 이제 우리의 사회에서는 이 한글의 그 실효를 거두고자 하는 총명이 아주 없으니 어찌 답답하지 아니한가?

광명을 등지고 꾸역꾸역 구멍 속으로 들어가는 무리, 희망을 버리고 낙망의 구렁으로 쏠려가는 무리, 어찌 어리석지 아니하며 어찌 딱하지 아니한가?

나라를 걱정하고 겨레를 사랑하는 사람들이여! 깊이 반성하고 용맹스럽고 과학의 보이는 광명의 길로 향하여 그 선두에 나서라. 우리의 갱생이 다만 여기에 있느니라.

-〈부산일보〉(1951. 10. 9.)-

한글을 어떻게 정리할까

　시대는 변하였다. 한문만이 글인 것이 아니라 우리 조선글—한글도 글이다—아니 그렇다기보다 차라리 한글이 한문보다, 아니 세계 어느 글보다도 우수한 문자이라 하는 생각이 환연(渙然)히 조선사람 일반의 의식에 오르기 시작하였다. 따라 전에는 우리 글은 바르게 씀(書)과 그릇씀의 구별도 없으며 또 구별할 필요도 없다고 생각하던 것이 인제는 누구든지 그것이 잘못된 생각임을 깨쳤다. 그리하여 우리 글을 어떻게 쓰는 것이 가장 합리적일까 하는 문제를 각 개인이 문제 삼게 되었다. 그러나 이 문제의 전반을 구명하여서 이를 남김없이 해답하기는 그리 용이한 일이 아니다. 그리하려면 먼저 문개(文改)의 권(權)이 완전히 우리의 손에 있어야 할 것이오, 이를 전문으로 연구하는 학자를 양성하여야 할 것이오, 그리하여 완전한 문법과 사전을 만들어 내어야 할 것이오, 그 다음에는 이를 실제 교육에 시행할 것이오, 따라 모든 조선적 서적이 모두 이 정리된 글월로 드러나야 할 것이다. 그런 뒤에야 우리 한글이 완전히 그 본성의 우월한 기능을 발휘하게 될 것이다. 이 한글의 본질의 발휘가 곧 우리 민족 문화의 발양이며 민족 생활의 향상이 되는 것이다.

　그러면 현재의 상태는 어떠한가? 아직 이러한 이상과는 너무나 현격하여 있다. 그러나 이러한 이상으로의 의식과 노력이 발연히 일어나기 시작한 것은 현저한 사실이다. 작년이 훈민정음 반포한지 제8회갑으로, '가갸날' 기념이 가위 전 조선적으로 행하게 됨을 인하여 일층의 한글로의 각오가 깊어졌음은 우리의 다 인정하는 바이다. 이 각오된 의식이 올해의 가갸날을 맞아 자꾸 자꾸 더 깊어져 가며 더 넓어져 갈 것은 필요 또 당연한 사리이다. 그러면 우리 한글을 과연 어떻게 정리할 것인가? 여기 간단히 그 요령을 들어 적고자 한다.

(1) 닿소리의 갋아쓰기(並書)를 복구할 것이다. ㅅㅈㅅㅆ의 된시옷을 버리고 그 대신에 같은 닿소리 글자를 갋아쓰자(並書하자). 여기에 대하여 안 확(安廓) 님의 반대가 있음을 보았다. 그러나 그러한 반대 이유는 도저히 성립할 수가 없는 것이다. 이 점에 대하여서 자세히 연구하고 싶은 이는 모름지기 《한글》지의 제6호 이하 신 명균 님의 〈된시옷이란 무엇이냐?〉를 숙독하는 것이 좋을 것이다.

(2) ㄷㅈㅊㅋㅌㅍㅎ를 다같이 받침으로 쓰(用)자. 이렇게 하는 것이 《훈민정음》의 "종성엔 부용(復用) 초성하라"는 본의에 맞을 뿐 아니라 우리말 자체의 본성에 맞는 것이다. 이에 대하여서는 박 승빈 님이 반대 의견을 가진 모양이다. 그러나 그것은 도저히 성립될 수 없는 이론이다. 그 자세한 이유는 여기에 진술할 겨를이 없지마는, 다만 한 마디로써 말하자면 받침(終聲)이란 것은 한 음절의 맨 나중에 가는 소리이니, 맨 나중에 가는 가능성이 모음에만 한할 것도 없으며 자음에만 한할 것도 없을 것이다. 더구나 자음 중에도 어떤 자음에만 특한할 것이 없다. 요는, 그 말 자체가 자음으로 끝나거든 그 자음으로 끝나게 쓸 것이오(즉, 받침으로 쓸 것이오), 모음으로 끝나거든 모음으로 끝나게 적을 따름이오, 결코 음리(音理)를 운운할 필요

가 없으며, 단 운운한다 할지라도 그러한 음리가 정당하게 성립할 리가 없는 것이다.

(3) 이른바 아래아 '·'를 폐지하자. 재래 아래 아(/·/)란 것의 소리가 /ㅏ/가 아니라 /ㅣㅡ/의 합음이라고 주 시경 스승님은 증명하셨다. 이 단안에는 다소 의점(疑點)이 없지 아니하다. 그러나 다른 무엇보다도 주 스승님의 설명이 정곡에 가깝다고 생각한다. 하여튼 ·가 /ㅏ/ 소리가 아닌 것만은 분명하며, 또 설령 /ㅏ/소리라고 가정한다 할지라도 이미 'ㅏ'가 있으니 다시 /ㅏ/ 소리를 표시하는 별도 문자를 쓸(使用할) 필요는 없는 것이다. 또 만약 /·/가 /ㅏ/도 아니오 다른 무슨 소리이라 할 것 같으면, 다른 무엇은 우리말에는 아주 필요없는(적어도 현금에는) 것이니, 그것을 그냥 쓸 턱이 없다. 이 점에 대하여서 총독부 교과서에는 한자음을 적을 적에만 쓰는 모양이나 이것도 아무 필요없는 죽은 형상을 구차히 보존하자 함에 불과한 것이다. 우리는 말을 글로 적을 적에 될 수 있는 대로 현재적·과학적·민중적·실제적 입지에서 하고자 한다.

(4) 글을 적을 적에 음절(낱내, 실러블)을 표준 삼지 말고 낱말(單語)을 표준 삼아 쓰자. 즉, 한 단어는 한 덩어리로 쓰자. 이리하여야 배우기, 보기, 적기, 읽기가 쉬우며, 말이 발전할 것이며, 글이 발전할 것이다. 그러면 단어는 과연 어떠한 것이냐 하면, 이는 그리 쉽지 아니한 문제이다. 그러나 상식적으로라도 어느 정도까지는 해명·처리할 수 있는 것이다.

마지막에 이러한 졸문에 만약 다소의 취할 만한 진리가 섞이어 있다 하면, 이 글을 내는 동아 일보 스스로부터가 이 한글 정리 운동에 용감히 참가하기를 바란다.

(정묘 9월 29을 맞아서)

-〈동아일보〉(1927. 10. 24.)-

한글의 연구와 배양

　망국의 설움 밑에서도, 우리의 뜻있는 이는, 겨레 정신의 근본인 말과 글을 연구하고 배양하기에 힘쓰었다.

주 시경의 한글 교육

　이 동안에 오로지 학리의 방면에서 한글의 배양에 전력을 다한 이는 주 시경 선생이다. 그는 한글의 연구 및 보급으로써 일생의 천직을 삼아, 온갖 정력과 재력을 다 이에 희생하며, 온갖 기회를 다 이에 이용하여, 한몸의 노고를 즐겨하며, 세인의 비웃음도 개의ㅎ지 아니하고, 오로지 이상의 실현을 위하여 용기있게 매진하였다. 당시 우리 나라 안에서 우리 말글에 관한 문제를 다루는 관공서 각종의 기관은 다 선생의 힘을 빌지 아니한 곳이 없었다. 선생이 서울 시내 각 중등 학교의 국어 과목의 교수를 혼자 맡아, 동분서주로 앉은 자리가 더울 틈이 없었으며, 그렇듯 고된 교원 생활에 유일의 위안일인 일요일에는 따로 조선어 일요 강습을 열었다. 선생의 우리말 강습은 융희 초년부터 시작되어, 처음엔 일시적으로 상동 공옥 학교

안에 차렸다가, 융희 4년(1910년)에 상설적으로 박동 보성 학교 안에 「조선어 강습원」을 차려, 수백의 청년을 가르쳤으니, 오늘의 한글 융성의 아름다운 씨는 참으로 여기에서 싹트고 자라나게 된 것이다. 1914년 갑인에 주 선생이 불행히 39세의 장년으로써, 이승을 하직한 뒤에는, 김 두봉 님이 「조선어 강습원」과 각 학교의 국어 교수를 이어 맡아 보게 되어, 이 배양기의 끝까지 마치었다.

-〈고친 한글갈〉-

한글의 우리 겨레 정신에 미친 영향

한글 운동의 선구자는 주 시경 스승이었다. 주 스승은 처음으로 우리 말의 과학적 연구에 손대어서 일생을 말본의 교육 및 한글의 선전에 바치었다. 스승은 우리의 말본을 풀이함에는 순 우리말로 된 용어를 써야 하고, 우리는 어디까지든지 우리말과 우리글을 사랑하고 많이 써야 한다, 남의 나라의 글과 말일랑 될 수 있는 대로 적게 또는 아니 쓰고, 우리의 말글을 매우 애용함으로써, 우리의 문화를 존중하며, 겨레와 나라를 사랑하는 마음을 북돋우어야 한다고 확신하고, 이를 가르치기에 혼신의 정력을 기울였으니, 그 이론과 주장과 실행이 한글 운동의 근본 정신이 되며, 또 다함없는 원동력이 되었다.

주 스승은 불행히 장수하지 못하고 돌아가셨으나, 그에게 직접 간접으로 배우고 감화받은 사람들이 스승의 한글 운동의 근본 정신을 체받아, 일제 36년간의 악정과 탄압에 줄기찬 항쟁을 하여 가면서, 한글 운동에 몸바치었다. 곧 말본을 연구하고, 새 맞춤법을 정리하고, 대종말(표준말)을 정하고, 사건을 엮고, 서울에서는 때때로 한글 강습회를 차리고, 지방에는 하기 순회 강좌를 베풀었다. 특히 한글 반포 8환갑인 1926년부터는 한글날을 정하여, 해마다 이날에는 기념 강연, 기념식을 지내었으니, 앞에 적은 중요 사업의 시작과 성과의 발표는 대개 한글날 기념식에서 하였던 것이다. 당시 무도한 탄압 정치 아래서, 우리 사회에 단체의 능히 존속하는 것이 없고, 오직 한글 학회(당시의 아름은 조선어 연구회, 조선어 학회) 하나만이 언어 연구의 학술 단체로서 겨우 왜정의 해산을 면하고 지냈다. 그래서, 우리들의 한글의 연구, 정리 및 보급이 겨레 정신의 인멸에 대한 유일한 희생제로서, 겨레 사회에 많은 공명과 기대를 받았다. 음식을 같이 사 먹는다는 이유를 붙여서, 겨우 요릿집에서 지내게 되는 한글날 기념식에는 사회 각 방면의 유지자, 지도자들이 정성껏 많이 참석하여, 그 식을 더욱 빛나고 뜻깊게 하였으며, 그날의 행사는 언론 기관들이 크게 널리 보도함으로써, 겨레 정신의 유지 배양에 협력하였다.

일제 말기에는, 갈수록 왜정의 우리 말글에 대한 탄압이 극심하여지매, 유심 인사들은 겨레 정신의 유물로서 그 자손에게 전하고자 《한글 맞춤법 통일안》, 《우리 말본》들을 집안에 비치하기를 잊지 않았으며, 나중에는 이른바 「조선어 학회 사건」으로 모든 한글 운동자들이 왜경의 철창에 갇히게 됨을 보고는, 겨레 정신의 실로 침통 비장한 최후를 느꼈던 것이다.

천운이 돌아와서 8·15해방으로 한글은 겨레와 함께 소생함을 얻어, 우렁찬 전진의 나팔을 불게 되었다. 이리하여, 일제 시대 한글 운동의 성과인 《한글 맞춤법 통일안》, 《표준말 모음》, 《큰 사전》은 영구 분멸의 겨레 정신의 역사스런 기념품이며, 주 시경 스승이 시작한 순 우리 말로 된 말본 용어는 한글 운동의 근본 정신의 보람(상징)으로서 길이길이 유지 발전시키지 않으면 안 된다.

이상을 뭉그리건대, 한글의 힘은 진실로 놀랍게 큰 것이다. 햇빛,

공기와 같은 너무나 크고 푸진 덕택은, 그 속에서는 오히려 깨치지 못하다가도 그 결핍의 앞에서만은 똑똑히 인식하게 됨과 같이, 우리 한글의 공덕, 세종 대왕의 성덕도 그 없음을 상정하여 봄으로써 바로 깨달을 수가 있는 것이다. 만약, 배달 겨레의 역사에서 세종 대왕이 나지 않았더라면, 한글이 나오지 않았더라면, 우리는 이조 오백 년간에 아주 소중화인이 되었거나, 일제 40년간에 가왜인이 다 되고 말았을 것이니, 거기에 어찌 3·1운동이 있었으며, 무슨 8·15해방이 있었으랴? 또 설령 해방이 있었다 한들, 무엇으로써 이 겨레를 현대 국가의 국민으로 교육하며 발전시킬 수 있었겠나?

한글은 겨레 얼(민족 정신)의 소산(만들어진 이)인 동시에 또 겨레 얼의 생산자(만드는 이)이다. 한글을 숭상하여 그 완전한 전용을 실현하며, 순 우리말을 애중하여 그 실지(失地)를 회복하자. 그리함으로써, 우리 말글의 발달 발전을 꾀하는 일은 곧 겨레 얼의 존상 발양이며, 동시에 겨레 그것의 번영과 행복을 꾀함이 된다.

-〈고희 기념 논문집〉(1963. 10. 1.)-

한글의 整理(정리)와 예수교

조선에 예수교가 들어와서 한글의 普及(보급)에 偉大(위대)한 功績(공적)을 나타낸 것은 조선 사람 쳐놓고는 누구든지 인정하지 아니할 이가 없을 것이다. 三千里 坊坊曲曲(삼천리 방방곡곡)의 樵童牧豎(초동목수)일지라도 이것만은 能(능)히 짐작할 것이다. 이것은 宣敎(선교) 五十年(오십년) 동안에 조선 안에 퍼진 성경 책자가 二千萬(이천만)권이나 되어 全(전) 조선 사람의 每人(매인) 一冊(일책)의 比(비)나 되는 事實(사실) 하나로써만도 能(능)히 證明(증명)할 수 있는 事實(사실)이다.

그러나, 내가 여기에서 말하고자 하는 것은 예수교의 한글 普及上(보급상)의 功績(공적)이 아니라, 한글 整理上(정리상)으로 본 예수교의 功績(공적)이다.

오늘날에 이르러 조선어학회에서 多年間(다년간) 苦心 努力(고심 노력)한 結果(결과)로 이뤄진 마춤법으로 볼 것 같으면, 예수교의 성경의 마춤법(綴字法)은 여러가지의 不合理(불합리)와 쓸데 없는 古式(고식)의 形骸(형해)를 留在(유재)하고 있어, 오늘날 新 敎育(신 교육)을 받은 靑年 學徒(청년 학도)의 눈에는 읽기에 매우 서투른 점이 적지 아니하다. 그래서 다시 그 마춤법을 오늘의 새 마춤법으로 고쳐

야 할 時機(시기)에 到達(도달)하였다. 讚頌歌(찬송가), 주일공과 같은
것들은 이미 새 마춤법으로 고쳐져서 나오지마는 성경만은 아직 改
正(개정)을 斷行(단행)하지 못하고 있어, 一般 靑年(일반 청년)들에게
예수교가 마치 한글 整理 運動(정리 운동)에 障碍(장애)가 되는 것으
로 誤解(오해)되는 일조차 없지 아니하다. 적어도 한글 整理(정리)에
關(관)한 예수교의 功績(공적)을 沒却(몰각)하려는 傾向(경향)을 보임
은 숨길 수 없는 實情(실정)이다.

그러나, 이것은 오늘의 눈 앞에 事情(사정)일 따름이요, 한글 整理
(정리)에 關(관)한 예수교의 過去(과거)의 功績(공적)을 否認(부인)하여
서는 正當(정당)한 文化 認識(문화 인식)이라 할 수가 없을 것이다. 이
제 잠간 그 史實(사실)을 들어 보기로 하자.

聖經(성경)의 누가福音(복음)과 요한福音(복음)이 조선 말로 飜譯
(번역)되기는 저 甲申政變(갑신정변)의 三年 前(삼년 전)인 辛巳年(신
사년)(主後 一八八一年(주후 1881년))이었다. 그러나, 聖經 飜譯(성경 번
역)의 本格的 事業(본격적 사업)은 甲申政變(갑신정변)의 이듬해(主後
一八八五年(주후 1885년))에 米國 宣敎師(미국 선교사) 언더우드, 아펜
설라 두 牧師(목사)의 渡來(도래)한 以後(이후)에 進行(진행)되어 庚子
年(경자년)(1900)에는 新約全書(신약전서)의 飜譯(번역)이 完成(완성)
되고, 그 뒤 十年(십년)(1910)에는 舊約聖書(구약성서)의 飜譯(번역)이
完成(완성)되었다. 이 성경 飜譯(번역)에 際(제)하여, 그네들이 한글
整理(정리)에 손을 댄 점을 들면, 대략 다음과 같다.

1. 西洋(서양)의 人名 地名(인명 지명)을 조선 글로 옮겨 적기에 一
定(일정)한 법을 세웠다. 이를테면, "그리스도"란 말도 처음에는 "크
리스도"라 하기도 하고, "그리스도"라 하기도 하다가(一八九七年 發
行(1897년 발행) "조선크리스도인회보"와 "그리스도신문"이 서로 같지 아니

함), 나중에 "그리스도"로 一定(일정)하였으니, 이 로마字(자)와 조선 한글과의 對照(대조)에는 當時(당시) 宣敎師(선교사)들 사이에 많은 硏究(연구)와 討議(토의)가 있었다. 이 西洋 語音(서양 어음)과 朝鮮 語音(조선 어음)과의 對照(대조)는 오늘날 우리들의 아직 未解決(미해결)의 硏究 問題(연구 문제)로 되어 있지마는, 예수교의 이 方面(방면)의 功績(공적)도 적지 아니함을 認定(인정)하여야 할 것이며, 이 앞으로 새로 規定(규정)한다 하더라도, 이미 酌定(작정) 使用(사용)하여 온 지 오래인 예수교에서의 對照法(대조법)을 無視(무시)할 수는 없을것이라 생각한다.

2. 조선 말의 낱말(單語)을 規定(규정)하고, 그 마춤법을 一定(일정)히 하였다.—조선 사람은 從來(종래)로 글을 적을 적에는 다만 語音(어음)을 고대로 模寫(모사)함에 그치고, 그 낱말에 對(대)한 意識(의식)이 分明(분명)하지 못하였다. 그러하던 것을 宣敎師(선교사)들이 自己(자기)네들의 낱말을 確立(확립)한 言語 意識(언어 의식)으로써 조선 말의 낱말을 確立(확립)하기에 勞力(노력)하였다. 그뿐 아니라, 그 낱말을 一定(일정)한 마춤(綴字)으로 적기로 하였다. 이를테면,

하ᄂᆞ님, 너희, 뎌희, ᄉᆞ랑, 사ᄅᆞᆷ

과 같이 一定不變(일정불변)하게 쓰기로 確定(확정)하였다. 그래서 오늘날에 와서는 어떤 固陋(고루)한 牧師(목사)는 이 성경의 마춤법을 고칠 것 같으면, 敎理(교리)조차 고치는 것이 되는 줄로만 생각하는 이조차 없지 아니하지마는, 하여튼 예수교의 성경 번역 사업에서 우리 한글의 마춤법을 一定(일정)히 하여서, 文字 學習(문자 학습)과 宣敎 事業(선교 사업)에 많은 功果(공과)를 거둔 것은 지울 수 없는 事實(사실)이다.

3. 行文(행문)에 있어서, "띄어쓰기"를 시작하여, 一定(일정)한 規

則(규칙)을 세웠다. 이것은 주후 일천 팔백 구십 이년에 刊行(간행)한 "스도힝뎐"과 일천 팔백 구십 육년에 刊行(간행)한 "마태복음"에는 아직 施行(시행)되지 못하고, 그저 모든 글자를 줄달아서 古式(고식) 으로 적혔으나, 주후 일천 팔백 구십 팔년에 박아 낸 "마태복음"과 "누가복음"부터는 띄어쓰기가 施行(시행)되었다. 그 띄어쓰기는 생 각씨(觀念詞(관념사))에 토를 붙이기로 하였으니, 不完全(불완전)한 이 름씨(名詞(명사)) "것, 바" 따위에 이르기까지 이 법을 適用(적용)한 점 은 오늘의 조선어학회의 통일안보다 나은 점이라 하겠다. 조선 말의 말본이 아직 完全(완전)히 解明(해명)되지 못하였기 때문에, 單語(단 어) 成立(성립)의 見解(견해)에 關(관)하여 不備(불비)한 점이 없지 아 니하지마는, 大體(대체)로 보아, 훌륭한 業績(업적)이라 아니할 수 없 다고 생각한다. 조선의 一般(일반) 大衆(대중)이 男女 老少(남녀노소) 를 勿論(물론)하고, 번역된 성경으로 말미암아 能(능)히 영혼의 饑渴 (기갈)을 풀수 있었음도 오로지 이 낱말의 確立(확립)과 띄어쓰기의 施行(시행)에 依(의)한 것이다.

以上(이상)의 세 가지의 事項(사항)은 다 오늘날 한글 整理(정리)의 重要(중요)한 內容(내용)이 되는 同時(동시)에, 그 先鞭(선편)의 模範 (모범)을 보인 것이다. 그리하여 그네들이 성경의 번역을 이로써 完 成(완성)하였을 뿐 아니라, 明治(명치) 二十九年(이십구년)(1903)에는 께일氏(씨)의 韓英字典(한영자전)을 刊行(간행)하였고, 最近(최근)에 는 增補(증보) 三版(삼판)까지 내었다. 이만하면, 그네들의 한글 整理 (정리)의 事業(사업)이 周到(주도)하였음을 알 것이다. 우리는 예수교 의 이렇듯 周到(주도)한 한글 整理(정리)의 功績(공적)을 저 한글 普 及(보급)의 功績(공적)과 함께 永久(영구)히 紀念(기념)하여야 한다. 그 러나, 이 한글 整理上(정리상) 功績(공적)은 다만 進步(진보) 發達(발달)하여가는 조선 文化(문화) 運動史(운동사)의 한 事實(사실)이니, 모든 文化事業(문화사업)은 時代(시대)의 進步(진보)를 따라 나날이 새롭게 하여야만 能(능)히 指導的(지도적) 地位(지위)와 功效(공효)를 거둘 수 있음을 잊어서는 안 된다. 성경의 마춤법 改正(개정)은 焦眉(초미)의 時代的(시대적) 要求(요구)로 되어 있다.

-〈한글〉 55호(1938)-

한글이 우리 민족 정신에 미친 영향

한 핏줄을 타고난 사람들이 떼를 지어 같은 따갈피(地區)에서 같은 자연 속에서 같은 방식의 살음을 일삼고 있는 것을 인종학적으로는 종족(種族)이라 한다. 종족은 자연 개념이다. 이에 대하여 민족은 문화 개념이다. 그러므로 민족이라 하면 으레 거기에는 문화가 있음을 뜻한다. 문화를 가지지 않은 민족은 없다.

말은 사람 문화의 가장 기초스런 것이다. 한 자연스런 종족이 한 가지 말씨(言語)를 지어내어 함께 사용하면서 살음을 일삼는(營爲하는) 데에서, 한 겨레(민족)로서의 마음의 통일이 성립된다. 그러므로 말씨는 겨레와 지극히 긴밀한 깊은 관계를 가지고 있어, 하나가 홍성하면 그 다음 하나도 따라 홍성하고 하나가 쇠잔하면 그 다른 하나도 따라 쇠잔한다. 겨레와 그 말씨와는 영고 성쇠를 같이하며, 그 생사 존망을 같이한다고 할 수 있다.

우리 배달겨레가 제 스스로의 글자를 가지지 못한 채, 역사스런 생활을 일삼아 오는 수천 년 동안에 그 불편, 그 부자유가 얼마나 컸으리! 이웃 나라 중국의 한자를 그대로 차용하여 보았으나 그것만으로는 도저히 우리의 타고난 심정을 잘 나타낼 수가 없어, 한자를 소리글 삼은 '이두'로 사용하여 우리의 심정에서 우러나오는 '싀니노래'(詞腦歌, 思內歌, 鄕歌, 東國歌)를 적기도 해 보았으나 극히 불미·불편하여 도저히 나라글자로서의 구실을 할 수 없었다.

한양 조선에 이르러, 성군 세종 대왕이 한글을 지어 펴시니 배달 겨레는 이에 완전한 문화 창조의 발판을 얻게 되었다. 세종 대왕의 한글 창제의 목적은 《훈민정음》 서문에 간단 명료하게 베풀어 있다. 가로되 "나라의 말씨가 중국과 달라 한자하고는 서로 통하지 못한다. 그런 까닭에 어리석은 백성이 말하고 싶은 것이 있어도 능히 그 뜻을 펴지 못하는 이가 많도다. 내가 이를 어여삐 여기어 새로 스물여덟 자를 만드노니 사람 사람이 쉽게 익혀 날로 씀에 편하게 하고자 하는 것이다." 말은 간단하나 그 뜻인즉 지극히 깊고 넓다. 우리는 이 머리말에서 우리 겨레가 중국과는 다른 독자의 존재로서 독특한 말씨를 가졌다는 겨레 의식의 자각을 살릴 수 있으며, 겨레의 문화 생활을 위하여는 그 말과 함께 알맞는 글자가 있어야 한다는 문화 독립의 사상을 볼 수 있으며, 배우기 쉽고 쓰기에도 편한 한글의 사명이 민중 문화의 보급과 생활의 향상을 꾀함에 있음을 깨칠 수 있는 것이다.

세종 대왕의 한글 창제의 동기는 어디에 있었을까?

첫째, 고려 500년 동안에 끊임없이 다른 겨레들로 더불어 겨루어 오다가 끝장에는 몽고에게 39년 동안 끈덕진 항쟁을 하였으나 드디어 굴욕을 면치 못하였으니 겨레 의식이 눈뜨기 시작하였음은 자연의 사세이며, 더구나 원과 명의 갈음에 즈음하여, 왕조를 초창한 이씨 왕실에는 저절로 자아 의식이 생기게 되었으며, 둘째, 세종 대왕은 백왕을 초월한 맑은 슬기와 깊은 학문이 있어 중국의 운학에 정통하시니 우리말 소리가 중국의 그것과 다름을 명찰하였을 것이며, 셋째, 대왕은 슬기와 학문뿐 아니라, 지극히 거룩한 인덕을 겸비해

계셨기 때문에 백성을 사랑하고, 나라의 장래를 생각하는 마음이 유달리 간절하심이 있었다. 이러한 동기에서 최대의 정성을 기울여서 한글을 지어 내시어 "훈민정음"이라 하여 반포하셨다. 앞에 든 그 머리말은 실로 민족의 자존, 문화의 독립에 대한 선언이라 할 만한 것이다.

우리 배달겨레의 반만년 역사에서 신라의 삼국 통일은 겨레의 외형적 성립이오, 세종 대왕의 한글 창제는 겨레의 내면적·정신적 형성이었다. 한글이 나옴으로 말미암아, 우리 배달겨레가 문화 겨레로서의 새 출발을 하게 된 것이다. 우리말이 배달겨레의 소산인 동시에 또 겨레 의식의 창조 배양자임과 같이, 한글이 또한 겨레 의식의 소산인 동시에 또 겨레 의식을 창조 배양하는 기초가 되는 것이다.

세종 대왕은 한글을 다만 하나의 글자로서만 톨로 내어놓지 아니하고, 그 글자가 의지하고 설 만한 언저리를 마련하였으니, 불경의 번역, 《용비어천가》《월인천강지곡》 같은 국문학의 첫머리를 열어놓은 것이다. 한글은 우리 겨레 생활의 무기일 뿐 아니라 국문학적 예술의 표현 수단으로서 그 훌륭한 구실을 하게 된 것이다. 다시 말하면 한글은 겨레 정신의 전체적 각성의 대표적 인물 인 세종 대왕의 뛰어난 슬기와 알뜰한 연구와 굳건한 신념으로 말미암아 창제 반포되기는 하였으나, 한학 숭상의 낡은 머리들 때문에, 그 창제 반포에서는 물론, 그 반포된 뒤에도 애꿎은 박해와 천대를 받음을 면치 못하였다. 그렇지마는 워낙 그 사명이 크고 그 성능이 옹글기(완전하기) 때문에 시간이 나아감으로 더불어 그것이 진정한 뜻에서의 국문학 발생 및 발달의 기름진 터전이 되었다.

고려 시대에 발생한 시조는 한글의 나타남을 힘입어 때와 함께 자라나고 피어났으며, 한글의 옥토에서 먼저 소설도 싹트고 가사도 싹터 선조조까지 한 150년 사이에 자라고 번지고 피어나다가 임진 왜란을 치른 뒤에는 시조, 소설, 가사의 국문학 전반이 새 기운으로 일어나 번지어, 겨레 정신의 아름다운 표현이자 또 영양 많은 양식이 되었다. 그 중에서도 특히 시조 문학은 국문학의 중추가 되어 그 걸음걸이는 곧 겨레 정신의 모습을 그대로 밝게 드러내었다. 곧 한양 조선 초기에서는 고려의 유신(遺臣) 길 야은(冶隱 吉再), 원 운곡(耘谷 元天錫) 같은 이들의 옛 생각 노래가 되고 세조가 조카 단종의 위를 빼앗으니, 충성의 육신(六臣) 성 삼문(成 三問), 박 팽년(朴彭年), 이 개(李), 유 응부(兪應孚) 같은 이들의 굳은 절개, 애끓는 정을 읊은 슬픈 노래가 되고, 여진(女眞)이 서북을 침노하니 이를 몰아낸 김 종서(金宗瑞)의 진격과 승리의 호기스런 노래가 되고, 임진란에 남해안에서 혼자서 왜의 수만의 수병을 무찌르던 이 충무공(李忠武公)의 늠름한 한산 노래가 되었다. 그 밖에 학자, 문인, 방랑인이 이 강산의 자연의 아름다움, 인정의 가지가지를 읊어 낸 것이 이루 셀 수 없이 많다. 이리하여 시조는 다만 풍월을 읊조리는 가욋것에 그치지 않고, 겨레의 역사스런 자라남과 국민의 살림살이의 감정을 나타내어 작자 개인의 격성과 함께 겨레 전체의 정신을 아름답게 종요롭게 나타내어서 국민의 정신에 큰 자극제 영양제가 되었다.

그러나 어찌 다만 시조에 금 그으랴? 한글의 옥토에서 자라난 가사·소설·창곡(唱曲) 등 모든 국문학이 어느 것 하나 겨레 정신에 지대의 영향을 끼치지 않은 것이 없었다. 이리하여 국문학이 구시대를 꾸미고서 갑오 경장의 새 시대를 맞이하게 된 것이다. 새 시대에 들어서는 신소설, 신시가 나타나게 되고 한글만 쓰는, 또는 섞어 쓰는 신문이 나오고 새 교육이 한글로 말미암아 베풀어지니 한글의 겨레 정신에의 영향력은 더욱 그 도를 높이게 되었던 것이다.

2

갑오 경장은 정치, 문화에 개혁을 더하였다지마는 정치인들은 온통 사대주의의 신봉자로서, 친청, 친로, 친일의 당파 다툼에 여념이 없다가 1910년에 드디어 역사의 조국을 제국주의 일본의 아가리에 먹이고 말았다.

왜정 36년 동안은 실로 총칼과 동화의 양단 정치였다. 조선인은 총칼에 죽기가 싫거든 조상 전래의 전답과 재산, 말씨와 풍속, 땅 위 땅 속의 유형·무형의 문화 유산을 다 일인에게 갖다 바치고 일인의 경제적 종이 되어 그 인격적 자존심을 말끔히 버리고 일어를 쓰고, 성명을 왜놈같이 갈고, 일인의 풍속 습관까지 배워 얻어 완전한 왜놈이 되어 왜국 천황에게 충성을 바치라고 요구하였다.

왜인의 포악 무도한 동화 정치에 대항하여 혹은 국외로 탈출하여 정치적 및 군사적으로 항쟁하고 혹은 국내에서 교육, 언론, 사회 단체들로 항쟁하였는데 한글 운동은 국내에서의 항쟁 운동의 중요한 것이었다.

한글 운동의 선구자는 주 시경 스승이었다. 주 스승은 처음으로 우리말의 과학적 연구에 손대어서 일생을 말본의 교육 및 한글의 선전에 바치었다. 스승은, 우리의 말본을 풀이함에는 순우리말로 된 용어를 써야 한다, 그리고 우리는 어디까지든지 우리말과 우리 글을 사랑하고 많이 써야 한다, 남의 나라의 글과 말일랑 될 수 있는 대로 적게 또는 아니 쓰고, 우리의 말·글을 매우 애용함으로써 우리의 문화를 존중하며 겨레와 나라를 사랑하는 마음을 북돋아야 한다고 확신하고, 이를 가르치기에 혼신의 정력을 기울였으니 그 이론과 주장과 실행이 한글 운동의 근본 정신이 되며, 또 다함 없는 원동력이 되었다.

주 스승은 불행히 장수하지 못하고 돌아가셨으나, 그에게 직접·간접으로 배우고 감화 받은 사람들이 스승의 한글 운동의 근본 정신을 체받아 일제 36년 동안의 악정과 탄압에 줄기찬 항쟁을 하여 가면서 한글 운동에 몸바치었다. 곧 말본을 연구하고 새 맞춤법을 정리하고 대중말(표준말)을 정하고, 사전을 엮고 서울에서는 때때로 한글 강습회를 차리고 지방에는 하기 순회 강좌를 베풀었다. 특히 한글 반포 8 환갑인 1926년부터는 한글날을 정하여 해마다 이 날에는 기념 강연, 기념식을 지내었으니 앞에 적은 중요 사업의 시작과 성과의 발표는 대개 한글날 기념식에서 하였던 것이다. 당시 무도한 탄압 정치 아래서 우리 사회에 단체가 능히 존속하는 것이 없고, 오직 한글 학회(당시의 이름은 조선어 연구회 → 조선어 학회) 하나만이 언어 연구의 학술 단체로써 겨우 왜정의 해산을 면하고 지냈다. 그래서 우리들의 한글의 연구, 정리 및 보급이 겨레 정신의 인멸에 대한 유일한 회생제로서, 겨레 사회에 많은 공명과 기대를 받았다. 음식을 같이 사먹는다는 이유를 붙여서, 겨우 요릿집에서 지내게 되는 한글날 기념식에는 사회 각 방면의 유지자, 지도자들이 정성껏 많이 참석하여, 그 식을 더욱 빛나고 뜻깊게 하였으며, 그 날의 행사는 언론 기관들이 크게 널리 보도함으로써 민족 정신의 유지 배양에 협력하였다.

일제 말기에 갈수록 왜정의 우리 말·글에 대한 탄압이 극심하여짐에 유심 인사들은 겨레 정신의 유물로서 그 자손에게 전하고자 《한글 맞춤법 통일안》《우리 말본》들을 집안에 비치하기를 잊지 않았으며, 나중에는 이른바 조선어 학회 사건으로 모든 한글 운동자들이 왜경의 철장에 갇히게 됨을 보고는 겨레 정신의 실로 침통 비장한 최후를 느꼈던 것이다. 천운이 돌아와서 8·15 해방으로 한글은 겨레와 함께 소생함을 얻어 우렁찬 전진의 나팔을 불게 되었다. 이리하여 일제 시대 한글 운동의 성과인 《한글 맞춤법 통일안》《표준말 모음》《큰사전》은 영구 불멸의 겨레 정신의 역사스런 기념품이며, 주 시경 스승이 시작한 순우리말로 된 말본 용어는 한글 운동의 근본 정신의 보람(상징)으로서 길이길이 유지 발전시키지 않으면 안 된다.

이상을 뭉그리건대 한글의 힘은 진실로 놀랍게 큰 것이다. 햇빛, 공기와 같은 너무나 크고 푸진 덕택은 그 속에서는 오히려 깨치지 못하다가도 그 결핍의 앞에서만은 똑똑히 인식하게 됨과 같이 우리 한글의 공덕, 세종 대왕의 성덕도 그 없음을 상정하여 봄으로써 바로 깨달을 수가 있는 것이다. 만약 배달겨레의 역사에서 세종 대왕이 나지 않았더라면, 한글이 나오지 않았더라면 우리는 이조 500년 동안에 아주 소중화인이 되었거나 일제 40년 동안에 가왜인이 다 되고 말았을 것이니 거기에 어찌 3·1 운동이 있었으며, 무슨 8·15 해방이 있었으랴? 또 설령 해방이 있었다 한들 무엇으로써 이 겨레를 현대 국가의 국민으로 교육하며 발전시킬 수 있었겠나?

한글은 겨레얼(민족 정신)의 소산(만들어진 이)인 동시에 또 겨레얼의 생산자(만드는 이)이다. 한글을 숭상하여 그 완전한 전용을 실현하며 순우리말을 애중하여 그 실지(失地)를 회복하며, 그리함으로써 우리 말·글의 발달·발전을 꾀하는 일은 곧 겨레얼의 존상·발양이며, 동시에 겨레—그것의 번영과 행복을 꾀함이 된다.

-〈공군〉 79호(1963. 10.)-

한글학회 사업에 대한 세계 문화인의 인식
- 국제연합교육과학문화기구(유네스코) 및 국제연합한
국재건단(운끄라)의 한국교육계획사절단 보고서 -

—

위에 적은 한국 교육 계획 사절단은 교육, 과학, 문화 방면의 세계
적 전문가 여섯이 :

단장 : 도날드·고뜨렐(Donald Cottrel) 박사

　　　미국 오하이오 주 주립 대학교 교육대학 학장

단원 : 비딸리아노 빨날디노(Vitaliano Bernardino) 선(公)

　　　필립빈 뿔라깐 주 장학관.

단원 : 아아더어·엔·패라루(Arthur N. Feraru) 선(公)

　　　미국 뉴우요옥

단원 : 샤알로·루이·쨩·끄로보아(Charles Louis Jean Grosbais)교수.

　　　전 중국 상해 프랑스 조계 구 장학관.

단원 : 루찌아노·헬난데쯔·가브레라(Lucians Hernandez cabrera)교수.

　　　멕시꼬 바쯔까로 시(市) 유네스꼬 초등 교육국 교수 단원.

단원 : 또날드·보옴웨이(Donald Portway) 선(公(공))

　　　영국 껨뿌리찌 대학교 세인뜨 가따린 대학 교수로 조

직되었다. 이 사절단은 운끄라의 요청에 응하여, 유네스꼬 파리 본부에서 선정되어 유네스꼬 사무국장의 지시에 따라, 1952년 9월에 한국에 내도하여, 한국 교육의 부흥 재건을 위하여, 남한의 온 지역을 답사 시찰하고 상세히 교육 실태를 조사하여 면밀 친절한 보고서를 미국 뉴우요옥의 운끄라 단장에게 제출하였다.

그 보고서는 두 편으로 되었으나, 그 첫째는 "한국의 교육 상황 예비 조사 보고서"로, 1952년 12월에 제출되었고, 두째는 "대한민국 교육 재건의 최종 보고서"로 1953년 2월에 제출되었다. 그 예비 보고에서는 한국 교육의 과거, 현재의 실태를 밝혀 날카로운 비판을 더하였고, 그 최종 보고는 첫째 조각에서는 한국 교육에 관련된 전 분야에 걸쳐, 개선과 진보를 위한 108항목의 권고와 건의를 하고, 두째 소각에서는 유엔 한국 교육 원조 5개년 계획안을 20항목에 걸쳐 실제적 계산으로써 제시하여 있어, 운끄라를 통하여 유엔에 원조하고 있는 한국 재건 계획 가운데 교육 분야에 관계되는 것은 거의 이 보고서의 계획안에 의거하고 있다.

이제, 나는 그 보고서에서 한국의 언어 문화에 관한 부분만을 따 옮겨서, 우리 국어 학계, 국어 교육자들에게, 한국을 원조하고 있는 자유 세계의 최고 기관의 전문가들이 우리의 국어 문제를 얼마나 소중하게 평가하며, 한글 학회의 사업을 얼마나 중대 긴급한 것으로 인정하였는가를 알리는 동시에, 널리 우리 한국 백성들이 자국어에 대한 사랑과 존중의 관념을 새삼스레 환기한기를 바라는 바이다. 그런데, 지면 관계로 나는 여기에 그 "최종 보고"만을 옮기되, 그 원문을 가지지 못하 "문교 월보"의 특집을 다시 옮겨 적는다.

二. 그 "권고(勸告)"의 말

"자립 자존한 한국 본래의 말씨로서의 한국어의 정상적 진화는 한자(漢字) 때문에 상당히 방해를 받아 왔다. 한자가 특히 행정 기구 및 사교 생활에 사용되었기 때문이다. 그 발전은 일본의 정복자들 때문에 더욱 정지당하고 있었다. 한국 말의 발전의 움직임은 역사 속에서 그 연원을 찾을 수 있다. 7세기의 설총, 15세기의 세종대왕은 외국 권세로부터 국어를 자립시켜 정리하려고 한 한국민의 의사를 진실히 대표하는 사람으로 항상 생각되고 있다. 19세기 끄트머리부터 언어학자들, 교양 있는 인사들, 선견지명이 있는 모든 애국자들은 한국의 언어가 어느 고정된 형식으로 제정되어야 한다는 것을 지각하고 있었다. 곧 맞춤법, 말본, 말수(語彙)들은 더욱 정밀해야 하며, 새로운 낱말은 창조되어야 한다는 것이다. 전통적 정신을 가진 한국어가 무식층의 독점 사용의 연모이며, 외국어와 같고, 추하고 들스런 말씨이며, 야비한 말씨이다"라는 생각을 지워버리고, 귀중한 사용 가치가 있는 말씨(言語)로서 받아들이도록 하는 것이 이 운동의 서곡으로 시작되어 왔다. 이 운동은 서양의 이념(理念) 및 기술을 이해, 습득ㅎ게 하는 것을 가능ㅎ게 했다. 또 이것은 한국이 독립 국가로서 국제 무대에서 활동하는 것을 가능ㅎ게 했다. 또 한국을 "은자의 나라"로부터 진보하는 나라로 부흥시키는 첫 걸음이 되었다.

이와 같은 일은 중국인들이 행한 노력에서도 말미칠(言及할) 수가 있다. 중국 인민의 노력은 한국의 그것과 때를 같이하여 일어났으니, 필기에 담화체(自治)를 채용한 혁명은 깊은 역사적 사회적 정치적 중대성을 가지고 있다. 한국도 말씨고침(言語革新)에 속든(含蓄한)

뜻을 관찰하기에 그르치지는 안했다. 그리고 두 사회단체가 조직되었다. 첫 단체이며 힘찬 단체는 조선어학회(한글학회)이니, "한글 맞춤법 통일안"을 연구 제정하였다. 다음의 단체는 조선어학 연구회니, 세종 대왕의 정음 체계에 돌아가려고 노력했으나, 이것을 타국어처럼 다루었으며, 한국말은 살아있는 말씨이며, 억제할 수 없는 진화를 하고 있다는 것을 잊었다. 8.15해방 뒤 재조직된 한글 학회는 지도하는 구실을 해 왔다. 1933년에 발행한 "한글 맞춤법 통일안"은 널리 채용되고 있으며, 한국의 온 학교에서 가르치고 있는 한국말 말본의 기초로 되어있다.

일본인은 한글을 학원으로부터 깎아버렸으며, 한글 학회의 수십 명 지도자를 잡아 가두었다. 그러나, 한글 학회의 사업은 비밀리에 진행할 수 있었다. 1942년 "표준 한국말 사전"의 편찬은 거의 마치었다.

이 사절단은 수 개월, 혹은 수 개년이 필요한 「매우 세밀한 문제에 관한 넓은 언어학적 논의를 행하려고 하지 안했다. 그러나 학교장들, 두어 저술가, 평론가, 및 한글 학회 회원들과의 면접 및 두어 번 역된 교과서에 실린 내용으로부터 이 문제에 관하여 약간의 광명(빛살)을 엿볼 수 있다.

미국 갈리포니아 대학의 맥균(G. M. McCune)씨(부인) 및 하아버얼 대학의 라이샤워(E. O, Reischauer) 선(公(공), 남자)은 왕립 아시아 협회 한국분과회의 회보에 "한국말의 로오마자삼기"란 제목의 작품을 제공하였다. 그리고, 이것은 1937년 무렵에 발행되었다. 그들은 한국말의 좋은 정의를 여기에 내리고 있다.

한국말은 여러 낱내의 덧붙는 말씨(Polysyllabic Agglutinative)이다. 그리고, 얽이 및 말본은 알따이 말 겨레 및 일본말에 가까우나, 중국말과는 관이하다. 말 수는 고유의 한국말과 중국식 한국말과의 두 갈래로써 성립되어 있다. 이 뒷 것은 낱말을 중국말로부터 빌렸으나, 한국식으로 발음하거나 혹은 한자를 이용하여, 새로운 말을 애지었(創造하였)다. 근래에는 많은 일본말 및 서양에 기원을 둔 들온말(外來語)들이 덧붙어 있다.

한국말 적기에 있어서는, 흘림이 으레이 사용되고 있다. 한자는 중국식 낱말을 적기에 사용되며, 한글은 순 한국말 및 말본스런 모든 요소의 적기에 사용되고 있다. 과거에는 교육받은 사람들은 한글을 될 수 있는 대로 쓰지 않으려고 했다. 그 까닭은 교육을 받은 사람에게 모두 들스런(粗野한) 것이라고 생각되었음에 있다. 그리고 아직 최근까지 한국 문학은 중국의 글말체(文話)에 수식한 형식만으로써 쓰히어 왔다. 그러나, 약간이 작은 차이만을 제외하면, 모든 한자에는 한국 특유음(特有音)이 있다.

모든 알파벤 글자처럼 한글도 완전한 발음 부호는 아니다. 그러나, 한글은 한국말 발음을 상당히 정확하게 나타내고 있다.

중국식 한국말("한자말")을 한글로써 나타낼 수 있다는 것은 사실이지마는, 이 발음을 표시한 한글이 한자처럼 뜻이 명료하다고 생각하는 것은 경솔한 결론이다. 여기에 대해서, 이 사절단에 통역물을 대상으로 하여, 시험을 해 왔다. 고등학교, 대학 출신의 이 청년들은 교과서 속의 도림 안에 있는 한자 및 그 표현을 보지 않고 그 대신에 번역된 한글의 표현만을 읽어 아는 편이 좋지 못했다.

회화 및 연설에 있어서 청중들은 한자를 바로 읽어 아는 것이 아니고, 한국말 소리냄으로 듣고 있다고 볼 수 있다. 이 현상은 현대의 중국에서도 일어나고 있다. 관찰에 따르면, 한국 및 중국에 있어서, 서양인은 그들 스스로의 어미말(母語)로써 명료하게 그들 스스로를 한 월(文)로서 표현할 때, 한국인 몇 중국인들은 으레이 이삼 개의 글월을 사용한다. 개념이 더욱 추상화하면, 그것은 설명하기에 필요한 글이 길어진다. 그리고, 지리하고 산발적(散發的)인 사고 인상(印象)은 틀림을 가져온다. 이것은 도형식(圖型式) 기호와 연결이 없을 때, 사람들의 정신상의 이런 특수한 영향에는 아무런 관계도 없이, 말씨(言語) 자체에 따라서만 근본적으로 설명된다(?)

한글말은 중국말과 같은 대단히 복잡한 발음 문제를 가지고 있지 않다. 시골마다 조금씩 말가락(語調)의 차이가 있을 따름이다. 한글 말소리는 중국 말소리보다도 풍부한 내용을 가지고 있다. 그러므로, 이것은 어느 범위 안에서 이 발음 문제를 간이하게 하고 있다. 그러나, 한국 교사들은 많은 발음 연습을 강조하고 있다. 한자를 한글로 순수하게 또 단순하게 쓰는 것은 혼란을 일으키기 쉽다. 그러므로 한국 어학자 및 창작자들은 말에 따라 새로운 한국 낱말이 결정되어야 하며, 이 새 낱말들의 사용법 및 뜻은 설명되어 널리 유포되어야 한다.

한국말은 광범한 말수(語彙)를 가지고 있다. 곧 고정된 사무뿐만 아니라, 사람의 감정 및 정서에 관하여도 풍부한 말수를 가지고 있다. 뜻 나타내기의 아주 섬세한 밝기(明暗度)도 표현할 수 있으며, 이것은 한국 시 및 민요에서도 그 본보기를 엿볼 수 있다.

일반적이며 추상적인 법률학, 과학, 인문학의 개념을 표시함에는 아직 많은 낱말이 부족하다. 한국 어학회(한글 학회)에 따르면, 불교(佛敎) 말수는 볼명료하에 막연하다고 한다. 불경은 한문 불경의 번역서이며, 이 한문 불경도 아주 정확한 것은 아니며, 중국 불교의 영향을 가지고 있다. 중앙 불교 교무원에서는 드리삐따까(Tripitaka) 및 다른 불교의 경전 버역에 착수하였다고 한다. 한글학회는 중국 고전의 재번역을 꾀하였으나, 계통적이며 계속적인 이 사업의 진행은 허락되지 않았다.

새 기술 용어가 채용되어야 한다는 것은 말할 것도 없다. 과학 교과서 영어 표현 및 영어 낱말로써 가득 차고 있다. 한국군의 비행사 및 정비병 혹은 야포 통신 부대원들의 연습에 있어서 미국어를 사용하지 않으면 안 되었다. 그리고 한국군 장병들에게 알기 쉬운 말은 일본말도 사용되어야만 했다. 이와 같은 한국말 갈말(術語)을 만드는 것은 서양 및 동양의 말은 한국말로 적용하면, 그다지 어려운 일은 아니다.

보기로, 지각론 및 인식론을 생략한 실천철학의 고등 학교의 교과서를 볼 때에, 이 현상은 좋지 못하다. 한국인은 "지각"(perception)을 도덕적 판단의 뜻으로 사용하고 있다는 경고문이 있다. 많은 술어는 중국말로, 혹은 중국말 및 영어로써 표현되고 있다. 더구나 한국말로써 표현하기에 어렵지 않은 많은 술어도 외국말로써 표현되고 있다. 보기 몇 개를 들면, Reflexology, sfructural and funtional psychology, introspective and extrospective method, conditioned reflex, peripheral illusion, …… 들은 한국말은 없고, 중국 한자로, 영어로, 혹은 두 말씨로써 표현되고 있다. 현재 한국에서 사용되고 있는 중국식 표현과 과거 20년 동안의 중국에서 사용된 것과의 일치 여부를 고찰하는 것은 재미있는 연구이다. 중국말의 진화는 대단히 빨랐으며, 또 중국의 술어도 새로운 낱말로 가득차고 있다. 이들의 낱말의 주관적 의미는 "Academia Sinica"에 말미암아 명확히 정의되고 있지 않다. 그러므로, 한국 및 중국에 있어서, 같은 뜻을 가지고 있는 술어 및 표현은 그 뜻이 때와 함께 차츰차츰 변화해 나가므로, 한국 사람이 이런 외국 술어에 의뢰한다는 것은 위험한 일이다. 현재 중국말의 지식을 얻는 데에는 아무런 소용이 없는 이런 어려운 한차를 기억해야 할 이 무거운 짐은 아직 남아 있다.

이 사절단이 받은 보고에 따르면, 현재 사용 중의 한자 수는 2,500 자 정도이나, 공적으로는 이 수를 1,090자까지 줄일 수 있다고 한다. 이 교육적 무게는 다음과 같다.

1. 한자를 베우지 않았기 때문에 국민학교 졸업생도 신문, 공문서들을 읽을 힘이 거의 없다.

2. 중학교 졸업생은 이것들의 절반밖에 읽지 못한다.

3. 고등 학교 졸업생은 수다한 한자를 기억해야만 한다.

이것은 교육에 있어서 상당한 시간을 소비해야만 할 뿐 아니라 그보다 더 위험한 결과를 가지고 있다. 곧 기억의 환기가 지능의 환기보다도 많게 되어, 기계스런 학습의 버릇이 길러진다. 그림재(圖型式) 맞춤(漢字的表現)은 글월의 뜻을 종합적 파악으로 이끌어 가지 않을 뿐 아니라, 그들은 월 마디에 있어서 상대적 뜻을 유지하지 않고 월 마디에서 벗어나서 개개의 낱말로 되는 경향이 있다.

문교부는 이 문제에 대해서 같은 관심을 가지고 있는 것 같으매, 과거의 삼 명의 장관들은 학자들이며 한글 학회의 활동 회원들이었다. 문교부 안에 한 위원회가 있으니, 그 임무는 기초 한자 연구 및 한자를 천천히 제한하는 방법을 강구하는 것이며, 또 한국 외 새 과학 용어, 인문 과학 용어, 기술 용어를 선정하는 것이다. 인문, 예술, 과학 학술원은 지금 창립 도중에 있다.

불행히도, 모든 사람이 이런 종류의 연구가 시급하게 중요한 일이라고 인식하고 있으나, 재정 곤난이 이 사업을 늦추고 있다. 그리고, 이 위원회 회원들은 이와 같은 섬세하고 곤난한 연구 추진에 모든 시간을 바치어야 함에도 매히쟎고, 다른 직무도 가지고 있다. 또 정례적으로 할 모임도 가지고 있지 아니하다.

한글 학회는 표준어사전을 편찬했다. 록펠라 재단의 도움으로 마련된 6권 중 첫 3권은 서울에서 발간되었다.

이 간행물은 전란 중에 거의 상실되었으나, 다행히도 이 모든 원고는 숨키어 져 있었으며, 아직 사용이 가능하다.

한국의 모든 문명을 향상시키기 위하여 현대적이며 견실한 교육을 위하여, 또 민주주의를 위하여, 한국을 원조하려고 하는 유엔 기관의 최선의 방법은 한국 어학의 자치권을 획득하는 것과, 모든 한국인에게 통일된 보편된 말씨(言語)를 보급하는 방법을 하여야 할 것이다. (밑점은 옮긴 이의 짓)

이에 이 사절단은 다음과 같이 권고한다 : ─

1. 사용해야 할 기초 한자의 선택 및 한자의 점진적 제한을 하기 위하여 문교부에 창설된 이 위원회 및 새 과학, 인문 과학, 예술에 관한 표현 및 용어의 선택의 위원회의 사업은 한 위원회에 총괄되어야 한다. 40명을 넘지 않은 선택된 위원들은 이 사업에 전임하여야 하며, 좋은 결과를 적당한 시간 안에 얻기 위하여, UN의 재정적 원조가 주어져야 한다.

2. 연구 시간은 공문 서류에서 신문사에서 최대한 한자 사용 제한을 하기 위하여 한국 정부에서 정책이 실행되어야 한다. 국민 학교 교육밖에 받지 않은 사람들도 포함한 모든 한국 사람이 읽을 수 있도록 각 한자에 한글 음을 붙여야 할 것이다.

3. 한글 학회에서 마련된 여섯 권의 한국 표준말 사전은 될 수 있는 대로 빨리 발간되어야 한다. UN의 재정적 원조는 주어져야 한다.

4. 가장 짧은 기간 안에, 표준말 사전의 두 권의 보유를 발행해야 한다. 하나는 기술 용어 소용을 2년 안에, 또 하나는 추상 과학 및

인문 과학 용어 소용을 5년 안에 발행해야 한다. UN의 재정적 원조가 주어져야 한다.

5. 간이 학생 사전은 한글 학회에서 편찬하여 발간되어야 한다. 이 중요한 책은 최저의 값으로 팔도록 해야 한다. UN의 재정적 원조는 주어져야 한다.

三

위와 같은 권고를 하여 놓고, "UN"원조 5개년 계획안 20항목 중, 네 항목으로써, 한글 학회 사업 원조의 계획을 세우고 있다 :

13째 계획안 표준 한글 사전 출판.

서기 1950년 이전에 개인의 재정 원조로써 한글학회 18개년간 노력으로 된 표준 한글 사전이 편찬되어 온 6권 중 3권이 출판되었다. 그러나, 전쟁 중 온 판본을 잃었다. 처음 3권의 출판본과 나머지 3권의 원고가 남아 있다. 6권 전부를 15,000부 출판하여, 거저 교육 기관이나 정부 대행 기관에 배부하도록 하여야 한다. 종이 값의 산출은 한 페이지 26×18 밀리미터의 종이로 하고 각 권 800페이지로 쳤다.

60 파운드 종이 한 연의 큰 장 한 장이 16장이 난다고 치면, 800 페이지가 인쇄된다. 그 출판물은 36,000,000페이지의 인쇄 페이지를 필요로 하고, 종이 한 연에 9딸라가 되며, 4,500연의 종이가 필요할 것이니, 합계 40,500딸라가 된다. 좀 더 여유를 두어 계산하면, 종이값은 50,000딸라가 추산된다. 인쇄비는 그 한 페이지에 0.15환이 드는데, 합계 10,800,000환이 된다. 제본비는 한 책에

30환으로 치면, 전부 2,700,000환이 된다.

첫째 예산 연도의 전 계획의 비용은 다음과 같다.

　50,000딸라……13,500,000환

14째 계획안 학생 소용 한글 사전의 출판.

한국 중등 학교와 대학에는 한글 사전이 없으니, 이 목적을 위하여 적고 또 비용이 많이 들지 않는 판이 요구된다. 지금 완성된 표준 한글 사전에서 추린 내용으로 된 이런 적은 판이 출판되어 판매되어야 한다. 500,000부의 출판이 작성되었다. 종이 비용은 각 19,5×14mm 크기의 페이지로 1000페이지의 판이다. 60파운드 한 연의 종이는 12,500페이지 인쇄될 것이다.

이 판은 한 연에 9딸라하는 종이 20,000연이 필요하다. 그리고, 좀 더 여유를 두어서 계산하면, 이 목적을 위하여 200,000딸라가 계산된다.

이 책을 판매하는 데에 있어, 이 금액이 환으로 회수될 수 있는 계획을 고안하는 것도 불가능한 일은 아니다.

인쇄비는 전부 35,000,000환인데, 한 쪽(페이지)에 0,07환으로 계상되었다. 제본비는 전부 10,000,000환인데, 한 책에 20환의 비율로 계산되었다. 이러한 사전은 현재의 물가 수준에서는 200환으로 팔리리라 예측된다. 그러나, 지금부터 일 년은 원고 작성에 필요할 것이고, 출판은 기술적 이유로 인하여 두 해를 소용할 것이다.

두째 예산 연과 세째 예산 연을 위한 계획의 전 이용은 다음과 같다.

　두째 예산 연도 100,000 딸라 …… 22,500,000 환.

　세째 예산 연도 100,000 딸라 …… 22,500,000 환.

　합계　　　　　200,000 딸라 …… 45,000,000 환.

15째 계획안 표준 한글 사전 보유편 발행.

현존하는 표준 한글 사전의 원고는 기술 용어, 과학 용어와 추상적 철학 용어에 대해서는 불충분하다. 위원은 벌써 위에 적은 일반 분야의 보유 준비에 착수하였다. 기술 과학 용어의 보유를 완성하는 데에 약 2년을 소용하여, 형이상학적인 용어는 5년을 소용한다. 이것이 완성되면 보유 편은 표준 한글 사전을 받은 사람들에게 거저 드리기 위하여, 15,000부가 출판될 것이다. 각 보유 편은 표준 크기인 6×8mm로 800쪽이 필요하리라 추산된다.

종이은 각 권에 750면이 필요하며, 한 면에 9딸라 씩으로, 좀 더 여유를 두어서 합계 16,000딸라가 될 것이다. 인쇄비는 한 쪽에 0.15환, 제본비는 한 책에 30환, 각 권에 합계 2,250,000환이며, 온 비용은 4,500,000환이 들 것이다.

두 예산 연도의 계획 온 비용은 다음과 같다.

세째 예산 연도 8,000 딸라와 ······ 2,550,000 환.

네째 예산 연도 8,000 딸라와 ······ 2,250,000 환.

합계　　　　　 16,000 딸라 ········ 4,500,000 환.

16째 계획안 : 한국의 연구와 사전 편찬.

한국말을 현대적 요구에 적응시키는 일은 집단교육(mass education)과 고등교육의 두 가지 개량 여하에 관계되는 근본 문제이다. 이것이 완료될 때까지는 한자의 광범위한 사용과 그의 동무하는 교육 추진상의 애도가 계속될 것이다. 문교 장관은 학교 소용, 대학 연구 소용, 또는 일반 소용으로, 적절한 범위 안에 한정된 기술 용어와 철학 용어를 포함한 간추린 한국말 사전을 추가 출판하기에 필요한 연구와 그에 동무하는 연구를 위하여 학자로써 구성된 두 위원회를 조직하였다.

이 위원회는 호상간의 연락을 필요로 하며, 그 사업을 완수함에는 최소 5개년의 세월이 필요하다. 그러나, 이 사업은 한국 학자의 현재의 생활 상태로 말미암아 곤난에 봉착하고 있다. 따라서 40명의 각 위원이 5개년간 연구 완성에 충분한 시간의 여유를 가지려면, 일 개월 100딸라의 특별 연구비가 필요하다.

이 계획의 비용으로 5개 예산 연도의 경비는 다음과 같다.

첫째 예산 연도 ·········· 48,000 딸라
두째 예산 연도 ·········· 48,000 딸라
세째 예산 연도 ·········· 48,000 딸라
네째 예산 연도 ·········· 48,000 딸라
다섯째 예산 연도 ········ 48,000 딸라
합계   240,000 딸라

四. 맺 음 말

나는 이상에서 유네스꼬 교육 사절단의 한국 교육 원조 5개년 계획안을 소개하였다. 그 자세한 내용은 읽은이 여러 분이 잘 아시려니와, 이에 다시 그것을 개관하건대,

1. 그 원조 계획안이 모두 20항목 중 우리 한글 학회 사업의 원조에 관한 것이 4항목, 곧 5분지 1을 차지하였으며,

2. 그 온 계획안의 원조 총액이 55,452,000딸라에 대하여, 한글 학획 사업의 원조액이 506,000딸라에 달하였다. 항목으로 4분의 1이요, 금액으로 약 100분의 1이다. 이는 자유세계의 문화인의 눈에 우리 한글학획 사업이 이 나라의 부흥 재건에 얼마나 중대한 뜻을 가지고 있는가를 중시하는 것이라 하겠다.

그네들은 명확히 단언하였다.

"한국 모든 문명을 향상시키기 위하여, 현대적이며 진실한 교육을 위하여, 또 민주주의를 위하여 한국을 원조하려고 하는 UN 기관의 최선의 방법은 한국 어학의 자치권을 획득하는 것과 모든 한국 사람에게 통일된 보편화된 말씨를 보급하는 방법을 주어야 할 것이다."

고 하였다. 이는 바로 우리 한글학회가 의치고자 하는 충정을 세계 문화의 지도자의 입으로 대변한 것이다. 우리는 뜻밖에 진정한 "지기"(知己)를 발견한 기쁨을 느끼며 감격하여 마지 아니하는 바이다.

1953년에 나는 문교 부 편수국장으로서, 문교부 장관을 따라 운끄라 부책임자 우드 장군을 방문하고, 교과서 용지 원조에 대한 교섭을 하는 중에 우드 장군은 스스로 "나는 한국의 교과서의 용지를 원조하는 것과 표준 한국말 사전의 편집 및 출판을 원조하는 일은 가장 근본적이요 가장 중요한 것으로 기쁨을 금하지 못하는 바이다"고 말하였다,

×　　×　　×

계획 사절단이 명확한 원조안을 세워 내었고, 그 실무의 담당자가 최상의 만족감으로써 도와 주고자 하는, 운끄라의 우리 한글 학회 사업의 원조가 털끝만큼도 실현되지 못하고, 왜놈에게 된서리 맞은 한글 학회가 그대로 기진맥진하여 거의 죽은 상태에 빠져 있는 오늘의 사태는 과연 그 무엇을 말하고 있음인가?

우리는 스스로 돕는 능력이 없고, 그 뿐 아니라 남의 도움도 받을 줄조차 모르고 비문화 민족이 되고 말려는가? 저렇듯 근본스럽고 귀중스런 사업이 도무지 이뤄지지 않은 채 UN 원조 5개년이 그만 다 넘어가고자 한다. 우리의 조국을 사랑하고 겨레의 문화를 사랑

하며 피를 흘리고 목숨을 바친 한글학회 회원들은 땅을 치고 하늘을 우러러 통곡하지 아니할 수 없도다.

삼천만 동포여! 배달겨레가 영영히 사전(辭典) 없는 겨레로 남아 있음의 수치를 아는가 모르는가?

사회의 지도자들이여! 뿌리 없는 나무에 좋은 꽃이 피고 맛난 열매가 열기를 바라는 것이 어찌 어리석은 일이 아닌가? 이러고도 만족한 심정으로 그날 그날을 보내려고 하는가?

우리는 반성하여야 한다. 자유세계의 대표자, UN의 파견 사절단이 현대적 이성(理性)의 판단 아래에서 한국 교육의 재건, 한국의 민주주의적 발전을 위하여 한국민의 자립의 길을 보여 주었음을 우리는 들은 체 만 체하고 있어도 좋을 것인가?

내가 이에 장황한 이 글을 쓰는 것은 죽은 아이의 나이를 세는 심정에서가 아니다. 굶주리고 병든 아이의 소상을 바라는 간절한 염원에서 하는 것이니, 우리 삼천만 겨레에게 독립 자존의 조국혼이 살아 있는 데까지는 이 한글학회의 성스런 겨레스런 사업이 될경엔 실현될 날이 온 줄을 굳이 믿는 때문이다.

그 날이 언제일가?　　그 날이 언제일가?

그 날이 언제임을 아는 자 누구뇨?　　　　　　　(4288. 6)

-〈한글〉 112호(1955)-

한자 사용 문제

중국의 한(漢)겨레는 일찍이 황하·양자강 유역의 비옥한 토지에 살 자리를 잡아서, 동양 어느 겨레보다도 이른 문명을 지어내었다. 그 문명의 표현 기관으로서 한자(漢字)가 사용되어 온 지 5천 년, 그 근방 주위의 겨레들에 채용되어 존중하고 숭상함을 받아 왔다. 한 번 이 한자를 채용하여 문자의 소용스런 혜택을 입고 보면, 좀처럼 그것을 버리려는 생각을 하는 이가 없는 것도 또한 사실이다.

그러나, 시대가 달라지고 과학이 발달된 오늘날에 이르러서는 한자의 값어치도 드디어 똑바로 평가되게 되었다.—한자는 글자 발달의 맨 첫계단인 본뜨기(象形)에서 비롯하여 끝내 뜻글자의 영역을 벗어나지 못한 글자로서, 그 수효가 5만 자나 되고 그 구성이 너무 복잡할 뿐더러 그 글씨체조차 여러 가지가 있어, 그것을 완전히 깨치고 자유로 사용하려면 일생을 허비하여도 도저히 불가능한 일이다. 그러므로 한자는 글자로서의 구실을 하기에 부적당한 글자로서, 도저히 그 국민이 생존 경쟁장에서 열패자 됨을 면하지 못할 것이라고 온 세상 사람들이 다 인정하는 바이다.

한자에 대한 이러한 단안은 비단 다른 나라 사람들만이 내리는 것이 아니라, 그 임자인 중국사람 스스로가 깊이 깨치고 아프게 선언한 바가 있다. 중국의 문호 노 신(魯迅)은 주장하였다.

한자와 중국은 양립할 수 없다. 한자가 망하든지 중국이 망하든지 두 가지 중에 한 가지이다. 한자가 안 망하려면 중국이 망하여야 하고, 중국이 안 망하려면 한자가 망하여야 한다. 우리는 모름지기 한자를 망하게 함으로써 중국을 건지지 아니하면 안 된다.

또, 그는 이 생각을 빈정스럽게 다음과 같이 말하였다.

한자(漢字)는 옛적부터 전해 오는 보배이다. 그러나, 우리들의 조상은 한자보다 더 예롭다(古久). 그렇고 보면, 우리들은 훨씬 옛 적부터 전해 오는 보배이다. 한자 때문에 우리들을 희생할 정도라면, 우리들 때문에 한자를 희생할 것이다. 이만한 일은 아직 정신병에 걸리지 않은 사람이면 누구든지 얼핏 대답할 수 있는 뻔한 물음이다.

이 얼마나 동침으로 정수리를 찌르는 듯한 통쾌한 표현인가? 그러나, 그러나, 멀쩡한 '정신병자'가 이 세상에는 얼마나 많은가? 이러한 '정신병자'가 중국 아닌 대한민국에 어찌 그리도 많은가? 노 신을 그 물음에서 깨워 일으켜서 우리 한국의 형편을 한 번 보게 하였으면, 그는 과연 무어라고 말할 것인가? 그는 입을 열어서 딱한 얼굴빛을 지으면서 다음과 같이 말하리라.

한국에서는 다행히 세종 대왕이 지어 끼치신 한글이 있다. 한글은 세계 어느 나라의 글보다도 더 좋은 가장 과학스런 글자이다. 이렇듯 배우기 쉽고 쓰기(使用하기) 쉬운 소리글을 가지고 있으면서, 무슨 맛으로,

중국사람 자신도 버리지 못하여 '고마운 원수'로 치고 있는 한자를 여전히 애지중지하는 태도를 취하는가? 한국사람들은 일찍이 남의 나라 글자 한자를 너무도 숭상하다가 그 때문에, 드디어 나라까지 잃지 아니하였던가? 이제, 다행히 잃었던 국권을 도로 찾았으니, 당연히 묵은 잘못을 청산하고 제 집에 있는 날카로운 연장으로써 새 나라를 세울 것이 아닌가? 나의 이 말을 달아맨 돼지가 누운 돼지를 나무란다고 비웃지 말라. 달아맨 돼지이기 때문으로 해서 누운 돼지의 신세를 더 잘 아는 것이오, 누운 돼지의 형편을 잘 알기 때문에, 그만 얼른 다른 좋은 길로 빨리 달아나라고 충고하는 것이다.

과연이다, 우리 나라에서는 한자가 망하지 아니하고 한글이 망한 처지에 놓이었기 때문에 구한국(舊韓國)이 망하였던 것이다. 이제 우리는 잃었던 한배나라를 도로 찾았다. 이 세상에서 가장 귀중한 나라를 도로 찾았은즉, 이 도로 찾은 나라를 망우지 아니하고 영구히 번창하게 하기 위하여, 우리는 먼저 한자를 망우고서 조상이 물려준 과학스런 글자—한글을 전적으로 활용하지 아니하면 안 된다.

우리 나라의 식자들은 흔히 말한다. 한자는 전폐하지는 못할 것인 즉, 천 자 안팎 정도로 사용하여야 한다고. 그러나 이러한 주장에는 과연 얼마만한 객관적 진리성이 있는가?

일본 학자의 조사 연구에 따르면, 한자를 섞어 쓰는 일본의 국어 교육은 한자를 도무지 쓰지 않고 소리글 로마자만 쓰는 독일의 국어 교육보다, 같은 수의 백 낱말을 배우는 데에 7배의 시간을 들이게 된다 한다. 그리고, 일본의 심상 소학교에서 6개년 동안에 배우는 독본의 지식 내용은, 독일의 소학교에서 같은 학년 동안에 배우는 내용의 겨우 6분의 1에 불과하다 한다. 한자가 주는 해독은 이렇게도 끔찍하다. 이 얼마나 놀라운 일인가?

또 일본인의 조사에 의하건대, 일본의 학동들은 소학 6년을 마쳐도 독서의 능력이 붙지 못하고 중학 3년이나 되어야 겨우 일반의 글을 읽을 힘이 붙는다 한다. 그런데, 해방 이후 한글만으로 교육하는 우리 한국에서는, 어떤 가정의 아이들은 학교에도 들어가기 전에 이미 남의 편지를 볼 뿐 아니라, 제 스스로가 편지를 쓰기까지 한다. 일반으로, 국민학교 2학년이 될 것 같으면, 그 아이의 가정 환경의 여하를 막론하고, 그 70%는 독서 능력이 붙는다 함은 일선 교육자들의 증명하는 바이다.

한국의 지도자들은 이 두 가지 사실을 가지고 냉정히 또 투철히 생각하여 보라. 일본은 무조건의 전패국이오, 우리는 그 전패로 말미암아 그의 굴레로부터 풀어놓인 나라이다. 그러나, 우리는 애꿎게도 국토가 두 동강 나고 민심조차 두 조각으로 갈리어서, 3년 동안 무참하게 싸우는 동안에, 일본은 우리의 전쟁을 이용하여, 경제가 부흥되고 백성의 생활이 그 전전보다도 도리어 나아갔으며, 인제는 재군비까지 하게 되어 있고, 그네의 고기잡이 배는 매일 수백 척이 우리 바다 안에 침입하여 온다. 이렇게 되어 가면, 우리의 생활이 언제까지나 안전할 것인가?

물론, 우리 스스로에게도 많은 소망과 노력이 있기는 하다. 유엔과 미국이 우리의 파괴된 생활을 재건하기에 적극적으로 원조를 아끼지 아니한다. 우리도 그 원조를 받아서 한배나라를 재건하기에 최선의 노력을 다할 것이다. 그러나 우리 나라의 영원한 장래의 소망은, 과연 이러한 일시적 남의 원조로 말미암아서만 불멸의 것이 될 수 있는가? 아니다, 아니다. 우리는 타력주의에서 영구한 희망을 찾을 수는 없다. 배달겨레 영구 번영의 소망은, 다만 오로지 그 자체

안에서 찾아야 한다. 우리 사회의 지도자 여러분! 여러분은 과연 어떠한 곳에서 이러한 불멸의 소망의 씨를 발견하였는가? 나는 모르겠도다, 여러분의 발견한 진정한 소망의 씨를.

나는 나의 최선의 생각하기와 혼신의 정성으로써 감히 천하에 외치노니, 우리 배달겨레의 영구 발전의, 불멸의, 소망의 싹은, 자라나는 어린아이들의 독서의 능력이 어른보다 6년 내지 7년이나 더 빠르다는 점에 있다. 그게 무슨 말인가? 글을 더 빨리 깨친다는 것이 무엇 그리 장한 일인가 할 이가 있으리라. 오늘날 같은 최고도의 문명 시대에서는, 국민이 남보다 6~7년이나 더 빠르게 글을 깨친다는 것은 그 생존·발전에 중대한 의의를 가져오는 것이다. 모든 과학 지식이 다 글로 말미암아 전달되며, 모든 생산업의 최저의 기초는 글에 있으며, 국민의 도리, 세계인으로서의 살아가는 도리의 체득도 그 근본이 글로 말미암는 것이다. 다시 말하면, 글은 생활 준비의 기초 조건인 동시에 또 생존 경쟁장에서의 이로운 무기인 것이다. 이 무기의 이롭고 둔함에도 그 전쟁의 승패가 달려 있음은 저 실제의 전쟁에서와 다름이 없다. 그런데, 이제 우리 어린이들의 가진 무기는 이렇듯 이로우니, 그것이 우리 겨레의 유일의 소망이 아니고 무엇인가? 이러한 소망을 주는 밑뿌리는 곧 과학스럽고 쉽고 편리한 한글이니, 한글은 곧 우리의 생명이오, 소망임이 틀림없다.

이에 뒤치어, 한자는 우리 어린이들의 지적 발달을 저해하는 것인즉, 그것이 우리의 적(원수)이 아니고 무엇인가? 한자를 전폐는 못할 것인즉 천 자 가량은 섞어 쓰자는 주장은, 우리 국민의 생활력을 틀어막자 하는 것과 다름이 없다. 세계는 나날이 나아가고, 이미 발명된 여러 가지의 기계는 우리의 이용을 기다리고 있다. 우리 한글로써 타자기도 만들고 라이노타이프, 텔레타이프도 만들어 쓰면 우리

글자 사용이 얼마나 능률스러울 것인가? 또 한글은 가로글씨로 풀어쓸 것 같으면 우리 나라의 인쇄 공장이 얼마나 간편해지며 우리의 책값이 얼마나 싸질 것인가? 그리하여 국민의 지적 생활이 얼마나 향상·발전할 것인가? 이렇게 됨에서만 우리는 진정한 소망의 싹을 발견할 수가 있는 것이다.

사람은 원래 이성(理性)의 동물이오, 현대는 더욱이 이성의 시대이다. 나라를 걱정하고 겨레를 사랑하는 사람들은 모름지기 이성의 불을 밝히어서, 겨레의 만년대계를 세울 것이다.

(4186. 10. 9.)

-〈신천지〉(1953. 11.)-

한자 폐지 반대론자의 정신 분석

  우리 겨레가 일제의 굴레에서 해방되자 36년의 오랜 동안에 억눌리었던 겨레의 자주 독립의 정신이 발발히 일어나아, 한자 폐지를 결정하고 이를 국민 교육에 실시하여 온 지 이미 찬 4년이 지난 오늘날에, 이제 새삼스레 한자 폐지에 반대하는 의견을 내세우는 사람이 있음을 본다. 이는 작용이 있으면 반드시 반작용이 있다는 물리학적 내지 사회학적 원리에 기인한 한 현상이매, 그리 중대시할 것은 없겠지마는, 그러나 이러한 소리에도 대답이 없을 것 같으면, 혹 대답될 만한 말이 없을 만큼 저의 의견이 옳은 줄로 여기고서 더욱 불측의 행동을 감행할는지도 모르는 것이기 때문에, 내가 이에 모자라진 붓을 다시 잡아, 그 의견의 그릇된 점을 밝히고자 한다.

  오스트리아의 정신병학자 프로이드(G.Freud)는 대화·연상(聯想) 또는 꿈풀이(夢分析, 解夢)로써 그 정신병자의 병원(病源)을 진단하는 방법을 연구해 내었다. 그의 원리에 따르면, 정신병자의 현재의 정신 상태를 그 사람의 과거에서의 성욕·기타의 욕망이 그대로 충족되지 못한 채, 현실 의식에 억압되어 무의식층에 형체를 감춘 바 되기는 하였으나, 그것이 아주 사라지지 않고 틈만 있으면 표면에 나타나서 장난을 하기 때문에 그 정신 상태에 이상을 일으키게 되는 것이다. 그래서 이 무의식층에 엎드려서 발악하는 그 마음의 상처 또는 맺힘을 정신 분석의 방법으로써 분석하여 그 무의식층에서 꼬집어 내어 청천백일하에 폭쇄(暴曬)하고 보면, 그 정신병은 절로 씻은 듯이 나아 버린다. 이러한 정신 분석에서 온갖 정신 현상을 설명하고자, 신화·종교·예술·교육·사회 현상 들에 그 연구법과 설명법이 일반적으로 적용되고 있다.

나의 보는 바에는, 오늘날 대한의 한자 폐지 반대론도, 그 주장자의 의식하고 아니함을 물론하고, 어떠한 숨어 있는 마음의 요소가 그 표면에 드러난 주장 이유의 뒤에 있는 것이다. 이제 정신 분석의 방법으로써, 그 숨어서 장난하는 병적 요소를 꼬집어 내어, 백일하에 바랠 것 같으면, 마치 정신 분석에서 '말해 낫우기'(talking cure, 談話療法)로 말미암아 '히스테리 병'이 깨끗이 낫듯이, 한자 폐지 반대론도 절로 사라질 것이라고 생각된다.

(1) 첫째, 어떤이 ㄱ은, "한자를 폐지하면, 문화가 퇴보될 것은 물론이오, 우리는 문화인으로서 도저히 문화 생활을 할 수 없을 것은 두말할 것도 없다. 그 이유는 우리 나라가 수천 년래로 한자를 써 왔기 때문에 말이 한자음으로 된 것이 하도 많으니, 한자는 도저히 폐지할 수 없는 것이다. 한자 폐지의 주장은 국민의 일시적 감정에 불과한 것이다." 한다.

이 주장자가 ㄱ의 정신을 분석하건대, "어릴 적부터 한문 배우는 것이 가장 훌륭한 일이다. 한문만 잘하면 그 속에 절세의 미인도 있고 천석의 녹도 있다. 사회에서 지체가 높은 양반들은 다 한문 공부를 많이 한 사람들이오, 무식한 상놈들은 다 한문 공부를 하지 못한 사람들이다. 공자·맹자 같은 훌륭한 성인과 퇴계·율곡같은 현인이 다 한문 잘하는 사람이다. 한(漢)민족은 한문을 잘하기 때문에 능히 중화(中華)를 차지하여 훌륭한 문명을 이루었음에 뒤치어, 남만·북적·서융·동호는 한문을 모르기 때문에 변방 오랑캐가 된 것이다. 사람이면 다 사람이 아니라, 한문을 배워야 비로소 사람이 될 수 있는 것이다. 우리 조선이 문화 민족이 된 것은 기자(箕子)가 한문을 가지고 와서 가르쳐 준 덕으로 말미암은 것이다. 우리뿐 아니라, 일본도 한문을 배워서 저렇듯 훌륭한 문화를 건설한 것이다. 그런데 조선의 언문이란 것은 하루아침에라도 능히 깨쳐 버릴 수 있는 지극히 무가치한 글이니, 무식한 여자나 배워 친정 편지 왕복에나 쓸 것이오, 결코 유식하고 점잖은 사람들이 전용할 것은 못 되는 것이다. 만약, 한자를 폐지하고 한글만 쓰기로 할 것 같으면, 우리의 문화가 퇴보할 뿐만 아니라, 도저히 문화인으로 문화 생활을 할 수 없는 것은 불보다도 더 밝은 이치이다.”—이것이 그 주장자의 정신적 착종(complex, 錯綜)이다.

그러나, 이제 그의 무의식이 층에 눌리어 쌓여 있는 이러한 정신적 결정 요소(決定要素)를 이렇게 표면에 드러내어 밝은 볕살에 쏘이고 보면, 그것이 너무도 저급하고 유치한 것이기 때문에 구태여 새삼스레 그 불가함을 거론할 것까지 없음이 명백해진 것이다. 이렇게도 되잖은 요소도, 개인의 정신 생활의 역사의 계단 계단에서, 그 마음 자리에 앙금이 앉고 또 앉아서 굳어지고 나면, 현재에는 그 주체자가 한자만 전용하는 중국인의 문화적 낙오를 보고, 한자 한 자도 안 쓰는 서양인이 세계 문명의 최고위에 있음을 알고, 그래서 제 스스로가 대학의 교수나 총장이 된 오늘날—20세기 오늘날에서도 여전히 한자 아니면 무식장이, 야만인이 되고 말게 된다고 감히 호언하게 되니, 사람의 정신 상태의 병적 요소의 숨은 장난이 끔찍하지 아니한가? 세계에서 가장 어렵고 가장 비민주주의적·비과학적 글자 한자를 써야만 문화가 진보하고, 세계에서 가장 쉽고, 가장 편리하고 과학스런 글자 한글을 쓰면 문화가 퇴보되어 문화인이 못 되고 야만인이 된다고 하는 것은, 마치, 식도 한 자루로써는 고루거각을 잘 지어 낼 수 있지마는, 이로운 연장—도끼·자루·톱·대패·골 따위로써는 삼간두옥도 능히 잘 짓지 못한다고 세우는 것과 무슨 다름이 있는가? 우리는 아까운 시간과 공연한 수고로써 다시 그 옳지 못함을 설명할 필요조차 느끼지 않는다.

(2) 다음에, 어떤이 ㄴ은, "중국과 일본이 다 한자를 쓰고 있는데 우리 대한만이 이를 폐지할 수가 없다. 우리만 한자 폐지를 먼저 행하고 보면, 문화 교류가 불가능하게 된다. 그러니, 중국과 일본이 한자를 폐지하거든 우리도 따라서 폐지함이 좋지 아니한가?"라 한다.

이 ㄴ의 정신 분석 결과는 이러하다.—"중국은 동양 최고의 문명국이오, 또 우리의 대국이었다. 우리의 문화는 거의 다 중국의 덕택으로 이뤄진 것이다. 이제 문화의 근원지인 중국이 한자를 그냥 쓰고 있는데, 우리만이 그 폐지를 단행한다면 이는 무지의 용맹이다. 또 일본이 한자를 써서 세계의 일등국이 되었을 뿐 아니라, 36년간이나 우리의 '상전' 노릇을 하였다. 일인이 우리가 왜놈이라고 욕을 하지마는, 사실이야 일인이 잘난 국민이다. 내가 시방 잘난 척하고 가지고 자랑하는 지식과 기능은 다 일본인 선생에게 배운 것이다. 일인에는 훌륭한 학자도 많고 정치가도 많다. 이렇듯 잘난 일인도 감히 한자를 폐지하지 못하는데, 아, 변변찮은 우리 대한 사람이 어찌 감히 한자를 폐지할 수 있단 말인가? 이제, 우리 대한만이 한자 폐지를 단행하고 보면, 중국과 일본으로부터 들어오는 문화의 교류를 우리가 고맙게 받아들일 수가 없을 것이다. 그뿐 아니라, 우리 민족이 살아 가려면 장래에는 중국·일본과 교육·교제가 많아질 수밖에 없는데 한자를 폐지하여, 이를 가르치지 않고 보면, 국민이 널리 국제적으로 활동할 방도가 없을 것이다. 그러므로, 중국과 일본이 다 한자를 폐지하고 나거든, 우리 대한도 천천히 따라감이 좋을 것이다. 약소 민족이란 원래 남의 앞에 나서면 좋지 못하니, 그저 대국의 눈치만 보고, 그 꽁무니만 따라가는 것이 상수이니라."

이 ㄴ에는 사대주의가 골수에 깊이 박혀 있음은 두말할 것 없는 사실이다. 우리 나라 속담에 '인심이 좋아서 동넷집 시어미가 아홉'이란 말이 있다. 이 ㄴ과 같은 사대주의자에게는 제 나라 글보다 남의 나라 글이 더 소중한 것이기 때문에, 배워야 하며 숭상해야 할 것이 비단 한자뿐 아니라 중국어·일본어는 물론이오, 영어·러시아말·독일말·프랑스말 등등 세계 각국 말을 다 배워야 할 것이다. 더구나, 이러한 사대주의자에 있어서는 제 나라 글자 '언문'같은 것은 아무렇게나 써 놓아도 좋지마는, 외국의 글은 한 획 한 점이 틀려도 매우 창피스런 무식의 탄로로 여기는 것이니, 평생 소원과 노력이 어떻게 하면 저 중국인·일본인·미국인·영국인·러시아인이 되어 볼까 함에 있다. 예전에는 내 나라 역사는 안 배우고 중국의 역사를 제 나라 역사로 배워, 요·순, 우·탕, 문·무, 주·공을 제 할아버지로 알아 왔으며, 지난 36년간의 일제의 치하에는 '아마데라스 오오미가미'만을 외우던 심리가 저하 의식에 스며들어, 해방되어 독립된 오늘날에서도 오히려 외국의 문자·언어의 학습과 사용만이 저 스스로를 훌륭하게 만드는 것으로 생각하도록, 숨은 작용을 하고 있다. 그리하여 가장 현명한 듯이, 금도(襟度)가 너른 듯이, 도량이 큰 듯이, 한자는 갑자기 폐지할 것이 못 되니, 제한해서 쓰는 것이 좋다고 한다.—왜, 그렇게도 훌륭한 한자를 다다익선으로 될 수 있는 대로 많이 사용하자고 하지 않고서, 제한해서 쓰자고 하는가? 이것도 또한 일본인에게서 배운 소리이다. 제한론이 아예 성립되지 아니함은 내가 다른 곳에서 밝게 말한 바 있으므로, 여기서는 줄이기로 하거니와, 제한론자는 자가 모순을 발견하지 못함이 딱한 사대주의 심리이라 아니할 수 없다.

중국과 일본이 한자 망국을 부르짖고 이를 버리고자 하되, 그에 대신할 만한 글자가 없어서 고민을 하고 있는 터이다. 우리 겨레는 세계 사람들이 다 칭찬하여 마지 않는 훌륭한 과학스런 한글을 가지고 있으면서 무엇이 괴로워서 고민하는 이웃 나라의 뒤만 따르고자 하는가? 오늘날 세계 식자들의 학적 견해에는, 한자 쓰는 습관은 과학 문명의 발달과 민주주의 생활의 발전에 막대한 장애물임이 틀림없음은 일반적·상식적 진리이다. 한자는 그것을 사용하는 사회에 대하여 고통이오, 장애물이다. 아웃 사람이 염병의 고통에서 벗어나지 못하였다고, 제 스스로도 아직 더 그 고통을 앓아야 한다는 이치가 어데 있는가? 먼저 제 스스로의 고통을 제거하고, 그리고 남은 힘으로써 남의 고통을 제거하기에 협조를 주는 것이 진정한 사람의 도리가 아닌가? 오늘의 시대는 세계 모든 민족이 독립 자유를 얻는 시대이다. 이 시대의 위력으로 인하여 해방을 입고, 독립을 얻은 우리 민족이 진정한 독립 자유의 정신을 진작하여 문화의 자주와 정치의 독립을 꾀하지 못하고, 여전히 사대주의만을 최고의 원리, 지상의 방책으로 여기고 있으니, 참 딱한 통탄사가 아닌가?

금년 여름에 세계 문맹 퇴치의 권위자인 미국의 라우박 박사가 대한에 와서 달포 동안 묵어서 문맹 퇴치의 방법을 지도한 일이 있었는데, 그가 대한의 지도자를 만날 적마다, "내가 대한에 와서 제일 알 수 없는 의문의 사실 하나가 있는데, 그것을 내게 가르쳐주기를 바란다. 그 의문은 다름이 아니라, 당신네들은 세계에서 훌륭한 과학스런 글자를 가지고 있으면서 이를 문화의 이기로 부리지 아니하고 남의 나라의 어려운 글자 한자를 숭상하여 쓰고 있음은 무슨 까닭인가? 이것은 20세기 과학 시대에 불가해의 의혹이라 아니할 수 없다."고 하였다.

해방 이래 한자 폐지에 대하여 다소 주저의 생각을 가진 우리의 학자 조 윤제 님도 인제는(4282년 10월호《신천지》) 명확히 정신분석적 결론을 말하였다.

국어에 있어서, 한자는 한 암종(癌)이다. …우리는 왜 과거에 한자를 써 왔고, 또 오늘도 한자를 국어에 혼용하고 있는가? 이것은 아무리 생각하여 보아도 사대 사상의 근성이라고밖에 생각할 수 없다. 혹은 오늘의 그것은 의식적인 사대 사상이 아니라 할지라도, 그 연원을 찾아 올라가면, 곧 그것이다. 오늘의 우리는 그 역사적인 운명에 얽매여서 어쩌지 못하고 허덕이고 있는 셈이다.

나는 이 조 님의 말로써 저 라우박 박사의 의문에 대답하고자 한다. 이 대답을 청한 사람 당자는 멀리 제 나라로 돌아갔으나, 그 대답을 들어야만 할 필요를 가진 사람은 우리 민족의 지도자들이다. 사실은 라우박 박사가 이러한 의문을 제기한 것도, 그 본의가 그 대답을 자신이 들어 알고 싶음에 있지 아니하고, 차라리 대한의 지도자에게 그 대답을 들리고 싶어서 한 것이매, 오늘의 조 님의 대답은 늦은 것이 아니며, 헛된 것이 아니라 생각한다.

어떤 사대주의자는 한글 전용 운동을 일종의 감정 문제로 돌려보

내려고 한다. 그래서 역사적 전통과 현실적, 국내·국제적 사정과 냉정한 과학적 고찰은 한자 폐지는 불가능·불합리한 것이라 한다. 그러나, 한자 폐지, 한글 전용은 결코 단순한 민족적 감정의 문제가 아니다. 감정으로써 한 부분을 삼는 민족 정신, 과학 정신, 현대 의식의 당연한 주장이니, 우리는 이로써 민족의 자주 문화를 세우며, 자유 발전을 도모하여 영원한 생존과 행복을 꾀하는 엄정 고귀한 사업이다. 그러므로 라우박 박사 및 그 밖의 외국 인사들이 다 우리의 한자 폐지, 한글 전용 운동을 시인하며, 정당시하는 것은, 그네가 무슨 감정을 가진 때문이 아니라, 도리어 단순히 현대적 의식, 과학적 정신, 문화적 양심에 기인한 태도임을 확인할 수밖에 없는 것이 아닌가?

(3) 또 어떤이 ㄷ은, "한자를 폐지한다면, 「학교」를 「배움집」으로, 「비행기」를 「날틀」로, 「전차」를 「번개차」로 할 터이냐? 한자로 된 말을 도저히 다 없앨 수가 없는 것인즉, 한자를 폐지함은 옳지 못할 뿐 아니라, 불가능한 일이다."고 세운다.

이 ㄷ의 주장은 한자 폐지의 본의를 오해했음이 아니면, 고의로 딴 북을 쳐서 한자 폐지의 불가함을 비방하는 것이다. 우리의 주장하는 한자 폐지는 한자(漢字)는 쓰지 말고, 한글만 쓰자는 것이다. 곧 한자음으로 된 말이 이미 친근한 조선말로 익은 것은 다 그대로 사용하되, 글로 적을 적에는 한글로만 적자는 것이다. "비행기"는 "비행기"로, "학교"는 "학교"로만 적을 것이오, "飛行機"·"學校"로는 적지 말자는 것일 따름이다. 만약, 세상 사람들이 "비행기"·"학교"라 하지 않고 "날틀"·"배움집"이라고 말한다면, 그대로 "배움집"·"날틀"로 적을 것뿐이다. 설령 누구가 "비행기"를 "날틀"로, "학교"를 "배움집"으로 주장한다 할지라도, 이것은 다만 말의 문제이오, 글자의 문제는 아니다. 한자 폐지, 한글 전용은 다만 글자의 문제이오, 말의 문제는 아니다. 이 두 문제를 혼동함은 너무도 생각함이 부족한 짓이니, 상식이 있는 사람의 범할 과오라 하기 어려운 것이다.

그런데, 세상에는 아무 대학의 교수, 총장, 또 아무 신문의 논설인들조차가 이러한 '논점 상위의 논법'으로써, 한자 폐지·한글 전용을 반대하는 글을 번듯이 잡지나 신문에 발표하고서, 양양한 태도를 취하니, 이런 이들을 그 문제의 촛점을 모르는 몰상식한 사람이라 하면 도리어 실례가 될 것이니, 차라리, 뻔히 알면서 고의적으로 참소·비방하는 것이라고 할 수밖에 없겠다. 곧 그네들은 유의적으로 혹은 무의적으로, '한자 폐지'를 반대하기보다 '한자어 폐지'를 반대·논박함이 쉽겠다고 생각하고서 하는 노릇이리라. 그러나 이러한 논법은 아무리 그 말이 순하게 보일지라도, 그것은 이미 과녁을 벗어난 화살인지라, 그 목적하는 바 한자 폐지 반대에는 아무런 효과가 미치지 못함이 불보다 더 밝은 이치이다.

(4) 또 어떤이 ㄹ은, "한글 전용 운동은 공산주의 운동과 인연이 깊다. 공산주의를 막으려면 한자를 써야 한다."고 한다. 처음에는 이러한 소리를 어떤 시골 사람이 한다 함을 듣고, 그 무식함을 일소에 붙이고 말았더니, 나중에는 국회에서 우리의 의원들 입에서까지 이와 유사한 소리가 나왔다. 곧 "한글 전용은 「이 극로 주의」이니, 옳지 못하다. 마땅히 한자를 제한 사용하여야 한다."고. 이 참 어처구니없는 기막힐 소리가 아니고 무엇인가?

세종 대왕의 훈민정음 반포문은 실로 우리 배달겨레의 민족 의식 확립의 선포문이며, 민족 문화의 독립 선언서이니, 한글의 창제, 한글의 보급 내지 전용은 두말할 것 없이 우리 민족 의식·민족 정신의 최고의 발현인 동시에 또 만인개학(萬人皆學)의 민주주의 정신의 발현이며, 문자보다 실사실익(實事實益)을 존중하는 과학 정신의 실현이니, 이것이 곧 우리 겨레 최고의 문화 은인 세종 대왕의 이상(理想)이며, 또 해방된 민주 대한의 국민적 과업이다. 만약 북한에서 한글 전용을 실행한다는 이유로, 이를 공산주의 운동이라 하여 버리기로 한다면, 다음에는 우리말도 내어버리고 일본말이나 중국말도 쓰자 할 것인가? 그보다도 한걸음 더 나아가아 쌀밥 먹기, 공장 차리기, 군비 닦기도 다 버릴 것인가? 이렇게도 사고 분별의 능력이 없이, 어떻게 국사를 의논하며 국정을 운전할 것인가? 이 겨레, 이 나라를 위하여, 가히 통탄, 통곡할 일이로다.

배달겨레 5천 년 역사에서의 최고 문화재이며 유일의 자랑인 한글을 공산주의와 연결시켜 버리고서, 남의 나라 글자 한자로써 공산주의를 막겠다 하니, 이 소위 오랑캐로써 오랑캐를 제어한다는 '이이제이(以夷制夷)'의 방법인지는 모르겠으나, 그 어리석음이 저 임진왜란 때에 우리 장수 신 립(申砬)이 문경 새재의 험관을 버리고 충주 탄금대에서 한 신의 배수진을 흉내내다가, 도리어 제 죽고 나라 망치던, 어리석은 옛일과 무엇이 다른가? 더구나, 이런 소리를 하는 이는 오늘의 중국을 아는가 모르는가? 한자만 쓰는 중국의 공산주의가 저렇게 불같이 번지고 있지 아니한가? 공자·맹자가 가르친 한자라 해서 그것이 공산주의 막기에 아무 소용이 없음이 천하에 증명되지 아니하였는가? 우리의 보는 바에 의하면, 한자가 공산주의 막기에 소용이 안 될 뿐 아니라 도리어 해가 되며, 이와 반대로, 한글이 공산주의 막기에 해로운 것이 아니라, 도리어 유조한 것이라 하노니, 내가 여기 그 까닭을 말하리라.

먼저 라우박 박사의 말을 소개하겠다. 라우박 박사가 인도의 신문 지를 보이며 말하였다.

이 신문에, 중국의 공산주의 영도자 모 택동과 인도의 공산주의 운동자들이 그 주의 선전의 상대를 "첫째 농민, 둘째 공장 노동자, 셋째 학생, 넷째 군인이다. 그리고 그 나머지의 인테리 무리, 부호·귀족 무리는 상대할 것이 없다."고 하였다. 그뿐만 아니라, 나(라우박)의 경험으로 배운 바에 의하면, 세계 각지의 글 모르는 대중의 심리는 글 잘하는 유식 계급을 지목하여, 저희를 속이고 갉아먹는 허울 좋은 교만한 도둑놈으로 생각한다. 그래서 유식자와의 접촉하기를 싫어한다. 그러므로 이런 사람들에게 글자를 가르치는 최대의 기본 요건은 글 아는 자가 먼저 제 스스로를 낮추어 겸손한 태도와 온유한 말로써 글소경을 대하고 지도하지 아니하면 안 된다는 것이다. 그렇게 해야만, 먼저 그 마음을 얻고 다음에 그에게 글자를 배우는 흥미를 일으키게 할 수가 있는 것이다. 이러한 방법으로 무식 대중의 마음을 얻고 글자를 가르치고 또 나아가아 정당한 민주주의적 생활 원리와 방법을 가르쳐야만 능히 글소경 없이하는 근본 목적을 달성할 수 있는 것이다. 만약, 이와 반대로, 세계의 글자 모르는 가련한 대중을 그대로 방치하고, 다만 소수의 상류 계급의 사람들만을 상대로 한다면, 이는 마치 비옥한 땅을 적(敵)에게 양도함과 다름이 있으랴? 공산주의 운동자는 젊은 학생층을 상대로 선전에 급급한데, 대중의 교화 지도를 경시하고, 고봉(高俸)에만 씨를 뿌리고자 하는 나라는 공산주의의 위험에서 면하기 극히 어려운 것이다. 그러므로, 글소경 퇴치는 곧 공산주의의 퇴치인 것임을 알아야 한다.

이 얼마나, 합리스럽고 유익한 말인가? 오늘의 중극은 지독히도 어려운 한자의 해독으로 말미암아 4억만 국민의 대부분이 글소경의 가련한 상태에 빠져 있어 항상 유식한 관료 계급의 부당한 압박과 착취를 당한 때문으로, 그 억울한 심정의 화약에다가 공산주의란 불을 놓는 것이 아닌가? 원래, 어느 나라를 물론하고 유식한 심정에는 공산주의의 불이 잘 붙지 아니하는 것이다. 그러므로, 모 택동도 인테리겐자 충은 대상 삼지 말라고 지령한 것이 아닌가? 또, 현재 우리 대한의 형편을 돌아보라. 제주도의 저러한 반란도 그 실은 백성이 무식한 때문에 그렇게 된 것이 아닌가? 만약 백성들이 다 글눈을 뜨고 신문을 볼 줄 알고, 또 볼 수 있었다면 인민공화국 군대가 이미 서울을 점령하고 대전까지 내려왔으니, 너희들도 빨리 일어나라는 맹랑한 선동에 그렇게 쉽사리 속아 넘어가지 아니할 것이 아니었는가?

이로써 보건대, 대중을 무식의 구렁에 방치하는 것처럼 여러 가지 의미에서 위험한 일이 없다고 할 수 있다. 우리 겨레는 원래 빼어난 두뇌의 소유자이다. 그 중에서도 세종 대왕은 천고에 빼어난 지혜와 덕을 타고 난 분이라, 이 겨레를 사랑하고 더욱이 어리석은 대중을 사랑하여 쉽고 편리한 과학스런 자국(自國)의 글자를 창제하여 끼치었다. 이로써 백성을 가르치고, 이로써 대중 교화를 세우고, 이로써 민족 문화를 높일 것 같으면, 거기에 진정한 민주주의의 생활이 발전되고, 대중의 행복이 무르녹을 것이니, 한글 전용이야말로, 공산주의를 막아 내는 이로운 무기가 아니고 무엇인가? 한자로써 공산주의를 막자는 것이 이론적으로 성립되지 아니함은 이상으로써 밝아졌다고 생각한다. 그런데, 한글 전용의 주장을 공산주의로 몰려고 하는 심사는 참으로 가증한 것이다.

이조 5백 년 역사는 실로 당쟁의 역사라 할 만한데, 그 당쟁에 있어서 한 당이 반대당을 넘어뜨리는 상투의 수단이 그를 역적(逆賊)으로 모함하는 일이었다. 그래서 엎치락 뒤치락 하는 바람에 인물은 말라지고, 사기는 꺾이어서, 드디어 국사가 틀리고 국가가 쓰러진 것이었다. 이제 광복된 조국이 민족의 자주 문화를 세우고자, 한글 전용의 교육이 실시되며, 한글 전용법이 국회를 통과한 것은 만국 만년의 번영을 위하여 축할 만한 당연한 건설적 업적이어늘, 어떤 신문의 사설은 한글 전용을 공산주의의 한짝으로 몰아치니, 그 소론의 부당함은 여기에 거론할 것도 없거니와 그 심사의 음흉함은 실로 가증, 가탄할 일이로다.

우리 나라의 문화사를 상고할 것 같으면, 한글 전용은 결코 오늘에 비롯된 것이 아님을 알겠다. 맨처음 세종 대왕께서 한글 지어내실 무렵에 지으신 《용비어천가(龍飛御天歌)》가, 먼저 우리말로써 노래를 지어 원문(原文)을 삼아 놓고, 다음에 그것을 순한문으로 번역하였으니, 여기에 우리가 넉넉히 세종 대왕의 한글 전용의 의도를 짐작할 수 있으며, 그 후세에 와서 나온 국문학, 구소설이 한글만으로 적힌 것이 차차 불어 오다가, 시방으로부터 55년 전 갑오 경장으로 우리 나라가 중국으로부터 독립함을 얻으매, 한글 전용의 기운이 다시 일어나아, 정부로부터는 "법률·명령은 다 국문으로써 본(本)을 삼고, 한문 번역을 붙이며, 혹 국·한문을 혼용(混用)함"이란 칙령(勅令)이 나리었으며, 민간에서는 곧 오늘의 광복된 조국의 대통령이 승만 박사 및 여러 애국자들이 순국문으로 《독립 신문》을 발행하였다. 이 박사는 그 뒤 미국에 건너가서도 순국문 신문으로써 해외 동포들에게 민족 정신과 독립 사상을 고취하였으며, 해방 후 귀국하여서는, 《독립 정신》《일민주의》 등 저서를 순국문으로 내었으며, 금년 9월에 서울 대학에서 명예 법학 박사의 학위를 받으실제,

그 학위상을 순국문으로 적게 하셨으며, 신문지상 담화 발표도 매양 순국문으로 하심을 우리가 다 보는 바이다. 또 해방 직후에 '조선 교육 심의회'에서 한자 폐지를 결의하고, 미 군정청에서 이를 실시하여, 한글만으로 자유민 교육을 시작하였으며, 작년 5월에 대한민국의 국회가 성립되자, 처음으로 제정되는 헌법의 원문을 순국문으로 하였으며, 10월에는 '한글 전용법'을 통과시키었다.

이로써 보건대, 한글 전용은 한글 창제의 본의로서, 창제 당시에 시작되어 고비 고비의 부침(浮沈)이 없지 아니하지마는, 국가 독립이 이뤄질 때마다, 민족 정신이 발흥할 때마다 그 기운이 왕성하여져 오다가, 8·15 해방으로 말미암아 최고조에 도달한 것이니, 이는 실로 금번의 독립이 우리 겨레에 있어서 역사적 최대의 전환기로서, 민족 정신과 자주 독립 기상의 진작이 전고 미증유의 고조에 달한 전용의 역사를 살피고서도, 오히려 이를 공산주의에 짝지우고자 하는 자가 있다면, 그야말로 필연코 공산주의의 얄미운 책동자로서 우리의 민족정신·독립 사상을 말살하려는 기도에 불과한 것이라 할 수밖에 없으리라.

(5) 또 어떤이 ㅁ은, "한자 폐지는 우리의 문화의 전통을 중단하며, 노년층과 소년층을 격리시키게 된다."고 걱정한다. 이런 탄식의 소리는 나이 많은 학부형 쪽에서 혹 나오는 것이다.

ㅁ의 심리는 이러하다.—"나는 한문을 배워서 한문책도 읽어, 공자·맹자의 가르침도 배우고, 관·혼·상·제의 예법도 익혀, 써 사회에 상당한 지위와 명예를 얻었는데, 요사이 우리 집의 자녀들이 학교에서 배워 오는 것을 보니 도무지가 한글이라, 자신이 그것을 읽으려 해도 잘 읽어지지도 아니하며, 그 아이는 자기가 애독하던 서책을

읽을 가망이 있어 보이지 않는다."

여기에 ㅁ의 마음에는 일종의 허무감을 느끼며, 비애를 느끼게 되는 것이다. 시렁에 찬 '사서 삼경'이 그 자녀들에게 소용이 없게 되는 것은 물론이오, 그이들이 축문(祝文)을 쓸 줄도 모르고, 남이 써 놓은 축문을 읽을 줄도 모르니, 평생으로 그 귀중한 서적의 재산을 모은 노력이 아깝기도 하려니와, 죽은 뒤에도 그 자손에게서 제사(祭祀)도 받아먹을 것 같지 아니하니, 이런 딱한 일이 어데 있을쏘냐? 그러나, ㅁ이여, 비관하지 말며, 탄식하지 말지어다! 당신이 배워서 소중하게 쓰던 '수신 제가 치국 평천하'의 도리는 하필 사서 삼경이 아닐지라도 현대의 상황에 더 적절한 도리를 대학에서 각각 전문적으로 배울 것이며, 따라, 당신이 애써서 모은 고서도 다신의 자녀의 전문을 따라 참고에 쓸 것이다. 더구나 관·혼·상·제의 현대인의 방식은 반드시 당신이 숭상하고 지키던 낡은 방식에 얽매일 필요가 없는 것이며, 만약 제사에 축문이 필요하다면, 당신네의 자녀는 우리말, 우리 글로써 정곡을 다한 축문을 써서 당신의 영전에 읽을 것이니, 평생에 조선말만을 쓰던 당신의 영혼이 그 축문을 못 알아들을 염려가 결코 없을 뿐 아니라, 한문에 능통하지 못하던 당신의 부인이나 일가 친척의 영혼은 처음으로 그 축문을 알아듣고, 자손의 제사에 정답게 응감할 수가 있을 것이 아닌가?

나는 당신이, 당신 자신과 꼭 같지 아니하고 매우 달라져 가는 당신의 자녀들을 보고 매우 섭섭한 느낌을 가지게 되는 점에 대하여, 많은 동정을 하기를 아끼지 아니한다. 생물은 그 생물학적 유전 법칙에 좇아 그 새끼가 그 어미를 닮게 되는 것이며, 또 어미는 본능적으로 그 새끼를 제와 같이 되도록 길러 내는 것이다. 사람의 생활도 이와 다름이 없는 위에다가, 다시 한 층 더 높은 문화 활동으로써 그 자녀를 제같이 되도록 기르며 가르치기에 힘쓴다. 그뿐 아니라, 누구나 간파한 것처럼 만 사람은 다 각각 제 잘난 맛에 사는 것이다. 따라, 오늘날 지도자적 지위를 획득한 사람들은 다 각각 자기의 현재의 사회적 지위와 과거의 교양—한문 교양에 높은 가치를 두게 되는 것은 자연스런 심리이다. 그래서, 이 교양, 이 지위를 자기의 자손에게도 물려 주고자 하는 심정은 매우 자연스럽고도 또 당연스럽기도 하며 따라 동정할 만도 하다.

그러나, ㅁ이여, 노여워 마시오! 나는 순객관적 처지에서 바라볼 적에 당신의 현재의 지위와 과거의 교육에 당신과 같은 높은 가치는 커녕 낮은 가치도 인정할 수 없구나! 당신의 받은 교육이 얼마나 좋았으며 당신의 행한 업적이 얼마나 좋았건대, 반만년의 역사의 조국을 송두리째 다른 민족에게 빼앗기고, 가련한 노예 생활을 한 지 36년만에 세기적 해방의 덕으로 조국을 광복하기는 하였건마는 당신의 수족은 거의 병신과 마찬가지라, 손수 농사도 짓지 못하고, 손수 공업도 하지 못하여 먹을 것, 입을 것, 쓸 것을 오로지 남에게만 의뢰할 수밖에 없는 형편에 처하여 있지 아니한가?

ㅁ이여! 이러고도 여전히 제 잘난 맛에만 살 것인가? 모름지기 스스로 맹성하여 과거의 묵은 사상, 낡은 교육을 깨끗이 청산하고 자손의 미래의 번영과 행복을 위하여 사내답게, 사람답게 나 스스로의 무가치함을 확인할 것이 아닌가? 그래서 배달겨레의 자주 독립의 정신과 용기로써 한글 문화의 건설과 민주주의적 국가적 발전에 몸바칠 것이 아닌가?

(6) 또 어떤이 ㅂ은, 대단히 겸손한 태도로 이렇게 생각한다.—"광복된 조국은 우리 가난한 농민의 자손들도 출세할 길을 열어 주어

야 한다. 우리는 과대한 소원도 하지 않는다. 우리 자식도 순경도 될 수 있고, 면서기도 될 수 있기를 바란다. 그런데, 지금 정부에서는 있는 사람들의 자손에게만 글(한자)을 가르치고 우리들 자식에는 '언문'(한글)만 가르쳐서 무식장이를 만들어 내니, 벼슬은 저희들끼리만 해먹고, 우리들 자손은 만년 농군으로만 만드는 것이 아닌가?" 이렇게 불평을 하는 시골 농민이 있다고 한다(《주간 서울》 제63호).

이러한 농민의 소리를 전하고 손 진태 님은 이에 동정하여 "농민의 최대한의 소원은 군수나 서장을 바라는 것도 아니오, 순경이나 면서기 되는 것인데, 이 소원의 출세의 길을 막기 때문에 농민이 정부에 대하여 반감을 가지고 있다. 이 반감은 경시할 것이 못 된다. 그러므로 농민이 이 최대한의 소원을 성취할 수 있도록 한 자를 임시적 조처로 좀 가르쳐 주는 것이 좋겠다. 아니, 줄 수밖에 없겠다."고 말하였다.

만약 어떤 농민이 이러한 소원과 원한을 품고 있다면, 우리도 한 차례 그에 동정하기를 아끼지 아니한다. 그러나 사회의 식자는 그에 대한 이른바 '송양의 인(宋襄의 仁)'을 취하지 말고 문제의 근본적 타개를 힘쓸 것이라 하노라. 만약 농민의 소원대로 순경이나 면서기의 길만을 열어 주기로 한다면 이는 우민 정책(愚民政策)이다. 민주주의 나라 대한에서는 농민이나 상민이나 누구나의 자손을 물론하고 모든 출세의 기회를 평등하게 열어 주어야 할 것이며, 또 그러한 평등의 소원을 품도록 일반 민중에게 깨우쳐 주어야 할 것이 아닌가? 만약 ㅂ의 소원과 원한에 대하여 그러한 임시적·허식적 대책을 취한다면 이는 실로 '조삼모사'의 술책에 지나지 않는 것이다. 농민의 소지에 진정한 심원한 동정의 귀를 기울이는 지도자는 마땅히 한글 전용의 철저화를 높이 외칠 것이 아닌가? 위정자는 하루바삐 한자 폐지, 한글 전용을 철저히 하여 만민이 다 같이 글눈을 뜨고, 다 같이 희망을 품고, 즐거이 살아갈 수 있게 만들 것이 아닌가? 국회를 통과한 '한글 전용법'은 토지 개혁과 한가지로 농민 대중의 문화와 생활의 향상을 위한 국가적 조처이었다. 이 법을 제정한 우리 민중의 대표자들이 만약 "그러면 한자를 가르쳐 주어야 하겠구나!"고 한다면 참으로 일정한 투철한 정견과 양심이 있다 할 수 없을 것이다. 참으로 이 나라의 만년의 평화와 번영을 위하거든 모름지기 무식하고 가난한 우리의 농민에게 참된 식견과 동등의 소원을 품고 살아 가도록 할 것이 아닌가? "이러한 농민의 반감이 만약 악질배에게 선동되는 날에는 중대한 피해가 국가에 미칠는지 실로 전율감을 금치 못하였다."고 하는, 우리의 식자는 나라를 걱정하는 성심으로써 표면의 고식적 미봉에 착안하지 말 것이니, 만약 농민에게는 순경과 면서기의 벼슬 자리만 열어 주기로 한다면, 그것이야말로 도리어 악질배의 선동을 받을 위험성, 그것이 아니고 무엇인가? 오늘날의 지도자는 마땅히 우리 가난한 농민의 자제 가운데서도 링컨과 같은 위대한 대통령이 나오기를 바라는 심원으로써 사회의 진로를 마련할 것이 아닌가?

요점은, 한말로 하자면, 민주주의의 시대 조류에 순응하여 교육·문화·정치를 일삼을 것뿐이니, 한글 전용의 철저화야말로 그 가장 근본적 방책이다.

(7) 또 어떤이 ㅅ은, "국민학교의 졸업생이 사회에 나와도 한자를 모르기 때문에 신문도 읽지 못하며, 문패도 보지 못하여 관청의 사환(給仕)도, 우편체부도 될 수 없으며, 납세 고지서도 못 보아 국민의 납세 의무도 잘 할 수 없다. 그러니, 한자를 얼만큼 가르쳐야 하겠

다.”고 한다.

학교 교육에서는 이미 한자 폐지를 한 지가 오래인데, 실사회에서는 여전히 한자를 사용하고 있으니, 이는 두말할 것 없이 모순현상이다. 이 모순을 해결하려면 두 가지의 길이 있으니, 하나는 해방 이래 5년 동안이나 하여 온 교육 방침을 고치어 한자 폐지를 그만두고서 한자를 적극적으로 가르치는 일이오, 또 하나는 이미 시행하여 오는 한자 폐지의 교육과 같은 보조로, 사회에서도 한자 쓰기를 그만 두는 일이다. 이 두 가지의 방책 중에서 어느 것을 취함이 옳을까는 문제의 근본을 판정함에 있을 것이오, 결코 오늘의 일시적 소수인의 편·불편으로써 결정할 것이 아니라 생각한다. 우리는 ① 국민의 절대 다수의 편리와 이익을 위하여, ② 교육의 효과를 위하여, ③ 광복된 조국의 민주주의적 발전을 위하여, ④ 해방된 겨레의 항구한 행복을 위하여, ⑤ 민족 문화 내지 세계 문화의 발달을 위하여 한자 폐지를 완성함으로써, 이 모순을 해결함이 마땅하다고 생각한다. 그런데, 오늘의 우리 사회의 지도자들은 다만 자기 본위의 편리와 이익을 위하여 한자 쓰기를 여전히 계속하여, 민주주의의 새 시대를 맞으려는 제 2세 국민에게 모순의 고난을 주기를 꺼리지 아니하니, 이는 단적으로 말하면 이기주의가 아니면 특권 옹호의 고집으로밖에 평가할 수 없는 것이다.

우리는 특히 국민학교의 교원 중에서 이 모순을 걱정하는 이가 있음을 볼 적에 그 가르친 제자의 전도를 염려하는 교육자적 심원에 대하여는 일종의 경의를 표하는 바이다. 그러나 그러한 심정으로 인하여 아이들에게 한자 교육을 실행하고자 한다면, 이는 목전의 일시적 고통을 면하기 위하여 영구한 큰 고통을 부르는 것이 됨을 깨쳐야 한다. 현명한 어머니는 병든 아이가 애닯게 간구하는 냉수를 거절함으로써 그 귀동자의 생명과 건강을 회복하게 함에 대하여, 자청과 심약에 기울어진 어머니는 그 귀여운 아들이 물을 옆에 두고서 목말라 못 견디는 정황을 차마 보지 못하여 드디어 냉수를 허여하였기 때문에, 종당은 그 귀동자의 생명을 잃고서 통곡하는 일이 있음을 우리는 겪어 안다. 오늘의 모순은 확실히 답답한 애닯은 현상이다. 그러나 이 모순을 타개하기에 조급하여 사랑하는 제자에게 그만 한자 교육을 실시하려 함은, 상기의 병든 아이에게 그 냉수를 허급하는 연약한 어머니와 무슨 다름이 있으랴? 우리는 교육자에 대하여, 자기가 가르치는 사랑스런 제자들의 진정한, 영구한 행복을 위하여 그 생명에 유독한 냉수의 허급을 거절하고서 끈기있게 그 병이 계단적으로 평유의 상태에 이르도록 기다리기를 바라 마지 아니한다.

　모든 사회적 모순은 그 모순이 증대될수록 그 해결의 서광이 가까이 오는 것이다. 우리 대한민국의 사회에 한자 아니고는 글 쓸 수도 없고 살 수도 없다고 하는 늙은 층과, 한자는 비과학적이오, 지극히도 어려워 생명에 해로울 뿐 아니라, 우리가 알지도 못하는 것이라 하여 이를 절대로 배척하는 동시에, 과학적이오 쉽고 편리한 한글만 쓰겠다는 젊은 층과의 대립이 자꾸 현저해져 감을 따라, 그 해결은 반드시 올 것이다. 인간 만사는 그 해결에 세 가지의 요소가 필요하니, 노력과 인내와 시간이 그것이다. 끊임없는 노력을 하면서 참고서 시간의 경과를 기다리는 것이 필요하다. 작은 일도 이 세 가지의 요소가 아니고는 달성하기 어렵거든, 하물며 글자의 혁명, 문화의 광복과 같은 위대한 사업이랴?

　혹은 말하리라, 교육이란 환경에 순응하는 것이라고. 그렇다. 그러나 환경에 순응함으로 만족하는 교육은 순조로이 발달된 선진 사회의 교육이다. 오랜 동안의 억압에서 풀려 나온 겨레의 사회에서는 교육은 다만 기성되어 있는 환경에 순응하는 것만으로 능사를 삼을 수 없는 것이다. 사람은 끊임없이 그 문화적 이상에 따라 그 환경을 개량하여 나아가는 것인데, 우리는 40여 년 동안이나 다른 겨레의 노예가 되어 제 생각, 제 이상으로써 제 문화 생활을 개선하지 못하고, 다만 정복자의 마음대로 밀가루 반죽처럼 이렇게도 되고 저렇게도 되어 지내어 왔던 것이다. 그러므로 오늘의 우리 사회는 급격히 고쳐야 할 것이 한두 가지가 아니로되, 토지 개혁과 문자 혁명은 그 가장 중요한 것이다. 왜적에게 3분의 2나 빼앗겼던 토지, 왜적에게 전적으로 금압되었던 우리말 우리 글을 해방으로 갑자기 찾은 만큼 또 갑자기 크게 고쳐야 할 필요가 있는 것이다. 그 밖에 사회 환경도 급작이 대수술을 해야만 할 부분이 적지 아니하다.

그러므로 이러한 형편에 놓여 있는 오늘의 우리 사회에서는 다만 환경에 순응하는 피동적 교육, 소승적(小乘的) 교육으로만 만족할 것이 아니라, 모름지기 능동적 교육, 대승적(大乘的) 교육으로써 묵은 불합리를 일소하고 민주 이상의 실현을 위하여 맹진하지 아니하면 안 된다. 그리하여 불합리한 현상의 환경의 개혁을 요구할 것이다. 문패나 간판을 다 한글로 쓰라. 신문·잡지도 한글을 전용하라. 고지서·공문도 한글로 하라. 이리하여야만 새 교육의 이상, 새 나라의 흥륭이 결과할 것이다. 새로운 문화 창조의 의욕이 왕성한 교육자라야 능히 일진하는 시대의 민주 국가를 메고 나갈 청년을 양성할 수가 있을 것이다.

(8) 끝으로, 어떤이 ㅇ은, "한자는 우리말에 있어서 큰 암종[癌]이니 이것을 폐지함이 마땅하다 하면서 오히려 그것(한자)이 우리 말에서 생명을 가지고 살아 있는 것이기 때문에 이것을 갑자기 폐지하지

못할 것"이라고 세운다. 곧 가로되, "해방 이후에 한자의 폐지를 부르짖음이 성하였음에도 매이잖고 한자로 이루어진 국어가 많이 생겼다. 이를테면 三八線, 過度政府, 民主議院, 反民法, 巡警, 某某政黨, 大學館, 忠武路二街, 審計院, 歸屬財産, 業態婦, …들이 다 한자로써 새로운 우리말이 되어 날마다 쓰이고 있다. 이와 같이 살아 있는 한자를 무모하게 전폐한다면 문화의 침체를 가져 올 것이니, 마땅히 제한 사용하다가 차차 전폐에 이름이 옳으니라."고.

사람의 말은 어떤 사회를 막론하고, 날마다 날마다 창조적으로 발전하는 것이다. 그러므로 한자를 사용하는 우리 사회에 상기와 같은 새로운 한자말이 해방 후 창조된 것은 사실이다. (또 다른 반면에, 우리말 우리 글을 쓰는 우리 사회에 새로운 우리말이 생기는 것—보기하면, "지름(直徑), 사다리꼴(梯形), 도시락(辨當), …"같은—도 또한 사실이다. 세상의 사대주의자들은 이 한자말의 창조는 당연시하면서 순국어의 창조는 큰 괴변으로 생각한다.) 그러나 이 한자말의 새로운 생김으로써 한자의 국어에서의 생명력을 역설하여 그 폐지의 불가함을 고집함은 크게 옳지 못하다. 왜냐하면 위에 든 보기말 가운데 "민족 반역자 처단법", "○○ 정당", "삼팔선" 같은, 비록 한자를 아주 안 쓰더라도 새로 생겨날 수 있는 것도 있지마는, 그 밖의 대개는 만약 한자를 아주 안 쓰기로 하였다면 아예 생겨나지 아니하였거나 또는 생겼을지라도 다소 다른 모양으로 나타났을는지도 모른다. 이를테면 "歸屬財産"은 "도로 찾은 재산"으로, "審計院"은 "회계 감찰청" 따위로, "忠武路二街"는 "충무길 둘째거리"로 이렇게 더 친근한 우리말로 되었을 것이다. 이렇게 귀로 들어서는 좀처럼 알 수 없고 한자 아는 사람이 눈으로 보아야만 겨우 짐작할 수 있는 저런 서투른 말로 된 것은 오로지 한자에 중독된 사람들이 여전히 한자 쓰기를 포기하지 아니하기 때문에 그런 말을 지어낸 것이다. 짧게 말하면, 이러한 새 한자 말의 나타남은 한자의 생명을 증명하는 것이 아니오, 거꾸로 한자를 고집하기 때문에 불합리한 한자말이 억지로 창조되어서 일본말의 짐을 벗은 자유민에게 새로운 딴 짐을 지우는 것이다.

그러한즉 이러한 새 한자말이 자꾸 생겨나는 터이니까 한자는 폐지 못한다고 주장할 것이 아니라, 도리어 그런 어려운 한자말이 시대 역행으로 자꾸 생겨나는 것을 막기 위하여 한자를 당장 곧 폐지하자고 주장할 것이다. 사실로 우리 사회가 한자 쓰기를 전폐 하지 아니하는 한에는 언어의 창조적 발달의 본성에 의하여 한자말은 영구히 새로 생겨날 것이니, 우리 국민의 글자에의 예속성은 더욱 공고하여져서 갈수록 근절·완치하지 못하게 될 것이다. 그러므로 한자 말이 새로 생기지 아니하게 되거든 그제야 한자를 폐지하자고 생각하는 자가 있다면, 이는 마치 다년초의 뿌리를 그냥 두고서 그 뿌리에서 풀싹이 나지 아니하거든, 그 뿌리를 뽑아 버리자 하는 수작과 다름이 없는 것이니, 이게야말로 본말을 전도한 이론이라 아니할 수 없는 것이다.

일본이 명치 유신에 당하여 한자를 폐지하려다가 능히 단행하지 못하였기 때문에, 이래 80년간에 수만의 새 말이 모두 한자로 창조되었기 때문에 오늘에 와서는 더욱 단단히 한자에 붙잡히어, 한자의 얽맴을 벗어나고자 하는 시대적·과학적 요구는 한없는 고민을 하고 있다. 해방을 얻어, 정치·경제·문화 등 각 방면에 일대 개혁을 단행해야 할 이 중대 계단에 처한 우리 국민이 여전히 무기력하게 고식의 태도를 가진다면, 실로 만대의 자손에게 대하여 무거운 죄를 짓는 것임을 깨쳐야 한다.

이상에서 나는 한자 폐지 반대론의 정신 분석을 하여 보았다. 그 결과가 대개 소국의 백성, 식민지 백성으로서의 생활에 젖은 사대주의가 아니면 자기를 변호하여 소수의 특권을 옹호하려는 이기주의이며, 오해가 아니면 중상이며, 반쪽만 살핀 관찰력의 부족이 아니면 자주적 민족 문화, 새로운 민주 문화의 건설에 대한 무기력이다. 이러한 심적 요소가 그 무의식의 층에 잠재하여 그 주체로 하여금 저도 모르게 그 결정적 심적 요소의 장난에 몰리어, 한자 폐지에 대하여 혹은 의촉 혹은 반대를 부르짖게 하는 것이다. 그러나 이제 우리는 정신 분석의 방법에 따라, 반대론의 정신적 원인을 천명하여 그 가장(假裝)을 벗기어 밝은 볕살에 내어 쬐었다. 그리하여 그 하얀 볕에 드러나 그것이 그리 신통하지도 않은 것임을 간파하였다.

이제는 다시 더 주저할 것이 없다. 우리 겨레의 자주 문화 건설에 대한 확고한 신념과 겨레의 생존 발전에 관한 원대한 포부를 가지고 용맹스럽게 한자의 폐지, 한글의 전용을 위하여 분투할 따름이다. 최후의 승리는 진리에 있다.

우리는 진리를 굳게 잡았으니, 최후의 승리는 우리의 것이다. 나아가자, 앞으로, 그리하여, 우리말 우리 글로 우리 문화 세우자!

-〈새교육〉(1950. 1.)-

「한자」 폐지에 대하여

　오늘 시월 구일은 세종 임금이 한글을 반포하신 지 꼭 찬 500년 되는 돌날이올시다. 이 한글날은 정말로 우리 민족의 문화적 경절이니, 우리들은 마땅히 이날을 기뻐하는 동시에, 또 가장 의의 깊게 지내지 않으면 안 된다고 생각합니다. 나는 이제 이 뜻깊은 한글날을 당하여, 「〈한자〉를 폐지하고 한글만 쓰기로 결심합시다」고 제의합니다.

　한자가 우리 나라에 수입된 지가 수천년이요, 현재의 식자들이 이 한자 쓰기에 꽉 익은 터이라—아니, 똑바로 말하자면 우리 조선의 대다수의 식자들은 이미 깊이 한자에 중독된 상태에 있는 터이라, 나의 한자 폐지의 제안에 대하여 혹은 대단히 놀랄는지 모르겠습니다마는 가만히 인류의 문화사를 상고하고 세계의 민족 문화의 진전하는 모양을 살피고 보면, 한자 폐지는 당연한 일이라고 생각합니다. 더구나 삼십 년 동안의 외적의 굴레를 벗어나서 새 나라 만년 흥륭의 터전을 닦으며, 이 민족 영원 발전의 한길을 열고자 하는 이때에 있어서, 민족의 생명을 좀먹고 문화적 창조를 숨막고 나라의 발전을 해하는 한자 쓰기를 버리고 가장 과학적이요 편리한 한글만을 쓰기로 함은 무엇보다도 필요한 것이라고 생각합니다.

본래, 세종대왕께서 한글을 지어 내신 취지가 전국 백성들이 다 이 글을 배워서, 한 사람도 글 모르는 이가 없이 모든 사람이 다 이 글로써 제 사상 감정을 발표하며, 만 가지 기록을 다하여 온 국민의 문화가 진보하며, 생활이 향상하며, 국가가 발전하게 만드는 데에 있었습니다. 그렇건마는 우리 조선 사람들이 생각이 부족하여서 종래의 한자 배우기에 제정신을 잃어버렸기 때문에, 이 세종대왕의 거룩한 이상을 이해하지 못하고, 여전히 그 복잡하고 수 많고 어려운 한자·한문만을 숭상하다가, 살기 어려운 가난한 계급의 사람들은 도모지 글자를 배우지 못하여 더욱 어리석게만 되고, 생활이 유족한 치자 계급의 사람들은 그 아까운 정력과 시간을 온통 한자 한문 배우기에만 허비하노라고 인간 사회의 일상 생활에 필요한 지식 기능을 배우지 못하고, 실제 생활의 필요한 일을 하지 못하였습니다. 그래서, 필경에는 반만년 내려오던 조국을 섬종자들에게 빼앗기고 말았던 것입니다. 그래서, 망국의 백성으로서 남의 민족의 굴레를 쓰고, 천 가지 만 가지 갖은 설움과 고초를 당한 것은, 우리 삼천만 겨레의 골수에 사무친 체험이 아닙니까?

이제, 우리는 정치적 해방을 얻어 우리의 문화, 우리의 생활을 우리 스스로가 경륜하게 되었으니, 이 역사적 경험을 거울삼아 금후의 문화 생활의 나아갈 길을 바로잡지 아니하면 안 될 것입니다. 곧 지난 40년 동안에 우리 겨레를 몰아 식민지 백성 노릇하게 하던 일어와 「가나」를 버림과 같이, 지난 500년 동안에 우리를 망국민 되도록 인도하던 한자 한문을 우리의 문자 생활에서 내어쫓아야 합니다. 「슬기로운 사람은 〈남의 경험〉으로 배운다」 하였는데, 이제 우리 조선 겨레는 「제 스스로의 경험—더구나 골수에 사무치는 쓰라린 경험에서 배우지 못하고 깨치지 못하고 또다시 제 엎어졌던 바퀴자국을 밟는다면, 이런 어리석은 일이 천하에 또다시 어디 있겠습니까?

우리 조선 사람은 오랫동안 한자를 숭상하여 온 결과로, 한자 문화에 완전히 정복되어 정신적 노예가 되었습니다. 그래서, 한자는 만방 글자 중에 가장 무수한 글자이니 그 권위와 가치는 절대 불가침의 신성성을 가지고 있기 때문에, 이것이 아니고는 우리의 생활은 몽매 야만으로 떨어진다고 생각하는 이가 적지 아니합니다. 이리하여, 한자 만능의 미신을 가지고 있으며 한자의 매력에 중독이 된 상태에 있는 것은 사실이올시다.

그러나, 우리가 비뚤어진 전통적 감정을 버리고서 냉정한 이성적 입장에 서서 한자의 본질과 기능과 그 가치를 과학적으로 연구 비판하여 본다면, 이러한 그릇된 생각을 내어버리지 않을 수 없는 동시에 우리의 한글이 가장 훌륭한 과학적 문화임을 깨치지 아니할 수 없습니다.

이제 이 같은 짧은 시간에 그 자세한 까닭을 구체적으로 베풀어 드릴 수가 없으니까 다만 몇 가지의 조목을 들어 보기로 하겠습니다.

첫째, 인류 사회의 발달사로 보아 한자는 상형 문자, 뜻글에 속한 것인데, 이것은 그 문자 발달의 최초 계단에 속한 것입니다. 인류 문자의 최후의 발달 계단은 소리글—그중에도 우리 한글과 같은 낱소리글이올시다.

이집트의 상형 문자는 타국으로 전파됨을 따라 소리글로 변하여서 오늘날 서양 제국이 모두 쓰는 로마자가 되었습니다. 곧 이집트의 상형 문자가 편리한 소리글—로마자로 변하였기 때문에 그것을 이용하는 사람들은 오늘의 서양 문명을 만들어 내었습니다. 이와 반대로, 지나의 한자는 그대로 상형 문자적 성격을 완전히 벗어나지 못하였기 때문에 그 문자를 사용하는 사람들은 대중적인 현대 문명에 뒤떨어지고 말았습니다. 그러므로, 동양 민족들도 서양 사람들과 같이 어깨를 겨누고서 생존 경쟁을 해 가려면, 모름지기 한자 사용을 폐지하여야 합니다. 다시 말하면 한자 폐지는 문자사적 및 세기사적 필연성을 띤 것이올시다.

둘째로, 한자는 그 수가 너무 많고 그 자획이 복잡하고 그 발음이 착잡하여 배우기가 극히 어렵습니다. 따라 온 국민이 그 때문에 시간과 생명을 낭비하게 되는 큰 손실이 있습니다.

한자의 글자 수가 약 5만이나 되는데, 그 각 글자가 두세 가지의 음과 뜻을 가진 것이 예사이라 이러한 것을 다 배워 내자면 아까운 청춘의 활동 시기를 다 허비하고서 부질없이 백발이 되고 말게 될 수밖에 없습니다. 그래, 사람이 이 세상에 난 목적이 글자 배우는 데에 있단 말입니까? 쉬운 글을 금방 배워서 세상에 살아가는 데에 필요한 일을 하여야만 사람의 목적, 아울러 글의 목적도 도달되는 것이 아니겠습니까?

세째로, 한자는 배우기 어렵기 때문에 학교 교육에서 이것을 배우느라고 실생활에 필요한 과학적 지식, 기술을 배우지 못합니다. 그 결과는 국가의 산업이 흥성하지 못하며 문화가 뒤떨어져 생존 경쟁 자리에 남들과 어깨를 겨누고 병진할 수 없게 됩니다. 학교에서 선생이 이과를 교수할 적에 한글로만 할 것 같으면, 그 글자는 다시 가르칠 필요가 없이 다만 그 과학적 내용만 가르치면 그만이지마는, 어려운 한자로 가르친다면 먼저 그 한자를 가르친 연후에야 그 내용을 가르치게 될 수밖에 없기 때문에 그 교수가 이과 교수라기보다 차라리 어학 시간이 되고 맙니다.

이조 오백 년 동안에 조선의 교육이란 것은 순전히 한자 한문의 교육이었습니다. 국민이 어릴 때로부터 평생 공부한다는 것이 다만 글자·글월·한시 같은 것이요, 일상 생활에 필요한 실제 능력의 학문 곧 실사 실물의 학문이란 것은 없었습니다. 그 교육 방법도 또한 실물을 떠난 형식적인 것이었습니다. 일본의 침략 정치 36년간의 식민지 교육, 노예 교육도 역시 마찬가지로 글자와 말의 교육이었습니다. 아이들을 학교에 넣어서 교육시키는 목적은 오로지 일본 「가나」와 일본말로 가르쳐서 부려먹기에 편리하도록 만드는 것이었습니다. 오늘날 과학 시대에 있으면서 그 받는 교육은 실제 생활에 유용한 과학 기술의 교육이 아니요, 다만 문자 언어의 꺼풀 교육이었습니다.

원래 글과 말은 사람의 사상 감정의 표현 기관이외다. 이는 비하건대, 그릇이나 기차와 같은 것입니다. 그릇과 기차가 우리에게 필요한 것은 그 그릇으로 먹을 것, 기타 필요품을 담는 때문이요, 그 차가 사람과 화물을 실어 먼 거리의 곳으로 나르는 때문입니다. 만일 빈 그릇과 빈 차만 있고 그 안에 담고 실을 좋은 물화가 없다면, 그 그릇과 기차가 우리에게 무슨 소용이 되겠습니까? 그런데, 과거 일본의 교육은 순전히 빈 그릇과 기차를 만드는 형식의 교육이었고, 그 속에 담을 우리 인생에 정말로 소용되는 물화는 돌아보지 아니하였습니다. 이러한 꺼풀 교육을 받은 우리 조선 사람은 농업·공업·상업·어업, 기타 만반 사업에 관한 실제적 지식과 기술은 가지지 못하고, 다만 글자나 말이나 아는 유의 유식의 사람이 되고 말았습니다. 그러고야 한 집안의 사생활이나 국가의 공생활이 잘 되어 갈 수가 있겠습니까? 언제든지 실력 있는 사람과 나라에게 정치적으로 경제적으로 문화적으로 매여 지낼 수밖에 없는 것이외다. 일본이 금번에 전쟁에 지고 나니 식자들 사이에 일본의 패전 원인에 대하여 여러 가지로 의견을 표시하고 있습니다. 그중에 우리들이 깊이 기억하지 않으면 안 될 것은 대판 제국 대학 총장인 마시마 씨의 의견입니다.

「일본이 전쟁에 진 원인은 애국심, 무용 정신이 부족해서가 아니라 과학 기술이 보급되지 못한 때문이다. 우리 소학교에서 한자를 가르치기에 시간을 허비하고서 과학을 가르치지 못하였다. 국민 일반이 과학적 지식, 기술이 부족한 때문에 국가 총력 전쟁에 지고 말았다. 그러므로, 이제 일본이 다시 살아나려면 모름지기 한자를 전폐하고 로마자를 쓰기로 하여야 한다」고.

이는 일본의 최고의 지식 계급이 국민 최대의 참패에 대한 최선의 양심적 반성이요, 비통한 단안이니 확실히 우리의 거울이 될 만한 말이라고 생각합니다.

네째로, 한자는 인쇄하기에 너무 불편합니다. 만 가지 넘는 활자를 벌려 놓고서 채자·식자·정판·환원 정리 등에 많은 사람이 많은 시간을 허비하지 않을 수 없습니다. 따라서 인쇄소 경영이 어렵고 인쇄비가 많고 책값이 비싸고 독자가 적어집니다. 그리고, 타이프라이터, 리노타입같은 인쇄술상의 문명 이기를 이용하지 못합니다.

근세 문명의 원동력은 인쇄술의 발달에 있다 함은 우리의 잘 아는 바입니다. 현대의 발달된 인쇄술을 그대로 이용할 수 없는 한자를 쓰고는 도저히 세계인을 더불어 생존 경쟁 장리에 병진할 수 없습니다.

만일 우리의 한글 24자를 완전히 활용할 것 같으면, 타이프라이터, 리노타입도 사용할 수 있으며, 인쇄 방법도 지극히 간편하게 되어 문화 발전에 막대한 효과가 있을 것입니다.

다섯째로, 한자는 위에서 말한 바와 같이 발달이 덜 되고 어려운 것이기 때문에, 이것을 숭상하는 우리 나라에서는 글 모르는 까막눈이 매우 많아 전인구의 팔 할이나 됩니다. 이렇게 까막눈이 많고야 어떻게 민주 국가를 해 갈 수가 있겠읍니까?

우리는 한자를 안 쓰기로 하고 한글만 쓰기로 하여야 한다고 생각합니다.

요컨대, 한글이 가장 과학적으로써 일시에 한 사람의 주장된 연구로 말미암아 만들어 내어졌다는 것은 참으로 세계 역사상 유례가 없는 장한 일이올시다. 그러나, 지난 오백 년 동안은 불합리한 사회 정세로 말미암아 한글의 고원한 사명과 훌륭한 기능을 충분히 발휘하지 못한 것은 참 유감 천만의 일이라 아니할 수 없습니다.

과거 40년 동안의 피정복자, 망국 백성의 쓰라린 경험을 가진 삼천만 동포 여러분! 우리는 이제 과거의 손실과 고통을 회상할 겨를조차 없을 만큼 우리의 새 문화, 새 생활 건설의 요구가 절박한 이때에, 영원한 장래를 내어다보는 슬기와 용기를 가지고서 한자 쓰기를 그만두고 한글만 쓰기로 결심합시다.

이리하여야 비로소 조선 민족도 남과 같이 살아갈 수가 있겠습니다.

-〈방송〉(1946. 10. 9.)-

한자의 약자화를 반대한다

문교부는 이른바 상용 한자 1,300자를 약자화하기로 하고, 지난 2월 27일부터 '국어 심의회'의 '한자 분과 위원회'를 소집하고, 금년 8월 말까지 상용 한자 1,300자의 약자를 제정하겠다는 것이다.

내가 듣기에는 작년 11월 22일 국회 문공 위원회에서 문교부 67년도 예산 심의 석상에서 어느 국회 의원이 한자의 조종국인 중국에서와 일본에서 한자를 제한하여 가지고 그것을 또 약자로 만들어 무난히 사용하고 있거늘, 우리도 동양 삼국의 하나로, 한자를 쓰던 터인지라, 우리도 상용 한자 1,300자를 약자로 만들어 신문사나 잡지사에서 쓰기 시작하면 얼마나 좋겠는가 하는 이야기를 한 일이 있었다고 한다. 1,300자 약자 계획의 원인이 거기 있는지 어떤지는 모르나, '약자 계획'을 보면, 문교부가 채택 사용 한다는 상용한자 1,300자 가운데서 획이 많고 복잡한 것을 줄여 쓴다는 얘기다.

얼른 듣기에는 그럴 듯한 것 같다. 그런, 한자의 약자는 한마디로 말해서 쓸데없는 일이며, 분명히 말할 수 있는 것은 효력도 바랄 수 없다는 것이다. 당국도 부질없이 공연한 일을 또 벌여 놓는다는 느낌이다. 한쪽에서는 '근대화'니 하는 얘기들을 꺼내면서, 문자 정책만은 왜 그렇게 자꾸 뒷걸음질을 하려는지 모르겠다. 1,300자 상용 제한을 교과서에서만 실천하듯이, 약자를 배우게 되는 것도 중등 학교 이하의 학생들이다. 결국 세상 사람들은, 약자에는 낯설고 서투르니, 안 쓰게 되는 동시에 중등 학생의 한자가 따로 있고, 어른들의 한자가 따로 있게 될 것이다.

학생들은 약자를 배웠기 때문에 약자 생활로 그치고 말 것이며, 약자 이전의 문헌이나 고전을 읽으려면, 원글자를 새로이 배워야만 한자를 제대로 읽을 수 있게 될 것이다. 과거 전세대에 한자만 쓰던 때에도 약자 속자가 어쩌다가 생겨나기는 하였으나, 그 것은 쓸 사람은 쓰고 안 쓸 사람은 안 쓰는 자연의 추세에 맡겼던 것이다. 지금의 소위 1,300자 제한 및 약자화를 정책으로 계획한다는 것은 무지에서 온 것으로써, 도무지 말이 안 된다.

아이들은 지금 배우고 있는 상용 한자라는 것도 겨우 절반이나 터득할까 말까 한 형편이다. 이것은 최근 어떤 학자의 실증적인 실천에서 밝혀진 것으로, 실상 '약자'를 주장하는 사람은 '한자의 간소화'라고 하며, 학생들을 동정하는 체하지만, 알고 보면, 동정은커녕 이중의 고통을 겪게 하는 효과밖에는 없다. 다시 말하자면, 1,300자의 제한이라든가 또 그것의 약자화 계획은 한자 운명의 단말마적 현상으로서, 우리 국민을 겹겹이 괴로움만 씌워 주려는 것이라고 하겠다.

일본의 경우를 들며 약자를 얘기하는 이가 있지만, 일본은 워낙 글자가 불충실하여, 그 글자만으로는 제 구실을 할 수 없기 때문에, 그들은 그들 나름의 고충이 있어서 그렇건만, 우리에게는 그런 어려움이 전연 없다. 슬기로운 글자인 한글은 가장 과학적이고 편리하다. 또 중공의 약자를 가리키어 말하는 사람도 있으나, 중공의 약자라는 것은 우리 나라에서 옛날 한 때에 쓰던 이두 문자와 같은 것이어서, '표의'를 '표음'으로 바꾸는 데 목적이 있는 것인데, 멋도 모르고 남의 뒤나 따라가자는 것은 유치한 원숭이의 짓이다.

어떤 사람은 한자도 우리의 전래 재산인데, 왜 내 재산을 버리느냐는 주장으로 한글 전용을 반대하고, 한자 약자화 지지 변으로, 일본 것을 본뜬다고 하여 주체성의 상실을 염려하거나, 중공 것을 참고로 한다 하여 적성 운운의 옹졸한 태도는 버리는 것이 좋을 것이며, 문자가 언어 소통의 매개체이므로, 가능하면 국제성을 고려함이 좋다고 한다. 그러나, 아무리 우리의 재산이라 할지라도, 우리가 만든 연모가 없을 때, 그 때의 조상이 남의 연모를 갖다 썼으나, 그것이 남의 것인 만큼, 우리에게는 맞지 않으므로, 그 뒤 자손 중의 현명한 분이 정작 우리에게 알맞은 연모를 새로 창안하여 만든 결과, 과연 이것이야말로 우리의 자손 만대 계계승승 물려줄 참다운 보배요, 재산인 데도 불구하고, 써서는 해로운 낡은 연모를 구태여, 그것도 내 재산이란 관념만 가지고 반드시 섞어 써야만 한다고 고집을 하니, 하나만 알고 둘은 모르는 딱한 일이라 아니할 수 없다.

그 전래의 재산을 아주 없애 버리자는 것이 아니라, 그것은 그것대로 써야 할 데도 있으니, 제2차 대전 후, 라틴어로서의 학술 내지 과학 용어를 숭상하여 쓰던 독일이 제 나라 말로써 전부 개편하여 쓰고, 관용어를 영어로 써 오던 인도에서도, 제 나라 말로 개편하려는 주장에서 최근에 언어 전쟁이 일어난 이즈음에, 19세기의 때문은 언어 사상 그대로의 잔재 관념을 버리지 못한 채 도리어 옹졸한 태도를 버리지 못한다고 하니, 어처구니가 없으며, 또 가능하면 국제성을 고려함이 좋다고 하였는데, 중공의 그것은 더 말할 것도 없거니와, 일본의 약자와 한국의 약자가 언어 소통의 매개 구실을 한다고 하여서, 그것이 무슨 국제성이고, 그다지도 대견스러운가? 왜, 우리는 아직도 제 나라 말글을, 남의 나라 말글에 붙좇지 못하여 안

타까와하는지 알 수 없다.

문교부가 중학교 교과서에 나오는 한자말 중 부득이한 것만을 괄호 안에다 한자를 넣어 쓰던 것을, 한자를 1,300자로 제한하였으니, 우리 글자로서의 표기는 집어치워 버리고, 노출시키어 일제 총독 정치의 국·한문 혼용 조선어 독본식으로 되돌아갔다. 뿐만 아니라, '학교 문법 통일 방안'을 심의한다고 그 위원 15인을 불러 투표한 결과, 8대 7의 한 표 차이로 다수 편이, 60여 년이나 자라 온 우리말 말본 용어를 또한 일본식 문법 용어로 전부 되돌려 놓으려는 것을, 국회 본회의에서까지 국어 말본 문제는 전국민이 사용할 중대 문제이므로 광범위한 여론을 조사하여 신중히 처리하라고 정부에 의견서를 보내지 않았던가?

그리하여, 정부는 중앙 교육 연구소를 시키어 전국 중등 학교 이상의 국어 교사 및 외국어 교사들을 묘한 방법으로 뽑아 대상으로 여론 조사를 한 결과, 내용인 "이다"는 낱말됨이 단연 우세하였고, 형식인 용어에 있어서도 고유의 우리말을 쓰자는 편이 우세하였음에도 불구하고, 문교 당국은 국회에 조사 결과 보고만 하고, 여전히 조사 결과를 무시하고 초지 일관 강행하려던 것을, 작년 11월 국회 문공 위원회에서 재조정하여, "이다"는 낱말이므로, 품사를 매기고, 용어는 우리 글로 적되, 한자 용어를 앞에 적고 우리말 용어는 괄호 안에 넣기로 하였으니, 일본식 용어 숭상에 이다지도 인색한가 말이다.

그리고, 상용 한자 1,300자 계획이 교과서에서 절름발이 구실만 하기 때문에, 신문·잡지의 호응이 전연 없는 사실상의 실패로 돌아갔는데, 또 그것을 약자화를 계획한다고, 막대한 예산까지 들여가면서 심의하고 있다고 한다. 이러한 모든 일이 '한글 전용'을 일부러 늦추는 효과를 노린다면 몰라도, 그렇지 않다면, 민족 문화의 수레

바퀴를 뒤로 돌리는, 심지어 한자의 약자화 같은 좀스러운 생각을 말아 주었으면 한다.

약자화의 모순은 더 깊은 곳에도 있다. 일찍 우리 나라 정부에서는 정부가 수립된 바로 그 해인 1948년 10월 1일에 성안되어, 국회에서 통과되자, 10월 9일 한글날에 전국에 공포된 〈한글 전용 법〉이 법률 제6호로써 제정되었다. 그리하여, 지금까지 국가 공문서는 한글을 전용하고, 어쩔 수 없는 부득이한 경우에 한하여 한자를 괄호 안에 넣어 쓰게 되었던 것이다.

이 한글 전용법은 세계 어느 나라에서도 찾아 볼 수 없는 슬기롭고 훌륭한 됨됨이와 사명을 가졌으면서도, 어리석은 후손들로 말미암아 5백 년 동안이나 버림과 푸대접을 받아 오던 한글에 대한 최초의 국가적인 성원이오 옹호이었던 것이다. 그리하여, 국가 공문서와 학교 교과서를 한글로만 쓰게 되었고, 나아가서 거리의 모든 간판들까지도 한글로 고쳐 쓰게 되어, 비로소 이 나라가 제 정신을 바로 찾아 사는 것 같고, 친근한 문화의 터전이 잡힌 것 같았다. 이와 같이, 국가의 모든 공문서가 한글만으로 되어지고, 법원의 조서 및 판결문까지 한글로만 쓰여지며, 육·해·공 전군이 철저한 한글 전용을 자율적으로 실천하고 있고, 거리의 모든 간판이 한글로 모습이 바뀌었다 하여, 한자 중독자들이 늘 염려하듯, 뜻을 분별하지 못하여 공문서에 착오가 생겼다든지, 법원에서 한글만 씀으로써, 죄 없는 사람이 벌을 받게 되었다든가, 죄 있는 사람이 벌을 받지 않게 되었다든지, 군부에서 군무 수행상 비능률적이었다든지 하는 혼란이 전혀 없었다. 이는 한자 중독자들의 염려가 한갓 기우요 헛걱정이었다는 것을 여실히 증명해 주었던 것이었다.

이처럼, 〈한글 전용법〉이 살아 있고, 그 발전이 날로 거보를 내디

디고 있는 이 때에, 뜻하지도 못할 한자의 약자 제정이란 자다가 홍두깨 식으로서, 아무리 생각하여도 이해가 가지 않는 한글 전용법에 대한 모독이라 아니할 수 없다. 그러므로, 약자 제정을 위한 예산이 있다면, 그것을 한글 전용을 위해서 쓰는 것이 마땅하다. 또한 약자를 새로 제정하면, 전국의 수많은 신문사와 인쇄소가 새로 자모를 새기고 활자를 만들어야 하니, 국민들에게 권리를 주기 위해서 새로 제정한다는 약자는 국민에게 막대한 경제적인 손실과 부담을 주는 결과가 된다.

끝으로, 한 가지만 들어 강조하고자 한다.

현대는 초속도 시대요, 기계화의 시대다. 바꾸어 말하면, 과학의 시대란 이야기가 된다. 그러기에, 모든 것이 빠른 시간에 많은 생산을 할 수 있어야 하는 것이다. 문자 생활에 있어서 인쇄 과정이 기계화해야 할 것임은 더 말할 것이 없다. 우리 나라에서는 인쇄 과정의 기계화를 막고 있는 최대의 장애물이 한자인 것이다. 한자로 말미암아 기계화가 얼마나 큰 지장을 받고 있는가는 이루 헤아릴 수 없을 정도다. 24자 내지 40자면 되는 것을, 수천 자를 알아야 하니, 그 고통이 얼마나 크겠는가?

지금 우리 글인 한글로 모든 글자 생활을 기계화하려는 것은 우리 글자 생활의 당면한 이상이다. 따라서 새삼스러운 한자 약자 제정은, 민족 문화의 방향을 잃게 하는 것이며, 글자 생활의 이상을 깨뜨리는 것이고, 문교 정책을 밑바탕부터 포기하는 것일 뿐만 아니라, 국민에게 편리는 고사하고, 시간과 정력과 재정을 낭비하도록 하고, 부담과 괴로움을 주는 것인 만큼, 그 계획을 철회하고 심의를 즉각 중지하기 바라 마지 않는다.

-〈세대〉 48(1967. 7.)-

외솔의 해적이

1894. 10. 19.	경남 울산군 하상면 동리 나심
1910.~1915.	관립 한성고등학교(경성고등보통학교) 입학, 졸업
1910.~1913.	스승 주시경의 조선어 강습원에서 한글과 말본을 배움
1915.~1919.	일본 히로시마고등사범학교 문과 제1부 입학, 졸업
1920.~1921.	경남 사립 동래고등보통학교 교원
1922.~1925.	일본 교토제국대학 문학부 철학과 입학, 졸업
1926.~1938.	연희전문학교 교수
1926.~1931.	이화여자전문학교 교수
1938.	흥업구락부 사건으로 강제 실직
1941.~1942.	연희전문학교 복직, 도서관에 근무
1942.~1945.	조선어학회 수난으로 옥고를 치름
1945.	조선어학회 상무이사
1945.~1948.	미군정청 문교부 편수국장
1949.~1950.	한글 전용 촉진회 위원장, 한글학회 이사장
1953.~1970.	한글학회 이사장.
1954.	학술원 회원
1954.~1961.	연희대학교 교수, 문과대학장, 부총장, 명예교수
1956.~1968.	세종대왕기념사업회 부회장 겸 이사
1962.	건국훈장 독립장 받음
1962.	한글 기계화 연구소 소장
1964.~1966.	동아대학교 교수
1969.	제2회 민족상 받음
1968.~1970.	세종대왕기념사업회 회장
1970.	국민회 이사
1970. 3. 23.	돌아가심

외솔의 주요 저서

1. 《조선민족갱생의 도》, 정음사(1926)

2. 《우리말본》(첫째매), 연희전문 출판부(1929)

3. 《중등조선말본》, 동광당(1934)

4. 《시골말 캐기 잡책》(1936)

5. 《중등교육 조선어법》, 동광당(1936)

6. 《우리말본》(온책), 연희전문 출판부(1937) / 정음사(깁고 고침 1955, 세 번째 고침 1961, 마지막 고침 1971)

7. 《한글의 바른길》, 조선어학회(1937)

8. 《한글갈》, 정음사(1942)

9. 《글자의 혁명》, 문교부 군정청(1947) / 정음문화사(1983)

10. 《중등말본 초급》, 정음사(1948)

11. 《참된 해방(배달 겨레의 제풀어 놓기)》(원고)(1950)

12. 《우리말 존중의 근본 뜻》, 정음사(1951)

13. 《민주주의와 국민도덕》, 정음사(1953)

14. 《한글의 투쟁》, 정음사(1954)

15. 《고등말본》, 정음사(1956)

16. 《중등말본》 I~III, 정음사(1956)

17. 《나라사랑의 길》, 정음사(1958)

18. 《고친 한글갈》, 정음사(1961)

19. 《나라 건지는 교육》, 정음사(1963)

20. 《한글 가로글씨 독본》, 정음사(1963)

21. 《배달말과 한글의 승리》, 정음사(1966)

22. 《외솔 고희 기념논문집》, 정음사(1968)

23. 《한글만 쓰기의 주장》(유고), 정음사(1970)

외솔 최현배의 문학·논술·논문 전집 3
- 논술 편, 둘: 연구방법과 나라정책에 대하여

1판 1쇄 펴낸날 2019년 3월 19일

지은이 최현배
엮고옮긴이 외솔회(회장: 성낙수)

펴낸이 서채윤 펴낸곳 채륜
책만듦이 김미정 책꾸밈이 이한희

등록 2007년 6월 25일(제2009-11호)
주소 서울시 광진구 자양로 214, 2층(구의동)
대표전화 02-465-4650 팩스 02-6080-0707
E-mail book@chaeryun.com Homepage www.chaeryun.com

책값은 뒤표지에 있습니다.
ISBN 979-11-86096-96-3 94800
ISBN 979-11-86096-93-2 (세트)

이 도서의 국립중앙도서관 출판예정도서목록(CIP)은 서지정보유통지원시스템 홈페이지(http://seoji.nl.go.
kr)와 국가자료공동목록시스템(http://www.nl.go.kr/kolisnet)에서 이용하실 수 있습니다. (CIP제어번호 :
CIP2019007945)

채륜서(인문), 앤길(사회), 띠움(예술)은 채륜(학술)에 뿌리를 두고 자란 가지입니다.
물과 햇빛이 되어주시면 편하게 쉴 수 있는 그늘을 만들어 드리겠습니다.